ドストエフスキーの作家像

木下豊房

Авторский образ
Ф.М. Достоевского

鳥影社

ドストエフスキーの作家像　目次

ドストエフスキーの作家像

まえがき

本書は五つのプランから構成されている。

第一のプランは、ロシア文学研究者としての私の本来の論稿であり、国際ドストエフスキーシンポジウムやロシアの研究集会での報告テクストをもとに、日本語に書きなおし、「ドストエーフスキイ広場」（ドストエーフスキイの会の会誌、以下「広場」と略す）に発表したものである。それに加えて、日本の外国文学研究者の横断的な学会である「世界文学会」の連続研究会での報告テクストで、同学会の機関誌「世界文学」に発表した原稿に追補、修正したものが入る。第2章の二、第3章の全三編（三は日本語では初出）、第4章の全二編、さらに第5章がそれにあたる。これらはいずれもドストエフスキーの創作、思想を主題とした論稿である。

第二のプランは、第6章「比較文学的論考」の全四編である。二〇〇八年十二月の国際ソルジェニーツィン学会（モスクワ）での報告テクスト、またドストエーフスキイの会例会での報告テクストを基に「広場」に掲載したもの、さらに「江古田文学」の漱石特集号に書いたもので、比較文学研究者としての私の本論である。以上の第一、第二のプランの全論稿が本書の本論にあたる。

第三のプランは、国際的なドストエフスキー研究者の場と日本の研究者との一九七〇年代以来の交流のデータを記録したもの（第8章）。

第四のプランは、この十年あまり、日本のマスメディア、商業出版界を席巻した亀山現象を分析、批判した記録文書で、これには参考資料として、一六点の長短の付属文書が付く（第9章）。これらの参考資料は、インターネットの「ドストエーフスキイの会」のホームページに隣接する私個人の「管理人 T.Kinoshita のページ」に、亀山問題の進展に対応して随時、公表してきたものである。

『カラマーゾフの兄弟』の誤訳問題に対する私の関与は、ドストエフスキーの愛読者でロシア語の達者なN・N氏、元高校の国語の教師の森井友人氏が「検証」、「点検」をネットの私の「ページ」に公開するに際して、序文、解説を書いたことからはじまった。したがって、お二人の「検証」、「点検」の厖大な本体を知るには、「管理人 T.Kinoshita のページ」を検索して、直接にアクセスしていただきたい。亀山訳の実態がより深く理解できるはずである。

その後、私は「検証」、「点検」の落穂拾いの形で、「補遺」を書いた。これをもとに、亀山現象批判の最後の締めくくりの形で、第7章の「ドストエフスキー文学翻訳の過去と現在」を書いた。この原稿は「世界文学会」の連続研究会（二〇一五年度テーマ「翻訳と文学」）で、二〇一五年四月に報告し、機関誌「世界文学」一二二号に発表したテクストに大幅な追補を加えたものである。このテクストは、ネットに公開した批判（資料）からのサンプルとして、引用・要約する形で書かれているので、文章に一部、重複する個所が見られることを、ご了解いただきたい。

参考資料の中では、「⑪『悪霊1』を検証する」が大幅なスペースを占めるが、私はこの個人的な作業を通じて、亀山訳の目を疑うような誤訳、野放図なテクスト歪曲がさらなる広がりを見せていることを痛感した。

第五のプランは、このようなずさんな訳、解説によって読者にもたらされる作家の人物像、作者像の歪みを放置するわけにはいかない切迫した気持ちから書いたのが第1章の「商品としてのドストエフスキー」と第2章一の「小林秀雄とその同時代人のドストエフスキー観」であり、「広場」(二〇一三、一五年)に発表した。この二論文は私のアクチュアルな問題意識から発想されたもので、新奇をてらって、ドストエフスキー読解の深い歴史を顧みない安易な商業主義の風潮に警告する意味をこめている。

最後に凡例を記す。
○本文中、引用末尾の括弧内の数字は原典の巻・頁を示す。
○ドストエフスキーの著作からの引用は、断りがない限り、すべてアカデミー版ロシア語三〇巻全集(レニングラード、ナウカ社、一九七二―九〇)(Ф.М.Достоевский. Пол. собр. соч. в 30 тт. Л., Наука 1972-1990)による。引用末尾の括弧内の数字は巻・頁を示す。
○引用文中の旧漢字は新漢字に変換して表記。助詞、送り仮名は原文通り。

第1章　作家像を問う

商品としてのドストエフスキー
――商業出版とマスメディアにおける作家像――

概要[1]

作品を通して作家像ドストエフスキーをどのようにとらえるかは、古くて、きわめて新しい問題である。とりわけ今日、マスメディアや商業出版で、実利的動機からの読者迎合がこの問題に影を落としている傾向が見えることからも注視せざるをえない。

日本におけるドストエフスキー受容を考える場合、まず二葉亭四迷が着目した、ツルゲーネフとドストエフスキーの作家像の違いを肝に銘じておくべきであろう。二葉亭は、前者は作中人物の外側に位置して、いくぶん批評的にくっきり、はっきりした輪郭で描く作家であり、後者は作中人物の内部にいきなり跳び込んで、内側から外に向かって描く作家で、そのぶん、人物像はぼやけているが、そのかわり、人物と人物との間にイデーがさかんに見える、と指摘した（「作家苦心談」明治三十年（一八九七））。

これがどれほど先見性にみちた鋭い指摘であるかは、一九二〇年代後半にようやく登場するバフチンの作者と人物の関係論を視野に入れて見れば分かる。ドストエフスキーはツルゲーネフやトルストイ型の十九世紀リアリズムに収まりきれないばかりか、創作方法において彼等とは対照的な作家であるというのは、ロシア文学史、文化史の常識といっていい。

ドストエフスキーに傾倒した萩原朔太郎がトルストイ影響下の白樺派によるドストエフスキー理解を批判して、一方を好む者は他方を好まないほど「宇宙の両極」であると、この二人のロシア文豪に対する読者の嗜好の違いを指摘していることも記憶に残る。その後、昭和十年（一九三五）前後、思想転向、シェストフ現象を背景とした、横光利一や小林秀雄によるドストエフスキー作家像の独自性の発見や、戦中・戦後にかけての椎名麟三、武田泰淳、埴谷雄高等に見られる自己の作家的態度に引きつけての作家像の探究などに一貫するのは、ドストエフスキーの作家的自我の多重性、複合性への驚嘆に充ちた眼差しであった。一九七〇年代、リンチ事件に極まる極左運動が破綻する時期までのドストエフスキー受容は「地下室の意識」に集約されたアンビバレンツな人物描写の創作方法を真剣に受け止めていた。

潮目が変わったのは八〇年代、日本経済の高度成長と思想的無風化、空洞化のなかで、七一年の生誕一五〇周年の講演会で五木寛之が唱えた「明るく楽しいドストエフスキー」読みが、江川卓によって『謎とき「罪と罰」』（新潮選書、一九八六年）となって具現化される（同書「あとがき」参照）。それより一足早く、岩波書店の寵児・中村健之介が、ドストエフスキーは「ふつうの小説家」であると殊更に強調し、日本での先行的な受容の歴史を「予言者」扱いだと中傷する一方、バフチンなどの理論を踏まえた作家像の探究には目をくれず、自己流の自然主義的な実感信仰による読みを唱えていた。八〇―九〇年代、ポストモダニズムの流行が、伝統的権威の否定の名のもとに受容の歴史を無視して、自らを絶対者に祀り上げる欺瞞を助長したといえる。江川卓の「謎とき」は民間伝承、神話、聖書のモチーフをテクストの裏に探りながら、論者自らが作者に成り変わって、パッチワーク的な手法で絵解きするもので、初体験の読者には目新しく、知的好奇心をくすぐられることはあっても、作品自体の真の感動をあたえられるものではなかった。江川の影響を受け、継承者を自認する亀山郁夫は、誤訳にとどまらず、テクストの改ざんや空想のテクストに踏み込んで、作者を僭称する特権を許されていると勘違いしている。「原作と張り合う『偶像破壊』的な集大成」とは、亀山ブームの火付け役で光文社の代理人・沼野充義による亀山最近作『謎とき「悪霊」』の毎日新聞書評の表題であるが、皮肉な意味でいみじくも的を射ている。恣意的な解釈の特権を許されていると思うのは、彼を利用する出版社の投機的な思惑によって鼓舞され、宣伝、媒体によって偶像化された結果の錯覚にすぎない。賢明な読者によって、それはかならず見破られる性格のものである。

今回例会で報告したいのは、ロシアで昨年（二〇一一年）五月二十二―二十六日に放映されたTVドラマシリーズ「ドストエフスキー」が、大衆受けをする一方、研究者の間から厳しい批判が浴びせられ、マスコミを賑わせた出来事である。この番組は処刑台のシーンからはじまる伝記物であるが、伝記的な事実やその時間的な前後関係をかなり乱暴に無視して、賭博者、好色家ドストエフスキーをクローズアップしている。これにはドストエフスキー研究者で文芸評論家のサラースキナなどから手厳しい批判が加えられている。また亀山著『悪霊　別巻――「スタヴローギンの告白」異稿』で、「精密で画期的な解説」との宣伝のもとに基本文献として著者が重視しているV・スヴィンツォフの「ドストエフスキーと〝男女関係〟」（一九九五年）という論文がどのようなものかを紹介したい。ロシアの俗流フロイディストによる、日本のそれと実に波長のあった論調である。

日本でもロシアでも商業化された俗受けするドストエフスキー像歪曲の本質は変わらない。

作家像ドストエフスキーに関する評言の歴史

二葉亭四迷は「作家苦心談」で作中人物に対する作者の二つの態度をツルゲーネフとドストエフスキーを例にあげてのべる際に、これを「此の世の中を見る二つの見方」とし、「観世法」という言葉を使った。すなわち、創作方法の問題にとどまらない、人間、世間に対する態度という広い意味が含まれている。この二人の作家の伝記に潜む人間学的態度の相互の異質感が、後述でも度々ふれるように、小説観のみならず人間的確執のドラマを孕んでいたのは確かであろう。

ドストエフスキーの同時代人で晩年の作家の言葉や様子を記録にとどめた作家・ジャーナリストのオポチーニンという人（この人については後で詳論する）の紹介による、ドストエフスキーの次のような辛辣なツルゲーネフ評の根底には、人間を見る目において、外側から冷静に観察する態度とは対照的に、内側からの視点で見るドストエフスキーの、激しい人間的反発、そして作家としての作風の面からの批判すら見てとることが可能であろう。

〈彼はこれまでずっと、私に対して侮蔑的な寛容さを示してきた。陰に回ってはデマを流し、悪口をいい、中傷した。彼はその性質からいって、噂話が好きな中傷家であった。地主社会にはこの種の人間がいるのだ。人におもねる下男や居候たちの告げ口に囲まれて育ったものだから、自分たちに似てない者すべてを悪意と敵意の目で判断するのだ〉

〈この種の人間は人を自分と同等に評価することが出来ない。真実に基づいて判断することが出来ず、もっぱら侮辱と軽蔑の気持ちをもって、寛大に寛容に処すのである。彼らは誰をも愛さない。誰かに愛しているといったとしても、嘘をついているのであり、その振りをしているのである。実際のところ、愛していると見せかける努力をしているに過ぎない。ほら、ご覧、わたしは愛といってていいくらい寛容さを見せた、というわけである。愛は美しく、共感を呼び、共感は彼らに無くてはならないものだから、うわべをとり繕っているに過ぎない。本当のところ、彼らには故郷、祖国というものがない。彼らはコスモポリタンであり、宇宙市民である〉

〈神は彼に才能を与えることを惜しまなかった。感動させる力も惹きつける力も与えた。しかし最も若い頃の誠意のこもった作品でさえも、そこに計算ずくの要素、何か冷たい寛容さが感じられる。あれほど感動的に描写しているものを全く愛していないという感じなのである。まるで俳優の演技のようなもので、〝如何にうまく私は感じることができるか、ご覧いただきたい、涙だって流すことができるのですよ〟というわけである〉

（「ドストエフスキーとの談話から」一八七九—一八八一年、ペテルブルグで記録[2]）

いわば俗にいう「上から目線」のツルゲーネフに、ドストエフスキーは、『貧しき人々』で文学界に登場した若い頃からやりきれない思いをさせられていたことが感じられる。ドストエフスキーの言葉にこもる強い感情的要素のバイアスを排除して透けて見えてくるものは、ツルゲーネフ流の「観世法」であり、二葉亭いわくの「幾分か篇中の人物を批評している気味」、「何となく離れて傍観している様子」であり、ツルゲーネフの創作方法がその人間観と無縁でないことをうかがわせるであろう。
この人間学的態度の違いからくる創作の質の相違を鋭敏に感じとっていたのは、大正三年（一九一四）に『カラマーゾフの兄弟』に衝撃的な影響を受けて、その影響下に『月に吠える』の詩群を残した萩原朔太郎であった。[3]

この時期、ドストエフスキーに対してツルゲーネフではなく、トルストイが対比的に論じられるのが流行になっていたが、この二人の大地主の貴族作家は、共に西欧的啓蒙的理性の信奉者であり、気質や作風の違いは別としても（事実、二人の間には、生活スタイルや思想上の違いから、反発し合うものがあった）、文学史・文化史の上でのポジションから見れば、十九世紀客観的リアリズムの根底にある人間学的態度においては共通しているといってよい。朔太郎はこう言っている。

〈ぼくは白樺派の文学論を軽蔑した。なぜならド氏の小説とトルストイとは気質的に全く対蹠する別物であり、一を好むものは他を好まず、他を愛するものは一を取らずといふほど、本質的にはつきりした宇宙の両極であつたからだ。〉（「初めてドストイェフスキイを読んだ頃」昭和十年（一九三五）――『萩原朔太郎全集』第九巻、筑摩書房、一五九頁）

朔太郎がいうところの、トルストイやツルゲーネフのような貴族地主の作家とドストエフスキーの対蹠性について、一九七〇―八〇年代のソビエト・ロシアの時代に、「中世ロシア文学研究の権威」「ロシア知識人の良心」とも呼ばれたドミトリー・リハチョフは、ドストエフスキーの創作に関する幾つかのエッセイのなかで、次のような深い洞察の評言を残している。

〈ドストエフスキーとごく近い時代の先行作家や同時代の作家たちは時間を描くのに、一つの、しかも不動の視点から描いた。語り手はあたかも読者を前にして想像上の快適な肘掛け椅子（いささか地主貴族風の　例えばツルゲーネフに見るような）に腰をすえて、自分の物語を、発端と結末を承知の上で、語り始めたといった感じである。作者はすでに発生し、すでにその結末を有している出来事についての目撃者の確固としたゆるぎない位置を作者自身が占めて語る、そのような物語を作者は読者に聴かせたいかのごとくである〉

（D・リハチョフ「文学——現実——文学」一九八四年、レニングラード、九〇頁）

〈ドストエフスキーの小説の語り手というのは、しばしば約束上のものである。彼らの存在についてはある程度、忘れる必要がある。それはほとんど日本の人形芝居に見られるようなもので、黒衣を着た俳優たちが人形を観客の目の前の舞台で操るけれども、観客たちは俳優たちを目に留めてはいけないし、また目に留めもしない。演じるのは人形である。人形は時として、生身の俳優たちよりも過剰な演技をする。人形を動かす人々を登場人物と解してはいけない。ドストエフスキーの作者と語り手というのは前舞台にいる召使で、読者が出来事全体をそれぞれの場面で最もよい位置から見られるように手助けする。そのために彼らはせわしく動きまわる〉（同、九三頁）

啓蒙的理性に裏打ちされた作家的自我（「私」）の不動の視点から世界や人間を観察して描く十九世紀リアリズムの作家たちとは異質なポジションから創作行為をおこなったドストエフスキーに、明治・大正期に文壇を支配した自然主義や私小説の文学に飽き足らない、鋭敏な方法感覚を持った昭和期の日本の作家や批評家たちは、大いに面食らいながら、その型破りな方法、人間を捉える深さに驚嘆し、新しい文学創造への啓示を受けてきた。それについての代表的な評言の流れを追ってみよう。

批評家・小林秀雄は一九三〇年代すでに、前記のリハチョフの言葉に符合するような言葉を残していて注目される。

〈トルストイの小説には読者を惑乱させる様な出来事が描いてないのではない。さういふ出来事が、すべて作者の沈着なリアリズムの作法の中でしか起らぬのだ。丁度芝居の観客が、舞台で何が起らうが安心してゐる様なものだ。処がドストエフスキイの劇場では、幕がかわる毎に観客は席を代へねばならぬ様な仕組になつてゐる。而も幕はなんの警告もなくかはる。

彼は、多くの写実派の巨匠等が持つてゐた手法上の作法を全然無視してゐる。彼の眼は、対象に直かにくつついてゐる、隙もなければゆとりもない。作中人物になりきつて語る事は、最も素朴なリアリズムだが、この素朴なリアリズムが対象に喰ひ入る様な凶暴な冷眼と奇怪に混淆してゐる。かういふ近代的なしかも野性的なリアリズムが、読者の平静な文学的イリュウジョンを黙殺してゐる〉（「『未成年』の独創性について」昭和八年（一九三三）──『新訂 小林秀雄全集』第六巻、新潮社、二二三─二二四頁）

作者と読者の位置関係が安定的ではなく、作者の視点の移動に応じて、黒子が観客に奉仕するか（リハチョフ）、もしくは観客が席を移動して作者の位置を探り当てるか（小林）──ロシア文学の碩学と日本の批評家が言わんとするところは共に同じであろう。「多くの写実派の巨匠等が持っている手法上の作法の無視」という小林秀雄の言葉は、同じ時期にのべた小説家・横光利一の次のような評言の要約といってもよい。

〈私は作者の心の置き所をこの作中では考へることが出来ない。心の置き所といふ都合の良い場所は私はあるものだとは思はないが、それにしてもいかなる作でも構想にさいしての作者の心の置きどころは見受けられるにも拘はらず、この作に限つてそれがない。いや、あるにはあるが、作者は作者の精神のごとく最初から終りまで移動しつづけてゐるためにないのである。《……》この作の優れた第一の主要なことは、作者が心の置き所を探らうとしつづけて終ひに発見することの出来なかつたところである〉

（「『悪霊』について」昭和八年（一九三三）──『定本 横光利一全集』第一三巻、河出書房新社、二一三頁）

小林秀雄と横光利一の次の世代の文学者・武田泰淳、椎名麟三、埴谷雄高は、戦前ともに左翼運動に連座して獄中体験をし、武田の場合さらに中国での前線での体験をも経て、ドストエフスキーを受容していく。いわば自らの実存体験に裏打ちされた彼等の目は、ドストエフスキーの小説に内在する多元的、複合的な作家像を、的確に感知し、自分の創作行為の導きともしたのである。ドストエフスキーの作家像についての三人の評言を見てみよう。

・武田泰淳

〈「カラマーゾフ」を読みはじめるが早いか、私たちはドストエフスキーの広大な「私」の、天国と地獄の奥底ふかくみちびかれてゆく。あまりにも、ふかく、ひろい彼の「私」に、吸いこまれ、分解され、ふくれあがってしまうので、この偉大な作品に「私」があったことまで、忘れてしまうほどだ。

作家の「私」とは、本来、そのようなものでなければならないのではないか。目がくらむほど深遠な、人生の豊富さに向かって、ひらかれた戸口、それが、作家の「私」であってほしいものだ〉

（「文学雑感」一九六七年—『武田泰淳全集』第一六巻、筑摩書房、一〇八頁）

・椎名麟三

〈『新創作』へ二、三の習作を発表した。同人たちはドストエフスキーばりの観念小説には否定的だった。で、日本の自然主義的な小説を書くと好評だった《……》しかし私は、日本の自然主義文学との違和感を常に感じていなければならなかったようである〉

（「わが心の自叙伝」一九六七年—『椎名麟三全集』第二三巻、冬樹社、一九七三年、四七八頁）

〈いわゆる通俗小説が「事件を線とする構成」であるのに対してドストエフスキーの作品構成の特徴の一つは、「事件を点とする構成」。「構成の究極的な小単位としての事件」が多数独立して相互に無関係に存在するところへ、主題が持ち込まれ、作者の構成作業が始まる。その主題とは人物化した思想であって、「一つの観念の生命がその人物の生命となっているところの人物なのである〉（「ドストエフスキーの作品構成についての瞥見」「新創作」一九四二年—同全集『第二二巻』六一一

―六一二頁）

・埴谷雄高

〈文学史上にその傾向を最も定着しがたい作家を選ぶとすれば、恐らく、ドストエフスキイがその先頭にひきだされるだろう、彼はヒューマニズムの作家とも悪魔主義の作家とも反逆の作家とも鎮静の作家とも反動的な作家とも進歩的な作家とも、それぞれ納得するに足りるほどの確然たる論拠をもって規定されるが、しかも、それらの規定はすべて彼を覆うに足りないのである〉（「ドストエフスキイの二元性」一九五六年―『埴谷雄高ドストエフスキイ全論集』講談社、一九七九年、八二頁）

これを埴谷はテーゼとアンチ・テーゼの嚙み合った「未出発の弁証法」と称し、こうのべている。

〈そしてさらに、ドストエフスキイ把握の困難さは思想的な傾向や内容ばかりではなしに、その作品の様式や構成法の独自性によって倍加されている〉（同、八三頁）

その後一九六〇―七〇年代のドストエフスキー受容は、埴谷が自分を含めて武田や椎名などを称した戦後文学の「ドストエフスキイ」に連なる形で進行した。この時期の特徴は、旧体制に対する若者達の反乱、すなわち既存の大学管理、管理化された学問に対する学生の異議申し立てとして始まった全国的な大学紛争が、活動路線の対立と組織のセクト化により個人の自由な主体を圧殺するにいたった状況に直面して、『悪霊』があたかもこの日本の現実の写し絵のごとく読まれ、このロシアの作家への関心が高まったことである。日本赤軍事件などに見られた陰惨な事件は、ほとんど『悪霊』の「シガリョフ主義」の具現とすら思われたのである。この時期の受容の焦点が『悪霊』であったこととともに、小林秀雄と同年者である河上徹太郎と埴谷と一つ違いのプロテスタント宗教学者の滝沢克己が、地下室人について、時代の精神状況を見据えながら、新しい解釈を打ち出していることが注目される。

・河上徹太郎

〈現代の造反者にも、自嘲とか、自己嫌悪とか、自己否定とかいふことはよくいはれる。それは現代のニヒリズムと造反が根を同じくする思潮だから、当然伴ふ反省である。然しその結論が、小林のいふ世間に対して出した舌が自分のものとして自分に返って来ないために、無責任になるのである。そして反省が己れを刺す反省ではなく、又別の饒舌になって空しく現代の騒音の中に消え去るのである。これに対して、地下生活者が完璧な造反者であると私が先にいったのは、彼が二枚舌ではないからである〉(「「地下生活者」の造反Ⅱ」『文藝』一九七〇年―『わがドストエフスキー』河上徹太郎著、河出書房新社、一九七七年、一二九頁)

〈彼は意識を以って意識を制するところの、近代によく見かける近代的ストイシャンの一人であろう〉(同、一三二頁)

・滝沢克己

〈こうして私たちは、この「地下生活者」が「非合理主義な主意主義者」であるどころか、特別に鋭い知性の持ち主であることを確認する。かれは世間の人や「活動家」たちの根本的な「自己欺瞞」＝「意識されない偽善」を底の底まで看破する〉

（『ドストエフスキーと現代』滝沢克己著、三一書房、一九七一年、三八頁）

河上や滝沢のこの時点での読みの新しさは「逆説家（パラドクサリスト―ロシア語）」の言動をまさに逆説的に読みこみ、その世間に対する反逆、自己否定に、作者が言わんとする純粋性、小林のいう「無償の行為」を見ている点にある。

小林秀雄が提出していた幾つかの次のような重要な命題

○「スタヴロオギンにして同時にゾシマである様な人間の真相とは何か」

（「思想と実生活」一九三六年―『新訂小林秀雄全集 第四巻』新潮社、一六二頁）

○「ドストエフスキイは「地下室の男」ではない。これを書いた人である。作者である」

（同、一六三頁）

○「ドストエフスキイが生活の驚くべき無秩序を平然と生きたのも、たゞ一つ芸術創造の秩序が信じられたが為である。創造の魔神にとり憑かれたかういふ天才等には、実生活とは恐らく架空の国であつたに相違ないのだ」（同、一六五頁）

ドストエフスキーの全創作を通じて読者が感知する劇的なパラドックスの精神、そこからくる作中人物やその観念に対する態度――そこに伏在するのは素朴実在論的な、自然主義的な反映論ではとうてい読みとれない作家像である。作家にとって「ただ一つ芸術創造の秩序」だけが信じられ、「実生活とは恐らく架空の国」とは、これまた小林秀雄一流のパラドクシカルな表現であるが、素朴実在論的・自然主義的な反映論の護持者にはこのパラドックスは通じず、小説に描かれたフィクション（架空の国）から帰納されるファクターの寄木細工でもって構成した虚像を、作家の実像と錯誤することになる。裏を返せば、作家の伝記上の事実、生理感覚的、体感的要素のストレートな反映に、ひたすら作中の人物像やドラマの解釈の源泉をもとめようとするのだ。

一九七〇年代には、フランス文学研究者でバルザックの翻訳者であった東大教授・寺田透は、六九年の学園紛争の最中、大学当局の事態収拾を不満として辞職したあと、文芸評論に専念する中、一九七七年にロシア語テクストと苦闘しながら書いたドストエフスキー論で、次のようにのべている。バルザックのリアリズムの本質を知る文学者の言葉だけに、対比されるドストエフスキーの作家像についての指摘には重みが感じられる。

・寺田　透

〈ひとは他者のはたらきかけの下に相対的にしか自己を現すことは出来ないものだ。そのためにひとの味はう生の苦渋は人間にとつてほとんど本来的なものと言つていい。人間はいつも歪められた存在としてしか自己を意識できず、従ってバルザック流にいつもそのひと自身であるやうな全的な表現のしかたで人間を描く作家には、一種のうとましさが感じられる。さういふ物の考え方をしがちな精神状況に対する応答として、コロスに答える役者（ヒュポクリテース）として、ドストエフスキーが登場した〉（『ドストエフスキーを讀む』寺田透著、筑摩書房、一九七八年、三三三頁）

ところで、寺田の著書によると、彼が東大在職中に大学院ゼミで、『未成年』を原書で一緒に読んだのが中村健之介とのことであるが、中村のドストエフスキー論となると、私たちがここで二葉亭以来、通覧してきた日本における文学者達のドストエフスキー像の探究とはまったく切断された発想からはじまるのに驚かされるのである。中村は一九八四年に岩波書店から『ドストエフスキー生と死の感覚』を出しているが、彼はこれまで私たちが見てきた日本の文学者達のドストエフスキー作家像の探究を無視、十把一絡げに「予言者的」と退けて、次のようにのべる。

〈ドストエフスキーは十九世紀ロシア社会と自分の体験とを題材に小説を書いた小説家である。《……》私たちはドストエフスキーの小説を読んで、ゴーゴリを読むように笑うこともできるし、モーリヤックを読むよう考えこむこともできる。すべての小説家が「ふつうの小説家」であるという意味でドストエフスキーも「ふつうの小説家」である。ドストエフスキーだけはちがうのだ、彼は予言者なのだ、と宣伝して、そのお告げをわたしがみなさんに伝えてあげますという論は、ドストエフスキーの或る一面だけを特別大きく拡大して、それが全体であるかのように見せかける一種の詐術であって、この小説家はどのような「ふつうの小説家」であるのかを知ろうとするふつうの読者を助けてくれない〉

（『ドストエフスキー　生と死の感覚』中村健之介著、岩波書店、二六七―二六八頁）

ドストエフスキーも「ふつうの小説家」と中村が強調する時、先行する受容史のなかで、論者たちがこだわってきたツルゲーネフやトルストイ型の客観的リアリズムの小説家とは異質なタイプの小説家であるという見方を否定し、こと新しく「むしろ気分・感覚型の作家」であると設定しなおすことによって、初心の読者を素朴実在論的、自然主義的な自己流の論法に引き込む意図がうかがわれる。この立場を前提としてはじまる彼の論は、たとえツルゲーネフやトルストイ型の小説を扱う論法にはふさわしいものであっても、ドストエフスキーに関する限り、「ふつうの読者」としての自分の感覚に密着した独断的な単純化、一面化の論調に終始し、「プロクルステスの寝台」という誹りを免れることは出来ない。

その極端ともいえる主張の一例

〈ドストエフスキーは、唯物論的有神論者、体感による汎神論者〉（同、一一八頁）

〈作家を悩ました「神の問題」とは感覚的な次元で深刻な問題となる非論証的な「神の存在」なのである。プリミチヴな思考のもち主、あるいは素朴実在論者にとっての「神の存在」と言いかえてもよい〉（同）

中村の論述に一貫して目立つ単純化した論調は、経験を積んだドストエフスキー読者に素直に受け入れられるだろうか。自分の身の丈に合わせて相手を裁断する論者・中村の姿だけが大きくクローズアップされる印象を受ける。中村には作中の作者像をめぐっての視点の所在や表現のパラドックスは通じず、文字通り「病気の作家」（「ドストエフスキーのパーソナリティの特徴は病である」）であり、作家の人間観もおそろしく無責任なものと規定されることになる。

〈どうやらドストエフスキーは、犯罪者だけではなく、一般に人間を、まだ病気を発症していない人間をもふくめてすべての人間を、みずから決断し行動しその行為に責任を負う主体的個とは思っていなかった疑いがある。ドストエフスキーは人間は病気であるという人間観の網を強引にもすべての人間にかぶせたいらしい。これは大問題であるが、ドストエフスキーの座右銘は「あとは野となれ山となれ　Aprés moi le déluge!」である〉

（『永遠のドストエフスキー』中村健之介著、中公新書、二〇〇四年、一九頁）

この論調は先に見た、一九七〇年代の全共闘運動を背景として、時代と血を通わせながら読みとった河上徹太郎や滝沢克己らの地下室人のパラドキシカルな精神像の解釈とは正反対なものである。このような中村の視点からは、「矛盾の背後の光」というパラドキシカルなフレーズでドストエフスキーの影響を語った椎名麟三の仕事や、パラドックスに満ちた聖書の表現や構造との比較で、現在『罪と罰』や『カラマーゾフの兄弟』を読み解こうとしている芦川進一の注目すべき仕事の意義も理解できないだろう。[4]

中村は自著の中で、ツルゲーネフやトルストイのドストエフスキー評をたびたび紹介しているが、彼のドストエフスキーへの態度は、この二人の同時代作家の目に同調して容赦のない客体化のまなざしであり、二葉亭四迷が提起した作家像を内在的に理解するための「観世法」（人間観）において、ドストエフスキー理解者としての資質に疑問符がつくように思われる。萩原朔太郎流にいえば、「本質的にはっきりした宇宙の両極」にあって、中村はおそらくトルストイ側の人にちがいない。彼は伝記作家モチューリスキーのドストエフスキーは〈わが身で体験したことだけを語った〉という言葉を引き、またソ連時代の研究者Ｂ・ブールソフの〈トルストイもドストエフスキーも自伝的な作家だった。《……》ドストエフスキーには一つ、トルストイにはない有利な点があった。それは現実の自分の体験と文学の仕事の全体が組み合わされていて、かれの生きて体験してゆくそれぞれの事実が、そのすべてが、創作の事実にもなったということである〉(『ドストエフスキーのパーソナリティ』一九七四年)という言葉を前掲書「まえがき」(二頁)で紹介し、大いに共鳴している。トルストイこそ小説において、複雑な語りの仕掛けなどは用いず、直截に自己を語った伝記的な作家というのが文学史の通説であるが、ドストエフスキーはトルストイ以上に伝記的な作家であった、というわけである。(実は私はブールソフの同著邦訳を一九七二年九月の「ドストエーフスキイの会会報」二二号で書評し、「率直にいって、本書は文学的に博識なトルストイ学者の書いた長大なエッセイという印象を否めない」と批判した)[5]。中村は自分自身の言葉でこう敷衍する。

〈ドストエフスキーのすべての小説がかれ自身のパーソナリティの濃い影あるいは拡大鏡なのだ。ドストエフスキーは自分において「人間の性格をちょくせつ掘り下げ」ることで小説を書いている〉(前掲書「まえがき」三頁)

さらに、ゴーリキイのトルストイの回想からを引用しながら、

〈ドストエフスキーが思考・哲学者型の作家というよりは、むしろ気分・感覚型の作家であることは、すでに、かれの同時代人トルストイが言っている〉

(『知られざるドストエフスキー』中村健之介著、岩波書店、一九九三年、一四―一五頁)

これはまさしくトルストイの鋳型にはめこんだドストエフスキー作家像にほかならない。作者と人物形象の関係が、これほど単純明快であるのならば、二葉亭にはじまる日本の受容史も、一九六〇年代以降バフチンやヴィノグラードフやリハチョフなどロシアの文学研究伝統を主軸とし

て展開してきている世界のドストエフスキー研究における「作者像、その位置」の議論もどこかに吹き飛んでしまうだろう。これは国際的なドストエフスキー研究の場ではとうてい通用しない視点である。

一九八〇年代以降、大手出版社とロシア文学専門家が手を組み、商業目的で読者大衆の興味に寄り添う形でドストエフスキー論や翻訳が出されるようになって、受容の潮目が大きく変わってきたように思われる。むろん一九六〇年代以降、ロシア文学でも大学院博士課程を経た研究者が輩出し、紀要や学会誌、国際学会などで活発に研究を発表する気運は今日なお高まる一方で、実はその流れで日本のドストエフスキー研究の水準は向上し、国際的な研究者の場でも市民権を得てきているのが実状である。ところが片や大衆的な読者を相手に商業出版の表舞台で出される刊行物は、世界のドストエフスキー研究の動向にはあえて背を向けるように、日本語という孤立言語の、しかも出版界やマスコミを牛耳る特定の人物たちの村社会でのみ通用する商品として機能している。

こうした現象の背景には、戦後一九七〇年代までの政治運動の沈静化と高度経済成長の余沢を受けた日本社会の精神的無風化、ポストモダニズム的反教養主義の風潮、文学研究におけるテクスト解体論、記号論などさまざまな要素の影響が考えられるが、一つのメルクマールといえるのは、一九七一年、ドストエフスキー生誕一五〇周年の記念講演会で、作家の五木寛之が「明るく楽しいドストエフスキー」というキャッチフレーズを提唱したことであろう。高度経済成長期の時代の空気を鋭敏に感じ取った作家のこの言葉が、一五年後に江川卓の『謎とき「罪と罰」』の執筆動機につながったと、江川は同書の「あとがき」で書いている。

中村健之介の登場も、本人の自覚があったかなかったかは別として、実はこの時代状況の同一文脈に位置づけられるはずである。「ふつうの小説家」を「ふつうの読者」に描いて見せるという中村のドストエフスキー論は、実はドストエフスキーをトルストイ型の作家像の鋳型にはめ込み裁断する、論者の独我論的立場の表明であったと私は思うが、江川卓の『謎とき』もまた別の方向からの独我論的手法で、論者が作者に成り変わって、「超越者」の位置を占めようとするものである。

〈日常の身体行動をリアルに記録する作者と、そこにひそかなからくりを仕掛けるもう一人の作者。そのどちらが真の作者であるかは明らかにされない。そして、この分身関係にあるらしいこの二人の作者を見定めようとするうちに、さらに一人、その背後にいるらしいものが幻視されてくる。よくはわからないが、おそらくこれは作者を超える存在なのだろう。その超越的な存在こそが、青年に敷居をまたがせ、「ペレストゥピーチ」という言葉を語り手にささやいたのではないだろうか〉（『謎とき「罪と罰」』二五頁）

〈「踰える―またぐ」ならまだしも、この日付のからくりを見破ることは至難のわざである。ロシア人を含めて、ふつうの読者にはまず不可能事と考えてさしつかえない。だとすると、ここでふたたび、なぜドストエフスキーは読み解かれるはずのないこんな仕掛けを必要としたのかという疑問がわく。つまり「四月八日―九月三十日」という日付の枠は、作者が設定したもののように見えながら、実は作者をこえるだれかから与えられたものではなかったかという疑問である。作者は、創作という神秘的ないとなみに向かうにあたって、いわば黙示されたこの日付を、自分自身に課された枠として受け容れる。その枠の中で作者は全力を尽くすが、その枠を課した存在を認識することはできない〉（同、二九頁）（傍線―引用者）

江川の文脈で「作者を超える超越的存在」とは誰かと問えば、それは他ならぬ論者ということになり、中村と同じ独我論が顔を出してくる。ここから神話的・フォークロア的故事を応用した、手品を思わせる江川流テクスト解釈が始まる。テクスト＝織物（テクスチュア）の透かし模様が過度に拡大されて、肝心の織り目のバランスを欠いたエンタメ性の読み物として仕立てあげられる。ドストエフスキー受容における読者の特権をかくも過信した恣意的なテクスト解釈の道筋がこうして拡大され、一連の模倣者が生まれることになった。その究極が亀山現象だと私は見る。亀山はこの道筋をわかりやすくパラフレイズしてくれている。

〈テクストというのは、いったん作家の手を離れたが最後、必ずしも書き手の言いなりにならなくてはならない道理はないのです。独立した自由な生き物になるのです。そして、かりにこれが誤読だとしても、私はこの誤読を大きな誇りとし、できるだけ多くのドストエフスキーファンに吹聴したいと思います。何しろ、真理は一つだけなんてことは文学では絶対にありえませんからね。数学や物理学の世界とはちがうのです〉

（『「悪霊」神になりたかった男』亀山郁夫著、みすず書房、二〇〇五年、一四四頁）

世間的にロシア語・ロシア文学の専門家の看板を背負った人物が、原文を読めない読者を相手に、恣意的なテクスト解釈に基づいた誤訳すらも恐れない行為（彼の新訳『カラマーゾフの兄弟』）、これこそ敷居を越え、禁じ手の一線を越えること（ペレストゥピーチ）にほかならない。[6]しかも亀山のドストエフスキー解釈の基盤ときたらはまたおそろしく時代錯誤的な俗流フロイト理論で、あたかもドストエフスキーがはるかに後輩のフロイトの影響を受けたのかと錯覚しそうな論調なのだ。

〈ドストエフスキーの描く心理的ドラマが、結果的に見れば、フロイト理論をきわめて忠実になぞっていたということを意味している。『カラマーゾフの兄弟』の殺される父親がフョードルというのもフロイト理論の枠内ではいとも容易に説明がつくだろうし、また逆に父親殺しの下手人スメルジャコフが去勢派宗徒のひとりであるという事実も、フロイトの天才的な読みを裏づける何がしかの証拠にはなるだろう〉（亀山郁夫「スタヴローギン——使嗾する神」—『ドストエフスキーの現在』亀山郁夫・江川卓共編、ＪＣＡ出版、一九八五年、五八頁）

〈『地下生活者の手記』でも、その中心をなしているイデーは「苦痛は快楽である」というサド的観念であり」〉（同、四九頁）

〈「ドストエフスキーはここで、サド的放蕩児や虐待する人間の快楽という視点から、虐待される人間の快楽という視点へと百八十度方向を転じてしまう〉（同、五〇頁）

〈スタヴローギンとマリヤの関係の破綻は、すなわち死刑執行者と犠牲者の抱擁というサディズムのユートピアの崩壊を意味している〉（同、五四頁）

一九八五年に亀山郁夫がこの評言を発した前年の一九八四年に、亀山とほぼ同世代の福井勝也が、次のような鋭い的確な評言を残していることの意義を忘れてはならない。

〈今日の現代心理学あるいは精神病理学が到達した学問的成果を援用して作品理解にあたる際、ともすると、その無自覚的な近代的視点の故にドストエフスキー的精神像の歪みを、単にある仮定的な心理学的範疇——主として病的あるいはそれに類する範型に、あてはめて解釈することで事足れりとする理解に導かれやすい。そこには、ドストエフスキーの作品をすでに予定された近代的視点によって解釈するという、言わば皮相な心理学的理解があるだけで、文学作品を作品のままに理解するという本来あるべき文学的読解が、抜け落ちかねません〉（福井勝也「無意識的なるもの――ドストエフスキーとユング」―『ドストエーフスキイ研究Ⅰ』ドストエーフスキイの会、一九八四年、五―六頁）

さらに福井はフロイト的精神分析によるドストエフスキー論に批判的であった小林秀雄に学びつつ、ロシアの民衆的基盤を探る作家の方法とユングの集合的無意識の理論の並行性を指摘し、当時としては先駆的、かつ示唆的な視点を提示している。

〈ユングは心理学者として、ヨーロッパの近代的自我意識の行詰まりに遭遇して無意識の復権をはかろうとしたのに対して、ドストエフスキーは芸術家として、同じ意図でロシアインテリゲンチャの魂の無意識的なものを探究したのではないでしょうか。ここには、ユングとドストエフスキーが直面した問題が、ヨーロッパ近代の孕む普遍的な問題として共通であったという事実が隠されています。ここに両者の人間に注ぐ視点が、重なり合ってくる根本的な要因があると思われます〉（同、一九頁）

小林秀雄がフロイト流の無意識の精神分析に批判的でありえたのは、昭和十年前後に日本の知識人・文学者の間で、地下室人の心理を作者の体験と同一視して伝記的に解釈するシェストフの説をめぐって展開された論争（「シェストフ論争」）の渦中にあって、彼が「地下室人の意識」を鋭く、深く理解していたからにちがいない。小林は「絶望するより他にする事がないといふ自覚が、絶望のうちに逸楽を発見する」追いつめられた「自意識」、「絶望と戯れる以外に生きる道がなくなった男」（六・一二九）にその意識の本質を洞察した。

小林のこの洞察はドストエフスキー自身の「最高のリアリズム」を標榜した作家的自負に正確に

一致しているばかりか、作家より八歳年長の同時代人、デンマークの思想家キルケゴールの「死に至る病」（絶望のこと）の解釈と同質のものを感じさせる。まず、地下室の意識についてのドストエフスキーの言葉を創作ノートから引こう。

前書きのために

一八七五年三月二十二日のメモ

〈わが国の社会には基盤がない。生活というものがなかったので、規則も生き続けていない。大規模の震動で、すべてが途絶し、崩壊し、あたかも存在しなかったように否定されている。西欧のように表面的なだけではなく、内面的に、倫理的に否定されている。中流・上流階層の（家庭の）生活を高い芸術性で描いたわが国の有能な作家達、トルストイやゴンチャロフは大多数の国民の生活を描いたと考えているが、私にいわせると、彼らが描いたのは例外の生活である。反対に彼等の生活こそが例外の生活であって、私の生活が一般的な規則に沿った生活である。より偏見のない目で見る未来の世代はこのことを信じてくれるであろう。真理は私の側にあるだろう。そうだと信じている《……》

地下室と『地下室の手記』。自慢するが、ロシアの大多数の本当の人間を引き出してきて、その奇形化した悲劇的な本質をはじめて明るみに出したのは私である。悲劇の本質は奇形の意識にある。シルヴィオや現代の英雄にはじまり、ボルコンスキー公爵やレーヴィンにいたるまでの人物は、主人公としてちっぽけな自尊心を代表する存在で、「よくない」、「悪い育てられかた」をした者達で、更正することが可能である。《……》しかしこれは彼等がちっぽけな自尊心の人物以上の者ではないからである。地下室の悲劇を引き出したのはただ私ひとりだけだ。それは苦悶と自己刑罰と、より良きものを意識しながらもそれに到達不可能という状態にあって、すべてがそうなのなら、おそらく更正してもしかたがないと、その不幸な者たちが明確に確信するにいたる悲劇なのだ！　更正しようとする者を支えてくれるものは何か？　報奨か信仰か？　報奨を出してくれる者はいないし、信仰の対象もない！　そこから踏み出す第一歩は、それはもう淫蕩（разврат）であり、犯罪（殺人）である。秘密（тайна）〉（「創作ノート」―アカデミー版『ドストエフスキー全集』第一六巻、三二九頁）（傍点部―原文イタリック、傍線―引用者）

『地下室の手記』の主人公を基点として、絶望の渦中にあって自意識が高揚するのが、後期に至るとスタヴローギンであり、また『おとなしい女』の主人公である。彼等はドストエフスキーによる「地下室の意識」の芸術的表現の極致といえよう。ドストエフスキーの右記の言葉に、キルケゴールの『死にいたる病』のなかの「絶望して自己自身であろうとする絶望―傲慢」の一章に見られる次の記述を対照させるならば、スタヴローギン・タイプの地下室人の意識の実体がより明確にイメージされるように思われる。

〈この傲慢の絶望のなかで、ふたたび意識の上昇がはじまる。それは自己についての意識の上昇であり。絶望の何たるかについての意識の上昇であり、さらに自己自身の絶望についての意識の上昇である〉（『死にいたる病』キルケゴール著、松浪信三郎訳、小石川書房、一九四八年、一一三頁）

〈絶望している自己が行動的である場合には、自己は実のところつねに実験的にのみ自己自身に関係する。たとい自己がどんなに大きなこと驚くべきことを企てていようとも、またいかに根気よく行動していようとも、それは実験的なのである。自己は自己以上のいかなる力をも知らない。それゆえに、自己には根本的な真剣さが欠けている。自己はただ自己自身を相手とするこの実験にじぶんから細心の注意を向けることによって、真剣なように見せかけることができるだけである。自分ではいくら真剣なつもりでも、それはただ見せかけの真剣にすぎず、したがって実は何ら真剣なのではない。本当の真剣は、ただ神が人間を見ているという考えのうちにのみ存する〉(同、一一五―一一六頁)

キルケゴールのこの記述のリアリティを感じとるには、スタヴローギンの告白を聴いた後の、チーホン僧正のコメントをじっくりと読む必要があろう。重要な指摘がいくつもあるが、その一つをあげてみる。

〈あなたの叙述にはところによって、強い表現が使われています。自分の心理にうっとりとして、一つ一つの細部にこだわっておられる。もっぱら読者を無感覚ぶりで驚かそうとの様子が見えますが、そんな無感覚をあなたはお持ちじゃないのです。どうですか、これは罪ある者の裁き手に対する傲慢な挑戦ではないでしょうか?〉(二一・二四)

ドストエフスキーの作家像を求めるならば、本来、こうした「地下室の意識」の傲慢の虚栄性を見破るチーホンの眼、『地下室の手記』の主人公の「不幸な意識」を見破るリーザの眼にこそ着目すべきであろう。そうでなければ、ドストエフスキーが「自分ひとりが地下室の悲劇を引きだした」と自慢する理由は理解できないはずだ。

ツルゲーネフやトルストイなど地主貴族出身の十九世紀客観的リアリズム型の同時代人作家が描いた、いわゆる「余計者」のタイプ(沈滞した貴族社会の習俗からのはみ出し意識を抱えた人物で、ドストエフスキーにいわせると、「更生」可能なタイプ)とは異質な、救いようのない悲劇的な社会的タイプを描き出した小説家を当時の文学界も正当に評価できなかったのである。そこでドストエフスキーは次のような声を発している。

〈地下室だ、地下室だ、地下室の詩人だ――時評家たちはそれが私にとって何か屈辱的なもののように繰り返している。馬鹿者たちだ。それは私の名誉なのだ。なぜならそこには真実があるからだ〉〈地下室の原因――それは普遍的な諸原則への信仰の消滅。《神聖なるものは何もない》〉（「創作ノート」一六・三三〇）（傍点部―原文イタリック）

〈地下室人はロシア的世界では主要人物である。この種の人物について、どの作家よりも多く語ったのは私である。もっとも他の作家も語るには語った。なぜならば気づかずにはおれなかったからである。〉（文学遺産第八三巻『未刊のドストエフスキー』一九七一年、三一四頁）

ドストエフスキーを「体感による汎神論者」と見たり、スタヴローギンを含む地下室人を「サド・マゾ」の理論で解釈してこと足りるとする通俗的論者には、作家が自負するこの洞察の深さを理解することは出来ない。キルケゴールとの対比を脚蹴《あしげ》にする中村健之介のような論者には地下室の意識の意味は見えてこない。（中村いわく、「ドストエフスキーはしばしばキルケゴールと並べて論じられるが、かれは、キルケゴールのように生の意味を分析していわばいじくりまわすように問う傾向はなかった。ドストエフスキーの選択は常に「生きているのはよい」であった）（『知られざるドストエフスキー』一七頁）

またスタヴローギンの告白（「チーホンの庵室にて」）の雑誌掲載問題をめぐって、「ロシア報知」の編集者リュビーモフ宛の手紙（一八七二年三月）に作家が次のように訴えていることの重要な意味も、通俗的論者の目にはとまらないのだ。

〈前にお送りした原稿（「チーホンの庵室にて」）はもう掲載してもいいと思います。ひどく猥雑なところは、すっかり削除しましたし、短くしました。《……》私は事の本質を放棄することができなかったのです。（私が信ずるに）それはまったく一つのタイプです。わがロシアのタイプです。遊惰な人間ですが、遊惰を欲したためではなく、すべての肉親的なものとの連繫を失ったからです。何よりも重要なのは、信仰を失ったからです。憂愁のために放縦に陥ったのですが、良心は持っていて、再び更生し、信仰を獲得したいと、受難者ともいうべき痙攣的な努力をしている人間です。ニヒリストと並んで、これは重要な現象です。これは現実に存在します。これはわれわれが信ずるものの信仰を信じないで、全然べつの完全な信仰を要求している人間です……〉（アカデミー版二九―一・二三二、米川訳一七・四五）（傍点部―原文イタリック、傍線―引用者）

ところがあろうことか、亀山郁夫は最近著の『謎とき「悪霊」』で、この編集者宛の手紙中の「ひどく猥雑なところは、すっかり削除しましたし、短くしました」の記述に跳びついて、これまで誰ものべたことのない珍説を展開するのである。すなわち、この記述を裏付けるものとして、「あまりにも猥雑な」出来事を記した異稿が別に存在していたのではないかというのだ。その個所とは、スタヴローギンがマトリョーシャを弄び、少女が感覚的に逆らえずに反応する場面で、「その場に留まった」と次の「いっさいが終わったとき」の段落間の空白の部分がそれらしいというのだ。このような読み方をする者にはスタヴローギンの意識の本質的な部分は見えてこない。その如実な証拠と思われるのが、亀山訳の「告白」（『悪霊2』）に見られる重大な誤訳であろう。主人公がマトリョーシャとの一件を旅先で回想する個所。

〈私にとっては、ことによると、あのしぐさそのものの思い出は、今にいたってもなお、さほど厭わしいものではないのかもしれない、もしかしたら、あの思い出は、今も何か、私の情欲にとって心地よいあるものを含んでいるのかもしれない。いや——たったひとつ、そのしぐさだけが耐えられないのだ。いや、私が耐えがたいのは、ただあの姿だけ、《……》

亀山が少女の「しぐさ」と誤訳している単語は поступок《パストゥーポク》（行為）で、これはスタヴローギンが「絶望のうちに意識が高揚する」地下室的な意識から抜け切らず、自分自身の行為のシニシズムを正当化しているせりふにほかならず、自分の「行為」を振り返って弁明しているのである。念のためロシア人の研究者にも意見を求めたが、それ以外には読めないということだった。なお、最後の傍線の個所（「いや——たったひとつ、そのしぐさだけが耐えられないのだ」）は、誤訳を上塗りするために余分に付け加えられた捏造行で、原文にはそれはなく、「いや、私が耐えがたいのは、ただあの姿だけ、」と続く。

私はこのことを二〇一一年四月三十日付で、私のサイト「管理人T.Kinoshita」のページで、〝『悪霊』「スタヴローギンの告白」における重大な誤訳〟と題して指摘した。ところがこの後に出た『悪霊　別巻——「スタヴローギンの告白」異稿』では、第二巻を買わされ、読まされた読者へは何の釈明もなく、「しぐさ」は「行為」にこっそり訳し変えられ、捏造行の「しぐさ」は「姿」に変更されているではないか。これは第二巻を買わされた読者への重大な背信行為ではないのか。この無定見ぶりからうかがわれるのは、訳者は自分の犯した誤訳の重大な意味すら自覚していないのではないかということである。

スタヴローギン像のイメージに関わる主人公とマトリョーシャとの一件はロシア語で「スタヴ

ローギンの罪」(スタヴローギンスキー・グレフ《ставрогинский грех》)という表現で通用しているが、この場面をめぐっては、ロシア人研究者の間には定説があり、私も見解を同じくする。それは『悪霊』掲載の雑誌「ロシア報知」の発行者カトコフが「スタヴローギンの告白」の章の掲載を差し止めた動機をめぐるもので、一〇年前の一八六一年、ドストエフスキー兄弟の雑誌「ヴレーミャ(時代)」とカトコフの「ロシア報知」との間で起きた、プーシキンの「エジプトの夜」の評価をめぐる論争が影響しているとする説である。一八六一年当時、地方都市ペルミの社交界の一婦人が、プーシキンの「エジプトの夜」の場面——クレオパトラが夜の歓楽の相手を選ぶ場面を公衆の面前で朗読したという事件に端を発したジャーナリズムの議論は、このプーシキンの作品の芸術性、猥褻性をめぐっての、カトコフの雑誌「ロシア報知」との論争に発展していった。ドストエフスキーは「『ロシア報知』への答え」という記事でこう書いた。

〈いま私達がはっきり確信するにいたったのは、この「きわどい表現」という言葉によって、あなたたちは何かマルキ・ド・サド的なもの、好色的なものを意味しているということだ。それは違う、まったく違う。それはご自身から物ごとに対する本当の、純粋な見方を失うことを意味する。あなた方が頻繁に口にするあのきわどい表現なるものは、あなたがたにいわせれば、実際に誘惑的なものかもしれないが、わたしたちにいわせれば、恐るべき程度にまで至った人間の本性の歪みにすぎない。そしてそれは決して好色などころか、強烈な印象を読者にあたえるような独自の視点からこそ(その視点こそが肝心である)示されているのだ〉(「『ロシア報知』への答え」「ヴレーミャ」誌五月号、一八六一年)(一九・一三五)(傍点部—原文イタリック)

〈彼女（クレオパトラ）は当時の社会の代表者で、その社会の基礎はとっくに揺らいでいるのだ。あらゆる信仰は失われ、希望は無益な欺瞞としか思われない。思想は色あせ姿を消していく。神の火は消えた。社会は道からはずれ、冷たい絶望の中で、自己の前に深淵を予感し、その中に崩れ落ちるのを覚悟している。生は目的を失ってあえいでいる。将来には何一つない。すべてを現在に求めなければならない。差し迫った目先のことだけで生を充たさなければならない。すべては肉体に移り、だれもが肉体的淫蕩に跳び込んでいく。欠けている高度の精神的印象を充たすために、自分の神経、自分の肉体を、感受性を刺激しうるいっさいの方法によって興奮させる。この上なく奇怪な変態性、この上なくアブノーマルな現象が段々に常態となっていく。自己保存の感情さえ消えていくのだ。クレオパトラはこの社会の代表者である〉（一九・一三五―一三六）

ここでのべられたクレオパトラの像は、まさしくスタヴローギン像のイメージと重なり合うものだろう。生に退屈しきったクレオパトラは「マルキ・ド・サドでさえ赤ん坊に見える」残酷な淫蕩、「自分の犠牲を見て楽しむ、陰惨で病的な」淫蕩に跳び込むのだが、その魂には「多くの力強い、毒々しいアイロニーがある。このアイロニーが今や、彼女の内でうごめき始めたのである」と、ドストエフスキーは書いている。この作者の記述は、『悪霊』第五章でワルワーラ夫人がステパン氏相手に、息子を苦しめてきたのは「憂鬱で『突発的なアイロニーの悪魔《デーモン》』」だったといい、この「アイロニーの悪魔《デーモン》」というのはステパン氏の言葉だと指摘していることとも無関係ではない（第一編第五章「賢しき蛇」）（一〇・一五一）。このあたりにクレオパトラとスタヴローギンに架けられた作者の隠された視点が感じとれるはずである。

「〈告白〉のない『悪霊』は、丸屋根のない正教寺院である」というフレーズを亀山はあたかも自分の著述のエピグラフか金科玉条の言葉であるかのように、繰り返し引用しているが、この言葉の主・ユーリー・カリャーキンにいわせると、カトコフによる「告白」掲載拒否の動機は高尚な倫理的理由からではなく、一八六一年の「エジプトの夜」論争で、ドストエフスキーに敗北したことへの「復讐（реванш）」であり、〈ドストエフスキーによる『エジプトの夜』評価は、「チーホンのもとで」の章の（意図せざる）見事な自己評価である〉（『ドストエフスキーと黙示録』「猥褻ではなくショッキングな印象」[7]）（傍線―引用者）

これまで見てきたように同時代作家たちの人間描写の底の浅さを厳しく批判し、芸術家の自覚と自負をもって「地下室の意識」の人物・スタヴローギン像を描いた作家ドストエフスキーに、亀山のようにサド・マゾの個人的な嗜癖を穿鑿《せんさい》したり、何か自分の過去の罪の影に怯えるかのような「家庭内検閲」といった訳のわからない言葉を使ってその作家の人間像を矮小化することに何の意味があるのだろうか。あるとすれば、ドストエフスキー像の通俗的な解釈で「ふつうの読者」の低俗趣味に迎合して、自分の視点を新奇なもの（実はアナクロニズム）のように装って、商業的に売り込まんとする意図よりほかには考えられない。

ここで最後に、若き新進作家ドストエフスキーが兄ミハイルに宛てた手紙（一八四六年二月一日）で、読者の無教養ぶりを嘆いていることを思い起こすのも無駄ではなかろう。この言葉は本論文で冒頭にあげた二葉亭四迷の洞察（作者は人物の内部にいて人物と同化し、人物の言葉でしゃべっている）とも響き合っているはずである。

〈わが国の大衆はすべての群集と同様に、直覚を持っているが、教養がない。どうしてあのようなスタイルで書くことができるか理解できない。すべての作品に作者の面《つら》を見ることに彼らは慣れている。ところがぼくは自分の面《つら》を見せなかった。あれはぼくではなくジェーヴシキンがしゃべっているので、ジェーヴシキンはあれ以外の話し方はできないことに思いもよらない。《……》ぼくは「総合」ではなく「分析」でいく。つまり深さに向かって進み、原子を究明しながら全体を発見する。ゴーゴリはいきなり全体を取るから、ぼくほど深みがないのだ。〉（二八・一一七―一一八）

　最後にもう一つ、作品のなかでの作家の位置に関して、現在のロシアのドストエフスキー研究での、定式とも言うべき公約数的な理解を紹介する。これは第一線で活躍する研究者たちが参加して、一九七七年に出た『ドストエフスキー・便覧事典――美学と詩学篇』（G・シチェンニイコフ編集、チェリャービンスク）（«Достоевский, Эстетика и поэтика, словарь-справочник» Челябинск, 1997）からのもので、「作者」「作者と主人公」「作者の評価」などの項目があるなかでの「作者の位置」（«авторский статус»）という項目の記述である。（執筆者は二〇一二年四月に惜しくも急逝した、研究者ナターリヤ・ジヴォルーポワ）

　「ドストエフスキーの小説の芸術的システムにおいては、作者の位置は、つねに作品のトータルな意味を補完する〈仮想現実〉のごときものとしてあって、多種多様な形で現象する。作者の立場や主題、もしくは語りの解釈を作者の実在の領域として解釈することは正しくない。なぜなら作者の立場はまさしく作品の複数の意味のシステムとして現れるのであり、その際、小説のフォームの諸関係こそ、作者の芸術的能動性の実際の発現なのである」

（『ドストエフスキー・便覧事典――美学と詩学篇』六九頁）（傍点部―原文ゴシック）

ロシアの連続テレビ映画「ドストエフスキー」の話題、そして亀山郁夫『悪霊　別巻』の解説の「主要文献」V・スヴィンツォフの論文とはいかなるものか

二〇一一年は作家生誕一九〇年の年であったが、記念番組の伝記映画「ドストエフスキー」がテレビチャンネル「ロシア1」で、五月二十二日から八回にわたって放映された。監督―ウラジーミル・ホチネンコ、脚本―エドアルド・ヴォロダルスキーで、ドストエフスキーを演じたのはTV映画『白痴』でもムイシキン公爵を演じ、好評だった有名な俳優ミローノフである。ペロフの有名な肖像画に似せた役造りで、さすがと思わせる名優の演技力ではあったが、なにしろ脚本・演出が伝記の事実を無視した興味本位の恣意的なもので、研究者たちからは厳しい批判が浴びせられている。専門家（エキスパート）として名前を出すはずだったペテルブルグの博物館の副館長ボリス・チホミーロフは脚本のあまりの内容にあきれて身を引いた。リュドミーラ・サラースキナによれば、「知られざるドストエフスキーを描く」との監督の前宣伝を真に受けて、新しい資料に基づいた作家像を期待していたが、期待はずれどころか、伝記的事実をむやみに捻じ曲げたひどいものであった。

これらの事情は、有難いことにインターネット万能のこの時代、Googleのロシア語検索で、日本でも居ながらにして映画そのものを無料で見ることができるし、その映画に対する一般視聴者の反応、研究者の批判も知ることができる。サラースキナが活発に発言していて、その一部を紹介する。

〈製作者たちは「記念碑的な作家像を超える」と意気込みながら、今日のロシアの視聴者は文学的偶像が容赦なく暴露されることを期待しており、決定的に名誉失墜することを願っていると思いこんで、陳列棚の骸骨を探しまわり、スキャンダラスな私事のディテールをしゃぶり味わっている。ドストエフスキーの言葉に返るならば、「人間は正しい者の転落とその恥辱を好む」というわけだ〉

〈ドストエフスキーの主人公達の俗悪で、うしろ暗くて、犯罪的なものすべてが、威勢のよい意地悪な手つきでもって、作者の持ち前のものとされている。気の弱い、不実な人間、借金にまみれた男、「卑劣な嘘つき」（パーシャ・イサーエワのせりふ）、重苦しい「懲役人」の眼差しから離れられない陰鬱な人間、賭博づけの男、不幸な癲癇病み、淫蕩なエロ男――この男が突然やみくもに、洗練された自由主義者ツルゲーネフに重い非難の言葉を投げつけたり、西欧主義者のゲルツェンを陰で痛罵したり、自国の悪霊どもを威嚇的に暴露したり、彼の誘いを拒否する女性に聞き苦しい言葉を吐いたり（「あなたは可愛いばかりの唖者だね」）（著者註―アンナ・クリコーフスカヤに対して）するかと思うと、道徳と愛国心と神への信仰を宣伝する、こんな姿を誰が信じることができようか？〉

（「悪徳の狭間の天才」――「ロシア新聞」二〇一一・五・二七号）

サラースキナは映画をこう厳しく断罪する理由を別の「ドストエフスキー ponaroshku（「まがいもの」の意）」と題する記事（「文学新聞」二〇一一年六月一―七号）で、事実の歪曲の例を数多く挙げながら詳しく書いている。その代表的な幾つかの例を註で紹介する。[8]

一方、サラースキナの記事をネットにアップしているメディア「テレヴエディニエ」（«ТелевЕдиние»）の編集部は次のような前書きをつけている。

〈予言者的作家についての初めての伝記ドラマシリーズはテレビの視聴者を驚くべき形で分離させ、また同時に結びつけた。ドストエフスキーの生涯と創作の研究に歳月を費やしてきた研究者たちは、作家の人生の記録によって確証された事実が、シナリオで、いとも易々とわがテレビ界の魔力的な嗜好に合わせて改ざんされ、蹂躙されるのに震撼させられた。《……》その一方、多くの者がこう考えているのも根拠がないわけではない――シリーズは素晴らしい、〈ペロフの肖像画〉風の暗い教科書的なドストエフスキーの代わりに、われわれは生きた情熱的な、明るい、罪深い、現代に同調するドストエフスキーを見たのだ、と。期待されるのは、シリーズが作家の創作への関心を必ずや喚起するだろうということである。事実、話によれば、書店でのドストエフスキーの著作の若い人たちによる売れ行きは、ぐんと活気づいているという……次のシリーズも期待されている。ドストエフスキーは傾倒者も反対者も結合させたのである〉

これはマスコミ、マスメディアに特有の、いかにもご都合主義的な態度表明で苦笑せざるをえない。スキャンダルであれ何であれ、話題となりコマーシャル的に成功すればすべてが万々歳というわけである。カーニバル的などさくさで、マイナスもプラスも裏腹であるかのようなロジックはこの場合、不謹慎な悪い洒落でしかない。

問題はドストエフスキーという作家、作品に対する本質的な理解の欠如である。二十世紀になって、V・イワーノフ、ベルジャーエフ、M・バフチン、ヴィノグラードフ、D・リハチョフ、フリードレンデルなど、ロシアのすぐれた思想家、言語学者、文学研究者たちによって追究され、またその伝統を受け継ぐ現代ロシアの研究者たちによって解明されてきた、ドストエフスキー固有の人間学（人間と世界に対する態度）、そのイデーに裏付けられた作中人物に対する作者の態度、いいかえれば、啓蒙的理性を信奉する十九世紀の客観的リアリズムの作家たちとの際立った違いを感じさせるその創作の独自性についての認識不足から来ているのではないか。すなわち、作中人物の性格や行動を安直に作者の体験に帰着させる、あるいは作者の体験のストレートな反映を作中人物に見る、いわば自然主義的、素朴実在論的な錯誤が通俗化されたドストエフスキー解釈の根底には共通して存在するのだ。

私は亀山郁夫の『悪霊　別巻―「スタヴローギンの告白」異稿』の解説で、ヴィターリー・スヴィンツォフなる人物の名を初めて知った。彼は一九九九年の文芸誌「新世界」（«Новый мир»）五号に「ドストエフスキーと男女関係」という論文を発表していて、亀山は主要参考文献にこの論文を掲げ、解説に使っている。つまり「近年のドストエフスキー研究のいちじるしい進化＝深化をふまえ、精密で画期的な解説を加えた」という宣伝文句の柱の論文である。[9]

スヴィンツォフによればドストエフスキーはスタヴローギンによるマトリョーシャ誘惑に関わる「スタヴローギンの罪」（«ставрогинский грех»）に類似した後ろ暗い過去を何時かの時点に持っていて、生涯、告白、懺悔の衝動にかられ、時折、暗示的に、断片的に友人、知人にもらしていたということになる。作家の罪意識を伝記上の出来事に帰するための予備作業として、この論者はロシア科学アカデミー・ロシア文学研究所編で、ドストエフスキーの年譜に関して現在、最も信頼出来るものとされている『ドストエフスキーの生涯と創作年代記』（«Летопись жизни и творчества Ф.М. Достоевского» в 3 тт.）三巻本の或る記述の信憑性に疑問を投げかける。

それは「一八三〇年代初め」の項にあるエピソードで、ドストエフスキーが晩年の一八七〇年代になってA・P・フィローソヴァという婦人のサロンで語ったとされる伝聞証拠である。すなわち、彼が幼年時代、御者だか料理人だかの娘と遊んでいた時、酔っぱらいの暴漢がその少女を犯し、少女は血を吐いて死んだ、というショッキングな事件で、これを「赦すことの出来ない最も恐ろしい罪悪だ」と作家は考えていたと記述されていて、さらに編集者のコメントには、この少女陵辱のテーマが後にスヴィドリガイロフの悪夢や、『白痴』のナスターシャや『悪霊』のマトリョーシャなどのテーマになったと書かれている。

スヴィンツォフがしきりにこだわるのはこの事件がはたして伝記上の事実であったのかどうかということであるが、この話は記録に残されたものではなく、二十世紀になってフィローソフの姪、ツルベツカヤ公爵夫人による二重の口伝での回想に基づくもので、確かに信憑性に乏しい点は否めない。もしこのエピソードが事実なら、少年時代に一緒に過ごした兄ミハイルや弟アンドレイの回想、またアンナ夫人の回想にも何らかの形での言及がないわけがない。スヴィンツォフはこのことをくどいくらいに力説してこの事実を否定したあげく、ドストエフスキーの作品に少女性愛のテーマが繰り返し出てくるからには、何らかのやましい罪の意識にさいなまれる事実が作家自身の身の上にあったにちがいないとの仮説を打ち出し、その証拠探しをはじめる。その有力証拠として論者がまずあげるのは、晩年のアンナ夫人の身近にいたドストエフスキーの最初の伝記研究者グロスマンの言葉である（「ドストエフスキーの道」一九二四年）。ドストエフスキーは「好色に倦み飽きた男が子供の身体に引かれるという醜悪なテーマに何か驚くべき執拗さで関心を向けた。」

さらに論者が引くのは次のような意味深な言葉である。

〈ドストエフスキーの病的な意識には自分が何か重い罪を犯したという考えがいつも生きていて、《心理的に重大な罪》（まさしくスタヴローギンの罪を意味する――V・スヴィンツォフ）が存在し、ドストエフスキーは苦しい思いをしていた、ということを認めざるをえない。彼は自分の良心に横たわる何かの重い罪過のことをたびたび口にし、自分を犯罪者であるとしばしば感じていた〉

次にスヴィンツォフが論拠とするのは、作家の生前すでに広まり、そして死後も再燃した「スタヴローギンの罪は彼にとって伝記上のもの」という噂である。

これらの噂は架空のものにせよ、実際のものにせよドストエフスキーの自己告白（最初はツルゲーネフ、後になると、ヴィスコヴァートフの言葉を引用してのストラーホフによる証言）に基づいており、いろんな時期に、さまざまな反応を引き起こしてきた。この数十年のロシアのドストエフスキー文献では、これらの噂は事実にはそぐわないもので、悪質な中傷とすら見られてきた。中傷者の役割は、（時には曖昧に、時には公然のテクストで）まずツルゲーネフとストラーホフに帰せられてきたのである。

ここでスヴィンツォフはロシアの研究者たちの一般的な見解にアンチの姿勢を打ちだしながら、この噂の信憑性をつぎのように強調する。

〈スタヴローギンの罪に関するドストエフスキーの自己告白についての噂の流布に関与してきたのは実に多数の「尊敬すべき人々」（研究者ヴォルギンの表現で、前記の少年時代のエピソードを知らなかったツルゲーネフ、トルストイその他を指す―引用者註）であって、（関与という表現で、私は少なくとも信頼可能な噂ということを意味している）ツルゲーネフ、トルストイ、グリゴローヴィチ、ストラーホフ、時代が下って、シェストフ、フロレンスキー、さらに下って、トゥィニャーノフ、ギンズブルグ……その他、さほど有名ではない人々。せめて挙げるならば、ヴィスコヴァートフ教授あるいは、いまや忘れられた作家のヤセンスキー、彼はツルゲーネフもドストエフスキーも知っていて、後者が「色魔」（сластобесие）であるという噂の流布にはドストエフスキー自身の責任があると信じて疑わなかった〉

スヴィンツォフはドストエフスキー研究者たちよりも、これらの文学者たちを信頼すると、さらに明確に表明する。

〈ドストエフスキーの「尊敬に価する」同時代人達は、作家の生涯と創作を自分の職業の対象にしている今日の文学研究者たちより愚かだろうか？　言い換えれば、生来の中傷癖や何か特別の不思慮さを疑うのは困難なこれらの人達の知識と直感よりも、幾人かの――ローザノフに比べれば確かに「現在的な」、文学研究者たちを信じなければならないとは、私にはまったく解せない〉

こうした発言から明らかに読みとれるのは、二十世紀になってロシアの文学研究者たちにより解明されてきたドストエフスキーの作家像、創作のなかでの作者の位置、作中人物に対する態度、関係といった、トルストイ、ツルゲーネフ型の作家とは違った独自性についての、関心と理解がこの論者にもまったく欠けていることである。スヴィンツォフが日本型のこの種の論者と同じく、素朴実在論的、自然主義的、俗流フロイト主義的な人間観、文学観の持ち主であることは、彼の他の発言の断片からも推測される。

彼によれば、好色というと否定的に受けとられるが、悪い好色家を描いたドストエフスキー自身にも責任がある。エロスはリビドーであって、生命力である。ラキーチンが言うように、好色は愛や美の崇拝とも無縁ではない（特徴的なことにスヴィンツォフはラキーチンの言葉を重視する）。ドストエフスキーは好色家の体質を持っていた。しかもそれは少女性愛的な嗜好であり、脚フェチシズムである。（その証拠として、スタヴローギンによるマトリョーシャの、モークロエ村のドミトリー・カラマーゾフよるグルーシェンカの脚へのキス、伝記上はスースロワとの西欧旅行中のエピソード、晩年、エムスからアンナ夫人に宛てた手紙の表現）

この問題に関して、スヴィンツォフはこう論述している。

〈少女性愛のテーマはより広い好色のテーマに含まれる。好色のテーマは人間の罪性のテーマに重なる。ドストエフスキーの創作において、このテーマは人間学一般の思索の動因であるばかりではなく、芸術的な自省を引き起こす源である。芸術創造一般に見られるように、作家はしばしば自己を覗き込むのである。

ドストエフスキーが自分の多くの主人公たちに自分の性格や伝記的なディテールを付与していることは、とっくに知られている。芸術的虚構を自分の人生経験と結びつける才能はどの作家にも特有のもので、なんら不思議ではない。人物形象への一種の「移入」（心理学者はこれを«емпатия»«empathy»と称する）は芸術的論証の根拠であって、これを欠いては人物の真実らしさも、結果として、作者への読者の信頼もない。ドストエフスキーとても例外ではない。しかし恐らく彼の場合、伝記的・芸術的に並行したモチーフがとりわけ強力である。《……》ドストエフスキーは多くの私事にわたる内密のもの、個人的なものを彼が描く好色漢たちの形象に移入した。ドストエフスキーがオポチーニンとの談話でひどく「熱をこめて」話した「男女関係」の話がどのような側面であったのかについては、私たちは知ることができない。しかしながら推測されるのは、回想記者が紙に記すのも憚られるほどの露骨な「無作法なもの」であったであろうということである。もう一度、ラキーチンによる「好色」の定義にもどり、作家の内密な生活のいくつかのディテールと比較するならば、あまりにも明白な類似性に驚かざるをえない。例えば女性の足の件をとってもよい〉（傍線―引用者）

好色家ドストエフスキーのイメージを補強するために、スヴィンツォフは回想記者オポチーニンの記録を大いに利用しているが、回想記原文の文脈から見て、意図的な歪曲が見えてくる。ちなみにE・M・オポチーニン（一八五八―一九二八）は作家、歴史家、演劇研究家、蒐集家という肩書の持ち主。ドストエフスキーに関して、「ドストエフスキーとの談話から «Из бесед с Достоевским» 一八七九―一八八八　ペテルブルグで記録」と「F・M・ドストエフスキー（私の思い出とメモ）」(Ф.М. Достоевский – мои воспоминания и заметки）の二つの回想記を残している。

スヴィンツォフは自分の論文のエピグラフ（題銘）に、右記の「談話から」の一節を引いている。〈フョードル・ミハイロヴィチは何かのきっかけで男と女の関係について話をはじめた。男女関係について彼がとりわけ熱心に話すところから、彼がこの話題にひどく興味を持っていることを私は見てとった〉

この題銘のフレーズに続くオポチーニンの「談話から」の本文の記述はこうである。

〈全部を完全に記録することはしまい。多分、あまりに露骨過ぎるから……　ちなみに彼が話したことは――この問題では（つまり男女の関係では）一方がかならず被害をうけ、かならず卑しめられる。とくに二人が若い場合。若い男がくだらないやくざな女と関係を持って、値打ちを下げ、自分を卑しめる、あるいは反対に、おくてのなかでも早熟なやくざ者が清純な心を持った信じやすい女を辱める。取り返しのつかないことにもなりかねない。美しい花がひどい汚水まみれにされる。これは最悪の事態だが、あちこちで起きていることだ。男は路上で客を引くあんな安売春婦さえも、たやすく辱めたりする。男にはきまってより多くの変態性があるからだ[10]〉

この傍線（＝引用者）の個所がその前のスヴィンツォフの記述の末尾の傍線部に対応するのであるが、ここには対比して読めばわかるように、ドストエフスキーが自伝上の、紙に記するのも憚られるほどの露骨な「無作法なもの」を打ち明けたかのような印象はない。

オポチーニンのもう一つの回想文「Ｆ・Ｍ・ドストエフスキー（私の思い出とメモ）」を読むと、『カラマーゾフの兄弟』のイワンが幼児虐待のエピソードのコレクターであったように、ドストエフスキーは貴族社会の紳士たちの性的変質の事例に格別の関心を寄せていたと思われるのである。オポチーニンが「露骨で記録するのが憚られる」と思ったのは、ドストエフスキーが話すこうした生々しい事例ではなかったのか。

以下、要約しながらこの回想文を紹介しよう[11]。

〈Ｆ．Ｍ．は私を相手に話している時に、自分の方から男女関係と結婚の話を始めたことがあった。その行きがかりで、性的倒錯の問題に話が及んだ。この病理学の領域に彼が並々ならない関心を持っていることに私は気づいた〉（前記の「談話から」にも同じ導入文が見られることに注意！）

〈思うに、どんな人間も実際に現すか、想像にとどまるかの違いはあれ、ある程度まで、この種の倒錯にかかっている。ただ誰もそのことを告白しないだけだ〉

ドストエフスキーが語る、教会で出会ったある紳士の話。若くして死んだ並々ならぬ美女の葬儀の場。五十歳くらいの退職役人とおぼしき質素だが身なりのきちんとした男が私（ドストエフスキー）の目に留まった。その男は死者との告別の際に先ず唇にキスをし、組んだ両手に、多くの人の注目を引くくらい異常に長いキスをした。そのあと棺に一礼をして、群衆の中に姿を消した。死者の両親や近親者たちは、その紳士、〝見知らぬ友人〟の素性を尋ねあったが、誰にもわからなかった。「友人」であろうとするのが、見解の一致で、感動的な気分さえ生まれ、あれこれ推測が始まった。通夜の時に、豪華な白いバラの花束を届けに来たこの男を見たという近親者がいた。花束には通常、リボンがあって、そこに献呈者の名前が記されているものだが、その花束にはなかった。その謎がかえって感動を深めた。

時がたって忘れかけていた頃、私は再びその男と出会った。墓地で、花で覆われた白い棺を見送る人々の中にその男の姿を見かけた。彼は葬列の最後の群れにいて、悲しみに沈んだ参列者のなかで、異常に明るい顔をしていた。微笑んでいるとさえ思えた。彼は墓へは行かず、私の近くで立ち止まって煙草を吸いはじめた。彼は私に話しかけてきた。

「どんなに美しい女だったかご覧になりましたか？」――歓喜で顔を輝かせながら私に尋ねた。不意を突かれて「誰のことです？」と私はたずねた。「教会には行かなかったのですか？」と紳士。「いや」。「惜しかったですね、まことに惜しかったですね。またとない絶世の美を拝むチャンスを逃されましたな。あれはS嬢ですよ（と私の知らない姓をあげた）」「その人はあなたの知人か、親戚なのですか？」「いや親戚でも知人でもありません。今日、教会で葬儀の時に、お目にかかったばかりですよ」

この男は五等官ドミトリー・イワノヴィチ・Nで、ドストエフスキーの読者であった。その手口をたずねると、棺桶屋やその助手から金で情報を得る。それだけでは信用できないので、通夜に出かける。時には花束、それも豪華なものを持参して供える。どなた様からと質問されると、見知らぬ人からと答える。こうしておくと、教会の葬儀、告別の時にも怪しまれない。なぜそういうことをするのかという問いに対して――本物の絶世の美、しかも清らかな美というのはこの世の情欲によって汚されていない若い、輝きに満ちたもので、全く稀有の現象である。そのような美が天使となるべくこの世を捨てるのである。《……》美と清純さのみに天国への入り口は開かれるのである。そのことを頭と心で理解し、悲しむことなく、反対に喜んで、天使の仲間に入ろうとする人を最後の口づけで祝福し、見送る人間がいても悪くないのではないか。

肝心なのは「最後の口づけ」で、わたしはそれをいつまでも堪能したいので、美しい清らかな唇から離れるのがつらい……しかしあまり目立つようなことになってはいけない。

「葬儀の前に腐敗し始めている死体、血の気のない唇、死臭、こうしたものに何の魅力があるのですか？　恐怖ではありませんか？」

「何が恐怖なものですか。それどころか、大きな快楽があるのですよ……彼女の唇とあわさった自分の唇に感じる冷たい感触……この感触たるや恍惚とさせるもので、離れるのが苦しくつらいくらいですよ。死臭となると、しおれた花が発する匂い以上のものではありません。そのかわり喜び、歓喜たるや、いわくいい難い、強烈な感触です。あなたも一度試して見たらいかがですか」

この話を語ったドストエフスキーはオポチーニンに対して、

「あなた、どう思いますか？　人類は自分の仲間に何という変質者を生み出しているか、知ってましたか？」

「私（オポチーニン）はかっとなって、そんな変質者は生かしておけない、絶滅すべきだ(уничтожать)、そいつらが空気を汚しているのです、といった」

「ほれ、ほれ！　害虫を退治するように、絶滅すべきだとあなたが言いはじめるだろうと思っていた」

「こうした変質者を隔離するとなると、どんな刑務所も監獄も収容力が足りないくらいだ。多くの人が彼らの忌まわしい異常な罪を知っていながら、どこでも許容しているばかりではなく、わが国の上層の社会では、最も高い階層社会でさえも、好まれているくらいだから、どのようにこれに手をつけたらいいものかね。こうした変質者に対処する人がいたら見てみたいものだ、もっとも、彼らの醜悪行為については、誰もが、なかでも当局がもっともよく知っているはずなんだ」

「それではどうしたらよいのですか？　こんな悪徳が蔓延するのは放っとけないではありませんか？」

「それを防ぐ手段は一つ。本物の、固い健全な家庭。そのような家庭、強固な原則を持った、真に宗教的な家庭を築きなさい。子供をヨーロッパに連れて行ってはいけない。フランス人風情と付き合わせてはいけない（腐敗と醜悪行為はヨーロッパ由来だから）。要するに、蝿もゴキブリのつかないおいしいパンを食べたかったら、自分の台所で焼いて清潔を保つことにつきる」

ドミトリー・イワノヴィチ・Nにはその後、出会わなかったが、同僚だったという人物からの話

によると、

「彼は最高に善良で、物腰が柔らかくて、きちんとした、非の打ち所の無い人物だった」

「年老いた独身者で、女性とは付き合いがなかった」

この回想記を読むとおのずと連想される場面がある。それは『カラマーゾフの兄弟』でイワンがアリョーシャに児童虐待の事例を話して聴かせた時、犬をけしかけて少年を噛み殺させてしまった将軍について、「銃殺すべきだ」とのアリョーシャの怒りの言葉を誘い出した場面である。オポチーニンはドストエフスキーに想像を絶する変質者の事例を聞かされて、思わず「絶滅すべきだ」との怒りの言葉を誘発されたのであった。またそうした変質者が生まれる社会的背景について、晩年のドストエフスキーの十八番のテーマともいうべき「偶然の家庭」のテーマさえ顔を出しているのである。ここにこそおなじみの作家ドストエフスキーの像が浮かび上がる。

これにくらべて、スヴィンツォフがオポチーニンの回想記の断片を引用して描こうとするドストエフスキーのイメージは回想記全文のあたえる印象とはかなり異なり、矮小化され、歪曲されたものである。さらにこれを前提に、もう一つの回想記を利用しての歪曲は作家に対する中傷であり、読者をペテンにかけるものといってよい。もう一つの回想記というのは、一八七〇年代はじめ、ドストエフスキーが編集者として「作家の日記」の掲載をはじめた「グラジダニン」誌の若い女性校正者Ｖ・チモフェーエワ（Ｏ・ポチンコーフスカヤ）の「有名作家との作業の一年」（«Год работы с знаменитым писателем»）である。彼女には仕事柄、ドストエフスキーと二人きり、差し向かいで仕事する機会が多かった。はじめドストエフスキーの愛読者というわけではなく、ただ有名作家として畏敬の念をもって接していた。
スヴィンツォフはオポチーニンの回想を利用して、ドストエフスキーが露骨な好色話を好んだというイメージを作り上げ、前出のグロスマンの言葉から、伝記上過去に〈心理的に重大な罪〉を背負い、罪責感に苦しんでいたというシナリオを描いたうえで、チモフェーエワの回想に目をつけて、次のような思わせぶりなことを書いている。
〈グロスマンの話に驚くほど呼応するもう一つの証言がある。それはドストエフスキーが七〇年代はじめに編集をやっていた「グラジダニン」誌の校正者V・チモフェーエワの回想である。彼らの関係は最初は単純ではなく、辛辣なものであったが、時間が経つと友好的になり、チモフェーエワの側からすれば恐らく何かそれ以上のもの（この関係の進行のいきさつを、L・I・サラースキナは、回想記者としての立場から彼女を評価しながら、「きわめて女性的ないきさつ」と称している）となった。校正室でのお茶を飲みながらの夜な夜なの会話、露骨な話題にも傾いたのではないか。恐らく、何か特別のことが口にされ、同時に言いよどまされたのではないか――のちに彼女が次のように書くことになる何かがである――「迫害者と受難者がときには不思議に一体化してしまう不安でごまかしようのない宗教的良心の悲劇について」「この悲劇の秘密をドストエフスキーは自分とともに、永遠に持ち去ってしまった〉（傍線―引用者）
私は亀山郁夫の『悪霊　別巻』で、スヴィンツォフの挙げる「決定的ともいうべき状況証拠」の一つとして、「死刑執行人と受難者がひそかにしばしばいったいとなる、不安で清廉潔白な宗教的良心の悲劇」「この悲劇を、ドストエフスキーはみずからとともに永久に持ち去ったのだ」（亀山訳）というチモフェーエワの言葉を読んだ時、これがどのような文脈でのべられているのか疑問をいだいた。そしてロシア語原文に当たって読んだ。結果、私の印象はまるっきり違った。この論者も日本型のこの種の素朴実在論的、自然主義的、俗流フロイト主義的な論者と同じように、「地下室の意識」を描いたドストエフスキーの人間観の深さを理解出来ないところからくる浅薄な解釈を、通俗的な読者の好奇心につけこんで振りまいている印象がつよい。チモフェーエワの「決定的ともいうべき状況証拠」（亀山）の記述に至る文脈が正しく理解出来るように、私は回想記の最終部の部分を、筋が外れない範囲で抄訳して読者に提供する。

これを読んでわかるのは、ドストエフスキーが同時代の主流の読書界では「地下室の詩人」、「ユロージヴィ」、「はずれ者」などと蔑まれ、死後も「偽信者」、「偽理想主義者」などと誹謗されていた時代の空気であり、その中で、校正者として身近に作家と接し、人柄に触れるようになってはじめて、『地下室の手記』を読み、『おとなしい女』を読んだ回想記者が、作家の人間洞察の深さ、その精神世界を感得し、尊敬の念を深めると同時に、世を去った作家ドストエフスキーの人間像を敬虔な思いで記録にとどめようとしたことである。ここにはスヴィンツォフがほのめかしているような下世話な話が入りこむ余地はない。

В. В. Тимофеева（О. Починковская）
「有名作家との作業の一年」[12]（«Год работы с знаменитым писателем»）

〈ある時、知人の家で「あらゆる芸術の繊細な鑑定人」の一人として知られているM・A・カヴォスに会った時、私はドストエフスキーがプーシキンの詩をどんなにすばらしく朗読するかを話した。しかしカヴォスは渋い顔をしていった。

「あれは罪人だよ、プーシキンを上手に朗読するなんて、ぼくは信じないな。まあ自分の『地下室の手記』だったら上手に読むかもしれないさ。ぼくは彼の医務室のミューズの愛好者ではないが、その朗読だったら聴いてみたい」

「私はその『手記』を読んでいません」と自分の無知を白状した。

「いやもう、この上ないくらいぞっとする闇、病室の悪臭さ。しかし迫力はある！　思うに、最も力強い作品だ。読んでごらん」と「美的なもの」のパトロンであり愛好者はいった。

そして私はその時はじめて自己鞭打、自己懲罰のこの地獄と拷問の書を読んだ。――その印象といったら、私にはとくに重苦しいものだった。というのは、最初のうち、作者の人物と『手記』の主人公を自分の意識のなかで、どうにも切り分けることができなかったからである。――それで「予言者」ドストエフスキーへの畏敬の気持ちが芸術家・心理学者への感嘆の念になったり、人物形象の醜怪さへの嫌悪となったり、この醜怪さは私たちの誰にも――私にも、ドストエフスキー自身にも眠っているとの意識から怖くなったりした……

夜中眠れなかったと記憶している。その朝、印刷所でドストエフスキーと会った時、おさえきれなくて、はじめて自分から彼の作品について話しはじめた。

「ゆうべ徹夜してあなたの『地下室の手記』を読みました。その印象から離れることが出来ないでいます……人間の心って、何という恐ろしいものでしょう！　でもまた何というおそろしい真実でしょう！」

フョードル・ミハイロヴィチはすっきりとした明るい笑いを浮かべていった。

「当時クラーエフスキイ（「アポロン・マイコフ」の間違い―編集者注）がこれは私のまぎれもない

傑作（chef d'oeuvre）だ。いつもこの類のものを書くようにといってくれた。でも私はそれには同意しないよ。あまりにも暗すぎる。これはもはや乗り越えられた物の見方だ（Es ist schon ein uberwundener Standpunkt）私はいまはもっと明るい、調和的なものを書くことが出来る。いま或る作品（「未成年」―編集者注）を書いている……」〉

〈ドストエフスキーと最後に会ったのは一八八一年早々、神現祭の前夜であったと思う。その時私はゴッペの印刷所で働いていた〉

〈この場所一帯、センナヤ広場、メシチャンスキー通り、バリシャヤ・サドーヴァヤはドストエフスキーの暗い小説の中の最も暗い場面をいつも思い起こさせた。祭日の暇な時間に私は『おとなしい女』を読んだ。ドストエフスキーが、自身では「最高にリアルなもの」と見なしながら、「ファンタスチック」と称した短編である。――それで、いまこの『おとなしい女』とドストエフスキーのことが、何かとりわけ頭に浮かんでいた……すると突然、数歩先に、みすぼらしい群集の群れにまじって、見慣れた人物の影、背丈の短い毛皮外套を着た肩幅の広い、弱々しい感じの姿が目についた〉

〈私は彼に近づいて、もう一度彼の声を聞き、いま私がどんなに深く彼を理解しているか、私に彼がどんなに多くの親切をしてくれたかを告げたかった。私は自分を、精神的世界、精神的自由に関して彼に恩恵を受けている教え子だと感じていた！……　しかし内気と自尊心に私は縛られているかのようだった。私は一言も口をきかずに、彼の傍らを通り過ぎた。

この出会いから三週間後に、校正原稿でドストエフスキーの死を知った〉

〈あれから多くの年月が過ぎた。あれから多くの変化があった。観念だけではなく言葉も変わった。誰もドストエフスキーを〝ユロージヴィ〟(「宗教的痴愚」)とか〝はずれ者〟とか呼ばなくなった。しかしいまではドストエフスキーは見せかけの信心、偽善的な理想主義というので非難され、自分では信じてもいないことを説教していたとか、彼の人生の悲劇はキリスト教道徳という制服を着て人々の前に否応なしに現れなければならなかったことだとか……ニーチェと同じく独りよがりで自分が欺いた凡人たちを容赦なく嘲笑した、といった非難を浴びせかけられている。

このような非難を聞くにつけ、ズナメンスカヤ教会でドストエフスキーをたびたび見かけたという司祭の未亡人の老女の話を思い出す。

「あの方は早朝の祈禱、あるいは早朝のミサにこの教会へいらっしゃいました。誰よりも早くこられ、一番最後に退出されるのが普通でした。人目につかぬように、右の列のはずれの扉の傍らの片隅にいつもおられました。いつも跪いて、涙を浮かべて祈っておられました。礼拝式の間ずっと跪いていていて、立たれることはありませんでした。この人がフョードル・ミハイロヴィチ・ドストエフスキーであることを、私たちはみんな知っていましたが、ただ知らない振りをし、気がつかない振りをしていました。人目につくことを嫌がっておられ、すぐにそっぽを向いて、行ってしまわれるのでした」

私が思うに、彼の本当の悲劇というのは、こういう所にあったのではないか。すなわちこの地上で考えられる限りの最高の悲劇――それは迫害者と受難者が時として不可思議に一体化してしまう不安でごまかしようのない良心の悲劇である……しかしこの悲劇の秘密を福音書の真理の誠実かつ熱烈な擁護者、その真理の驚くべき芸術家――フョードル・ミハイロヴィチ・ドストエフスキーは自分とともに永遠に持ち去ってしまったのである。良心の神聖な自由を認める人々にはその秘密の

謎を解く権利さえもない〉（傍線―引用者）

もうひとつ、見逃せないのは、亀山郁夫の解説でもう一つの「決定的ともいうべき状況証拠」として紹介されているスヴィンツォフの指摘の疑わしさである。論者はこうのべている。〈ドストエフスキーの伝記的テクストの中に、グロスマンとチモフェーエワの証言を明らかに連想させる一つの記述がある。一八四九年一二月のセミョーノフスキイ練兵場の死刑執行の場面である。ドストエフスキーは「ある種の自分の重い事件（人間誰にでも生涯にわたって良心に秘密に圧し掛かっている出来事）を悔いた」。このように、またもや秘密にであり、今度も生涯にわたり良心に圧し掛かっている重い事件である。これらの言葉は儀礼的な言い回しでの一般的意味と見なすにはあまりに真剣味のある、あまりに意味深いものがある〉（傍点部―原文イタリック）

ここで「伝記的テクスト」といわれているのは一八七三年の「作家の日記」掲載の「現代的欺瞞の一つ」という論文中の叙述であるが、原文では主語はドストエフスキー個人の「私」ではなく、複数の「私たち」《Мы》である。

「この瞬間、私たちのうちのある者たちは（私ははっきり知っている）、本能的に自己に沈潜し、あまりにもまだ若すぎる半生を瞬時に見極めながら、自分のある種の重い行為（誰にも生涯、良心に秘密に横たわる類のもの）を悔悟したかもしれない」（二一・一三三）

これを読んで、まず疑われるのは、一八四九年、二十八歳のドストエフスキーにすでに「スタヴローギンの罪」の罪過が伝記上あったのか、ということである。我田引水したいスヴィンツォフにすれば、青春時代についての回想に、その後の半生の自分個人の深刻な悔悟を潜ませた記述だといいたいのであろうが、これは相当に無理な裏読みはではなかろうか。

まともにドストエフスキー作家像にアプローチする立場からすれば、読者の権限を逸脱しているというほかはない。この叙述は晩年に近い作家が青春期の生死を分ける事件を回想して、人間についての宗教的認識をにじませて、一般論として語ったと理解すべきであろう。

スヴィンツォフという論者はこのようにドストエフスキーの伝記上の過去に「スタヴローギンの罪」の形跡を探しまわり、作家がつねに告白、懺悔の衝動にかられていたというイメージを作りあげながら、フリースタイルで書かれたやや冗漫なこの論文の中で、挿入という形で、自己告白さえして見せている。この論者がどのような人物であるかを知る材料として、本論の最後に紹介する。

「自分を善良で、品行方正で、高潔な人間と見なすのは気持ちが良いというだけではなく、当然とも思われる。まさにそのような人間として自分を意識する満足を私はあたえられてきた。過去を振り返って、私は中程度のまあまあの生活を送ってきた、と認めなければならない。ある面からいうと、恥ずべきこともある。社会学者として、また大学の教師として、私はかなり長い間、嘘をついてきた。最初は無知からだったが、その後は惰性と怠惰のためであった。党の集会で、それらの虚偽の集会で、もはや信じてもいないことに手を出し、かならずしも善良ではなく、しばしば身近な人々に対してただ意地悪で、理由も無くいらだっていた。別の面からいえば、ごく些細な喧嘩を除けば、誰かを殴るとか、計算をごまかすとか、人を卑しめるといったことはもちろん、それ以上のことをしたことはない」

スヴィンツォフのこの自己告白を読んで、私は『白痴』のナスターシャの名の日の一場面、プチジョーを思い出した。ちなみに、彼の論文に付されている経歴はこうである。

スヴィンツォフ・ヴィターリー・イワノヴィチ（Свинцов Виталий Иванович）

哲学者、文学者。一九二八年プスコフ生まれ。一九九九年没。

一九五一年モスクワ大学哲学部卒。文学博士、哲学修士。

モスクワ印刷芸術大学哲学講座教授。

著書―「論理学講義」（一九七二）、「テキスト編集の論理的基礎」（一九七二）、「テクストの意味分析と処理」（一九七九）、「論理学」（一九八七、一九九五）等。

「哲学の諸問題」「文学の諸問題」「新世界」「ズナーミャ」「ソシウム」「新時代」等に論文発表。


スヴィンツォフという論者のこの自己告白から感じとれる楽天的な自己肯定の気分からして、見てとれることは、彼がドストエフスキーの描く「地下室の意識」には縁遠い人物であって、チモフェーエワの回想の肝心なポイントをまったく理解出来ないのも無理からぬと思われることである。不幸なことに、この論者が自覚できていない重大な罪を指摘するならば、研究者としてテクスト論を専門としながら、これまで私たちが詳しく見てきたように、二人の回想記者の証言や作家の伝記上のテクストを、自分の思いこみに合わせて、都合よく歪曲し、解釈していて、学問的良心が疑われることであろう。

プロとして専門外の市民から見識を信頼される立場にある人物が、素人の通俗的な読者の好奇心につけこんで、それを煽る方向にドストエフスキー作家像の解釈、のみならず翻訳さえも展開する、これが日本、ロシアを問わず、今日、マスメディアとそれに癒着した商業出版を通じておこなわれていることである。この現象が目に余るようになったのは、この二〇年ぐらいの間のことで、ロシアでもテレビドラマ「ドストエフスキー」のシナリオのような、純粋なドストエフスキー研究者の目に余る作品が市民権を得ているのも、スヴィンツォフのような通俗的論者の説が大衆の間では受け入れられていて、視聴率のアップをねらう商業目的と結びつき易いからであろう。二十一世紀に入って日本に出現した亀山現象は、古典を利用して売り上げを図ろうとする商業出版社の総合戦略によるもので、皮肉な言い方をすれば、訳者すら傀儡として利用されている可能性がつよいのである。

最後に、二〇一二年三月に他界した吉本隆明が、おそらく最後の著書と思われるインタヴュースタイルの著書『第二の敗戦期――これからの日本をどうよむか』（春秋社、二〇一二年十月）で、亀山訳『カラマーゾフの兄弟』について評している言葉に注意を向けよう。現在の日本の出版情況では、おそらく一般読者の目にあまり触れる機会も少ないのではないかと懸念されるゆえ、当該の個所の全文を紹介して、本論の結びとしたい。なおこの評言の存在については、かって毎日新聞文芸部の腕利きの記者であり、埴谷雄高氏とも親交が深く、ドストエーフスキイの会例会でも報告されたことのある脇地 炯氏から、二〇一三年の年賀状で教えられたのである。

「誇張かどうか知りませんが、最近、光文社文庫の新訳『カラマーゾフの兄弟』が五巻の累計で九〇万部近く売れているそうです。真相はどうか知りませんが、あれがそんなに売れる本かなと思ってしまいます。長い時間をかければ、もちろんそれくらい売れているのかもしれないですが、新訳がいきなりそれだけ売れるのは、どこかに売れる秘密があるはずだと思ってしまいます。

ぼくも二〇年以上前に米川正夫さんの訳で読んだことがあるというだけで最後は覚えていないから、今度の売れた新訳の版をとりあえず読んでみることにしました。

読んでみて、なんで売れたかがよくわかりました。つまり、丁寧に作っています。訳も解説も時間をかけて丁寧にいい作り方をしている。

しかし、ぼくらみたいに、「このことをいうためにはどうしたらよいか」「どういう文体でそれを伝えればよいか」ということに苦心して、悩んできているものからいわせると、「この訳者の人はなんにも『カラマーゾフの兄弟』が読めていないじゃないか」と、思うわけです。

悪口になりますが、ドストエフスキーがなぜこの作品を描いたか、この作品でなにをしようとしたのかもぜんぜん読めていない。それは解説を見るとよくわかります。

ようするにおもしろおかしくやっているだけだといえます。トルストイは宗教家だったので、彼などが絶句して、目を向けなかったロシアの現実社会の暗黒部、底辺に蠢いているものをドストエフスキーの小説では、よく捉えていますから、確かにおもしろおかしいし、波瀾万丈といえば波瀾万丈です。

しかし、そういうものだけで読まされてしまうのは、どうかなと思います。

読む人はどう読もうがかまわないし、読者の自由ですから、訳すのも解説者の勝手だといえばそうなります。ロシア語を知っていればいいわけですから。しかし、少しくらいは、ドストエフスキーがどういう人で、ロシア社会や宗教的背景に対してどう動いていたかをしっかりと考えたらいいんじゃないかと思いましたが、そういうことは全然ないわけです。

おもしろおかしい筋だけを捉えている。たしかに日本には推理小説を除いて、そんなにおもしろおかしい小説がないから、読まれるというのはわかります。言葉はモダンでやさしい用語をつかって読みやすく書いてありますから、当然なわけです。

もう一つ気になるのは「定年間際の人などが、その後の生活が不安なあまり、この本に熱中して読んでいる、それが主な読者だ」というように書評などでは書かれていています。この本を読むことで、情況に共感したり、心理的にもいろいろ感じて読んでいるのではないかと、出版社側もそれを喧伝しているわけですが、そうやって自分たちの感じている不安を煽っているようでなりません」(『第二の敗戦期』六〇―六二頁)

註

1 「概要」は二〇一二年十一月二十三日の第二一二回「ドストエーフスキイの会」例会報告「投機的マスメディアと商業出版における作家像ドストエフスキーの問題―ロシアの場合、日本の場合」のレジメ

2 Е. Н. Опочинин: «Из Бесед с Достоевским» («Ф.М.Достоевский в воспоминаниях современников в 2 томах» Т. 2. М., 1990, с.382)

3 萩原朔太郎に対する影響については、拙著『近代日本文学とドストエフスキー――夢と自意識のドラマ』第五章「萩原朔太郎のドストエフスキー体験」(成文社、一九九三年)参照

4 椎名麟三『私のドストエフスキー体験』教文館、一九六七年。芦川進一『「罪と罰」における復活―ドストエフスキイと聖書』河合文化教育研究所、二〇〇七年。『カラマーゾフの兄弟論――砕かれし魂

の記録』同 出版所、二〇一六年

5 『場』ドストエーフスキイの会の記録I、一九七八年、一四二頁

6 亀山訳『カラマーゾフの兄弟』（光文社、古典新訳文庫、二〇〇六年）の誤訳問題については、私達はこれまで繰り返し問題にしてきた。インターネット検索サイト〈管理人 T.Kinoshita のページ〉を参照。http://www.ne.jp/asahi/dost/jds/dost125.htm

7 Ю.Карякин «Достоевский и апокалипсис», глава 3.〈Храм без купола〉M., 2009, http://lib.rus.ec/b/175270/read#t76

8 ○セミョーノフ広場の場面の歪曲――ドストエフスキーは第一列で目隠しを被せられる（事実は二列目で六人目）。

○公共の会場での公開朗読の場で、ドストエフスキーはワルコフスキー公爵のモノローグを朗読＝「私は社会上の地位や、官等やホテルやカルタの大きな賭けなどが好きなんです。《……》しかし一番おもなのは、なによりおもなのは女です……あらゆる種類の女です。私は暗黒な中の秘密の淫蕩が好きで、少しでも風変わりな奇妙なやつがいいんです。少しくらい薄汚いようなのでも、これきた趣が変わって、けっこうなくらいです……」（米川訳）遅れてやってきたマーシャはこの朗読を耳にすると、電流に打たれたように嫌悪感に表情を歪めて、怒った様子で会場を立ち去る。一方、会場のスースロワは「貪欲に鼻をふくらませ、瞳孔を細め、あたかも跳びかからんばかりの表情をする」（サラースキナ）事実は、ドストエフスキーはこのモノローグを朗読したことはない。朗読したのは、『ネートチカ・ネズワーノワ』、『貧しき人々』（一八六〇年代初め、パッサージュで）、『死の家の記録』の一節。

○一八六三年、スースロワとの旅行中、ドストエフスキーはスーツケースにひそかにナイフをしのばせ

ていた。旅先のホテルで愛撫を拒否されたドストエフスキーがそれでも目的をとげようとあせる場面で、ポケットにしのばせていたナイフが床にぽろりと落ちる場面。スースロワの日記に照らしてもありえない。

○ヤノーフスキイがマリヤを診療した事実はない。診療したのはドストエフスキーの妹ヴェーラの夫のA．イワーノフ医師。

○バーデン・バーデンで、ドストエフスキーがアンナと散歩している途中に出会ったツルゲーネフが、若い妻がいるところで、ドストエフスキーに若い頃、犯罪的な少女性愛の過去があったことを非難する場面。こんな事実はなく、彼等が議論したのはロシアとヨーロッパの運命についてであった、等々。

9 V・スヴィンツォフの論文およびE・オポチーニンの回想記はインターネット検索で、テクストを得た。
B.Свинцов: «Достоевский и "отношения между полами"»
http://magazines.russ.ru/novyi_mi/1999/5/svincov.html

10 E. Опочинин: «Из бесед с Достоевским»
http://chulan.narod.ru/hudlit/dost/opochinin.htm

11 E. Опочинин: «Мои воспоминания и заметки»
http://dugward.ru/library/dostoevskiy/opochinin_dostoev.html

12 この回想記の翻訳テクストは、前半は一九六四年版（一七五―一七六頁）、後半〈ドストエフスキーと最後に会ったのは一八八一年早々、神現祭の前……〉以降は一九九〇年版（一九四―一九六頁）による。
«Ф.М.Достоевский в воспоминаниях современников в 2 томах» T.2　Худ. Лит. M., C. 185-186, 194

第2章　作家のリアリズムの特質

一、小林秀雄とその同時代人のドストエフスキー観

作家像をめぐって

ドストエフスキーの作家像をどのように理解するかは、私たち読者にとって、いまなお議論すべき課題であろう。私は先に発表した論文「商品としてのドストエフスキー」（「ドストエーフスキイの会」の会誌「ドストエーフスキイ広場」二二号、以下「広場」と略）で、一九八五年あたりを境とした変化に注目した。この当時、「明るく楽しいドストエフスキー」をモチーフに、「謎とき」を謳いながら、作品をフォークロア的、数秘学（ゲマトリア）的知識を援用した知的快楽をもたらす読物として、作者に成り代わって解説する論者、またドストエフスキーの創作方法の独自性を無視して、十九世紀の他の客観主義的リアリズムの作家と差異はない「普通の作家」とする論者、さらにはアナクロ的な俗流フロイト主義の知識を無反省に適用して「父親殺し」の文学とする論者が、出版ジャーナリズムの前面に出てきたことを指摘した。それらはいずれも「深刻」「難解」に読まれてきた日本のドストエフスキー受容を一新するという名目のもとに、その実、ドストエフスキーを目新しい商品に仕立て上げ、新しい装いで市場に売り込もうとする商業出版社の戦略に乗せられて

いるにすぎなかったのではなかったか。

それでは彼らが「深刻」「難解」とする日本のドストエフスキー受容とは何を指していたのか？端的には一九八三年に他界した小林秀雄のドストエフスキー論、および、彼と同時代の作家、評論家、知識人の受容一般、さらに遡れば、萩原朔太郎、二葉亭四迷にまで至るだろう。朔太郎は『罪と罰』を「世界一に深刻な小説」と称し、二葉亭は自分がドストエフスキーを好む理由として、「心理解剖」と「宗教趣味」をあげているほどだった。こうして見ると、一九八〇年代後半からの出版ジャーナリズムの動向は、日本での伝統的なドストエフスキー受容に「深刻」、「難解」というレッテルをいたずらに貼ることによって、歴史を知らない素朴な読者層に自分たちを売り込むための新しい意匠作りであったといってよい。その証拠に、彼らが共通の特徴としていたのは、二葉亭以来の先行的なドストエフスキー受容の批判検討には関心がなく、独我論的、独断的な解釈を売りこむことを専らとしていたのである。

そうした中で、日本ではあたかも深刻に読まれているのが普通で、特殊で、ロシア人はドストエフスキーの小説を読んで笑うのだと、物知り顔にいう評者もいたが、そもそもロシア人の間でも熱烈なドストエフスキーファンと、そうでない、例えばトルストイは好きだがドストエフスキーは苦手という読者がいるのは常識で、この両者の間には、萩原朔太郎の言葉を借りれば「本質的にはっきりした宇宙の両極」といえるほどの違いが認められるといっても大げさではない。その様子はすでに二葉亭が明治四十年のエッセイで、「面白い話として」紹介しているエピソードからもうかがわれる。

二葉亭が『罪と罰』を徹夜で読み通して、その面白さをロシア人教師に話したところ、相手の反応はといえば、「それは実に不思議だ、露人は此の書の評判が高いから、讀んで見るのだが、三四頁讀んで閉口せぬ者は稀だ。終局まで讀むのは、外聞を恐れて非常に忍耐して讀むのだが、それが君等日本人の頭に面白く感ぜられるとは実に妙だと」（五・二〇六[1]）というのであった「これ恐らくは大多数の露人を代表した自白であらうと思ふ」と四迷は結論づけている。

もう一つ、ジイドがドゥ・ヴォギュエについて、繰り返し苦言を呈していることに目を向けたい。ヴォギュエは十九世紀、ドストエフスキーやトルストイ、ツルゲーネフと同時代にロシアに駐在したフランスの外交官で、一八八六年に『ロシア小説』という著述で、フランスにはじめてロシア文学を紹介した人物として知られ、おそらく外国人では当代切ってのロシア文学通と認められていた人であろうと思われる。「われわれはみなゴーゴリから出てきた」とドストエフスキーが言ったとされる有名な言葉も、有力な説としては、この人が出処だといわれる。

ジイドによれば、ヴォギュエがドストエフスキーの作品で読者に薦めたのは、『貧しき人々』、『死の家の記録』、『罪と罰』の三作にとどまり、『白痴』、『悪霊』、『カラマーゾフの兄弟』は無視した。彼のおかげで、フランスではツルゲーネフにはいち早く「敬愛」、プーシキン、ゴーゴリには「信頼の念」、トルストイには大きな期待（「多額の信用貸し」）が寄せられていたが、ドストエフスキーには疑いの目が向けられていた、とジイドは言っている（五三[2]）。

彼によれば、〈『ロシヤ小説』の著者はドストエフスキーに注意をひきつけることにより貢献しはしたが、それよりその注意を彼の著書のうち三冊だけに局限することによつて、彼の不為をはかつたのではないかと疑わしく思うのである〉（九[2]）。〈こういうけちをつけるような判断のおかげで、ドストエフスキーの反訳、公刊、普及が実際、遅延し多くの読者の勇気を前もつて失わせ、シャルル・モリース氏に最初まるでプロクストスの手（「プロクルステスの寝台」の意味であろう—引用者）にかかったように寸断された『カラマーゾフの兄弟』の訳書しかわれわれに饗しない権限を与えたのである〉（二〇）[2]

ヴォギュエについてのジイドのこうした批判を読みながら、これはロシア文学通とか専門的研究者といわれる人による一般読者に対するミスリードという重大な問題を提起していると、私は思った。この問題は、はじめにふれた一九八〇年代後半以降のわが国での大手出版社の商業戦略に乗っかった、「明るく楽しいドストエフスキー」路線の、ロシア文学専門家といわれる人々の仕事に当てはまる。

ヴォギュエの場合、ロシア文学通とはいえドストエフスキーと同時代人の立場で審美眼のなせる問題で、朔太郎流にいえば、「トルストイ派」と「ドストエフスキー派」の好みの違いでといったところであろう。前記の二葉亭の話の「大多数の露人」ようにドストエフスキーは肌に合わないという読者はロシア人のみならず、研究者や批評家、翻訳家にいても不思議ではないのである。

しかし商業主義と結託して、大衆受けを狙った解説にとどまらず、誤訳はおろかテクストの改変にまで踏み込んだ亀山現象のごときは、その動機からして、読者に対するミスリードの責任はより厳しく問われなければならないだろう。

ちなみにここで再度思い起こしておきたい言葉がある。

それは二〇一二年三月に没した吉本隆明が、辞世の著書とも言うべきインタヴュースタイルの書『第二の敗戦期』で、亀山訳『カラマーゾフの兄弟』について述べている、次のような苦言である。〈読む人はどう読もうがかまわないし、読者の自由ですから、訳すのも解説者の勝手だといえばそうなります。ロシア語を知っていればいいわけですから。しかし、少しくらいは、ドストエフスキーがどういう人で、ロシア社会や宗教的背景に対してどう動いていたかをしっかりと考えたらいいんじゃないかと思いましたが、そういうことは全然ないわけです〉

亀山郁夫ご本人にとどまらず、彼を偶像化し、出版市場での流通のためのプロジェクトに協働した編集者とロシア文学界を一手に代表したかのような仕掛人、宣伝のための書評家、出版社の代理人とおぼしき人物、それに乗せられた大手マスメディアの記者やTVディレクターなど、あまりに見え透いたこの一過性の現象に群れてコミットした人物たちのミスリードの責任は歴史によって問われることは避けられないだろう。

亀山現象をめぐるこうしたメディアの退廃現象は、ドストエフスキーを愛する真の読者によって、とっくにその正体を見破られているはずである。

それでは小林秀雄とその同時代の文学者たちは、ドストエフスキー読解にどのように向き合ってきたのか。

小林と同時代の文学者たちといった場合、私がイメージするのは、昭和十年前後、転向問題に直面し、シェストフ論争やジイドを介してドストエフスキーを受容した、例えば横光利一、河上徹太郎、次に昭和十年代に左翼運動に連座し、獄中生活を体験する中でドストエフスキーに出会った椎名麟三、埴谷雄高、さらに戦争の前線体験を経て受容した武田泰淳、その後一九七〇年前後の全共闘、赤軍事件を体験した世代あたりまでである。

このようなパースペクチブにおいて、全時期のドストエフスキー受容にかかわる核心的なテーマの代表的な提起者、論者として、本論文では同世代の小林秀雄（一九〇二―一九八三／明治三五―昭和五八）と唐木順三（一九〇四―一九八〇／明三七―昭五五）を中心に、森有正（一九一一―一九七六／明四四―昭五二）、外国の文献として彼らのドストエフスキー観に影響を及ぼしたであろうアンドレ・ジイド（一八六九―一九五一）とE・H・カー（一八九二―一九八二）の論をふり返ってみたい。その際、日本では一九六〇年代まで、おそらく知られていなかった彼等の同時代人ミハイル・バフチン（一八九五―一九七五）の一九二〇年代末の視点との共鳴する要素も視野に入れることにする。[3]

ドストエフスキーのリアリズムとは何か

ところで小林、唐木を中心とする世代の論者にとって、核心的テーマとは、ドストエフスキーのリアリズムとは何かという問いであった。さらに具体的にいえば作品の中での作家像であり、作者の機能であり、芸術における、作家の伝記と作品の関係の問題であった。言い換えれば、旧来のいわゆる十九世紀的、バルザック的、自然主義的、客観主義的リアリズム観に収まりきれない、ドストエフスキー固有の創作の新しい特質とは何かを問うものであった。小林秀雄は昭和八、九年（一九三三、三四）当時、ドストエフスキー論を書き始めたころ、この作家のリアリズムの新しい特徴を直感的に洞察し、次のような言葉で語っていた。

〈彼は、多くの写実派の巨匠等が持つていた手法上の作法を全然無視してゐる。彼の眼は、対象に直かにくつついてゐる。隙もなければゆとりもない。作中人物になりきつて語る事は、最も素朴なリアリズムだが、この素朴なリアリズムが対象に喰ひ入る様な凶暴な冷眼と奇怪に混淆してゐる。

かういう近代的なしかも野性的リアリズムが、読者の平静な文学的イリュウジョンを黙殺してゐる〉（「『未成年』の独創性について」昭和八年（一九三三）―『新訂 小林秀雄全集』第六巻、二四頁、傍線―引用者）

〈彼の制作態度のうちに描く主体と描かれる客体を判別してみる事は極めて困難だし、殆ど無意味だ。作者と作者の手になる人物とは同じ面に立つてゐて、互いに相手の眼に見入つてゐる。これは彼の手法の重要な性格である。

言ふまでもなく彼は気味の悪いほど冴え返つた観察家であつた。だが、「僕は到る処で、すべての事で、最後の限界まで達した。そして僕は一生涯限界を踏越えた」と自ら語つてゐる通り、彼は観察に於いても限界といふものを知らなかつたのである。見事な客観描写といふものは、必ず観察の限界といふものを心得た人の手になつたものだ。バルザックもフロオベルもトルストイも皆これを知つてゐた。言はば観察に於ける審美的な仮定を体得してゐた。これを知らなかつた処にドストエフスキイの苦痛があり。これが無用だつた処に彼の独創がある。

限界を超えて観察された現実は、むろん整然たる描写に適しない。いや限界を踏超えて観察するといふ事が既に描写といふ概念自体を壊す様に働く〉（「『白痴』についてⅠ」昭和九年（一九三四）―同六巻、七三―七四頁、傍線―引用者）

小林のこれらの記述はレトリカルな響きが強く、読者を惹きつける魅力はあるが、その意味を論理的に理解しようとすると、簡単ではない。その後昭和十―十二年に書いた「ドストエフスキイの生活」では、小林は作家の創作の特徴について比較的平明にこう語っている。

〈トルストイに限らず、バルザックでもデッケンズでも、フロオベルでも、彼等の大小説の魅力は、先ず何を置いても、そこに社会生活の深く広い絵巻を見る点にあるのだが、ドストエフスキイの提供する物語に、色々な人間の性格の型や世間の様々な出来事の面白さや、風俗の多様を見せられて驚くというわけにはいかない。見せられるものは、人間のタイプといふより、人間の情熱の権化であり、人間化した理智の力であり、思想に憑かれて肉体を失つた男であり、心理の極限をさまよつて行為の動機を紛失した女である。さういふ人物達を通じて読者は、作者の内的な葛藤に推参し、作者の世界観上の対話に耳を傾ける。登場人物は、この作者自身の対話の傀儡であり、傀儡である限りの社会的背景しか引摺つてゐない〉（「ドストエフスキイの生活」―同五巻、一二一頁）

ただ「作者の眼」とはいかなるものかについては、ここには十分な説明はなく、小林の言わんとするところは、むしろその後、昭和二十三年に書かれた唐木順三の論文「ドストエフスキーの思想」を注解とするによって、かなりの程度、判然とするように思われる。

唐木によれば、「主観対客観の立場」で、対象をリアリステックに描写するツルゲーネフなどの「リアリステックの意味」とは違って、ドストエフスキーの場合は「まるで逆で、対象と自分とは離しえない、切ることができないといふこと、それが現実的といふ意味になつてくる」（傍線―引用者）

〈理性による一切の対象化をもつてその根本精神としたデカルト以来の合理主義は、従つてまた自然科学的立場は、彼（ドストエフスキー）によればリアリステックではないことになる。矛盾なく解決、解釈できたり、法則によつて一般化しえたりするものは現実的ではない。現実的なものは、いつも一般化や解釈からはみでて残るものの中にある。自分が自分について語るといふ独白では、いつも残るものがある。対象的自己は語られるが、語る当の自己、いはゆる主体的自己はつねに残つてしまふ。また語ることによつて、語る自己も反作用をうけて変化してしまひ、一定した残る自己といふ実体もないことになる。それがモノローグの、また内省的方法の特色といへる。ここはもう、従来の科学の方法の及びえない領域といはねばならない。ドストエフスキーにおいては、ノーマルな世界は非現実的な世界といふことになり、さういふ点で、量子力学などの不確定の世界が、ドストエフスキーにとつて、文学的にではあるが、反つて現実的として見えてゐたのだといへる〉〈「ドストエフスキー論考」──『唐木順三全集（増補）』第八巻（全一九巻）筑摩書房、昭和二十五年（一九五〇年）、二五四頁〉

唐木がこのように特徴づけるドストエフスキーのリアリズムについての評言を、小林のそれと対照してみると、両者は問題の同じ本質をそれぞれの言葉で語っていることが感じられる。小林が「彼の眼は、対象に直にくつついてゐる」「対象に喰ひ入る様な凶暴な冷眼と奇怪に混淆」「近代的なしかも野性的リアリズム」といい、「彼の制作態度のうちに描く主体と描かれる客体を判別してみる事に極めて困難だし、殆ど無意味だ」とレトリカルにのべていることは、唐木の説明によれば、「対象と自分とは離しえない、切ることができないといふこと」に「現実的」という意味を発見したドストエフスキーの方法の、反デカルト的、反客観主義的リアリズム、反ツルゲーネフ的性格にほかならない。

森有正もドストエフスキーの「作品のなかにおける矛盾はあくまで現実的直接的矛盾である。むしろそれは純粋現実そのものである」（森有正『ドストエーフスキー覚書』筑摩叢書、昭和四十二年、一九二―一九三頁）と特徴づけ、次のようにのべて、作家の反デカルト的、客観主義的な立場を明らかにしている。〈われわれは多くの場合、現実という言葉を用いながら、それをもって真の純粋現実を指示することなく、解釈せられ、限定せられ、再構成せられた現実をもって、それにおき換えている。あらゆる解釈と限定との母胎となる純粋現実、それこそドストエーフスキー文学の内容であると言わなければならぬ〉（同、一九三頁）

ちなみに小林も唐木も森も間違いなく親炙していて、少なからず影響を受けたと思われるアンドレ・ジイドはドストエフスキー論（「ヴィユー・コロンビエに於ける講演」一九二二年、雑誌発表）で次のようにのべていた。

〈ドストエフスキーはけして観察のための観察は致しません。作品は彼の場合、全然現実の観察から生れるのではありません。あるいは、少なくとも、ただそれからだけ生れるのではありません。又前から抱かれている観念から生れるのでもありません。だから彼の制作はいかなる点においても理論的ではなく、現実のなかに漬つているのです。両者のうちどちらが勝つているとも言えないくらい完全な、二つのものの混合から（イギリス人なら *blending* というでしょう）から生れるのです、――従つて、彼の小説のもつとも写実的な情景は、同時に、心理的かつ道徳的な意味がもつとも多く充塡されていもするわけです。もつと正確に言えば、ドストエフスキーの一つ一つの作品は、観念によつて事実の生産力が増強されたことから産れたものなのです〉（『ドストエフスキー』アンドレ・ジイド著、寺田透訳、新潮文庫、昭和三十年、一三九頁）

唐木も小林も森もジイドも発話の角度はやや異なるものの、同じ事態にふれてのべているのは確かであろう。「観察のための観察」、すなわち唐木のいう「主観対客観の立場」ではなく、「現実」「事実」と「観念」（主観）が混じり合う場（ジイド）、「純粋現実」（森）での峻厳な洞察（小林のいう「対象に喰ひ入る様な凶暴な冷眼」）――彼等にとって、リアルとは、主体対客体、時空間の因果によって捉えきれない、主観、客観の混じり合う、いわば物自体の場へのアプローチを指していたのではないか。

ジイドはまた「何とわれわれはバルザックから遠くはなれていることだろう」（同、二二四頁）といい、客観的リアリズムの象徴ともいうべきバルザックとドストエフスキーのリアリズムの本質的な違いを繰り返し指摘している。小林もまたジイドの指摘を追認しながらであろうが、バルザックとの違いをこうのべている。

〈ドストエフスキイが、小説の上に齎した革命は非常なものであつた。恐らく彼とバルザックとの間の隔りは、シェクスピアとギリシャ悲劇との隔りほどあると極論した評家もある。《……》仕事は、バルザックの終つたところから、全く新たに始めたのである〉（「『罪と罰』についてⅡ」一九四八年―『新訂 小林秀雄全集』第六巻、二一四頁）

ここで小林や唐木の評言を、一九六三年のミハイル・バフチンの『ドストエフスキーの詩学の諸問題』からの指摘にかかわらせてみたい。

〈作者は自分のため、すなわち自分の視野の範囲に限られる形では、主人公を決定づけたり、特徴づけたり、輪郭づけたりは一つとしてしていない。作者はすべてを主人公自身の視野に導き入れ、主人公の自己意識の坩堝《るつぼ》に投げこむ。作者の視野には、視覚と描写の対象（предмет видения и изображения）としてのこの純粋な自己意識が、主人公の総体として残される〉（『ドストエフスキーの詩学の諸問題』ミハイル・バフチン著、一九六三年、六三頁）

「作者はすべてを主人公自身の視野に導き入れ、主人公の自己意識の坩堝に投げこむ」――これが角度を変えて小林のいう「彼の眼は、対象に直にくつついてゐる。隙もなければゆとりもない」ということと同義であろう。そこでは作者の立ち位置が問題となり、これをバフチンは作者の「余剰」「余地」（«избыток»）という言葉を使って、描写対象と作者の関係を特徴づけている。

〈ドストエフスキーは自分自身のためには、語りをおこなうのに必要な、純粋に情報伝達のための最小限の実用的な、余地以外には、本質的な意味の余地を残さない。というのは、作者に本質的な意味上の余地があると、小説の大枠の対話を完結した客観的な対話、あるいは修辞的に演出された対話に変じてしまうだろう〉（同、九九頁）

では作者の視覚が対象に入りこんでいる状態で、対象の独立性、客観性はどのようにして保たれるのか。

〈ただ内的な対話的方向づけのもとでのみ、わたしの言葉は他者の言葉と緊密な関係にありながら、同時にそれと融合せず、それを吸収することもせず、自己のうちにその言葉の意義を融解させることもしない。すなわち、言葉としての他者の独立性を完全に保持するのである。緊張した意味的関係を維持しながら距離（дистанция）を保つということは決して容易な技ではない。しかし距離（дистанция）は作者のもくろみに内在している。というのは、その距離だけが、主人公の造形の真の客観性を保証するからである〉（同、八六頁）

バフチンはここで、作者の眼が対象に入りこむことにともなう、対象との距離の確保について、「対話的な方向づけ」の重要性を語っているのである。この問題は明治二十―三十年（十九世紀末）の段階で、二葉亭四迷によって漠然とではありながら予感されていたものと本質的には同じであろう。

二葉亭はこうのべていた。

世には世界を見る「二つの見方」があって、「ドストエフスキーとツルゲーネフとは、此の二様の観世法を代表している気味が」あるとして、問題は二つの対照的な人間認識、人間観から発することを指摘した上で、人物を外側から批評的、傍観的に描くツルゲーネフの方法とは異なり、ドストエフスキーの場合、作者と作中人物とはほとんど同化し、「人物《キャラクター》以外に作者は出てゐない趣がある」、「世の実相の真中にとびこんで、其れから外囲の方に歩を進めてゆくのと、外囲の方から次第々々に内部の方に這入ッてゆくのと」の違いである。そして、自分は「今のところでは直ちに作中の人物と同化して仕舞ふ方が面白いと思ッて」いるが、これはややもすれば「抒情的《リリカル》に傾く弊」があるので、なんとか「工夫」しなければならない。

この「抒情的《リリカル》に傾く弊」というところに、作者と主人公の緊張関係を維持しながらの距離の確保という困難な課題を二葉亭は痛感していたにちがいない。バフチンがいうように、これは決して「容易な技ではない」だろう。これは『浮雲』の後半にかけて、ドストエフスキーのスタイルに学びながら創作した二葉亭が直面した困難であって、『浮雲』の結末はその苦労の痕跡をとどめていると見るべきである。

人間観の変化

二葉亭四迷は世の中を見る二つの見方をツルゲーネフとドストエフスキーに代表させながら、彼はこれを「観世法」と名づけた。いうならばこれは世界観、人間観にかかわる問題であった。

バフチンはドストエフスキーの創作方法（ポエチカ）に集中して議論を進めているが、その論の背景に、人間観、人間認識の変化への洞察が前提として存在していたことは間違いない。ただし、彼のドストエフスキー論初版が出た一九二九年はスターリン指導の文芸政策が確立し始めた時期であり、改訂増補版が出た一九六三年当時はスターリン批判後の雪解けの時期であったとはいえ、まだ社会主義リアリズムを理論的基盤とするソビエト文芸学が支配的であった頃で、公認の啓蒙主義的・唯物論的人間観に明らかに背馳する人間観を表だって押し出すことは困難だったにちがいない。そこでバフチンは、作者と主人公の関係についての文芸学的な論述の背景に潜ませる形で、この問題に触れている。

バフチンによれば、ドストエフスキーの芸術世界の構造の基本的特性を最初に探り当てたのはロシア象徴主義の詩人ヴャチェスラフ・イワーノフである。「他者の〈われ〉を客体としてではなく、もうひとつの主体として認知する――これがドストエフスキーの世界観の原理である」（同、一二頁）とバフチンはイワーノフを借りて思想的主題を打ち出しながら、「この原理がいかにして世界を芸術的に見る眼の原理となるのか、小説という言葉の総合体の芸術的構造の原理となるのか、をヴャチェスラフ・イワーノフは示していない」とのべ、芸術方法上の問題に自分の議論を限定する方向へ舵を切った。

バフチンはイワーノフの見解を敷衍しながら、次のような人間観を提示する。〈人間は自己自身と一致しない。人間にはＡ＝Ａの同一性の等式を適用できない。ドストエフスキーの芸術思想によれば、個的人格の本当の生は、あたかも、人間の自分自身とのこの不一致の地点で営まれるのである。その地点というのは、人間がモノ的存在に置かれ、彼の意志を無視して、〈当事者不在〉で盗み見られ、規定され、予測されるすべての範囲を乗り越えた境地である。個的人格の真の生に接近できるのは、対話的な洞察だけであり、それに対しては個的人格自身は自らを応答的に自由に開いて見せるのである〉（同、七九頁）

他者を別の主体（主観的存在）、真の対話的応答の関係でのみ自身を開いて見せる〈汝〉として位置付ける――これがドストエフスキーが十九世紀四〇年代に、文学創造を通して切り開いて見せた新しい人間観であった、というのがバフチンの見解であり、小林秀雄や唐木順三や森もまたこの視点に連なるものであった。人間は自己自身と一致しない、自由で不定形の流動的存在であるという認識は、自己意識を基調とした人間観であって、この「自己意識」は精神とも解されるものであった。小林秀雄は客体化を拒む精神というものを、ドストエフスキー読解と応答しながらアフォリズム風に繰りかえし表現している。

〈精神に新しい飢餓を挑発しないような満腹を知らない。満足が与えられれば必ず何かしら不満を嗅ぎ出す、安定が保たれてゐる処には、必ず釣合ひの破れを見つけ出す。単に反復を嫌ふといふ理由から、進んで危険に身を曝す〉（「『悪霊』について」昭和十二年（一九三七）―『新訂 小林秀雄全集』第六巻、一五二頁）

〈人間は先ず何をおいても精神的な存在であり、精神は先ず何を置いても、現に在るものを受け納れまいとする或る邪悪な傾向性だ。ドストエフスキイにとつて悪とは精神の異名、殆ど人間の命の原型ともいふべきものに近付き、そこであの巨大な汲み尽くし難い原罪の神話と独特な形で結ばれてゐた〉（同、一五三頁）

〈人間を一応は、事物のように対象化して観察してみる事が出来るとしても、それは、人間に、あまり遠方から質問する事になるからである。人間は何かである事を絶えず拒絶して、何かにならうとしてゐる。さういふ人間に問ひかけるには、もつと人間に近付かねばならぬ〉（「『罪と罰』についてⅡ」―同、二二〇頁）

森有正の認識もほぼこれに近い。

〈ドストエーフスキーの人物はすべて、いわば心身未分の、あるいは時空の制限を撤去した純粋現実態とも言うべき無限の情念的流動の相の下において、自己を表出する。それはすでに把握しうるように完成された観念的な人間を示してはいない。それは無限に自己を、その具体的特殊的な情念の相の下に、精神的観念的に断片的に、しかし実存的には各瞬間毎に渾一に啓示しつつ、流動する〉（『ドストエーフスキー覚書』四五頁）

固定化される現状をつねに否定し、飢餓的にたえず別の形を求めようとする天邪鬼な精神、「何かである事を絶えず拒絶して、何かにならうとしてゐる」自己意識という精神、情念的流動の下にある人間、ドストエフスキーを読み解きながら小林や森が汲みとった人間観、人間認識もまたバフチンから遠いものではなかった。こうした自己意識の典型をドストエフスキーは『地下室の手記』の主人公に描いた。唐木順三はここにキルケゴールの「主体性こそ真理だ」との叫びに呼応する実存思想の発端を見る。そして、〈主体は自らのうちに暗室をもつことによつてメカニズムを超越してゐる。そのような主体を内に含んでゐる世界もまたメカニズムを超越する。主体を排除した客体世界は死の国といはねばならぬ〉（「現代史への試み」「ドストイェフスキイ――三人称世界から二人称世界へ」――『唐木順三全集』第三巻、四六―四七頁）と書き、ヤスパース、サルトルにいたる第二次大戦後の実存思想のルーツを見ている。唐木によれば、「観察のための観察、見るために見ることを嫌悪してそれを行商人の心理解剖と名づけた」。ニーチェもまた、こうした実存的な人間認識に連なる存在であった。

行商人の心理解剖――フロイト主義批判

「行商人の心理解剖」、「行商人式の心理研究」というニーチェの用語はジイドのドストエフスキー論（「ヴィユー・コロンビエに於ける講演」一九二一年ドストエフスキー生誕一〇〇年祭）を介して小林秀雄、唐木順三、河上徹太郎など、ドストエフスキーを読み解こうとする日本の知識人の間でなじみの言葉になっていったのではないかと思われる。ジイドはこうのべていた。〈心理研究者のための道徳。行商人式の心理研究はやらないこと。けして観察のための観察を行わないこと。そういうことをするのはまちがつた光学を、「筋痙攣」を、好んで誇張を行いたがる何か無理なものを、与えることだ〉（一三八頁）

小林の繰り返しの発言によれば、〈何処かでジイドが書いてゐたが「フロイトという才能豊かな馬鹿者」といふ彼の憤慨も理解できます〉（「ドストエフスキイの精神分析」昭和十一年、第五巻、二〇五頁）。〈ドストエフスキイといふ存在を、心理学的仮定に還元する事は、彼が嘗て生活し表現し、又僕等にそれらの表象が多かれ少なかれ意味を持つてゐるといふ事とは関係ない〉（第五巻、二〇六頁）。〈確かに、ドストエフスキイは、人間の裡の無意識の世界の広大さを洞察した最初の文学者なのであるが、フロイディズムといふものは、彼の世界と殆ど関係がない、という点が大切なのである〉（同、二三〇頁）

精神分析に対するこのような批判的な態度は、小林が「ドストエフスキイの生活」を書くにあたって参考にしたといわれるE・H・カーの評伝にも共通する。それによれば、〈天才にたいして精神分析学を適用することは面白い遊びだ〉（第二章への註）（五〇頁）〈「最近では、無責任な神秘思想家や、同じく精神分析学者がドストエフスキーのこの病気の原因や病状について巧みな思想をめぐらして悦に入り、既知の事実とほとんど関係のないような空想をそのまわりに織りなしている〉（九一頁）

唐木順三はニーチェのこの用語を手掛かりにして、ドストエフスキーのリアリズムの本質にかかわる問題として次のように解説する。

〈行商人式の心理解剖は実験者が実験装置のそとにある限りの心理追及である。実験者は固定し、実験される対象は独立してゐる。この固定と独立の両者が実験装置といふレンズを通して媒介される。媒介といつても、それによつて影響され、変化するといふのではない。描写されるのだ。写されるのだ。素朴実在論がここにある。ところで、実験装置、観測器を対象にむければ、それに影響されて観測される側に不規則な擾乱を起すといふことを最近の物理学は教へた。ありのままの描写といふことはここでは不可能になる〉（「ドストイェフスキー——三人称世界から二人称世界へ——」第三巻、三四頁）

バフチンはフロイトの名前こそ出していないが、「ドストエフスキーは自分が心理学者であることを断固として否定している」とのべ、同時代の心理学に対して否定的であった理由をこう説明している。〈彼はそこに人間を卑しめる魂のモノ化を見た。それは魂の自由や未完結性、ドストエフスキー自身の造形の主たる対象である特有の非規定性、非決定性を勘定に入れていないからである。というのも、彼は人間を描くのに、常に最終決定の瀬戸際、危機の瞬間にあり、未完結で予測不能なその魂の転換の瞬間の姿を描いたからである〉（八二頁、傍線―引用者）

バフチンの分析は唐木の指摘をさらに深めたもので、人間の心理を対象化し、切り売りする「行商人式の心理研究」の最も徹底した批判であったことは間違いないであろう。

顧みれば、この二、三十年、日本の出版界では、この種の「行商人式の心理研究」が大手を振ってきたのではなかったか。先行研究者や批評家たちのこのような注意深い態度に明らさまに背を向ける、「明るく楽しいドストエフスキー」の潮流が生まれてきた時期の一九八五年の論文で、亀山郁夫は次のような見解をのべていた。

「ドストエフスキーの描く心理的ドラマが、結果的に見れば、フロイト理論をきわめて忠実になぞっていたということを意味している。『カラマーゾフの兄弟』の殺される父親がフョードルというのもフロイト理論の枠内ではいとも容易に説明がつくだろうし、また逆に父親殺しの下手人スメルジャコフが去勢派宗徒のひとりであるという事実も、フロイトの天才的な読みを裏づける何がしかの証拠にはなるだろう」（亀山郁夫「スタヴローギン――使嗾する神」『ドストエフスキーの現在』ＪＣＡ出版、一九八五年、五八頁）

そして二〇〇四年の時期に『ドストエフスキー父殺しの文学』（ＮＨＫブックス）でジャーナリズ

ムの表舞台に躍り出た亀山は、「父親殺し――エディプス・コンプレックス」のフロイト理論を出発点に、「どれほど自由に、遠くまで行けるか」と、まことしやかな恣意的な解釈を読者に売り込んだ(六頁)。そして同じように「サディズム―マゾヒズム」の俗流理論で、『地下室の手記』の主人公や『悪霊』のスタヴローギン―マトリョーシャの関係を解釈して見せた。彼と出版社が売り上げを図るためのターゲットとしたのは、未熟な読者層であった。

小説における作者と主人公の対話的関係

理性への信仰に支えられた人間観に立つ客観主義的リアリズムへの最初の反抗が現れたのが、一八四六年に登場した新進作家ドストエフスキーの小説の主人公の意識(主観性)においてであったことに、まず注意を向けたい。文学史的に見るならば、この主観性の徴候はドストエフスキーに先行して、ゴーゴリの『狂人日記』やレールモントフの『現代の英雄』の主人公に現れていた。『狂人日記』の狂気に陥る直前の小役人ポプリーシチンは、「どうしておれが九等官なのか、わけを知りたい。九等官であるはずがない」と狂気の日記に記す。人生への倦怠のあまりに、他人をいたずらに不幸に陥れることに快楽を覚える青年貴族のペチョーリンもまた「日記」にこう記す。〈わたしは他人の苦しみや喜びを、自分との関係においてのみ、わたしの精神的力を支える糧として見ているのである。《……》観念は生き物(создания органические)である、と誰かがいった。その誕生はすでに形をあたえるが、その形とは行動である。その頭脳により多くの観念が生まれた者は、他人より多く行動する。それゆえ役人の机に縛り付けられた天才は死ぬか発狂するのが当然で

ある《……》情熱とは最初の発達段階における観念である〉（一〇四頁）[4]

この二人の先行作家の主人公に突然に響き始めた主観性の声は、ドストエフスキーの『貧しき人々』、『分身』、『地下室の手記』を貫き、『罪と罰』、『悪霊』へと反響を強めていくことになろう。しかしこの主観性のモチーフは、ゴーゴリとレールモントフにおいては、まだ人物の独立した声としては、萌《きざ》しに過ぎず、それは内面を描く基本原理としては弱く、自意識の自律的な機能としての一貫性を持ってはいない。それは主人公の日記への書き込みという形式での、人物の数々のエピソード的行為の理由づけのための作者による断片的な挿入にとどまる。

この主観性のモチーフが人物の言葉の一貫した動機づけとなるにはドストエフスキーを待たなければならなかった。そしてそのためには作者と主人公の関係についての人間学的認識の転換が要請されていたのである。

作品の主人公の独立した主観性について、ドストエフスキー以前に、作者と主人公の違い、そして読者との三者関係を意識した作者の態度表明が先行作家に見られたことにまず注目しよう。それはプーシキンとレールモントフである。

プーシキンは『エウゲーニイ・オネーギン』で、次のように読者に釘を刺した。

〈エウゲーニイと自分との違いが指摘できるのを／私はいつもうれしく思う。／それというのも皮肉な読者や手のこんだ／陰口をふれ歩くどこかの御仁が／エウゲーニイを私自身と／くらべ合わせてさてあとで／驕慢の詩人バイロン卿のやつは真似して／おのれの肖像《すがた》を描いたなどと／臆面もなく吹聴されてはたまらないから。／まさか詩人は叙事詩の中で／自分以外のだれかのことを／書けぬわけでもあるまいに〉[5]

さらに『現代の英雄』の作者レールモントフになると、読者の無知を批判する口調も手きびしい。「わが国の大衆」は寓話の終わりに教訓が見つからないと寓話を理解できないほど「幼稚で素朴」であり、洒落や皮肉も理解できない。彼等のある者は『現代の英雄』の不道徳性を非難し、別の者は「作者は自分の肖像や自分の知人たちの肖像を描いたのだ」といっている。レールモントフにいわせれば、〈確かに私の肖像ではあるが、一人の人物のそれではない。それは現世代全体の悪徳から組上げられた肖像なのだ〉(前掲書、四頁)

以上の先行作家の発言はドストエフスキー登場以前の一八二〇年、三〇年代になされたものであるが、一八四〇年代になっても(いや、これは二十一世紀の現代に至るも世界共通の抜きがたい現象のようだが)、作者と主人公を同一視する読者の習性にドストエフスキーは困惑し、あれは作者の自分ではなく「ジェーヴシキンがしゃべっているのだ」と釈明せざるをえなかった。しかしレールモントフの発言から見ても、すでにロシア文学史の文脈に、おのずとドストエフスキーの『地下室の手記』の主人公やスタヴローギンに対する作者の関係を予告する流れがあったことを忘れてはならない。

周知のように、『地下室の手記』には、この手記の作者も手記自体も虚構ではあるが、わが社会の諸条件を考えると存在しうるか、存在して当然のものであり、「近い過去の世代の性格の一つを公衆の面前へ引き出してみたかった」との前書きともいうべき脚注が付けられている。注目すべきは、この脚注には『カラマーゾフの兄弟』や『おとなしい女』の前書きの、それ自体、虚構とも見なされうる通常の「作者より」(от автора)という表記とは一線を画する「フョードル・ドストエフスキー」(Федор Достоевский)という実名が記されていることである。[6]

ここに主人公と作者の距離に特別にアクセントを置き、彼我を峻別しようとする作者の姿勢が読みとれる。（第3章三「仮の作者と真正の作者」参照）

またドストエフスキーは、『悪霊』の「スタヴローギンの告白」に関して、「ロシア報知」の編集者リュビーモフ宛の一八七二年の手紙で、〈それはまったく一つのタイプです。わがロシアのタイプです。《……》憂愁のために放縦に陥ったのですが、良心は持っていて、再び更生し、信仰を獲得したいと、受難者ともいうべき痙攣的な努力をしている人間です。ニヒリストと並んで、これは重要な現象です。これは現実に存在します〉（米川訳一七巻、四四五頁）[7] とのべて、スタヴローギンが一つの社会的タイプであることを強調していたのだった。

精神分析的なドストエフスキー解釈について、ジイドとともに批判的であったE・H カーは『地下室の手記』についての多くの批評家たちの見解を、「明白な虚構の作品の中に自伝の資料を求める危険な例証である」（一六五頁）と批判している。すなわち、彼等の見解によると、ドストエフスキーは一八六三—六四年の冬ある精神的危機を経過し、「既存の道徳に反逆し、罪悪への権利を心ゆくまで弁護した」というのであるが、カーによれば、それでは辻褄があわない。というのは、兄ミハイルの一八六四年三月二十六日の手紙にあるように、「キリストの信仰の必要」（正しくは「信仰とキリストの必要」—引用者註）が検閲によって削除されたという事実から判断するならば、〈その作品は反逆の叫びであるどころか、チェルヌイシェフスキーの唯物論的倫理学に対して宗教的正統主義を擁護しているのである〉（一六六頁）と、カーは指摘する。

この指摘に連なる評言は、現代のロシアの研究者にも次のように受け継がれている。

〈地下室の逆説家の告白の帰結は、「信仰とキリストの必要」の主張であるということが、『手記』

の構想に当初から存在したことを考える必要がある。それを考慮するならば、ドストエフスキーとその主人公の立場の違いをより厳密に区別することは可能であり、作者と主人公を同一視する傾向が特に強く見られる第一部の社会評論的論調の章（八―一〇章）についても当てはまる〉（B・N・チホミーロフ「芸術的総体としての『地下生活者の手記』」「ドストエフスキーと世界文化」二七号、二〇一〇年、五五頁[8]）

作者と人物についてのジイドの次のような発言もカーの見解を補完するものであっただろう。

〈疑いもなく、ある作者を、その小説ないし物語の作中人物が表明する思想の持ち主とみなすことは、不徳義ではない場合にしても、ずい分と慎重を欠くことです。しかしわれわれは、彼らすべてを通してドストエフスキーの思想は表現されるのだということを知つています……　又、いかにしばしば彼が、その心にかかつているある真実を述べるために、つまらぬ存在さえ用いているかを知つています〉（二五三頁）

小林秀雄もジイドのこの言葉をなぞるかのように、語ることになる。

〈一般にドストエフスキイの作で、一見何事でもない様な作中の挿話や挿話的人物に、却つて作者の重要な思想が現れる事は非常に多いのである。これは、作者が、正当であり真実であると信じてゐる思想を、好んで変人や狂人の口を通じて語らせるのと、詰まるところ同じ理由、ひと口で言へば作者の思想の逆説性に基づく。彼は、逆説のない思想は、情熱のない生活の如きものだ、と考へてゐた人である〉（「『白痴』についてⅡ」一九五二年、第六巻、三二一頁）

「転向者ドストエフスキー」と『地下室の手記』の主人公の言説の同一視、とりわけ第一部八―一〇章の主張との同一視の特徴的なものは、昭和九年にシェストフの論の翻訳紹介によって日本に持ち込まれ、左翼知識人の転向問題を背景に、文学者、知識人の間で議論が沸騰する現象として現れた。これが小林秀雄や唐木順三がドストエフスキーにとりくむようになった、背景であり動機だったといっても過言ではない。

彼等にとって、それは新たなリアリズムの問題、人間認識、人間観の問題としてゆるがせにできない、解明を迫られた課題であった。

E・Hカーと小林秀雄

小林秀雄が「ドストエフスキイの生活」を書く際に、E・Hカーのドストエフスキー評伝に出会い、参考にしたのは、僥倖《ぎょうこう》であったというべきだろう。この評伝が世に出たのは一九三一年であるが、著者の序文にあるように、この当時ロシアでも、グロスマンの断片的な論文があるだけで、まとまった伝記というものはなかった、この頃からスターリン体制下の公式批評が猖獗《しょうけつ》をきわめはじめ、以後、一九六〇年代までのおよそ三〇年間、ロシア本国ではまともなドストエフスキー論は影をひそめた状態だった。

カーによる評伝は、一九二〇年代に新たに出た作家の書簡やアンナ夫人の日記、回想、スースロワの日記、弟アンドレイの回想など当時の新しい資料を渉猟しながら、作家の伝記と創作の関係についての考察には、現在の世界の研究のレベルから見ても、狂いのない見識を示している。文学史、社会思想史、文化史の視点を踏まえ、心理学的分析への批判を織り込んでのバランスのとれたすぐれた古典的著作といえる。

ちなみに、小林の「ドストエフスキイの生活」がカーの剽窃《ひょうせつ》であるという噂が戦後、かつて評論家の花田清輝あたりから出て流布し、インターネットで検索すると、いまだにまことしやかに語る向きがあるが、両方をきちんと読むならば、それほど単純化して言える問題ではない。この噂の出処にまつわるいきさつは、埴谷雄高が大岡昇平との対談集（『大岡昇平・埴谷雄高　二つの同時代史』岩波書店、一九八四年、二六八―二七一頁）で詳しく語っている。小林の「ドストエフスキイの生活」をカーの「評伝」と引き比べて読んだ埴谷が、誤訳やテクストからずれた解釈の応用を小林の本文に発見し、それを花田に洩らしたのが発端らしいが、日本人による外国作家の評伝というパイオニア的な仕事に、カーやジイドの、今なお読むに価するすぐれた外国の先行研究が下敷き的に使われていたとしても、決して不名誉な話ではないし、時代の状況を考慮するなら、あげつらう方が不見識というべきであろう。

とはいえ、ロシア語の一次資料を利用できなかった著者がよりロシアに通じていたヨーロッパの著者の二次資料を使い、誤訳をも含めて、解釈の方向にかなりの影響を受けた痕跡が目立つのは否めない。また他のエッセイも視野に入れると、カーのほかにジイドの影響も目立つ。

小林の「ドストエフスキイの生活」に見られる次のような記述の典拠がカーにあったことはまちがいなさそうだ。

〈「怪物と戦うものは、自ら怪物にならない様に気をつけなくてはならぬ。あんまり長く深淵を覗き込んでいると、深淵が魂を覗き込みはじめる」とニイチェは「善悪の彼岸」で警告したが、嘗て自ら怪物にならずに怪物と戦つた人があつた筈はない。彼が黄金を見附け出したのは、粗悪な地獄の下によりも寧ろ自分の被つた傷の下にである。そして彼に心地よかつたものは、発見物だつたかそれとも発見の苦痛だつたか、恐らく彼自身にも判然しなかつた。さういふ体験の場所で、恐らくかれはニイチェの所謂病者の光学を練磨したのであつた〉第五巻、六五頁）

この記述に対応するカーの叙述はこうだ。

〈「怪物と争うものは、みずから怪物とならないように注意しなければならぬ。あまりに長い間、深淵をのぞいていると、深淵が君の魂をのぞき込むようになる」とニーチェは『善悪の彼岸』でいった。オムスク監獄において四年の間、ドストエフスキーは、人間社会の普通の慣習から離れた追放人と一緒に暮らしていた――この連中はほとんど人間以下の生活に戻った連中なのである。彼は支離滅裂となった人間の情熱の粗野な諸要素が煮えくりかえっている深淵を見詰めていた。かくて深淵は彼の魂にはいりこんできた。彼が監獄にはいった頃、彼自身も異常な人物だったかもしれない。しかし、そこで彼は異常な世界に自己を順応させることを学んだ。監獄から出てきたときに、彼の枉《ま》げられた視力は他の焦点に調整することができなくなっていた〉（九四頁）

小林とカーのこの二つの記述を並べてみると、小林のアクセントの置き所が最終行の「病者の光学」、すなわち、カーの「彼の枉《ま》げられた視力は他の焦点に調整することができなくなっていた」の言い換えにあることが感じられる。

昭和八、九年の段階で、「彼の眼は、対象に直にくつついてゐる」「対象に喰ひ入る様な凶暴な冷眼と奇怪に混淆」とドストエフスキーのリアリズムを性格づけていた小林は、すでにその段階でカーのこの記述を読んでいたのかどうかはわからない。しかしニーチェの言葉をカーからの孫引きでとりこみながら、この個所だけを取っても、のちに剽窃といわれても仕方がないほど、作家のシベリア体験の重さを強調するカーの「まげられた視力」に大いに共鳴するところがあったことは確かではなかろうか。

高橋誠一郎氏が最近著『黒澤明と小林秀雄――「罪と罰」をめぐる静かなる決闘』(成文社、二〇一四年)で小林によるテクストの間違った解釈として批判している幾つかの問題にも、カーの影響だけではなく、ジイドの影が感じられる。これは「ドストエフスキイの生活」以外の他のエッセイにも関係している。その一つは「ムイシキンはスイスから帰つたのではない。シベリヤから帰つたのである」(「『白痴』についてI」一九三四年、第六巻、八二頁)という命題であり、もう一つはドストエフスキーのキリスト教信仰について、〈いづれにせよ、彼にも発心といふ言葉が許されるなら、彼の発心は『悪霊』後、ペテルブルグに帰つた後の事であり、キリスト教の問題が明らかに取り扱われるのを見るには、『カラマーゾフの兄弟』まで待たねばならない〉(同、八〇―八一頁)という見解である。小林のこの発言をカーの次のような見解と対比してみるならば、その文脈はほとんどカーを踏襲しながらも、ラスコーリニコフとムイシキンの人間像、宗教感情、倫理観については、小林独特の解釈があったことが浮かび上がってくる。カーの言葉はこうである。

〈キリーロフにおいて、ドストエフスキーは彼の心を占めていた超人の問題を宗教的な主調に移した。ドストエフスキーが宗教的思想の海にはじめて乗りだしたのは、このように比較的後期になってからであり、後からの構想として『悪霊』にはいり込んだ章句においてである。『罪と罰』や『白痴』では正統的な宗教を当然のものと満足して受入れている発生期の超人ともいうべきラスコーリニコフは「文字通り」神を信じ、「ラザロの復活」を信じている。倫理的理想の代弁者ムイシキンは、ローマ・カトリックの不正行為にたいして奇妙な非難をしただけで、なんらの宗教的信念も表明していない。しかし『悪霊』以後は、政治とまじりあった宗教がドストエフスキーの思想や作品において大きな地位を占める。『悪霊』において輪郭をしめした宗教思想は後の、特に宗教的な小説『カラマーゾフの兄弟』にふたたび現れる〉（三一五頁）

小林がドストエフスキーのキリスト信仰について、「発心」という、ややわかりにくい言葉（意識的、自覚的という意味であろうか）を使って、キリスト教の問題へのとり組みを『悪霊』以降に見ているのは、ラスコーリニコフとムイシキンの精神的破局のあとの局面を指しているのであろう。

小林秀雄のラスコーリニコフ――ムイシキン観

ラスコーリニコフとムイシキンという二人の主人公について、「正統的な宗教を当然のものと満足して受入れている発生期の超人ともいうべき」と性格づけるカーの解釈はごく自然なものだが、ここで小林のアクセントは、カーとは異なり、ラスコーリニコフの「無性格」（「十九世紀の人間は性格の無い個性でなければならない」といふ洞見は、ラスコーリニコフに於いて比類なく肉体化されて現れた）（六二頁）、ムイシキンの「異様な肉化」（「ムイシキンは作者によつてこの場面に叩き込まれて、異様な肉化を強ひられている一つの精神、明瞭な表現といふものの全く不可能なラスコオリニコフ的更生といふ精神」）（第六巻、八八頁）という解釈に移行することになる。

ここに小林秀雄独特のラスコーリニコフ―ムイシキン観が現れる所以がある。そしてこれは彼が置かれた時代状況とも無縁ではないと思われる。それは彼が評論家として活躍を始める昭和初年代から十年前後にかけての情況であって、軍国主義体制の強化の過程で、左翼知識人はもちろんリベラリストまで狙い撃ちされた官憲による思想弾圧、あるいは異常なナショナリズムの高揚の渦中で、小林自身が体験、目撃しなければならなかった、「思想」というものの生き死にする姿、情熱化した観念の演じるドラマの生々しい現実であったであろう。

昭和七年のエッセイ「現代文学の不安」で、左翼文学者の「概念による欺瞞、概念による虚栄」を指摘し、ドストエフスキーの小説に「性格破産者」の典型を見て、〈こんど度こそは本当に彼（ドストエフスキー）を理解しなければならぬ時が来たらしい。「憑かれた人々」は私達を取り巻いてゐる。少なくとも群小性格破産者の行列は、作家の頭から出て往来を歩いてゐる〉とのべた小林は、昭和九年のエッセイ「『罪と罰』についてI」では、主としてラスコーリニコフという個性において演じられる観念のドラマに注意を集中したのである。

〈超人主義の破滅とかキリスト教的愛への復帰とかいふ人口に膾炙したラスコオリニコフ解釈では到底明瞭にとき難い謎がある〉（第六巻、三八頁）〈空想が観念が理論が、人間の頭のなかでどれほど奇怪な情熱と化するか、この可能性を作者はラスコオリニコフで実験した。《……》重要なのは思想ではない。思想がある個性のうちでどういふ具合に生きるかといふことだ。作者が主人公を通じて彼の哲学を扱ふ手つきだ〉（同、四二―四三頁）

小林はラスコーリニコフの観念と実際の行動の乖離、亀裂に鋭く目を向ける。

〈主人公の正確な理論と、理論の結果である低脳児の様な行為との対照の妙〉（同）〈彼を馳つて行為に赴かしめたものは、理論の情熱といふよりも寧ろ自ら抱懐する理論に対する退屈なのだ。理論を弄くりまはした末の疲労なのである〉（同四五頁）

小林がラスコーリニコフ観において提示した視点――「空想が観念が理論が、人間の頭のなかでどれほど奇怪な情熱と化するか」、「重要なのは思想ではない。思想がある個性のうちでどういふ具合に生きるかといふことだ」という見方は、その後の日本で、ドストエフスキーを顧みる契機となる社会的事件が起きるたびに私たちに蘇るポイントとなったといえよう。一九六〇―七〇年代の全共闘・赤軍派事件しかり、八〇―九〇年代のオウム真理教事件しかりである。また武田泰淳が『審判』や『蝮のすゑ』で主題とした、「もとの私ではなくなってみること」（『審判』）、事件の脇役でゼロであることの拒否（『蝮のすゑ』）という殺人のための殺人、動機なき殺人というべきものも、小林のラスコーリニコフ観に連なるものがあったであろう。行き着くところは、ラスコーリニコフのソーニャへの告白――「ぼくはただ殺したのだ。自分のために殺したのだ。自分だけのために殺したのだ」、「ぼくは何もかも忘れて、新しく始めたかったのだよ」というセリフに極まる。

「人間は何かである事を絶えず拒絶して、何かにならうとしてゐる」精神的、自意識的存在であるとする小林の人間観からすれば、ナポレオン的観念に囚われたラスコーリニコフも武田泰淳の動機なき殺人者も、現代の街頭、路上での行きずりの無差別殺人者も同じ線上に並ぶのではないか。そこには人生に倦怠し、「もとの私ではなくなってみること」、「何もかも忘れて、新しく始めたかったのだよ」という実存的な動機に極まるのではないか。その行為の結果、当事者が陥る無間地獄のような「孤独感」に小林は焦点を絞り、〈この小説で作者が心を傾けて実現してみせてくれてゐるものは、人間の孤独といふものだ〉（第六巻、六一頁）と書いている。

ちなみに、最近、森和朗氏の著書『漱石の黙示録――キリスト教と近代を超えて』（鳥影社）を読んで教えられたのだが、漱石は蔵書、ニーチェの『ツアラトゥストラはかく語りき』の英訳本に数多く書き込みをしており、その一つに「孤独（solitude）は罪（crime）ではなく、それは罰（punishment）である。われわれがなぜ社会を形成したか考えても見よ。それはただ単にこの罰を避けるためである（to avoid this punishment）」（全集二七巻、二四五頁）とある。ドストエフスキーと同じく、人間の自我と自意識の他者・社会との葛藤を作品の主題とした漱石ならではのメモで、小林が強調するラスコーリニコフの孤独の境地にはからずもふれる言葉であろう。

「孤独感」からの脱出、他者との関係性の問題

この「孤独感」は唐木順三が地下室人についてのべていることにつながる。

唐木はノーマルな世界からはみ出して、不安定で孤独に苦しめられる地下室人的自我意識が、「我《イッヒ》と汝《ドウ》の交互流通の世界」を求めることに「現実的」ということの真の意味を探ろうとする。〈つまり現実的とは、我《イッヒ》と汝《ドウ》の交互流通の世界である。自分と対象界との間には現実的な関係は起こらない。我と汝として、汝をもつた時に初めて関係の世界ができあがる。そこにほんたうに現実的という世界が出来上がるのぢゃないか〉（「ドストエフスキー論考」昭和二十五年（一九五〇）、八巻二五五頁）というのである。さらに唐木によれば、〈我と汝といふ世界は、自分の一挙手一投足が相手に関係をもつ世界〉であるからその世界に対して責任を感じざるをえなくなり、そこに「連帯の世界」が生まれる。ミットライデン（同苦）といふロシア的な考へも、〈我と汝といふ関係において関係してゐるといふことから出てくる〉（同）

つまり「モノローグの世界」から「ダイアローグの世界」への志向に、ドストエフスキーの描く人間存在のリアリズムがある――これが唐木順三のドストエフスキー論の基本骨格である。唐木のこの考察はバフチンがヴャチェスラフ・イワーノフの見解に言及しながら、「ドストエフスキーの

芸術世界の構造の基本的特性」について提示していた見解と軌を一にする。それによれば〈他者の《われ》を客体としてではなく、もうひとつの主体として認知する――これがドストエフスキーの世界観の原理である〉（一二頁）というのであった。

ここでイワーノフがドストエフスキーのリアリズムについて、それは「認識ではなく、〈洞察〉である」とのべていることに注意を向けたい。

〈洞察というのは、他者の我を客体としてではなく、もう一つの主体として感受することができるような主観の状態、つまり主観のある種の先験的状態（transcensus）である。それは個人の意識の限界の範囲を広げるということではなく、意識の通常の同調作用のまっただなかで身を動かすことなのである〉。そしてこの「身を動かす」という行為は、〈人間への、そして生ける神への誠の愛、言い換えれば愛の熱情において経験される自己疎外という内的経験においてのみ可能である〉。他方、〈認識（パズナーニエ）は認識する主体が認識されるものを客体として立てる行為である〉（V・イワーノフ「ドストエフスキーと悲劇としての小説《ロマン》」二九四頁）[9]

イワーノフのこの「洞察」は二葉亭の同化による内観の意味とも重なるものがあり、また「愛の熱情において経験される自己疎外という内的経験」という難解な表現も、ジイドの次のような平易な言葉で読み解くことができるように思われるのである。

〈ドストエフスキーはけつして自分を探求しませんでした。自分の著作の登場人物のひとりびとりのなかに、われを失つています。だからこそ、それらのひとりびとりのうちに、彼が見出されるのです。《……》彼らに生命を貸し与えて、そうして、彼は自分を見出すのです。彼は彼らひとりびとりのなかで生きるのです。こうして彼らの多様さのうちに自己を投げうつということの第一の結果は、彼自身の自家撞着が守られるということです。私はドストエフスキー以上に矛盾と自家撞着に富んだ作家を知りません〉（七一頁）

小林秀雄が、「文学創造の魔神に憑かれた」作家ドストエフスキーにとっては、「自分の性格の真相なぞ」は問題ではなく、「乱脈を平然と生きて、何等これを統制しようとも試みなかつた様に見えるのも、恐らく文学創造の上での秩序が信じられたが為である」と「ドストエフスキイの生活」で、一見、アフォリズム風の逆説的な表現をし、また「私小説論」ではジイドの「自意識の実験室」という表現を使って、〈言はば個人性と社会性との各々に相対的な量を規定する変換式の如きものの新しい発見が、彼の実験室内の仕事となつたのである〉（第三巻、一三四頁）と書いたのにも、ジイドの前記のドストエフスキー評に示唆されるところがあったのではないかと推測される。

ジイドは福音書の「おのが命を救わんと欲するものはこれを失わん。しかれどもおのが命を与えるもの（おのが命を棄てて顧みざるもの）、かくのごときものはこれをまことに生けるものとなさん」という教えをドストエフスキーほど立派に実践した芸術家はいないとし、〈この自己否定、自己自身に対する断念こそ、ドストエフスキーの魂のうちに、この上なく相矛盾する感情の相共に住むことを許したものであり、彼のうちに相闘う敵対関係の異常な豊かさを救ったものでした〉（一〇三頁）と繰り返しのべている。そしてこれをロシア人の福音書的な国民性にまで関連づけ、伝記作者ホフマン夫人の名前をあげながら〈ホフマン夫人とともに、苦悩と同情への、Lieden と Mitleiden への、罪人にまでのびていくあの同情への傾向を指摘しましょう〉（一〇五頁）とのべている。

ここで興味深いのは、カーもまた、「行動」よりも「感情」を重視する「ロシア的理想」を指摘しながら、〈ドストエフスキーの方が福音書にみられる原始キリスト教の伝統を正確に反映している〉（二八八頁）と考えていることである。そしてこの特徴を『白痴』の主人公に見てこうのべている。〈ムイシキンの理想は行動よりも受難にあらわれる理想であって、行動よりも感情の方を上位におく。人間と人間との道徳的、心理的な関係が一番重要となり、そこから出る行動は比較的、重視されない〉（二八八頁）、〈ムイシキンのうちに苦難と服従という高い倫理を描くことによって、ドストエフスキーは原始キリスト教の理想を近代文学の姿でわれわれに表現してくれたのである〉（二八九頁）

ムイシキンにキリスト教のイデーを求める点ではジイドとカーは見事に一致していて、ジイドは前記のホフマン夫人からの引用に続けて、ロシアの民衆が犯罪人を「不幸な人」と見なすという、『死の家の記録』で紹介されている民衆の連帯感にもふれている。他方カーは「罪の共産主義」という言葉を用いて、〈万人の罪に各人が関与しているというこの考えは、たしかに、深くロシア国民性に浸透していて、おそらくはロシア人の根ざし深《（ママ）》い共産主義的本能につながりを持っているのかも知れない〉（四〇六頁）とさえのべている。

カーのこの指摘は、興味深いことに、『カラマーゾフの兄弟』のイワンがアリョーシャに語る「人間同士の罪の連帯性」（«солидарность в грехе между людьми»）というフレーズを想起させる。

「ムイシキンはシベリヤから帰つた」

ところで「ムイシキンはシベリヤから帰つた」という小林秀雄のムイシキン観の由来の一半は、

実はジイドの次のような評言とも無関係ではなさそうである。

〈この著書（『罪と罰』—引用者）の最後の数ページが『白痴』を準備していることを見るのは、それ以上にずつと興味深いことになります。皆さんも思い出されることでしようが、われわれはラスコーリニコフを全く新しい、彼に自分の生涯のあらゆる事件が自分にとつてはその重要性を失つてしまつたと言わせるような精神状態のまま、シベリヤに置き去りにしました。彼の犯罪も彼の悔悟も彼の殉教すらも、彼には、誰か他人の身の上話のように見えるのです。

彼のうちで生が推理にかわつてその位置についた。彼はもう感覚しか持つていなかった。（米川訳「彼はただ感じたばかりである。弁証法のかわりに生活が到来したのだ」—引用者）

われわれは正確にこの状態においてムイシキン公爵を、『白痴』の冒頭に見出すこととなるのです。その状態こそドストエフスキーの眼には、特にすぐれてキリスト教徒の状態でありうるのでしょうし、又疑いの余地なくそうなのです〉（一六五頁）

ジイドはこのパッセージの前置きとして、最近ドストエフスキーの全作品を読み返す機会があつて、「一つの著書から次の著書にどういう工合に移つているかを考察することは特に興味のあることと思われた」（一六四頁）とのべている。

小林秀雄のムイシキン観の発想は、一つにはジイドのこの文脈に由来がありそうである。小林はこう叙述する。
〈ムイシキンはスイスから帰つたのではない。シベリヤから帰つたのだ。「罪と罰」の終末を仔細に読んだ人は、あそこにゐるラスコーリニコフは未だ人間に触れないムイシキンだといふ事に気が附くであらう〉（第六巻、八二頁）
　ムイシキンの人物像をカーが「原始キリスト教の理想」、ジイドが「すぐれてキリスト教徒の状態」の表現と無条件に理解したのに対し、小林の理解にはかなり異質なものがある。それはこういう表現で示されている。
〈併しこのムイシキンといふ人物の無気味さを知つた読者にとつて、彼の顔がキリストの聖像に似てゐたところではじまらぬのだし、又彼の顔が化物染みて描いてあつたところで別にそぐわない気持ちも起らない。それほどムイシキンの正体といふものは読むに従つていよいよ無気味に思はれて来るのである〉（「『白痴』についてⅠ」同、八七頁）
〈ムイシキンはスイスから還つたのではない。シベリヤから還つたのである〉（「『罪と罰』についてⅠ」同、六三頁）、〈ムイシキンはスイスから帰つたのではない、シベリヤから帰つたのだ〉（「『白痴』について I」同、五二頁）、〈「白痴」は「罪と罰」を遡行したものだ、飛び越えたものではない〉（「『白痴』についてⅡ」同、八五頁）という小林の一連の専売特許のフレーズの由来の可能性はもう一つ別の個所にも想定できる。
　かなり早い時期の昭和十二年（一九三七）の「『悪霊』について」で小林は次のように記していた。

〈成る程、「白痴」では、「真の善良な人間」を描かうとした。併し、ムイシキンといふ謎の様な人物を突然スイスから小説の構図の中に連れて来るといふ着想は、恐らく「白痴」を書く直前のものであり、現存する「白痴」に関する作者のノートに依つて容易に推測出来るのだが、作者の最初の企図では、「白痴」と呼ばれる人物は、邪悪な欲望に憑かれた傲慢な厭人家として考へられてゐる。作者は「罪と罰」では遂しく終わつて了つたスヴィドウリガイロフの挿話の上に、「白痴」の全編を組み上げようと努めた。大学生ラスコォリニコフの頭脳に荷した犯罪の観念を、もつと野人的な生活力を湛へた人物に荷さうと試みたのである。この構想は非常に執拗に思索され、「白痴」と呼ばれる人物の素描は、或る時は放火、暴行を働く不良少年、或る時は妻を毒害する良人といふ風にいろいろに書かれてゐる。明らかに作者の実験したかつたものは、「悪の煉獄」といふものであり、そして又そこに齎される可き再生の思想であつたが、僕等は既に、ラスコーリニコフの再生が作者の縦横の才を以てしても、いかに語り難いものであつたかを見た筈だ。「白痴」最初のプラン放棄は、恐らくこの同じ困難に依ると推察される〉(第六巻、一四九―一五〇頁)

この一節からわかるのは、小林は昭和十二年(一九三七)の段階で、外国の何かの文献で、早くも創作ノートを知っていたらしいことである。しかもノートの初期段階のモチーフを重視して、ムイシキン―スヴィドリガイロフ説を打ち出していた。小林は二五年後のドストエフスキー論の最終稿である『『白痴』についてⅡ』(一九五二―一九五三/昭二七―二八)でもその論理を貫いていて、冒頭部分で、〈白痴の情欲は強烈なものであり、愛の要求は鉄火の如く、しかも矜持は量り知れぬ程で、矜持の念から、己を制御し、克服せんとする。屈辱の中に快感を見出す。知らぬ者は彼を冷笑し、知る者は彼を恐れる〉(二六六頁、米川訳一七〇頁)という創作ノートの冒頭の個所を引用し、〈間違ひなく、「罪と罰」のスヴィドウリガイロフだ、と私は感ずる〉と記している。この引用は訳文の字句から見て、『白痴』の創作ノートを含む米川正夫訳の全一八巻全集（河出書房、一九五一―一九五三年）からのものであることは疑いない。つまり、昭和十二年段階で、外国の文献で知った創作ノートのポイントを戦後の昭和二十六年段階での本邦訳で確認した形であるが、小林は『白痴』の創作ノートのごく初期の構想に固執し、それを立論の根拠としているのである。

アカデミー版の『白痴』創作ノートを通読すれば分かることではあるが（米川訳愛蔵決定版全集第八巻所収の創作ノートが全体をカバーしている）、そこに記された構想のめまぐるしい変化と流れをロシアの研究者が注釈を加えて、細かくフォローしてくれているので、それを参考に要点をチェックしてみる。

それによれば、〈『白痴』の創作過程には、二つの段階があって、最初はさまざまなプランの作成と小説の第一稿の組み立てであるが、これは印刷稿とはかなり異なる。次は第二段階の最終稿の作成である〉（第九巻、三三九頁）この判断の論拠として、アポロン・マイコフ宛の一八六八年一月十二日（露暦十二月三十一日）のジュネーブからの作家の手紙の次のような一節が注目される。〈小生はこの夏から秋へかけてずっと、いろいろな案を組み合わせていましたが（なかにはきわめて面白いものもありました）、かつての経験によって、ある種のプランが贋物か、実現に困難か、あるいは発酵が足りないか、どれかだろう、ということを予感しました。最後に小生はある一つの案を取り上げて、仕事を始めました。ずいぶんたくさん書きましたが、新暦の一二月四日になって、すっかりほっぽりだしてしまいました。《……》それから（なにぶんにも、小生の未来はそれにかかっているのですから）、新しいプランの案出にとりかかりました。前の分はなんとしても続けたくなかったのです。ところが、できません。一二月の四日から一八日（当日も含めて）まで考えました。毎日平均して、六つずつくらいのプランが出てきたと思います。小生の頭は水車小屋になってしまいました。《……》とうとう、一二月の一八日に、小生は新しい長編を書き始めました〉（米川訳第一七巻、一〇一―一〇二頁）

親友へのドストエフスキーのこの告白は、『白痴』の創作過程を考える上では重要な鍵である。このあと一八六八年三月十二日に、いよいよ小説の最終骨格を決める次のようなプランが登場する。「三月一二日　この小説には三つの愛がある。⑴情熱的、本能的な愛―ラゴージン、⑵虚栄心から出た愛―ガーニャ、⑶キリスト教的な愛―公爵」（米川訳第八巻、二五三頁）

アカデミー版の注釈者の要約によれば、創作ノートＩで想定された主人公はその変容が次々と構想される過程で、同じような三つの愛の相を経過した。〈「そしていま、この三つの相は三人の人物に人格化された。それに伴い、ムイシキンには直ちにエゴイズムと打算を欠いた「高い愛」が賦与され、その愛は他の主人公達の感情に圧倒的に見られる個人的な原則に対立することになった〉（第九巻、三六三頁）

小林独自のムイシキン解釈

小林も創作ノートに立脚して論を立てるからには、本来、ノートのこのあたりの経緯に目をつぶるわけにはいかなかったはずである。小林が創作ノートの全体をどの程度、どのように読んだかが問われるところであるが、興味深いのは彼の次の記述である。

〈一八八六年三月の作者の「創作ノート」には、「死骸が臭うのは当り前さ」といふラゴオジンの科白が見つかる。間もなく「公爵を不断の謎として示すべきか」とい文句が記される。作者は破局といふ予感に向かつてまつしぐらに書いたといふ風に感じられる。「キリスト公爵」から、宗教的なものも倫理的なものも、遂に現れはしなかつた。来たものは文字通りの破局であつて、これを悲劇とさへ呼ぶ事は出来まい。言はば、ただ彼といふ謎が裸になつたのである。人間の生きる疑はしさが、鋭い究極的な形を取つた。作者は言つたかも知れない、この男を除外して、解決がある事が証明されたとしても、私は、彼と一緒にゐたい。解決と一緒にゐたくない、と〉（六・三三九）

この引用文中、小林が挙げる「ラゴオジンの科白」および「公爵を不断の謎として示すべきか」という文句は、創作ノートの前記の最終骨格を決めるプラン―三つの愛のうち、「⑶キリスト教的な愛―公爵」の記述に隣接、前後して記述されている（米川訳第八巻、二五三頁）。これから見て、小林はムイシキン像を解釈するのに、あえて創作ノートのこのムイシキン像の設定を無視し、逆らった、言い換えれば、裏を読んだということができよう。

こうして見ると、〈ムイシキンはシベリヤから帰つた〉〈「白痴」は「罪と罰」を遡行したものだ、飛び越えたものではない〉という小林のテーゼの論拠は一九三七年（昭一二）の『悪霊』について」での、『白痴』の創作ノートに関する言及に始まり、ジイドの見解に補強されながら、戦後の「『白痴』についてⅡ」にいたる（一九五二―五三／昭二七―二八）、小林なりの一貫したものであったといえよう。

ただ小林は、ムイシキンのスヴィドリガイロフ的要素を重視したというより、恐らくジイドに示唆されて（ジイド曰く、「彼のうちで生が推理にかわってその位置についた。彼はもう感覚しか持っていなかった」）、観念の憑依から脱して、純粋感覚の状態にあるラスコーリニコフに注目したと見るのが正当であろう。〈彼を見舞つた孤独は、推理によつたものでないのは勿論、これを意識と呼ぶ事も出来ぬ。直接な純粋な感覚であつた〉（第六巻、八四頁）と小林は書き、続けて、〈終編を注意して読んだ人は、あの荒涼とした風景のなかで、人間或は生命の概念が、恐ろしいほどの純粋さに達してゐる事に気が附く筈だ。ドストエフスキイにとつて、この純粋さの象徴がキリストであつた事は、疑ふ余地がない〉（同、八五頁）と記した。

一方、ジイドはこのラスコーリニコフの純粋感覚を引き継いで登場するムイシキンこそ〈ドストエフスキーの眼には、特にすぐれてキリスト教徒の状態でありうる〉と記した。ここでジイドの場合、キリスト教的というのは自己否定、自己断念と同義であり、「謙抑」が主意である。これはイワーノフやバフチンや唐木が提示する「われ―汝」の二人称的関係に通底する。

小林はこの地点から先、独自の解釈に舵を切ったといえよう。この先、小林は問題をどのように展開するのか、まず彼の評言を見てみよう。

〈ムイシキンは観察されて描きだされた人物ではない。作者の信念が、或は愛情がこの人物を客観化したのである。

ムイシキンは人々と交渉を重ねるにつれて、その生活上の無能を暴露して来るが、読者は彼の無能こそ、彼が保持している唯一の現実的な魅力だと説得されて行く。ムイシキンがその本能的なものを現して行く次第は、まことに微妙であるが、この未聞の人物の出現によつて、嘗ては常識上の約束によつて行動してゐる人々が、故しらぬ不安を感じ、平素は現さない己の性質をわれ知らず曝け出して行く過程も非凡な手腕で描き出されてゐる〉（同、一〇八頁）

先ほどの引用ではこうも言っていた。

〈来たものは文字通り破局であつて、これを悲劇とさへ呼ぶ事は出来まい。言はば、ただ彼といふ謎が裸になつたのである。人間の生きる疑はしさが、鋭い究極的な形を取つた。作者は言つたかも知れない、この男を除外して、解決がある事が証明されたとしても、私は、彼と一緒にゐたい。解決と一緒にゐたくない、と〉（第六巻、三三九頁）

創作ノートに「キリスト教的な愛―公爵」という記述があるのを明らかに横目に見ながら、ムイシキンを「異様な肉化を強ひられている一つの精神」あるいは「観念」「意識」と見る小林の眼のリアリズム観がこれから問われることになろう。

小林はムイシキンの正体の無気味さをいい、周囲の人間の潜在意識を挑発して不安定にする要素を指摘しているが、こうした視点からのムイシキン像の再検討は、一九九〇年代のロシアの研究者たちによってもなされていたことに注意を向けたい。私は二〇〇一年に発表した論文「『白痴』論――〝貧しき騎士〟ムイシキン公爵の〝運命の高貴な悲しみ〟」でこのテーマでの、二つの論文についてふれた。[10]

その論文とは、モスクワの研究者L・A・レーヴィナの「悔悟なきマグダレーナもしくは、なぜムイシキン公爵はナスターシャ・フィリッポヴナを救えなかったか」（年誌「ドストエフスキーと世界文学」二号、サンクト・ペテルブルグ、一九九四年）と、T・Aカサートキナの「〝子供たちにも秘められた〟レフ・ムイシキン公爵の不透明さの原因」（同誌四号、モスクワ、一九九五年）である。[11]

レーヴィナはナスターシャの運命におけるムイシキンの役割について論じているのであるが、ムイシキンの、結果を予知しない無意識の干渉によって彼女は運命を狂わされてしまったとのべている。〈厳密にいえば、破滅は名の日のフィナーレの場面、つまりムイシキンがプロポーズした直後に起きた。「その後、誰もが断言したところによると、ナスターシャ・フィリッポヴナの気が狂ったのは、あの瞬間からであった」というのである〉（一〇五頁）

カサートキナはムイシキンをめぐっての嫉妬（イッポリート対コーリャとアグラーヤ。ガーニャ対アグラーヤ。ロゴージン対ナスターシャ等々）の渦が巻くことを指摘して、こうのべている。〈公爵のまわりにはたえず嫉妬の大波が沸き立つ。おそらくその波は最終的には公爵と彼に最も近しい人々を呑みこむ。ドストエフスキーの「最も清明な（самый светлый）」人物をめぐって、小説中に起きる嫉妬の嵐は何に起因するのか？　それは一見したところ、自明でありそうでありながら、ありえない公爵のキリスト教的愛に原因がある〉（四九頁）

レーヴィナはムイシキンがスイスで素朴でいじけた未成熟の少女マリーに対して「恋ではなく憐みで愛した」成功体験を、複雑な内面を持つ成熟した女性ナスターシャに適用しようとして失敗したと分析する。カサートキナは公爵の無差別の愛が、彼の周囲に嫉妬の嵐を巻き起こし、ナスターシャとの結婚の試みは、ドストエフスキーが亡き妻マリヤの棺台の傍らで記したようなキリストの戒め「娶るなかれ、犯すなかれ、神の御使いのように生きよ」に反することであったと指摘する。

比較的最近のロシアのドストエフスキー研究者によるこのような分析をも視野に入れて見た場合、小林の解釈も十分にそれなりの根拠を持っているといえよう。

ところで小林は一連のドストエフスキー論の最終編である「『白痴』についてII」の終わりの個所で、次のようにのべるにいたる。

〈実の処、この作には本筋も脇筋もないのだと言つてゐゝ。更に言へば、ムイシキンは、主人公と呼ぶより寧ろ一個の意識或は精神であつて、筋のきつかけになる様な性格上の諸規定が、この人物には欠けてゐるのであるから、一と度、この人物に事件が発生すれば、彼は言はば事件の重みに堪へられず破滅する。初めからさういふ仕組みの作品なのである〉（傍線―引用者、第六巻、三二〇―三二一頁）

〈私は、今、何気なく機縁といふ言葉を使つたが、実際、ムイシキンは、人間といふより、人間達が、自分にも思ひ掛けぬ自己を現す機縁の如きものとして、たゞそれだけのものとして現れてゐるのである〉（同、三三七頁）

〈困難の一切は、ムイシキンといふ主人公に肉化した観念の、どうしやうもない単純性にある。作者は、これを「無条件に美しい人間」と呼んだが、この人物の、手のほどこしやうもない純粋性にあつた〉（同、三三八頁）

ムイシキンの運命

「一個の意識或は精神」「機縁」「主人公に肉化した観念の単純性、純粋性」といった概念からイメージされる小林のムイシキン像は、レーヴィナやカサートキナが言及した風俗小説的レベルの解釈での肉体をもった世俗的トラブルメーカーとしてではなく、作者の創作意識、方法にかかわる機能のレベルで理解されるべきものであろう。小林はいみじくも「機縁」という言葉を用いて、ムイシキンは接する人物達に自己開示させる役割を担っていて、〈たゞそれだけのものとして現れてゐるのである〉（同、三三七頁）とさえ言い切っている。

ムイシキンは確かに、他の人物たちに対する作者の対話的態度を体現した語り手的な機能（機縁）を、少なくとも小説の前半（特に第一編）では遺憾なく果たしている。現時制で進行する物語の事件はすべて彼の登場と結びつき、彼の眼前で生じていて、読者はムイシキンの眼を通して人物達の関係図を知る。彼には出会う人々が瞬時に好意を抱き、気を許す特別の魅力があたえられている。いわば、「われ―汝」の対話的理念の生まれながらの体現者にほかならない。

小説冒頭、列車内での長くもない会話の後で、「公爵、なぜだかしらないが、おめえが好きになった」とロゴージンにいわせる。次いで訪れたエパンチン家の従僕も、公爵のあまりに開けっぴろげでけじめのない態度に戸惑いながらも、好意を持つ。〈それは特別の種類の好意で、別の面から見れば、気が滅入るような忌々しい思いをかきたてた〉（第八巻、一九頁）と意味深長なただし書きがつく。従僕が感じたこのアンビバレンツな感情は独特で、その後彼に出会う人にもつきまとう。ナスターシャをめぐってムイシキンに嫉妬し憤激しているロゴージンは、訪ねてきた公爵に「目の前にいないと、おめえにすぐ憎しみを感じる」が、一五分ほど一緒にいるうちに「憎しみはすっかり消えて、前のように可愛くなりやがった」という。ガーニャも反感をもちながら公爵に会ったあと、友情を感じてしまう。敵意を抱いてムイシキンに会ったイッポリートにも、同じような気持ちの変化が起きる。

あくまで物語の進行の現時制において、眼前に対座し合う間での相互の交感において、相手の警戒心を解き、内面を自己開示させ、そのことによって第一部で物語の人物相関図を読者に明らかにする対話的、機能的役割をムイシキンははたす一方、現時制に非在の人物として、過去化され、客体化された時、彼にはトラブルメーカーの運命がつきまとうことになる。物語の時間性において、いかなる存在も事件の因果関係、客体化から逃れることはできない以上、これは避けがたい運命というべきである。

小林のいう「一個の意識或は精神」「機縁」「主人公に肉化した観念の単純性、純粋性」としてのムイシキン像を、時空間の因果関係から解き放たれた二人称的関係の理念の体現者として見た場合、公爵が二人の女性に同時にプロポーズしようと、義兄弟の契りを結んだ男と女をめぐるライバル関係に陥ろうと、その限りでは問題にはなりえない。

ムイシキンをそのような「われ─汝」の二人称的関係の意味で、「キリストの理想」、「同情・憐憫〈サストラダーニエ、ミットライデン〉」の理念の体現者と仮定することが出来る。しかし、人間の現実の生活の営みが時空間の因果関係に無縁でありえない以上、まして客体化を原理とする利益社会においては全く異界的な存在と化さざるをえない。そのような人物像が俗世で、どのような状況に陥り、無残な姿を呈さざるをえなくなるか、リアリスト・ドストエフスキーはそれに目をつぶることはしなかった。

唐木がいうように、ドストエフスキーの「最高に現実的」という意味が、「時間空間因果の非人間的カテゴリー」からの脱出の志向であったとしても、事件は世俗の風俗小説的な場で発生し、その状況で時空間的にたえず相対化、過去化されざるをえない宿命にある以上、いかなる二人称的関係も「われ─それ」の客体化の関係に反転せざるをえないのである。これは人間の宿命であって、二十世紀の対話の思想家マルチン・ブーバーはこの現象を指していみじくも〈われわれの運命の高貴な悲しみである〉(『我と汝・対話』植田重雄訳、岩波文庫、一九七九年、二六頁)とのべた。

「われ─汝」の二人称的関係は実存的状況にある人間の切実に希求する夢にほかならない。ドストエフスキーはこのテーマを掲げて作家として出発したといってよい。先行作家ゴーゴリによって、官僚組織のちっぽけなネジ、モノとして描かれて哀れな死をとげた九等官（『外套』のアカーキイ・アカーキエヴィチ）が、主観性、自意識を持った存在としてよみがえり（『貧しき人々』のジェーヴシキン）、文通相手のワルワーラに対して、あなたを知ったために、自分自身をいっそう認識するようになった、あなたが目の前に現れて、わたしの暗澹たる生活を照らし出してくれて、自分も他人より劣ったところはないのだと悟った、と主観共同への希求を告白したのである（八月二十一日の手紙）。

しかし他者とのこのような素朴な同一化の夢がやがて破綻する運命にあることを、ドストエフスキーは早くも予告していたのである。私はすでに幾つかの論文で繰り返し紹介しているが、若き新進作家ドストエフスキーの初期作品を誰よりも深く理解したワレリアン・マイコフという批評家は、ジェーヴシキンのワルワーラへの同一化、思い入れの深さが、女主人公にはいつしか気持ちの負担となり、彼を棄ててブイコフという地主と結婚という名目で地方に去るに当たり、その憂さ晴らしの気持ちから結婚衣裳のレースにまつわるつまらない用件で、あちこちを駈けずりまわらせたのだと指摘した。いささかうがった見方と思えなくないマイコフのこの見方も、「われ―汝」の二人称的関係の夢が過剰な同一化をまねき、生活時間の中で過去化、相対化された時、反転する運命にあることを告げている。こうした「われ―汝」の関係への願いが、知らず知らずに圧力となって相手を苦しめ、心理的に追い詰める主題を、ドストエフスキーは『弱い心』でも描いた。（本書第三章一参照）

バフチン、イワーノフ、唐木、ジイドはドストエフスキーの対話的人間学の思想、そしてポエチカ（創作方法）の本質について、それぞれの言葉で語っているが、それは「同化」（いわば「われ―汝」）と「離脱（距離の確保）」（いわば、「われ―それ」）の逆方向の対向性が同時に確保されない限り成立しない性質のものである。その意味では、二人称的関係への志向にだけアクセントを置き、その対向性に触れない議論は、事態の一面にしか目を向けていないといってよい。そこで、それとは対照的に、小林の眼はとりわけこの別の半面（客体化・距離の確保）に向けられていたと私は見たい。ただし小林もまた作家の人間学的思想の他の半面（主観共同の願望）に目配りを欠くことによって、小説『白痴』の主題がもつダイナミズムを十分にとらえきったとはいえないだろう。

小林は論の最終部で〈「キリスト公爵」から、宗教的なものも倫理的なものも、遂に現れはしなかつた。来たものは文字通りの破局であつて、これを悲劇とさへ呼ぶ事は出来まい。言はば、ただ彼といふ謎が裸になつたのである。人間の生きる疑はしさが、鋭い究極的な形を取つた〉（第六巻、三三九頁）とのべた。

評論家としてのデビュー作「様々なる意匠」で、「劣悪を指嗾しない如何なる崇高な言葉もなく、崇高を指嗾しない如何なる劣悪な言葉もない」「私には常に舞台より楽屋の方が面白い」（第一巻、一一頁）と書いた小林は、「憐憫・同情」や「謙抑」といったムイシキン像にまつわるキリスト教的観念はユートピア的で、底が割れていると見たにちがいない。そして『白痴』論の最終頁に次のような記述が登場する。

〈作者が、意識の限界点に立つて直接に触れる命の感触とも言ふべき、明瞭だが、どう手のつけやうもない自分の体験を、ムイシキンに負はせた事は既に述べた。この感触は、日常的生の構造或はその保存と防衛を目的とするあらゆる日常的真理や理想の破滅を代償として現れる〉（第六巻、

三四〇頁）

このパッセージを読む時、私には喚起される一つのイメージがある。それは、『弱い心』のアルカージイが小説の結末場面で体験するネワ河の幻想である。ユートピア（アルカディヤ）にちなむ名前のこの主人公は、親友の同居人ワーシャと主観共同の生活の夢を疑わず、気弱な親友のためを思って何かと心配し、行動するのだが、それは相手への過干渉でありプレッシャーであることに気づかない。そうして相手が発狂し破滅するにいたって、たまたま遭遇したネワ河の幻想から自分の責任を感触し、戦慄するのである。そしてこの体験が若き作者自身のものであったことは、エッセイ「ペテルブルグの夢――詩と散文」（一八六一年）に書かれている。

『白痴』の場合も、ナスターシャとロゴージンの運命への、ムイシキン公爵の善意からの過干渉が悲劇の主要因だったといえよう。こういう見方は「舞台よりも楽屋裏」に興味を持つリアリストの眼からくるものといえる。カサートキナにいわせれば、ムイシキンと他の人物たちとの葛藤では、〈ムイシキンの完全無欠さ（совершенство）に対して彼らの不完全さ（несовершенство）」という見方にわれわれは慣らされている。彼女はいう、自分がこれに疑問を呈してもこの見方はゆるぎないかもしれない。ただソビエト時代の学校の文学の授業で出されていたおかしな設問――あなたの隣人として選ぶならばラスコーリニコフとムイシキンではどちらがよいかと問われるならば、自分はラスコーリニコフを選ぶ〉（前掲書四八頁）と。ロシアの研究者のこの感想は、ムイシキンに感じられるある種のうとましさ――おそらくワーシャ・シュムコフがアルカージイに感じたようなうとましさを物語ってはいはしないだろうか。

「われ―汝」の二人称的人間関係の理念、救済のイデーを体現して行動したはずの善意の人物が、その反対物の破滅の誘因者に反転する、その反転する局面をおそらく小林は『白痴』論の最終頁で、「内的感触」と呼び、作者は「啞の様に、聾の様に苦しむ」「ドストエフスキイの形而上学は、肉体の外にはない」（第六巻、三四〇頁）といったのではないか。

作者はムイシキンに〈「その苦しみ」負わせ、「この限りない問ひが、「限りない憐憫の情」として人々に働きかける様にムイシュキンを描いた〉（傍線—引用者）とは、小林がムイシキンに寄せた最後の思いであろう。ただその際、「ムイシキンが、ラゴオジンの家に行くのは共犯者としてである。彼とその心が分ちたいといふ希ひによつてである」と、反転したネガとしての人物像に駄目押しのアクセントを置くことを忘れなかった。

本来、二人称的人間関係の救済の理念を体現する主体であり、ポジティブに（肯定的に）美しい（«положительно прекрасный»）人間であるべきはずの人物が、時空間で因果関係に支配され、現実には深刻なトラブルの誘因者に転じ、ネガティブな役割を演じざるをえないという悲劇、これこそブーバーのいう「われわれの運命の高貴な悲しみ」というべきものであろう。

ちなみに森有正はムイシキンの他者との「存在共同性」、「存在直感」の能力を強調しながら、主人公の結末について、こうのべている。

〈善、人を、人として、真に生かしめる筈の善は、ムイシキンにおいては、その善の故に、ナスターシャとアグラーヤとの二重の愛の関係となり、ムイシキンはついに発狂して、廃残の余生を遠くスイスの病院に送るにいたる。しかしこれはムイシキンの罪ではない。かれにおいては、ナスターシャとアグラーヤとの二重の愛の関係は、なんの矛盾もなかった。しかし世の愛はそれを許さない〉（一三三頁）

〈善を主張しようとする人は、まさにそのことによって、人と自己とに対して最大の罪を犯すに到る。『白痴』はこの哀しい人生の真実を伝えているのである〉（二三三頁）

「物のあはれ」の概念をめぐって

最近、福井勝也氏によって提起されている興味深い問題について考えてみる。小林の「『白痴』についてⅡ」の最終章九章に、時期的に隣接して書かれた『本居宣長』を、「日本への回帰」、あるいは小林批評の「衰弱」（クリチカル・ポイント）と見て、ある種の転回、断絶と見る山城むつみ氏などの見解に対して、福井氏は小林の『白痴』論Ⅱとの連続性を唱え、そのキー概念として「物のあはれ」に注目している（「小林秀雄、戦後批評の結節点としてのドストエフスキー――ムイシキンから『物のあはれ』へ」――「ドストエーフスキイ広場」二四号、二〇一五年）。

それは前節でふれた、作者はムイシキンに〈「その苦しみ」負わせ、「この限りない問ひ」が、「限りない憐憫の情」として人々に働きかける様にムイシュキンを描いた〉（傍線――引用者）という小林のフレーズにかかわる。小林がアクセントを置くムイシキン像は、小説前半で作者の眼の代役として、他の登場人物たちの内面を読者に開かせる主観共同の主体者ではなく、小説後半での、他の登場人物たちの間で客体化され、究極的にはナスターシャとアグラーヤの対決の場で、前者によって「私の物だ」と宣言される対象物と化した存在である。

小林が関心を持つ「憐憫の情」とは、ムイシキンに荷わされたキリスト教的な「憐憫・同情」の理念ではなく、現実社会で反転して頽落し、客体化、モノと化していく無力な存在としてのムイシキンを見る作者の眼に宿るものなのである。すなわち創作家が対象を見る眼の問題である。

私はかつて、夏目漱石の『草枕』での主人公の画家と那美さんの関係で、この種の「憐れ」を考察したことがあった。[12]画家は人を小馬鹿にするような薄笑いを浮かべた勝気な美女を相手に、絵にしようと思うのだが、相手の内面に入りこめない、つまり「憐れ」を感じとることが出来ないために描けない。それが小説の最後の場面で、偶然に女の表情に「憐れ」が浮かぶ瞬間に遭遇して、作品が一瞬のうちに成就したというのであった。漱石は「憐れは神の知らぬ情で、しかも神に尤も近い人間の情である」という表現で、「憐れ」が創作家と対象の創造的交感であることを告げている。

小林秀雄が宣長の「石上私淑言」をもとに論じている「あはれ（阿波禮）」、「物のあはれ」、「物のあはれを知る事」といった概念も、創作家の主情に基づく対象の広い認識の問題に関連していて、「すべての情の、事にふれては感《ウゴ》くは、みな阿波禮也」ということになる。

〈事物の知覚が、対象との縁を切らず、そのまゝ想像のうちに育つて行くのを、事物の事実判断には阻む力はない。宣長が、「よろづの事にふれて、感《ウゴ》く人の情《ココロ》」と言ふ時に、考えられてゐたのは、「情《ココロ》」の感《ウゴ》きの、さういふ自然な過程であつた。敢えて言つてみれば、素朴な認識力としての想像の力であつた〉（第一三巻、一三〇―一三一頁）

〈「情《ココロ》」が「感《ウゴ》」いて、事物を味識する様を、外から説明によつて明瞭化する事は適わぬとしても、内から生き生きと表現して自証する事は出来るのであつて、これは当人にとつて少しも曖昧な事ではなからう〉（一三一頁、傍線―引用者）。

創作家の対象に対する関係はこのようなもので、小林は紫式部にふれながら、この方法を「内観による、その意識化」（同、一三一頁）と記している。これは二葉亭四迷がドストエフスキーの方法を特徴づけた作者と作中人物との「同化」を自ずと連想させる。ドストエフスキーに関して、「彼の眼は、対象に直にくつついてゐる」とのべていた小林の主意とももちろん関連するであろう。唐木順三のいう「主観対客観の立場」で、ドストエフスキーの場合は「対象と自分とは離しえない、切ることができないといふこと、それが現実的といふ意味になつてくる」という言葉の意味とも無縁ではない。

宣長論での小林の次のような記述にも私は、ドストエフスキーに共通するイデーを想起する。

〈意識は「すべて心にかなはぬすじ」に現れるとさへ言へよう。心は行為のうちに解消し難い時、心は心を見るやうに促される。心と行為との間のへだたりが、即ち意識と呼べるとさへ言へよう。《……》彼の論述が、感情論といふより、むしろ認識論とでも呼びたいやうな強い色を帯びてゐるのも当然なのだ。彼の課題は、「物のあはれとは何か」ではなく、「物のあはれを知るとは何か」であつた〉（第一三巻、一二〇頁、傍線—引用者）

「心と行為との間のへだたりが、即ち意識」という人間観こそ、ラスコーリニコフのそしてムイシキン、広くはドストエフスキーの人物たち一般の造型の核心をなすものではなかったろうか。

さらに小林のドストエフスキー論のなかで、もっとも私の記憶に残ることばの一つに、次の一節がある。

〈この文学創造の魔神に憑かれたこの作家にとつて、実生活の上での自分の性格の真相なぞといふものが、一体何を意味したらう。彼の伝記を読むものは、その生活の余りの乱脈に眼を見張るのであるが、乱脈を平然と生きて、何等これを統制しようとも試みなかつた様に見えるのも、恐らく文学創造の上での秩序が信じられたが為である〉（「ドストエフスキイの生活」第五巻、一〇〇頁、傍線

―引用者）

ここでの「文学創造の上での秩序」の意味に相当する言葉が、小林の「源氏」についての言及でも現れる。それは「創造力」である。

〈「源氏」を成立させた最大で決定的な因子は、この、言語による特殊な形式に関し、この作家に与へられた創造力にあるのであり、これに比べれば、この作家の現実の生活や感情の経験など言ふに足りない〉（第一三巻、一六七頁、傍線―引用者）

それでは、この「文学創造の上での秩序」＝「創造力」は対象に対してどのように機能するのか。小林はこの問題をデリケートな言い回しで、次のように語っている。

〈説明や記述を受付けぬ機微のもの、根源的なものを孕んで生きてゐるからこそ、不安定で曖昧なこの現実の感情経験は、作家の表現力を通さなければ、決して安定しない。その意味を問ふ事の出来るやうな明瞭な姿とはならない。宣長が、事物に触れて動く「あはれ」と、「事の心を知り、物の心を知る」事、即ち「物のあはれを知る」事とを区別したのも、「あはれ」の不完全な感情経験が、詞花言葉の世界で完成するといふ考えに基づく〉（同、一六七頁）

ここでの意味をドストエフスキー論に還元するならば、「根源的なものを孕んで生きてゐるからこそ、不安定で曖昧なこの現実の感情経験」とは、客体化を拒む自意識という精神、「われ―汝」の二人称的ユートピアを願望しながら、時空間の因果の網から逃れることはできず、客体化、「モノ化」の窮地にさらされている不安定な意識の状況をも意味していよう。これこそ〈事物に触れて動く「あはれ」〉であり、これを救い上げて、芸術表現に高めるためには、創作家は「事の心を知り、物の心を知る」事、即ち「物のあはれを知る」事が、認識の要諦として求められるのであろう。これはブーバー流にいうならば、「われわれの運命の高貴な悲しみ」を知ることにほかならない。それは物事の外部観察と内観の同時的、同期的な精神作用によってもたらされるものである。

小林は、宣長が光源氏を、「物のあはれを知る」といふ意味を宿した、完成された人間像と見た、とのべるが、同じ意味でムイシキンを「完成された人間像」、すなわち「肯定的に美しい人間」として描き切りたい意図が、ドストエフスキーにもなかったはずはない。ただしムイシキンの置かれた状況は「詞花言葉の世界」ではなく、愛憎の感情の渦巻く散文の世界であった。

対象を内側から見る（眼は対象にくっついている）と同時に外側からも見る――この同時並行的、同期的な操作は、時空間の因果の網に囚われた「語り手」や約束上の「作者」には不可能である。そこで姿を現さない、形象化されえない高次の作者が、「物のあはれを知る」存在として想定されることになろう。

夏目漱石が『草枕』で「人情」「非人情」を論じ、神の知らぬ、神に最も近い人間の情＝「憐れ」を想定した裏には、そのような姿を現さない高次の作者、作者の眼（「則天去私」につながる）への探究があったと思われる。また作者が姿を消して、作者の干渉なしに、読者を作中人物といかに直に面接させるかの工夫を説いた『文学論』第四編第八章、「間隔論」「同情的作物」の概念の本質にも関連しているはずである。

作者の存在が形象化されることなく、高次の眼にゆだねられた創作においては、対象（作中人物）と語り手、受け手（読者）の三者関係が、あらためて問われざるをえない。小林はこのことについてこうのべている。

〈「かたる」とは「かたらふ」事だ。相手と話合う事だ」「語る人と聞く人とが、互いに想像力を傾け合ひ、世にある事柄の意味合や価値を、言葉によつて協力し創作する、これが神々の物語以来変はらぬ、言はば物語の魂であり、式部は、新しい物語を作らうとして、この中にたつた〉（第一三巻、一四六頁）

おそらくこの趣意はドストエフスキーの創作についても当てはまるだろう。ドストエフスキーや漱石の文学は、作品解釈にあたって、読者の積極的な参加を誘うもので、バルザックやツルゲーネフやトルストイ型の文学には見られない自由がある。しかしそれは姿を隠した高次の作者の存在と眼によって確保され、護られている自由であって、読者の特権を勝手にふりかざしてその座を奪い、事実上、作者を追放して、恣意的な解釈を振りまくことを許す自由ではない。文学を研究するということは、作品のそうした芸術的自律性の究極の形を見極めようとするところにあるはずだ。ドストエフスキーの作品を読むとは、この作家に固有の隠れた作者の高次の眼に如何に近づくかという行為でなければならないだろう

福井氏が指摘するように、小林秀雄の『白痴』論と『本居宣長』論の執筆が同期している（一九六四―一九六五）ことから見ても、彼が論じる宣長の「物のあはれ」の概念が両者に通底している可能性はあるだろう。であるとすれば、以上にのべたような比較文化論的な分析も成立ちはしないか――これは私なりの仮説である。

会の例会で私に向けられた質問の一つに、宣長の「漢意《からごころ》」の概念との関係を問うものがあった。アナロジーとして日本近代の西欧外来の思想が小林にイメージされていたかどうか、私にはそこまで踏み込んで議論する用意はない。とはいえ「作者は言つたかも知れない、この男を除外して、解決がある事が証明されたとしても、私は、彼と一緒にゐたい。解決と一緒にゐたくない、と」（六・

三三九）と破局の後のムイシキンに寄せる作者の胸中を、キリストへの信仰告白（フォンヴィージナ夫人宛のシベリアからの手紙）になぞらえて推量した小林のイメージに、「もののあはれを知る事」が二重写しにあった可能性を私は否定し難いのである。

註

1 『二葉亭四迷全集』全九巻、岩波書店、一九六四―一九六五年

2 アンドレ・ジイド『ドストエフスキー』寺田 透訳、新潮文庫、昭和三十年。引用末尾括弧内の数字は頁を示す。

3 これらの論者からの引用は次の著作による。
『新訂　小林秀雄全集』新潮社、昭和五十三年（一九七八）
『唐木順三全集』筑摩書房、昭和四十三年（一九六八）
森有正『ドストエーフスキー覚書』筑摩叢書、昭和四十二年（一九六七）
アンドレ・ジイド『ドストエフスキー』寺田透訳、新潮文庫、昭和三十年（一九五五）
E・H・カー『ドストエフスキー』中橋一夫・松村達雄訳、社会思想研究会出版部、昭和二十七年（一九五二）
ミハイル・バフチン『ドストエフスキーの詩学の諸問題』モスクワ、一九六三年、«Проблемы

поэтики Достоевского» М., 1963

4 М. Ю. Лермонтов. Герой нашего времени. Изд. «Правда» 1953.

5 木村彰一訳『プーシキン全集』第二巻、河出書房新社、五一―五二頁

6 Достоевский. Пол. собр. соч. в 30 тт.（Л. Наука, 1972-1990）, т. 5

7 米川正夫訳『愛蔵決定版全集』全二〇巻、河出書房新社、一九六九―一九七一年。米川訳の引用は同全集による。引用末尾括弧内数字は巻と頁

8 Достоевский и мировая культура. Альманах №27, 2010 с. 55.

9 Иванов Вяч. Родное и вселенское М. 1994 с. 294.

10 「『白痴論』―〝貧しき騎士〟ムイシキン公爵の〝運命の高貴な悲しみ〟」―拙著『ドストエフスキーその対話的世界』成文社、二〇〇二年、三六―五七頁

11 Достоевский и мировая культура. Альманах №2, с. 105 1994. №4, с.49 1995.

12 拙著前掲書「漱石とドストエフスキー――『草枕』における「憐れ」と「非人情」の概念をめぐって」

二、「最高の意味でのリアリズム」とは何か[1]

ドストエフスキーは他界する直前の時期、一八八一年のメモに、自分の創作の特質についてこうのべている。「私は心理学者と呼ばれているが、正しくない。私は要するに最高の意味でのリアリストだ。すなわち、人間の魂のあらゆる深淵を描くのである」（二七・六五）

この言葉の数行前には、「完全なリアリズムのもとで、人間の内なる人間を発見すること」との記述も見られる。また『未成年』を発表して、『カラマーゾフの兄弟』にとりかかる前、『作家の日記』と題する一連の社会評論に精力的にとりくんでいた一八七六―七七年の頃のメモにはこういう記述を残している。「リアリストたちは正しくない。なぜなら人間は全体として、未来にのみ生きるのであって、現在によってすべてが汲みつくせることはけっしてありえないからである」（二四・二四七―二四八）

ドストエフスキーがここでいっている「リアリストたち」とは、いわゆる十九世紀リアリズム小説の作家たちで、人間描写において、多かれ少なかれ、自然環境、社会環境、遺伝的因子、生理的要素など外部的な要因を重視する「決定論」的な人間観を共通の基盤とした小説家たちのことである。ロシアでいえば、ツルゲーネフ、ゴンチャロフ、レフ・トルストイなどはこの系列に入る。二葉亭四迷がゴンチャロフの方法についてのべている次のような表現が、その特徴をうまく伝えていよう。「かういふ境遇に育ったから、かういふ経過を経て、かういう性質に成つて了つた。かういふ性質になつて了つてゐるから、かういふ場合に臨んで、どうしてもかうより外にすることは出来なかつたと云うやうな書き方」（「露西亜文学談」[2]）

一九七〇年代から九〇年代にかけて、ロシアを代表する知性といわれた中世ロシア文学研究の権威で、ドストエフスキーについても幾つかのすぐれた論文を残しているドミトリー・リハチョフ（一九〇六―一九九九）も興味深いことを言っている。

「ドストエフスキーに近い先行作家たち、また同時代の作家たちは、時間を描くのに、一つの視点から、しかも不動の視点から描いた。語り手はあたかも読者の前で想像上の快適な安楽椅子（いささか地主風の、いわばツルゲーネフ風の）に腰を落ち着けて、発端も結末も承知のうえで、おもむろに自分の物語をはじめたといった感じである」（九〇[3]）起承転結、因果関係をモチーフにした叙述はドストエフスキーにはなじまないというのが、リハチョフの一貫した見方で、「ドストエフスキーの語りの自在さは、因果関係の系列からの自由、心理学の抵抗からの自由、初歩的な風俗描写の論理からの自由を要求する」（同七六）とのべ、『カラマーゾフの兄弟』の裁判の場面で、弁護士が検事の論告を反論する際に使った「心理学は両端のある棒」という表現にドストエフスキーの立場を見ている。人間の内面を心理学的にいかに外部から詳細に観察し、原因、結果の文脈で分析してみても、本質には迫れないということを指摘しているのである。

これはいわば自然主義文学に典型的な、外部からの観察によって人物像を固定する方法に対する根元的な批判というべきで、確かにドストエフスキーは処女作『貧しき人々』で、ジェーヴシキンに『外套』の作者ゴーゴリを非難させた時に、すでにそのような自然主義的な人間把握に批判的な立場を宣言したのだった。あまり知られていないドストエフスキーのメモに次のような言葉がある。「存在は非存在に脅かされる時、はじめてありうる。存在は非存在の脅威を受けるその時はじめて存在しはじめるのである」（二四・二四〇）

ドストエフスキーがとらえるこのような人間存在のありかたを解明し、それを基礎にドストエフスキー論を展開したのが、ミハイル・バフチン（一八九五―一九七五）だった。バフチンは一九二九年に発表したドストエフスキー論（『ドストエフスキーの創作の諸問題』）を書く前に、その予備的な作業として、のちに『美学的活動における作者と主人公』と題してまとめられる一連の論文を書いている。そこでバフチンは前記のドストエフスキーのメモの注釈とも見える考察を展開している。

〈現にあるものがすべてである、という時間的に完全に完結した意識、そうした意識を持っては何も成すことがないし、生きることもできない。《……》私自身にとって、すでにある現在の在りようは一瞬たりとも自己満足とはなりえないし、容認できるものではない。私が容認できるものはつねに未来にある〉（一八五）[4]

人間の内的生命のこのような志向を洞察し、その心理的な動きを描くこと――ここに「最高の意味でのリアリズム」を掲げるドストエフスキーの中心課題があったと思われる。しかしこれが芸術家にとっていかに困難な課題であるかは、バフチンのさらなる次のような考察によって浮かび上がってくる。「自分自身に向ける私の反省は一瞬たりとも現実的ではありえない。私は自分自身に対して与えられた客観的事実の形を関知しない。与えられた客観的事実の形は根底において、私の内的存在の状況を歪めるものである」(同一八六)

〈私の自己規定は《……》時間的存在のカテゴリーにはなく、未だ非存在のカテゴリー、目標と意味のカテゴリーにあり、過去、現在におけるあらゆる私の在りように敵対する、意味をもった未来に存する〉(同一八七、傍点部―ロシア語原文ではイタリック。以下同様、引用者)

バフチンによる人間主体のこのような人間学的理解に対応する内的な生の姿を、私たちはドストエフスキー文学の主人公たちに、容易に認めることができるだろう。『貧しき人々』の主人公ジェーヴシキンをはじめとして、大方の主人公たちは、第一に、自分の「与えられた客観的事実の形」、つまり自分が外側から規定されるような社会的地位や物質的な条件に対して、多かれ少なかれ、否定的に反応し、それは彼らの「内的存在の状況を歪める」、つまり自尊心を傷つけ、夢を、未来を奪うものと感じている。第二に、そうした主人公たちにとって、〈自分にとっての私〉は現存の時間のなかにあるのではなく、〈未だ存在しないこと〉、いいかえれば「未来」、しかも、堪え難い過去、現在とは対照的な「未来」の可能性にある。

人間的存在のそのような解釈はただちに地下室人やラスコーリニコフをはじめとするドストエフスキーの空想家の形象を想い起こさせる。もちろん空想家の形象は、『白夜』の主人公が「それは風変わりで、とても滑稽なタイプです」というように、社会的タイプとしてとらえることもできる。ロマン主義的人間としての空想家はその誕生の文脈から見ると、十九世紀ロシアの社会状況、プーシキンをはじめとする先行文学、同時代文学の伝統、とりわけ「余計者」の意識と結びついているが、「最高の意味でのリアリズム」といった場合には、問題はドストエフスキーによって、より一般化され、形而上的次元に移され、人間学的、存在論的問題として提起されることになる。そのような人間学的次元で、作者は主人公との関係において、どのような問題に直面するのだろうか。バフチンはこうのべている。

〈現実の人間が経験する形式は私と他者のイメージのカテゴリーの相関関係である。唯一の自分を経験する私の形式は、根本的に他者の形式、すなわち例外なく、すべての他の人間をその形においてわたしが経験する形式とは根本的に異なっている。他の人間の私は、わたしによってわたし固有の私とはまったく違った風に経験され、その固有の私も他者のカテゴリーのもとに、その一モメントに位置づけられる。この相違は美学ばかりか倫理学にとっても本質的な意味をもつ〉（同一一七）

このような人間学的原則から発して、作者の意識にきわめて複雑なプロセスが生じてくる。〈美学的意識というのは、価値を見出そうとする愛にみちた意識であり、意識の意識である。他者なる主人公の意識が有する作者私の意識である。美学的な出来事においては、私たちは二つの意識、原理的には一体化し合えない二つの意識の出会いを持つ。その際、作者の意識は主人公の意識に向かって、モノとしての組成、モノとしての客体的な意義の視点ではなく、生命にみちた主観の統一体という視点から臨む。そして主人公のその意識は具体的に局限化され（もちろん具体化の程度はさまざまであるが）、具象化され、愛情をこめて完結される〉（同一五八―一五九）

ここにいたり、主人公に対する作者の関係において生じる、相互に正反対な二つのプロセスが重要な意味を帯びてくる。それは「同情的共体験（симпатическое сопереживание）」に対する「外在性（вненаходимость）」という対向概念、あるいは「内面的一体化（внутреннее слияние）」、「体験共有（вживание）」に対する「自己への、自己の場所への回帰（возврат в себя, на свое место）」、「体験共有した素材の完結（завершение материала вживания）」という対向概念のプロセスである。

　私はこれまで発表してきたドストエフスキー論のなかで、バフチンと同じ意味で、「同化」と「離脱（距離の確保）」という概念を使ってきた。示唆をあたえてくれたのは、ツルゲーネフとドストエフスキーの主人公に対する態度を対比してのべた二葉亭四迷の「作家苦心談」のなかの指摘であった。二葉亭によると、ツルゲーネフは人物の外部にあって、批評的な態度で臨んでいるが、ドストエフスキーは「人物と殆ど同化してしまって、人物以外に作者は出ていない趣がある」。自分はドストエフスキーのやりかたに興味を覚えるが、「是には動もすれば抒情的に傾く弊が」あって、人物を「活現する妨げをなす虞はある」。しかし「是は弊ですから、何とか好い工夫」をしたらよいだろう、というのであった（前掲書一六五）[2]。二葉亭が「抒情的《リリカル》に傾く弊」といっているのは、バフチンのいう作者の「外在性」の必要をいみじくも指摘したものと私は理解している。

　ところでこの正反対の相互プロセスは作者の創作行為においてどのように作動するのか？

　この問題について、バフチンはこうのべる。

〈体験共有と完結のモメントは時間的順序を追って継起するのではない。私たちはそれらの意味上の違いを主張しはするものの生の経験においてはそれらは相互に緊密にからみあっている。言語作品においては、それぞれの言葉は二つのモメントをもっていて、二重の機能を持ち、体験共有をめざしながら、完結し、優位に立つのはいずれかのモメントである〉（前掲書一〇八）

　ところで、たいへん興味深いことに、バフチンは一九二〇年代の中頃まで、たとえば『美学的活動における作者と主人公』の一連の著述にいたるまで、一九二九年の著作『ドストエフスキーの創作の諸問題』ではキーワードともなる「対話」（диалог）という用語を、なぜかほとんど使っていない。著作集巻末の語彙索引リストを見ると、わずか二例が示されているだけである。

さて、一九二九年のドストエフスキー論ではこのあたりの問題はどう論じられているのだろうか。

〈内的な人間を冷静な中立的な分析の客体として支配し、洞察し理解することは出来ない。それと一体化し、感情移入することによっても、それを支配することはできない。いな、内的な人間に接近し、彼を開示することができるのは、より正確にいえば、彼自身に自己開示を迫ることができるのは、ひたすら彼との対話的な交流によるのみで、《……》「人間の内なる人間」はひたすら交流、人と人との相互作用においてのみ、他人にとってもまた彼自身にとっても開示されるのである〉（二六〇）[5]

そこで「人間の内なる人間」が開示される芸術的雰囲気について、バフチンはこうのべる。

〈このような雰囲気のどの要素一つとっても中立的ではありえない。すべてが主人公の急所を刺激し、挑発し、問いかけ、論争し嘲笑さえしかけなければならない。すべては主人公自身へ向けられ、反転されなければならない。すべてはその場にいない者について語る言葉ではなく、目の前の席にいる者についての言葉として、《三》人称の言葉ではなく《二》人称の言葉として感触されなければならない〉（同五七）

バフチンのこれらの言葉から、私たちは二つの重要なモメントを引き出すことができよう。一つは主人公に対するこのような作者の言葉は一種のアイロニーにほかならないということである。いうならばそれはソクラテス的な作者のアイロニーで、しかも、ソクラテスの場合のような理知的、知性的な次元のものではなく、実存主義的な、むしろキルケゴール的なアイロニーである。もう一つの重要なモメントは、マルチン・ブーバー（一八七八―一九六五）の〈われ―汝〉の人間学に見られる意味での二人称的態度が強調されているということである。

ブーバーと似た思想を一九一四年に、ロシア象徴主義の詩人ヴャチェスラフ・イワーノフ（一八六六―一九四九）がドストエフスキーの「最高の意味でのリアリズム」の概念に関連してのべている（『ドストエフスキーと悲劇としての小説《ロマン》』）。イワーノフはドストエフスキーのリアリズムを認識ではなく、洞察だとして、こうのべている。

「洞察というのは主体のある種のtranscensus（超越）であって、その状態にあっては、他人の私を客体としてではなく、もう一つの主体として受け入れることが可能になる。《……》そのような洞察の象徴は、全意思でもって、理解力のすべてをかけて、他人の存在を〈汝あり〉と絶対的に確言することにある。〈汝あり〉とは、《汝がわたしによって現存として認識される》のではなく、《汝の存在がわたしによって、わたしの存在として経験される》、もしくは《汝の存在によってわたしは自分を現存するものと認識する》ことを意味する」[6]

バフチンはイワーノフの概念を継承しながら、「主人公は作者にとって、〈彼〉でもなく、〈私〉でもなく、完全な価値を有する〈汝〉、すなわち完全に対等な別の他者の〈私〉（《汝あり》）である」（前掲書八四―八五）とのべている。私見によれば、《汝あり》、いいかえれば、〈われ―汝〉の問題は、イワーノフにあっての場合も、バフチンの場合も、議論の範囲はまだ詩学（創作方法）の枠内にあって、実存的、存在論的問題に十分に触れて展開されているとはいえない。

ブーバーの場合にはこれに類する人間学的認識が、人間の実存的、存在論的問題として提起される。この思想家の場合、他者との関係性において、相互に正反対の二重のプロセスを示す対概念

〈われ―汝〉、〈われ―それ〉が登場するが、それは人間の存在論的条件を示すものとしてである。ブーバーによれば、「ひとりのひとにたいし、わたしの〈なんじ〉として向かい合い、根元語〈われ―なんじ〉をわたしが語るならば、そのひとは、ものの中の一つのものではなく、ものから成り立っている存在者でもない。

　そのひとは、他の〈彼〉〈彼女〉と境を接している〈彼〉〈彼女〉ではない。時間、空間から成り立つ世界の網に捉えられた一点ではなく、また経験され、記述される性質のものでもなく、いわゆる個性と呼ばれるような緩い束のようなものでもない」（一五）[7]

　ブーバーのこのような人間学的、存在論的理解をバフチンの主人公に対する作者の関係にあてはめるならば、おそらく、「同情的共体験」対「外在性」という相互に対向する相互の二重のプロセスの意義と不可避性が人間学的思想の側面から浮かび上がってくるはずである。

　ブーバーはもう一つの重要な命題を提示している。すなわち、「〈なんじ〉の世界は時間と空間になんら関連をもたず」、「個々の〈なんじ〉は〈われ―なんじ〉の関係が終わりに達すると、〈それ〉とならなければならない」（傍線―引用者）（四六）。そうであるからには、芸術家は自らは時間空間の拘束に縛られることなく、自立性と自由を保ちつつ、自分の仕事を完結するためには、言い換えると、時間空間の因果関係によってのみ実現可能な形式を主人公にあたえ、描くためには、つねに先回りして、主人公との距離を確保しなければならないだろう。

　こうした作者の一種の策略をわたしは対話性の本質ともいうべきアイロニーと呼びたい。人間学的思想によれば、「個々の〈それ〉は、関係のなかにはいってゆくことにより、〈なんじ〉となることができる」（四六）のであるから、作者はつねに自由に、変幻自在に主人公の内部へ入りこみ、〈われ―汝〉の関係を繰り返し回復することができるわけである。このようにして、作者は時間、空間の因果関係による固定化を回避しつつ、「同情的共体験」―「外在性」の緊張をはらんだ閾《しきい》で、全知の存在として、作品のなかを自由自在に動きまわることになろう。バフチンにいわせると、「一次的作者は形象になりえない。彼はあらゆる形象のイメージから逃れ出てしまう」[8]というわけである。

こうした人間学的思想に基づいて、あらためてドストエフスキーの世界を見渡すならば、〈われ―汝〉、〈われ―それ〉の対向の相互の二重のプロセスは、作者と主人公の関係ばかりではなく、ドストエフスキーの作品の主題構成にも反映していることがわかる。

すでに初期作品群の主人公たち、ジェーヴシキン（『貧しき人々』）、ゴリャードキン（『分身』）、『白夜』の主人公、『弱い心』のワーシャやアルカージイ等々は、他者との共体験、共同主観のユートピア的夢想に捉えられた人物としてまず作品に登場する。他の人物に対する彼らの感情（共感、同情、体験共有など）には、〈われ―汝〉の共有体験のカテゴリーに非常に近いものがある。ところが、時間、空間のなかでの主題の展開にともなって、通常、他者に対する彼らの関係は、質的にだんだんに変化し、〈われ―それ〉の客体化の世界に陥ちていく。その結果、ある瞬間、不協和音があらわになり、彼らの夢は崩壊に瀕することになる。そのような運命にブーバーは美しい表現をあたえている。「われわれの世界にあって、それぞれの〈なんじ〉が〈それ〉とならなければならないということ、これはわれわれの運命の高貴な悲しみである」（二六）

わたしはかつて書いた「〝貧しき騎士〟ムイシキン公爵の〝運命の高貴な悲しみ〟」と題する論文で、ムイシキン公爵のそのような運命のプロセスの分析を試みた。[9]〈われ―汝〉のカテゴリーの意味での「同情」の理念を体現する公爵は、彼に出会う人物の心を初対面から、瞬時にとりこにし、相手の心理的な多面性を開示させる腕を持っていて、まさしく作者の意を体した対話的な存在として登場するのであるが、時間経過にともなう主題の展開のなかで、二重の三角関係の争いに巻きこまれ、二人の女性の奪い合いの的（モノ）となって、〈われ―それ〉の状態に顛落し、精神病の再発に到る。

似たようなテーマと同様の主題構成は『弱い心』という中編小説にも見ることができる。「小説『弱い心』の秘密――なぜ二人は互いに理解し合わなかったのか？」と題する論文で、わたしは『弱い心』の主人公ワーシャ・シュムコフ破滅の原因を分析した。[10]

シュムコフの内面に入りこみ、親友の心理を共有しようとするアルカージイは、友を救おうという善意の思いにもかかわらず、主題の展開の中で、友人の心理的圧迫者に、否応なしに変質していった。シュムコフが発狂して病院へ連れ去られることになり、二人が別れる最終場面で、一次的作者の声を映した語り手の言葉が響く。「このわざわいはどこに潜んでいたのか？　どうして彼等は互いに理解し合わなかったのか？」このようにして、この小説のテクストのもう一つの隠された層が突然に露出してくる。さらに、小説フィナーレの有名なネワ河の場面では、通常、「幻想」と訳されているが、実はアルカージイには「幻想」にとどまらず、「洞察」の感触が不意に訪れる。ここで使われている語彙«видение»（ヴィデーニエ、ヴィーデニエ）はアクセントの位置によって、「幻想」と「洞察」の両意義があり、「彼の唇はふるえて、目は急に燃えたった。彼は見る見るうちにあおざめてきた。この瞬間、何かある新しいものを洞察したような具合だった……」（傍線―引用者）という叙述は、アルカージイに神秘的な感覚と洞察の感触が明確に到来したことを告げている。これこそ「最高の意味でのリアリズム」の象徴というべきものだろう。
ドストエフスキーが「最高の意味でのリアリズム」に到達した時期をめぐって、ヴャチェスラフ・イワーノフは、作家の死刑執行劇とシベリアでの獄中体験後と仮定し、「ドストエフスキーの創作のすべてはこの時期より、内的な人間、精神的に誕生し、限界を超えた人間を暗示するものとなった。その世界感覚においては、先験的なものがわたしたちにとって内在的となり、内在的なものが、ある部分、先験的なものとなる」とのべている(前掲書二九七)。また現在のロシアの代表的な研究者の一人、カレン・ステパニャンはその時期を、「ドストエフスキー自身が一種の告白と懺悔を経過した」『地下室の手記』以後に見ている。[11]
わたしの考えでは、「最高の意味でのリアリズム」は、すでに『貧しき人々』に十分に実現されていて、それはジェーヴシキンとワルワーラの関係の展開の描写に見てとることができる。ワルワーラとの関係において、〈われ―汝〉の「体験共有」、主観共同を求めるジェーヴシキンの夢は、主題展開の過程で、いつの間にか変質し、ワルワーラにゴーゴリの『外套』を読まされた後に、目立って頽落の道をたどることになる。主観共同、共感、同情といった主人公たちの関係に、現実の別の時間が底流し、客体化、〈われ―それ〉の状態への転落が顕在化してくるのである。『貧しき人々』のフィナーレの場面で、ワルワーラがジェーヴシキンを自分のレースや刺繍のことで、使い走りさせる行為の意味を、ジェーヴシキンの彼女の生活への過度のおせっかいに対する「償い」、抗議だとする、批評家ワレリアン・マイコフ(一八二三―一八四七)(新進作家ドストエフスキーの創作の本質の鋭い理解者)の指摘は、一見、突飛なように思えるが、〈われ―汝〉の運命の鋭い洞察に裏付けられたうがった見方であろう。[12] 芸術における「共感の法則」の理論家であったマイコフは、おそらく、「体験共有」――「外在性」の閾《しきい》の問題を感知し、主人公たちの二重の心理的プロセスのダイナミズムを察知するところがあったにちがいない。

ここで、「最高の意味でのリアリズム」に関連して、〈われ―汝〉の理念の別の側面にもう一度、立ち返ってみよう。ブーバーによれば、「個々の〈それ〉は、関係のなかにはいってゆくことにより、〈なんじ〉となることができる」（四六）いいかえると、いったん客体に陥ちた人間も、ふたたび〈われ―汝〉の関係で、よみがえることができる、「精神の時間においては、〈それ〉となったものは再び人間の心を捉え、応答をひき起こすとき――この対象となってしまった〈それ〉はいく度も〈なんじ〉の現存へと燃え上る」（五一）。ここで「精神は言葉である」と記されている。ここによみがえりの思想が浮かび上がってくるだろう。ステパニャンは「最高の意味でのリアリズム」に結びつけて、一つの空間のなかに、地上の都市ペテルブルグと黙示録的な新エルサレムの二つの層の共存を指摘しているが、わたしの考えでは、これはこれまで考察してきた二重のプロセスの文脈で、根源的に捉えることができるはずである。すなわち、時空間の因果関係に束縛された客体化への頽落のベクトル（ペテルブルグの現実）とその束縛から脱して自由へ、復活の夢への熱烈な衝動のベクトル（新エルサレム）である。〈われ―汝〉、〈われ―それ〉の人間学的、存在論的なこのような対向する局面の相互関係が、ドストエフスキーの創作の主題を初期から後期にいたるまで、決定していているといえる。アイロニー的な策略である〈体験共有―外在性・完結性〉という形での、作者の主人公に対する対話的態度は、時には完全な価値を有する人格である主体として現象し、時には客体化されたモノとして現象する二つの局面の閾《しきい》に運命づけられた人間存在の「人間の内なる人間」を描くという芸術的課題に、完全に対応したものと見ることができるであろう。

註

1　本論文は第一三回国際ドストエフスキー・シンポジウム（二〇〇七年七月三日―七日、ハンガリー・ブダペスト）で発表したテクストを基に、手を加えたものである。
2　『二葉亭四迷全集』（全九巻）第五巻、岩波書店、一九六五年、一七九頁
3　D・S・リハチョフ『文学―現実―文学』レニングラード、ソビエト作家出版所、一九八四年
4　M・M・バフチン『一九二〇年代の著述』キエフ、Next社、一九九四年。以下括弧内の数字は同書からの引用頁。
5　M・M・バフチン『ドストエフスキーの創作の諸問題』キエフ、Next社、一九九四年
6　V・イワーノフ「ドストエフスキーと悲劇としての小説《ロマン》」―『身寄りのものと全世界的なもの』モスクワ、レスプーブリカ社、一九九四年、二九四―二九五頁
7　マルティン・ブーバー著、植田重雄訳『我と汝・対話』岩波文庫、一九七九年
8　M・M・バフチン「一九七〇―一九七一年のノートから」―『文学作品の美学』モスクワ、「芸術」出版社、一九七九年、三五三頁
9　『白痴』論―〝貧しき騎士〟ムイシキン公爵の〝運命の高貴な悲しみ〟」―拙著『ドストエフスキーその対話的世界』成文社、二〇〇二年、三六―五七頁

10　拙著（ロシア語論文集）『ドストエフスキーの創作の人間学と詩学』サンクト・ペテルブルグ、銀の時代社、二〇〇五年、九八―一〇八頁。本書第3章一

11　K・A・ステパニャン『意識すること、語ること――ドストエフスキーの創作方法としての〝最高の意味でのリアリズム〟』モスクワ、RARITET社、二〇〇五年、一〇七頁

12　V・N・マイコフ「一八四六年のロシア文学についてのあれこれ」―『文学批評』レニングラード、藝術文学出版所、一九八五年、一八一頁。詳しくは拙論「ドストエフスキーの創作理念とヴァレリアン・マイコフの〝共感の法則〟」―『ドストエフスキー　その対話的世界』成文社、二〇〇二年、五八―六八頁参照

第3章　作品における作者の位置

一、小説『弱い心』の秘密
――なぜ二人は互いに理解し合わなかったのか？

『弱い心』は一八四八年、新進作家ドストエフスキーが、比較的軽いタッチの一連の短・中編小説（『ポルズンコフ』『人妻と寝台の下の夫』『正直な泥棒』『クリスマスと結婚式』『白夜』など）を矢継ぎ早に発表していた時期の中編小説である。

主人公のワーシャ・シュムコフは筆写を仕事とする下級官吏で、身体がゆがんでいるという肉体的な欠陥を持つ見栄えのしない青年であるが、突然、リーザという気だてのよい婚約者ができ、また上司の愛顧を得、特別の、期限つきの筆写の仕事もあたえられて、幸福感の絶頂にある。同居人の親友アルカージイがお節介なくらい世話を焼き、フーシャは新年を間にはさんだ期間を、気もそぞろな状態で過ごす。浮ついた気分で時間を棒にふったワーシャは、指定された期限までに筆写の仕事を終えることができず、義務不履行のために兵役に送られるという幻覚に襲われ、発狂してしまう。

これが小説の粗筋で、小説の主題はワーシャの発狂の原因ということになるが、その解釈にはこれまで一つの類型があって、その一つには、ワーシャは上司からあたえられた義務を遂行できなかったという罪の意識と恐れにさいなまれたこと、もう一つには、彼は「感謝のために」破滅したのだというのが定説のようになっており、ほとんどすべての論者がこの解釈を踏襲している。特に後者の原因は、ワーシャ自身が「ぼくはこんな幸福を受ける資格がない！《……》いったい何のためにこんな幸福を授かったのだろう」といい、アルカージイがワーシャの仕事が手につかない心理を説明して、「きみは自分が幸福なものだから、みんなが、それこそ一人残らずみんなの者が、一時に幸福になればいいと思うんだ。きみ一人だけが幸福になるのがつらいんだ、苦しいんだ！」とのべるところから、一見、疑問の余地がない印象をあたえる。

ここから万人の幸福が実現できなければ、個人の幸福をいさぎよしとしないというユートピア社会主義者の夢想（モチューリスキー）や、アルカージイが体験したネワ河の幻想に、他人の悲しみの観察者・同情者から世界の不合理への反逆者への形象の芽生え（ベーム）を見る論調を始めとして、現在にいたるまでの内外の論者のパターン化した解釈が導き出されるのである。

しかしテクストの構造に細心の注意を払って読むならば、まったく異なる結論に導かれるであろう。まず注目すべきは、冒頭から登場する「作者」なる語り手の機能の後退（反〈自然派〉的、一元的な作者の権能の消滅）とアルカージイの視点の肥大化（彼のワーシャへの過剰な同一化とワーシャのネガティブな身体反応、他者性の挑発）である。この二つの要素を押さえることによって、この小説が小官吏の発狂という当時の〈自然派〉的主題（ワーシャのテーマ）のみならず、アルカージイ（アルカージヤ＝桃源郷）に体現されたユートピア社会主義の人間学的思想の破綻というもう一つの主題が浮かび上がってくるのが見えるはずである。この小説は二つの主題で構成されており、もしかしたらアルカージイの主題のほうが、この小説の意味としては深いといえるかもしれないのである。アルカージイがフルネームで紹介され、ワーシャが省略して呼ばれる不可解さも、この二つの主題の並行関係と無縁ではない。

通常は飛ばし読みしてしまうであろう小説冒頭の奇妙な叙述の部分に、じつはこの小説を解く重要な鍵が潜んでいる。

「一つの屋根の下、同じアパート部屋の同じ階に、アルカージイ・イワーノヴィチ・ネフェデーヴィチとワーシャ・シュムコフという二人の同僚が住んでいた《……》なぜ一人がフルネームで呼ばれ、もう一人が略称で呼ばれるかを読者に説明する必要を、作者はもちろん感じている。それはせめても、例えば、そのような表記法が無作法であり、幾分、なれなれし過ぎると見なされないためにも必要である。しかしそのためには、登場人物の官等、年齢、地位、職務、はては性格までも前もって説明しなければなるまい。しかし、まさにそのような始めかたをする作家が多いので、この小説の作者は、彼等に似たくないばかりに（つまりは、誰や彼がいうであろうように、方図のないうぬぼれの結果として）いきなり、出来事から始めることにする」（傍線―引用者）[1]

この叙述が重要なのは、ロシアの研究者V・トゥニマーノフが指摘するように、『貧しき人々』での華々しい文壇登場の後の、ドストエフスキーの「うぬぼれ」をからかったツルゲーネフやネクラーソフなどベリンスキー一派を皮肉りながら、同時に、当時支配的であった自然派のスタイルにドストエフスキーが挑戦状をたたきつけていることである。トゥニマーノフの言葉を引こう。

「彼（ドストエフスキー）は生理学的な描写の部分を極度に省略し、反対に象徴的な出来事の部分を強めながら、〈自然派的〉小説のジャンルを、内側から改変しようとした。生きた〈事件〉としての対話が作者の言葉を押し退けてしまった。小説の対話の機能も変化し、通常、作品の表出描写に当たるものを、対話が吸収してしまった（まさしく対話の中でワーシャ・シュムコフの性格を自分の友人に対しても、また読者に対しても、説明するのはアルカージイ・イワーノヴィチである）。『弱い心』にも、官吏小説のほとんどすべての伝統的な要素が見られるが、それらは目立たないように、線描画され、対話の中に溶かし込まれている。『弱い心』の芸術的構造は、〈自然派的〉もしくは〈生理学的〉小説のタイプで形作られたものに真っ向から対立するものである」[2]

このようにして、「自然派的」方法に挑戦状を突きつけた〈全知の〉作者は早々と前景から退場し、楽屋裏に引っ込んで、人物たちの状況を説明する権能を控えてしまう。その後、作者に代わって二、三度登場する一人称なる語り手〈私〉は、シュムコフがリーザにプレゼントする帽子の見立てに関して、くだらない饒舌に熱中して、語り手としてのその権威を損なってしまう。その代わりに、ひたすら前面に出て、ワーシャについての説明で、重きをなしていくのがアルカージイである。

ワーシャの心理を解説するアルカージイの、よく知られている言葉はこうである。「きみは自分が幸福なものだから、みんなが、それこそ一人残らずみんなの者が、一時に幸福になればいいと思うんだ。きみは一人だけが幸福になるのがつらいんだ、苦しいんだ！　だもんだから、きみは今すぐ全力を挙げて、この幸福に値するだけのものになろうと思って、おそらく自分の良心を休めるために、何か難行苦行でもしかねない勢いなんだ！　いや、そりゃぼくにもよくわかっているよ。きみは自分の勤勉ぶりと、才能と……それから、なんだ、感謝の念さえ示さなくっちゃならない場合に、きみ自身にいわせれば、不意に味噌をつけてしまったので、それできみは自分を苦しめてるに相違ない」[3]（二・二五五）

アルカージイのモノローグ体でのもうひとつの解説はこうである。「ワーシャは自分の義務を履行しなかったので、自分自身に対して悪いことをしたと感じている、そこが問題なのである。ワーシャは自分を運命に対して恩知らずと感じている。幸福に圧倒され震撼されて、自分はその幸福に値しないものだと思い込み、それを証明する口実を探し出したにすぎない」（二六九）

アルカージイのこの言葉はワーシャ自身の言葉、また作者の言葉よりも声高に響き、その結果、読者はワーシャの破滅の原因を、自分ひとり幸福となることを罪と感じる、ユートピア的な人間観・平等思想の、心弱き犠牲者というふうな解釈に導かれる。

アルカージイがコンミューン、つまりユートピア的な共同体の理念を体現した人物であろうことは、その名の意味（アルカージヤ＝桃源郷）からも推測されるが、彼は小説のはじめから終わりまで、ワーシャに対して、しつこいくらいお節介な、無邪気な善意の人間として振る舞う。小説は全編、アルカージイのみならず、すべての人物、なかでも上司ユリアン・マスターコヴィチのワーシャ・シュムコフに対する同情と憐憫の雰囲気で満たされている。シュムコフを取り巻く小さな世界はユートピア的な主観共同に染め上げられている。ただ限られた期限までに筆写の仕事を終えなければならないという、仕事上の問題だけが、彼の夢想と平安を脅かすだけである。

さて今度はアルカージイの楽天的な善意からの働きかけや提案に対するワーシャの反応はどうであったか。この点に関して、蔭の〈全知〉の作者の明確な声が響くのは、小説のフィナーレの部分である。「二人はお互いにとびかかって、最後の抱擁を交わした。二人はつらそうに抱きしめ合った。《……》それは見るのも痛ましい光景だった。なんという突拍子もない不幸が、彼らの目から涙を絞り取ったことか！　いったい彼らは何を泣いたのか？　この災厄はどこに潜んでいるのか？

なぜ二人は互いに理解し合わなかったのか？」(二六八)
この蔭の作者の言葉から読み取れるのは、二人の親友同士の、見かけは親密かつ信頼にみちた友愛の間柄にもかかわらず、ワーシャの側においては、いつの間にか、アルカージイとの間に隠された無意識の葛藤が高まっていったという事実である。
もちろんワーシャはアルカージイとの間のこの葛藤を、自らに意識することを禁じていた。しかし事実が物語るところでは、小説の幕開きの時から、ワーシャの人間的な尊厳はアルカージイによって、危機にさらされようとしていた。それは自分の婚約について、アルカージイにあらたまって真剣に打ち明けようとするワーシャに対して、アルカージイは冗談めかしてふざけかかり、せっかくのワーシャの気分を損なってしまったことにはじまる。ワーシャはいささかむっとし、「なかば笑いながらも」こう抗議する。「きみは善良だ、ぼくの親友だ、これはちゃんとわかっている。ぼくは何もいえないくらいの喜びと内心の感動をいだいて帰ってきたんだぜ。それだのに、ぼくは寝台の上で横向きになりながら、威厳を失ってきみに打明けなければならなかった。ねえ、アルカーシャ」とワーシャは半ば笑いながらつづけた。「これではまったく滑稽な恰好じゃないか。《……》ぼくとしてはこのことを卑しめるわけにはいかなかった。たとえきみが相手の名前を聞いたとしても、誓っていうが、殺されたってぼくは、答えはしない」(二二九)。しかし、善良な心の持ち主ワーシャはアルカージイに不快な気持ちを述べつくすことはできず、反対に、相手に迎合するような、善意の気持ちをのべる。
「たくさんだよ！　たくさんだよ！　これはただちょっといってみただけさ。《……》これというのもつまり、つまりぼくが善良だからさ。ただぼくはね、きみに思った通りを話し、喜びを分かち、幸福をもたらし、よく語り、立派にぼくの秘密をうち明けられなかったのがいまいましかっただけさ……むろん、アルカーシャ、ぼくはきみを愛してるさ。きみがいなかったら結婚もしやしないし、第一、この世に生きていないだろうと思うくらいだ！」（同）「弱い心」の善良な若者ワーシャはアルカージイの善意と友情に疑問を抱かないのみか、結婚した後の共同生活さえも提案する。もちろん、ワーシャにもアルカージイ同様に、コンミューン的な共同生活のユートピア幻想が無縁ではない。しかし、ワーシャには徐々に、アルカージイとの間に、無意識の不協和音が響きはじめる。それが顕著になるのは、二人で婚約者のリーザの家を訪ねて、彼女に会った後のアルカージイが、語り手の叙述によると、「アルカージイ・イワーノヴィチは首ったけ、命も惜しくないほど、リーザに惚れこんでしまったのである！」という状態になり、自らも次のようなセリフをはくにいたるくだりである。「ぼくはきみを愛するのと同様に、彼女を愛する。あれはきみの天使であると同時に、ぼくの天使だ。というのはきみの幸福がぼくの上にまで溢れて、ぼくを温めてくれるからだ。あれはまたぼくにとっても主婦だよ。ワーシャ、ぼくの幸福は彼女の手中にある。きみの主婦役をやるように、ぼくの主婦役もさせてくれたまえ。きみへの友情は、同時に彼女への友情だ。こうなったら、きみたち夫婦はぼくにとって区別できない。ただ、ぼくはきみのような人間を一人ではなく、二人持つことになるだけだ……」（二四二）

こうしたアルカージイの無邪気な有頂天ぶりに対するワーシャの反応が注目される。「ワーシャは彼の言葉に心の底まで揺り動かされた。というのは、アルカージイからこんな言葉を聞こうとは、夢にも予期していなかったからである」語り手はここで、ワーシャの内面をこれ以上覗き込もうとはせず、アルカージイが「空想的なことなどは頭から嫌いであった」にもかかわらず、「いまはいとも楽しく、いとも新鮮な、いとも輝かしい空想にふけりだしたのである！」（同）とのべる。そもそも、当のアルカージイこそが、ワーシャのことを「空想家」と名づけるのである。（「きみの心の中がどうなっているか、ちゃんと承知しているよ。何しろ、ぼくらはもう五年間もいっしょに暮らしているんだからね！　きみは実に善良な優しい男だが、どうも弱すぎるよ《……》おまけにきみは空想家だろう」二五四）

アルカージイは明らかに、『地下室の手記』の主人公が皮肉る、内省を知らない「直情径行」の人間であり、彼の度を過ぎたお節介が友を苦しめていることを自覚していない。それのみならず、アルカージイは旧ゴリャードキンの地位を奪い、彼を発狂に至らしめた新ゴリャードキンを思わせる分身の役を演じているように見えてくる。アルカージイがワーシャの婚約者のリーザの前に現れた時の場面に注目しよう。

「彼女の驚きと突然な羞恥の発作は想像するに難しくない。というのは、ワーシャの真後ろに、まるでその陰に隠れようとでもするように、いささか照れ気味のアルカージイ・イワーノヴィチが立っていたからである」（二三九）

この場面のあと、語り手の説明が続くが、それはアルカージイが女性に対しては不器用で、彼の置かれた立場は具合の悪いものであるとか、語り手「私」はワーシャの度が過ぎた感激性のために、時々間が悪くなることがあるとか、といった饒舌で、さらにはワーシャがリーザにプレゼントした帽子についてのとりとめのない、長口舌が続く。語り手なる「私」はここで完全に権威を失墜させているといっていい。肝心の場面での彼の関心事は「帽子」で、次いで、語り手の叙述はアルカージイの賛美に向けられる。

「アルカージイ・イワーノヴィチは完全に自己の体面を保った。筆者（わたし＝Я）は喜んで彼のために賛辞を呈する。それはほとんど彼から期待できなかったことである。ワーシャのことをふた言み言話した後、後は巧みにワーシャの恩人ユリアン・マスターコヴィチのことに話を移していった。彼は実に気のきいた話し方をしたので、一時間たっても話は尽きなかった」（二四一）

このようにして、アルカージイはリーザとその老母をすっかりとりこにしてしまう。リーザはワーシャの後見役としてのアルカージイに深く感謝し、「私達は三人で一人の人間のように暮しましょうね」（傍線―引用者）（«Мы будем втроём жить как один человек!»）と、共同生活すら提案するのである。この言葉を彼女は、「無邪気きわまりない感動にかられて叫んだ」（вскричала она в преиаивном восторге）（二四二）とコメントがつけられている。

ここで注目すべきは、この間、ワーシャは文字通り、楽屋裏に置かれていたことである。これから先、中心的人物として振る舞うのはアルカージイである。ワーシャの状態の描写はワーシャに差し迫った仕事の態勢を監督するアルカージイの視点からなされる。「今はただぼくのもとで頑張れよ（держись）、頑張るんだ。ぼくがきみを監督する。今日も、明日も、夜通し鞭を持って張り番して、無理にも仕事をさせるんだ。やっちまえ！　きみ、早く片付けちまえ！」（二四三）

アルカージイはワーシャに新年の挨拶のため、自分が身代わりでユリアン・マスターコヴィチとリーザのアルテミエフ家に挨拶に行くことさえも提案する。アルカージイの申し出と行為が善意の友情から出ていることは疑いない。それゆえ、ワーシャは親友の言葉を深い感謝の念で受けとめざるをえない。しかし、彼の心の奥では何かちぐはぐの反応が起きている。アルカージイとユリアン・マスターコヴィチに対しての、そして自分の運命についての、彼の過度の感謝がすでに何か異常な事態を物語っている。時々、ワーシャには、アルカージイの言葉と行為に対する、謎めいた反応が起きるようになる。とりわけアルカージイにはその意味がつかめない。「アルカージイ・イワーノヴィチも不安になってきた。彼の矢継ぎ早な質問に対して、ワーシャはろくろく返事もせず、面倒くさそうにふた言み言吐き出したり、時にはまったく取ってもつかぬ感嘆ですますこともあった。《……》『ああ、おしゃべりはもうたくさんだ！』とワーシャは腹さえ立てて答えた」（二四四）「ワーシャはそれに答えず、何かぶつぶつひとり言をいった。二人は極度の不安のうちに、わが家までたどりついた。《……》彼（アルカージイ）はなんだか恐ろしくなってきた……『いったいどうしたんだろう？』ワーシャの青ざめた顔やらんらんと燃えるような目や、一つ一つの動作に現れる焦燥を見ながら、彼はひとりごちた」（同）

これらの叙述はすべて、ワーシャが家で仕事に取り掛かった時の場面に関連している。したがって、ワーシャを苦しめているのは彼の仕事の差し迫った事情であって、そのために彼はアルカージイに対しても不機嫌な態度をとり、アルカージイはというと、問題の解決のために、ひたすら親身の手助けをしているという印象をあたえる。実際にアルカージイはワーシャのことを心配し、こう助言したりする。――「少し眠るほうがよくはないかい？　まあ、見ろ、きみはいま熱病にかかってるんだぜ……」この助言に対して、「ワーシャはいまいましげに、悪意さえこめた目つきでアルカージイを見たが、返事はしなかった」（同）と記されている。

アルカージイに対するワーシャのこのような不快な反応の表現は突発的かつ断片的、かつ表面的な印象をあたえるため、二人の友情関係は覆されることなく、アルカージイのお節介は続く。アルカージイは友を救わなければならないと主観的に考えるが、蔭の作者は彼の独り善がりを見逃さない。『あいつを救ってやらなけりゃならない。救ってやらなきゃ！』実際のところ、つまらない家庭内（内輪の）のちょっとした不快事（домашние неприятности）を、自分ひとりで仰山に不幸化しているのに、自分でも気がつかないで、アルカージイはこんなことを口走っていた」（二五〇）

蔭の作者によるこのアイロニカルなコメントは、二人の間に深刻な心理的不和が存在することを暗示している。それを示すのがさらなる事件である。ワーシャの代わりにアルカージイが上司のユリアン・マスターコヴィチの年賀に行くという申し合わせにもかかわらず、アルカージイが行ってみると、驚いたことに、上司の玄関の訪問者名簿に、すでにワーシャ・シュムコフの署名があったことである。心配したアルカージイが駆け足で家へ向かう途中、「ネワ河のほとりで、鼻と鼻をぶっつけないばかりに、シュムコフと行き当たった」（同）ワーシャもまた走っていた。こうした叙述からうかがわれるのは、ワーシャが完全にパニック状態に陥っているということである。「アルカージイ、ぼくに何が起きているのかわからないのだよ、ぼくは……」と、彼はいう。それに対して、脳天気なアルカージイはこういって慰める。「たくさんだよ、ワーシャ、たくさんだよ！それがどういうことだか、ぼくにはちゃんと分かっている。気を落ちつけてくれ、きみは昨日以来興奮して、気が顚倒しているんだよ！《……》みんながきみを愛していて、きみのために世話をやいているんだから、きみの仕事もはかどるわけじゃないか。あんな仕事なんかすぐ片付くよ、きっとかたづくよ。きみは何か変な妄想を起こしているのだよ、何か恐怖病にかかっているんだ……」（二五一）

アルカージイは以前ワーシャが官職についた時、「喜びと感謝で」一週間ばかり棒にふった前例を挙げて、慰める。それに対してワーシャはこう答える「そうだ、そうだ、アルカージイ。だけど今はそれとは違うんだよ。今はまるっきり別のことなんだ……」といい、こう続ける。「きみがいなくて、ぼくは一人だとじっと座っておれないんだ。今は、きみがこうして一緒にいるので、ぼくは座っておれるんだ」(同)

いまや何がワーシャを脅かしているか、明らかである。ワーシャを不安にしているのは、アルカージイのお節介な後見によって、自分の自立性が侵害され、自分の許婚と職場のポストさえも奪われようとしていることである。楽屋裏で響きはじめるのは、分身による立場の剝奪と僭称のモチーフである。アルカージイのワーシャに対する過度の同一化はワーシャの感覚に、親友に対する「他者性」の意識をめばえさせはじめる。アルカージイは自分の善意の裏の面を、最後まで意識しない。

「ワーシャ! ぼくがきみを救ってやる。もうすっかり事情が飲みこめた。こいつは冗談ではないよ。ぼくがきみを救ってみせる! いいかい、ぼくは明日にもユリアン・マスターコヴィチのところへいってくるよ……《……》きみがどんなにしょげかえって(убит)、どんなに煩悶しているかってことを、よく説明するから」(二五四)

アルカージイのこの申し出に対して、ワーシャは否定的な返事をする。〈「きみは知るまいが、きみこそぼくを叩きのめそうとしているんだよ」(〈Знаешь ли, что ты уже теперь убиваешь меня ?〉)と、驚きのあまり全身を冷たくしながら、ワーシャはこういった〉(同)。ワーシャのこのような厳しい反応にもかかわらず、お人よしで「直情径行」の人間アルカージイは、ワーシャの心理についての自分の解釈を展開する。「まあ、聞いてくれ! どうも見たところ、ぼくはきみの気に入らないことをいっているらしい。なにぼくだってきみの気持ちはわかるよ。きみの心の中がどうなっているか、ちゃんと承知しているよ。何しろ、ぼくらはもう五年間も一緒に暮らしているんだからね！　きみは実に善良な優しい男だが、どうも弱すぎるよ。箸にも棒にもかからないほど弱い人間だよ《……》おまけにきみは空想家だろう」（同）こうのべて、相手のワーシャが何を欲しているかについて、アルカージイは自分の観察をのべる。

このアルカージイの観察こそが、ワーシャの破滅の原因として一般に流通している解釈にほかならない。すでに前に挙げた、ワーシャの破滅の原因を、自分ひとり幸福となることを罪と感じる、ユートピア的な人間観・平等思想の、心弱き犠牲者というふうな解釈である。（「きみは自分が幸福なものだから、みんなが、それこそ一人残らずみんなの者が、一時に幸福になればいいと思うんだ。きみは一人だけが幸福になるのがつらいんだ、苦しいんだ！　だもんだから、きみは今すぐ全力を挙げて、この幸福に値するだけのものになろうと思って、おそらく自分の良心を休めるために、何か難行苦行でもしかねない勢いなんだ！　いや、そりゃぼくにもよくわかっているよ。きみは自分の勤勉ぶりと、才能と……それから、なんだ、感謝の念さえ示さなくっちゃならない場合に、きみ自身にいわせれば、不意に味噌をつけてしまったので、それできみは自分を苦しめてるに相違ない」（二五五）

友人のこの解釈に対して、ワーシャは積極的な反応をしない。「ワーシャは愛情に充ちた目つきで、親友を見つめていた。微笑がその唇をすべった」。さらにアルカージイは「ぼくがきみのために犠牲になるよ」といって、ワーシャの代わりにユリアン・マスタコーヴィチのところへ、赦しを乞いに行くことを申しでる。ワーシャは「目に涙を浮かべ、アルカージイの手を握り締めながら」、その申し出を断る。「たくさんだよ、アルカージイ、たくさんだよ、《……》きみが行くのだけはよしてくれ……　これだけは聞いてくれ」（二五六）と。しかしアルカージイは、あたかもワーシャの立場に立つかのように（「ぼくはきみの言葉で話しているのさ」〈Я по твоим словам говорил〉）といって、自分の提案を撤回しない。それに対するワーシャの反応はこうであった。「ワーシャは疑わしそうに頭を振った。けれども感謝するようなまなざしを親友の顔から離さなかった」（同）

ここまでくると、ワーシャの弱い心に内在する不協和音は次のような言葉となって、溢れ出る。「ぼくは前からきみに聞こうと思っていたのだが、どうしてそんなにぼくをよく知っているんだね？」、「それにアルカージイ、きみの愛情さえもぼくをうちのめそうとしていたのを知らなかったのかい？（даже твоя любовь меня убивала）《……》それというのも、……まあ、つまり、きみがそれほどまでに愛してくれるのに、ぼくは何一つきみに返礼が出来ず、自分の気持が楽になるようなことが出来なかったのだからね」（二五六―二五七、傍線―引用者）

ワーシャのこの心理の機微を理解する上では、『貧しき人々』のワルワーラがジェーヴシキンを、結婚準備のくだらない用事で店を駆けずりまわらさせる最終場面について、若きドストエフスキーの創作のすぐれた理解者であった批評家のワレリアン・マイコフが指摘している次のような洞察がぴったりと当てはまる。[4]

「当然のことながら、ジェーヴシキンの愛はワルワーラに、おそらく彼女が自分自身にさえもつねに強く押し隠していた嫌悪感を催させないではおかなかったのである。私達が負い目を負わされており、しかもなお（あろうことに！）、こちらを愛してくれている人に対する嫌悪をこらえなければならないくらい苦しいことは、この世にないであろう。自分の記憶をちょっと振り返ってみるだけでも、このうえもない反発を感じるのは、決して敵に対してではなく、献身的に自分に心服してくれてはいるが、自分のほうでは心底から同じように報いてはやれない相手に対してであることが思い出せるであろう。ワルワーラは自分の絶望的な貧困よりもジェーヴシキンの忠誠ぶりに悩まされたと思えてならない。それで彼女は彼に、下僕の役を何度か勤めさせることによって彼を苦しめ、それでやっと、厄介な後見からの自由を感じたのだ。執心ぶりが見てとれる強要に長い間悩まされ、自分の同情心の踏みにじられた自立をとりもどすべく、何時か踏み出そうともしないというのは、人間にとって不自然である。とはいえ、どうだろうか？　このような事実を理解するに堪えない感傷的な人々は、ワルワーラ・アレクセーエヴナがステップ地帯への出発を前にして、マカール・アレクセーヴィチにお手紙を書いて、彼のことを友とも、なつかしい人とも呼んでいることでもって、慰めを得るのである」

ワレリアン・マイコフのこの評言に照らしてみれば、ワーシャ・シュムコフの状況は明らかになるであろう。と同時に、ドストエフスキー文学の出発当初からの主要なテーマの一つである「他者性」の問題が浮かび上がる。この同じ場面で、ワーシャは意味深い告白を続ける。「実はね、ぼくはこういうことをいいたかったのさ。ぼくは以前、自分というものがわからなかったらしい、――本当に！　それに他人というものも、つい昨日やっとわかったような始末だ。ぼくはね、きみ、それを感じなかったのだ。完全に評価できなかったのだ。ぼくは……心臓までこつこつだったからね……どうしてそんなことになったか知らないが、ぼくはこの世の誰にも良いことをしてやらなかった。そういうことが出来なかったからだ。ぼくは見かけだって感じがよくないからね……ところが、みんなはぼくに良いことをしてくれたんだ。きみなんか第一番だ。それがぼくに見えないと思うかい。ぼくはただ黙っていたんだ。ただ黙っていただけなんだよ！」（二五七、傍線―引用者）

楽天的で善意の「直情径行的」人間、アルカージイはワーシャに対する自分の心理的強制を最後まで自覚しない。ワーシャのこのような遠まわしの忌避の言葉のあとでさえも、友の苦しみの原因についての自分の解釈に疑いをさしはさまないで、こう思いこむ。

「ワーシャは自分の義務を履行しなかったので、自身に対して悪いことをしたと感じている。それが問題なのである。ワーシャは自分を運命に対して恩知らずだと感じている。幸福に圧倒されて、震撼されて、自分はその幸福に値しないものだと思いこみ、それを証明する口実を探し出したにすぎない。つまり、昨日以来、思いがけない幸福のために、正気に返ることができない、――これが真相なのだ！　アルカージイ・イワーノヴィチはこう考えた。あの男を救わなければならない、自分で自身を責めさいなむ心を和らげなければならない。あの男は自分で自分を葬っているのだ」（二五九、傍点部―原文イタリック）

アルカージイはまさしく昨日以来、ワーシャに生じたこと、つまり、彼がアルカージイの側からの同情的態度に「他者性」を意識し、自分で自分を冷たい他者の目で眺め、自分は「見かけだって感じがよくない」と意識し始めたことに考えが及ばない。

ここまでくれば、ワーシャの悲劇の原因がどこにあるかは明らかである。それは別の角度から見れば、アルカージイのユートピア的人間観の悲劇でもある。とはいえ、ワーシャの破滅の原因の秘密は、アルカージイには最後まで明らかにされない。友が発狂した後でさえ、アルカージイはユートピア的夢想にすがり、「みんなが不幸なワーシャの兄弟で、みんなが同じように彼のことで心を傷め、彼のために泣いているような気がしたのである」（二六六）

上司のユリアン・マスターコヴィチが「なんだってこの男は気が狂ったのだ？」とたずねたのに

対し、アルカージイは「感―感―謝のためです！」と答えるが、蔭の作者はこれに次のようなコメントをはさむ。「みんなは納得のいかない様子でこの答えを聞いた。だれもが、奇妙な、信じがたいものに思われたのである」（二六六）[5] その先、親友同士の最後の別れの場面を、蔭の作者は、きわめて重みのある、感情のこもった言葉で、悲劇的に語るのである。

「二人はお互いにとびかかって、最後の抱擁を交わした。二人はつらそうに抱きしめ合った。……それは見るのも痛ましい光景だった。なんという突拍子もない不幸が、彼らの目から涙を絞り取ったことか！　いったい彼らは何を泣いたのか？　この災厄はどこに潜んでいるのか？　なぜ二人は互いに理解し合わなかったのか？」（二六八、傍線―引用者）

小説のストーリー、筋立ての上での主人公は言うまでもなくワーシャ・シュムコフであるが、理念的な主題構成の面での主人公はまぎれもなくアルカージイ・イワーノヴィチ・ネフェデーヴィチであるといえよう。一八四〇年代の小官吏を描いた常套的なテーマがユートピア的人間思想の危機のテーマに改変されたのである。小説冒頭部で、作者がなぜか「一人の主人公がフルネームで呼ばれ、片方の主人公が省略した名で呼ばれているか」の説明を回避したのを思いだそう。その原因は、私の考えでは、小説の主題の二重構成において、それぞれの主人公は別々のプランに属しているからである。一人は自然派的小役人小説の風俗的なプラン、もう一人は思想的なプランに。

ネワ河畔でアルカージイが見る神秘的な光景は小説にさらに深い意味を付与している。フェイエトン（時事戯評文）「詩と散文におけるペテルブルグの夢」（一八六一年）に同じ記述が見られることは、これがドストエフスキーの伝記的な要素をもっていることをうかがわせる。

この神秘的なパノラマの描写のあとの、アルカージイの不可思議な未知の感触の部分がフェイエトンではこう叙述されている。「私はその瞬間、今まで心の中にうごめいていたばかりで、まだ意味のつかめなかったあるものを悟った。それはさながら、何か、新しいあるもの、ぜんぜん新しい未知の世界を洞察したかのようであった。(как будто прозрел во что-то новое, совершенно в новый мир)〈ロシア語アカデミー版　一九・六九〉その世界はただ何かぼんやりしたうわさによって、何か神秘的なしるしによって、かすかに知っていたものである。ほかならぬその時以来、私の存在がはじまったものと考える」(同、一九・三一三)

このくだりから推定できることは、フェイエトニスト(戯評文作者＝若きドストエフスキー＝ユートピスト)は、日常的な経験知によっては捉えきれない、カント的意味での「物自体」の世界、すなわち「可想的世界」に遭遇したのであって、それゆえ、直ちに次のような反問を提示しないではおれなかったのである。「諸君、一つうかがいますが、私は空想家ではないでしょうか？　そもそも少年時代からの神秘家ではないでしょうか？　そこに何のできごとがあるのだろう？　はたして何が生じたのか？　何もありはしない、まったく何一つない。それはただの感触(ощущение)であって、その他はすべて平穏無事なのである」つまり日常経験的には何事も起こっていない事情を物語っている。そうしてさらに、この感触(ощущение)を筆者は、видение(ヴィーデニエ＝洞察、ヴィデーニエ＝幻想)と名づける。アクセントの位置が第一音節のи(イ)にあるか、第二音節のе(ィエ)にあるかの違いよって二重の意味にとれるこの単語を使って、作者はこうのべる。

「さてそれ以来、あのвидение(ヴィーデニエ＝洞察、ヴィデエーニエ＝幻想)を見て以来(私はネワ河の感触ощущениеをвидениеとなづける)私はしじゅうそういった奇妙なことを経験するようになった」(同)[6]

このあと話は空想家、幻想家のテーマで展開するが、видение の第一の意味、つまり「見ること、洞察」（ヴィーデニエ）の意味がここでは重要であろう。すくなくとも、アルカージイの「感触」は「洞察」であったはずである。[7] 直情径行のユートピスト、アルカージイは生まれてはじめて、「洞察・видение」をうながす「感触」に遭遇し、日常経験的な「ありきたりの理性」では透視できない別種の世界が存在することを理解したのである。ネワ河の幻想的な奇怪な光景、地上的な秩序・構成が蒸気のように消滅し、崩壊する幻想はアルカージイの意識に他界からの力が浸入してきたことを象徴していよう。その結果として、彼は自分の意に反してのワーシャに対する自分の罪を意識したのであろう。彼のこの内面的危機を表現しているのが、次のくだりである。

「彼の唇はふるえて、目は急に燃え立った。彼は見る見るうちに青ざめてきた。この瞬間、何か新しいものを洞察した（как будто прозрел во что-то новое）ような具合だった……」（同、二・二六九）

このショックのあと、彼は「気難しい退屈な男になって、いままでの快活さを失ってしまった。もとの住居がいやでたまらなくなったので、彼はほかへ引っ越した。コロムナの家へは行こうと思わなかったし、それに足が向かなかった」（同）

フェイエトンの作者は「この時以来、私の存在がはじまった」（同）とのべる。このネワ河の経験の伝記的要素はこのようにして、ドストエフスキー文学固有の人間学的思想の深まりを暗示するものとなった。そしてさらに小説『弱い心』の構造は、『白痴』や『悪霊』など後期の長編に見られる「権威のない語り手」、「語り手的登場人物」、「蔭の作者」などの視点と声の交差するより複雑なポリフォニー的小説構成の特徴を早くもうかがわせるものであって、ドストエフスキーの創作の本質を理解する上では、きわめて重要な作品といえるのである。

註

1　Достоевский. Полное собрание сочинений в 30-ти тт. «Наука» 1972-1990 гг. Т.2 С.16

この部分の訳は邦訳でも各人各様で、いずれも文脈に正しくはまった適切な訳とはいいがたい。

米川訳――「本文の作者はただ彼らを模倣するものといわれたくないばっかりに（とんでもない自惚れの結果、そんなことをいうものがいないとも限らない）」

小沼訳――「この物語の作者は、ただただ彼らの亜流となりたくないばかりに（というのは、底知れぬ自惚れの結果、ひょっとするとそんなことを言い出すものがいないともかぎらないので）」

工藤精一郎訳（新潮社版）――「この物語の作者は、ひとえに彼らに倣いたくないために（こんな態度を、ある人びとは、限りない自尊心の結果だなどと言うかもしれないが）」

ロシア語原文――〈автор предлагаемой повести, единственно для того чтоб не походить на них (то есть, как скажут, может быть, некоторые, вследствие неограниченного своего самолюбия)〉

2　V・A・トゥニマーノフ「S・P・ポベドノスチェフの『可愛い人』とF・M・ドストエフスキーの『弱い心』」、ドストエフスキー、資料と研究8　一九八八、レニングラード、二四五頁。論者は一八四〇年代の自然派の作家S・P・ポベドノスチェフの中編『可愛い人』（«Милочка»）に発狂した小官吏の主人公が書類書きに追われて空ペンを走らせる場面があることから、ドストエフスキーが自作に取り入れた可能性を指摘している。

3 以下、『弱い心』からの引用は、若干の表記を替えて、米川正夫訳（河出書房新社、愛蔵決定版）を使用する。引用末尾カッコ内の数字は巻数と頁

4 ワレリアン・マイコフ（一八二三―一八四七）は、ドストエフスキーが一八四六年『貧しき人々』によって文壇登場後、『分身』、『プロハルチン氏』などが、ベリンスキーの辛らつな批判にさらされていた時期、ドストエフスキーの才能の本質を鋭く洞察し、高く評価していた批評家だった。しかしドストエフスキーの初期の数少ない作品を知るのみで、四七年夏、水浴中、心臓麻痺で、二十四歳で早世した。彼の思想については、拙著『ドストエフスキー　その対話的世界』（成文社）、五八―六八頁参照のこと。引用は Майков В. Н. Литературная критика. М., 1985. С.181

5 この蔭の作者のコメントは、常套的な解釈に対する一種の「異化」といえるが、この場面でのワーシャの同僚に当たる「一人の小柄な男」の奇妙な言動もそのようなものとして理解できる。「彼にいわせれば、これはけっしてつまらない事件ではなく、かなり重大な出来事だから、このままうっちゃってはおけないのである」

6 видение は米川訳では「幻想」、小沼訳では「まぼろし」、染谷茂訳（新潮社）は「ヴィジョン」。

7 ネワ河の幻想の直前、アルカージイが日暮れのネワ河に向けた視線は「物事の本質に透徹するような、見透かすような視線」（пронзительный взгляд）であったことにも留意しておきたい。米川訳では「鋭い視線」。

二、スメルジャコフの素顔、もしくは、アリョーシャ・カラマーゾフの咎について
――倫理と芸術のアポリア

この「カラマーゾフばんざい！」という叫びの中には、殺された父親、父殺しと疑われたドミートリー、哲学的な怪物イワンも含まれていると感じます。《……》血のつながりがあるからには、かの悪漢スメルジャコフでさえもふくまれていなければ、作者ドストエフスキーは満足しなかったはずです

武田泰淳「カラマーゾフ的世界ばんざい！」

父親殺しではアリョーシャもその咎（罪）[1]を免れないのではないか、という設問は、これまでの一般的な解釈から見れば、奇異に思われるかもしれない。フョードル・カラマーゾフの私生児と想定されるスメルジャコフをふくめてのカラマーゾフ四兄弟のうち、長兄ドミトリーは無実の刑を受けてシベリア流刑となり、次兄イワンは発狂し、スメルジャコフは自殺する、そのなかで、アリョーシャだけは、皮肉ないい方をすれば、渦中にいて渦中になかったかのごとく、未来を志向し

て生き、第一部の「作者より」の「まえがき」によれば、第二部の主人公として活躍することが予定されている。しかもこの第二部こそが小説の本編というのである。

この小説冒頭より顔を出す「作者より」の作者とはどのような存在であろうか。私は以前、『弱い心』を分析した時に、形象化できない（姿を現さない、隠れた）一次的作者（＝作家本人）と二次的作者（＝語り手、語り手的副主人公という）バフチンの概念を使って、それらの主題展開のなかでの役割の違いを明らかにしようとした。[2]

アレクセイ・カラマーゾフの伝記作者を任ずるこの大長編の「作者」もまた、（姿を現わさない）一次的作者ではなく、いわゆる語り手（二次的作者）と理解すべきであろう。というのはこの語り手的「作者」はまず愛する主人公のアイデンティティを護り、青年の人格形成に目を注ぐことを第一義的任務として、つねにアリョーシャに寄り添っていて、その意味で、この「作者」は一定の課題を担わされ、制約を受けており、変幻自在な一次的作者とはいえない。この事実は後述で明らかになるように、スメルジャコフへの視点をめぐって、重大なずれとして露呈する。

小説構成上、アリョーシャは『白痴』のムイシキン公爵にも似て、他の主要人物たちと読者をつなぐ媒介者的人物であって、語り手とその機能の面で役割を分担している。ドミトリーとイワンはもちろんのこと、父親のフョードルも、グルーシェンカも、リーザもスネギリョフも、自分の内面を開いて見せるのは、ただアリョーシャに対してなのである。語りの主要な構造は主人公達のアリョーシャに対する告白に支えられているといって過言ではない。ひるがえって、アリョーシャは彼等に対して、一種の心理カウンセラーのような役割すら担わされているのである。したがって、アリョーシャは作中のほとんどの主要人物と対話的関係にある。語り手はひたすらアリョーシャの視点に寄り添っている。ただ一つ対話的要素を欠いた例外的な対応がある。それはスメルジャコフに対してである。

山城むつみ氏の「カラマーゾフのこどもたち」という論文を読んだ（雑誌「群像」二〇一〇年七月）。この論文のモチーフと思われる次のような記述に私は興味を誘われた。〈スメルジャコフを愛することができなければ、ドストエフスキーが「わが主人公」と明記したアリョーシャを理解することができない。スメルジャコフの苦しみに全幅の共振ができて初めてカラマーゾフの全スペクトルを理解したと言えるだろう。《……》カラマーゾフのスペクトルの両端はゾシマとフョードルではない。アリョーシャとスメルジャコフなのだ〉

山城氏は『カラマーゾフの兄弟』を愛読したという哲学者ヴィトゲンシュタインのスメルジャコフについての評言、「彼は深い、このキャラクターのことをドストエフスキーは知り尽くしていたのだ。彼はリアルだ」という言葉をも自己の立論の拠り所にしている。では、この哲学者がいうところの、ドストエフスキーはこの人物を知り尽くしており、リアルだ、とはどういう意味なのだろうか。

折しも私は二〇一〇年六月十三—二十日にイタリアのナポリ大学で開催された第一四回国際ドストエフスキー・シンポジウムに参加し、「父親殺しにおけるスメルジャコフに対するアリョーシャ・カラマーゾフの罪」（プログラム予稿演題『カラマーゾフの兄弟』のメモワール構造におけるスメルジャコフの現実」）と題して報告した。私のテーマは小説の大きな主題、基本的理念と見られる「偶然の家庭」のテーマに照らして、テクストに描かれている生身のスメルジャコフの運命を検討するならば、小説の別の側面が見えてくるのではないかということにあった。従来の論では、スメルジャコフという人物にはつねにフィルターがかけられていて、素顔が見えていないのではないか。恥ずかしい出生の秘密を持ち、尋常ではない育てられ方をして、ひねこびれた狷介《けんかい》な性格に育った若者――イワンの無神論思想にかぶれ、その思想の分身的戯画化の体現者、イワンの意識にとっては夢魔的、悪魔的な存在。スメルジャコフのイメージは初手からこのように、運命論的、決定論的な刻印を帯びさせせられていて、「作者」なる語り手が仕掛けたそのようなフィルターを通してしか、読者はこの哀れな青年に接することができないのではないか。

小説『カラマーゾフの兄弟』の大きな主題というべき「偶然の家庭」、「父と子の関係」の問題において、作者は「記憶」あるいは「思い出」という概念に重要な意義をあたえている。この概念は心理的レベルにとどまらず、道徳的、教育的レベルでの人間の内面的可能性にかかわるものとされている。ドストエフスキーはこの小説を執筆する直前の時期、一八七六―一八七七年の『作家の日記』のエッセイ「クロネベルグ事件」、「ジュンコーフスキー夫妻の事件」その他で、繰りかえしこの社会問題を論じていた。そして作家が社会的問題としての「偶然の家庭」を論じる時、決まって並行的に言及するのが人間の子供時代における記憶、思い出の重要性であった。

私は会誌「ドストエーフスキイ広場」一六号（二〇〇七）で発表した論文「『思い出は人間を救う』――ドストエフスキー文学における子供時代の思い出の意味について――」で、このことについて論じた。この論文で書いたことを少々、おさらいしてみる。

ドストエフスキーは「偶然の家庭」が発生する源をこう指摘した。

「家族に対する父親たちの怠惰のもとで、子供たちはもう極端な偶然にまかされるのだ！　貧困、父親の心配ごとは幼年時代から、子供たちの心に、暗い情景、時として有毒きわまりない思い出として浮かび上がる」（傍線―引用者、以下同様）（二五・一八〇）

この指摘からも、私たちが見過ごしてならないのは、子供の将来の生活に対する記憶、思い出の影響力にドストエフスキーが繰りかえし注意をうながしていることである。作家は続けてこうのべている。

「子供たちははるか老年になっても、父親たちの心の狭さや家庭内でのものめごと、非難、にがい叱責、さらには彼らに対する呪いさえも《……》そしてその後も人生において長いこと、もしかしたら一生、その思い出の汚濁を緩和するすべもわからぬまま、自分の子供時代からは何一つ受けとることが出来ないで、そうした昔の人々を無闇に非難することになりがちである」（同）

さらに作家は将来に憂慮すべき危険性についてのべる。

「そうした子供たちの多くは思い出の汚濁だけではなく、汚濁そのものを携えて人生に乗り出していく。わざとといっていいほどに汚濁を蓄えて、ポケットにいっぱいの汚濁を詰め込んで、旅立つのである。それというのも、後でそれを事にあたって利用するためで、しかも、その親のように苦しみ、歯がみしながらではなく、軽い気持ちでやってのけるためである」（同）

『作家の日記』でのこうした記述からスメルジャコフをふくむカラマーゾフ家の四人の息子たちの状況が自然に思い浮かぶであろう。彼らはそろって生まれた時から父親の乱脈な生活の犠牲者であり、子供時代のよき思い出（ドストエフスキーによれば人生の危機的な瞬間に人間のかけがえのない精神的支柱になるもの）を育む家庭の温もりをあたえられることもなく、父親と兄弟とも離れ離れに他人の手によって育てられた。

前記の引用に続けてこう警告されていることに注意しよう。
「人間は肯定的なもの、美しいものの胚子を持たないで、子供時代を出て人生へと出発してはいけない。肯定的なもの、美しいものの胚子を持たせないで、子の世代を旅立たせてはいけない」(二五・一八一)
小説フィナーレでの少年たちに対してのアリョーシャの有名な演説はいうまでもなく作家のこの訓告をなぞるものにほかならなかった。「良き思い出、とりわけ子供時代から、とりわけ両親の家から抱いてきた思いでくらい先々、生きていくうえで、貴重で力強くて、健全で有益なものはないのですよ。教育ということについて、君たちもいろいろ耳にするでしょう。子供時代から保たれてきた何かそのような美しい神聖な思い出こそが、おそらく、この上ない良い教育なのです。生きるに当って、もしそのような思い出を沢山集めえたならば、人は生涯にわたって救われるのです。例えたった一つの良き思い出であっても、私たちの心に残っているならば、いつかは、私たちの救いに役立つのです」(二五・一九五)
イワンとアリョーシャはソーニャという母親から生まれた兄弟で、母親とはイワン七歳、アリョーシャ四歳の時に死に別れて、二人とも他人の家庭(少なくともイワンが十三歳の時、モスクワの寄宿舎学校に入るまでの間)で同じ環境で育てられたが、語り手はこの二人の兄弟の記憶、思い出の意義についてきわめて対照的に描いている。子供たちは養育と教育については養育者の「高潔きわまりなく、慈悲にあふれたポレーノフ」に生涯、感謝しなければならないと、語り手は強調しながらも、イワンの子供時代についての思い出がネガティブなものであったことを暗示している。
「私は子供時代、青春時代の彼らについて詳しい話には、いまもまたさしあたり立ち入らないことにして、もっとも主要な事情だけを記すことにする。とはいえ、年上のイワンについては、彼は何かしら気難しい、自閉的な少年に育ち、決して内気と言うわけではないが、自分たちがやはり他人の家庭で、他人の恩恵を受けて育っており、自分たちの父親は口にするのも恥ずかしいような人間である、等々のことを、すでに十歳の頃から見きわめていたかのようであった、ということだけを報告しておく」（一四・一五）

イワンにとっての子供時代の思い出は、おそらく、陰鬱で重苦しく、ネガティブなものであって、思い出すに価しないものであったろう。アリョーシャはイワンと違って、同じ環境での不幸な体験を経ながらも、母親についての思い出を、「暗闇のなかの明るい点の群れのように、また巨大な画面から破りとられた断片のように」（一四・一八）心にとどめていた。アリョーシャのこの思い出は、ゾシマ長老がのべる思い出の性格に一致する。

「両親の家庭から、私は大切な思い出だけをたずさえて巣立った。なぜなら、人間にとって、両親の家庭での最初の幼時期の思い出くらい貴重な思い出はないからである。それはほとんどいつもそうなのであって、家庭内にほんのわずかな愛と結びつきさえあれば足りるのである。もっとも劣悪な家庭の生まれであったとしても、大切な思い出というものは、本人の心がそれを探し出す力をもっているならば、心に保たれているものなのである」（一四・二六四）

『カラマーゾフの兄弟』という小説はメモワール（回想記）のジャンルの要素を濃厚に持っているということに注意を向けたい。まず第一に、周知のように、小説はアリョーシャの一三年前の伝記という形で、回想のスタイルをとっている。アメリカの研究者ロバート・ベルナップが指摘するように、回想のテーマは小説の書き出し――フョードル・カラマーゾフの死は一三年を経たいまでも人々の記憶にあるという記述で立ち上げられ、この記憶の意味はフィナーレで反復されて、亡きイリューシャを永久に記憶にとどめるための祈りと、子供時代の思い出の意義についてのべるアリョーシャの演説で全体が閉じられている。[3] もう一つ、ベルナップの興味深い指摘によれば、小説で、肯定的なものは記憶と結びつき、否定的なものは忘却と結びついているということである。[4] 息子たちの運命を決めたのは、フョードルによる父親としての責任の忘却であり、アリョーシャがドミトリーを探し出すことを忘れたことが、スメルジャコフによる父親殺しが現実化する決定的要因であった。

これから小説の主題を決定している主要なイデー、「記憶」、「思い出」に照らしてスメルジャコフの運命に目を向けるならば、どういうことが見えてくるのか。小説ではスメルジャコフは終始、完全に孤立した存在として位置づけられている。アリョーシャ―ゾシマ長老の線での人間的な配慮と思いやりの圏内に、ドミトリーとイワンはもちろん、父親のフョードルさえも招き入れられているというのに、スメルジャコフは彼らの対蹠人であるかのように、その圏内から排除され、忘れられ、完全に孤立している。その状況でも、スメルジャコフの方ではおそらくフョードルを自分の実父とみなしていたのは間違いない（裁判の場面でフェチュコーヴィチ弁護士はその事実を強調している）。去勢派教祖と同じ姓を持つマリヤ・コンドラチエワとその母親、そしてグリゴーリイの妻マルファ以外に誰が、スメルジャコフに親切な態度を示しただろうか。

スメルジャコフの人間的な内面が読者に明らかにされるのは、マリヤ・コンドラチエワとの会話の場面である（第二部第五編―二「ギターをもつスメルジャコフ」）。ゾシマ長老のアリョーシャに対する説話や『作家の日記』で繰りかえし強調されてきた、子供時代の記憶、思い出の重要な教育的意義についての訓示を念頭に置きながら、マリヤを聴き手にスメルジャコフがおこなう告白を読むとき、この若者をよくもこんなにも気の毒な、心理的に出口のない、抑圧された状態に放置できたものだと、驚かざるをえない。誰がスメルジャコフに、「この世に生まれてこなくてすむように、出来ることなら母親の胎内で自殺させてもらいたかった」（一四・二〇四）などという過激な言葉をはかせたのだろう。[5]ドストエフスキーの主人公の数ある自殺者のうちで、他に誰かこんな陰鬱な苦い言葉を口にした者がいただろうか。そしてスメルジャコフは追い詰められた心理状態を次のような憤りの言葉で表現する。

「おまえは卑しいやつだ、なぜなら父無し子でスメルジャシチャヤから生まれたからだ、なんていうやつがいたら、わたしは決闘で、ピストルでもってそいつを撃ち殺してやるよ。モスクワではあてつけるようにそういうわれたもんだ。グリゴーリイ・ワシーリエヴィチのせいで、その噂が伝わったのだよ」（同）

もう一つの重要な問題は、養父であるグリゴーリイのスメルジャコフに対する態度である。アメリカの研究者ウラジーミル・ホルステインはグリゴーリイがいかに父親としての責任に反することをしていたかを、鋭く分析し、フョードル殺しの責任の一半はこの男にあると、指摘している。[6]グリゴーリイは主人には忠実な従僕、見るからに清廉潔白、堅固、信心深い人間で、スメルジャコフについての彼の評価は信頼性の高いものという印象を読者は受ける。ところがこの老人、語り手のコメントでも「陰気で愚かで、頑固な理屈屋」（一四・一三）とされている男は、実はスメルジャコフの虐待者であった。グリゴーリイはスメルジャコフ少年を、恩知らずといっては非難し、猫の死骸で葬式の真似をする少年の奇妙な遊びをとがめて、「鞭でこっぴどく仕置き」さえした。

（一四・一一四）さらには、少年に対して、「おまえは人間ではない。風呂場の湯気から沸いて出たのだ、おまえってそんなやつだ……」（同）というひどい言葉を面と向かって投げつけ、侮辱した。語り手によれば、「スメルジャコフは、のちにわかったことだが、こうした言葉をはいた養父を決して許すことができなかった」（同）。

天地創造にまつわる聖書物語の勉強の時、十二歳の利口な少年の予期しない質問に当惑したグリゴーリイは「教え子の頬っぺたをかっとなって殴りつけた」（同）。それをきっかけに、スメルジャコフの癲癇発作が起きるようになった。

スメルジャコフの人柄で強調されているのは、「おそろしく人嫌いで、口数が少なかった。人見知りだとか何かを恥じているというわけではなく、それどころか、性格的には反対に、傲慢で、すべての人間を見下げているようだった」（同）。

このようにスメルジャコフの性格を描写する語り手のこの人物に対するアプローチは、対話的態度とは異質で、この人物の尋常ならざる誕生ゆえに、その性格は運命によって、あらかじめ決定されてしまっているかのような印象を読者にあたえるのである。しかし読者が注目すべきは、スメルジャコフは運命によって自分が拘束されているこのような他者の眼差しに、あらゆる点で反抗していることである。この人物像を染め上げているのは自分の運命に対する反抗のモチーフといって過言ではない。

まず第一に、彼はこの世に生まれることを拒否したかった。第二に、彼はロシアを憎む。というのも、誰もが彼の母親リザベータ・スメルジャシチャヤのことを、「頭に皮膚病をもっていて、背丈はせいぜい二アルシン（一アルシン＝約七一センチ─引用者）ちょっぴりしかなかった」（一四・二〇四）などと軽蔑的に語るからであった。その結果、彼はナポレオン崇拝に走り、一八一二年にフランス軍がロシア人を征服しなかったことを残念がっていた。

ロシアからの脱出を考えて、スメルジャコフは「フランス語の語彙集」を自習していた。彼はスコトプリゴニエフスクを出て、モスクワの中心街でレストランを開くことを夢見ていた。彼が自分のコックとしての腕前を自慢するのも、理由がなかったわけではない（「なぜなら私は特別料理を作りますからね。モスクワでは外国人以外、特別料理を出せる者はいやしません」（一四・二〇五）。そして彼はドミトリーのことをこういって軽蔑した。「ドミトリー・フョードロヴィチは素行の点でも、頭の働きでも、あの貧乏たらしさでも、どんな下男にも劣るくらいですよ。何もする腕がないくせに、反対に、みんなから敬意をうけている」（同）

もしスメルジャコフの立場で、彼の目でもって周囲の世間を見るならば、彼にはそのような傲慢な言葉をはく正当な権利があったというべきだろう。何しろ小説のすべての登場人物のなかで、本当に仕事をしているのは彼だけだからである。その意味で、パーヴェル・フォーキンの「スメルジャコフの台所で」という論文は面白い。論者はスメルジャコフのコックの仕事の性格を「創造」と見なす。「創造主として、彼は自分を神の〝仲間〟と感じている。より正確にいえば、〝反創造主〟である。なぜなら無機的な素材でもって仕事する他の芸術家とは違って、自分のものを〈創造する〉に先立って、コックは神による何かの被造物を殺さなければならないからである」[7]

フォーキンの解釈は面白いし、説得力もある。しかしコックの職業をそのように規定することは、スメルジャコフの性格をやはり運命論的に決定づけることになりはしないか。スメルジャコフはつねに自分の屈辱的な立場を羞恥し、運命による決定論的な力に抗議して、自分に向けられた他人のまなざしに逆らって行動した。強調されている彼の病的なまでの清潔好きは自分の姓の語源「« смердеть »スメルデェーチ（悪臭を発する）」からの連想への拒否反応から習慣化したものと理解すべきだろう。

スメルジャコフはこのような人物の類型として、ドストエフスキー文学には珍しくない、「地下室の意識」をもった個性の一人だと考えることができよう。その意味でも、スメルジャコフが去勢派のセクトの影響下にあったかどうかの問題も見逃せないであろう。このことも語り手はスメルジャコフの内面に立ち入るのではなく、外見の印象から、暗示的に示しているだけである。「彼は突然、異常にふけこんで、まったく年齢にそぐわないくらいに皺が寄り、黄色みをおびて、去勢派信者に似てきた」（一四・一一五）、「去勢派信者のようなかさかさの顔がひどく小さくなったかのように見えた」（一五・四三）、「彼（イワン）は怒りと嫌悪感をいだきながら、櫛で髪をなでつけたスメルジャコフの去勢派信者のような憔悴した顔つきを眺めた」（一四・二四三）。

スメルジャコフが淫蕩漢による手ごめの結果として、可哀そうな母親リザベータの腹から生まれた出自を羞恥していた以上、自己否定への衝動と淫蕩への嫌悪感から、去勢派セクトへ引き寄せられたのも、自然の成り行きであったと見るべきではないか。なぜなら去勢派セクトの過激な禁欲主義は、鞭身派の性的放縦の反動として発生してきたものだからである。[8]

スメルジャコフの去勢派セクトへの関心のモチーフが、自己否定と淫蕩への激しい嫌悪にあったとするならば、この男によるフョードル殺しの主たる原因は、イワンの観念的な影響（「すべては許される」）というよりはむしろ、この若者の内部にひそかに蓄積されてきた自分の出生にかかわる父性への憎悪とも解釈できるではないか。そう見るならば、イワンの思想を利用し、隠れ蓑にしたのはむしろスメルジャコフの方だという読みかたも可能なはずである。イワンの罪責感にむしろ道化性を見る逆転した見方もありうるのではないか。

私が注目したいのは、スメルジャコフに関する語りのスタイルは常に、外面的な客体描写が特徴であって、ドストエフスキーの語りに特徴的な主人公への共有体験の要素が欠如していることである。最も肝心なことは、他者に対する対話的な姿勢において際立っているアリョーシャが、可哀そうなスメルジャコフに対しては、まともに関心をはらわず、人間的な態度をまったく見せていない。マリヤ・コンドラチエワに対してスメルジャコフが苦い告白をするのを、現場にいて陰で聴いていたのはほかならぬアリョーシャではなかったか。読者はアリョーシャの息づかいを感じながら、彼と共にスメルジャコフの告白を聴いていたはずである。それなのに、なぜアリョーシャはスメルジャコフに対しては無関心で、無視し、この「義兄弟」について沈黙し続けたのであろうか。それでいてアリョーシャは子供時代の「思い出と記憶」の重要な教育的意義について、スメルジャコフの運命は眼中にないかのように、小説のフィナーレでは、少年たちに向かって演説するのである。

さらにアリョーシャはゾシマ長老の説話の自殺者に関する重要な一節を忘れている。ゾシマは説く。「この地上で自分を滅ぼすものは悲しい。自殺者は悲しい！　自殺者より不幸なものはいないと私は思う。自殺者について神に祈るのは罪だと私達は聞かされている。また教会も表向きは自殺者を門前払いしている。しかし、私は彼らのために祈ることは許されるはずだと、心ひそかに思っている。キリストにしても愛の業に腹をたてられはしまい。私は一生、自殺者たちのことを祈ってきた。神父、諸師よ、そう今でも、毎日祈っていることをあなたがたに告白する」（一四・二九三）

スメルジャコフの自殺をマリヤ・コンドラチエワから誰よりも早く知らされて、現場に駆けつけたのはほかならぬアリョーシャであった。彼はそのことをイワンに、いかなる人間的な反応を示すことなく、報告し、気遣うのはもっぱら二人の兄のことだけである。イワンが幻覚に苦しめられ、意識を失ったあと、アリョーシャが熱心に祈るのはドミトリーと、とりわけて、イワンの身の上に限られていて、スメルジャコフはまったく念頭になかった。

「眠りにつきながら、ミーチャのこと、イワンのことを祈った。彼にはイワンの病気が明らかになってきた。〝傲慢な決意の苦しみだ、深い良心の痛みだ！《……》神が打ち勝つであろう！〟と彼は思った。〝真実の光の中に立ち上がるか、それとも……信じていないものに奉仕したがために、自分とすべての人への面当てに憎悪のうちに滅びるかのどちらかだ〟――アリョーシャは痛ましい思いを重ねながら、ふたたび、イワンのことを祈った」（一五・八九）

この個所を読むと、私は、アリョーシャの側からのスメルジャコフに対する露骨な差別ではないかという思いを禁じえない。スメルジャコフは「誰にも罪を着させないために、自分自身の意思と好き勝手で、自分の命を滅ぼす」という遺書を残して死んだのだった。ここで注意うながしたいのは、ゾシマ長老の先の言葉で、「この地上で自分を滅ぼす者は悲しい」の「滅ぼす」とスメルジャコフの遺書の「自分の命を滅ぼす」の「滅ぼす」は同じ単語「イストレビーチ«истребить»」が使われていて、「絶滅する」「殲滅する」「根絶やしにする」といった激しいニュアンスのものである。自殺者でも『悪霊』のキリーロフの遺書（「自分自身を殺す«убиваю же сам себя»」）や『白痴』のイッポリートの遺書（自殺«самоубийство»）に見られる通常の表現とは明らかに異なっている。ここには明らかに、ゾシマ長老のメッセージとの並行関係が暗示されているはずだ。だとすれば自殺者スメルジャコフのことを祈らないアリョーシャは師の遺訓をも忘れていたことになるだろう。ゾシマの言葉とアリョーシャの振る舞いの目立ったずれからも、アリョーシャ・語り手（二次的作者）とゾシマの遺訓を告げる、隠れた「一次的作者」の存在の二重性を、読者は感じとることができる。

人間にとっての「思い出」や「記憶」の意義をゾシマ長老の教えに導かれて少年たちに語るアリョーシャ、そして一方、自殺者への祈りを諭す長老の遺訓が念頭になかったアリョーシャ―フョードル殺しの決定的瞬間の直前に、彼がドミトリーを探し出すことを忘れ、さらに腹違いの兄弟であるスメルジャコフを人間的に無視し続けたことが、父殺しを現実化させる一因になったことは疑えない。その意味で、アリョーシャは罪（咎）を免れることはできない。

すでにのべたように、「作者」なる語り手はアリョーシャの伝記を書くことを目的とし、作中の人物たちへの関心をアリョーシャと共有しているが、スメルジャコフという人物の内面に目を向けることには、まったく関心がなかった。クラムスコイの「瞑想家」と題する絵画の農夫やワラームの驢馬とのスメルジャコフの観念的な比較も、もっぱら外面的な印象から、スメルジャコフの精神的、神秘的奇怪さを強調しているにすぎない。さらに物語が進展すると、スメルジャコフについての語りはもっぱらイワンの知的な世界、自意識の領域に引きこまれて展開され、スメルジャコフはイワンの分身、あるいは共犯者、あるいはイワンの思想の戯画化、パロディないしは陰の部分、あるいは悪魔の変身という暗示に、読者を誘導していく。

ロシアの研究者ナターリヤ・ロゴワがこうのべていることに、注目したい。

イワンはスメルジャコフに、「あの〝小さな〟赤ん坊、つまりその子供の涙が彼に、彼の心に嵐のような激しい怒りを引き起こしたあの赤ん坊の姿を見ていない」、「自分が創り上げた〝子供の涙〟の抽象的な姿に眩惑されて、イワンは子供たちの生きた悲しみを見ていないし、感じてもいない」。[9]

無辜《むこ》の子供の涙の不条理についてイワンがアリョーシャに語る時、イワンは「人間同士の罪の連帯性（«солидарность в грехе между людьми»）」といういかにも定型化した抽象的な概念を使っている。（一四・二二二）この時イワンはこの概念にとらわれていて、義兄弟であるスメルジャコフの現実を見ていない。おそらくフランス語（"solidarité"）から移入されたであろうこの抽象語をイワンが使用するについては、一定の背景があるのではないかと推測される。十九世紀ロシア知識人の民衆に対する罪責感というふうに、社会心理的に解釈できるかは、速断できないが、イワンの口から出たこの用語のルーツについては、探究する必要があろう。いまのところ私が知る限り、アカデミー版全集その他の作品の注やドストエフスキー百科に類する刊行書でも、この用語に目を向けているものは見当たらない。

この用語が例外的なものではないかという気がするのは、同じ場面で、イワンが前後三回口にする以外には、小説全体を通じて、ほかの誰も口にしないからである。もしこの用語が常用化したものであるならば、他の人物たちも使わないはずがない。ゾシマ長老は同じ意味のこと（「人間はすべての者に対して罪がある」）をのべるにしても、このような抽象的な概念は使っていない。[10]

ゾシマ長老の言い方はこうである。

「自分を人間的な罪（грех）全体に対して責任ある者としなさい。友よ、それは真実その通りなのですからね。なぜなら、自分を全ての者と全ての者に対してまことに責任ある者と考えた途端に、それはまさしくその通りであって、自分こそ全ての者とすべてのことに罪がある（виноват）ということをすぐに覚るはずです」（二四・二九〇）

またこの用語が述語的に使われた場合が二例あるが、いずれも、イワンの意識内容にかかわっている。イワンはカテリーナに対して「殺したのがドミトリーではなくスメルジャコフだとしたら、もちろんその場合は自分にも連帯責任がある（«солидарен»ソリダーレン）」と告げる。その理由は自分がスメルジャコフをそそのかしたからだし、「ドミトリーではなく、彼一人が殺したのだとしたら、もちろんこの自分も殺人者だ」というのである。

もう一つの例は、最近のこの何日かの間での、スメルジャコフへのイワンの心境の変化を、語り手が叙述する個所である。以前はスメルジャコフに教育的な態度で接していたイワンが、最近、相手の得体の知れない反応ぶりに急に面食らい、嫌悪感をつのらせていくいきさつを語り手はイワンの目線で描く。

「スメルジャコフはいつも何か遠まわしの、明らかにとってつけたような質問をするのだが、何のためとは説明せず、あれこれ問いただして、最も熱をおびた瞬間に、急に黙りこくり、まったく別の話題に移るのだった。ついにイワンが決定的に苛立せられ、嫌悪感をいだくにいたった肝心のきっかけは、スメルジャコフがイワンに対して示すようになった何かいやらしい、特別のなれなれしさだった。それは時がたつとともにひどくなっていった。それはあえて不作法というわけではなく、反対にいつもきわめて慇懃な口のききかたではあった。しかしどうしてそう考えるにいたったかわからないが、イワンとの間には結局のところ、何かの点で連帯関係がある（«солидарным»ソリダールニム）と心得ていて、二人の間には約束事めいた、秘密めかしいものが存在し、二人の側から発せられた言葉は二人だけには分かるものの、周囲にうごめく輩には皆目理解できはしないといった調子でいつも話すのであった」（一四・二四三）

この叙述のスタイルからも分かるように、語り手はもっぱらイワンと一体化し、イワンの感触で外在化したスメルジャコフとの違和感、圧迫感を語る。これを裏返してスメルジャコフの側から、仮に語り手が語るならば、自分の出生、育ちへの怨念から密かに父性殺しの衝動を隠し持っていた人物からの、イワンへの圧力を込めた意図的なアプローチを意味したかもしれないのである。イワンがこだわる「罪の連帯性」という観念は、実はスメルジャコフにとっては、差別意識に苦しめられたこの義兄弟との、人間的な平等を実感できる魅力的なキーワードであり、復権をもたらす梃子であったかもしれない。

裁判の場面で登場する慧眼の弁護士フェチュコーヴィチは、ドミトリーの弁護人の立場からの厳しい指弾とはいえ、スメルジャコフの意識を内側から的確に把握していたというべきであろう。弁護士によれば、スメルジャコフはイッポリート検事が指摘したような「知能薄弱」、「臆病」な性格ではない。反対に「ナイーブさの陰に隠された恐るべき猜疑心をいだき、きわめて多くのことを見抜く知力を持っている」。弁護士の印象によれば、この男は「強い悪念と、度外れの巧名心、復讐心、猛烈な嫉妬心の持ち主」であり、弁護士が得た情報によれば、スメルジャコフは「自分の出生を憎んでいて、それを恥ずかしく思い、〝スメルジャシチャヤから生まれたこと〟を歯ぎしりしながら思い起こしていた。子供時代の昔の恩人である従僕のグリゴーリイ夫妻に対しては敬意を示さなかった。ロシアを呪い、嘲笑していた。彼はフランスへ去って、フランス人になることを夢見ていた」（一五・一六四）

また弁護士はスメルジャコフが自分をフョードルの私生児と考えていた（その事実もあるとし）、また嫡出子の他三兄弟との差別を憎んでいた可能性があるとのべ、この青年の自殺が絶望からのものので、恨みと憎悪の結果であると指摘した。（一五・一六六）

フェチュコーヴィチ弁護士によるこうしたスメルジャコフ評は、本質的に筆者の視点と共通している。すなわち、出生や子供時代の生育にかかわる記憶、思い出が損なわれた結果、人間形成がはなはだしく歪められたという認識である。

『カラマーゾフの兄弟』の基本的主題である「子供時代の記憶・思い出」の認識、さらに「両端のある棒」（「両刃の剣」）の比喩を用いての心理の精神分析的手法への批判などから見ても、フェチュコーヴィチ弁護士は、「自殺者への祈り」をすすめるゾシマ長老とともに、語り手（二次的作者）の視野の外に臨在する、「隠れた一次的作者」（ドストエフスキー自身）の視点の存在を読者に感じさせるものといえる。

さて、先述の山城氏の「スメルジャコフを愛することができなければ、《……》アリョーシャを理解することができない」、「スメルジャコフの苦しみに全幅の共振ができて初めてカラマーゾフの全スペクトルを理解したと言える」という言葉にせよ、ヴィトゲンシュタインの「彼は深い、このキャラクターのことをドストエフスキーは知り尽くしていたのだ。彼はリアルだ」という言葉にせよ、まず第一に、スメルジャコフという若者の素顔、彼の置かれた現実を振り返ることなくしては、論は始まらないはずである。その意味からも私はこの人物の現実をその内側の意識から探り出す必要を感じ、語り手の叙述の視点、アリョーシャの態度を、小説の思想的主題に照らして再検討してみた。それはいわば、小説の主題の倫理的側面からの考察であった。

語りのスタイルにおいて、なぜスメルジャコフだけが差別化されて、客体化のベールをかけて描かれ、作中の人間関係模様において主調音を奏でるアリョーシャもまた、この義兄弟に対してだけは一貫して無関心を押し通したのか、この疑問は依然として残る。この倫理的疑問を解くにはやはり別の補助線を引く必要があるのではないか。そこには、いうならば倫理的要請と芸術的、美学的要請のアポリアがあるのではないか。

この父親殺しを中心的な事件とする小説で、仮にアリョーシャがスメルジャコフに同情を寄せ、理解し、兄弟的に接していたならば、事件は起きなかったであろう。そうすればイワンの壮大な思想的テーマもドミトリーの劇的な信念更生の物語も、現存する形では成立しえなかったであろう。いうならば、この一編の小説が成立するためには、その骨格として、山城氏のいう「アリョーシャとスメルジャコフの左右対称性」が前提として美学的に必要とされたのだ。アリョーシャとスメルジャコフは、善と悪の二元論的緊張の両極であって、倫理的な意味で交叉することは、美学的原理には背くものであったのだろう。ここでは芸術として、倫理的要請よりも美学的要請の原理が優越したにちがいない。

イワンの悪夢に登場する悪魔がいうには、自分は善人で否定は苦手なのだけれど、宿命によって否定を運命づけられている。事件がないと世に中は退屈だというので、いやいやながら事件の種になるようなことをしている。

「もっぱら職務と自分の社会的立場のゆえに、私は好ましい瞬間を自分の内部に圧し隠して、汚らわしい事態にとどまるように強いられているのだ。善の名誉は誰かがすべて横取りし、ぼくに残さ

れているのは、汚らわしさの集積だけなんだ」（一五・八二）

悪魔のこうしたくり言、訴えの背後に二重写しの映像として浮かびあがるのは、スメルジャコフの姿ではないだろうか。彼は自分の運命を支配する決定論的な力に、徹底的に反抗しようとした。しかし彼にはその自由意志は許されなかった。彼はあくまで人間の関係性の磁場からはじき出され、小説構成上の美学的要請によって、否定的な悪魔的存在としての役割に終始せざるをえなかった。彼はひたすらドラマの欠くべからざるファクターとして、歯車として、物語の活性化、主題展開のために奉仕せざるを得なかった。悪魔にいわせれば、自分が「ホサナ（神への讃歌）」を叫んだら「たちどころに世の中のすべてが消えうせ、いかなる事件も起こらなくなってしまうだろう」。同様に、スメルジャコフの人間性は小説の筋立てのために犠牲とされ、甦生の道は絶たれ、悲劇的な生を終えざるを得なかった。スメルジャコフの自殺の悲劇は芸術と倫理の永遠のアポリアに位置づけられるのかもしれない。

註

1　二〇一〇年十一月二十七日の第二〇一回例会で、私は「父親殺しにおけるアリョーシャ・カラマーゾフの罪」と題して報告した。これは、その年の六月十三―二十日にイタリアのナポリで開催された第一四回国際ドストエフスキー・シンポジウムでの報告：«Вина Алеши Карамазова перед

Смердяковым в отцеубийстве» を基にしたもので、あえて同じタイトルを使って、«вина Алеши» を「アリョーシャの罪」と訳したのであったが、例会会場での反応から感じたのは、ロシア語での「罪」（«вина»）は、「責任」「落ち度」「過失」「原因」など、幅の広いニュアンスを含むのに対し、日本語の「罪」の語感では、ロシア語での原罪の「罪」«грех»、法律上の「罪」«преступление»とも混同して受け取られ、釈然としない印象をあたえるのではないかということだった。それで意味を明確するために「咎」と改めることにした。広辞苑によれば、「責任を負うべき過失、あやまちの場合に「咎」、法律上罪となる場合に「科」と書き分けることがある」

バフチンの以下に紹介する論述は、読者がドストエフスキーを読み解く上での、基本的な視点を提供してくれていると、私が確信するポイントである。この私の論稿を理解していただくためには、ぜひ注意して、ご一読いただければ幸いである。

「作品の作者というのは、作品の全体の中にのみ存在するのであり、その全体のある強調された場面とか、ましてや作品の全体的な内容から切り離された部分に存在するのではない。作者が存在するのは、内容と形式が緊密に融合した局面で、強調するために抜き出すことは出来ない要所であって、私たちが作者の存在を何よりも感知するのは、その形式においてである。文芸学は、通常、全体の内容から抜き出した場面に作者を求めようとし、それと作者、すなわち、一定の時代の、一定の伝記と世界観をもった人物とを安易に同一視させている。それにともない、作者の姿は実際の人間の形象とほとんど交じり合ってしまっている。

　真の作者というものは形象となりえない。なぜならば、彼は作品中のあらゆる形象、すべての形あるものの創造者だからである。それゆえ、いわゆる作者像というのはその作品の複数の形象の一つに過ぎない（もっとも、特殊な種類の形象であるが）。画家はしばしば絵に（端っこの辺りに）自分を描き、自画像さえも書き込む。しかしその自画像に私たちは作者そのものを見るわけではない（見てはいけない）。いずれにせよ、作者のほかのどの作品でも見る以上のものではない。作者が最もよく明らかになるのは、その作者の優れた画面の中である。創造する作者は、彼自身が創造者である領域で創造されることはありえない。それは natura naturans（産み出す自然）であって、natura naturata（産み出される自然）ではないからである。私たちが創造者を見ることができるのは、その創造の中であって、決してその外においてではない」（M・バフチン「人文科学の方法論に寄せて」）M.Бахтин: «К методологии гуманитарных наук» // Эстетика словесного творчества М., Искусство, 1979.// c.362-363

「作者像の問題。（創造されえない）一次的作者と（一次的作者によって創造された作者像である）二次的作者。一次的作者は natura non create qeae creat（創造し、創造されない自然）であり、二次的作者は natura create quae creat（創造され創造する自然）である。主人公の形象は natura create quae non creat（創造され創造しない自然）である。一次的作者は像になりえない。それはあらゆる形象のイメージからすり抜けてしまう。私たちが一次的作者を形象としてイメージしようとすると、私たち自身がその像を創り出す、つまり私たち自身がその像の一次的作者になってしまう。創造する像（つまり一次的作者）は、彼によって創造されたいかなる形象にも入らない。一次的作者の言葉は作者自身の言葉とはなりえない。それはより高次の無人称の何ものか（学問的論証とか、実験とか、客観的資料とか、霊感とか、啓示とか、権威など）による浄めを必要とする。一次的作者は、もし直接の言葉で発言するならば、単純に作家ではありえない。作家の人称においては、何も言えないからである

（作家は時事評論家、倫理家、学者などに変身してしまう）。それゆえ、一次的作者は沈黙と化す。しかしこの沈黙はさまざまの表現形式、緩和した笑い（アイロニー）や寓意その他のいろんな形式をとることができる」（「一九七〇―一九七一年のノートから」）М.Бахтин. «Из записей 1970-1971 годов» // Эстетика словесного творчества М., Искусство, 1979.// С. 353-354

3 Belknap R.L. The Genesis of The Brothers Karamazov. Northwestern Univ. Press, 1990. pp. 79-80.

4 ibid., p. 82.

5 スメルジャコフのこのせりふは、ドストエフスキーが子供時代から深く感銘を受けていた旧約聖書の「ヨブ記」に見られるヨブの神に対する抗議のせりふ「なにゆえにあなたはわたしを胎からだされたか。わたしは息絶えて目に見られることなく、胎から墓に運ばれて、初めからなかった者のようであったなら、よかったのに」（『旧約聖書』一〇章一八―一九節、日本聖書教会、一九五五年改訳版）を連想させ、いや、これに匹敵する、それ以上の気迫さえ感じさせられる激烈なものである。

6 Goldstein V. Accidental Families and Surrogate Fathers: Richard, Grigory and Smerdyakov //Edited by R.L. Jackson. Northwestern Univ. Press. 2004. pp. 90-106.

7 П.Фокин. На кухне Смердякова // Достоевский и мировая культура. № 17. М., 2003. С.402-403.

8 鞭身派（フルィスティ、хлысты）は十七世紀の教会分裂の頃からの古いセクトで、創始者はダニーラ・フィリッポフという農民であったが、儀式の際に手や鞭（フルィスト）で叩き合うことから「鞭身派」と呼ばれた、集団恍惚の状態で、しばしば性的放縦にいたった。去勢派（スコプツィ、скопцы）は鞭身派から分かれた派。禁欲を唱えながら、実際には淫乱がはびこっていることに疑問を感じた逃亡農奴アンドレイ・ブローチン（別名、コンドラーチ・セリヴァーノフ）が、禁欲を徹底させるために、去勢を教義の中心としたセクトを十八世紀七〇年代に始めた。十九世紀には、両替商を中心とする富裕商人や貴族の間にも広がった

9　Н.Б.Рогова. Идея духовного «отечества» и «братства» в романе «Братья Карамазовы» //. Достоевский и мировая культура. № 19. СПб, 2003. С.196.

10　イワンが使う、「人間同士の罪の連帯性」（«солидарность в грехе между людьми»）という言葉の、「罪」（грех）と「連帯性（ソリダルノスチ）」（солидарность）という語の結合には、妙な親和性と同時にある種の違和感が感じられてならない。「罪」（грех）は本来アダムとイブの「原罪」に由来するものであるが、これを人間の避けがたい宿業としてとらえる見方は、カトリック的であるらしく、「原罪」の概念の創始者・聖アウグスチヌスによるnatura（自然）とgratia（恩寵）の対立概念に根ざしていて、両者を調和的に感受する正教的概念とは相容れない。「人間同士の罪の連帯性」（«солидарность в грехе между людьми»）というイワンの用語は、多分にラテン的、カトリック的文脈から出てくるもので、ゾシマ長老のいう「自分を人間的な罪全体に対して責任ある者としなさい。友よ、それは真実その通りなのですからね。なぜなら、自分を全てのことと全ての者に対してまことに責任ある者と考えた途端に、それはまさしくその通りであって、自分こそ全ての者とすべてのことに罪があるということをすぐに覚るはずです」（14: 290）という言葉の背景には、「連帯性」というより、「事物の本質はこの地上では理解できない」というコスミックな、神秘主義的感覚が基底にある。「罪」（грех）をめぐるこの両者のコントラストは、旧約「ヨブ記」の主題に対応しているのではないかというのが、私の仮説であり、稿をあらためて論じたいテーマである。

参考文献 - С.Капилупи. «Концепция первородного греха на западе и востоке» (Вестник Русской христианской гуманитарной академии. 2011. Том 12. Выпуск 2)

Статья «грех первородный» из «Православной энциклопедии». Электронная версия. Церковно-научной центр «Православная энциклопедия», 1998 — 2014

三、仮の作者と真正の作者
――『カラマーゾフの兄弟』の序文「作者より」の意味するもの

このところ私の関心はドストエフスキーの作者像の問題に集中している。きっかけになったのは、二〇〇〇年代初めから、日本やロシアのマスメディアにおいて、大衆の低俗趣味に訴えて商業目的を実現するための、俗流フロイト主義的な作品解釈、作家像の描写が大手を振って流行現象となったからである。私はこの間、二〇一一年の北京での国際学会や二〇一三年のモスクワでの国際シンポジウムで、これらの現象を批判し、また「ドストエーフスキイの会」の会誌「広場」その他で批判を続けてきた。本書掲載の一連の論文は、その成果である。

先ごろの論文で私は、一九三〇年代から一九八五年頃まで、いわば小林秀雄に重なる時代の内外の代表的なドストエフスキー論者たちは、人間を客体化して論じるフロイト主義的精神分析に共通して批判的で、またバルザックに代表される十九世紀的リアリズムとは異質なドストエフスキーのリアリズムの本質を探ろうとしていたことを明らかにした。その論究の延長上に、私には新たなテーマが浮上してきた。それは「作品内の作者」と「作品圏外の作者」、あるいは「仮の作者」と「真正の作者」という問題である。

まず注目されるのは、晩年の二作品『カラマーゾフの兄弟』と『おとなしい女』には、作品の序文「作者より」（«от автора»）が付されていることである。しかしそれはこの二作品に限られることで、『死の家の記録』の場合は文字通り「序文」（«введение»）であり、『地下室の手記』の冒頭の作者の言葉は、序文ではなく脚注であって、しかも「作者より」（«от автора»）ではなく、「フョードル・ドストエフスキー」（«Федор Достоевский»）という作家の実名が記されている。その他数ある作品には、こうした前書きの類はない。

こうした事情に気づく以前に、私は『おとなしい女』を分析した時に、一つの疑問をいだいていた。前書き「作者より」（«от автора»）によれば、自殺した妻を前にして、主人公は妻の死の原因を

「少しずつ実際に事態を自分に明らかにしていって、〈思想を一点に〉集めていく。自分で呼び起こした一連の思い出が、ついに彼を真実へと、否応なしにいたらしめる。真実が彼の頭と心を高めていく《……》不幸な男に対して、真相がかなりはっきりと、少なくとも彼自身にとっては決定的な形で現れてくる」（傍点部―ロシア語原文ではイタリック）（二四・五）

物語の結末で主人公がたどりつく境地を、「作者」はこのような希望的観測をもって記しているにもかかわらず、実際に主人公が行きついた先はそのような鮮明な意識ではなく、袋小路だった。彼は自分の悲劇の原因を「運命のアイロニー」のせいにする。彼が抗議するのは「沈滞した暗愚な力」（«мрачная косность»）であり、「自然」（«природа»）であって、彼を取り巻く状況は死と沈黙である。

「何もかも死んでいる。どこも死人だらけだ。ただいるのは人間だけで、そのまわりは沈黙――こ

れが地上だ！〈人びとよ、たがいに愛し合いなさい〉――こんなことをいったのは誰だ？」（二四・三五）

序文の「作者」の言葉にもかかわらず、主人公は自分がこのようなどんづまりにいたった原因、事の真相を理解できていない。しかし読者の目にはこの主人公が「地下室の意識」の持ち主であることが、くっきりと浮かび上がってくる。それを可能にしているのは、作品圏外のもう一人の作者の存在ではなかろうか。作品内の仮の作者の上位に立つ作品圏外の作者の存在がここに想定される。

序文の仮の作者は、妻との関係をひたすら自己弁護する主人公の告白を速記スタイルで追跡しているだけである。

「一部始終を記録した速記者（それを受けて私が記録を仕上げた）という仮定が、すなわち私が物語にふくまれる幻想的なものと称するゆえんのものである」（二四・六）

仮の作者は主人公の心理的プロセスを記録する役割にとどまり、主人公・質屋の妻に対する自己中心的なふるまいの本質を理解していない。それを意味づけるのは、「地下室の意識」とはどのようなものかを洞察できる読者にゆだねられている。主人公の「不幸な意識」の理解に読者を導くのは作品の圏外にいる創造主たる作者である。それはV・スヴィテルスキイの言葉によれば、「構成を通して、主題構成の構造を通して自己を表す」存在である。[1]

作品内の仮の作者と圏外の創造主としての作者の問題に、私が再び直面したのは、スメルジャコフに対するアリョーシャの態度を考察した時のことであった。このテーマで私は二〇一〇年六月のナポリでの第一四回国際ドストエフスキー・シンポジウムで、「父親殺しにおけるスメルジャコフに対するアリョーシャの罪」（«Вина Алеши Карамазова перед Смердяковым в отцеубийстве»）と題して報告した。この時はアリョーシャとスメルジャコフの関係性の欠如の原因を、倫理上の要請と芸術上の要請のアポリアというような説明に終わらざるをえなかったが、本論ではこの問題を「作品内の仮の作者」と「作品圏外の作者」という新たな視点から考察しなおしてみたい。

まず『カラマーゾフの兄弟』の序文「作者より」で登場する作者は、『おとなしい女』の作者と同様に、真正の作者といえるかどうかである。ここで注目したいのは、V・ヴェトロフスカヤが一九七〇年代末に公刊した『小説「カラマーゾフの兄弟」の詩学』という著書である。[2]著者はこの小説の叙述のスタイルに聖者伝やフォークロアの影響、哲学的・社会評論的伝統の影響が見られることを指摘していて、語り手、叙述者、すなわち名目的な「作者」の虚構性を論証し、語り手的仮の作者の人物像さえ素描している。それによれば、この語り手は作中の他の人物たちと同じ町に住んでいる地方人で、モラリストで、聖者伝の語りのスタイルを模倣し、教訓的でありながら、現代の知識人風の理論装備をした理屈屋等々と特徴づけられている。

ところで、序文の「作者から」の言葉を、作家フョードル・ドストエフスキーその人の声と見なす見方は現在も支配的であって、現存する小説は第一部にすぎなくて、作者が存命であったら書かれるはずであったより重要な本編（第二部）の導入部であるとする説があたかも定説のように理解されている。そこで作者に成り代わって続編を構想する人物すら登場することになる。

続編の核心は、一八八〇年代の有力なジャーナリスト、スヴォーリンが晩年のドストエフスキーに聞かされたとかいう話で、第二部の本編で、アリョーシャは革命家になる、ないしは革命組織に関与するといった説である。この問題についての、現代ロシアの代表的な二人の研究者の見解はどうか。一つは『ドストエフスキー・便覧事典』の編集者Ｇ・シチェンニイコフの見解である。

「ある種の研究者はこの証言（スヴォーリンの）を実際のプランとして受け入れている。ドストエフスキーの構想がいかに頻繁にめまぐるしく変化したかはよく知られていることだ。この「プラン」の実現可能性は大いに疑わしい。アリョーシャと革命家はあまりにかけ離れているばかりか、むしろ、決定的に対立する存在であるからだ」[3]

Ｖ・ヴェトロフスカヤもこの説をはっきりと否定する。

「主要主人公（アリョーシャ）を神人アレクセイと結びつけたドストエフスキーが、その人物像の意味をまったく改変して、聖人から革命家を作り出すとは、この上なく奇妙なこと（ありえなくはないにしても）に思われる」（一九二）[2]

語り手的作者のねらいは、「アレクセイ・カラマーゾフの伝記」を書くことであると、序文で明言されている。そのねらいからすれば、スメルジャコフに対するアリョーシャの態度を決定づけたのは、おそらく、彼の教訓的な傾向にちがいない。この語り手的作者の傾向性については、ヴェトロフスカヤが前述の著書で詳しく分析している。哲学的社会評論のジャンルの要素を持つこの小説では、神的原理とサタン的原理の敵対は避けがたく、その対立関係においては、スメルジャコフはカラマーゾフ三兄弟の三位一体の世界とは別種の世界に属さざるをえなかったのだろう。

それにしても、もしアリョーシャが、語り手的作者によって、古代聖者伝の神人アレクセイにあやかって、人々への無差別の愛を示した人として描かれた（ヴェトロフスカヤの見解）とすれば、芸術的リアリティの視点から見て、一つの疑問が湧く。それではなぜアリョーシャは一貫してスメルジャコフを無視し続けたのかということである。

スメルジャコフが自分の運命について、マリヤ・コンドラチエワにぶちまける苦い告白を、近くのあずまやでアリョーシャに立ち聞きさせ、さらに、スメルジャコフ自殺の知らせを受けて、誰よりも早くアリョーシャを現場に駆けつけさせたのは、誰だったろうか、仮の作者＝語り手か、それとも作品の圏外の作者か。

アリョーシャはスメルジャコフに対して心を開いた態度で接するのを、作者によって、固く禁じられているように見受けられる。そこには語り手的仮の作者の明らかな傾向性が感じとれるのではないだろうか。

スメルジャコフ自殺の後、アリョーシャが心配するのは、イワンとドミトリーの運命についてだけで、こう書かれている。

「眠りにつきながら、ミーチャのこと、イワンのことを祈った。《……》スメルジャコフが死んだとすれば、イワンの供述を信ずる者はいない。しかし、彼は進み出て証言するであろう！　アリョーシャは静かに微笑んだ。——神様が勝利なさるだろう！——と彼は思った」（二五・八九）

スメルジャコフの自殺に関連して、もう一つの事実に目を向けよう。それはアリョーシャが記録したゾシマ長老の「法話と説教」のなかの言葉で、長老は自殺者のために祈ることを薦めているのである。

「この世で自らの命を殺めた者こそ悲し！　自殺者こそ悲し！　彼ら以上に不幸せな者はいないと思う。彼らのことを神に祈るのは罪だと聞かされている。教会も表向きは自殺者を拒んでいる。しかし、私はひそかに心の奥では、彼らのために祈ってもよいと考えている。愛の表現にまさかキリストさまもお怒りにはならないだろう」（一四・二九三）

長老は、生涯を通じて自殺者たちのために心で祈り、今なお毎日祈っていることを告白する。長老のこの言葉はアリョーシャに向けられた忠告ではなかろうか。

ここに響いて聞きとれるのは二つの声である。一つは仮の作者の声で、もう一つは作品圏外にいる作者＝創造主の声である。同じような事情は、検事イッポリートと弁護人フェチュコーヴィチのスメルジャコフ評価をめぐっても現れる。検事イッポリートは、語り手的作者と同じ町の住人であって、ジャーナリズムで名を売ろうとしているゴシップ屋ラキーチンの友人である。検事はカラマーゾフ家の悲劇についての見解ではラキーチンの説を踏襲しており、スメルジャコフの人物像についても皮相な観察にとどまっている。彼によれば、スメルジャコフは頭の弱い、臆病者の下男で、イワンの嘲笑とドミトリーの圧力にじっと耐えている若者である。ところが、弁護人フェチュコーヴィチのスメルジャコフ評価はこれとはまったく異なる。

弁護人によれば、スメルジャコフは「性格、度胸から見ても」検事の論告にのべられているような、弱い人間ではない。とりわけ、「臆病者」というのは当たらない。この人物は「強い悪念と、度外れの功名心、復讐心、猛烈な嫉妬心の持ち主」（一五・一六四）である。弁護人が得た情報によれば、スメルジャコフは自分の「出生を憎悪していて、自分がスメルジャシチャヤから生まれたことを、思い出しては歯ぎしりし、恥じていた」。そして自分をフョードル・パーヴロヴィチの私生児と見なしていた。「その事実の証拠がある」と弁護人は括弧でわざわざ念を押している。そして「嫡出子と比べて」自分の立場に差別があると感じていた。彼はロシアを呪い、フランスに移住してフランス人になることを夢見ていた。スメルジャコフの性格を弁護人はこうのべる。「自分以外の誰も愛せず、途方もなく自尊心が強かった」（一五・一六四）

弁護人フェチュコーヴィチの語る情報と印象は、アリョーシャのいるあずまやの傍らのベンチで、スメルジャコフがマリヤ・コンドラチエワに告白する場面に臨場した読者が聞きえた情報と完全に一致する。

アリョーシャには、スメルジャコフの身の上に率直に反応するのを、作品内の教訓的な作者によって厳しく禁じられている以上、スメルジャコフの真の姿は、作品圏外の作者に依頼されたフェチュコーヴィチによって描かれることになる。この有能な弁護人の情報は、全体として、推理小説風に仕立てられた事件の顚末の本質を正しく伝えるものであるにもかかわらず、作品内の語り手的作者の仲間であるイッポリート検事の弁舌のほうがより声高に、より説得力があるように響く。

スメルジャコフのテーマを、フェチュコーヴィチの発言に基づいて見るならば、それは小説の中心主題である「偶然の家庭」のテーマと固く結びついている。そしてこの若者の不幸は他の三兄弟の不幸よりも深く、より悲劇的であるとさえいえる。フェチュコーヴィチはスメルジャコフの「絶望」、「毒念と非妥協的な」絶望（一五・一六六）、いいかえれば「地下室の意識」をこの人物に洞察しているのである。

スメルジャコフの絶望がどれほど深いものであったかは、次の事実が物語る。

マリヤ・コンドラチエワへの告白で、スメルジャコフは実に陰鬱で苦い言葉を吐く。「この世に生まれてこなくてもすむように、母親の胎内で自殺させてもらいたかった」（一四・二〇四）

スメルジャコフのこの言葉に匹敵するものとして想起されるのは、旧約聖書のヨブの言葉であろう。「なにゆえにあなたはわたしを胎から出されたか。私は息絶えて目に見られることなく、胎から墓に運ばれて、初めからなかった者のようであったなら、よかったのに」（『旧約聖書』一〇章

一八―一九節）

スメルジャコフの告白に響くのは、真の生への復活の希望を完全に失った深い絶望である。弁護人のフェチュコーヴィチはスメルジャコフへの同情心を示しはしないものの、この人物の性格についての鋭い観察によって、この若者もまた「偶然の家庭」の犠牲者、貴族の旦那の放縦の極み、無責任きわまりない父親の行動の犠牲者であることを読者に理解をさせてくれる。

弁護人がこうのべるのもうなずける。「殺されたカラマーゾフ老人のごとき父親は父親と呼ばれるに価いしない。父親によってふさわしいものとされえない父親への愛は、ばかげたもので、ありえない」（二五・一六九）

さらに彼は次のような、意味深長な、決定的な見解すら表明する。

「このような殺人は父親殺人ではありえない。いや、このような父親の殺人は父親殺しとはいえない。このような殺人を父親殺しとするのは、偏見にすぎない！　実際にこの殺人はあったのだろうか、あったのだろうか、そう心の底から、くり返し、くり返し、私はあなたがたに訴えかける」（二五・一七二）

フェチュコーヴィチのこの解釈に立つならば、この小説を俗に「父親殺し」の小説とする見方には大きな疑問符がつく。弁護人のこの言葉には、まったく別次元、別の審級からの声のイントネーションが響いている。そこには作品圏外の真正の作者、すなわち、『未成年』や「作家の日記」の一連の評論で、社会問題としての「偶然の家庭」現象を論じ、その原因たる父親の無責任を糾弾してきた作家フョードル・ドストエフスキーの存在が感じとれる（本書第４章一「思い出は人間を救う」参照）。その視野ではフョードル・パーヴロヴィチ・カラマーゾフの私生の息子スメルジャコフも他の三兄弟と同等に、同じ父親の犠牲者として認識されている。作家はここではまぎれもなく弁護人と同化し、自分の傾向性を表明しているのである。

作者の存在の二重性がもたらすこのような複合化した状況の一端を、ヴェトロフスカヤの次のような分析が解き明かしてくれる。

「作者は、作中人物たちの間で暮らし、彼らの運命に関心を持つ語り手に物語りを任せながらも、同時に思想的に分離することは許さない。そのことによって、作者は自分の人称で語るのにも劣らない傾向性を保ちつつ、芸術的な効果をものにするのである」（二二）[2]

こうして、『おとなしい女』と『カラマーゾフの兄弟』の読者には序文の仮の作者、すなわち語り手と作品圏外の真正の作者とを区別することが求められるのである。

ここで、作家晩年のこの二作品の序文「作者より」に似通った印象をあたえる『地下室の手記』の作者の脚注に目を向けてみよう。この注の筆者は「作者より」ではなく、「フョードル・ドストエフスキー」と実名で記されている。これは意味深いことで、作者と地下室の主人公と同一視してもらいたくないという、作者の明白な意志表明であり、読者への警告と受けとることができる。

にもかかわらず、この作品ほど作者の伝記と結びつけて議論されたものはなかった。その代表がレオ・シェストフの見解で、人道主義的理想に幻滅したシベリア流刑後のドストエフスキーその人の告白と解釈し、ヨーロッパでも日本でもそうした説が広まった。一九三〇年代、軍国主義的思想統制が強化されるなかで、政治的転向を迫られた日本の知識人の心理にその解釈は沁み透った。

この時期でさえも、地下室の主人公と作者ドストエフスキーを同一視する読みの間違いを指摘する論者はいた。その一人がイギリスの政治思想家で歴史家のE・H・カーである。彼は、ミドルトン・マリなどを含めて多くの批評家たちが、「『手記』は彼の魂を打ち砕くような体験の記録である」としていることに対して、「この説は、明白な虚構の作品の中に自伝の資料を求める危険な例証である」（一六五[4]）と指摘した。そして、その証拠として、兄ミハイル宛の手紙でドストエフスキーが、キリストへの信仰の必要をのべた重要な個所が、検閲によって削られたとこぼしていることをあげ、「これは懐疑と反抗の試練を経過した人間のいうことではない」とし、この作品は「チェルヌイシェフスキーの唯物論的倫理学に対して宗教的正統主義を擁護している」（一六六[4]）ものと評価した。

このイギリスの評論家に多くを学んだといわれる小林秀雄もシェストフの論を「詐術」と断じ、地下室人に、「絶望と戯れる以外に生きる道がないといふ自覚が絶望のうちに逸楽を発見する」（六・一二八―一二九）、キルケゴールのいわゆる「傲慢な絶望」、ヘーゲルのいわゆる「不幸な意識」を洞察した。そして主人公の「絶対的な不幸」を見抜いたリーザの眼こそ「作者の眼なのである[5]」とのべた。このように、真正の作者・作家像をとらえるには、読者の炯眼が求められるのである。

ドストエフスキーの創作における、作者の位置についての、現代のロシアの研究者による先端的な見解はどうか。

それは『ドストエフスキー・便覧事典――美学と詩学篇』で、V・スヴィテルスキイとN・ジヴォルーポワによって集約的に表現されているといえよう。

「ドストエフスキーの小説の芸術的システムにおいては、作者の位置は、つねに作品のトータルな意味を補完する〈仮想現実〉のごときものとしてあって、多種多様な形で現象する。作者の立場や主題、もしくは語りの解釈を作者の実在の領域として解釈することは正しくない。なぜなら作者の立場はまさしく作品の複数の意味のシステムとして現れるのであり、その際、小説のフォームの諸関係こそ、作者の芸術的能動性の実際の発現なのである」（六九）[6]（傍点部―原文ではゴシック）

これはジヴォルーポワの執筆になる「作者の位置」の項目の記述である。

註

1　В. А. Свительский. «Достоевский. Эстетика и поэтика　Словарь-справочник», сост. Г. К. Щенников. Челябинск, 1977. С. 61

2　В. Е. Ветловская. « Поэтика романа «Братья Карамазовы». Л., Наука. 1977.

3　Г. К. Щенников. «Достоевский: Сочинения-Письма-Документы Словарь-справочник», сост. Г. К. Щенников, Спб, 2008. С. 40

4　E・H・カー『ドストエフスキー』中橋一夫・松村達雄訳、社会思想研究会出版部、一九五二年。括弧内は頁。

5　「ドストエフスキーの作品」―『新訂小林秀雄全集　第六巻』新潮社、一九七八年、一三三頁

6　«Достоевский. Эстетика и поэтика　Словарь-справочник». Челябинск, 1997. С.69

第４章　追憶の意味と宗教的思索

一、「思い出は人間を救う」
——ドストエフスキー文学における子供時代の思い出の意味について

ドストエフスキーの創作全体を通じて、自然描写がきわめて少ないことに、私たち読者は気づく。とはいっても、自然や田舎と結びついたロシアの生活の印象深い描写がまったくないわけではない。それは例えば、『貧しき人々』の女主人公ワルワーラの少女時代の田舎の思い出であり、また『虐げられし人々』の語り手イワン・ペトローヴィチの、ワシリエフスコエ村の生活についての思い出であり、『作家の日記』の「百姓マレイ」の章における、ダラヴォーエ村での、作家自身の自伝的な思い出にかかわる描写である。これらすべては、少年フョードル・ドストエフスキーが多感な十代の初めを過ごした父親の領地ダラヴォーエ村の思い出と、おそらく、強く結びついており、それらは作品の主人公や語り手の追憶のプリズムを通して伝えられている。

ドストエフスキーの作品では、ツルゲーネフやトルストイに見られるような、自然そのものの客観的な描写といったものはほとんど存在しない。その描写は作中人物ないし語り手の主観のフィルターを通して、ロマンチックな、あるいはセンチメンタルな情緒に染め上げられている。『貧しき人々』のワルワーラは少女時代の思い出のなかで、次のようにのべる。

「太陽はあたりを明るい光で照らしており、光線は薄い氷をガラスのようにひび割らせている。明るく輝いていて、浮き立つ気分！　暖炉ではまたもやぱちぱち音を立てて炎が燃え立ち、皆はサモワールの方に身を寄せて座る。夜中、凍えきった黒犬のポルカンが窓越しにこちらを覗きこんで、尻尾を愛想よく振っている。森へ薪を採りにいく百姓が威勢のよい馬にまたがって窓のそばを通り過ぎる。皆が満ち足りていて、とても楽しい気分！……　ああ、私の幼年期は何という黄金時代だったことでしょう！《……》

私はいま、思い出にふけりながら、まるで子供のように、泣きくれてしまいました。私はすべてを生き生きと思い出し、私の過去のすべてが目の前にあざやかに浮かびあがりました。ところが、現在はひどく色あせて、暗澹としています！……　行く末、どうなることでしょう、どういう結末が待ち受けていることやら？」（一・八四）（傍線―引用者、以下同様）

ワルワーラのこれらの言葉のなかには、ドストエフスキーの思い出に共通する二つの特徴が見てとれる。一、自然の懐に抱かれた過去の生活は黄金時代として思い出される一方、二、現在の生活は、色あせて、暗澹としている。この二つの側面のコントラストはドストエフスキーの思い出の状況の特徴ということができよう。

『虐げられし人々』の語り手的主人公イワンは、病で自分の余命が長くないことを意識しながら、田舎での過去の生活を次のように回想する。

「ニコライ・セルゲーヴィチが管理人であったワシリエフスコエ村の庭園や公園は何と素晴らしかったことか。私とナターシャはこの庭園へよく散歩にでかけたものだった。庭園の向こう側には、鬱蒼とした大きな森があって、私たち二人の子供は一度、道に迷ってしまったことがあった……美しい黄金時代！　人生がはじめて、秘密めいて、誘惑にみちた姿で現れ、それを知ることは、何とも甘美であった」（三・一七八）

『作家の日記』収録のエッセイ「百姓マレイ」では、少年時代にマレイとの出会いのエピソードを語りはじめるにあたって、作者はシベリアの監獄での自由のない拘禁された状態での心境を次のように回想する。

「すこしずつ私はすっかり忘我の境地に入り、いつの間にか思い出に浸っていた。監獄の四年間、私は自分の過去のすべてを絶え間なく回想し続けていた。そして、あたかも回想の中で、以前の自分の生活のすべてを、再体験したといってもよい。《……》こんどは、どういうわけか突然、私の最初の幼少期の目立たないある瞬間が突然に思い出されたのである。それは私がほんの九歳の時のことで、私とて完全に忘れていた瞬時のことであった」（二二・四七）

子供時代の体験が、少年の記憶に深く刻みこまれていて、気づかぬうちに、彼の人生の精神的な支柱になっていたことを、この一節は示している。続いて語り手は、マレイとの出会いの意味について語る。

「つまりその出会いは私の意志とは無関係に、私の心に自然と目立たない形で刻みこまれていて、必要だった時に、突然、思い出されたのであった。その貧しい農奴の農民の柔和な母性的な微笑み、彼の十字のペンダント、頭を振りながらの『あれまあ、坊ず、びっくりしちまったな』という彼の声が思い出されたのであった」（二二・四九）

ここで思い出されるのは、一八八〇年の『作家の日記』に見られる、プーシキンの『エウゲニー・オネーギン』のタチヤーナについての言及である。そこでドストエフスキーはタチヤーナに

「故郷との、故郷の民衆との、その聖なるものとの接触の感覚」があることを強調しながら、こうのべる。

「彼女の場合、絶望にあっても、自分の生活は滅びたという苦悶の意識にあっても、やはり何か彼女の魂が寄りかかることのできる確固とした揺るぎないものがある。それは彼女の子供時代の思い出、故郷の思い出、彼女の慎ましやかで清らかな生活が始まった片田舎の思い出である」（二六・一四三）

こうした記述から感じとれるのは、思い出、追憶というものに、ドストエフスキーが人間の人格を育み、形作る大きな力、人生の危機や絶望のなかにあってもその人を支える力、「魂が寄りかかることのできる確固とした揺るぎないもの」を見出し、深い意味をあたえようとしていることである。そうした魂の拠りどころとなるのは自然との接触や田舎の思い出にとどまらない。子供時代、少年・少女時代の家庭生活、出会い、幸せで楽しい出来ごとが人間の記憶に深く刻み付けられて、時を経ても人間を一定の行動に駆り立てる密かな動因となることに、ドストエフスキーは注目していた。

そのような一例が、『罪と罰』のカテリーナ・イワーノヴナの「賞状」である。小説ではそれが三度現れる。最初はマルメラードフの居酒屋での告白に登場する。

「賞状はいまだに彼女の長持ちにあります。つい先日も女将《おかみ》に見せていました。女将とは犬猿の仲のはずですが、せめて誰かになりとも自慢したかったのでしょうな、昔は幸せな頃もあったってことを、伝えたくて。わたしはそれをとやかくいいません、とがめたりしません。なぜって、それだけが彼女の思い出に残った最後のもので、ほかはすべて消えてしまったのですからね！　そうです

とも、まったく。激しやすくて、誇り高い、一徹な女ですよ」（六・一五）

彼女の「賞状」が二度目に現れるのは、マルメラードフの追善供養の場面である。カテリーナ・イワーノヴナは自分の「高貴な」素性、「いうならば貴族の出」であることの証拠として、それを自慢する。そして、それを根拠に、寄宿舎学校を作ることを夢見る。「賞状は今やカテリーナ・イワーノヴナが自分で寄宿舎学校を開設する権利を証拠だてるものとなるべきはずのものであった」（六・二九八）

三度目に現れるのは、カテリーナの臨終の場面である。

「どのようにしてこの〈賞状〉がベッドのカテリーナ・イワーノヴナの傍らに現れたのか？　それは枕のすぐそばにあるのだった。ラスコーリニコフはそれに気づいた」（六・三三四）

こうして見てくると、「賞状」はカテリーナにとって、少女の頃の思い出に残る「黄金時代」のシンボルであり、つねに屈辱の状態にあった自分の魂の拠りどころでもあり、名誉回復のための唯一の手がかりであったということができる。おそらく、同じような意味をもっていたのが、『地下室の手記』のリーザにとっての、かつて或る医学生から貰った手紙であったろう。彼女にそれを見せられた地下室人は、シニカルな人物であったにせよ、リーザの突発的な行動の意味を正当に理解したのであった。

「しかしいずれにせよ、思うに、彼女はその手紙を宝として、自分の誇り、自分の弁明として、一生涯大切に保管していくのにちがいない。それで今、こうした瞬間、自分で思い出して、私に向かって無邪気に自慢し、私に自分を見直してもらいたいとばかりに、その手紙を持ってきたのだ。私がその手紙を見て、私にほめてもらいたいばかりに」（五・一六三）

地下室人にとっては、思い出は全く別の意味を持っていた。『地下室の手記』の主題構成そのものが彼の生活についての思い出であり、しかも、「生ける生活」とは正反対の思い出である。反主人公である地下室人の言葉によれば、「我々みなが生活から離反してしまった《……》あまりに離反してしまった結果、本物の〈生ける生活〉に対してしばしば、嫌悪感のようなものさえ感じるにいたり、〈生ける生活〉を思い起こさせられる時には、たえ難くさえなるのである」(五・一七八)

ちなみに、地下室人において注目されるのは、彼には子供の時から家庭というものがなかったことである。彼はリーザに対してこう語る。

「ねえリーザ、僕は自分のことを話すよ。僕に子供の時から家庭というものがあったら、今のようにはならなかっただろう。僕はこのことをよく考えるんだ。家庭内がどんなにまずく行っていたとしても、やはり父と母だし、敵ではない、他人ではないのだからね。年に一度ぐらいは愛情を見せてくれるだろうよ。何といっても自分の家にいる気がするじゃないか。僕ときたら家庭なしで育ったんだ。だから多分こんな奴になった…… 感情のない人間に」(五・一五六)

子供時代の暖かい家庭の思い出が欠如した地下室人のこのような告白とも関連して、ドストエフスキーの作品において、思い出や記憶の意義を論じる際に、忘れてならないのは、その人物にとって、それが何かネガティブなもの、恥辱、苦しい悪夢としてさえ意味づけられる一連の主人公たちである。ドストエフスキーにあっては、思い出が肯定的な意味をもつ人物よりも、そのような否定的な意味をもつ人物のほうが、むしろ多いといってよい。例えば、『白痴』のナスターシャ・フィリッポヴナの娘時代の思い出は、トーツキイによる陵辱と恥辱に染められており、その後の彼女の矛盾した行動を導く一因を成している。「思い出を統御し、それに対して無関心たりうる」(一一・

二二）はずの『悪霊』のスタヴローギンも、最終的にはマトリョーシャの思い出に苦しめられる。『おとなしい女』の主人公・質屋は連隊での名誉失墜と除隊の暗い思い出に苦しめられ、その屈辱の過去が、おとなしい自分の妻に対する奇矯な暴君的な振る舞いにかりたてる原因となっている。

その意味でも、ラスコーリニコフが少年の目で見る鞭打たれる痩せ馬の悪夢も見逃せない。これは単なる夢ではなくて、主人公自身の経験に近いリアリティがあたえられている。

「彼は七歳ほどで、お祭りの日の夕方、父親と町外れを散歩している。灰色の時刻で、蒸し暑い日、その場所は彼の記憶にあるのとそっくりだった。記憶の中での場所はむしろ、いま夢に現れた場所よりもはるかに、ぼやけていたくらいである」（六・四六）

ラスコーリニコフのこの夢は、十五歳の頃、進学のためモスクワからペテルブルグへ行く途中、ドストエフスキー自身が実際に目撃した「伝書使にまつわる」事件の回想と結びついていて、一八七六年一月の『作家の日記』には次のように記述されている。

「このいまわしい光景は一生涯、私の記憶に残った。私は伝書使とロシアの民衆の中にある多くの恥ずべき残酷さを、忘れようとしても、どうにも忘れる事ができなかった。その後も長い間、その理由の説明をつけようとしたが、もちろんそれはもうあまりに一面的にならざるをえなかった。《……》その光景はいわば、シンボルのようなもので、原因と結果の関係をきわめて如実に明示する象徴ともいうべきものであった」（二二・二九）

筆者は続けてこう語る。

「わが国の子供たちはいまわしい光景を見ながら育ち、大人になるのである。子供たちは、百姓が力に余る荷物を載せてぬかるみに足をとられた自分の痩せ馬、養い親ともいうべき存在の眼のあたりを鞭でぶつのを見るのである。さらに最近目撃したことであるが、大きな馬車に子牛を十頭ばかり載せて屠殺場に運ぶ百姓が、自分は落ち着きはらって、馬車の上の子牛にまたがっている。彼はクッションのきいたソファーに座っているようで、楽チンだろうが、痩せ馬は舌を出し、目をむきだして、屠殺場に行き着かないうちに、こと切れしてしまいそうな様子だった。《……》このような光景は間違いなく人間を野獣化し、とくに、子供たちには退廃的な影響をあたえるであろう」(二二・二六―二七)

このように、ドストエフスキーは「思い出」に「原因と結果の関係」つまり「因果関係」を見出し、これらの結果が子供の教育、人間形成に及ぼす影響を強く憂慮したのである。

一八七六―一八七七年の『日記』で、ドストエフスキーはクロネベルグ事件、ジュンコーフスキーの夫妻の事件に関心を向け、同時に「偶然の家族」について論じている。その際、作家の論調の基準をなすのは、子供たちの印象や記憶が彼らの将来に及ぼす影響についてである。クロネベルグ事件(父親が七歳の娘をあまりに手ひどく折檻した)について、ドストエフスキーがシベリア流刑の可能性を含む父親への刑事罰の宣告の妥当性に疑問を呈したのも、子供の記憶にあたえる影響の観点からであった。

「問われるべきは、いまは何も理解のいき届かない子供であるこの娘のその心に、後になって、生涯にわたって、その後、彼女が一生豊かになり、〈幸せに〉なったとしても、何が残るであろうかということである。ご承知のように、家族の神聖を守るべきはずの裁判が家庭を破壊しないであろうか?」(二二・五一)

これにくわえてドストエフスキーが憂慮するのは、七歳の〈子供の秘密の素行不良〉が公衆の前に明らかにされて、「何かの痕跡が生涯通じて残りはしないか。それも心に残るだけではなく、もしや彼女の運命にも影響しはしないかということである」（二二・五一）
　ジュンコーフスキー夫妻の事件（十三歳、十二歳、十一歳の三人の子供を虐待した罪を問われたが、無罪とされた）に関して、ドストエフスキーはこのような犯罪はロシアの家庭では「ごくありふれた日常的なできごと」と見なされていると指摘しながら、そこに「怠惰な家庭の問題」を鋭く洞察している。そのような家庭の発生に責任があるのは、怠惰な父親である、と作家は指摘する。〈怠惰と無関心〉を産み出す〈社会の解体状況〉の時代にあっては、そのような父親のほうが、〈勤勉な〉父親よりも、数が〈はるかに多い〉。
「偶然の家庭」の発生について、作家はこう指摘する。「家族に対する父親たちの怠惰のもとで、子供たちはもう極端な偶然にまかされるのだ！　貧困、父親の心配ごとは幼年時代から、子供たちの心に、暗い情景、時として有毒きわまりない思い出として浮かび上がる」（二五・一八〇）
　ここで作家の関心はまたしても、記憶、思い出が子供の将来の人生にあたえる影響に向けられる。「子供たちははるか老年になっても、父親たちの心の狭さや家庭内でのもめごと、非難、にがい叱責、さらには彼らに対する呪いさえも思い出す《……》そしてその後も人生において長いこと、もしかしたら一生、その思い出の汚濁を緩和するすべもわからぬまま、自分の子供時代からは何一つ受けとることが出来ないで、そうした昔の人々を無闇に非難することになりがちである」（同）
　ドストエフスキーの憂慮はさらにその先の深刻な問題に触れる。
「そうした子供たちの多くは思い出の汚濁だけではなく、汚濁そのものを携えて人生に乗り出していく。わざとといっていいほどに汚濁を蓄えて、ポケットにいっぱいの汚濁を詰め込んで、旅立つのである。それというのも、後でそれを事にあたって利用するためで、しかも、その親のように苦しみ、歯がみしながらではなく、軽い気持ちでやってのけるためである」（同）

このようにして社会のモラルが低下するのを懸念しながら、作家はこう主張する。

「人間は肯定的なもの、美しいものの胚子を持たないで、子供時代を出て人生へと出発してはいけない。肯定的なもの、美しいものの胚子を持たせないで、子の世代を旅立たせてはいけない」（二五・一八二）

このようなわけで、一八七六―一八七七年の『作家の日記』の主要なテーマの一つは思い出、とりわけ子供時代の思い出の意味づけにあるといっても過言ではない。そしてこれは『カラマーゾフの兄弟』の主要なイデーの一つに対応しているのである。

カラマーゾフ家の「偶然の家族」のなかで、人間の将来の人生にとっての思い出、幼年時代の記憶の重要な意味を体現するのがアリョーシャである。それは幼児の時、彼の記憶に刻みこまれた母親の顔で、「彼はまだほんの数え四歳の時に母親に先立たれたが、母親の顔、愛撫を生涯、覚えていて、〈まるで母が私の前に生きて立っているかのようで〉あった」（一四・一八）ここで語り手は幼児の頃の思い出の深い意義について強調する。

「このような思い出は早い年齢、二歳頃からでさえも記憶に残り（このことは誰も知っている）、暗闇のなかの明るい点の群れのように、また巨大な絵の画面から破りとられた断片――その断片を除いて、全体が消え、消滅してしまった大きな画面の断片のように、生涯を通じて、ひたすら浮かびあがるのである」（同）

語り手はアリョーシャが修道院への道を選んだのにも、幼時の思い出がもたらした結果である可能性さえもほのめかす。「彼の幼時の思い出のなかに、母親に連れられて礼拝に行ったわが郊外の修道院についての何かしらが残っていた可能性がある。ヒステリー女の母親がアリョーシャを抱えて聖像画に向かって差し伸べた時に、聖像画に射しこんでいた日没の斜めの光線が影響したのかもしれなかった。もの思いがちな彼はその時、もしかしたら、ただ一目見るためにわが町にやってきた《……》そして――修道院で長老に出会ったのである」（一四・二五―二六）

このように、幼時期の思い出はアリョーシャの運命に影響したのである。ここで注目すべきは、この弟とは対照的に、兄のドミトリー、イワンには幼児期の思い出が与えられていないことである。アリョーシャと同じ母親から生まれ、三歳年上のイワンに母親の思い出がまったくないのは、奇妙とさえいえる。イワンの知的な精神構造から見れば、子供時代の思い出は意味を持ちえないということだろうか。

この論稿の最後に、『カラマーゾフの兄弟』の思想的な本質のある深い側面に注目しておきたい。それはドストエフスキーの人間学に関わる側面といってよい。ゾシマ長老は子供の時に聖書物語に出会ったことに関連させながら、こうのべている。

「両親の家庭から、私は大切な思い出だけをたずさえて巣立った。なぜなら、人間にとって、両親の家庭での最初の幼時期の思い出くらい貴重な思い出はないからである。それはほとんどいつもそうなのであって、家庭内にほんのわずかな愛と結びつきさえあれば足りるのである。もっとも劣悪な家庭の生まれであったとしても、大切な思い出というものは、本人の心がそれを探し出す力をもっているならば、心に保たれているものなのである」（一四・二六四）

ゾシマ長老のこの遺訓をあたかも実践するかのように、小説の最終場面で、アリョーシャは石のそばで少年たちに演説する。「良き思い出、とりわけ子供時代から、とりわけ両親の家から抱いてきた思い出くらい先々、生きていくうえで、貴重で力強くて、健全で有益なものはないのですよ。教育ということについて、君たちもいろいろ耳にするでしょう。子供時代から保たれてきた何かそのような美しい神聖な思い出こそが、おそらく、この上ない良い教育なのです。生きるに当って、もしそのような思い出を沢山集めえたならば、人は生涯にわたって救われるのです。例えたった一つの良き思い出であっても、私たちの心に残っているならば、いつかは、わたしたちの救いに役立つのです」（二五・一九五）

ここに私たちはドストエフスキーの最後の言葉「思い出は人間を救う！」というメッセージを聞く思いがするのである。これに続くアリョーシャ・カラマーゾフの亡きイリューシャ少年への追悼の言葉に耳を傾けよう。

「彼のことを決して忘れないようにしましょう。彼に対して、私たちの心の中の良き記憶を捧げましょう、これから先、永久に！　亡くなった少年に永遠の記憶を捧げましょう！」――アリョーシャのこの言葉は、記憶の力、思い出の力によって、死者たちをも蘇らせることが出来るというもう一つの重要な意味に導く。

アリョーシャのこの言葉を受けてのコーリャの問いかけ――「カラマーゾフさん！　宗教によれば、われわれは皆、死者からよみがえって、生き返り、お互いに再会できる、みんなとも、イリューシャとも会えるとのことですが、ほんとうでしょうか？」に答えて、アリョーシャは次のように答えるのである。私たちはみな、「かならずやよみがえります。かならずや再会します。

そして、過去にあったことをすべて、お互いに楽しく、喜びにみちて話しあいましょう」（一五・一九七）

このようにして見てくると、ドストエフスキーの文学において、「思い出」の概念はその最も深い意味においては、二つの世界の重要な架橋の意味をも担わされており、人間の宗教感情の基層に位置づけられているともいえるのである。しかもこれらの言葉が作家の創作活動の最終章の最後の数行に位置することを考えれば、そこにこめられた意味は限りなく味わい深い。

注に代えて

この論文は二〇〇六年八月二十七―二十九日に、ザライスクとダラヴォーエで開かれた研究集会のための報告テクストとして書かれたものである。私がこのテーマを選んだのは、二つの事情があった。一つはいうまでもなく、ダラヴォーエ村がドストエフスキーにとって生涯を通じての少年時代の思い出の土地であり、人間の人格形成には思い出、追憶がどんなに重要な意味を持つかを、晩年にいたるまで繰り返し語った作家の自伝的な源泉ともいえる場所だったからである。もう一つには、別の理由があった。それはロシアのドストエフスキー研究者たちのリーダー格であったウラジーミル・トゥニマーノフ氏が二〇〇六年五月中旬に急逝したことである。一九八〇年代に知りあって以来、同年齢の彼は私にとってはロシアの数多くの友人のなかでも、もっとも親しい存在の一人であった。ちょうど一年前の二〇〇五年年六月に私のロシア語論集がサンクト・ペテルブルグで、ドストエフスキー博物館の叢書の一冊として刊行されたについては、彼の配慮が大きかったし、大変好意的な序文も書いてくれた。その年の六月中頃、ペテルブルグの中心街のイタリア通りのイタリアンレストランで、夫妻に会い、ご馳走してもらったのが彼との最後の出会いとなった。

昨年、トゥニマーノフ氏が亡くなって間もなくの六月末に、彼が所属していた科学アカデミー・ロシア文学研究所の研究者グループから、彼の追悼記念論集のための原稿依頼がきた。締め切りも七月いっぱいと差し迫っていた。そこで彼への追悼という思いを込めて「ドストエフスキー文学における思い出の意味」というテーマが、私の脳裡に浮かび上がり、ダラヴォーエの研究集会への参加とその足でのペテルブルグの彼の墓参りを思い立ったのである。研究集会での発表テクストを追悼記念論集の原稿にあてることにした。

私はモスクワから東へ一六〇キロ離れたザライスクとダラヴォーエでの研究集会が終わった日、その日の夜行列車で、北のペテルブルグへ向かい、墓参をすませた。彼はヴォルコヴォ墓地のルーテル派の墓地に葬られていた。無信仰者であった彼は、ロシア正教は受け入れなかったが、ルーテル派だったら我慢できると生前いっていた彼の言葉をもとに、タマーラ夫人が墓地を選んだとのことである。

私にしても無信仰者の一人であるが、彼をふくめて、生前親しかった人々と繋ぐものは、私にとって、もはや「思い出」しかない。こうなると『カラマーゾフの兄弟』終幕のアリョーシャとコーリャの応答は絵空ごととは思えないのである。無信仰者といえども、宗教感情に無縁とはいえない。観念として他界の存在を信じることが信仰者の要諦とするなら、思い出・追憶の回路を通じて、他界した人々との接触をより感覚的に強く感じるのはむしろ無信仰者のほうかもしれないのである。ドストエフスキーはそのような人物を好んで描いたのではなかったろうか。

二、ドストエフスキーの宗教的感性と思索

ドストエフスキーの祖先、宗教家の血筋

一五〇六年、ダニーラ・イワーノヴィチ・ルチシチェフという人物が、現在のウクライナ国境に近いベラルーシのピンスクという地の領主からドストエヴォ村を拝領し、ドストエフスキーという姓を名乗ることになった。

以降、子孫はこの姓を受け継ぐ。この祖先の孫ステファン・イワーノヴィチは一介の地主であったが、ローマ・カトリックに改宗する一方で、ギリシャ正教のヴォズネセンスキー修道院の所有権を買収し、利益を図ったというので、教会側から領主に訴えられたりしている。十六世紀末から十七世紀にかけて、一族の中から、リトアニア大公国の大法院陪審官といった、要職につく人物も出てくる。また十七世紀にはアキンジイ・ドストエフスキーがキエフ洞窟修道院の修道司祭になっている。また十七世紀後半にはローマ・カトリック教徒になった人物も数人出ている。[1]

作家に近い時代の祖先では、十七世紀に修道院入りして、主教になった人物がいる。また、祖

父のアンドレイ（ミハイロヴィチ？）はウニアト（ユニアト）派（帰一教会派）[2]のポドリヤ主教管区ブラツスラフ市の長司祭の職にあり、教会歌唱集の「懺悔の歌」の作詞をした人だった。この人物は自分の息子ミハイル・ドストエフスキー、つまり作家の父をも聖職者にしたいと思い、一八〇二年、十四歳の年に、息子を神学校に入学させた。しかし息子は、聖職者になるのを嫌って、一八〇九年、モスクワへ出、帝国外科医学アカデミーのモスクワ分校の官費学生になった。彼は祖国戦争（ロシア侵攻のナポレオン軍との戦い）のため学業を中断、一八一二年に召集を受けて医療従事者としてボロジノの激戦地の陸軍病院で働く。終戦後、一八二一年からモスクワのマリンスキー貧民救済病院の医師とし勤務。この年、作家ドストエフスキーが、病院の別棟の宿舎で誕生した。当時のモスクワ郊外の貧民街にあるこの病院の一角で、作家は幼少年時代を過ごした。

生い立ちと宗教的感性

弟アンドレイの回想記によると、「両親は宗教心の深い人達で、特に母親がそうだった。日曜と祭礼日には、私達は欠かさず教会の聖体礼儀（ミサ）へ行き、その前夜には夕べの祈りに参列した。病院には大きくて立派な教会があったので、そこへ行くのも楽だった」[3]

こうした環境にはぐくまれたのか、周囲の人間の目に映った幼少期のドストエフスキーの性格として、傷つき易い感受性、他人の苦しみへの同情心、感情的な燃え易さ、摩訶《まか》不思議なものへ惹き付けられる傾向、信心深さなどがあげられている。

ドストエフスキー一家は、苦しみに満ちた人々の生活に取り囲まれていたので、家族全体が周囲の貧しい人たちのために心を遣い、自己抑制を求められる環境でもあったといえるようだ。その一例としてあげられるのは、父親が勤め上げて世襲貴族の称号を得、手に入れることが出来た領地ダラヴォーエの屋敷が、一八三三年（作家十二歳の年）、一農民による失火で、屋敷や他の農民の家も類焼、大きな被害が出た時、両親は、「最後のシャツの一枚にいたるまで、みんなと分け合う」といって村人を慰め、家を建て直すに当たっては、資金を貸し与えて、「返済できる時に返してくれればよい」といって、催促なしの資金提供をおこなったと、弟のアンドレイは『回想記』でのべている。

痛み、苦しみへの共感性

少年ドストエフスキーの性格に見られた「傷つき易い感受性」、「他者の苦しみへの同情心」は彼の記憶と結びついて、後に、小説『罪と罰』で、老婆殺し犯行前にラスコーリニコフが見る痩せ馬虐待の夢とつながっている。それは金貸し老婆殺害計画の実行について自分でも半信半疑であった時に、ラスコーリニコフが見た七歳頃の幼年時代の夢である。田舎の小さな町で、祭日に父親に連れられて散歩に出た時、酔っ払った大勢の百姓たちが荷車に乗り込んで、痩せ馬に容赦なく鞭をくれて曳かせようとする場面に遭遇する。馬は根尽きて倒れ、息もたえだえの様子、それを見かねた少年は群集をかき分けて、あし毛の馬に近づき、「息も通わぬ血まみれの鼻づらをかかえながら、その目やくちびるに接吻した」と書かれている。こうした場面を父親の領地の近くの町で、少年ドストエフスキーは現実に目撃したようである。それはこの小説の場面と関連して、『罪と罰』の創作ノートには「私が子供時代に見た、一頭の追いたてられる馬」という記述が残されていることからうかがわれる。

こうした動物虐待の問題は、人間の心に及ぼす深刻な影響として晩年の『作家の日記』でもとりあげられ、次のような記述となって表現される。

「ロシヤの子供は、常に見るもいまわしいさまざまな光景を目撃しながら、成長し、教育されている。百姓がむやみと荷車に荷をつけて、ぬかるみに曳きなやむやせ馬を、現在の自分の養い親を、目の真上からびしびしとなぐりつける、こういう光景を彼らは見慣れていくのだ。《……》こうした光景こそは、人間の心を野獣化し、ことに子供に退廃的作用をおよぼすに相違ない」（『作家の日記』一八七六年一月、米川訳全集、一四・一九六[4]）

ドストエフスキーはまた十五歳の頃、兄のミハイルと一緒に進学のためにモスクワからペテルブルグへ馬車で行く途中、とある宿駅で見たいまわしい光景をも記述している。軍の伝書使（急使）が馬車を急がせるのに、御者に立て続けにこぶしを喰らわせ、それに合わせて御者は馬にしたたかに鞭を喰らわせて、先を急ぐという光景である。その時のことを、作家はこう記している。

「このいまわしい一場の光景は、生涯わたしの記憶に残った。わたしはどうしても、この急使を忘れることができなかった。その後も長いあいだ、ロシヤ国民の有するさまざまな穢らわしい残忍な性情に対して、知らずしらず、極端に偏狭な解釈を下すようになった。これが遠い過去の話だということは、諸君も理解してくださることと思う」（『作家の日記』一八七六年一月）（同一九八）

これは十九世紀農奴制ロシアの珍しくもない日常茶飯の風景の一コマであったに過ぎないかもしれないが、感受性に富み、苦痛に対して人一倍敏感であったドストエフスキー少年には、心に刺さった大きな棘のようなものであった。彼は後に、シベリアの監獄で、人が人に加える制度化された鞭打ち刑のむごたらしい様子を目撃し、それらから目を背けずに、証人として記録することになる（米川訳全集第四巻『死の家の記録』五五・一八四―一九五）

シベリアの監獄生活のなかで、最も非人間的で残酷な出来事は獄吏による鞭打ちの刑だった。ドストエフスキーはその光景やサディスチックな快感に浸る獄吏の正体を詳しく描いている。

四十七歳の時の作品『白痴』で、ドストエフスキーは他人の苦しみや不幸に際限もなく同情、同化するムイシキン公爵という主人公を描いた。彼はロシア語でいう《сострадание《サストラダーニエ》》（「共苦」）という概念を体現する人物であって、「キリストのように美しい人間」を描くというモチーフから生まれてきた形象だった。創作ノートには、「サストラダーニエはキリスト教のすべて」という記述があり、小説では公爵はモノローグで、「サストラダーニエは全人類の唯一の法則かもしれない」とのべる。

一九五一年にこの小説を映画化した黒澤明がこの点に注目して、映画化の基本的な視点として打ち出したのは、黒澤の読みの深さを物語っている。黒澤はまさしくこの概念の体現者としてドストエフスキーの人柄をとらえていた。

黒澤は対談でこう語っていた。「要するにあんなやさしい好ましいものを持っている人が（ママ）いないと思うのですよ。《……》普通の人間の限度を超えておると思うのです。《……》僕らがやさしいといっても、例えば大変な悲惨なものを見たとき目をそむけるようなやさしさですね。あの人はその場合目をそむけないで見ちゃう、一緒に苦しんじゃう。そういう点、人間じゃなくて神様みたいな素質を持っていると僕は思うのです」[5]

ドストエフスキーには、実生活でもその人柄を思わせる幾つかのエピソードがあった。ドストエフスキーはシベリアでの獄中生活四年間の後、国境警備隊の一兵卒として勤務中に、連れ子のある人妻マリヤと結婚して、一八六〇年に首都ペテルブルグに帰還を許される。四年後の一八六四年四月に妻マリヤは肺結核で死去。七月には兄のミハイルが死去。ドストエフスキーはマリヤの連れ子パーヴェルと兄の未亡人と四人の子供、兄の愛人と一人の子供の生活の面倒をみるほかに、兄の借金(二万五〇〇〇ルーブル)と兄との共同出版の雑誌「エポーハ(世紀)」の赤字を背負いこむ。彼はこれ以降、借金漬けになり、債務監獄入りの恐れに脅かされながらの人生を送る。ドストエフスキーはこういう他人ゆえに我が身に振りかかる苦難を厭わなかった。

他者の生活、運命への彼の常人を超えた関心、関与は、ドストエフスキーがまさしくサストラダーニエ(同情共苦)を身をもって生きた人であることを物語る。「大変悲惨なものを見たときに目をそむけないで、一緒に苦しむ」「そういう点、人間じゃなくて神様みたいな素質を持っている」人とは黒澤明の言葉であるが、ドストエフスキーの場合、「サストラダーニエ(同情共苦)」はキリストのイメージとは強く結びついていたようだ。

「神」のイメージと「ヨブ記」

しかし「神」のイメージとの結びつきとなると、より複雑なものがあったようである。この問題を考える時、注目されるのは、ドストエフスキーにとって、旧約聖書の「ヨブ記」が特別の意味を持っていたということである。

彼が幼少期に読み方を習った最初の読本は『旧新約聖書の百四つの物語』だった。この子供向けの聖書読本については、弟のアンドレイの回想に、こういう記述が見られる。

「私たち兄弟は、一冊の本を使って最初の読み方を教わった。それはロシア語訳の旧新約聖書（ギブネルのドイツ語本からの訳と思われる）で、『旧新約聖書の百四つの物語』という書名だった。その本には、天地創造、エデンの園でのアダムとイヴ、洪水その他の聖書の主要な出来事を描いたかなり粗末な版画がついていた。ずっと後になって、それは七〇年代であったが、フョードル兄と子供時代について話をしていた時に、私はこの本のことにふれた。すると兄は感きわまったような口調で、あれと同じ本（つまり子供時代の）を一冊探し当てたよ、いま宝物のように大事にしまっていると語った[6]」

『カラマーゾフの兄弟』の中でゾシマ長老が、自分の子供時代の思い出として、「当時、私のもとには『旧新約聖書の百四つの物語』という美しい絵入りの本があった。その本で私は読み方を習った」のべている。『カラマーゾフの兄弟』に付されたアンナ夫人の注でも、「この本でフョードル・ミハイロヴィチは読み方を習った」と記されている。

この子供向け聖書物語の中でも、ドストエフスキーにはヨブ記が最も記憶に残り、生涯を通じて心を揺さぶられるものであったらしい。作家晩年（五十四歳）の一八七五年六月十（二十二）日、療養先のドイツ、バッド・エムスからのアンナ夫人宛の手紙ではこう書いている。「ヨブ記を読んでいる。この書には病的なほどの感奮を覚えさせられる。読むのを途中でやめて、泣きたい思いで、室内を一時間ほども歩き回る。翻訳者の実にくだらない注釈さえなければ、幸せなのだが。アーニャ、この本は不思議なことに、私が生涯において感動を受けた最初の書物の一つで、それを体験したのは、私がまだ幼児の頃だったのだよ」[6]

またアンナ夫人は「子供時代のこの思い出をフョードル・ミハイロヴィチから、私は何度か聞きました」（グロスマン「セミナーリヤ」六八頁）と証言している。ドストエフスキーはこのヨブ記のことを、『カラマーゾフの兄弟』で、ゾシマ長老に語らせている。八歳の頃、母に連れられて行った教会の昼の礼拝で、読み聴かされた話として登場する。

〈やがて一人の少年が分厚い、運ぶのもやっとのように当時のわたしには思われたほどの大きな本を捧げて、会堂の中央にあらわれ、経卓の上にのせると、本を開いて読みはじめた。そのとき突然わたしははじめて何かを理解し、神の会堂で何を読んでいるかを生まれてはじめてさとったのである。ウズの地に、心正しく、神を恐れるヨブという人がいた。その人にはおびただしい富があり、何千頭もの羊と驢馬を持ち、子供たちも楽しくすごしていた。彼は子供たちを非常に愛し、子供たちのために神に祈っていた〉（原卓也訳、中巻、新潮文庫、一九七八年、五七頁）

このあと神は信仰厚いヨブを自慢するあまりに、悪魔のそそのかしに乗り、ヨブの信仰の強さを確かめるべく、悪魔の手にヨブをゆだねてしまった。その結果、ヨブは子供や家畜を殺され、財産も奪われ、身体も腫れ物で被われるという悲惨の極みに陥れられる――という有名なヨブの不幸についてのべた後、ゾシマは次のように語る。

〈あのときわたしの頭をいっぱいにしたのはラクダであり、神にあんな口をきいたサタンであり、自己のしもべを破滅に追いやった神であり、そして、「主がわたしを罰しようと、主の御名は讃むべきかな」と叫んだしもべであった。さらにまた、会堂にひびき渡る「わが祈り、叶わんことを」という静かな快い歌声であり、またしても司祭の香炉から立ちのぼる香の煙と、ひざまずいての祈りであった！　それ以来わたしはこの聖なる物語を涙なしに読むことができないし、つい昨日も手にとってみたばかりだ。それにしてもこの本には、どれだけ多くの偉大な、神秘な、想像しがたいものが含まれていることだろう！《……》しかし、そこに神秘があり、移ろいゆく地上の顔と永遠の真理とがここで一つに結ばれる点にこそ、偉大なものが存するのである。地上の真実の前で永遠の真実の行為が行われるのだ。そこでは造物主が天地創造の最初の日々に、毎日「わが創りしものはよし」と讃めたたえながら、仕上げをしていったときのように、ヨブを見つめ、あらためて自分の創造を誇りに思う。またヨブは、主を讃えることによって、単に主に仕えるだけではなく、子々孫々、末代まで、主のあらゆる創造物に仕えることになるのだ〉（同、五八―五九頁）

ヨブ記は文学的表現において優れ、深遠かつ高度の宗教的思想の書とされている。プロローグとエピローグは散文で書かれていて、ゾシマ長老の話はおおむねこの部分にかかわっている。中間の部分は韻文形式で書かれ、ヨブの不幸を知って慰めに訪れた三人の友人との対話、そして最後にヨブと神との対話である。その内容は神と悪魔の賭けによって、いわれもなく悲惨のどん底に突き落とされたヨブの神への抗議と、その理由を因果応報論によって説明しようとするヨブの友人たちの議論、そして最後にヨブへの神の応答である。神はヨブを悲惨に陥れた理由やヨブの苦しみの意味を直接には説明しない。神はひたすら自分の力による天地創造の業を数え上げ、「無知の言葉をもって、神の計りごとを暗くするこの者はだれか」と問い詰め、ヨブが自分の不幸にだけこだわっている視野の狭さに気づかせようとする。

ヨブはあらためて神の全能を知り、自分の無知を悔いる（「それでわたしはみずから恨み、ちり灰の中で悔います」）。神は友人たちの応報神学的な説明に不快感を示す一方、ヨブが正直に抗議したことを認め、彼の敬虔な祈りを受け入れて、財産を倍増して返し、子供たちも昔どおり（男の子七人、女の子三人）をもたらしてやる。また因果応報論に立つ友人たちも、ヨブの祈りによるとりなしで、神からの許しを得る。ヨブにとってまことに不条理な神の仕打ちは神からの過酷な試練、すなわち、神の全能に信服した上での、因果応報によらない自発的な信仰、敬虔な祈りをヨブに期待し、確認するための試練であったというのが、一般的なヨブ記解釈とされているらしい。

前に見たようなドストエフスキー自身の子供時代からの鋭い感受性による痛み、死刑直前の魂を震撼させられた体験と過酷なシベリア流刑、一八六〇年代流刑後の様々な苦難——それは妻マリヤの死と相次いでの兄ミハイルの死、兄との共同の出版事業の行き詰まりからくる借財を背負い、継子と兄の家族の生活の面倒をみながら、出版業者に追い込まれながらの文筆生活。ルーレット賭博へののめりこみ、ソーニャとアリョーシャという二人の愛児の死亡などを考えれば、ドストエフスキー自身一通りではない苦難をなめた人生を歩み、神への信仰に関してヨブ的試練を受けた人であったと、見ることができるであろう。

しかし彼は旧約聖書の族長時代の人物ではなく、時代的に、十八世紀の理性信仰の時代を経て十九世紀の唯物論と社会主義思想形成期に生きた人であった。である以上、神への信仰に関して、自分もまた「時代の子」であることを強く意識しないではいられなかった。その意味で、シベリアでの四年間の獄中生活を終えた直後、デカブリストの妻たちの一人フォンヴィージナ夫人に宛てた彼の手紙は深い意味がある。

ちなみにこのデカブリストの夫人は、一八五〇年一月末、ドストエフスキーたち流刑囚が流刑地へ向かう途中のトボリスクの中継監獄に、彼らを慰問し、獄中で唯一許された本である聖書をその表紙の折込に一〇ルーブルをしのばせて差し入れた。この聖書は作家の生涯を通じての枕頭の書であり、一八八一年に亡くなる際にも、この聖書で占って、死去の時を受け入れたといわれている。

一八五四年二月下旬の夫人宛の手紙

「わたしは世紀の子です。今日まで、いや、それどころか、棺を蔽われるまで、不信と懐疑の子です。この信仰に対する渇望は、わたしにとってどれだけの恐ろしい苦悶に値したか、また値しているか、わからないほどです。この渇望は、わたしの内部に反対の論証が増せば増すほど、いよいよ魂の中に根を張るのです。とはいえ、神様は時として、完全に平安な瞬間を授けてくださいます。そういう時、わたしは自分でも愛しますし、人にも愛されているのを発見します。つまり、そういう時、わたしは自分の内部に信仰のシンボルを築き上げるのですが、そこではいっさいのものがわたしにとって明瞭かつ神聖なのです。このシンボルはきわめて簡単であって、すなわち次のとおりです。キリストより以上に美しく、深く、同情のある、理性的な、雄々しい、完璧なものは、何ひとつないということです。単に、ないばかりではなく、あり得ない、とこう自分で自分に、烈しい愛をこめて断言しています。のみならず、もしだれかがわたしに向かって、キリストは真理の外にあることを証明し、また実際に真理がキリストの外にあったとしても、わたしはむしろ真理よりもキリストとともにあることを望むでしょう」（米川訳愛蔵版全集第十六巻、一五五頁）

フォンヴィージナ夫人宛のこの手紙の一節は、ドストエフスキーの信仰告白として大変有名で、たびたび引用される。ここで彼は自分を「世紀の子」、「不信と懐疑の子」といい、不信と懐疑が増せば増すほど、信仰に対する「渇望」が強まるという「信」と「不信」の、彼に特有の逆説的な関係を告白している。一説によると、旧約聖書のヨブは新訳聖書のキリスト像の原型と見なされているらしいが、もしそうだとすれば、たとえ「キリストが真理の外にあったとしても、真理よりもキリストとともにあることを望む」というドストエフスキーの表現には、罪なくして十字架につけられ、十字架上で神に向かって、「エロイ、エロイ、レマ、サバクタニ（わが神、わが神、なんぞ我を見棄て給ひし）」と叫んだキリストと、理由もなく不幸と悲惨のどん底に突き落とされても信仰を捨てなかったヨブとが二重写しにされていると見ることができるのではないだろうか。そこで、「真理の外」という時の「真理」とは、ヨブの友人たちがヨブを慰めるために使ったような「因果応報」の論理といえるのではないだろうか。

「世紀の子」、「不信と懐疑の子」・イワン・カラマーゾフ

『カラマーゾフの兄弟』では、ゾシマ長老がヨブ的信仰を代表する存在であるとすれば、他方、近代的な知性人イワンはまさしく「世紀の子」、「不信と懐疑の子」であって、ヨブの友人たちのように「因果応報」の論理を求めたあげくに、神の創造した世界は受け入れられないと宣言する。ちなみにヨブの友人たちの場合はイワンのように神の創造物を否定するのではなく、ヨブの不幸には因果があるはずだと、結果から原因を推論する神学的な議論を展開しているにすぎない。しかしいずれも因果関係に基づく「真理」を求めていることには変わりがない。

イワンは何の罪もない純粋無垢の子供が無謀な大人によって虐待され殺される社会現象の多くの事例をあげて、「因果応報」の論理では納得し難い神の摂理を糾弾する。イワンは幼児虐待や幼児殺しのような現象は、「人間同士の罪の連帯性」（「万人が万人と万物に対して罪がある」）によっ

ては説明しえないと主張し、「ぼくの頭脳はユークリッド的、地上的なもので、この世以外のことを解決するなんて出来はしない。アリョーシャよ、おまえもそんなことは考えないように忠告しておくよ、何にもまして、神のことで、神はありや無しや、なんてね」（アカデミー版、一四・二一四）と、自分の懐疑の立場を明確に打ちだす。そして続けてこう告げる。「自分には応報が必要なのだ。でないと僕は自分で自分を抹殺する。その応報は何時どこでとも分らない無限の彼方ではなく、ここで、この地上でなければならない。自分のこの目で見られるようにね」（«мне надо возмездие, иначе ведь я истреблю себя. И возмездие не в бесконечности где-нибудь и когда-нибудь, а здесь, уже на земле, и чтобы я его сам увидел»）（同一四・二二二）

つまりイワンは不条理な結果からさかのぼって、それをもたらす神の業を否認するのである。ヨブやゾシマ長老からすれば、天地、万物を創造した神の業は人智の判断を超えたもので、「神秘」というほかはない。しかし理性人イワンにはそのような「神秘」は受け入れられない。説教家ではなく芸術家としてのドストエフスキーは、そのようなイワンの知性的な苦悩をダイナミックに描く。ただしイワンの苦悩は知的なレベルにとどまり、彼が神の業を糾弾する論拠としてあげる数々の罪なき子供の犠牲のケースは、すべて人から聞いた話や当時の新聞からのコレクションで、彼自身が主体的にかかわったものではなかった。ここにイワンの弱点、分裂が露呈する。イワンが用いる「人間同士の罪の連帯性」（«солидарность в грехе между людьми»）という言葉自体、彼独特の観念語であって、何か実体的な重みに欠ける響きがある。[7] ここに観念論者イワンの弱点、分裂が露呈する。イワンはアリョーシャにいみじくも次のような告白をする。

「ぼくはおまえにひとつ告白をしなければならない。自分に近い者をどうして愛することができるのか、ぼくにはまったく理解できない。ぼくの考えでは、まさしく近い者だから愛することができないので、遠い人間となると別だ《……》」（一四・二一五）「近い者を愛することは抽象的にならまだしもできるし、時には遠方からだってできる。しかし近くにいてはほとんど無理だ」（一四・二一六）

イワンはこうした告白にあたって、飢えて凍えた旅人を自分のベッドで抱きしめて温めてやり、らい病患者らしいその男の口へ息をはきかけてやったという聖人の話を持ち出す。それは一八七六年のフロベールの小説で、ロシアでツルゲーネフ訳で読まれた「慈悲深きユリアンについてのカトリックの伝説」の話である。〈ヨーロッパ通報〉一八七七年№４に露語訳掲載〈La Légende de Saint Julian l'Hospitalier〉。

そしてこうコメントする。「聖人がそんなことをやったのは、偽りの発作、お誂えの愛の義務感、無理に自分に課した宗教的懲罰のためにちがいない。人を愛するには、その人が姿を隠してくれなければならない、少しでも素顔を見せると、愛は消えてしまうのだ」（一四・二一五）「問題は人間の性質が悪いためにそうなるのか、それとも、それが人間の自然なのかという点にある。人々へのキリストの愛は、その性質上、地上では不可能な奇跡だと、ぼくは思う。確かに彼は神だったわけだし、われわれときたら神ではないからね」（一四・二一六）

理性的な懐疑論者イワン・カラマーゾフの口を通して、極端な形で提起されている、この近き隣人に対する愛の問題、いいかえれば、他者との関係性の問題はドストエフスキーの人間学的、倫理的、宗教的思想の核心部分だったといえる。生い立ちから見ても、他者の苦痛、苦しみへの共感性が強かったドストエフスキーは、一方で過剰な他者への同化、一体化は逆に悲劇を生み、関係の破綻をもたらすという現実を見つめ、作品の主題にしてきた。[8]

実はこの問題はドストエフスキーにとって、処女作『貧しき人々』、『分身』、『弱い心』、『白夜』といった初期作品の空想家形象にまつわる一貫した主題であった。そして、真の«сострадание»（「同情」「共苦」）に基づく他者への愛は、キリストを理想として人間が変容しない限り不可能であるというところまで、ドストエフスキーは思考を深めていった。

「己を愛するごとく隣人を愛することができるか？」——妻マリヤの「棺台の傍らでの瞑想」

その意味でも、ドストエフスキーがシベリアから伴ってきた最初の妻マリヤが結核で一八六四年四月に亡くなった時、その棺の傍らで書いた、有名な、「棺台の傍らでの瞑想」といわれる四月十六日付のメモに注目しなければならない。このメモは次のように始まる。

「四月十六日　マーシャは台の上に横たわっている。マーシャと再会できるだろうか？　キリストの教えに従って、人を自分自身のごとく愛することは、不可能である。地上の個性の法則に縛られる。われ（Я）が妨げる。キリストだけが出来た。しかしキリストは太古からの人間の理想であり、人間がそれをめざし、自然の法則からいってもめざさざるをえない理想である。

しかしながら、肉体に宿った人間の理想としてのキリストが出現して以来、白昼のごとく明らかになったのは、個性の最高度の最終的な発達は、まさしく次の点にまで（発達の極限、目標到達の最終地点で）達しなければならないということだ。すなわち、人間が自分の個性、自分のわれの完全な発達に基づいて出来る最高の行為は、そのわれを滅却し、万人と個々の人に差別なく、献身的に自分を完全に捧げることであると悟り、自覚し、自分の本性のすべてをかけてそう確信することである。これこそ最大の幸福である。このようにして自我の法則はヒューマニズムの法則と合流し、この両者の合流のなかで、相互に敵対しあうわれも万人も（一見して、極端に対立しあうこの二つが）、同時に各々の発達の最高目標を実現する。

これこそキリストの天国にほかならない」（二〇・一七二）（傍点部―原文ではイタリック）

ドストエフスキーはこれを人類の理想とし、人類の歴史、そしてある程度、個人の歴史もこの目標に向かっての「発達、たたかい、志向、到達」であるとのべながら、きわめて注目すべきことに、次のような二律背反を展開する。

「しかし、もしこれが人類の最終目標（それが実現されれば、人類は発達する必要がなくなる。すなわち実現の努力も闘争も、自分の堕落の時に理想に目覚める必要も、永久にそれをめざす必要もなくなる――とすれば生きる必要がなくなる）であるとすれば、当然、人間がこの目標を実現せんとする暁には、自分の地上的な存在も終わりを告げることになる。だから、人間は地上においてはひたすら発達の過程にある存在であって、従って、完結的な存在ではなく、過渡的な存在である。

しかし私の考えでは、この大目標に到達すると同時に、すべてが消失、消滅するとしたら、すなわち目標の実現とともに人間の生活がなくなるとしたら、このような目標に到達することはまったく無意味である。だからこそ、未来の、天国の生活があるのだ」（二〇・一七二―一七三）

人類の理想としてのキリストのイメージ

とても人間とは呼べないような未来的な存在の、未来的な本性とはどのようなものか、それは全人類の発達の偉大な、最終的な理想であるキリストからうかがわれるもので、その特徴とは「娶らず、嫁がず、神の御使いのように生きる」（マタイによる福音書、二二章三〇節）

このフレーズのごときキリストの模範にしたがって生きるということは、人間が世代の交代によって発達し、目的をとげる必要がなくなるということであって、その段階にいたるということは、地上的な人間にとっては至難の業であり、そこには超えがたい二律背反的な矛盾がある。

「結局のところ問題は、キリストへの信仰から発して、キリストを地上の最終的な理想として受け入れるかどうかであり、もしキリストを信じるならば、永遠の生を信じることになろう。

その場合、すべてのわれにとって、未来の生はあるのだろうか？　人間は破壊され、いっさいが死滅するといわれている。

いっさいが死滅するのではないことを私たちはすでに知っている。というのは、人間は子を肉体的に誕生させることによって、自分の個性の一部を子に伝え、精神的にも自分の記憶を人々に残すからである（N．B．追善供養の席で、故人が永遠に記憶されんことを、と願うのは、意味深いことである）、すなわち、地上で生きた以前の個性の一部でもって、人類の未来の発展に参入するのである。《……》キリストは全身全霊をもって人類の中に入りこんだ。そして人間は自分の理想としてのキリストのわれへの変容をめざす。人間はこの理想に到達した暁には、地上でこの同じ目的に到達しようとしたすべての人々もその最終的な性質の構成要素、すなわちキリストに入りこんだことを明らかに目にするであろう。（キリストの綜合的〈ジンテーゼ的な〉性質は驚くべきものだ。これは神の性質であって、いわば、キリストは神の反映像だからである）。各々のわれは――全般的な綜合（ジンテーゼ）のなかで――どのようにして復活するのか、想像し難い。しかし到達に至るまでも命を保ち、最終的な理想に反映された生けるものは、最終的な、綜合（ジンテーゼ）的な、永遠の生命の中によみがえるであろう。私たちは全体との融合をやめることなく、犯さずめとることもなく、多様な範疇において、個性であり続けるだろう。（わが父の家には住処多し）〔ヨハネ福音書一四章二節〕その時には全員が自分の在り処を感じ、永遠に認識する。しかしそれがいかなる様子であるか、どのような形態であるのか、いかなる性質であるのか、人間には最終的には想像するも困難である。

そういうわけで、人間は地上において、自分の本性とは反対の理想をめざしている。人間が理想への志向の法則を実行しなかった時、すなわち、人々や他の存在（私とマーシャ）に対して愛をもって自分のわれを犠牲に供しなかった時、人間は苦しみを感じ、その状態を罪と呼んできた。そういうわけで、人間は絶えず苦しみを感じなければならないけれども、この苦しみは法則を実行する天国の楽しみ、すなわち犠牲によって、均衡が保たれているのである。ここにこそ地上の均衡もある。でなければ、地上は無意味となるであろう」（二〇・一七四―一七五）（傍点部―原文ではイタリック、傍線―引用者）

キリストのイメージから永遠の生、復活の可能性へ

ドストエフスキーは世を去る三年前の一八七八年、『作家の日記』の予約購読者の一人、ニコライ・ペテルソンという人物を通して、ニコライ・フョードロフという思想家の復活の思想を知る。この思想家はルミャンツェフ博物館の司書で、思想や著述を含めていっさいの個人所有を否定して一冊の著書も残さなかった。そのかわりペテルソンなど弟子たちが談話での聞き書きを残し、その原稿をドストエフスキーに送った。ドストエフスキーはペテルソンへの返信で大変な関心を示し、「その思想にまったく同感で、自分自身の思想のような気持ちで読んだ」とのべ、こう問いかけている。その思想家の考えによれば、復活は「実際的、個人的なもの」であって、「我々の先祖たちの魂から我々を隔てている深淵は埋められ、死は克服されることによって乗り越えられ、先祖たちは我々の意識の範囲、比喩的な意味にとどまらず、身体をそなえた現実的、個人的、実際的な意味で復活するというのですか」（もちろん、現在の身体の形ではなく、というのは、不死が訪れ、結婚や子供の出生はなくなるということからしても、明らかなのは、地上で起こるべく定められた最初の復活の時の身体は、現在みられるようなものとは違った身体、すなわちキリストの復活の後、五旬節（精霊降臨祭）に昇天する前のキリストの身体のようなものでないでしょうか？）

ペテルソンを通して間接的にしかフョードロフの思想を確かめようがなかったドストエフスキーは、まだるっこしい思いをにじませながらも、フョードロフ＝ペテルソンの原稿「民衆の学校はどのようなものであるべきか？」にのべられている次のような思想に、深く共感したにちがいない。

「私たちの父や兄弟をせめて記憶によみがえらせるだけでも、彼らとの絆を強める方向に私たちは導かれるのである。そのようにして血縁の階段を遡れば遡るほど、私たちの絆はより固く広いものになっていく。……その道をたどって、私たちは目標と定めた一体化の敷居に立つ。その一体化の結果として、私たちにとって、私たちの誰一人の喪失もありえないばかりか、自分たちの再生の欠くべからざる条件として、過去の世代の私たちの父祖や兄弟のすべての再現、死者である彼らすべての復活が求められるのである。この結果を達成するために、私たちは、過去の世代を記憶に再生させるほかに、さらに、この世を克服し、その力を支配し、その力を神に捧げなければならない――この世に打ち勝つ第一歩は、それを研究すること（изучение）である」[9]

父親の無責任と家族の解体がもたらした「偶然の家庭」の社会問題を踏まえ、人間形成にとっての幼時の記憶の決定的な意味を問い、記憶・追憶を通しての故人の復活への希求を主題とした『カラマーゾフの兄弟』の作者にとって、この行はあたかも血肉を分けた思想のように思えたはずである。

さらに現世の人間にとって、復活の道はキリストを模範としたものでなければならないだろうという一八六四年の妻マリヤの棺台の傍らでの瞑想に見られる考えは、フョードロフ＝ペテルソンの論文でも、同じようにのべられている。

「キリストはその復活によって、私たちをまだ死から免れさせてはくれないが、自分たちの復活、そしてまたすべての過去の世代の復活への望みを私たちにあたえてくれた。自分の復活によってキリストは私たちに希望をあたえ、私たちを地上に残すことで到達を求めた目標を示してくれた。すなわち、キリストは自分の苦しみ、死と復活によって、私たちを神と和解させ、私たちの重くのしかかる呪いをとり除き、神の王国への扉を開けてくれた。キリストなかりせば、神の御使たちによって目を晦まされたソドムの国の人間のように目が眩んで、その扉を開けることは出来なかっただろう！」[10]

ドストエフスキーはこのように、世を去る直前に、フョードロフ＝ペテルソンに、死者の復活の思想の共鳴者を見出し、「研究」による復活の物理的、現実的な可能性さえ夢想した。しかし死者の復活という思想の芸術的表現に関する限り、リアリストとしての作家は「記憶」「追憶」の回路にとどまり、アリョーシャが少年たちに演説する『カラマーゾフの兄弟』のフィナーレの次のような象徴的な場面に託して小説を閉じ、また小説家としての人生を閉じたのであった。

「カラマーゾフ万歳！」コーリャが感激して高らかに叫んだ。

「そして、亡くなった少年に永遠の思い出を！」感情をこめて、アリョーシャがまた言い添えた。

「永遠の思い出を！」ふたたび少年たちが和した。

「カラマーゾフさん！」コーリャが叫んだ。「僕たちはみんな死者の世界から立ち上がり、よみがえって、またお互いにみんなと、イリューシェチカとも会えるって、宗教は言っていますけど、あれは本当ですか？」

「必ずよみがえりますとも。必ず再会して、それまでのことをみんなお互いに楽しく、嬉しく語り合うんです」半ば笑いながら、半ば感激に包まれて、アリョーシャが答えた。

「ああ、そうなったらどんなにすてきだろう！」コーリャの口からこんな叫びがほとばしった。[11]

（傍線――引用者）

註

1　一六四八年、ドストエフスキー家のローマ・カトリック教徒アレクサンドル、ボグミール、スタニスラフらがヤン・カジミール王（ポーランド王）の選挙に協力
一六六九年、ローマ・カトリック教徒レオン・ドストエフスキーがミハイル・ヴィシネヴェツキー王（ポーランド王）の選挙に協力
一六九七年、ローマ・カトリック教徒ヤン・ドストエフスキー、アウグスト二世（ポーランド王、サクソニヤ選挙侯）選挙に関与
参考文献＝L・グロスマン、松浦健三訳「年譜（伝記、日付と資料）」―『ドストエフスキー全集　別巻』新潮社

2　ブレスト教会合同―一五九六年にブレストで、ポーランド支配下の正教会司祭が会合し、ビザンツ式典礼を保持したままローマ法王の首長権を認め、その管轄下に入ることを決議した。

3　А. Ф. Достоевский: Воспоминание. М., 1999. С. 64

4　米川正夫訳『ドストエーフスキイ全集』河出書房新社

5　「作品解題」（佐藤忠男）―清水千代太との対談・『全集　黒澤明　第三巻』岩波書店、一九八八年、三一二頁。

6　Ф. М. Достоевский: Полн. собр. соч. в 30 тт. (Л. Наука, 1972-1990) . Т. 29-2; С.43
以下、同全集からの引用は、括弧内の数字（巻数・頁）で示す。

7　この問題については、第３章二の註10を参照。ゾシマ長老は同じ意味のこと（「人間はすべての者に対して罪がある」）をのべるにしても、このような抽象的な概念は使っていない。したがって、「罪の連帯性」という表現はイワン独特の定式化された観念語と思われる

8　この問題について、本書第３章一「小説『弱い心』の秘密」、および「ドストエフスキーの主題と創作理念をめぐって――〝サストラダーニエ〟（同情・憐憫）と〝他者性〟の問題」（『ドストエフスキーその対話的世界』成文社、二〇〇二年）参照。

9　Н.П.Петерсон: Чем должна быть народная школа? Достоевский и мировая культура. №13. СПб. 1999. С.241

10　Там же. С.242

11　原　卓也訳、新潮文庫下、四九六頁

郵 便 は が き

料金受取人払

諏訪支店承認

6

差出有効期間
平成28年9月
末日まで有効

392-8790

〔受 取 人〕

長野県諏訪市四賀229-1

鳥影社編集室

あなたと編集部を結ぶ愛読者係　行

ご住所　〒□□□-□□□□	
お名前《ふりがな》	
電話番号　(　　　)　　-	
ご職業・勤務先・学校名	
Eメールアドレス	
お買い上げになった書店名	

鳥影社愛読者カード

このカードは出版の参考にさせていただきますので、皆様のご意見・ご感想をお聞かせください。

書名	

① 本書を何でお知りになりましたか？

i. 書店で
ii. 広告で（　　　　）
iii. 書評で（　　　　）
iv. 人にすすめられて
v. DMで
vi. その他（　　　　）

② 本書・著者へご意見、ご感想などをお聞かせ下さい。

③ 最近読んで、よかったと思う本を教えてください。

④ 現在、どんな作家に興味をおもちですか？

⑤ 現在、ご購読されている新聞・雑誌名

⑥ 今後、どのような本をお読みになりたいですか？

◇購入申込書◇

書名　　　　¥　　　（　　）部

書名　　　　¥　　　（　　）部

書名　　　　¥　　　（　　）部

第5章　再読『カラマーゾフの兄弟』
――その主題構成について考える

「世界文学会」連続研究会シリーズ「再読・世界文学の古典」（二〇〇九年四月二十五日）で、『カラマーゾフの兄弟』について私は報告する機会をいただいたが、巷間、話題になってきた亀山郁夫新訳（光文社文庫）とそれに伴う彼の解説の批判から始めざるをえなかった。あまりに多くの信じ難い誤訳とテクスト歪曲について、黙過できないものがあり、有志との共同作業によるその検証と批判を、インターネットのホームページに一昨年暮れから公開していたからである。

『カラマーゾフの兄弟』の基本的な主題を、フロイト的な発想で「父親殺し」―「皇帝暗殺」に単純化し、テクスト原文を無視した恣意的な改行、人物達の発話スタイルの画一化、若者言葉の採用などによって、読みやすさを売り物にしたのが、亀山新訳の特徴で、とうていスタンダードな翻訳といえるものではない。亀山郁夫の訳と解説で初体験した読者には、この長編小説の持つ複雑な主題構成は、正確には理解しえないに違いない。ドストエフスキーの長編小説に、実は複数の主題から構成されていて、その連関をとらえなければ読み解くことにならない。

椎名麟三は日本の作家のなかでもドストエフスキーの影響を強く受けた作家として知られているが、彼は戦前、作家修行を始めた頃の昭和十七年に、「ドストエフスキーの作品構成についての瞥見」という短いエッセイを書いていて、主題構成の特徴について、実に鋭い、深い洞察を見せている。椎名によれば、ドストエフスキーの作品の主題というのは、人物化した思想であって、「一つの観念の生命がその人物の生命となっているところの人物」であり、そのように人物化した思想のなかに事件がとり入れられると、それらの事件が「小説的な生命をもち、何かへ発展しようとする機能をもつにいたる」。また作品には主題が「人物と同じ数だけ」あって、その軽重は人物の位置によって決まるが、「その主題の群は、相互に連関を欠いているので、ドストエフスキーはその主題の間を緊密にし、全体的な主題の下に制約しようとした」といっている。[1]

椎名のこの指摘は現在の世界のドストエフスキー研究者に大きな影響をあたえたミハイル・バフチンの指摘と見事に重なっている。バフチンによれば、「ドストエフスキーのすべての主要主人公たちは、《……》めいめい〈大きな未解決の思想（イデー）〉をかかえ、まず必要としているのは〈思想（イデー）を解決すること〉である。《……》もし彼らが生きている場であるイデーを無視してしまったら彼らの人物像は完全に壊されてしまうだろう。いいかえれば、主人公の人物像はイデーの像と密接に結びつき、彼らから切り離せない」[2]

作品の主題が人物化した思想であるという問題を、『カラマーゾフの兄弟』に即して、具体的に見ていくことにしたい。

1．「偶然の家庭」、記憶、思い出の教育的役割

この小説には確かに「父親殺し」が一つの主題としてあるとしても、それを作者の視野に置くならば、彼が農奴解放後の一八六〇年代以降の社会現象として、懸念し、警告していた「父親不在」

「家庭崩壊」の現象に関連づけてとらえられるべきものである。ドストエフスキーは「偶然の家庭」（«случайное семейство»）という言葉で当時の家庭崩壊の現象を表現し、まず『未成年』でこれを意識的に主題とした。それに続く『カラマーゾフの兄弟』でもこの問題が基本的な主題となっていることは明らかである。

作家のいう「偶然の家庭」の問題とは何かといえば、怠惰な父親の無責任からくるもので、「家庭に対する父親たちの怠惰のもとで、子供たちはもう極端な偶然にまかされるのだ！」と『作家の日記』に記されている。小説第一部第一編「ある家族の歴史」の章では、父親フョードル・カラマーゾフのもとでの、ドミトリー、イワン、アリョーシャの三兄弟の、幼児の時から他人に引き取られての離れ離れの生い立ちが詳しく述べられている。そこに描かれているのは父親の無責任による家庭崩壊の姿そのものである。離れ離れに育ったこの三兄弟が、長男ドミトリー二十八歳、次男イワン二十四歳、三男アリョーシャ二十歳という年頃に、それぞれの理由で図らずも、父親フョードルの住む町で再会することになった。

ここから小説の時間が始まる。次男イワンと三男アリョーシャは、父親フョードルの二番目の妻ソーニャから産まれたのだが、父親は二人が同じ母親の子であるという事実さえ、うっかり忘れていたりする。長男のドミトリーだけはアデライーダというフョードルの最初の妻との間の子供であるが、母親名義の財産をめぐって、さらにはグルーシェンカという女をめぐって、父親と奪い合いを演じている。この親子の骨肉の争いが小説の表面上の主題で、「父親殺し」というテーマを構成する。しかしこのテーマは、あえていえば、読者にとっての表面上の一つの筋立てにすぎない。フョードルはまさしく「怠惰な父親」の典型である。そこでドストエフスキーが『作家の日記』で特に危惧し、警告しているのは、そうした親の下で、子供がどのような思い出、記憶をもって育つかということである。
「子供たちははるか老年になっても、父親たちの心の狭さや家庭内でのもめごと、非難、にがい叱責、さらには彼らに対する呪いさえも思い出す（вспоминают）《……》そしてその後も人生において長いこと、もしかしたら一生、その思い出の汚濁（грязь воспоминания）を緩和するすべもわからぬまま、自分の子供時代からは何一つ受けとることが出来ないで、そうした昔の人々を無闇に非難することになりがちである」（二五・一八〇）
「人間は肯定的なもの、美しいものの胚子を持たないで、子供時代を出て人生へと出発してはいけない。肯定的なもの、美しいものの胚子を持たせないで、子の世代を旅立たせてはいけない」（二五・一八一）
このように、『カラマーゾフの兄弟』の背景を成す一八七六―一八七七年の『作家の日記』の主要なテーマの一つは、思い出、ことに子供時代の思い出の意義であり、それはひいては『カラマーゾフの兄弟』のアリョーシャ、ゾシマ長老によって担われる主要なイデーにほかならない。
カラマーゾフ家の「偶然の家庭」のなかで、人間の将来の人生にとっての思い出、幼年時代の記憶の重要な意味を体現するのがアリョーシャである。それは幼児の時、彼の記憶に刻みこまれた母親の顔で、「彼はまだほんの数え四歳の時に母親に先立たれたが、母親の顔、愛撫を生涯、覚えていて、〈まるで母が私の前に生きて立っているかのようで〉あった」（一四・一八）と語り手は幼児の頃の思い出の深い意義について強調している。
「このような思い出は早い年齢、二歳頃からでさえも記憶に残り（このことは誰も知っている）、暗闇のなかの明るい点の群れのように、また絵の画面から破りとられた断片——その断片を除いて、全体が消え、消滅してしまった大きな画面の断片のように、生涯を通じて、ひたすら浮かびあがるのである」（一五・一八〇）

語り手は、アリョーシャが修道院へ入るにあたっては、この幼時の思い出が影響した可能性さえほのめかす。「彼の幼時の思い出のなかに、母親に連れられて礼拝に行ったわが郊外の修道院についての何かしらが残っていた可能性がある。ヒステリー女の母親がアリョーシャを抱えて聖像画に向かって差し伸べた時に、聖像画に射しこんでいた日没の斜めの光線が影響したのかもしれなかった。もの思いがちな彼はその時、もしかしたら、ただ一目見るためにわが町にやってき《……》そして——修道院で長老に出会ったのである」（一四・二五—二六）

このように、アリョーシャは幼児の時の母親の思い出に導かれて、ゾシマ長老に出会い、長老の没後、回想録という形式で、生前の長老の言葉の聴き書きを残す。このアリョーシャが記憶をたどって記録したゾシマ長老の説話のなかでも、さらに、若くして死んだ長老の兄マルケルの思い出などが、入れ子式に重要な役割を担っていく。ゾシマ長老は人間にとっての幼い頃の思い出の重要さを次のように強調している。

「両親の家庭から、私は大切な思い出だけをたずさえて巣立った。なぜなら、人間にとって、両親の家庭での最初の幼時期の思い出くらい貴重な思い出はないからである。それはほとんどいつもそうなのであって、家庭内にほんのわずかな愛と結びつきさえあれば足りるのである。もっとも劣悪な家庭の生まれであったとしても、大切な思い出というものは、本人の心がそれを探し出す力をもっているならば、心に保たれているものなのである」（一四・二六四—二六五）

ゾシマ長老のこの遺訓をあたかも実践するかのように、小説の最終場面で、アリョーシャは石のそばで少年たちに演説する。長い小説の最後のこの感動的なパッセージは読者に忘れ難い印象を残す。

「良き思い出、とりわけ子供時代から、とりわけ両親の家から抱いてきた思いでくらい先々、生きていくうえで、貴重で力強くて、健全で有益なものはないのですよ。教育ということについて、君たちもいろいろ耳にするでしょう。子供時代から保たれてきた何かそのような美しい神聖な思い出こそが、おそらく、この上ない良い教育なのです。生きるに当って、もしそのような思い出を沢山集めえたならば、人は生涯にわたって救われるのです。例えたった一つの良き思い出であっても、私たちの心に残っているならば、いつかは、私たちの救いに役立つのです」（一五・一九五）

このイデーは『カラマーゾフの兄弟』という幾つもの主題からなる長編小説の最も奥深い基礎的な大主題であると思われる。亀山がいうように、このイデーの担い手アリョーシャが、一三年後の革命家の群れに身を投じ、皇帝暗殺に加担するとは、作品の論理として考えにくいのである。

ところで、このアリョーシャとは対照的に、同じ母親の腹から生まれ、幼児の頃は同じ環境で育ったはずの三、四歳年上のイワンには、「思い出」や「記憶」というものの意味はまったく与えられていない。また父親殺害の嫌疑に包まれたドミトリーは、決定的な瞬間に母親が祈ってくれたとのべて、記憶のなかでの母親の存在の重みを暗示はするが、これ以外には、彼にとって、「記憶」「思い出」の意味は浮かんでこない。ではこの二人の兄弟の担う主題は何であろうか？

2．イワンの主題

イワンの主題は思想的な主題としては、父親殺害の筋立てと並行して、小説の中心に位置する。彼は表向き無神論者で、神が創造したこの世の数々の不条理、何の罪もない子供が苦しみ、犠牲にならなければならない現実、その社会的な数々の事件を、新聞報道の社会面から拾い上げてアリョーシャに指摘し、神の存在は認めるとしても、神の造った世界は認めないと語る。イワンのこの神への反抗のテーマは、父親殺しという「読者にとっての筋立て」、すなわち低次のテーマに並行する形而上学的な高次のテーマといえよう。私にはソ連時代の思想家・文学者ヤコフ・ゴロソフケルという人の『ドストエフスキーとカント――『カラマーゾフの兄弟』とカントの『純粋理性批判』についての一読者の思索』（日本語表題『ドストエフスキーとカント「カラマーゾフの兄弟」を読む』みすず書房、一九八八年）という拙訳があるが、この本でもっぱら論じられているのは、この形而上学的な高次のプランである。

『カラマーゾフの兄弟』をこのように複合的なプランで読む読み方は、二十世紀初めのロシア象徴主義の詩人V・イワーノフという人から始まっていて、バフチンのドストエフスキー論の母胎ともなったものである、ゴロソフケルはこのラインで、イワン・カラマーゾフにカントの『純粋理性批判』のアンチノミー（二律背反）的主人公を読み込んでいる。小説のなかで、それがどのような形で描かれているかを要約してみると、イワンは「神がなければすべてが許される」「人間に不死（霊魂の不滅）がなければ善行もない」と無神論的な言葉をはき、スメルジャコフに深刻な影響を与える一方で、アリョーシャに対しては、この地上では二本の平行線は交わることのないというユークリッド幾何学式の、つまり地上的に造られた自分の知性では、神がありやなしやなんて理解できるわけがない、自分は論理以前に、「ねばっこい春の若葉やるり色の空」を愛したい、自分には「報い」が必要なのだと、倫理的、心情的な告白をする。

予言的な能力をもったゾシマ長老は小説の発端の場面、カラマーゾフ親子一同が長老の庵室で会した場面で、イワンの「不死がなければ善行もない」という思想を耳にして、「自分ではその論法を信じないで、胸の痛みを感じながら、心のなかではその論法を冷笑しておられる」と、イワンがこの問題で宙吊りの状態にあることを見抜く。そしてこの問題は「もし肯定のほうへ解決できなければ、否定のほうへも決して解決できない」と、イワンの思想のまさに「二律背反」の状態を指摘する。

このようなイワンの精神の宙ぶらりんの状態を踏まえて、ゴロソフケルが推論するところによると、カラマーゾフの父親殺しの真犯人は、イワンの二律背反的な知性に潜む「悪魔」である。その悪魔はイワンのカント的なアンチテーゼ（これは無神論の立場を意味する）の傾きに沿って、まず下男のスメルジャコフに変身して登場し、父親殺しの犯行に及ぶ。スメルジャコフの自殺の後では、幻覚に陥ったイワンの目の前に悪魔自身が紳士の姿で現れ、イワンを嘲笑し、発狂させる。というのも、イワンはアンチテーゼの側に傾くと同じ程度にテーゼ（これは道徳、信仰の立場を意味する）の側への強い渇望を持ち、テーゼとアンチテーゼの両端からなる天秤棒の上で、小止みなく揺れ動くカントのアンチノミー的主人公であるからだ。

ゴロソフケルはこのような高次の形而上的プランでの読みの結論として、ドストエフスキーはイワン＝悪魔の形象において西欧批判哲学の理論的知性の宿命的な悲劇性とヴォードヴィル性を描き出し、カントに代表される西欧批判哲学との決闘をおこなったとしている。

３．ドミトリーの主題

そこでイワンに対置されるのが父親殺しの無実の嫌疑をうけて有罪とされるドミトリーで、彼が担う主題は二つの深淵の同時受容という、ロシア的とも言うべき宗教的心情のイデーである。ドミトリーはアリョーシャに対して心情告白という形で語る。自分は虫けらのような情欲を持ち、悪臭と汚辱にまみれながら、神様への讃歌を唱える、「悪魔の跡へついて行こうとも、僕はやはり、神様、あなたの子です。あなたを愛します」（一四・九九）。さらにドミトリーがいうには、カラマーゾフ一族の血には虫けらが巣くっていて、情欲の嵐を巻き起こす。美というものは恐ろしい謎で、両極端が一緒に出会い、あらゆる矛盾が一緒に住んでいる。自分が我慢できないのは、「高貴な心と高い知性を持った人間がマドンナの理想から一歩を踏み出しながら、結局ソドム（悪行）の理想をもって終わるということだ。まだそれより恐ろしいことは、ソドムの理想を心にいだいている人間が、同時にマドンナの理想も否定しないで、純潔な青年時代のように、美しい理想のあこがれを心に燃やしていることだ。いや、人間の心は広い、広すぎる。できることなら少し縮めてみたい。知性の目には汚辱と見えるものが、心にはりっぱな美と見えるんだからなあ！」「美は恐ろしいばかりではなく神秘なのだ。そこでは悪魔と神との戦いがおこなわれ、その戦場が人間の心なのだ」（一四・一〇〇）

ドミトリーは中学も終えないで陸軍の幼年学校に入り、コーカサス地方の軍隊に将校として勤めたものの、決闘騒ぎを起こして、兵卒に降等処分を受け、ようやく勤めあげて将校の身分に復職したという経歴の持ち主、とにかく放蕩の限りを尽くした、金遣いの荒い男と設定されている。決して教養のある人間とは、世間的には見えないが、ドストエフスキーはこのような男に、深遠な思想をのべさせている。これはイワンの理性から発する知的な論理とは対極に位置する、心情から発するところの民衆のメンタリティを表現する言葉といえるだろう。このような両極端に走るロシアの民衆の宗教的ともいえる感情にドストエフスキーはほかの作品でも度々、言及している。

4．心理学的分析への批判

ドストエフスキーはこのような両極端を併せ持つ人間の心を描くには、通常の心理学的アプローチでは不可能だと考えていた。人間の心理を不確定な、両義的、多義的なものとしてとらえる人間観はこの作家に固有のもので、人間の心理を第三者的な立場から、客体化して観察し批評することに対し、作者は作品の主人公自身に反発させた。彼の作家としての出発点を決定づけたのはまさしくこの視点であって、それは処女作『貧しき人々』の下級官吏ジェーヴシキンの意識の描写に如実に表れている。先行作家ゴーゴリが『外套』の主人公を世間の辛辣な目にさらし、自然主義的に客体化して描いていることに対し、ドストエフスキーは、自作の主人公をしてそのような「へぼ作者」に激しく怒り、抗議させたのである。またバフチンが指摘していることであるが、『白痴』でムイシキン公爵が相愛のアグラーヤという女性に対してイッポリートの自殺未遂の動機を分析して見せる場面で、アグラーヤはムイシキンのその心理分析を人間の魂を対話的ではなく、客体化した

「不在の分析」（заочный анализ）であるとして、反発するのである。「あなたがイッポリートを判断なさったように、そんなふうに人間の魂を眺め判断するのは、とても乱暴です。あなたには優しさがないのね。真実一点ばりでは、不公平になりますよ」（八・三五四）

同じくバフチンが指摘しているのが、『カラマーゾフの兄弟』のなかの人物、イリューシャ少年の父親で、ドミトリーから侮辱を受けて自尊心に苦しむスネギリョフ大尉が、差し出されたお金を踏みにじる行動をめぐってのアリョーシャとリーザの会話である。アリョーシャがスネギリョフの精神状態を分析して、彼はあとできっとお金を受け取るに違いないと予測するのに対して、リーザが次のように反発する。

「私達のそうした見方に、その不幸な人に対する軽蔑は含まれていないかしら……つまり、私達がいま、まるで上から見下すように、その人の心を分析していることに？……お金を受け取るにちがいないなんて、いま決めてかかっていることに？」（一四・一〇七）

またコーリャという十四歳の少年、――亀山郁夫が将来の皇帝暗殺者と想定している少年――は、彼のある行為の内面の動機を仲間に指摘された時、「ぼくはぼくの行為を分析するようなことは誰にだってさせちゃおかないからね」（一四・四七二）と切りかえす。

このように人間をあらゆる外部からのアプローチや観察、規定に反発する自意識的存在、人格において自由な存在として見る作者は、『カラマーゾフの兄弟』の最後のドミトリー裁判の場面で、検事イッポリートの論告に見られる「心理分析」に対して、弁護士フェチュコーヴィチを通して、批判をおこなう。

では検事イッポリートの論告はというと、まず父親不在、父親の無責任という家庭環境、「偶然の家庭」の社会問題から始まって三人の兄弟の性格づけをおこなう。イワンの「ヨーロッパ主義」、アリョーシャの「民衆の原理」に対して、被告のドミトリーはあるがままのロシアを表現しているという。検事はドミトリー自身のアリョーシャへの告白で読者がすでに知っている、二つの深淵の同時受容、すなわち「頭上に広がる高邁な理想の深淵と、眼下にひらける低劣な悪臭ふんぷんたる堕落の深淵」を、これこそが「カラマーゾフ的性格」だとして特徴づける。検事のこの見解はアリョーシャの友人でジャーナリスト志望のゴシップ屋ラキーチンという青年からの受け売りとされていて、小説を読んできた読者もまたすでに共有している視点である。

検事の論告内容は、読者がたどってきたドミトリーの状況のおさらいであり、情況証拠としては説得力がある。世態風俗小説のリアリズムのレベルでいえば、ドミトリー犯人説は動かしがたい。陪審員たちが、有能な弁護士フェチュコーヴィチの弁論にもかかわらず、ドミトリーを有罪としたのもうなずける。

ではフェチュコーヴィチ弁護士の弁論とはどのようなものであったか？　おそらくこの弁護士の視点こそは作者の目を代表していると思われる。その視点とはこうである。「数々の事実の圧倒的な総和は被告に不利であるにしても、同時に、それらを一つ一つそれ自体検討してみると、批判に堪えうるような事実はただの一つもない」（一五・一五三）「心理学は深遠なものであはるが、両刃の剣に似たところがある（Палка о двух концах　直訳＝「両端のある棒」）」（一五・一五四）

弁護士は検事が動かぬ証拠としてとりあげた個々の事例について、反対の解釈が成り立つことを解き明かしていく。弁護士の指摘によれば、深層心理の洞察が始末に困るのは、被告に対して何の偏見もなく、ある種の「芸術的な遊びの精神」（«художественная игра»）、「芸術創作欲というか小説創作欲」（«потребность художественного творчества, так сказать, создания романа»）にかられてなされる場合であって、心理分析の才能がすぐれている場合にはなおさらである、ということである。読者はイワンとドミトリーのアリョーシャへの心情告白などの場面を通して、小説の主題の高次のプランに触れてきただけに、弁護士の静かな口調での反論に、真実の深さを感じとることができる。真実は弁護士の側にあることを、あらためて読者は了解する。

　とはいえ通俗的な意味で、迫力を感じさせるのはどちらかといえば、検事イッポリートの論告であることに変わりはない。小説の高次のプランとは無縁な世間の人々、つまり世俗的な、低次の筋立てのプランのレベルで生きる作中の人物たちにとって、説得力があるのは、検事の論告である。世間の情報や噂話がより真実に聞こえ、事件についての物語が独り歩きするという状況があって、そのなかで活躍するのが、ラキーチンやホフラコーワ夫人といった噂話を生きがいとする人物たちなのである。

　ラキーチンはアリョーシャの友人で、町中のことにかけては何でも知っているという情報屋であるが、検事の論告の多くはこのラキーチンの証言に依拠している。彼はこの事件をジャーナリズムへ売り込むための足がかりにしたことがのべられている。ホフラーコワ夫人というのはこの田舎町の社交界の物見高い、好奇心の強い、噂話には目が無い女性で、言葉と行動の支離滅裂な人物であるが、裁判前から、ドミトリーは有罪ではあるが、「心神喪失」という医者の鑑定を受けて無罪放免になるだろうと、言いふらしていた。ドストエフスキーはこの頃すでに世論を形成するようになったジャーナリスティックな言説や風説、噂の機能にも目配りをしていて、現象の奥にある真実、真相に迫るには、ありきたりの一元的な、自然主義的なリアリズムでは不可能だと理解していた。だからこの裁判での検事と弁護士の対決の場面の主題は、ドストエフスキーのリアリズム観の展開という側面をもっている。作家は自分のリアリズムの特徴をこうのべていた。

「完全なリアリズムのもとで人間の内なる人間を発見すること。《……》私は心理学者だと呼ばれているが、正しくない。私は要するに最高の意味でのリアリストだ。すなわち人間の魂のあらゆる深淵を描くのである」（二七・六五）バフチンはドストエフスキーのこの言葉に注目して、この時代の心理学に対して、それが学問上であろうと、文学的であろうと、裁判審理上であろうと、作家は否定的であったとしている。その理由は人間の魂の自由、不確定さ、不完結性を見ないで、モノとして客体化してしまうからだというのである。ドストエフスキーは常に、「最後の決断のどたん場に立たされて、魂の危機と不安定な——予測もつかぬ——転換のある一瞬にある人間を描く」[3]（傍点部—原文強調）とのべている。

5．幼児の苦しみと罪の意識（イワンとドミトリーの場合）

作者の人間観の立場からいえば、理論的知性の経験論（アンチノミーのアンチテーゼ）の立場では物事の本質は見えてこないということであろう。理論的知性派であるイワンは「神はありやなしや」、「大人の罪ゆえに、なぜ何の罪も無い幼児が苦しまなければならないのか？」という問題にも、あくまで論理的な解決を求めた。イワンは幼児虐待記事の収集家で、外国や国内の残忍な幼児虐待の数々の事例をもちだして、何ゆえにこのような不合理がありうるのか、ひとつ説明しくれ、とアリョーシャに迫る。このような子供の無辜の涙の上に築かれる人類の「調和」への入場券を自分は謹んで返上する、とのべる。そしてイワンは、「ぼくは事実にとどまるつもりだ、《……》何か理解しようと思うと、すぐに事実を曲げることになるから、ぼくは事実にとどまろうと決心したのだ」（一四・二二二）と告げ、あくまで地上的な経験論の立場にとどまろうとする。それでいて、いっさいは「流れ流れて」（つまり因果関係の継起で）罪人はいないという、「ユークリッド式の野蛮な考え」によって生きていくのは承知できない。自分には「報い」が必要なのだと、まさしく二律背反（アンチノミー）の逆転の論理を展開する。イワンがあくまで理論的知性としてアンチテーゼ（無神論の立場）に執着したことに、彼の悲劇の原因があり、その結果スメルジャコフの犯行の思想的共犯者として罪責感にさいなまれ、譫妄状態で悪魔の幻覚に苦しめられ、発狂するに至る。

イワンと対照的なのが、ドミトリーで、彼はフョードル殺害事件の直後、グルーシェンカの後を追っかけたモークロエ村の宿屋で、自分へのグルーシェンカの愛をめぐって絶望から希望へと劇的な転回を体験した直後、父親殺しの容疑で、捜査当局に踏み込まれる。その取調べの合間にまどろむ瞬間があって、ドミトリーは次のような「幼児」の夢を見る。

十一月の初め、みぞれの降る道を馬車で走っていると、焼け焦げて真っ黒な百姓家が立ち並ぶ村があって、道端にはやせ衰えた女たちがたたずんでいる。そのなかでも二十歳くらいの若い女の腕のなかでは赤ん坊が泣き叫んでいる。母親の乳房はしぼんでいて、一滴の乳も出ないらしい。そこでドミトリーは御者にいう。「なぜ焼け出された母親たちはああして立っているのか。なぜあの人達は貧乏なんだ。なぜ赤子はあんなに可哀そうなんだ。《……》なぜ不幸な災難のために、あんなにどす黒くなってしまったんだ。なぜ赤子に乳をやらないんだ？」（一四・四五六）

ドミトリーはこの疑問を通して、自分のなかに強く湧き上がるものを感じる。彼はイワンが論理でもって神に抗議して、あんなにも拒否しようとした万人への罪の意識を積極的に引き受けるのである。ドミトリーは目が覚めたあと連行される直前にこう語る。

「みなさん、わたしたちはみな薄情です。人でなしです。わたしたちはみなの者を、母親や乳飲み子を泣かせています。《……》その中でもわたしが一番、下劣な虫けらです。《……》今になって悟りました。自分のような人間には一撃が、運命の一撃が必要なのです。《……》わたしはあなたがたの譴責を、世間一般からの侮辱の苦痛を引き受けます。わたしは苦しみたいのです。苦しんで自分を清めたいのです」（一四・四五八）

とはいえ、ドミトリーは父親殺しの実行についてはきっぱりと否定して、こう断言する。

「わたしは親父の血についてては罪はありません！　わたしが刑罰を受けるのは、親父を殺したからではなく、殺そうと思ったからなんです。《……》わたしは最後まであなたがたと闘いますが、最後を決めるのは神様のご意志です！」（一四・四五八）

ここでもはっきりと、低次のプラン、つまり、フョードル殺しの実行犯は誰かという世俗的主題と高次のプラン、つまり、手を下しはしなかったものの、自分にも罪があるという、形而上的主題が提示されている。イワンの場合、「神がなければすべてが許される」という自分の思想がスメルジャコフによって戯画化されて現実化され、それに苦しむイワンが幻覚の悪魔にからかわれるという、自己意識の分身化の出口のない葛藤、悲劇であるとすれば、ドミトリーは、イワンのような経験論的な価値判断を超えた、超越的な神の意思に、一気にすべてをゆだねようとする。

6．ゾシマ長老の思想（世界認識の問題）

ここでドミトリーの主題は、アリョーシャが回想記の形で復元したゾシマ長老の説話の中心的な思想とつながることになる。ゾシマ長老の説話では、長老の思い出の形で、いくつかのエピソードが語られる。若くして病気で亡くなった兄が、病床で窓辺の庭に飛んでくる鳥に向かって罪の赦しを乞うた話や、長老自身が若い頃、決闘騒ぎを起こして、自分の射撃の番になった時、神によってあたえられた周囲に広がる自然の美しさや恵まれた人生を汚す愚かさに気づき、ふいに気が変わってピストルを放り投げてしまい、それをきっかけに修道院入りをしたという話や、かつて殺人事件を犯して、犯行が誰にも露見せず、その後、幸せな家庭を築き、財産を成して、社会的にも尊敬されるようになった紳士が、結局のところ良心の呵責に堪えることができず、逡巡を重ねた後、僧籍のゾシマに犯行を告白したという話である。（「謎の客」）

このような世俗的な論理を超えた人間の心の神秘的な動きを認識するための根拠として挙げられているのは、おそらくゾシマ長老の次のような言葉である。

「この地上では多くのものが人間から隠されているが、その代わりわれわれには他の世界との、天上のより高い世界との生き生きとした結びつきという神秘的な内密の感覚が与えられている。それに、われわれの思想、感情の根源はこの地にはなくして、他の世界に存するのである。哲学者が事物の本質をこの地上で理解することは不可能だというのは、これがためである」（一四・二九〇）

ドストエフスキーは人間の魂や意識の土壇場での急転回、神秘的な動きを、経験論の立場を超えた、物自体の領域、天上と地上が響き合う領域でとらえようとした。ゾシマ長老の言葉に、「いっさいは大海のようなものであって、ことごとく相合流し相接触しているがゆえに、一端に触れれば他の一端に、世界の果てまでも反響するのである」（二四・二九〇）とあるが、これも物事のそうした本質を伝えようとしたものと思われる。ドミトリーのいう「ソドムの理想」と「マドンナの理想」の二つの深淵を同時に受け入れる、虫けらのような情欲を持ち、悪臭と汚辱にまみれながら、神様への讃歌を唱えるという両極端が反響し合う関係の認識も、こうしたゾシマ長老の見方、ひいては「人間の内なる人間を見出すこと」というドストエフスキーの「最高のリアリズム」の領域に属するものといえよう。

7. スメルジャコフの主題（虚無的自己否定と去勢派の禁欲）

思想的な高次の読みの文脈で見る限り、スメルジャコフはイワンの影であり分身であり、独立した人格ではない。しかし、低次の読者の筋立てで読めば、彼もれっきとした社会的存在である。スメルジャシチャヤという白痴同然の女性が母親で、カラマーゾフ家の風呂小屋にしのびこんで出産したこともあって、淫蕩なフョードル・カラマーゾフの子ではないかと噂されている。カラマーゾフ家の下男グリゴーリイ夫婦に育てられて、いまや下男として料理人をしている。料理人としての腕は確からしく、コーヒーとピロシキ、魚のスープ（ウハ）が得意で、フョードルからも信頼を得ている。もし事実、フョードルの息子だとしたら、カラマーゾフ兄弟の四男で、「偶然の家庭」の一構成員ということになる。

ゾシマ長老やアリョーシャがいうように、人間形成にとって子供時代の思い出が重要というならば、スメルジャコフはその点では最も遠いところに位置する不幸な存在である。少年時代は猫を縛り首にして葬式遊びをするのが好きだったという陰気な性格で、育て親のグリゴーリイも少年の人好きのしない態度につらくあたり、「お前は人間ではない。風呂場の湿気からわいて出たんだ」（二四・一一四）とののしったが、あとでわかったことだが、スメルジャコフはこの言葉を絶対に許すことができなかった、と記されている。この一例からも、彼が子供時代から、マイナスの思い出を持って育ったことが想像される。十二歳の頃、グリゴーリイが宗教教育として天地創造の話をした時、少年は冷笑的な態度をとり、育て親にびんたを食らわされるという事件があったが、それをきっかけにスメルジャコフは癲癇発作を起こし、その後の彼の持病となった。

少年には潔癖、きれい好きという一面があって、それを見込んだフョードルが料理人にすることに決めて、モスクワへ修業に出した。何年かして帰ってきた時には、すっかり面変わりしていた。「年に似合わない老けこみようで、しわがよって黄色くなったところは去勢された男（стал походить на скопца）のようだった」（一四・一一五）と、記されている。ここで「去勢された男」という表現は、ロシア語では「スコペーツ」で、分離派教徒のセクト「去勢派」の意味でもある。それゆえ、ここは「去勢派教徒のようだった」とも訳せる。もしスメルジャコフが去勢派教徒であったとすれば、フョードル殺しの動機の一端、あるいは正当化の理由の一端がこの点にあったのではないかと暗示させられるものがある。

去勢派というのは鞭身派というセクトから派生した一派で、注目されるのは、去勢派が鞭身派の反動として生まれてきたセクトだということである。禁欲を唱えながら実際には淫乱に陥っている鞭身派に対して、去勢派は禁欲を徹底させるために、去勢という過激で異常なまでの自虐的な行為を教義とした。スメルジャコフがこの過激な禁欲のセクトに近づいた理由もうなずける。つまり、男の性欲の衝動のままに犯された白痴同然の女から生まれてきた自分の血を彼は呪っていたに違いない。育て親のグリゴーリイの不用意の侮辱的な言葉を「絶対に許すことができなかった」と記されているのはその証拠である。スメルジャコフの父親が誰であるかについては、その頃町をうろついていた脱獄囚の〈ねじ釘のカルプ〉と呼ばれた男だという可能性もあり、フョードル・カラマーゾフだとは確定されていない。フョードル本人は否定していたものの、噂は残り、スメルジャシチャヤがフョードルの庭の風呂小屋にしのびこんで出産し、従僕のグリゴーリイ夫婦が生まれた子を引き取って育てるにいたり、スメルジャコフは自然とカラマーゾフ一家の一員になっていった。父親の名に由来する父称もフョードロヴィチ（パーヴェル・フョードロヴィチ）と呼ばれるようになったことからも、スメルジャコフ本人はフョードルが自分の父親だと本気で思っていた可能性は強い。そのカラマーゾフ的な血の本質をなす「淫蕩」「淫乱」(разврат) は、去勢派の洗礼を受けた立場から見れば、許し難いものだったにちがいない。

スメルジャコフは自分の「父親」である主人に、正直者で料理の腕の立つ忠実な下男として仕え、信用を得ながらも、自分の出生にまつわる運命について、たえず考えるところがあったはずである。彼が漠然とした自分でも明確に輪郭をとらえ得ない、印象とでもいうべきイデーにとらえられて瞑想する人間であったことが、画家クラムスコイの絵「瞑想する人」に描かれた百姓の姿の喩えで、のべられている。彼は恋人のマリヤ・コンドラチエワに向かって、こういうことを話す。自分はスメルジャシチャヤの生んだ父なし子で卑しい人間だと馬鹿にされてきた、生まれてこずにすむんだったら、「母親の胎内で自殺させてもらいたかった」(«я бы дозволил убить себя еще во чреве с тем, чтобы ……» 14; 204)、自分はロシア全体を憎む、ナポレオンが一八一二年の遠征でこの国をやっつけてくれればよかった、自分にまとまった金があればこんなところにいない。スメルジャコフは自分の血を呪い、ロシアを憎み、自分の料理の腕を自慢して、運が向けばモスクワの中心街でレストランを開いてみせるという。そして、何の役にもたたないのに、大金を浪費するドミトリーを馬鹿にする。

彼はイワンとの最後の面談で、自分が犯人であることを告白した際に、フョードルから奪った三〇〇〇ルーブルの大金で、モスクワか外国で生活を始めようという考えがあったことを打ち明ける。彼がフランス語の語彙集にとりくんでいたというディテールの意味もここで明らかになる。しかし、彼のこの動機は自殺してはてることにより、裁判では表ざたにはならなかった。スメルジャコフはここで、すべてはイワンの言葉、「永遠の神がなければ、いかなる善行も存在しない、すべては許される」が原因なのだと、責任をイワンに押し付けた。イワンの言葉はスメルジャコフの内部で鬱屈していたものに火をつけて爆発させる導火線だったという見方もできよう。

このようにスメルジャコフの人物像を細かく見てくると、彼がイワンの影、分身、悪魔の身代わりといった抽象的な存在にとどまらず、社会的な背景をもった生身の人物として描かれていることが分かってくる。彼も「偶然の家庭」の主題につらなり、精神的な支柱となるべき子供時代からのよき思い出を持たないばかりか、むしろマイナスの記憶や印象を蓄えてきた、限りなく虚無的な、自己否定的な人物であり、社会に対して復讐心をもっていたことが推測される。子供時代の思い出の肯定的な意味を説くアリョーシャ＝ゾシマ長老とは反対の極に位置する人間といえよう。理念的、高次の主題のレベルではスメルジャコフはアリョーシャ＝ゾシマの主題のアンチテーゼということができる。

8・スネギリョフ一家の主題（家族の絆）

「偶然の家庭」の問題をこの小説の大きな主題として見る時に、貧乏でつつましやかな退役将校スネギリョフ二等大尉の家庭は、対照的な意味で、小説の結末に光を添えている。イリューシャ少年の死によって、一家は悲しみにつつまれるのであるが、父としてのスネギリョフの存在は、家族に精神的安定をもたらしている。

スネギリョフは父親のフョードル・カラマーゾフと息子のドミトリーが財産争いをしている渦中に、フョードルに依頼されて代理人の役をしたために、立腹したドミトリーが、飲み屋で、スネギリョフのへちまたわしのような顎ひげを引っぱって往来に連れ出し、公衆の面前で侮辱した。その時息子のイリューシャ少年がいて、「大声で泣き叫び、父親のために許しを乞うた」。この一件が物笑いの種になり、中学生の少年仲間でも、イリューシャは「へちま」とあだ名されて、いじめの的になる。一連の経緯を経て、アリョーシャはスネギリョフ親子へ兄の行為について謝罪もなしとげ、少年たちをも和解させ、結核で死の床についたイリューシャを少年たちが見舞う感動的な場面が小説の結末に描かれる。

父親のスネギリョフ大尉は仕事もろくになくて、家族は貧乏のどん底にあり、決して権威のある父親とはいえない。むしろ息子のイリューシャが「父親の名誉のために、侮辱をはらすためにたちあがった」（アリョーシャの追悼の言葉）。父親はまた息子の目を意識して、息子に恥ずかしくない行動をとろうとする。いずれにせよそこには、父と子の精神的一体感、物質的な条件や欲望の充足を超えた家族の結びつき、精神的に支え合うけなげな姿が浮かびあがるのである。そこでアリョーシャの少年たちを前にしての言葉が響く。

「素晴らしい少年でした。親切で勇敢な少年でした。父親の名誉とつらい侮辱を感じていて、そのために立ちあがったのです。だから、みんな、まず第一に、彼のことを一生、記憶にとどめましょう。たとえ僕たちがどんな大切な用事で忙しくても、どんなに名誉を手に入れたとしても、あるいはどれほど大きな不幸におちこんだとしても、やはり決して忘れないようにしましょう。僕たちにはかってこの地で一度心を通わせ、美しい善良な感情に結ばれて、すばらしい時があったことを、そしてその感情が、あのかわいそうな少年に愛情をよせている間、ことによると僕たちを実際以上に立派な人間にしたかもしれぬことを」（二五・一九五）

この言葉のあとに続くのが、アリョーシャの——「良き思い出、とりわけ子供時代から、とりわけ両親の家から抱いてきた思いでくらい先々、生きていくうえで、貴重で力強くて、健全で有益なものはないのですよ。教育ということについて、君たちもいろいろ耳にするでしょう。子供時代から保たれてきた何かそのような美しい神聖な思い出こそが、おそらく、この上ない良い教育なのです。生きるに当って、もしそのような思い出を沢山集めえたならば、人は生涯にわたって救われるのです。例えたった一つの良き思い出であっても、私たちの心に残っているならば、いつかは、私たちの救いに役立つのです」（二五・一九五）というあのメッセージである。

こうして見てくると、アリョーシャ＝ゾシマ長老による子供時代の思い出、記憶の教育的意義の強調の根底には、家族の絆ばかりではなく、仲間同士の連帯、共有感情、ひいては小鳥や植物など自然との交感、他者との関係性における経験的自我の克服を通しての世界の神秘的領域の認識への志向といった複合的なイデーが含まれていて、これが小説の統括的な大主題であると、考えられる。このポジティブな大主題を、逆説的にネガの形で浮き上がらせるのが、フョードルの主題（カラマーゾフ的淫蕩）であり、イワンの主題（理論的知性のアンチノミー）であり、ドミトリーの主題（ソドムの理想とマドンナの理想の同時受容）であり、スメルジャコフの主題（自己否定＋去勢派的禁欲＋イワンのアンチテーゼの戯画化）であって、『カラマーゾフの兄弟』というこの長編小説はこれらのネガティブな主題を複合的に構成して、ポジティブな大主題を逆説的論証のスタイルで浮かび上がらせようとするところに成立していると見ることができるだろう。

註

1 『椎名麟三全集』第二二巻、冬樹社、一九七三年、六〇九―六一五頁

2 M.Бахтин. «Проблемы поэтики Достоевского». p. 134, 350. M., 1963, c.115
（M・バフチン『ドストエフスキーの詩学の諸問題』モスクワ、一九六三年、一一五頁）

3 M・バフチン 前掲書、八二頁

第6章　比較文学的論考

一、ソルジェニーツィンの語りのスタイルとドストエフスキーのポエチカ（詩学）

ドストエフスキーの創作に見られる作者と主人公との関係の特徴は、作者（バフチンの用語では「二次的作者」、いわば「全知の作者」）は舞台裏にいて、舞台の前面に出て、作者の機能を果たすのは、通常、雑報記者であったり、主人公自身であったり、副次的な人物であったりすることである。彼らは語りの機能を担うものの、通常その視野は限られていて、告白の形式や世間の噂などに頼ることが多い。ドストエフスキーの創作のより一般的な特徴といえるのは、叙述のスタイルにおいて、作者が人物の感触や意識に時に応じて同化してみたり、また人物から離れて距離をとり、コメントしたり、自由自在に位置を変えることである。[1]

作者の人物に対するこのような、一方では「同化」、「共有体験」、他方では「外在性」、「距離の確保」といった反対の組み合わせは、語りのスタイルにおいて、まず「擬似直接話法」(несобственная прямая речь)（英語圏では「自由間接話法 free indirect speech」、ドイツ語圏では「体験話法 erlebte Rede」）として現象する。[2]

ドストエフスキーとソルジェニーツィンに共通する特徴として、まさしくこの話法を見てとることができる。実例を見てみよう。
『罪と罰』でラスコーリニコフは老婆とリザベータ殺しの犯行後、部屋を出ようとするのだが、その瞬間、誰かが階段を昇ってくる足音を聞きつける。
「この足音はまだ階段にさしかかる辺りのずっと遠くに聞こえたのだった。《……》足音は重々しく規則的で、ゆっくりとしていた。ほら（BOT）もうそいつは一階を通り過ぎた。ああもう一階上がった。ますますはっきり聞こえてくる！ やってくる男の重い息切れの音が聞こえだした。ほら（BOT）もう三階にさしかかった。……ここへやってくる！ すると突然、彼は自分が硬直してしまったように思われた」（六・六六）（傍点部―原文ではイタリック）
これによく似た語りのスタイルを、私達はソルジェニーツィンの『イワン・デニーソヴィチの一日』の書き出しの個所に見る。収容所の早朝、起床の鐘のあと、主人公シューホフはすぐにはベッドから起き出さないで、音で周囲の状況を判断している。その時の彼の感覚が次のようにのべられる。
「いまバラックの中で起っていることは、自分の班の片隅で起っていることも含めて、なにもかもちゃんとその物音から察していた。ほら（BOT）、今は当番たちが廊下を重々しい足どりで、八ヴェドロ（訳注＝約百リットル）入りの糞桶をかつぎだしているな。《……》ほら（BOT）第七五班では、乾燥台から長靴の束を取りだして、床にたたきつけてやがったな。いや、おれたちの班もやってるじゃねえか（きょうはおれたちの班も長靴を乾かす番なんだ）班長と副班長は黙りこくって長靴をはいてるな。二人のベッドがギイギイ音をたててるからな」[3]
二人の作家のこれらの叙述では、語り手が主人公の感覚に同化し、状況を伝えるのは、主人公の感覚や意識を通してである。ソルジェニーツィンの小説ではこのスタイルは全作品にわたって一般的な現象である。一九七〇―九〇年代のロシアの知性を代表する存在で、中世ロシア文学の権威にして、ドストエフスキーのポエチカについてもすぐれた洞察を残したドミトリー・リハチョフはこの作家の語りのスタイルのこのような特徴について、次のようにのべている。

「作者の言葉から語り手の言葉への目立たない移動はドストエフスキーの作品の全過程にわたって見られる現象である」[4]

また別の研究者の評言によれば、

「作者の言葉と主要主人公の言葉には相互に明確な区切りがなく、言葉の流れは読者を一般的な語りの水路から主人公の内面へと移行させ、そこから再び外面的出来事の軌道へと自由自在に移動させる」（ギゴロフ）[5]

「語り手と主人公の声は対極に分かれるかと思うと、また最終的には交じり合わないままに接近し、同じ音調を響かせる」（ヤーゴドフスカヤ）[6]

ドストエフスキーとソルジェニーツィンに共通するこのスタイルを、例えば、トルストイのスタイルと比較してみよう。『アンナ・カレーニナ』と『煉獄のなかで』の場面の比較。トルストイの場合、モスクワから帰ったアンナは駅に彼女を出迎えた夫カレーニンを見て、こう思う。

「おゝ、どうしたことでしょう！　どうしてあの人の耳はあんななのかしら？」（一一四）[7]

ソルジェニーツィンの場合、囚人ゲラーシモヴィチは、収容所での妻との面会の場面で、

「彼がまず思ったのは、妻はなんと醜くなってしまったのだろうということだった」（二・二六〇）[8]

この思いの後、妻の貧相な外貌の客観描写を経て、主人公に同化し、彼の内部の声を伝える語

り手の描写が続く。「だが妻が醜いという、体のどこかからふとわきでたこのさもしい考えを、ゲラーシモヴィチは押し殺した。目の前にいるのは、この世でただ一人の、彼自身の半分であった女だった。目の前にいるのは、彼の記憶にあるすべてのものがからみあっている女だった」（同）

トルストイの場合、アンナ・カレーニナについての描写のスタイルはまったく違っている。「彼女は夫の執拗な疲れた視線に出会って、まるで夫が別の人間であることを期待していたかのように、何かしら不愉快な感情で心が締めつけられた。とりわけ彼女を驚かしたのは、夫と会うことで引き起こされた自己不満の感情であった」（同）

トルストイのこの描写には女主人公に対する作者の同化も、彼女の内的な声も感じとることはできない。そこに見られるのは、女主人公の心理と状況の客観的な描写だけである。アンナ・カレーニナには、ドストエフスキーやソルジェニーツィンの人物にとって極めて重要な意義を持っている「記憶」というものが、そもそも無縁である。

注目すべきは、アンナは作者によって、記憶や思い出による人間的な救済すらも奪われていることである。トルストイは彼女の死への旅路の途中で、こういわせている。「過去を根こそぎに出来ないのは、恐ろしいことだわ。根こそぎには出来ないけど、過去についての記憶を隠すことは出来るわ。私は隠すことにする」（八一九）

ソルジェニーツィンとドストエフスキーの場合、記憶や思い出は精神の基礎、人格の土壌であるばかりではなく、主題構成の思想的基盤でもある。『イワン・デニーソヴィチの一日』、『マトリョーナの家』、『クレチェトフカ駅の出来事』といった作品の形式自体、回想のジャンル、いいかえれば、「語りのメモワール形式」に属している。イワン・デニーソヴィチの一日は例外的な一日ではなく、思い出のなかで三千六百五十三日繰り返された日常の一日であった。目立たない素朴な農婦マトリョーナの形象は、語り手の思い出、記憶のなかで蘇らされ、彼女の義人の魂に光が当てられる。『クレチェトフカ駅の出来事』では主人公ゾートフが「その後一生、決してその人物を忘れることが出来なかった」と回想する人物との出会いこそ物語の中心的主題を構成する。このように、記憶、回想の空間において、ソルジェニーツィンの主人公たちは蘇らされるのである。

「記憶」、「思い出」は主人公たちの内部の声として、『煉獄のなかで』や『ガン病棟』では、主題の理念的な構成を決定している。『煉獄のなかで』で若い外交官のイノケンチイ・ヴォロジンに自分の運命を危険にさらす行動に走らせたのは、亡き母の記憶、母の日記に記された「倫理的随想（メモ）」と強く結びついていた。彼が母のメモに読んだのは、「憐れみ（жалость）はよき心の最初の動きである」という言葉であり、「〈世の中で一番大切なことは何でしょう？〉それは自分が不正に加わっていないという自覚です。不正は自分よりもつよく、不正はこれまでもあったし、これからもあるでしょうが、しかしたとえ不正がおこなわれたとしても、自分を通じてではないようにしたいものです」（二一・六九）という言葉であった。これらの母の遺言は息子に無意識的に強く作用し、いまや彼を次のような意識に導くのだった。

「以前ヴォロジンの人生観は、人生はただ一度しか与えられないというのだった。今度は内部に熟してきた新しい感覚で自己と世界の中に新しい法則を感じた。それはつまり、良心もやはりわれわれに一度しか与えられないということだった」（二一・七〇—七一）（傍点—原文）

この小説の主要な主題は母親の思想に影響されたイノケンチイ・ヴォロジンの決断と結びついている。彼はかつて母親が信頼して往診を頼んでいた医学博士が、外国の研究者との関係で当局ににらまれて、その身に危険が及ぼうとしているのを、電話で博士に伝えようとしたのである。その電話の声が録音テープに記録され、スターリンの命令により、その声紋の分析技術の開発に従事させられるのが特殊収容所の囚人たちで、その収容所の内部が小説の主たる舞台となっている。数学者グレープ・ネルジンは囚人研究者たちの中の主要人物の一人であるが、彼にまつわるエピソードの一つでも、妻との生活の記憶が彼に強い影響を与え、収容所の職員シーモチカという女性との関係の決定的瞬間に、彼を引き止めたのであった。

「君、ねえ……妻はぼくを、獄中の五年間とそれに戦争の期間、別れて待っていてくれたんだよ。ほかの女だったら待ってくれはしないさ。その後、彼女は収容所生活のぼくを支えてくれたし……差し入れもしてくれたんだ……　君はぼくを待つというが、それは……それは無理だ……ぼくは耐えられない、妻を悲しませることは」

（«-Ты знаешь…… она ведь меня ждёт в разлуке – пять лет тюрьмы да сколько – войну. Другие не ждут. И потом она в лагере меня поддерживала…… подкармливала…… Ты хотела ждать меня , но это не ……не……Я не вынес бы …… причинить ей»）（七三四[9]）

〔木村浩訳「僕は……僕が愛しているのは妻だけだ！　それに君も知っているとおり、妻は僕が収容所を転々としていた時、僕の命を救ってくれたのだ。その上、妻は僕のために自分の若さを犠牲にした。君は僕を待つつもりだといったけど、それはできない相談だよ！　僕が帰るところは妻のもとしかないのだ、僕にはとても妻を傷つけることは……」（二一・

二五九）〕

ちなみに、この場面で注目されるのは、語り手が直ちにシーモチカの立場に同化して、語りの言葉でこう応答することである。

「妻をだって！――ではこちらの女性はどうなんだ？　グレープ、よしたほうが良くはないか！　かすれ声の静かな一矢は一発で的を射たのだった。うずらさんはすでに殺されていた」

（«Той! – а этой? Глеб мог бы остановиться!.. Тихий выстрел хрипловатым голосом сразу же попал в цель. Перепёлочка уже была убита»）（同）

〔木村訳「ネルジンはもうやめたほうがよかった！　かすれかけた声で放った静かな一発がすでに的に命中していたのだった」〕（同）

この場面では、あちこちで語りのスタイルに彼女の声、反応が感じられることである。例えば、「だが、女はこの説教にほとんど耳を貸していなかった。この人は自分のことばかり話しているようだわ。でもわたしはどうしたらいいの？　シーモチカは、自分が家にかえり、退屈な母親に何事かむにゃむにゃいい、ベッドに泣き伏すさまを想像して、ぞっとした。何ヶ月も彼のことばかり思いながら眠りについたベッドに」（二・二六二）

ドストエフスキーの場合と同様に、ソルジェニーツィンの語りのスタイルでは、語り手がそれぞれの人物に自由自在に入りこみ、その意識や感覚に同化するかと思えば、一瞬のうちに、その人物から離れて、その立ち位置を変える。その結果、各人物の声は相互に対等の権利を持ち、ポリフォニックに響く。シーモチカの声の反映は次のような、ほとんどモノローグといってよい語りの叙述に見られる。

「私は目に見えないその女に対しいかなる妻の特権をも認めるわけにはいかない。かってその女はこの人としばらく暮らしはしたけれども、それは八年前のことだ。それ以来この人は戦争にいき、獄につながれたが、その女はもちろん他の男と暮らしていたにちがいない。子供もない若い美しい女が八年も辛抱できるわけがない！」（二・二六一）

シーモチカのこの声と対照をなして、ネルジンの言葉が響く。

「シーモチカ！　僕は自分が立派な人間だなどとは思っていない。それどころか、ドイツの戦線で自分のやったことを思い出すと、僕はひどく悪い人間だと思う。今君に対してだってそうだ……だがこれはうすっぺらなくせに平穏無事に暮らしている世界で得たものなのだ。悪いことが僕には悪いことと思えず、許されること、いや、ほめられてしかるべきことのように思えていたのだ。しかし非人間的で残酷な世界に低くおりていけばいくほど、奇妙なことに、僕はそんな世界にいても僕の良心に語りかけてくる小数の人たちの声に敏感に耳を傾けるようになったのだ。妻は僕を待っていないというのだね。それならそれでいいのだ！　ただ自分にやましさを感じるところがなければ……」（二・二六一）

精神の神聖な基礎としての記憶の力は『ガン病棟』の主人公オレーク・コストグロートフの、今後の生活の選択の主題をも決定している。病院から退院した直後、行くあてが定まらないオレークには三つの選択の可能性があった。看護学生のゾーヤの所に行くか、女医のヴェガの所に行くか、思い出の土地へただちに出発するかのいずれかである。女医のヴェガにより強く惹かれ、敬慕するオレークは彼女の住居を訪ねてみたものの、途中あまりに時間をとり過ぎて約束の時間に着けなかったため、彼女に会えなかった。その結果にいたるまでの時間、ヴェガと彼女の家で逢うことを想像するだけで、彼は恐れと喜びの感情に同時に支配されていたのだった。

「ヴェガの家に近づくにつれて、興奮はますます高まってきた。それは紛う方なき恐怖だった。ただし仕合せな恐怖、息詰るような喜びである。自分の恐怖を意識すること、それすらも今のオレークには仕合せなのだった！」（二・二二四）[9]

彼は心理的にダブルバインドの状態に陥っていた。一方からすれば、ヴェガとの共有感情に基づく高いレベルの関係性を求める気持ち、彼のその気持ちは次のような擬似直接話法によって伝えられる。

「なぜ行ってはいけないのだ、なぜ二人は立ち上がってはいけないのだ。二人はもう少し高い所へ歩んではならないのか。二人は人間ではないのか。少なくともヴェガは人間だ、ヴェガは！」（二・二二四）

他方では、そのような綺麗ごとでは済まないという予感に脅かされる。結局、オレークは駅から出した手紙に次のように記して、ヴェガと会うことをあきらめる。

「しかしヴェガ！　もし今日あなたに逢えたとすれば、私たちのあいだに何か正しくないことが、何かひどくわざとらしいことが始まっていたかもしれません！　あとで歩きながら、結局あなたに逢えなくてよかったのだ、と私は思いました。今までのあなたの苦しみのすべて、今までの私の苦しみのすべては、少なくとも名付けることができるし、告白することができます！　しかし、あなたと私のあいだに始まったかもしれぬことは、だれに告白することもできないのです！　あなたと私のあいだのそれは、何か灰色の、生気がない、しかも刻々育ってゆく蛇のようなものです」（二・二三二）

ここには主人公の意識の襞が深く描かれている。オレークは記憶の遠近法の布置において、予想される未来の視点から自分の現在を見通すことのできる、判断力にすぐれた人間である。彼はゾーヤに対する別れの手紙には次のように記したのだった。

「あなたはぼくより分別があった。おかげで今のぼくは良心の呵責を感じずに出発できます。せっかく呼んで下さったのに、お宅には伺えませんでした。ありがとう！　でもぼくは思ったのです。今のままにしておこう、この状態を損なうことはよそう、と。あなたにまつわるすべてのことは、感謝の気持とともに永遠に記憶から消えないでしょう。（二・二三二）

オレークは最後の瞬間に「美しきことの思い出」（と一章は名付けられている）の土地、ウシ・テレク（三本のポプラの意）へ向かう。そこは、かつて流刑中の彼がカドミン夫妻（婦人科医のニコライ・イワーノヴィチとその夫人エレーナ・アレクサンドロヴナ）と親しくなった土地である。オレークはこの夫妻に流刑生活を、「笑いと絶えざる喜び」をもって受け入れる術を学んだのであった。何が起ころうとも、夫妻はいつもいうのだった。

「非常に結構！　前の生活よりどんなにいいか知れない！　こういう魅力的な場所に来られて、私らはほんとに幸運だった！」（二・二七〇）

オレークはエレーナ・アレクサンドロヴナの、「《……》人間の幸福というのは生活水準にではなくて、心と心の触れ合いに、そして私たちが生活をどう見るかに懸かっている」（二・二七一）という意見に共感していた。

次に、「憐れみ」（«жалость»）と「同情」（«сочувствие»）、の概念こそ、「心と心の触れ合いと、私たちの生活を見る見方」の問題として、ソルジェニーツィンの創作全体に響き渡っているものだと、いえよう。ここで注目されるのは、再三繰り返されるあるコメントである。若い世代の主人公たちの記憶にあるソビエトの学校教育や社会生活では、「憐れみは人を貶める感情で、憐れまれる人間を貶めるのみならず、憐れむ人間を貶める」という思想が教えこまれていた。このことは、『ガン病棟』の少年ヂョームカや『煉獄のなかで』のイノケンチイ・ヴォロジン、ルシカ・ドローニンの口から繰り返される。例えば、

ドローニン「ドローニンひとりではなく、彼の世代の者すべてが、憐憫とはいやしむべき感情、『善良さ』とはわらうべき感情、『良心』とは僧侶のつかう表現だと教えこまれてきた。また一方で彼らは、密告は愛国的義務であり、密告される当人にとっても大いにためになることであり、社会の健全化を促進するものであると吹きこまれてきた」(一・二〇二)

この考えがイノケンチイの母親の「倫理的随想（メモ）」での教え、「憐れみはよき心の最初の動きである」にいかに反するものであったか！　息子は母親の教訓に忠実だったのである。

『ガン病棟』のオレーク・コストグロートフは臨終の床にあるエフレムに「同情」を抱く。「コストグロートフは憐れみをこめて　いや、戦友としての同情をこめて、エフレムを眺めた。今回、弾丸は貴様に当たったが、次はおれの番かもしれない。エフレムの過去の生活をコストグロートフは知らなかったし、この病室では特に親しかったわけでもないが、エフレムの率直さはかねてから気に入っていたのだった。オレークの人生経験からすれば、この男は決して最低の悪人ではない」(一・一〇)

オレークの眼差しの背後には語り手の目があることを、別のシチュエーションが物語る。恋人同

士のオレークとゾーヤが、自分たちのことにかまけて、瀕死の病人に特別の配慮をしない場面を語り手は描写しながら、こうコメントする。

「その患者はまだ生きていた。だが、あたりには生きた人間の気配はなかった。もしかすると今日がその患者の最後の日かもしれない。その患者はいわばオレークの親友なのだ。みんなに見棄てられ、同情に飢えている一人の人間。そのベッドに腰掛けて、朝まで付き添っていてやれば、臨終の苦しみはいくらか救われるかもしれない。だが二人は酸素吸入器の袋をそのベッドに置いただけで、さっさと階段を上りつづけた。瀕死の人間の最後の頼みの綱であるその袋は、二人にとっては物陰に隠れて接吻するための口実にすぎなかった」(一・二四六)

このように、ソルジェニーツィンの創作における語り手は常に人物の背後か、もしくは傍らにいて、時には人物のなかに入りこんだり、時には人物たちと同じレベルにいて、同伴者として外側からコメントする。そこにはいわゆる「全知の作者」の固定した立ち位置はない。読者が人物の外貌や生い立ち、経歴を知るのは、他の人物の目や言葉、あるいは主題展開のなかでの人物自身の告白などの語りを介してである。そうした幾つかの例を見てみよう。

オレーク・コストグロートフの面貌は最初、病院新入りのルサノフの目で描写される。ルサノフは風采は立派だが、組合の労務課の役職について、自分の保身に汲々としてきた男、いまや自分の病気におびえきっている人物である。その男の目にオレークは次のように映る。

「顔がいかにも悪人面で、隣人としては好ましい人物ではなかった。そう見えたのは傷痕のせいかもしれないし(それは唇の隅から始まり左頬の下部を横切って、ほとんど首にまで達していた)、上にも横にも突っ立っている梳らない強い黒い髪の毛のせいかもしれないし、あるいは単に粗野で残忍そ

うな顔の表情のためかもしれない」(二・一七)

この男はいったい何者か？　読者にとってのこの謎は徐々に明らかにされていくのだが、それはあくまでこの男に対する医学生のゾーヤの関心を通してである。ゾーヤはまず彼のことを、入院時の登録カードで知る。彼女には「これだけ読んでも身の上は明らかになるどころか、かえって曖昧になったようだった」(二・一六四)ゾーヤは彼から身の上の断片を聞かされたあと、かえって恐怖さえおぼえる。

「ゾーヤの胸はここで初めて締めつけられた。やはり複雑な事情があったのだ——あの傷痕にも、厳しい表情にも。ひょっとしたらこの男は恐ろしい殺人鬼かもしれない。今にも跳びかかってきて、ゾーヤを絞め殺すかもしれない！」(二・一六九)

この男はいったい何者か？　ゾーヤにとっても読者にとっても、この疑問が解明されるのは、結局のところ、オレークの自分自身についての身の上話によってである。

「オレークはもう喋らなかったが、ゾーヤは聞きたいことはすべて聞いたのだった。肝心なことは何もかも説明してくれた。追放されているのは人殺しのためではないこと、結婚していないのは肉体的欠陥のためではないこと。そして何年か経った今、昔の恋人のことをこんなにやさしく語るからには、この男はきわめて人間的な感情のもちぬしであるにちがいない」「苦難に耐え抜いた耐久力と強さを、ゾーヤはこの男にはっきりと感じていた。それは遊び相手の男の子たちには感じられぬ強さだった」(二・一七三—一七四)

このようにしてゾーヤのオレークに対する信頼感が強まったあと、いよいよ彼の顔の傷痕の原因となった事件が本人によって語られる。この瞬間、オレークの姿は突然に新たな光によって照らし出されることになる。彼の顔のその傷痕は四七年にクラスノヤルスク中継監獄で、ロシア人のならず者の囚人たちに食料を取り上げられた日本人捕虜たちに同情して乱闘に巻き込まれた時に受けたのだった。

これと似たような、視点の鮮やかな切り替えによる人物に対する見事な光の当て方を、『マトリョーナの家』のマトリョーナに見ることができる。語りの進行する現在においては、農婦のマトリョーナは、とりたてて他人の注意を引かない、平凡な存在である。彼女は目立たず、控えめで、お人よしで、世間の自己本位の人間にとってはまことに都合のよい人物である。第三者の目から見た彼女に対する評価は、物語の最後の部分で、彼女の義姉がのべる言葉に代表される。義姉によると、マトリョーナは「とにかく、だらしなかったし、家財を揃えようという欲もなく、経済観念がまるっきりなかった。なぜか餌をやって育てるのをきらって、豚を飼うこともしなかった。それにばかのお人よしというか、無償で他人の手伝いばかりしていた」（七〇）マトリョーナの誠実さや素朴さについてさえも、義姉は「軽蔑と憐れみの口調で語るのだった」（同）

このような第三者的な評判の直後に、語り手は突如、マトリョーナの短所と見える側面に、別の角度から光を当て、彼女の義人のイメージを浮かばせる。物欲がなく、虚飾を望まず、家族にも恵まれず、それでいておおらかな気持ちを失わず、滑稽なほど馬鹿正直で、他人のためにただ働きをして、何一つ貯えをしなかった農婦、この存在について、語り手はこうのべて、物語を締めくくる。

「われわれはこのひとのすぐそばで暮らしておりながら、だれひとり理解できなかったのだ。このひとこそ、一人の義人なくして村はたちゆかず、と諺にいうあの義人であることを。都だとて同じこと。われらの地球全体だとても」（七一）

　このような急激な転換によるマトリョーナの形象への光の当て方を可能にしているのも、語り手が彼女へ共感的な態度を持つ一方で、他方、物語の進行する現在において、彼女に対する他の人物たちの見方や評判、態度に依拠しての語り手としての外在的な立場を踏まえているからである。主人公に対する作者のこのような態度こそ、対話的というべきで、ドストエフスキーのポエチカに完全に対応しているといえよう。

　語りの構造における人物への光の当て方に、これに劣らないドラマチックな転換を、私たちは『クレチェトフカ駅の出来事』で見ることができる。この小説でも全知の存在は感じとれない。多くの場合、人物たちの外貌、表情、振る舞い、見解、状況は対話者同士の眼差しや言葉のやりとり、反応を通して叙述される。たまに語り手が口をはさむものの、まれである。語りの視点として、すべての人物が同等に振る舞う。

　この小説の主人公は軍用列車輸送本部の当直士官ゾートフ中尉であるが、その外貌を読者が知るのは、部下の配車係の女性ワーリャの目を通してである。

「ワーリャは中尉を眺めていた。おかしなほど後ろについている耳、じゃが芋みたいな鼻、眼鏡ごしによく見える薄青色に灰色のまじった眼。仕事のことになると口やかましいけれど、このゾートフさんは悪い人じゃないわ。とりわけワーリャの気にいっている点は、相手が妙に慣れなれしいところのない、礼儀正しい男性であることだった」（一〇二）[11]「ワーリャは、相手の丸い顔を眺めていた。眼鏡をはずせば、まるで子供みたいな頭になってしまう。あまり濃くない明るい色の髪が、ところどころ、まるで疑問符のように渦巻き形に突っ立っていた」（一〇三）

ゾートフ中尉は物語の中心であって、彼の周りに、一つの戦時下の状況のなかで、さまざまな運命の人物たちが相次いで登場する。ゾートフは愛国者で、原則に忠実で、正義感の強い、誠実かつ礼儀正しい人物であるが、語りの視野は広くない。その代わり、彼の背後には同伴する語り手がいて、彼を支え、より幅の広い直感力が働くように手助けする。その結果、「同化」、「共有体験」と「外在性」という反対方向の作者の感覚を駆使する大きな能力が彼にあたえられている。

主要な主題はゾートフと、疑いを招く状況で兵員輸送列車に乗り遅れた包囲脱出兵のトヴェリチーノフとの出会いにある。この謎めいた男はゾートフの前に、一見、きわめて感じの良い人物として登場する。この出会いには、『罪と罰』のラスコーリニコフとマルメラードフ、『白痴』のロゴージンとムイシキンの出会いを思わせるものがある。[12] 同じようにゾートフはトヴェリチーノフの微笑み、その第一印象のとりこになり、相手に興味を持つ。この見知らぬ男に対する好意を、ゾートフは幾度となく口にする。

「この無精ひげを生やした変わり者の微笑は、ざっくばらんな感じのよいものであった」（一三三）

「トヴェリチーノフは、相手を信じきった大きなやさしい眼をいっぱいに見開いて、ゾートフをじっと見つめた。その話ぶりは、めったにないくらいゾートフには快いものに思われた」（一三九）

「しかし、ゾートフはこの立派な頭をもつ教養ある人物に対する自分のひそかな好意を、やはり何か物的な証拠で裏づけたかったのである」（一四五）

ゾートフは自分の経歴の重要な一時期について元俳優と称するこの見知らぬ男に打ち明けさえし

た。自分についてのこの打ち明け話の直後、ゾートフは突然に、予期しなかった相手の疑わしさにぶっつかることになる。スターリングラード（一九二五年に改名されるまでは、ツァリーツィン・「皇后の都」と呼ばれていた）について、この元俳優がこうたずねたのである。

〈「失礼ですが……スターリングラードというと……昔はなんと呼ばれていたでしょうか？」とたんに、ゾートフのなかで何かが破裂し、ひやりとしたものが背筋を走った！　こんなことがありうることだろうか？　ソビエトの人間が――スターリングラードを知らないなんて？　いや、絶対にそんなことはありえない！　絶対に！　絶対に！　そんなことは想像もつかない！〉（一五八）

この瞬間、ゾートフのトゥヴェリチーノフへの信頼は瓦解した。ゾートフはトゥヴェリチーノフへの疑念を隠しながら、彼を取り調べ当局に引き渡した。それでもなお、ゾートフの気持にはトゥヴェリチーノフを決定的にスパイと疑いきれないものが残った。次のような叙述が続く。

「数日が過ぎ、革命記念日も過ぎ去った。だが、あのすばらしい微笑と、縞模様のワンピース姿の少女の写真を持っていたあの男のことは、ゾートフの頭から離れなかった。何事も、しかるべきようになされたのだ。しかるべきように、だがはたしてそうだろうか……」（一六九）彼は当局へ問い合わせてみた。返事は「取調べ中だ！」だった。しばらく経って、予審判事に会う機会があって再度、たずねてみると、「きみのトゥヴェリキンとやらの事件も、きっと解決されるだろうよ。われわれの仕事には失敗なんてないんだから」という返事だった。

こうして、真相はゾートフにとっても、読者にとっても闇の中に取り残される。物語は次のような最後の一行でもって閉じられる。

「だが、その後、ゾートフは生涯決してあの男を忘れることはできなかった……」（一七二）[13]

これまで見てきて、私が注意を向けたいのは、「同化」、「共有体験」と「外在性」、「距離の確保」という反対方向の往還は美学上のかけひき（戦術）、作者の手法（擬似直接話法）であるばかりではなく、最も重要なことは、世界に対する作者ソルジェニーツィンの人間学的思想を映しだした主人公たちのイデーでもある、ということである。これまでに見てきたように、作者は主人公達をこの二つの反対方向の境目に立たせ、自分の意思での選択を迫るのである。その際に、「記憶」、「思い出」、「憐れみ」、「同情」といった概念は、人物達の内部の声、独立した人格の表象として、ソルジェニーツィンとドストエフスキーに共通する人間学的思想、言い換えれば、対話の思想に関わることになる。この二人の作家の創作に見られるポリフォニズムは、このような共通した対話的人間学の思想に由来するものと見るべきであろう。

むすび

ドストエフスキー文学のポリフォニー的性格を指摘したバフチンはそのドストエフスキー論（『ドストエフスキーの創作の諸問題』«Проблемы творчества Достоевского» 1929）を執筆するための予備的作業として一連の論文を書いている。それらは一九七九年に編者たちによって『美学的活動における作者と主人公』«Автор и герой в эстетической деятельности» という表題でまとめられて出版された。そこで彼が駆使している主要概念こそ、私がこの論文でソルジェニーツィン文学の分析に適用した「共有体験」と「外在性」という反対方向の往還の概念である。バフチンが「ポリフォニー」という用語を用いるようになるのは、『ドストエフスキーの創作の諸問題』（一九二九年）以降であって、音楽用語を転用しての比喩的説明は、むしろ読者に曖昧さを招く原因になっているのではないか、と思われる。バフチンがこの用語を登場させたのは、トルストイなどの自然派の流れを組む「モノローグ小説」と対比させるための便宜的な概念ではなかったかと想定されなくもない。問題の本質はあくまでバフチンが予備的作業でおこなった作者と主人公の関係の考察にあり、人物の声を相互に独立したものとして響かせるための作者の位置取りが要点なのである。

このような目でドストエフスキーの創作を見る時、日本近代小説の先駆者であり、ロシア文学の紹介者であった二葉亭四迷が、ドストエフスキーの作者と主人公の関係に注目しながら、いち早く「同化」と「外在性」の往還の問題を洞察していたことに、思い到らざるをえない（エッセイ「作家苦心談」明三十年、一八九七）。二葉亭はツルゲーネフとドストエフスキーを対比しながら、ツルゲーネフに見られる作者の「外在性」（「人物以外に作者が出て」、「批評」、「傍観」、「外囲の方から内部に這入っていく」）を指摘する一方、ドストエフスキーについては、「同化」（「作者と作中の主たる人物とは殆ど同化してしまつて、人物以外に作者は出てゐない趣」、「直ちに世の実相の真中にとびこんで、其れから外囲の方に歩を進めてゆく」）、に注目して、ドストエフスキー的方法への自分の共感を明言しているのである（「私は今のところでは直ちに作中の人物と同化して仕舞ふ方が面白いと思つています」）。しかも二葉亭はこの「同化」の方法が「抒情的《リリカル》」に傾く弊害をも意識していて、「人物を活現する妨げをなす虞はある」として、「何とか好い工夫」をこらさなければならないといっている。この言葉の裏には、二葉亭が明らかに「同化」と「外在性」の往還の問題の重要性を意識していたことがうかがわれよう。

さらに注目すべきは、彼が作者と主人公の関係のこのような問題を、単に創作方法にかかわる美学上の問題にとどまらず、「世の中を見る二つの見方」として、「作家で云ッて見ればドストエフスキーとツルゲーネフとは、此の二様の観世法を代表してゐる気味があります」とのべていることである。いいかえれば「人間観」、「人間学」の問題としてとらえていたのである。であればこそ、「一々人物が浮きあがって、躍動する気味がある」ツルゲーネフとは違って、ドストエフスキーの方は、「幾分か人物はぼんやりしている」ものの、「人物と人物との関係に大いなるアイデヤが熾んに見える」という指摘に人間学的な深い意味が感じられるのである。

このように見てくる時、二葉亭の一〇年後に作中人物に対する作者の位置をめぐって論じた夏目漱石も視野に入ってくる（『文学論』第四編第八章「間隔論」明四十年、一九〇七）。漱石は「批評的作物」と「同情的作物」という概念を使って、「一切の小説を二大別するを得べき方法」とした上で、方法にかかわる「形式的間隔論」を唱えた。その論旨の示す内容は、二葉亭のいうツルゲーネフ型の叙述のスタイルとドストエフスキー型の叙述のスタイルの指摘に、完全に読み換えることができる性質のものである。しかも漱石が方法上の「形式的間隔論」を超えて、「作家の態度となり、心的状況となり、主義となり、人生観となり、発して小説の二大区別となる」「哲理的間隔論」の領域があることを示唆していることは、二葉亭の「観世法」という表現に重なる。また漱石の『野分』、『こゝろ』をはじめとする創作が「批評的作物」よりはむしろ「同情的作物」の範疇に属することは、明らかである。また「同化」と「外在性」の問題は、漱石においては「人情」、「非人情」の概念に転位されて論究されていると私は見る。[14]

自然科学や合理主義的な精神を背景とした十九世紀的リアリズム・写実主義・自然主義の流れに抗して、「全知の作者」、「観察者」による一元的な描写のスタイルの限界を悟り、対話的な人間観を基礎にした創作に、より深い人間描写のリアリズムを求めたのがドストエフスキーであった。二葉亭四迷や夏目漱石、そしてまたソルジェニーツィンもこうした方法の流れを汲む作家であるといえるだろう。

最後に一つ補足的に指摘しておきたいことがある。それはソルジェニーツィンにあっては、絶対主観の独善的自我主義としての「地下室的な心理」はほとんど主題としては登場しないことである。むしろより実存主義的な極限状況のなかでの人間の生きざまがソルジェニーツィンの主題であって、『ガン病棟』の主人公オレークが志向するカドミン夫妻の生きかた、つまり流刑生活を「笑いと絶えざる喜び」をもって受け入れる態度が根源的な人間の条件として提示されている。絶望のなかでの精神の高揚としての「歓喜」、これはドストエフスキーの地下室人の自意識やキルケゴールの「不幸な意識」に通底するものの、自我主義に収斂するのではなく、他者との「存在了解」、「生きている実感のなかに、人々とともにあること」の喜びを示す「微笑」に転位される――これは椎名麟三が『永遠なる序章』で提示した主題でもあった。[15]

「今日からわたしの肉体も自分にとってはもはや無用の長物だ。ただ私の精神と良心だけが、私にとって何より重要なのだ」「すべてを諦めた人だけが勝つのだ！」（一・一九三）『収容所群島』の記述に見られるこうした逆説の精神こそ、私たちの想像を絶する苦難の時代と状況を超人的に生き抜き、九十歳にわずか四ヵ月とどかずして世を去った偉大な作家の人間と文学の真髄をなすものであったと、私には思われてならない。

註

1 舞台の裏に隠れた「一次的作者」とそれに代わり表に出た「語り手」、そして権威のない語り手の役割を奪って表面に出て弁説をふるう副主人公といった、ドストエフスキーにおける同時代の「自然派」の作者たち（ゴーゴリやツルゲーネフなど）とは異質な語りのスタイルの自在さを、私は初期の中編小説『弱い心』の分析で考察した。拙論「小説『弱い心』の秘密——なぜ二人は互いに理解し合わなかったのか？——」（本書第三章一）を参照されたい。

2 「作中人物の言葉を直接話法や間接話法によらず、語り手の声にかぶせて再現する手法で、これにより語り手と作中人物の声（視点）が二重化される」（F・シュタンツェル『物語の構造——〈語り〉の理論とテクスト分析』前田彰一訳、岩波書店、一四頁）

3 ソルジェニーツィン著『イワン・デニーソヴィチの一日』木村　浩訳、新潮文庫、八頁

4 Лихачев Д.С. Литература-реальность-литература .Л., 1984.С.88

5 Гиголов М.Г. Типология рассказчиков раннего Достоевского// Достоевский: Материалы и исследования. Т.8.Л.,1988.С.5

6 Ягодовская А.Т. Образ и смысл предметного мира в романах Ф.М. Достоевского // Типология русского реализма второй половины XIX века. М., 1979.С.138

7 Л.Н. Толстой. «Анна Каренина» Гос. изд-во Худ.лит., М.,1955　引用末尾括弧内は頁

8 ソルジェニーツィン『煉獄のなかで』木村浩・松永緑弥訳　タイムライフインターナショナル、

一九六九年。括弧内は巻数と頁。

9 ソルジェニツィン『ガン病棟』小笠原豊樹訳、新潮社、一九六九年。括弧内は巻数と頁。

10 ソルジェニーツィン『マトリョーナの家』木村浩訳、新潮文庫、一九七三年。括弧内は頁。

11 ソルジェニーツィン「クレチェトフカ駅の出来事」―『マトリョーナの家』木村浩訳、新潮文庫、一九七三年。

12 ラスコーリニコフの背後にいる語り手はマルメラードフと彼との出会いの場面を次のようにコメントする。

「まったく見知らぬ間柄でありながら、ひとことも言葉を交わさない前から一目見て、とつぜん、急に興味を感じだすといった出会いがあるものである。ちょっと離れた場所に座っていて、退職官吏に似ている客がラスコーリニコフにまさしくそのような印象をあたえた」（六―一二）

ロゴージンは小説の冒頭の部分、列車での出会いの後、駅頭での別れ際に、ムイシキンにこう告げる。「公爵よ、なぜお前を好きになったのか、おれにも分からねえ。こんな時に出会ったせいかもしれねえな。でもこいつ（彼はレーベジェフを指した）にも出会ったのだが、好きにはなれなかったものな。公爵、おれんちに遊びにこいよ」（八　一二）

13 主人公ゾートフのこの思いの背後に、作者ソルジェニーツィンが『収容所群島』で「継電器探知器」と名づけている彼の独特の直感能力の存在が感じられる。

「自分がその創造に関与しなかったこの神秘的な継電器探知器は、私がそのことを思い出すより早く作動した。相手の顔や目を一目見たとたん、あるいはその声を耳にした瞬間、それはひとりでに作動して、私の心をその相手に開放するか、ほんの少ししか開かないか、あるいは完全に閉じてしまうかするのだった。それは常に誤りがなかったので、私には保安将校が懸命に密告者を狩り出すのもばからしく思われたほどである。なにしろ、裏切者の役を買ってでた連中はその顔を見ても聞いてもすぐわかるからだ。非常にうまく化けているように見える連中でも、どこかしっくりしないものだ。また、これとは逆に、私の探知器は自分が最も大切に心にしまっていたこと、たとえばもし当局に知られたらそれこそ死刑にもなるような隠しごとや秘密を、知り合った最初から打ち明けてもいいような人びとの識別にも力をかしてくれた。こうして私は懲役八年、流刑三年、さらに危険性では前者に少しも劣らない地下著作業の六年を過し、この十七年間にわたって何十人という人びとに軽率にも心を打ち明けてきたが、ただの一度も失敗したことはなかった！——こんなことはどの本でも読んだことがないので、私はここに心理学の愛好者のために書きとめておくことにする。このような精神的メカニズムは多くの人びとに備わっているように思われる。だが、あまりにも技術と知性の発達した時代に生きる私たちは、このような奇跡を軽視し、それが自分のなかで発達することを妨げているのである」（『収容所群島 1』ソルジェニーツィン著、木村浩訳、新潮文庫、一九七五年、二七三頁）

14　この問題については、「ドストエフスキーと漱石——『草枕』における「憐れ」と「非人情」の概念をめぐって」（拙著『ドストエフスキー　その対話的世界』成文社、二〇〇二年所収）を参照。

15　拙論「椎名麟三とドストエフスキー」（本書第6章二）

二、椎名麟三とドストエフスキー

かつて「日本のドストエフスキー」と呼ばれ、ドストエフスキーとの出会いとその影響を自ら「ドストエフスキー体験」と称して多くのエッセイで繰り返し語った椎名麟三が没して、今年はちょうど三〇周年に当たる（一九七三年三月二十八日没）。彼が生きた時代と生の体験ははるか昔の出来事のように思えるが、彼がドストエフスキーから学んだ文学の意味と方法の問題は、いまなお私達に問い掛けてやまないものがある。

椎名麟三によれば、文学の本質は救いを求める「叫び声」であり、そのことを彼はドストエフスキーから学んだ。椎名が出会った最初の作品は『悪霊』であったが、彼が繰り返し語るところによれば、「それは私に、たとえ人生に解決がなくても、助けてくれ！　と叫ぶことはできるということを教えてくれたのであった」（「ドストエフスキーと私」一九[1]二）、〈私は、その作品によって文学への目をひらかれたのであります。つまり彼の作品から「この人生はたとえ意味がなくったって、助けてくれと叫ぶことはできるだろう、それが文学なんだ」ということを学んだようであります〉（「ドストエフスキーとの出会い」二[1]二三）、「とにかく彼は、追いつめられた者でも叫ぶことはできることを教えてくれたのだ。僕は、文学へ関心をもった」（「生きるための読書」一八〇[1]）

どのような状況でドストエフスキーと出会ったかについても、椎名は繰り返し語っている。昭和四年、十八歳の時に関西の私鉄の労働者として非合法の労働組合、および共産党細胞を組織し、昭和六年秋に逮捕されて、翌年、裁判一審で非転向のため四年の判決を受けた椎名は、控訴中の未決囚の独房で、差し入れられた文庫本の一冊・ニーチェの『この人を見よ』に出会った。彼はこの本を「失意の価値転換」のばねとして、「ニーチェの名を利用」して、昭和八年初めに転向の上申書を書いた。昭和八年四月末に執行猶予で出所するが、筆耕を職業として生活をしのぎながら、「主体的なニヒリズムの克服を求めて、いわゆる生の哲学の系譜を読んで」（「生きるための読書」）いくうちに、ドストエフスキーの『悪霊』に出会い、前記のような感慨をもって、文学に開眼したのだった。

一審非転向を貫いて四年の判決を受けた椎名がニーチェに依拠してとはいえ、なぜ急に転向上申書を書いたのか。これにはやはり昭和八年という時節の重圧を考えざるをえないだろう。椎名はこの頃のことをこうのべている。

「一審で転向しなかったために、四年の判決を受け、控訴した。一言でいえば、同志だけでなく、プロレタリア全体に対する僕自身の愛についての疑惑であった。その疑惑において僕は、自分を失い、そのような疑惑をもったということで、階級に対する裏切りを経験した」（「生きるための読書」一七九）

椎名がこうのべていることとの背景に目を転じると、昭和八年二月二十日には小林多喜二が築地警察署で、拷問・虐殺されている。同年六月には佐野学、鍋山貞親ら共産党最高指導者が獄中で転向声明を出す。翌九年三月には「日本プロレタリア作家同盟」が解散する。そうした状況に符牒《ふちょう》を合わせるように、ドストエフスキーの『地下室の手記』を論じたシェストフの『悲劇の哲学』が翻訳・刊行され、社会の軍国主義化が進むなかでの知識人の転向心理に影響をあたえ、文学の方法の問題としても、横光利一の「純粋小説論」や小林秀雄の「私小説論」に波及していくことになる――この状況について、かつて私は雑駁《ざっぱく》ながら論じたことがあった。[2] 当時のジャーナリズムや論壇で「シェストフ的不安」「シェストフ現象」という表現で論じ、また「純粋小説」とは何かをめぐって論争したのは、既成の文学者や思想家たちであったが、総じて手探りの観があって、問題の本質に迫りえているとはいえなかった。むしろこの時期、無名の文学青年・大坪昇（椎名麟三）において進行していた過程こそ、実はそれらの問題の本質を浮き彫りにするものではなかったろうか。

シェストフ的問題とは何か？　自己の理想への信念が崩壊して、足場を失った後に、なおかつ生きなければならないとしたら、人は何を拠り所に生きていったらよいのか、という問いである。このロシアの思想家の語るところを引こう。

「理想主義が現実の攻撃に対して無力であり、又、運命の意思の儘に人が現実にぶつかり、美しい「先天的なもの」がすべて虚偽に過ぎないことを発見して驚いたときに、その時初めて懐疑の心が彼の内に湧き、古い空中楼閣の壁を一挙にして破壊するのである。ソクラテス、プラトン、善、人類愛、観念、――懐疑主義や厭世主義の悪魔から純な魂を守ってくれた聖人や天使の一群は跡形もなく消え失せ、人は地上の敵共に直面して恐ろしい孤独を感じ、己に最も忠実な、親しいものも決して自分を救ってくれることが出来ないことを知るのである。

悲劇の哲学が始まるのは此処からである。希望は永久に消え失せた。然も生きてゆかねばならず、生命はまだまだ長い。仮令《たとえ》死にたくとも、死ぬことはできない」[3]

シェストフによれば、このようにして人の前に開かれるのは「物自体の世界」であり、「新しい現実」である。椎名が自分の転向について語り、作品の主人公の感覚について描く叙述は、どれをとってもシェストフの右の言葉を思わせないものはない。椎名は自分の体験を「何から何へ」の転向ではなく、「脱落」だとのべている。ニーチェの「自我主義」、「超人」の概念、それは椎名にとって「自己が自己を克服する」、そういうマルクス主義には絶対に存在しない考え方」であり、それとの出会いがマルクス主義に対する「空虚でむなしい脱落感」をもたらしたとのべている（『戦後派作家は語る――聞き手　古林尚』筑摩書房）[4]。椎名が刑務所の体験についてのべているところによると、「牢獄の経験はわずか二年たらずにすぎない。だが、この二年たらずの間に、私は精神的な危機というものを体験したのである。その危機は、その後の私の生き方を決定したといっていいであろう」　その体験の詳細は『自由の彼方で』という小説に書いてしまったといい、「一言で言えば、私の精神的土台の崩壊を見たといっていいだろう。一つは拷問のときの自己の無意味感である。何度か引き出されて拷問されたとき、今度は死ぬだろうと感じたとき、ふいに自分の一切が無意味に感じられたのである」（「わが心の自叙伝」四七二）[5]

過去の自分および周囲の一切に対する虚無感にとらえられ「自己が自分を克服する」ロマン主義的な自己超克に新たに自分の生の根拠を置いたとき、椎名の文学は出発した。椎名文学の最も大きな主題は「自由」であると思われるが、生のぎりぎりの、あるいはどん詰まりの境地から出発した彼の「自由」の性格とはどのようなものであったろうか。「自己が自己を克服する」という自我・主体性を強調する立場からの「自由」の追求が意味するものは、キルケゴールの「イロニー」は主体性の規定である。イロニーにおいて主体は否定的に自由である」（一八〇）[6]（傍線―引用者）、という言葉に意味されているものに近い。

「イロニー的主体にとっては、あたえられた現実はその妥当性をまったく失っている」（一七八）

「なぜなら、主体に内容をあたえるべき現実がそこにはないし、あたえられた現実が主体をそのなかにとらえておく拘束から主体は自由だからである。しかし、主体は否定的に自由なのであり、そういうものとして漂遊的である」（一八〇）

一人称で書かれた椎名の文壇デヴュー作『深夜の酒宴』の主人公は自分の置かれた現実に対して「堪える」という言葉をくりかえす。「堪えるということは、僕にとって生きるということなのだ。堪えることによって僕は一切の重いものから解放されるのだ。そしてまた堪えることによって、あの無関心という陶酔的な気分を許されるのだ」（一・六九）[7]

「堪える」ということが、現実に拘束されることではなく、反対に拘束から主観的に抜け出し、軽さを獲得し「漂遊」することを意味するイロニー的な「自由」がここに示されている。アパートの管理人で伯父にあたる仙三から頬を強打された主人公はこう語る。

「僕はそれに堪えた。《……》そのとき僕に自分の頬にあつい疼痛を感じたのだつた。それは何かの光のようだつた。

僕は眼まいを感ずるような早さで自分の頭が軽く明るくなって行くのを感じた。生きていると僕は考えた。僕は笑い出した。心から笑い出した」（一・七二）

「自由」と並んで「笑い」「微笑」が椎名文学のイデーに迫るキーワードと思われるが、「自由」がやや遅れて『永遠なる序章』以降、頻出するのに対し、「笑い」は文壇デヴュー第二作『重き流れのなかに』で、次のような表現で引き継がれる。

「突然僕は笑い出した。狂ったように笑いだした。全く人間がどうして自分の運命を変えることが出来るだろう。……人間に不幸と死をもたらすこの暗い重いものに腹を立てるということは、ただの道化ではないか。だから僕は笑うのだ。そして笑っている自分を更に笑うのだ。……僕はなお笑い続ける。何故ならこの笑いによって何者かへ陋劣な復讐をしているからだ」（三・二六六）

この笑いもまた「全く人間がどうして自分の運命を変えることが出来るだろう」と諦観し、主観的に自己を超えようとするところからくる否定的、消極的な自由の表明にほかならない。主人公をこのような戦法に駆り立てるものは決定論的な「運命」の意識である。「絶望と死、これが僕の運命なのだ」とのべる『深夜の酒宴』の主人公は、運命の力を行使するものは何か、を自問しながら、「自分の心の隅から、それは神だという誘惑的な甘い囁きを聞いたのだった。だが僕はその誘惑に堪えながら、それは自分の認識だと答えたのだった」（一・七三）とのべる。

『重き流れのなかに』の主人公は自分にとって「神」は求めども不在であるといい、自分はすでに「発生に於てほろびていた」、「全く壊滅は僕の発生に於て起こつていたのだ。そしてこの自覚だけが、僕を愛に於て人類へ強く結びつけているのを感ずるのだ。未来や不幸や憎悪を超えさせていく僕の笑いもこの自覚から生じているのだ」（三・二七一）とのべる。これらの言葉に見られるのは、椎名の主人公たちの深いニヒリズムである。

『永遠の序章』以降になると、それまで「堪える」、「笑い」という生理的な表現で示されてきた境地が「自由」という観念に昇華される。またそれに並行する「微笑」も含意をともなったものになる。

『永遠なる序章』の主人公・安太は余命三ヵ月という状況で、その意識がもたらす戦慄のなかで、「歓喜」にあふれる。「全くどうして、酔うような強い歓喜が自分を打ちひらくのであろう。こんなことは今迄にないことだ。そして一瞬、安太は、この歓喜のなかに何かの啓示のようなものを感じている。その彼は、自分がまるでふいに殻をむしりとられたさなぎのような感じがしている。何か自由で、何かその自由が肌寒い」（二・一五二）。そして主人公は無意味な人生を意味あるものに変える「激情」にこそ「真の自由」があると考える。

絶望のなかでの精神の高揚としての「歓喜」、これはドストエフスキーの地下室人、またキルケゴールが『死にいたる病』で分析している「不幸な意識」を連想させるものがあるけれども[8]、椎名の場合、絶対的主観の独善的自我主義に収斂していくのではなく、他者との「存在了解」、「生きている実感のなかに、人々とともにあること」の喜びを示す「微笑」として表現される。

『邂逅』では、主人公安志の「微笑」と「自由」の感覚にとりわけ重要な意味が付されているが、登場人物の視点が、相互に徹底的に相対化されているこの小説では、安志の「微笑」は別の人物（実子）の視点でこう批評される。「非人間的な微笑、笑いだけが、独立しているような笑い方だわ。彼女は屈辱を感じた。こんな男に支配されてたまるものか。あの微笑が自由に見えるのは、きっとあいまいさなのだ」（六・一三六）「石が笑ったらあんな感じがするにちがいないという気がした。とにかくあれは自分の自由をもたない死んだ男の笑いなんだわ」（六・一三七―一三八）また安志の妹のけい子は「あの兄に感じられる一種の快活さ、それは奴隷の快活さにすぎないのだわ」という感慨をのべる。

このような客体化された他者の視点にたいして、並列して描かれる安志本人の主観を語るモノローグはどうか。「おれたちの前に立つている銀行。現代を支配する宏壮な神殿。彼は微笑した。おれはお前たちのために苦しんでいるということは事実だが、しかし残念なことには、おれはお前たちが空虚な、白塗りの墓であることも知つているのだ。お前たちはおれに対して絶対的であることは出来ないのだ。死でさえもおれに対して絶対的なものであることは出来なくなつているのだ。……おれはおれの無力に苦しみ、悩み、疲れている。それがお前たちに対するおれの自由と喜びのユーモラスな告白なのだ。安志は自分と世界に対する親愛を感じながら微笑した。おれは自由なのだ」（六・一三七）

安志の「微笑」に警戒していた実子は、小説の最後には、あの男を拒否しなければならないという「理性」と、「はっきりとあの男によつて生かされているという愛との、理屈にあわない調和」、そしてそこに「新鮮な、ひどく現実的な力」を感じるにいたる。

このように見てくると、キルケゴール的な「否定的自由」の逆説性を身体表現（笑い、微笑）、感覚的気分（自由感）に転位させて、他者との連帯の倫理的モチーフにまで高めようというねらいが、椎名文学の理念的本質をなすものといえよう。

椎名へのドストエフスキーの影響を考えるとき、『地下室の手記』と『悪霊』が前面に出てくるのも偶然ではない。『自由の彼方で』の主人公は、ドストエフスキーの地下室人をなぞるかのように、刑務所の独房で、虫歯の痛みに快感を覚える。「強く押されるたびに起るむし歯の痛みや、鋭くとがった歯に食い込まれる指先の痛みや、むし歯特有のゴム臭などが、彼に深い快感をあたえるのだ」（二・九〇―九一）

ところで椎名は、「ドストエフスキーとの出会い」というエッセイのなかでは、自分の経験からいって、歯痛に快感を感じたことは一度もないといい、歯痛にともなう意地悪いうなり声が、実は神に対して向けられたものであり、そのことによって、歯痛の苦しさがある快感をあたえるのだと知ったが、それは後年キリスト者になってやっと分かった、とのべている。『自由の彼方で』は確かに入信後の作品であるが、歯痛のくだりはドストエフスキーからの転用であることは疑えない。

高堂要氏が平野謙を引用しながら指摘していることであるが、『深尾正治の手記』の主人公の重病の娘美代に対する振る舞いに、地下室人のリーザに対する態度を重ねあわせて見ることができる。同じ下宿の住人である病気の美代の部屋を見舞いに訪れながら、その場の意地の悪い気まぐれで、娘をしたたかに傷つける。あなたの墓はみんなで決めた。ゴミ捨て場の近くだ。費用節減で棺桶は自分たちでつくるが、あなたの背丈はどれだけか。「死体になったら少しはちぢむということですが」といって、美代を怒らせる。主人公は金包みをそっと置いて逃げ帰るが、「もう僕はたしかに救いがたい人間である。しかしもうどうしようもないのだ。一体、誰がこの僕をとめることが出来るだろう」（六・五四）と自分をもて余す。

椎名によるドストエフスキー受容の最深地点はエッセイ「矛盾の背後の光」[9]その他でのべていることであろう。それは『悪霊』のキリーロフとスタヴローギンの会話の場面にかかわる。

キリーロフがスタヴローギンに向かって、「すべてがよい」といい、後者が「少女を凌辱してもいいのか」と問い詰めると、キリーロフは「もちろんそうしてもいい。人間はすべていいからだ。しかしもし、それを悟ったら、娘っ子を辱めたりしないだろう」というくだりである。「すべてはいい」ということと、「そうしないだろう」ということの間にある「矛盾」に椎名はある種の啓示を受けている。「ここを読むたびに感動し、この矛盾した言葉の背後から、何かしら新鮮な自由をかんじさせる光が感じられてくるのであった」と、椎名はいう。そしてその自由の光が「この矛盾の両項を成立させているイエス・キリストからやってきたものだ」と分かったのは、のちにキリスト者になってからだった、と告げている。ここに「人間の全的な自由の宣言」とともに、そこから「個人的な自由として道徳を守る」という理想を、椎名は読みとっているのである。

このように、椎名は自らの作品の主題にかかわる理念をキルケゴール、ドストエフスキーから学びながら、同時に作品構成についても学ぶところが大きかった。昭和十七年、まだ作家修行を始めてまもなくの頃、椎名は「ドストエフスキーの作品構成についての瞥見」というエッセイを書いている。[10] そこでのべられているところを要約してみると、いわゆる通俗小説が「事件を線とする構成」であるのに対して、ドストエフスキーの作品構成の特徴の一つは、「事件を点とする構成」である。「構成の究極的な小単位としての事件」が多数独立して相互に無関係に存在するところへ、主題が持ちこまれ、作者の構成作業が始まる。その主題とは人物化した思想であって、「一つの観念の生命がその人物の生命となっているところの人物」なのである。その主題の思想のなかに事件がとり入れられると、それらの事件はたちまち「小説的な生命をもち、何かへ発展しようとする機能をもつに至る」（傍点―原文）この段階ではまだ事件と主題は別個に存在し、発展の目的も作者にはまだ漠然としている。ドストエフスキーの巨大な才能が発揮されるのは、「実にこの主題（又は人物）と事件との関係づけに於てなのである。そこで彼は人間心理の深淵まで降りて行って、主題（又は人物）と事件との連続性あるいは因果性を感得するのである」しかもこの「事件の場」はプロットと呼ばれる時間上の固定ではなく、「場面として」固定される。

ドストエフスキーの作品構成の第二の特徴として椎名が指摘するのは、一つの作品に主題が「大小無数」にあること。いうならば人物と同じ数だけの主題があり、その軽重は人物の位置によって決まるが、「その主題の群は、相互に連関を欠いているので、ドストエフスキーはその主題の間を緊密にし、全体的な主題の下に制約しようとした」。

だいたい以上が椎名の所説であるが、「事件を点とする構成」、複数の人物化した思想としての主題の並存、さらに「事件の場」が時間的な展開ではなく「場面」として描かれるという論旨は、おのずとバフチンの次のような指摘を思わせる。

「ドストエフスキーの芸術的眼の基本的カテゴリーは形成ではなくて、共存と相互作用である。彼は自分の世界を主として、時間においてではなく、空間において見、かつ思考した」（ロシア語版『ドストエフスキーの詩学の諸問題』一九六三年、三八頁）

またイデー（観念）と主人公の関係についての、バフチンの次のような言葉は椎名の補注のごときものとして読むことが出来よう。

「ドストエフスキーのすべての主要主人公達は《……》めいめい〈大きな未解決の思想〉をかかえ、まず必要としているのは、〈思想を解決すること〉である。思想（イデー）のこの解決にこそ彼らの真の生活と独自の未完結性のすべてが含まれている。もし彼らが生きている場であるイデーを無視してしまったら彼らの人物像は完全に壊されてしまうだろう。いいかえれば、主人公の人物像はイデーの像と密接に結びつき、彼らから切り離せない。私たちは主人公をイデーの中に、イデーを通して見、イデーを主人公の中に、主人公を通して見るのである」（同、一一五頁）

椎名の文壇デヴュー作は『深夜の酒宴』（一九四七年二月発表）である。この作品には原型ともいうべき、同じ題材で書かれた『黒い運河』という先行作品があって、四六年七月二十四日に浄書完成していたものが、八月上旬には改題改作されて、『深夜の酒宴』として発表されたといういきさつがある。[11]この両作品にどのような違いがあるのか。まず登場人物、場面ともにほとんど同じであるが、叙述の視点とスタイルに明確な相違が見られる。『黒い運河』は三人称で書かれ、局外の語り手の存在が明確に感じられるのに対し、『深夜の酒宴』は主人公・須巻の一人称で書かれた手記という形をとっている。

舞台は下町の貧乏アパートで、そこの住人たちの生態を描いたものだが、確かに自然主義的描写にうってつけの題材ではある。戦時中、共産党員として獄中にいた主人公の須巻は敗戦と同時に釈放され、伯父・栗原仙三の経営する安アパートにころがりこんでいる。彼は『黒い運河』では獄中で気が変になり、入院したこともある無口で薄気味悪い、離人症の人間として描かれている。彼はアパートの人々に無関心で、人々も彼には注意をはらわなかった。「彼はここでは影の薄い存在だった」。同じアパートの少年が栄養失調で死んでも何の感情も示さないし、病身の女・加代が炊事場で倒れても、助けようともしない。彼はいつも飢えに苦しめられているが、意識の昏迷のなかで、白絹のドレスを着た「かぐや姫」の幻影を見る。

『黒い運河』では虚無感に閉じ込められている須巻を中心にその伯父の仙三、加代その他アパートの住人たちの人物像が三人称スタイルの客観描写で浮き彫り的に描かれていて、『深夜の酒宴』とは一味違った仕上がりを感じさせる作品になっている。

『深夜の酒宴』では全体が主人公・須巻の一人称の視野に移されることにより、主人公の気分と観念の描写が基軸となり、その実存的状況が強く印象づけられる。一人称の視野で描かれるだけに、各人物の輪郭があいまいに感じられる点は否めない。とくに、仙三の存在感は『黒い運河』のほうが強く感じられる。私はこの両作品を読み比べたとき、ゴーゴリの『外套』とドストエフスキーの『貧しき人々』の関係を連想せずにはおれなかった。椎名は『黒い運河』を書いたとき、おそらく自分の自然主義的手法に意識的であって、それゆえに、書き直した『深夜の酒宴』で、一人称の主人公にあえてこういわせたのである。「このアパートの人々は僕には古くさい昔話の人々のような気がしてならない。自然主義リアリズムとかいう小説を昔読んだことがあるが、そのように平凡で古くさくて退屈で、それだからその人々の生活を考えただけで陶酔的ないい気分になることが出来る」（五一）

『黒い運河』においても、各人物の運命にはそれぞれの主題が担わされていて、決して平板な自然主義リアリズムとは思えないが、椎名はデヴュー作『深夜の酒宴』に、在来の日本的な自然主義からの決定的な脱却を賭けたものと思われる。主人公はアパートの人たちとの自分の関係をこうのべる。「誰かが僕に親しく話しかけて呉れたならば、その人と楽しく笑い合うことも出来ると信じている。だが、僕が昔共産党員であってしかも在獄中気が狂ったという理由によって、アパートの人々は僕の顔やひとり言を薄気味悪そうにしているだけなのだ。勿論人々は僕と挨拶は交して呉れる。ことに今日はという挨拶やお天気の話などは、挨拶のなかで一番重要な深い意味をもっているのだから、僕はそれだけで至極満足している」（一・五〇）

このように主人公の一人称の表白で語られる『深夜の酒宴』では主人公の異常さは読者には客観的には見えてこない。読者が知るのは状況のなかでの主人公の気分と意識である。「いや、これらの人々は僕に深い絶望を与えるのである。僕の心のなかにある或る憧憬を救いようのない絶望に陥れるのだ。だがそれが却って今の僕には快い。僕は自分の絶望を愛しはじめているのである。勿論その愛は憂鬱だ。だが憂鬱という奴は、夜寝床へ入るときのような楽しさを与えて呉れるのである。

僕には思い出もない。輝かしい希望もない。ただ現在が堪えがたいだけである」(一・五五)

このような精神状態にある主人公・須巻の目に映ったアパートの住人の日常が描かれるのであるが、主題の中心は加代、須巻、仙三にまつわるエピソードである。加代は仙三の愛人だった女性の娘で、身寄りのないところから仙三のアパートに転がり込み、娼婦の生活をしている。『黒い運河』では炊事場で倒れる病弱のか細い女性として描かれている加代が、『深夜の酒宴』では自分の部屋に客の男を引き入れてはいつもすき焼きの匂いを漂わせている豊満な肉体をもった女として描かれている。須巻はこの女に「堪えがたい」思いをいだき、その鼻にかかる甘える声に「重苦しい嘔吐のような気分」を感じながらも、彼女の顔にただよう一種独特の「追憶的な気分」に誘いこまれる。小説の最後は須巻にやり切れぬ思いをもつ仙三が須巻にその場での首吊り自殺を命じる。加代の笑い声のなかで首吊り自殺に見事に失敗した須巻は加代とともに、仙三からアパートを退去するよう命じられる。最後に須巻は加代の部屋で酔いつぶれるが、彼の記憶にはただ一つのことが残る。「それは加代が酔いつぶれている僕の頭を子どものように撫でながら、脱けて来る髪を指に巻いては畳の上へ落としていたことだつた」(一・八四)

この小説最後の一場面は、論者たちによって、ドストエフスキーの『白痴』の最終場面でのムイシキン公爵とロゴージンを連想させるものとして、その影響がつとに指摘されているところである。『黒い運河』と『深夜の酒宴』の「決定的な相違」として、高堂氏は、須巻と加代に示される「矛盾し、両極に」引き裂かれて存在する二者が、〈合一とは言えないまでも、同じ酒を酌みかわし、「共にある」という「あり得べからざる」在り方をしているところに、どこからか「不思議な光」が射すことを、椎名麟三はドストエフスキーから学んだのではないか〉とのべ、そこに叙述の視点の三人称から一人称への切り替えの必然性を説明している。[12] 主観性の表出を可能にする一人称への切り替えによって、椎名文学の独自な出発点を切り開いたという意味で、高堂氏の指摘は正鵠を得ているといえよう。

椎名は前記のドストエフスキー論を書き、小説の習作を「新創作」に発表していた昭和十七年（一九四二）当時のことを次のようにふりかえっている。当時、文学への関心の絶対的意味を見出させるものがあったとすれば、それは「ドストエフスキーであり、彼が作品においてさし示しているほんとうの自由の光であったといえるかもしれない」とのべ、同人誌「新創作」への習作発表においては、「日本の自然主義的な小説を書くと好評だった」、「しかし私は、日本の自然主義文学との違和感を常に感じていなければならなかったようである」（「わが心の自叙伝」二三・四七八[5]）と記している。いわば「ゴーゴリからドストエフスキーへの転換」というべき革新が、『黒い運河』から『深夜の酒宴』への改作にあたっては、椎名の内部で喫緊に要請されていたように思われるのである。

参考文献

佐藤泰正著作集7『遠藤周作と椎名麟三』翰林書房、一九九四年

高堂要『椎名麟三論　その作品にみる』新教出版社、一九八九年

註

1　「ドストエフスキーと私」「ドストエフスキーとの出会い」「生きるための読書」―椎名麟三『私のドストエフスキー体験』教文館、一九六七年。数字は頁を示す。

2　「ドストエフスキー文学と昭和一〇年前後」―拙著『近代日本文学とドストエフスキー―夢と自意識のドラマ』成文社、一九九三年

3　シェストフ『悲劇の哲学』河上徹太郎、阿部六郎訳、新潮文庫、一九五四年、八八頁

4　内田照子『荒野の殉死―椎名麟三の文学と時代』蒼洋社、一九八四年、九九―一〇一頁参照

5　「わが心の自叙伝」―『椎名麟三全集』第二三巻、冬樹社、一九七三年。括弧内は引用頁。

6　「イロニーの概念について」―『キルケゴール著作集』第二一巻、白水社、一九六七年。括弧内は引用頁。

7　『椎名麟三作品集』(全七巻)講談社、一九五七―一九五八年。以下作品からの引用は同『全集』による。括弧内数字は巻と頁。

8　『おとなしい女』の主人公の「不幸な意識」について、拙著『ドストエフスキー　その対話的世界』(成文社、二〇〇二年)所収。第一部第八章参照

9　椎名麟三『私のドストエフスキー体験』教文館、一九六七年、一九五—一九九頁
10　『椎名麟三全集』第二三巻、冬樹社、一九七三年、六〇九—六一五頁
11　「椎名麟三年譜」—佐々木啓一『椎名麟三の研究下』桜楓社、一九八〇年
12　高堂要『椎名麟三論　その作品にみる』新教出版社、一九八九年、三〇頁

三、武田泰淳とドストエフスキー

埴谷雄高は一九七一年（昭和四十六）のエッセイで、「戦後、何処からともなく現れたパルチザン達が次第に一ヵ所に集まってくると、同時代者である私達はまぎれもなく同一問題を負わざるをえなくなったドストエフスキイ族であることが明らかになった」[1]とのべ、椎名麟三、武田泰淳、野間宏の名をあげながら、特に、武田の小説『風媒花』で展開される現代の殺人論が「ドストエフスキイの深い殺人論の延長線上」にあることを指摘した。[1] 埴谷は「ドストエフスキイ派《エコール》」[2]という言葉も使って、過去の日本文学への影響に触れているが、埴谷には、自分を含めて、椎名、武田の三人こそが、戦後文学の「ドストエフスキイ族」あるいは「派《エコール》」の代表という思いがあったであろう。

椎名のドストエフスキー受容の特徴は彼自身のエッセイの表題「矛盾の背後の光」が端的に示すように、実存主義的なものであったとすれば、武田泰淳の場合は、「作家的な自我・私」の拡大、深化への関心であったといえよう。

昭和十年前後、文学界・ジャーナリズムで「シェストフ論争」が起こり、「純粋小説」、「私小説」をめぐって議論が盛んになされていた時期、椎名や武田はまだ無名の文学青年であった。武田は中国文学の研究者、翻訳者であり、一九三七年十月には召集を受けて、中国へ一兵卒として派遣された。二年後の一九三九年十月には上等兵で除隊、その後一九四三年まで、中国関係の評論や翻訳に従事。一九四四年、上海に渡り、中日文化協会の出版機関で日本図書の中国訳に従事。日本の敗戦を上海で迎えた。

一九四六年に帰国して、『審判』（一九四七年四月）、『秘密』（一九四七年六月）、『蝮のすゑ』（一九四七年八月）といった一連の問題作を発表していく。『審判』と『蝮のすゑ』のテーマは「殺人のための殺人」と罪の意識の問題であり、ドストエフスキーの『罪と罰』につながる。『審判』では作者とおぼしき語り手が、戦後の中国に残留する旧日本軍兵士であった一人の不幸な若者について語る。日本の敗戦後、上海の日本人居留地に復員した二郎は、日本への集団帰国を前にして、突然に帰国の意志をひるがえし、姿を消してしまう。そして、語り手のもとに手紙を寄こして、その翻意の秘密を告白する。彼には、何の理由もなく、ただ人を殺したいがために、二度にわたって無実の中国人農民を銃で殺害した過去があった。彼はその時の情景を詳しく語りながら、自分が農民にねらいを定めて、銃のひきがねを引いた最後の瞬間の心理を次のように分析してみせる。

「私はこれを引きしぼるかどうかが、私の心のはずみ一つにかかっていることを知りました。止めてしまえば何事も起こらないのです。ひきがねを引けば私はもとの私でなくなるのです。その間に無理をするという決意が働くだけ、それで決まるのです。もとの私でなくなってみること、それが私を誘いました」（二・一九）[3]（傍線―引用者）

このようにして彼は自分の衝動を実行に移し、二人目の殺人を行った。その後、戦争が終わるまでの半年間、この殺人については誰にも知られず、誰にも咎められはしなかった。しかし時が来て、罰せられなければならなくなった。彼はこう告白する。「しかし罰は下りました。殺人者の罰せられる日が来たのです。私は考えました。自分は少なくとも二回は全く不必要な殺人を行った。第一回は集団に組して命令を受けたのだとしても、第二回は完全に自分の意志で、一人対一人で行ったものだ。しかも無抵抗な老人を殺した。自分は犯罪者だ、裁かれるべき人間だ、と。しかし私は平然としている自分に驚かねばなりませんでした」（二・二〇）

二郎には鈴子という婚約者があった。二郎は日本に帰国して、鈴子との幸せな未来を夢見ていた。しかし彼は射殺した老人夫婦のことを思い出すにつけ、自分達の未来が脅かされるのを感じた。何も知らない鈴子に打ち明けないではおれない気持ちに突き動かされた。「話さないでおけばそのままです。だがそのままではすまされない不思議な衝動がありました」（二・二一）二郎はついに鈴子に自分の過去を打ち明ける。その時の鈴子の反応は、ラスコーリニコフがソーニャに自分の犯行を打ち明けた時、ソーニャの表情がリザベータの反応と折り重なって見えた場面を、読者に容易に連想させる。「「もうおやめになって！」彼女は悲しげな声で叫びました。それは意地悪された少女、ひどい仕打ちをうけた幼女のようにいたましげでした。私は自分が予想外に強い打撃をあたえてしまったことを知りました」（二・二三）（「彼女は片手を前に突き出し、幼い子供そっくりに、顔に子供らしいおびえの表情を浮かべて……」『罪と罰』）

二郎は鈴子が彼の告白に激しいショックを受けたのを見て、彼女と別れることを決意する。彼は彼女が愛し続けてくれることは疑わないものの、告白を聴く以前の彼女とはもはや違うと思うのである。「明日にでも会えば、ことさらいそいそと私をいたわってくれるかもしれない。しかしそれはすでに今までの彼女ではありますまい。明日をも知れぬ病人を見守るけなげな看護婦、嫌われ者の子をなぐさめる気の良い母親も同様ではありませんか。真情とともに技巧が、恋のかわりに忍耐が彼女を支えるだけのこと。彼女の眼中には銃口を老人の頭に擬した私の姿が永久に消えないのです。私は彼女に犠牲を強いるのはいやです。私の裁判官であるとともに弁護士でもあるような妻と暮らすのがどんなに堪えがたいか」（二・二三）

こうして二郎は鈴子に婚約破棄を通告する。恋人を失った悲しみとともに、「今までにない明確な罪の意識の自覚が生まれているのに気づきました。罪の自覚、たえずこびりつく罪の自覚だけがわたしの救いなのだとさえ思いはじめました」彼は自分の犯罪の場所、つまり中国にとどまって、老人の同胞の顔を見ながら、「裁きの場所をうろつくことにします」と決意し、その一部始終を語り手に手紙で告白する。その二郎の手紙で小説は終わる。

ラスコーリニコフと二郎に共通する心理の一つは、自己の現状変更の衝動ともいうべきもので、「もとの私でなくなってみること、それが私を誘いました」という二郎の告白は、ラスコーリニコフがソーニャへののっぴきならない告白の場で、「ぼくはただ殺したのだ。自分のために殺したのだ。自分だけのために殺したのだ」という言葉につながる。「ぼくは何もかも忘れて、新しく始めたかったのだよ」（六・四一二）[4]といい、自分が「しらみか人間か」それを知らなければならなかった、というラスコーリニコフのせりふは、彼が理屈を越えて、現状を否定し、新しい自己確認の衝動にかられたことを意味する。次に両者に共通する「他者への告白への衝動」は、人間は他者との関係性を排除しては生きられないことを意味する。ラスコーリニコフが犯行直後、マルメラードフ一家と出会う以前から、警察へ出頭して告白したい強い衝動にかられていたことを思い出そう。その場面はこうであった。

「『さて行ったものか、やめたものか？』ラスコーリニコフは四つつじのまん中に立ち止まって、だれかから最後の言葉でも待つように、あたりを見まわしながら考えた。がどこからも何ひとつ応じてくれるものはなかった。すべては、彼の踏んでいる石のように、がらんとしていた。彼にとって、ただ彼にとって、死んでいるのであった」（六・一六九）

このような荒涼とした心象風景を、私達は地下室人である『おとなしい女』の主人公にも見ることになるが、こうした無限の孤独感のなかでは、衝動を行為に移させる促しが、決定的に欠けている。

ラスコーリニコフはソーニャとの出会いにおいて、告白の契機を見出す。『審判』の二郎は、鈴子との結婚を前にして、リスクを犯してまで告白する。その結果としての、両者の違いの現れはあまりにも歴然としている。告白―懺悔―赦し―再生というキリスト教文化の風土に支えられた〈ラスコーリニコフ―ソーニャ〉の世界とは違い、二郎は救われることのない罪人として、被害者の世界の眼差しにさらされながら、同一の平面をいつまでも彷徨し続けざるをえない。[5] 殺人のための殺人、動機なき殺人のテーマは次に続く小説『蝮のすゑ』で、さらにはっきりとラスコーリニコフを意識しながら展開される。ちなみに、『蝮のすゑ』という題名は聖書のルカ伝三章七節からとられたものである。

これは主人公が一人称で語るスタイルの小説であるが、主人公の「私」は中国語が堪能で、日本敗戦後の上海で、旧上海居留地の残留日本人相手に、中国政府機関に提出する書類の代書人の仕事をしている。彼は、病人の夫を持つ女性顧客と、夫の上役で、その女性に強引に言い寄り、身体を奪った旧日本軍関係の男性との間のトラブルに巻き込まれ、その女性顧客の依頼によって、その暴行した男の殺害を引き受けることになる。彼が決意した理由は、そのトラブル、事件のなかで、ゼロになることをおそれたことである。「私は事件から身をひくことは自分がゼロになることであることに気づいていた。《……》私はゼロになることはできなかった。《……》私は自分がゼロになるのを拒否する人間だという発見に驚いた」(二・八八)

かつて友人に「この部屋は罪と罰のラスコールニコフの住みそうなところだな」といわれた下宿の部屋を出て犯行に向かう直前、彼はこう考える。「私にはラスコールニコフのような強靭な思想はなかった。セイゼイ子供じみた衝動があるにすぎなかった。また彼のような緊密な計算も、冷静な用意もなかった。そして何よりもあの深さがなかった。あまりにも他人まかせ、あまりにもその場かぎりであった《……》やはり私は代書屋なのだ。人の依頼で書類をつくる。それを金にする。いつも本気にならない。事件は他人のものだ。私は主人公ではない。わき役のまたわき役なのだ。それを想うと私は私がこれから為そうとする仕事が、たちまち自分から遠くはなれ去り、それをつかもうとする自分の目がくらみ、足もとが揺れ動き、力がなえるのを感じた」(二・九一)

彼は家を出る時に、下宿の主婦の台所から斧を持ち出し、外套のポケットにしのばせて、目的地へ向かった。路上で男を待ち伏せて襲いかかった。格闘の末、男の首筋に一撃をあたえた。しかしその刹那、すでに男の背中には別の刃物が一本突き刺さっており、致命傷をあたえたのはその肉切刀であることが明らかだった。依頼人の女性は主人公以外の他の外国人殺し屋にも頼んでいて、とどめをさしたのは、その殺し屋の一撃だったのである。「私は斧と、肉切刀を外套のポケットにしまって帰った。その二つの刃物の血を、私はラスコールニコフのしたように、水で洗い落とした」(二・九四)と、主人公は『罪と罰』のイメージをくりかえしながら語る。

この作品のテーマも、つねに人生のわき役で生きてきた男が、自己確認の衝動にかりたてられて、自己の現状変更を試みるために、殺人のための殺人の行動に踏み切ろうとした話である。

一九四八年一月二十六日夕方、東京で衝撃的な事件が発生した。いわゆる帝銀事件である。東京都豊島区の帝国銀行椎名町支店に、都衛生局の職員を装う中年の男が現れ、集団赤痢発生を理由に、その予防のためと称して、青酸カリの溶液を行員に飲ませ、一二人を殺害した。この事件はこれまでラスコーリニコフを参照しながら殺人の動機を考えてきた武田に大きな衝撃をあたえた。彼はその年、一九四八年五月、エッセイ「無感覚なボタン――帝銀事件について――」（「文芸時代」）を発表して、犯人と被害者の間の非情な無関係性を指摘しながら、ラスコーリニコフの犯行とはまったく異質な殺人の時代の到来を予言した。ラスコーリニコフの場合、「この斧によって行われたこの殺人にはまだあの時代の犯罪の単純性、つまり犯人の持っていた一対一的必死さ、いいかえれば殺人の人間らしさが表現されている。人を殺すことの重大性、危険性、困難、苦しさがあの斧の一撃にはこもっている」（一二・一〇七―一〇八）。それにひきかえ、帝銀事件に見られる犯行には、「ラスコールニコフの場合のごとき、殺人の困難さのあたえるおそろしさのかわりに、殺人のたやすさのあたえるおそろしさがある。被害者をえらばぬこと、人数に無関心なこと、殺人の無意味さを問題にせぬこと、何気なくなしうること、これらの犯行のたやすさ、この犯人の無感覚状態は我々に何を教えるのであろうか」（一二・一〇七）。武田はボタン一つで犯行が完成する「殺人ボタン」の可能性を想定し、多数の住民を殺す場合の「無感覚、及びボタン式無自覚」の危険性を警告しながら、この種の犯罪のおぞましさを次のように描写する。

「戦場の戦場らしさ、血なまぐさくもすさまじき光景を目撃することさえなく、叫びも音も光も、すべて起こりつつある悲惨事にふれることなしに、簡単に、それは終わるのである。被害者の人数、被害の結果の無意味さ、被害者の容貌、性格、運命などとは全く無関係に、ただ莫大な破壊がボタン一つで行われる。犯行者と被害者の間には、大きな空間があり、科学的機械という非情な物体があり、光線や原子や、その他一般人には原因不明、抵抗不可能な作用があって、すべてのことは複雑なだんどりで、あらゆる人間関係を断ち切った場で、いわば天災のように行われる」(一二・一〇九)

原爆を頂点とする大量殺戮の兵器が常備のものとなりはじめたこの時期、武田はこのような「近代的無感覚」がごく普通の市民の間にも一般化していくきざしを早くも読みとっていた。そしてこの問題を、人間のわかりにくさ、人間と人間の関係のわかりにくさ、複雑さとしてとらえた。『風媒花』(一九五二・昭和二十七年)でも、武田は主人公の一人にこう語らせている。「『罪と罰』のラスコールニコフじゃ、欲ばり婆さん一人殺すまでに、おそろしくむずかしい哲学をひねくり廻して、毎日悩んだものです。彼は斧を振りあげて婆さんの頭を割るときには、脂汗も流しています。ところがいまやラスコールニコフは旧式きわまる殺人者にすぎない。当節では殺人犯人と被害者の関係はよほどわかりにくくなっている。加害者と被害者はもはや一対一で面と向かってはいないのです。さっき僕は、人間のわかりにくさが最近ひどくなっていると申上げましたが、それは人間と人間の関係がわかりにくくなっているからです。殺す者と殺される者の関係が、実に複雑かつあいまいになりつつあります」(四・一八二―一八三)

武田はこのように、ラスコーリニコフの殺人の動機を現代の無差別殺人の動機のあいまいさと対比しながら、現代の複雑な状況をとらえる作家の自我〈私〉の問題に注意を向けていく。この点で、彼が目標としたのはドストエフスキーの創作であった。

武田が文学青年であった昭和十年前後の時期、転向問題、シェストフ論争が起きるなかで、日本的な自然主義的私小説の克服が横光利一や小林秀雄ら若手文学者によって提起されていた。知識人が直面した新たな状況のもとで、彼らの分裂した自意識の問題を文学化する方法を日本の文学伝統はもたなかった。そこでドストエフスキーの文学が大きな存在として迫り、作家的自我の問題が議論された。横光の「純粋小説論」の四人称の問題もその一つであるが、小林秀雄は正宗白鳥との「思想と実生活論争」において、芸術家の創造的自我とでもいうべきものを、次のように表現していた。

「ドストエフスキイが生活の驚くべき無秩序を平然と生きたのも、たゞ一つ芸術創造の秩序が信じられたが為である。創造の魔神にとり憑かれたかういふ天才等には、実生活とは恐らく架空の国であつたに相違ないのだ」(「思想と実生活」昭和十一年・一九三六)(四・一六五)[6]

小林はまた「スタヴロオギンにして同時にゾシマである様な人間の真相とは何か」(四・一六二)というふうにも設問し、また作者像の私小説的、心境小説的解釈を批判して、〈ドストエフスキイは「地下室の男」ではない。これを書いた人である。作者である〉(四・一六三)(傍点—原文)、と強調している。芸術家にとって実生活とは、自ずと芸術創造に吸収され、回収されていく性質のもので、創造行為を離れて論じられる芸術家の人生とは確かに一つのフィクションにすぎないであろう。論じられるべきは芸術家の創造的自我の容量の問題である。

武田泰淳は作家的もしくは創造的自我「私」の問題をめぐって、数多くのエッセイで言及している。彼は「小説らしいものがともかく書けるようになったのは日本が敗けてからである」(「文学雑感」昭和四十二年・一九六七)(一六・二一一)とのべ、敗戦前のことを、〈小説家として、まだひどく初歩的な段階にとどまっている私は、第二の「私」を設定し、確立するだけで、かなり仕事の余地があった」とした上で、「それに敗戦。この爆発と逆転は、そのすさまじい光芒で、第三第四の「私」を照らし出してくれた。世界に於ける一日本人の位置と恰好が、全身にライトを浴びる舞台の裸身に似て、私の前途に灼きつけられた。私はそれを嫌悪したが、同時にそれに魅惑された。その濃厚な運命的な臭気の中へのめり込み、窒息しかかった〉（「作家と作品」昭和二十六年・一九五二）（一二・一八五）とのべている。ここには作家主体にとっての戦前と戦後の劇的な状況の変化が語られているが、武田にとってはそれは受け身の観照的変化ではなく、むしろ、作家主体の能動的な情熱の増殖を触発する変化であった。

武田は戦後派の作家が遭遇した第一の難問として、〈この「私」なるものが、一定不変のものではなくて、たいへんつかみにくい何物かであることであった〉（「文学雑感」）（一六・二〇九）とのべ、複雑な状況のなかで、矛盾に充ちた存在であることこそ、本格的な小説家の要件であるとの認識を次のようにのべる。〈「私」はたんに一個の独立人ではなくて、複雑な社会の中に置かれてある。また広大な自然の中へ投げ出されている、奇妙な生物である。しかも「文章など書きたがる「私やっかいな生物」であるからには、自分の中に、さまざまな矛盾や対立をかかえこんでいる。「トハ、コンナ、ミニクイ人間デゴザイマス」と、ただ涙ながらに訴えるだけでは、この矛盾や対立の、せっかくの重みを大切にしないことになる。社会科学者だったら、あんまり自己の内心の矛盾や対立をさらけ出していたのでは、学会の信用を失うことになるから、ほどほどにしなければなるまいが、小説家はむしろ、自分で解決できないほどの矛盾や対立を背負いこんでいる方が、たのもしいのである。もしも、このように扱いにくい矛盾と対立が、自分の中にかくされていなかった

ら、作家はどうやって長編の中の人物たちに、火花をちらす対話をやらせることができるだろうか〉（同）

このように作家の創造的自我の容量を問う武田にとって、ドストエフスキーは最も偉大な鑑であったことは間違いない。次に長さを顧みずに引用する武田の一文には、その深い思いが感じられる。

〈小説には、告白や記録の要素がふくまれている。たった一人の人間が「おれはこうだったんだ」と、告白し記録するのも貴重な行為だ。だが、多数の人間の、告白と記録とが、入りまじって、大きなドラマを形成したら、どんなにすばらしいことだろう。その悪魔のごとき、すばらしさに、魅せられてこそ、小説家たるものの本懐なのだ。「ボクハ誠実ニ、コウ感得イタシマシタ」だけでは、いかにも作家として、楽しみが少ないのである。

「私ハ、私ノ日常生活ヲ、ココニ、誠実ニ告白シ、記録イタシマシタ」と言ったところで、その「私」「日常」「誠実」は、決してうねりくねる現実社会の大きな渦と、無関係に存在しているはずはない。その「私」は、たえず変化の可能性をはらんだ、不可思議なモノであり、その「誠実」は、無数の無関心と、ひとりよがりに虫ばまれている。

たとえば、ドストエフスキーの「私」を考えてみるがいい。その「私」が誠実だったことを、だれもうたがうことはできない。だが、「カラマーゾフの兄弟」の三兄弟、その父親が生み出されるためには彼の「私」は鉄をも溶かすほどに過熱されたり、さわる者の心を凍らせ、しびらせる最低温まで、降下したりしなければならなかったのだ。彼の「私」は、冷徹なイワン、情熱的で動物的なドミトリー、神を信ずるアリョーシャだけでは、表わすことができなかった。あの気味のわるい、スメルジャコフまで登場させても、まだまだ、十分ではなかったのだ。

おまけに、あの複雑な殺人事件の全過程に対して、彼の「私」は、責任をもたなければならなかった。

「カラマーゾフ」を読みはじめるが早いか、私たちはドストエフスキーの広大な「私」の、天国と地獄の奥底ふかくみちびかれてゆく。あまりにも、ふかく、ひろい彼の「私」に、吸いこまれ、分解され、ふくれあがってしまうので、この偉大な作品に「私」があったことまで、忘れてしまうほどだ。

作家の「私」とは、本来、そのようなものでなければならないのではないか。目がくらむほど深遠な、人生の豊富さに向かって、ひらかれた戸口、それが、作家の「私」であってほしいものだ〉

（二六・二〇八）

批評家・小林秀雄が戦前、アフォリズム風にのべた、ドストエフスキーのような「創造の魔神にとり憑かれたかういふ天才等には、実生活とは恐らく架空の国であつたに相違ない」ということの意味を、武田はここに解き明かしているように思われる。小説は架空の世界であって、作家の実生活にこそ創作の秘密があると見るのが、並の批評家、論者の常識で、この常識を疑ってみないところに多くの精神分析学的な方法やテクストの記号論的な分析は安住しており、彼らの描き出す作者の伝記的実生活こそフィクションにほかならないというアイロニカルな構図を、武田の言葉は示唆しているように思われる。

武田泰淳が自分の創作の問題に引きつけて理解するドストエフスキーの作家的自我「私」の拡大・深化への関心は、両者の人間学的共通性と無関係ではない。ドストエフスキーに関する武田のもう一つのエッセイ「カラマーゾフ的世界ばんざい！」はそれをうかがわせるものとして、興味深い。

小説の最後の場面で、コーリヤと少年たちが「カラマーゾフばんざい！」と叫ぶのは、一応、アリョーシャに向けられたものと読者には理解されるが、武田によると、〈しかし私としては、この「カラマーゾフばんざい！」という叫びの中には、殺された父親、父殺しと疑われたドミートリー、哲学的な怪物イワンも含まれていると感じます。含まれていなければならないのです。血のつながりがあるからには、かの悪漢スメルジャコフでさえも含まれていなければ、作者ドストエフスキーは満足しなかったはずです〉。

そして、これは大方の読者にも納得のいくところであろうが、〈しかし、やはりこの長編をていねいに読み、まだ興奮のさめやらぬ読者は、「このカラマーゾフばんざい！」の叫びの中には、カラマーゾフ家全員のみならず、全登場人物が含まれていると信じないわけにはいかなくなるのです〉と武田は指摘し、さらに大きな空間的な広がりをもった解釈を提示する。

〈したがって、カラマーゾフ的なものとは「全人類的なもの」にほかなりません〉（二六・七〇）〈いろんなものに触れて無垢でなくなっているのは、一家族カラマーゾフのみではない。そう悟ることがカラマーゾフ的思考法なのです。いやカラマーゾフ的自分自身をまず発見し、たしかめ、こころみることによって、無数のカラマーゾフ的人類と結びついていく。それがカラマーゾフ的であり、それは「理解」というよりは、むしろ情熱、行動、宿命といったような困ったこと、息苦しい

こと、取り扱いにくいもの、救いようのない矛盾の中で救いを求める衝動とも称すべきものなのです〉（二六・七一）

こうしたドストエフスキー理解からうかがえるのは、武田がドストエフスキーの人間学的思想に深く透徹していたであろうことである。武田にとって人間は、ドストエフスキーにとってそうであったように、一義的にはつかみえない複雑きわまりない存在であった。彼の人間理解はその半生の体験によって培われたものであった。彼は大学の宗教学の教授で僧侶であった父のもとで、寺に生まれたが、少年の頃から、宗教が職業であることに疑問を抱いていた。学生時代には左翼思想の洗礼を受けて、昭和六年（一九三一）東京帝大支那哲学支那文学科一年の時、中央郵便局にゼネスト呼びかけのビラをまく活動に参加し、逮捕され一ヵ月ほど拘留された。さらにその後も、新聞配布の活動で、三回逮捕され、在学一年にして、退学する。その後、同人誌に参加して冒険小説を発表するが、昭和九年（一九三四）竹内好らとの中国文学研究会発足を機に、現代中国文学の動向などを紹介する論文、エッセイを多数発表。昭和十二年（一九三七）、召集を受け、一兵卒として、中国に派遣される。昭和十四年（一九三九）、上等兵で除隊。その後も現代中国文学に関するエッセイ、翻訳を発表するが、昭和十八年（一九四三）、彼の作家としてのスプリングボードとでもいうべき、『司馬遷』を発表した。その後、彼は日本敗戦の一九四五年八月を間にはさんで、上海に滞在。四六年四月、引き揚げ船で帰国した後、翌四七年（昭和二十二）から矢つぎ早に小説を発表した。

小説家・武田泰淳の誕生にあたって、大きなバネとなったのは、戦前戦後の中国での彼の体験とともに、中国の歴史家・司馬遷の評伝に取り組むことによって目を開かされた歴史観・人間観の広がりであった。武田は司馬遷の生きざまと世界認識、歴史認識から、「歴史を横に眺めて空間的に考える」物の見方を学んだという。それは「歴史を縦に見て、はかなく消えていく『平家物語』のような考えかた」とは別なものであった。[7] 物事を空間的に見るという武田のこの獲得形質は、軍隊経験、敗戦後の混乱をくぐる中で、彼に作家的眼の増殖をうながしたにちがいない。その自覚は日本の伝統的文学風土のなかでも、特筆すべき現象であった。

ちなみに、日本の文学風土のタテ系列の優越と、横からの相対的人間関係の認識の欠如を、繰り返し指摘していたのが、武田泰淳よりも七歳年長の伊藤整であった。伊藤は転向問題が起きた昭和十年前後の頃の現象にふれてこうのべている。

「体験的伝統的な発想形式としては日本になかった社会的生活認識が、突然純粋図式のマルクス主義によって継木されたのである。それが弾圧されたとき、転向者は急速にそれから離れて破滅者として無の認識に落ちて行った。そうでないものは、その図式をそのまま絶対君主制と結びつけて侵略的政治思想に転化し、近代思想以前の軍国主義に容易に変化した。それは日本の伝統的発想においては、人間関係は対等即ち横の等質の組み合わせで考えられず、タテの支配と従属の関係としてしか存在しなかったからである。日本では横の人間関係が厳しく考えられる時は、人間相互を結びつけるようにならず、遊離、遁走という離反関係を呼び起しがちなのである。私小説という孤立した人間のイメージにのみ強い真実がこめられる真原因はこれであろう。それゆえ日本人の強い個我は他の人格から離れて無の上に孤立せる我である」（五七）[8]

横光利一や小林秀雄らによって、シェストフ現象後の私小説の克服が課題として提起されていた時期にかかわる伊藤整のこの指摘は、武田泰淳の戦後に爆発的に開花する作家的自我の意味を照射してくれているように見える。伊藤のもう一つのパッセージにも注目しておこう。

「このような人間存在の相対性の認識は、日本では、人間の組み合わせのグループから起るものとして考えられず、時間の経過という並列の形で把握される。即ちそれは、個なる存在が無に落ちてゆくことを次々と反復させることで、タテ系列の存在の相対性をさぐる方法であった。はかなさ、無常という種類の観念によるものである。グループとして考えることは、ヨーロッパ的である。そこには、人間が他の人間と結びつく形で、即ち人間の相互認識が根本にあるところで行われる」(六九)

武田と伊藤では、比較の対象が中国と西欧の違いこそあれ、日本人のメンタリティにおける空間感覚、相対的意識の希薄さを指摘する点では同じである。

ここでM・バフチンがドストエフスキーの芸術的眼を特徴づけている言葉が想起されよう。「ドストエフスキーの芸術的眼の基本的カテゴリーは形成ではなくて、共存と相互作用である。彼は自分の世界を主として、時間においてではなく、空間において見、かつ思考した」その結果、バフチンが指摘するには、「一人の人間の内的な矛盾、発達の内面的な段階でさえも、彼は主人公たちを自分の分身、悪魔、自分の alter ego、自分のカルカチュアと対話させることによって、空間において劇的に表現している(イワンと悪魔、イワンとスメルジャコフ、ラスコーリニコフとスヴィドリガイロフなど)。ドストエフスキーにおいて、人物が一対で登場する通常の現象は、この特性から来ている。端的に言えば、ドストエフスキーは一人の人間内部のそれぞれの矛盾から、その矛盾をドラマ化し、拡大するために、二人の人物を造り出すことをめざした」[9]

小説家として、日本の自然主義的・私小説的風土からの脱却を志向し、物事を空間的に見るという方向に賭けた武田泰淳が、戦後のデヴュー作『審判』で、「もとの私ではなくなってみること」に殺人の動機をすえ、第三作『蝮のするゑ』で、「ゼロになるのを拒否する人間」に焦点を置いたのも、同一空間における別人格の潜在的可能性への眼差しに導かれてのことであったろう。武田は第二作『秘密』（一九四七年）で、また『「愛」のかたち』（一九四八年）で、さらに最終作『富士』（一九七一年）で、バフチンのドストエフスキーに関する指摘を思わせる、登場人物の分身関係を描いている。

『秘密』は一人称の告白スタイルの小説で、女性をめぐる主人公「私」とライバル関係にある男とのかけひきが、表向きの主題となっているが、私小説に対する武田のスタンスを構造化したような作品で、同時に小説論としても読めるような、二重のプランから構成されている。

主人公の「私」は会社の年下の同僚、八木の運命を陰で支配する悪な人物であるが、次のような言葉で、二人の関係を表現している。「彼は私小説論者であり、自己の苦悩をあくまで追求するのを目的としているが、その苦悩の一つとして私の知らぬものはない。何故なら八木の苦悩のほとんどすべてのものに私が関係を持っているからだ。私は彼の苦悩を眺めつくし味わいつくしているばかりではない。それを創作しているのだ。彼が必死で書こうとあせっていることは、いわばすでに私によって創作され、記録されていることなのだ。これは別だん私が非凡な作家であるわけではない。彼に比べて年長であり、ホンのちょっと悪人であるからにすぎない。実にホンのちょっと、ごくわずかの悪人性なのに、それを持っているために私は優位にたち、彼を人物として、彼以上に小説の書ける状態にたち至った」（二一・二六）

主人公「私」は自分の悪行を披瀝し懺悔しようとしてこの小説を書くのではない。私小説的な狭い生活空間で、この年長の友人「私」を信頼し、家庭問題や恋愛問題について打ち明け、相談する八木を、「私」は相手に気づかれないように陰で裏切り、八木の恋愛相手の女性、彼の妻、姉にまで、触手を延ばして関係を結び、私小説作家、八木の苦悩を高めることに喜びを見出している。「八木は苦悩を行為し、私は冷やかにそれを眺めた。苦悩する者と、それを眺めるもの、そのいずれが文学の本質を保持することになるのであろうか。この問いに対し、人はすべて『苦悩するものこそ！』と叫ぶであろう。それでは私は？　私は文学の世界に縁のない、のけ者にならねばならぬのか。私はこの恐怖に対して、性来の自信を以って反撥した。私は八木に勝たねばならなかった」（二・三六）

ここに、私小説に対峙する武田の自己の創作意識への問いかけが読みとれるように思われる。そもそもこの作品を書く動機を、主人公の「私」は「こんな小説を書くのは、小説を書くという行為が、真実如何なる行為であるかを試してみたいからだ」とのべている。そして、小説を書く行為に付随する「ある一つの絶対性」、「かまっていられない性格、非情というか純客観というか、非倫理というか、ともかくある一種のたまらなさ、作者の知慧のいやらしさ」、それを説明するためには、八木と自分の態度を「小説風に語るのが一番ピッタリしていると思う」とのべ、「作者としての私のいやらしさが、人物としての彼の良さと対比され、問題はハッキリして来ると考える」と表明する。「懺悔や告白が小説になるなら、私は小説なるものを、さまでおそろしいとは思わない。だが小説創作には何かそれ以外の虚偽、一種の非人間的行為が含まれていないか」（二・二七）

武田は私小説的な創作意識を翻弄する、悪人的、悪魔的とでもいえる創作意識への志向を、この作品ではっきりと打ち出している。「竹を割ったような生一本の純情男の文学と、曲がりくねった性の秘密男の文学。《……》しかし私はいつもそんな時、なに八木の路が俺より正しいとしても、しかし俺は八木より遠くへ進みつつあるのだという自信を棄てないでいた」(二・三三)

武田はこのように、「いやらしい智慧のうごめき」、非情さをいわば創作衝動として積極的に活用し、創作の広いパースペクチブを獲得するための必須要素として重要視していたと思われる。これはドストエフスキー文学と引き比べた時に、『虐げられし人々』のワルコフスキー公爵や『悪霊』のスタヴローギンなどを想起させるもので、いわば視野の狭い他の自然主義的な人物たちの上に君臨し、彼らの運命を翻弄したり、指嗾したりする人物の創作方法上の位置を考えさせる手がかりになるといえよう。武田はさらに、この「いやらしい智慧」を神の業に類推する。「しかし神よ。(私はこの文字を使うのは嫌いだ。もし神が存在したら私はどんなに困るであろう)あなたのやりかたは実に複雑微妙ですね。その秘密の深さ、それは私の秘密など及びもつかぬはげしさ」(二・四四)「私のいやらしい智慧は、あなたと無関係に、あなたの智慧をまなぶことなくして生まれたのでしょうか。あなたこそ地上の微小なるわれら創作家のはたらきを、自由に生み、そだて、うごかし、やがて消し去る大いなる非情にして秘密の力ではないのですか」(二・四五)

自己を神の位置にまで高めようとするドストエフスキーの小説の一連の無神論者たちは、武田流に読めば、ドストエフスキーという創作家の「いやらしい智慧」の断面と解することもできよう。『秘密』の延長上に位置づけられる『「愛」のかたち』(一九四八年)は三人称小説で、これも男女間の問題をテーマにしているが、この作品でももう一つの主題が並行していて、作家の創作衝動のアナロジーを読みとることができる。主人公である光雄は小説家で、『秘密』と同じく、他の登場人物に対して全能者として振る舞う。夫のある町子は性的不感症の女性で、夫に満足をあたえられず、夫婦間は冷めているが、彼女は光雄に愛してもらいたいばかりに、彼に美しい肉体を投げ出し、光雄は光雄で、町子の肉体にふれることで満足をえていた。町子は夫、光雄以外の男性Mとも過去に交渉があり、町子を追いかけるMは、信頼する光雄にすべてを打ち明けていたが、光雄は陰で町子を自分に惹きつけ、Mを裏切っていた（ここに先行作『秘密』のバージョンが埋め込まれている）。

光雄の裏切りを知ったMは絶縁状をたたきつけ、光雄を「利口な野獣」だとののしった。それに触発されて、光雄は『利口な野獣』という短編小説を書き、発表した。この作品に彼は「私と『私』の話」というサブタイトルをつけたが、それは「Mが発見した光雄の性格と、自分自身が発見した性格との間に、くいちがいがあったからであった。Mは光雄をその恋愛行為において『利口な野獣』とみとめ、光雄自身は『危険な物質』とみとめている、その二つの『私』が、光雄にも解決つかなかったためであった」（二・二三二）

この作中小説の中で、「私」の内部のもう一つの陋劣な『私』を描くために、一つのエピソードが語られる。作家仲間が集う飲み屋で、「お前はいつも『私』を出さんぞ。よくないね、そんなお前の小説はよくないね」、「お前はすこし利口すぎるぞ。利口で書こうとするからいけないんだ。ばかになれ。馬鹿になって自分を出すんだ」（二・二三三）と批判された主人公は、自分の内部の陋劣な「私」の存在を確証する行為におよぶ。酔った勢いでの蛮行とはいえ、主人公によると、「私に実行力なるものがありとすれば、それはただこの私の内部の愚劣なばかげたものの働きなのだ」（二・二三二）というわけで、作家仲間に批判され、恋人、町子とのデートの時間が近づいたころ、この「陋劣なもの」の衝動に突き動かされる。〈ことに無意義な冒険を無意識になすのは陋劣な

「私」の最も好むところであった〉（二・二三五）

主人公はつと飲み屋を出ると、ガード下あたりのせまい横丁の路地で、ズボンをおろして脱糞するのである。〈脱糞しようとしたのは私ではなく「私」なのだ〉（二・二三六）。通行人に見咎められ、現場に引き戻された彼は、自分のQを手づかみにしてゴミ箱に捨て、水で手を洗って、その直後に現れた町子の肩を抱いて、何食わぬ顔で、飲み屋を立ち去る。その様子を見ていた木村ことM（町子を恋していた）は、非難の手紙を寄こす。「あなたは利口なひとだ。利口な野獣だ。あなたは――おそらくこれも強者のみのすることでしょうが――可能性が生まれてからのみ、行動する。きわめて確実に、可能性のあとを巧みに追う」（二・二四二）、「あなたには実行力がある。卑しさの根源をなす野獣的な実行力がある。ぼくにはそれがない。僕は野獣が妹を連れ去るのを眺めるごとく、あなたたちが人混みの中に没するのを呆然と見送ってから、夢中で附近の友人の家へたどりついた」（二・二四三）、「いかなる行為も、それが人間がするものである以上、人間的なのだ、これはあなたのおきまりの文句だった《……》それはあなた自身の行為、昨晩のごとき野獣的な行為に対する弁明にしかすぎなかったのです」（二・二四四）

まったく太刀打ちできない自分の偶像に批判の矢を投げつける木村（M）に対して、優位に立つ光雄自身の自己認識は次のように示される。

〈動物的エネルギーが強いことから生まれる悪、それを光雄が保持していると推定して、Mは彼を「利口な野獣」と呼んだ。また動物的エネルギーが弱いことから生まれる悪、それが自分に付与されていると推定して、光雄は自分を「危険な物質」と呼んだ。この一見相反するような二つの悪が自分の生命にまつわりついていることは、光雄としても不快である。しかしそれを意識しても、光雄は徹底的に苦しまない。苦しめるはずがない。なぜなら、呼名や概念が規定され、いよいよそうと決定断定されたところで、どこかでこれをくぐり抜け、ちがった本質を見せる用意があるのが、「利口な野獣」だし、規定され決定された自分の本質をまるでひとごとのように、自分の外に立って呆然と眺めたり、あるいはそんな風をするのが、「危険な物質」だからである〉（二・二五〇）

ここで何がいわれているのか？　一義的には理解しがたい、二重、三重の意味がこめられている文章であるが、これを試みにM・バフチンの「作者像の問題」の概念を借りて解釈してみよう。[10] 光雄が作者の分身であるとして、しかも、他の人物たちを翻弄する我意の強さを付与されているとすれば、彼は小説家という職業からいっても、M・バフチンのいう、「創造され創造する自然（natura creata quae creat)」としての「二次的作者」の位置をあたえられているであろう。しかし創作衝動ともいうべき「動物的エネルギー」を相対化し、制御するもう一つの要素（それを「動物的エネルギーが弱いことから生まれる悪」としている）が作家の創作意識の内奥にはあって、「創造し創造されない自然（natura non creata quae creat)」としての一次的作者の領域がそこに存在することを暗示しているように読みとれる。一方では呼び名や概念をくぐりぬける「利口な野獣」、他方では規定され、決定された自分の本質をまるでひとごとのように、自分の外に立って呆然と眺めることのできる「危険な物質」とは、融通無碍《むげ》の存在であり、時空間の因果関係によってはその像を固定しえないものだからである。M・バフチンはこのような深奥の作者の存在についてこうのべている。

「一次的作者は像になりえない。彼は、どんな像を想像しようとしても、逃れ去る」、「一次的作者は、直接の言葉で登場するとき、まったく作家ではない」、「真の作者というものは形象となることがない。作者は作品のなかのあらゆる像、あらゆる形象の創造者なのだから」[11]

このようなバフチンの指摘は、ドストエフスキーの作家像を論じる際に、きわめて有効な概念として機能すると思われるが、ドストエフスキーを仰ぎ見ながら自己の作家的自我の容量の拡大を追求してきた武田泰淳の作家像の理解にも、示唆をあたえると思われる。

武田は一九四八年、『「愛」のかたち』を発表する同じ時期に、「私を求めて」（「文芸首都」一九四八年八月）と題する二頁ばかりの短いエッセイを書いている。そこで武田は、作家的自我の私がいかに無数の「私」から成っているか、究極的な作者の私の像とは何かについて、こうのべている。

〈「私」は第二、第三の私であり、無限の私であり、私の部分であることによって、かえって私の全体である。そこに描かれた「私」は、捕らえられ、ストーリーの運びに都合よき足どりをあたえられた、或る限定された私ではあるが、それはまた私の全可能性をほのめかし、それに向かって突進せんとする「私」である〉（一二・一一五）、〈作家が彼自身であろうとする努力と、そこから脱出しようとする努力。これら作家の苦しいいとなみが、ただそれのみが、彼をして「私」を生み出させる。作家が自己の生み出した多数の「私」にとりまかれている姿は、福々しい老翁が多数の子孫にとりまかれている状態よりは、全身の傷口からはい出した蛆《うじ》を自ら眺めている負傷者の形に似ているかもしれぬ。おそらく作家は、自己の作品中の「私」から、この負傷者の感ずる如き戦慄をうけとるであろう。しかしその戦慄によって、彼はふたたび眼をひらき、腰をもちあげ、重き手をとりあげて、彼の苦しいいとなみをつづける。そしてその彼のいとなみを最後まではげまし、強くひきだし、見守るものは、彼の傷口から生まれた「私」たちなのである。「私」とは、作家にとって、それほど運命的なもののなのである〉（一二・一一五）

創作家の私が、分身としての無数の「私」にとりまかれ、圧倒されそうになりながらも、そこから脱出し、無限の超越的な境地を求めて格闘する運命にあることを、武田のこれらの言葉は語っている。武田が自分について語るこのような作家像は、前記のバフチンの作家像についての言葉と通底しながら、明らかに、ドストエフスキーの作家像についての理解につながるものであった。それはすでに先に引用した『カラマーゾフの兄弟』についての彼の言葉が見事に語っていよう。

武田泰淳は創作活動の最後を飾る作品として、長編大作『富士』を残した。ドストエフスキーの長編にも匹敵するこの大作では、人物たちの幾重にもおり重なる分身関係が描かれている。語り手である精神科医の主人公が、終戦後二五年経った時点で、過去を回想して書いた手記という体裁であるが、舞台は戦争末期の富士の裾野にある精神病院、医者と患者、患者同士、病院関係者、憲兵軍曹、村人たちの交錯した関係を描いている。社会的には正常と狂気に分けられる世界でありながら、軍国主義時代の社会の異常さによって、その境界はあいまいになり、むしろ正と狂が逆転する気配すら濃厚に感じさせる。時代に対する一種のアレゴリー性を濃密に漂わせながら、正常者と異常者の分身関係の暗示によって、同一空間内における人間の肉と精神の極限的なありようが読者に伝わってくる。

例えば、院長、甘野は『カラマーゾフの兄弟』のゾシマ長老の信奉者で、長老とその弟子アリョーシャが持つ「宗教的やさしさ」を生きる道しるべとしている。他方、元陸軍省勤務の患者、大木戸は、食欲以外には無関心の男であるが、その姿かたちが院長そっくりで、精神と肉体のそれぞれの代表者のように、語り手には思われるのである。

語り手の青年医師、大島自身、同じ精神医学を勉強していた同級生でありながら、自分は宮様であるという妄想にとりつかれ、虚言症患者として病院に収容されている一条という美青年のそっくりさん、というふうに見られている。院長の言によると、「君たち二人は、一人の躁鬱患者の、躁の部分と鬱の部分を二人して分けあって、背中と腹のように、表裏ぴったりくっつきあっているように見えることがあるんだから」（二〇・一五一）

このように明白な分身性の記述がない場合でも、妄想による他者への同一化のもたらす主客転倒した混乱が主題となっていて、猥雑でありながら、濃密な人間臭とメタフィジカルな詩想《ポエジー》が混淆したスケールの大きい文学空間が創造されている。これは確かに、かつて日本文学になかった質の小説であり、埴谷雄高の『死霊』に近接する武田風バリエーションといった趣すら感じられる。いずれの場合にも、ドストエフスキーによって触発され、創造された文学空間ということができよう。長編『富士』については、さらに詳細に再論される必要があろうが、とりあえずこの稿では、次の二点が確認出来れば十分である。武田泰淳のドストエフスキー受容が、「私小説の克服」という昭和十年代からの日本文学の本質的な課題を継承しながら、作家の「私」の問題についての洞察に、画期的な地平を開く契機となったこと、そしてそれが武田文学自体の作家像の在りようを示すとともに、私たち現在の読者がドストエフスキーの作家像を理解する場合にも、とかくあり勝ちな、フィクショナルな自然主義的・私小説的伝記像に傾くことなく、創作行為の巨大な容器としてとらえること。そのためには、テクストにどのようにアプローチするかが、読者に厳しく問われることはあらためていうまでもない。

註

1 「ドストエフスキイと私達」——『埴谷雄高ドストエフスキイ全論集』講談社、一九七九年、一六六頁
2 「『悪霊』をめぐって—討論に先立って—責任者の報告」—同、九〇一頁
3 『武田泰淳全集』(全二一巻)、筑摩書房、一九七一年。括弧内の数字は巻と頁を示す。
4 以下、『罪と罰』からの引用は米川正夫訳(河出書房新社、愛蔵決定版)。
5 ちなみに、井桁貞義氏は著書『ドストエフスキイ　言葉の生命』(群像社、二〇〇三年)で、ラスコーリニコフのソーニャ、二郎の鈴子への告白に共通する「ひどい仕打ちをうけた幼女」のイメージを指摘するとともに、両者のフィナーレの違いについて、武田がソーニャにすがりつくラスコーリニコフを甘いとし、批判していたのではないかとしている。同書三九九頁参照。
6 『新訂小林秀雄全集』第四巻、新潮社、一九七八年。括弧内の数字は巻と頁を示す。
7 「文学と私」—武田泰淳『身心快楽自伝』創樹社、一九七七年、九頁
8 伊藤整『近代日本人の発想の諸形式』岩波文庫、一九八一年。括弧内の数字は頁を示す。
9 **М. Бахтин «Проблемы поэтики Достоевского» М., 1963, С. 38-39**
10 ミハイル・バフチン「一九七〇—七一年の覚書」(新谷敬三郎訳)—ミハイル・バフチン著作集8『ことば対話テキスト』新時代社、三〇八—三〇九頁
11 同「人文科学方法論ノート」—同、三二六頁

四、漱石の『こゝろ』を読む、の問題
——因果論のコードか、不確定性のコードか

私はこれまでに漱石について、ドストエフスキーの創作理念との比較・対比の視点から、舌足らずのことを幾つかのエッセイで書いてきたが、このたび『こゝろ』を論じるにあたって、研究の現状に目を向けてみた。読んだのは、おおかた一九九〇年代に書かれたものだったが、平川祐弘・鶴田欣也編『漱石の「こゝろ」——どう読むか、どう読まれてきたか』（新曜社、一九九二年）、小森陽一・中村三春・宮川健郎編『総力討論・漱石の「こゝろ」』（翰林書房、一九九四年）その他、総じて記号論、脱構築論（解体批評）をベースにした作品分析が主流をなしているように思えた。いうならば「作者の死」、「作者不在」を前提とする解読である。そうした傾向を代表する小森陽一氏や石原千秋氏の論に慎重な口調で危惧を表明しているのが佐藤泰正氏であった。佐藤氏は「作品解読のモチーフ」、「論者のモチーフ」が一方的にコード化されることによって、「作家自身のモチーフ」が疎外されていはしないか。それではたして「テクストの〈深層〉」に迫れるのか、と問うているのであった。そこで、佐藤氏はいまひとたびテクストを作家に還す意味についてこうのべるのである。

「テクストを作家に還すには、その人格や思想や伝記的事実といった実体的なものではあるまい。テクスト内部に無数の〈言葉〉が〈意識〉がひしめいているとすれば、その〈言葉〉を紡ぎ、繰り出す作家内面の意識の無数のひしめきも見えて来るはずだ」（「『こゝろ』再見――テクスト論的解読へのひとつの問い」[1]）

佐藤氏の危惧とこの指摘に、私は全面的に同意する。作者追放後の祝祭劇のような多彩、きらびやかな解読ショウは、それ自体に内在する論理によって、論者自体のアリバイを問い返さざるをえないことになるのではなかろうか。読者の特権を行使する読者の独我論的立場がいかにアイロニーにみちたものであるかは、例えば小森氏の『総力討論』におけるパネラーとしての発言（「「私」という他者」）に見られよう。氏はかつて『こゝろ』の読みに新機軸を打ち出し、研究者の間で衝撃をあたえた自分の論（「『こゝろ』を生成する『心臓《ハート》』」）をマルチン・ブーバー的な解釈だとして自己否定する形でこうのべる。二人称的な関わりを求める「私」は独我論的な発想のなかで〈手記〉を書いているのであって、実は先生との生前の関係においては、「私」は「先生を脅かし続ける他者として先生の前に姿を現していたのではないか」と。これは過去の自分の視点を完全に逆転させる論調であり、この逆転する小森氏によれば、「私」は先生の「過去に隠された罪を暴き立てる存在」、「探偵」として先生の前に現れ、その結果、Kの「黒い影」との二重写しのなかで、「絶対的他者としての相貌」をもってしまった「私」の存在こそが先生を自殺に追いやったというのである。

小説中の「私」の実体を暴露しようとするもうひとつの試みを石原千秋氏の論（「『こゝろ』のオイディプス　反転する語り」）にも見ることができよう。小説冒頭の「私」による先生についての回想形式のスタイルのなかでの二人称的な意味づけ、すなわち、「私は其人を常に先生と呼んでいた。《……》私は其人の記憶を呼び起こすごとに、すぐ「先生」と云ひたくなる。筆を執つても心持は同じ事である。余所々々しい頭文字抔《など》はとても使ふ気にならない」(一二・五)[2]の一節――私にいわせれば『こゝろ』という小説のポエジー(詩想)のエッセンスといってもよい、この全くけれんみのない一節――が、石原氏によれば、「K」という「余所々々しい頭文字」で友人を呼んでいた先生への「敬愛の情の表明を借りた隠微な批判」[3]というふうな解釈へ「反転」するのである。『こゝろ』を「青年と先生の葛藤の劇として読み換える」というのが石原論文の主題であるらしいが、そこに作者漱石の意図、モチーフ、まなざしとの整合性がどの程度顧みられているであろうか。作者を追放した後のテクスト解読の危うさは、論者の絶対的な主観性のもとに、テクストの細部が別の物語を構成するファクターに恣意的に読み替えられてしまうことにある。

　佐藤泰正氏がこの点に関して、漱石の「論理は実質から湧き出すから生きてくるのである。ころ柿が甘ひ白砂糖を内部から吹き出すやうなものである」という言葉を引いて、いみじくも文学研究者への戒めとしている次の言葉に、私は謙虚に耳を傾けたい。

〈これは作家のありよう、覚悟を語ったものだが、同時に批評、研究の場にもまたあい通ずる。テクストあるいは作品の解読なるものもまた、その作品自体の「実質から湧き出す」もの、吹き出てくるものから汲みとるほかはなく、外側からの理論の押しつけや恣意なる読みとりでは、作品自体は動かず、発光することもあるまい[4]〉

　ここで佐藤氏のいう「作品自体の〝実質から湧き出す〟もの」とは、精神分析学的、あるいは心理学的、あるいは社会学的といった分析方法の無反省な適用ではないだろう。それはテクスト内部にひしめく言葉や意識と作家内面の意識のひしめきの照応、相関関係を注視することによって浮かびあがってくるものであろう。その意味で「作家に還す」必要性を佐藤氏は問うているのである。

『こゝろ』の解読において、青年「私」の人物像に比重が置かれるようになったのは、先生の「遺書」を中心とするかつての読みの流行への反動があり、また「語り手としての私は作者と一体不可分な代弁者であり、傀儡でしかない」[5]といった三好行雄氏らの評価に対する反発からきているらしいが、その結果として、「私」の実体を過度に虚構化して、いわば自然主義的な虚像を造りあげ、明らかに作者が意図したと思われる青年「私」の語り手としての機能、およびそれを支えるイデーへの省察を欠いた議論に傾斜しているように思われるのである。

『こゝろ』が、これに先行する作品『行人』、『彼岸過迄』とともに、主要主人公に対する副主人公の独特の配置と意味づけを持った小説であることを、否定することはできまい。似たような構図を持つ作品としては、『野分』を挙げることもできよう。『野分』は周知のように、漱石が朝日新聞のお抱え作家として登場する直前の作品であって、イギリス時代からおよそ五年余にわたって取り組んできた『文学論』の仕上げの時期に相応する。私は「『文学論』を漱石作品理解に援用しようという姿勢」を明確に打ち出した木村直人氏のエッセイ（「漱石　山歩き——『文学論』を片手に」『江古田文学48』特集「夏目漱石」所収）には目を開かせられるものがあったが、私もまた木村氏に習って、『こゝろ』理解のベースを『文学論』に置きたいのである。すでに私は自分の短いエッセイで幾度か援用してきたことの繰り返しだが、[6]それは『文学論』第四編第八章の「間隔論」である。漱石はそこで、いかにして作中人物と読者の間隔を短縮し、読者に作者の存在を意識せずして人物と直に面接させるか、の工夫を論じているのだが、それはとりもなおさず、作者の位置に関する問題設定であった。この工夫を漱石は「空間短縮法」と称し、「中間に介在する著者の影を隠して、読者と篇中の人物とをして当面に対座せしむるにあり。之を成就するに二法あり」とのべて、一つは「読者を著者の傍らに引きつけて、両者を同立脚地に置く」方法、もう一つは「著者自から動いて篇中の人物と融化し、毫も其介在して独存するの痕迹を留めざるが如き手段を用ふ。此時に当たって其著者は篇中の主人公たり、若しくは副主人公なり、もしくは篇中の空気を呼吸して生息する一員たり。従つて読者は第三者なる作家の指揮干渉を受けずして、作物と直接に感触するの便宜を有す」（一八・三〇〇―三〇一）とのべている。

この一節を読んで、『彼岸過迄』の敬太郎や『行人』の二郎、Hさん、そして『こゝろ』の青年「私」が作者との関係で、このような副主人公の役割を担っているであろうことは容易に想像されよう。しかし、「形式的間隔論」と漱石が名づけたこの方法を単なる創作技術論とかたづけるならば、漱石のこの提唱についての理解は皮相にとどまるだろうし、『こゝろ』論への通路は開けないであろう。主要主人公の人間関係図や言動、手記の伝達者としての機能に限定された敬太郎や二郎、Hさんに比べる時、『こゝろ』の副主人公（「私」）は主要主人公（「先生」）に人格的に深く入り込んでおり、作者漱石の人間学的イデーが色濃く投影されていると見なければならない。

漱石は「形式的間隔論」を論じる際に、「哲理的間隔論」なる領域が存在することを暗示していた。読者を作者と同立脚地に置いて、作中人物を客観的に見る方法で書かれた作品を「批評的作物」と名づけ、作者が作中人物に同化する方法で書かれた作品を「同情的作物」と名づけた漱石は、この類別が「哲理的間隔論」に発展する可能性をこうのべる。

「形式的間隔論をなさんが為に挙げたる二方法は是に於てか逆行して作家の態度となり、心的状況

となり、主義となり、人生観となり、発して小説の二大区別となる」（一八・三〇二）
ここに漱石は「哲理的間隔論」なるものの領域を想定しているのだが、この問題を議論するには、「余が現在の知識と見解とは此点にむかって、一箸をだに下し能はず。徒に此大問題を提供して研究の余地を青年の学徒に向かつて指示するに過ぎざるは遺憾なり」（同）として、それ以上は発展させてはいない。しかし、創作方法論としての「形式的間隔論」には思想的、哲学的背景があることを予想させるには十分の証拠である。
それでは漱石のこの「哲理的間隔論」の真髄として想定されるものは何かといえば、それは、ドストエフスキーに共通するものとしてすでに私が指摘してきた、「対話的人間観」ではなかろうか。漱石は、ドストエフスキーがそうであったように、人間を自然主義的、客体的存在として把握し、描くことを拒否し、あくまで人間を自意識において、不確定的な存在としてとらえ、描こうとしたことは、『こゝろ』の「先生」をはじめ、一連の主要主人公達が、自分も他者も信じきれぬ、「疑ってやまない」心性の持主であり、エッセイ「文芸の哲学的基礎」でのべているように、「此私の正体が甚だ怪しいもので」、「真にあるものは、只意識ばかりである」、「只意識の連続して行くものに便宜上私という名を与えたのであります」（二〇・二八）という作者自身の認識からも明らかであろう。
人間の心や性格がいかに決定論になじまず、不確定性に支配され、両義性にみちたものであるかは、漱石の若き頃からの一貫した認識であった。友人の子規宛に「人間は善悪二種の原素を持つて此世界に飛び出したるものなればなり」（二七・三八）とのべて、「慈憐主義」を説く漱石二十四歳（明治二十四年）の時の手紙の一節、また「良心は不断の主権者にあらず、《……》」（二二・二一九）、

「不測の変外界に起り、思ひがけぬ心は心の底より出で来る」（同・二二二）とのべるエッセイ「人生」（明治二十六）、「性格なんて纏つたものはありやしない。《……》本当の人間は妙に纏めにくいものだ」（六・一〇）とのべる小説『坑夫』の一節、「然し悪い人間といふ一種の人間が世の中にあると君は思つてゐるんですか。《……》平生はみんな善人なんです、《……》それが、いざといふ間際に、急に悪人に変るんだから恐ろしいのです」（一二・六一）とのべる『こゝろ』の「先生」の言葉――このような言及を通して、漱石は人間の内面の定まりなさをくり返し注意を向けてきた。

このような捉えがたい他者の内面、意識を描くにあたってどのような配慮が必要であるかを、ミハイル・バフチンはドストエフスキーの小説のポリフォニー的性格についてのべる際に次のように指摘している。

「他者の意識は客体として、モノ（物）として眺め、分析し、規定することのできないもので、対話的に交流することだけが可能である。他者の意識について考えるとは、すなわち他者の意識と語るということである。さもなくば、それらは私達にその客体的な側面を向けてしまうだろう。それらは沈黙し、閉じこもり、完結した客体的な形象と化して凍結する」（M・バフチン『ドストエフスキーの詩学の諸問題』一九六三年、ロシア語版、九二頁）。

そこで作者にとって必要とされるのは、「とてつもなく緊張した対話的な能動性」である。バフチンのこの指摘は漱石の『こゝろ』を分析する上でも有効であるにちがいない。

青年「私」が過敏な自意識家である「先生」の内面を対話的に開かせる副主人公として登場していることは、確かなことではないだろうか。しかも彼は読者に対して、「先生」を直に対面させる役割を担わされているのである。小説冒頭の「私《わたくし》は其《その》人を常に先生と呼んでゐた。だから此所《ここ》でもたゞ先生と書く丈《だけ》で本名《ほんみやう》は打ち明けない。《……》私《わたくし》は　其人《その》の記憶を呼び起すごとに、すぐ『先生』と云ひたくなる。《……》餘所々々《よそ》しい頭文字《かしらもじ》抔《など》はとても使ふ気にならない』（一二・五）という有名な一節にしても、またよく知られた次のような『私』の回想　―『私《わたくし》は先生を研究する気で其宅へ出入りするのではなかつた。《……》今考えると其時の私の態度は、私の生活のうちで寧ろ尊《たつと》むべきものゝ一つであつた。私は全くそのために先生と人間らしい温かい交際《つきあひ》が出来たのだと思ふ。もし私の好奇心が幾分でも先生の心に向つて、研究的に働らき掛けたなら、二人《ふたり》の間を繋《つな》ぐ同情の糸は、何の容赦《ようしゃ》もなく其時ふつりと切れて仕舞つたらう。若い私は全く自分の態度を自覚してゐなかつた。それだから尊《たつと》いのかも知れないが、もし間違へて裏へ出たとしたら、何《どん》んな結果が二人《ふたり》の仲に落ちて来たらう。私は想像してもぞっとする。先生はそれでなくても、冷《つめ》たい眼《まなこ》で研究されるのを絶えず恐れてゐたのである」（一二・一七）にしても、「私」の言葉は作者のイデーに支えられた心からなる対話的態度の表明にほかならない。この点をどう踏まえるかによって、おそらく『こゝろ』の構造をめぐる解釈は大きく分かれる。

回想のなかで、「先生」を現在に蘇らせる思いをこめて二人称的に呼びかけ、また過去の自分の先生に対する態度が客体化（研究的に働きかける）のそれではなく、無意識のうち対話的な〈われ―汝〉の関係であったことを安堵の思いで想起する「私」の言葉に、「先生」への隠微な批判や脅迫者を想定することがはたして可能だろうか。小森氏は先の『総力討論』の発言で、自分のかつての解釈をマルチン・ブーバー的であったとして、それを撤回する形で、「私」の言説が「すでに死んでしまったものを対象としたエクリチュールであり」、「『私』がどのように呼び掛けたとしても、『私』の書いたあの手記に対して、先生が反論することは一切ゆるされていないのです。そのような関係において、はたして二人称性がありうるのだろうか」と自問し、『先生』という言葉は、すでに死者として三人称化されてしまったものを名付けていたものにすぎず、『私』の語る一人称にすでに回収されてしまった他者の死体でしかない」と言い切っている。そしてさらに、「私」の〈手記〉は「『私』の決定的な自己同一性の中で、そしてまた、揺るぎない独我論的な発想のなかで書かれている」としている。

こうした推論が出てくる所以は、「間隔論」から類推されるような、副主人公「私」の背後に存在する作者の人間学的な、また方法論的なイデーとまなざしを排除、切断してしまったことにある。この先は論者自身がクリエーターとなって、「私」を虚構的に客体化し、自然主義的な人間像の暴露へと突き進むことになる。

ところで、ブーバーは小森氏が考えるように、「われ―汝」の成立する前提として、「言語を媒介とする伝達、或いはコミュニケーション」の領域だけを想定しているわけではない。言葉の通じえない自然との交わりも想定しているし、精神的存在（芸術や思想など人間の精神的行為の産物）との交わりをも想定している。また肝心なことだが、ブーバーによると、「わたしが〈汝〉と呼ぶひとが、自己の経験の口にとどまっているために、〈汝〉と呼んでいるのに気づかなくても、〈われ―汝〉の関係は成り立ち得る」。客体化に閉じ込められている〈それ〉へ呼びかける「〈汝〉は、〈それ〉が知っている以上のものだからである」（『我と汝・対話』植田重雄訳、岩波文庫、一九七九年一六頁）

ブーバーのこのような思想の真髄に立つならば、すでに自然主義的、物理的には遺骸として〈それ〉の状態にある一人物を、回想のなかでの〈汝〉としての呼びかけ、その人物を〈モノ化＝死〉

から蘇らせ、現前させることは精神的行為として可能なことである。ましてこれが「私」を通しての、作者のまなざしによる読者に向かっての「先生」像の創造行為である以上、その文学的な意味は大きい。青年「私」が作者の人間学的理念に支えられて、一中年紳士の精神的苦悩の全過程を読者の前に立ち上がらせ、現前させるべく、二人称的に、対話的にアプローチする――「私」という人物が作品のなかで持つ存在価値の比重は、それ以上でも以下でもない。

一体、「先生」とは世間的には何者か？　一般的、常識的な見方を示す記述が小説には書きこまれている。それは「中」に見られる「私」の故郷の父親と兄の考えである。

「父の考へでは、役に立つものは世の中へ出てみんな相当の地位を得て働らいてゐる。必竟《ひつきょう》やくざだから遊んでゐるのだと結論してゐるらしかつた」（一二・九二）

「先生々々と私《わたくし》が尊敬する以上、其人は必ず著名《ちょめい》の士《し》でなくてはならないやうに兄は考えてゐた。少なくとも大学の教授位だらうと推察してゐた。名もない人、何もしてゐない人、それが何処に価値を有《も》つてゐるだらう。兄の腹は此点に於て、父と全く同じものであつた。けれども父が何も出来ないから遊んでゐるのだと速断《そくだん》するのに引きかへて、兄は何か遣れる能力があるのに、ぶら〳〵してゐるのは詰《つま》らん人間に限ると云つた風の口吻《こうふん》を洩《も》らした」（一二・一〇九）

「私」は、「先生」と父を「正反対の印象」を与えるものとして比較、連想し、ほとんどすべてを知り尽くしている父と離れても、「情合《じょうあひ》の上に親子の心残りがある丈《だけ》であつた」が、「先生の多くがまだ私には解つてゐなかつた。《……》要するに先生は私にとつて薄暗かつた。私は是非とも其所を通り越して、明るい所迄行かなければ気が済まなかつた。先生と関係の絶えるのは私にとつて大いなる苦痛であつた」（一二・九六）と、「先生」の方へ強く惹かれる自分の気持ちをのべる。これは利益社会の損得優先で物事を客体的に見る肉親よりも、「先生」との間の〈われ―汝〉の二人称的な人格関係に生きる意味を見出そうとする「私」の姿勢を強く印象づけるものである。「先生」の遺書を受け取った「私」が危篤の父を置き去りにして東京へかけつける動機はここに十分に示されているといえよう。

「上　先生と私」は、「私」の「先生」との出会いからその時々の交際の過程を回想のスタイルで現前化する叙述にほかならない。すでに事後のものとしてあるプロセスを、読者にとっては未知のものに引き戻すことで読者の興味を惹き付ける創作家の戦略が背景にはあるとはいうものの、前景化されているのはあくまで、作者の人間学から発する立場であって、「私」は「先生」との出会いの場面場面を予断のないレポーターとして記述し、読者の臨場感のなかで、「先生」の生きたイメージを再現しようと努めるのである。「人間の行為の原因は私たちがつねに事後に説明するよりは、普通、はるかに複雑で多様で、はっきりと輪郭を描くことが出来るのはまれである。語り手しては事件の単なる叙述に止めておくことがましなことがある」――これはドストエフスキーの『白痴』の語り手の言葉であるが、『こゝろ』の「私」の基本的な叙述の立場もここにあったであろう。人間を不確定性の存在と見る人間学においてドストエフスキーと漱石は共通しており、出来事は常に突発的な様相を呈して起きることがめずらしくないという認識にほかならない。

すでに以前、短いエッセイで私は指摘したことだが、そうした特徴を示すものとして、『こゝろ』では行為や事件の突発性を表現する「副詞」が頻発する。しかもそれは「上　先生と私」、「下　先生と遺書」に集中する。私の計算によると、計四四回であるが、その内「上」が一三回、「中」が二回、「下」が二九回を数える。[7] 興味深いことに、ドストエフスキーの『罪と罰』に「突然」

(«вдруг») が頻発することを多くの人が指摘してきた。具体的な数字をいえば、記号論者のトポローフが五六〇回という数字をあげている。[8]『罪と罰』でも頻度は一部の個所に集中しており、「心理状態の転換を記述した個所」に多く見られるとしているが、これは記述する語りのスタイルが出来事を因果論的な予断をもって説明しようとする姿勢がないことに関連する。同様に語り手としての「私」は「先生」の行動や反応の原因を先走って説明したり解釈したりしない。また「先生」の遺書に頻発するこの種の表現は「移り流れる現実への郷愁」(«тоска по текущему»—ドストエフスキーの表現)においては出来事はつねに突発的な様相を呈するのであって、因果関係はポストファクトム(事後)にのみ意味づけられるという認識(作者および主人公の)表現であろう。そのかわりに、「今日になってはじめてわかった」とか「後になって証拠だてられた」、「今から回顧すると」といった記述が多用され、因果関係が示されることになる。この点でも、『罪と罰』との共通性が見られる。このような叙述のスタイルの結果として、語り手が先回りして説明しないために、謎は謎として残されるが、そのことによって、読者にとっては臨場感が強調されこそすれ、語り手の信頼性がなくなるわけではない。

ところで、現在、いろんな議論を呼んでいる「私」像は、基本的にレポーターとしての「私」の記述の信頼性に疑問を抱くところからきている。「上」「中」の「私」はすでに「先生」の遺書も読み、すべてを承知したうえで書いているということを前提に、因果論的な推論がなされるのである。小説冒頭の「私」の「先生」への呼びかけを、「敬愛の情の表明を借りた隠微な批判」という石原氏の解釈や、「私」が「中」を書く時にはすでに「先生」の遺書を読んでいて、「先生」が電報を打ったのは「私」の手紙を読んだ後だと知っているにもかかわらず、電報は手紙が着く前に出されたに違いないと「私」が母に対してのべていることをとらえて、「私」の「強弁は《……》それが「先生」の「自殺」の原因になったかもしれない、という責任を逃れるためのものではなかったか」とする小森氏のうがった解釈[9]などは、「私」の虚像を因果論的なコードでもって、いわば自然主義的に実体化することにより、もたらされたものにほかならない。

「不確定性のコード」とでもいうべき漱石の人間学的理念に支えられた語り手として「私」が意味づけられるのではなく、「先生」の遺書で結果のすべてを知り尽くしたうえでの書き手として虚構化される時、作者との靭帯は切り離され、「私」はあたかも全知の自然主義的な架空の作者のごときものとして論者の「因果論的コード」を体現し、「先生」を自殺にいたらしめたその責任さえ追求されることになる。

作者・漱石のまなざしによって促された語り手「私」の「先生」に対する態度が一貫して対話的問いかけであるのに対して、その応答にあたる「先生」の遺書は、友人の自殺の原因を自分の責任に引き受けようとする罪責のモチーフで貫かれている。そもそもお節介とさえいえる同情心を持ってKを自分の下宿に迎え入れ、Kの心をなごませるために、「奥さん」と「お嬢さん」に協力を要請する「先生」に始めから何かの魂胆があったとは思われない。むしろ「先生」には「共同体的な一体感[10]」を求める夢想家的な側面が強かったのではないか。自己をも他者をも客体化して分析する「遺書」のスタイルとは裏腹に、「先生」には〈われ―汝〉の二人称的関係への希求が強く作用していたのではないか。他者との同化、一体化の願望が強ければ強いほど、時空間の因果関係の中ではたやすく客体化にさらされ、退落していく運命について、私はドストエフスキーの『白痴』のムイシキン公爵の例で論じたことがある。[11]〈当初、「先生」と「K」の間にあったのは、兄弟的な親和であった。そこへ亀裂が入るのは、「K」の欲望を見て「先生」が自らの欲望の形に目覚めたからである。鏡像段階の自我と他者の同一化は、欲望と嫉妬の侵入により、社会に開かれることになったのだ〉とは木股知史氏の言であるが、[12] これは〈われ―汝〉から〈われ―それ〉への関係性の変化を説明するものにほかならない。

人間について「平生はみんな善人なんです。少なくともみんな普通の人間なんです。それが、いざとい間際《まぎわ》に、急に悪人に変るんだから恐ろしいのです。だから油断が出来ないんです」（一二・六一）といふ不確定性の認識は、それ自体、決定論の拘束を否定し、人間の自由と人格に目を向けさせるものではあるが、過去に財産問題で叔父に欺かれた傷を今にひきずり、「私は彼等から受けた屈辱と損害を小供の時から今日《けふ》迄背負《しよ》はされてゐる。《……》私は彼等を憎む許《ばかり》ぢやない、彼等が代表してゐる人間といふものを、一般に憎む事を覚えたのだ」（一二・六六）とのべる「先生」がこれを自他を裁く倫理的尺度に変え、自分とKの関係に当てはめた時、「先生」にはもはや自裁の道以外にはなかったといえよう。「世間は何《ど》うあらうとも此己《おれ》は立派な人間だといふ信念」を「Kのために美事に破壊されてしまつて、自分もあの叔父と同じ人間だと意識した時、私は急にふらふらしました。他《ひと》に愛想《あいそ》を盡《つ》かした私は、自分にも愛想《あいそ》を盡かして動けなくなつたのです」（一二・二二六）。それまで叔父に向けていた批判と憎しみの刃を他ならぬ自分に向けざるをえなかった事情がここに告白されている。「先生」の自己剔抉《ていけつ》の出発点はまさにここに見られる。このあと「私はたゞ人間の罪といふものを深く感じたのです」と罪の意識に苛まれる「先生」は「死んだ積《つもり》で生きて行かう」と決意するが、いつも「私の心を握り締めに来るその不可思議な恐ろしい力」があって、「私の活動をあらゆる方面で食ひ留めながら、死の道丈《だけ》を自由に私のために開《あ》けて置くのです」（一二・二三二）と告白するにいたる。もはや「先生」の自殺の理由は明らかであろう。「先生」を自殺に追いこんだもの、それは「心を握り締めに来る不可思議な恐ろしい力」、いいかえれば、自分の内なる敵への敗北感であり、寂寥感「私は仕舞にＫが私のやうにたつた一人で淋《さむ》しくつて仕方がなくなつた結果、急に所決《しょけつ》したのだはなからうかと疑がひ出しました」（一二・二二八）であり、それらの表現としての「良心の責苦」というものであろう。それは「先生」に罪の意識を感じさせる「恐ろしい影」が、最初は外部から来るもののごとくであったが、しまいには、「自分の胸の底に生《うま》れた時から潜《ひそ》んでゐるものゝ如くに思はれ出して来たのです」（一二・二二九）という叙述からもうかがわれる。

そもそもＫの自殺の原因にしても、「先生」自らが疑っているように、失恋の故か、「理想と現実の衝突」からか、それとも「たつた一人で淋《さむ》しくつて仕方がなくなつた結果」（一二・二二八）なのか一義的には決めがたい性格のものである。にもかかわらず「先生」が罪の意識に捉えられたのは、Ｋの自殺という事実を前に、自分の善意と友情、同情から出発した行為が、反転してＫへの裏切りと結果してしまったことに慄然としたことにあろう。人間は何時どこでどういう行動に出るか分からないという不確定性の認識は、倫理の問題として見た場合には、その主体の自由と責任を問うことにつながる。人間の行動はすべて因果によって決定されるという因果論的認識を前提とするならば、主体の自由も責任も問うことはできない。[13] 漱石が「私」の眼を通して「先生」像に描こうとしたものは、そのような「人格」の悲劇ではなかったろうか。

「思想上の問題に就いて、大いなる利益を先生から受けた」とのべる「私」の「先生」に対する態度は、再び『野分』の高柳君の白井道也先生に対する態度を想起させる。道也先生と『こゝろ』の先生は人間像としては全く対照的な存在ではあるが、名もなく地位もなく世間に受け入れられないという境遇において共通する。そのような無名の孤高の士のもとに、「同類に対する愛憐の念より生ずる真正の御辞儀」(四・二四五)をもって副主人公ともいうべき青年が伺候する。両作品ともに、副主人公の青年は大学を卒業して、これから社会に出ようとする、いわばモラトリアム的存在で、あらゆる偏見から自由であり、主要主人公の写し手としては格好の境遇にある。

『野分』の場合、貧乏学生・高柳君が道也先生の売れない「人格論」を買い取るという形で、二人を繋ぐ「人格」の意味が象徴的に表現されるが、『こゝろ』では「人格」という語の多用こそないものの、「私」が「先生」を知ろうと欲し、「先生」が遺書の形でそれに答えようとしたのは、まさしく人格的なレベルでの出会いであったことは間違いない。無気力に「死んだ気で」生きるのではなく、一つの倫理的精神として自らの人格を若き友人の前に立ち上がらせようと決意した時、「先生」には自決以外に選ぶ道がなかったという悲劇の構造がこの作品を根底において規定している。探偵小説風な解読を誘う「追跡と隠蔽」の構図は表面的な形式にすぎないであろう。

註

1 佐藤泰正著作集1『漱石以後I』翰林書房、一九九四年、八二頁

2 『漱石全集』(全三十五巻)岩波書店、一九五六―一九八〇年。以下引用末尾の括弧内は巻と頁を示す。

3　石原千秋「『こゝろ』のオイディプス　反転する語り」―『反転する漱石』青土社、一九九七年、一八五頁
4　佐藤泰正著作集、前掲書、七八頁
5　鑑賞日本現代文学第五巻『夏目漱石』角川書店、一九八四年、二〇四頁
6　拙論「ドストエフスキーで漱石を読む」―『近代日本文学とドストエフスキー――夢と自意識のドラマ』成文社、一九九三年
「漱石とドストエフスキー――ポリフォニー小説の概念をめぐって」―『ドストエフスキー――その対話的世界』成文社、二〇〇二年
7　私は前掲論文「ドストエフスキーで漱石を読む」で四一回と書いているが、数え落としがあり四四回に訂正。（内訳は「突然」二二回、「不意に」九回、「急に」五回、「不図」四回、「卒然」二回、「出し抜けに」一回、「思はず」一回）。
8　V・N・トポローフ、北岡誠司訳「ドストエフスキーの詩学と神話的思考の古式の図式」―『現代思想』〈特集ドストエフスキー〉一九七九年九月、一三一頁
9　小森陽一『世紀末の預言者・夏目漱石』講談社、一九九九年、二二六頁
10　これは相原和邦氏の表現であるが（『漱石文学――その表現と思想』塙書房、一九八〇年、四一、五二頁）、氏は破綻した叔父との関係にのみこの表現を使っている。しかし叔父の自分への裏切りを自分のKへの裏切りに重ね合わせて見ていることからも、この表現はKとの関係にも当てはまるであろう。
11　『白痴』論――〝貧しき騎士〟ムイシキン公爵の〝運命の高貴な悲しみ〟―『ドストエフスキー　その対話的世界』成文社、二〇〇二年

12　木股知史「『こゝろ』――〈私〉の物語」―『漱石――作品の誕生』浅田 隆編、世界思想社、一九九五年、二二五頁

13　この問題が『カラマーゾフの兄弟』のイワンの良心の苦しみのテーマであることについて、拙訳・ゴロソフケル著『ドストエフスキーとカント 『カラマーゾフの兄弟』を読む』（みすず書房、一九八八年）に詳しい。

第7章　ドストエフスキー文学翻訳の過去と現在

ドストエフスキーの翻訳といえば、この一〇年ほどの間に、ベストセラーでマスメディアの話題をかっさらった亀山郁夫訳の『カラマーゾフの兄弟』の問題を素通りするわけにはいかないだろう。しかしいきなりこの問題にとりかかるのではなく、過去のエピソード風の話題から入ることにする。

それは日本最初のドストエフスキー作品の翻訳で、明治二十五年に出た内田魯庵訳『罪と罰』の一節にまつわる話で、魯庵訳が英語訳からの重訳でありながら、ロシア語原文の本質を見事に射抜いていたという、話である。

二〇〇八年七月、日本近代文学研究の最長老ともいうべき佐藤泰正氏（一九一七年生まれ）が編者として『文学　海を渡る』という一冊を笠間書院から出された。その半年ほど前、二〇〇七年の暮れからインターネットで亀山訳批判を始めていた私の所に、ある日突然、佐藤先生から電話がかかってきて、質問を受けた。

それは『罪と罰』の最初の場面、下宿の女中と屋根裏部屋に閉じこもっているラスコーリニコフとの会話で、女中のナスターシャが「どんな仕事をしているのか？」と問うのに対し、ラスコーリニコフが「考え事をさ」と答える。内田魯庵訳では「考え事！」と訳されている。佐藤先生の電話は、この訳はロシア語原文に照らしてどうなのかという、質問であった。それはまた、『罪と罰』

を内田魯庵訳で読んだ北村透谷が、ラスコーリニコフのセリフ「考へる事！」に感銘し、これを自分の言葉「考へる事をなす」に置き換えてのべる一節、

〈「罪と罰」は実にこの険悪なる性質、苦惨の実況を、一個のヒポコンデリア漢の上に直写したるものなるべし〉。〈この病者の吐く言葉の中に大たる哲理あり。下宿屋の下婢が彼を嘲けりて其為すところなきを責むるや「考える事をなす」と言ひて田舎娘を驚かし〉（「女学雑誌」明治二十五年十二月号「『罪と罰』（内田魯庵訳）」）

に及ぶ問題であった。

さらにこのバリエーションは藤村の小説『春』の主人公で透谷をモデルとした青木のセリフ「考えることを為して居る」という一句に波及する。妻に何もしないじゃないかとなじられる場面で、『俺かい』と青木は不安な目付をして、『俺は考えて居たサ。』」と答え、続けてこういう。「内田さんが訳した『罪と罰』のなかにもあるよ。銭取りにも出掛けないで一体何を為て居る、と下宿屋の婢《おんな》に聞かれた時、考へることを為て居る、と彼《あ》の主人公が言ふところが有る。彼様《あゝ》いふことを既に言つてる人が有ると思ふと驚くよ。考へることを為て居る——丁度俺のは彼《あれ》なんだね」

佐藤泰正氏は魯庵訳のこの影響に重要な文学史的意味を見出して、「青木とは透谷の一面を写しとったもの。「考へる事をなす」とは、透谷がこの主人公の内面を解く重要なキーワードとして摑みとったもの」とのべている。

佐藤先生の電話での質問は、透谷の理解の元となった内田魯庵訳の「考え事！」がロシア語原文に照らして適訳かどうかということであった。私はロシア語テクストにあたって返事を差し上げた。この質問が佐藤先生にとってどういう意味を持っていたのかは、『文学　海を渡る』が出て、

読ませてもらってから知った。佐藤泰正氏の「あとがき——翻訳の問題をめぐって——」に、「専門家に聞けば、これは誤訳ではないという」というくだりがあって、どうやら私の回答はここに関係していたらしい。といっても魯庵訳を収録した「内田魯庵全集」（一二）（ゆまに書房、昭和五十九年）の解説者・野村喬氏によれば、法橋和彦氏にも魯庵訳、英訳底本、ロシア語原文の比較の仕事があって（私は未見）、当該個所についても適訳との検証がなされているとのことである。

私もまた適訳と判断した理由を具体的にのべてみたい。英訳で良く知られているのは、コンスタンス・ガーネットの一九一四年の『罪と罰』訳で、これは今やインターネットでもテクストに当たることができる。一八八六年刊のヴィゼッテリ版フレデリク・ウィショウ訳は、私はあいにく、手近に見ることができないので、便宜上、佐藤先生が前掲書中のエッセイで紹介している木村毅氏の著書からの引用を使用させてもらう。木村毅氏の調査によれば、当該個所の英訳は、

“Thinking” replied he gravely after a short silence.

一方、魯庵後の『罪と罰』翻訳者もふくめて多くの人に知られているガーネット訳では、

“I am thinking,” he answered seriously after a pause.

ウィショウ訳“Thinking”は動名詞と解することができるし、ガーネット訳の“I am thinking,”は、広い意味での現在の意味であろうが、現在進行形のニュアンスもまぬがれない。さてロシア語原文となるとどうか。

— Думаю, — серьезно отвечал он помолчав.

下線の動詞 Думаю（ドゥーマユ）が問題の語であるが、これだけに絞ればガーネット訳に近い印象を受ける。ロシア語には動名詞というものはなく、この不完了体の動詞は現在進行形、ないしは

反復習慣を示すものとされるからである。しかし問題は文脈で、女中のナスターシャがラスコーリニコフに、「以前は子供を教えに行っているといってたけど、いまはどうして何にもしてないのかい?」—— теперь пошто ничего не делаешь? と問うたのに対し、当人は「してるさ……」—— Я делаю……と答え、さらに相手の「何をしてるのか?」との突っ込みに対し、—— Работу……(「仕事をさ」)と答える。すると相手はさらに—— Каку(ママ)работу?(「どんな仕事を?」)と畳みかけてくる。この文脈で、「何もしていない」、「仕事を」、「どんな仕事を」の格は一貫して対格(目的格)が用いられているのに注意する必要がある。ガーネット訳でこの流れをたどるならば、why is it you do nothing now? — I am doing , —— What are you doing? , —— Work —— What sort of work? と続き、最後に来るのが、I am thinking である。

この文脈はロシア語原文に正確に対応しており、問題は最後にくるДумаю(ドゥーマユ)の一語が相手の畳みかける質問の圧力を受けて、どのような反発力をこめて発せられたかである。佐藤泰正氏が魯庵訳の「考える事!」に比して、中村白葉訳の「考えごとをよ」、米川正夫訳の「考えてるのよ」をインパクトが弱いと指摘される理由がここにある。

ちなみに工藤精一郎訳「考えごとさ」、江川卓訳「考えてるんだ」も同工異曲というべきで、ガーネット訳が誤訳とはいえないように、いずれも誤訳ではないにせよ、若干、壺にはまりきれない曖昧さを否めない。「考えてるのよ」、「考えてるんだ」では、「仕事」という意味に直接に結びつかないし、「考えごとさ」も何か個別な意味を持ち、一般的な「仕事」からは意味がずれる。

そもそも原語の думать はドストエフスキーと同時代のダーリの辞書を参照しても、第一義は мыслить, размышлять で、共に「思索する」「思考する」である。ラスコーリニコフは女中相手に、「思索する」「思考する」ことを「仕事」にしているといっているわけである。
先にのべたように、ロシア語には英語のように、動名詞や現在進行形はなく、不完了体というアスペクトに、進行形も反復習慣の事実もふくまれるという特性を踏まえるならば、ガーネット訳の〈I am thinking〉よりも、ウィショウ訳の〈thinking〉（動名詞）のほうがより明確で、魯庵訳の「考える事！」がより壺にはまった訳であるといえよう。さらに会話の文脈を踏まえるならば、透谷の「考へる事をなす」、あるいは藤村の「考へることを為して居る」はさらにインパクトのある解釈とさえいうことができよう。

翻訳の場合は原語の知識があっても、言葉をなぞっただけで正しく訳せるわけではない。たとえ原語の知識はなくとも、内在するテクストの論理を誠実に読み解くセンスのある読者ならば、誤訳やテクスト歪曲を見破ることができる。次にふれる亀山訳『カラマーゾフの兄弟』をめぐる誠実な読者からの反応はその証左であるし、はるか昔に遡って、透谷や藤村によるラスコーリニコフのせりふの受けとめかたも、翻訳という間接行為、媒介行為を突き抜けて、鋭敏な文学的感性がテクストの本質を一気に射抜いた結果といえるだろう。

光文社「古典新訳」文庫と称するシリーズの第一弾で、亀山郁夫訳『カラマーゾフの兄弟』第一巻が出たのが二〇〇六年九月で、それ以来この九年間、ドストエフスキー文学の翻訳に関しては、私は何か悪夢を見せつけられているような気がしている。私が亀山訳と向き合うことになったのは、この訳がベストセラーとしてブームになり、マスコミのニュースになり、ＮＨＫのＥＴＶ特集で報じられ、毎日出版文化賞特別賞を授与され、さらにはインターネットのニュースでロシアにまで報じられるといった現象が経過した一年後のことだった。

そのきっかけとなったのはドストエーフスキイの会の会員からの情報で、その人は四十代後半の商社マン、早稲田の露文でドストエフスキーをテーマに修士論文を書き、卒業後、ロシア関係の商社勤めのかたわら、ロシア人のチューターを相手に、『カラマーゾフの兄弟』、『罪と罰』を音読で読破したという経験の持ち主。その人から、電話で亀山訳がいかにひどいかという話を聞かされたことに始まる。半信半疑で、まだ手元に訳本がなく、確認しようのない私に、彼はロシア語原文と、亀山訳とコメントをつけた検証のテクストをメールで送りはじめた。私は彼の検証作業にだんだんに引きこまれていった。そこではじめて私は亀山訳に啞然とした。これはロシア語の分かる者同士の意見交換にすまさないで、一般読者にも判断をあおぐ手だてを講じるべきだと考えた。彼のコメントと並行して、問題個所を先行訳三種（米川正夫、原卓也、江川卓）の当該個所と対比する形をとることにした。こうしてドストエーフスキイの会のホームページに隣接する私の「管理人T.Kinoshita のページ」に、二〇〇七年十二月二十四日付で「亀山郁夫訳『カラマーゾフの兄弟』を検証する——新訳はスタンダードたりうるか？——」と題する検証リストを公表した。

年が明けての二〇〇八年一月二日付で、北九州市の、リタイアした元高校の国語の教師という人から長文の手紙が届いた。そこには、「検証」を見て、「我が意を得たりと、胸のつかえがおりる思いがし、非礼を顧みず一筆差し上げることにしました」と書き出して、日本語だけが頼りの一読者として、亀山訳の不適切な個所に疑問を感じ、光文社の編集者直々に問題個所を指摘するなど、私達の「検証」公開に先立つ幾月かの孤軍奮闘ぶりが記されていた。彼はすでに誤訳とおぼしき不適切な個所のリストを作成しており、ロシア語の知識はないながら、先行訳、ドイツ語訳との対比と、長年、国語の教師を勤めてきた言語感覚から、疑問とする翻訳第一刷四三一頁中の四八ヵ所がリストアップされていた。そこには「検証」と一部重なりながらも、そのほか私達が見逃した数々の重要な個所が指摘してあった。それらは当然ながら、ロシア語の専門的立場から検討に値するものと思われた。そこで私たちはロシア語テクストと参照しながら「一読者による点検」の作成を開始し、その結果を「一読者の点検」と題して、二〇〇八年二月二十日に、先の「検証」と並立する形で、ホームページに公開した。

この作業を通じて亀山訳の本質が見えてきたように思われた。それは、単純な誤訳にとどまらない日本語表現の問題でもあり、さらにはドストエフスキー特有の文体の改ざん、さらにはテクストそのものの改ざんにまでいたる、節度のない恣意的なアナーキーな仕事の実態である。

そのサンプルを一七例ばかりご紹介して、亀山誤訳の実態をご判断をいただきたいと思う。その問題の特徴を次のように整理する。

(1)「信じ難い、ごく初歩的な誤訳」
(2)「見当違いな訳語、事実誤認」
(3)「発話の指向性を取り違えた訳」
(4)「テクスト歪曲」

その際、語学的な判断に照らして、基準に合ったスタンダードと見られる訳（原卓也訳、米川正夫訳その他）を S とし、問題の亀山訳を K とする。原訳は新潮文庫、米川訳は河出全集（愛蔵決定版）、亀山訳は光文社古典新訳文庫『カラマーゾフの兄弟』Ⅰ（第二二刷、四三一頁）。例文末尾の括弧内数字は引用頁を示す。

ロシア語テクストは「まえがき」に凡例として記したように、アカデミア版ロシア語三〇巻全集により、第一四―一五巻を使用。末尾括弧内の数字は第一四巻の頁。別の巻の場合は巻・頁の二重の数字で示す。

なお私がここで紹介した事例の内、①〜⑪までは亀山訳の全五冊中の第一冊（全小説の四分の一程度）から、⑫は『悪霊』から引いた。「テクストの歪曲」の章では、コーリャのセリフの改ざんは先にあげた北九州の読者の指摘、またイワンとアリョーシャの対話の場面のセリフおよび「大審問官」の章でのキリストの解釈については、亀山自身の解説（第⑤巻、二七九―二八二、三〇七―三〇八頁）からの引用。

亀山訳誤訳の実態、幾つかの事例

ここにあげる事例は本書第9章「亀山現象批判に関する資料」のなかから選んだもので、主として私自身の検証作業に基づいている。「管理人T. Kinoshita」のホームページ掲載の「検証」は商社マン（ペンネーム・新出）、「点検」は元教師（ペンネーム・森井）の執筆になるもので、その前書き、解説など私自身の執筆になる部分に限って、本書の資料に含めたが、本体の厖大な部分は、ネットで見ていただきたい。

(1) 信じ難い、ごく初歩的な誤訳

①S「リザベータは、フョードルの塀になんとか這いあがり」（原訳・一八六）

K〈リザベータは、その夜、カラマーゾフ家の塀も勢いよくはい登り、身重のからだに害がおよ

ぶのも承知で飛び降りたのである。〉（亀山訳・二六三）

(Лизавета) забралась как-нибудь и на забор Федора Павловича, а с него, хоть и со вредом себе, соскочила в сад, несмотря на свое положение.（九二）

「勢いよく」とはありえない訳である。как-нибудь は出産直前の身重な女の動作で、「どうにかこうにか」、「なんとかして」塀を越えてフョードルの屋敷に侵入する場面であって、「勢いよく」とは、でたらめな誤訳である。

② S 「カテリーナのところへアリョーシャが向かったときは。すでに七時で、暗くなりかけていた」（原訳・二七三）

K 〈アリョーシャがカテリーナの家に入ったときは、すでに七時を過ぎていてあたりは夕闇が迫っていた〉（三八六）

Было уже семь часов и смеркалось, когда Алеша пошел к Катерине Ивановне.（一三二）

「アリョーシャがでかけた пошел」と「到着」「入った」とを取り違えるとは、初学者でもやらない誤訳。

③ S 「あなたと結ばれ、年を取ったらいっしょに人生を終えるため、あたしの心があなたを選んだのです」（原訳・三〇三）

K 〈わたし、あなたを心の友って決めたんです。あなたと一緒になって、年をとって、一生をともに終えると。〉（四二八）

Я вас избрала сердцем моим, чтобы с вами кончить вместе нашу жизнь.（一四六）

これも大学生でもやりそうにない誤訳である。「私は自分の心であなたを選んだ」であって、「あなたを心の友って決めた」ではない。

④S「なんでもこの記事はいつもおもしろく、興味をそそるように書かれていたため、すぐに採用されるようになったという」（原訳・三〇）

K〈聞くところによると、それらの記事はいつもたいそう面白く、読者の好奇心をそそるような書き方がなされていたので、新聞はたちまちのうちに売り切れたらしい。〉（三八）

Статейки эти, говорят, были так всегда любопытно и пикантно составлены, что быстро пошли в ход, и уже в этом одном……（一五）

「記事が早速、使われるようになった」で、「新聞がたちまちのうちに売り切れたらしい」というテクストは原文のどこにも存在しない、完全なでっちあげ。

⑤S「そこへ乳母が駆けこんで、あわてふためいて彼をその手からもぎとってしまった」（米川訳・二一）

「そこへ突然、乳母が駆けこんできて、怯えきった様子で母の手から彼をひったくる」（原訳・三五）

K〈とつぜん乳母が駆けこんできて、驚いた顔の母の手から幼子をうばいとる。〉（四五）

《……》и вдруг вбегает нянька и вырывает его у нее в испуге.（一八）
「驚いた」のは乳母の方であって、母親ではない。
この誤訳は私たちが「検証」「点検」で指摘した後、二〇刷でこっそり訂正され、〈とつぜん乳母が駆けこんできて、おろおろと母親の手から幼子を奪いとる〉と二一刷ではすでになっている。この種の初歩的な誤訳で、私たちの指摘の後二〇刷でこっそり訂正されたのは、ほかにも幾つもあるが、詳しくはインターネット「管理人T.Kinoshitaのページ」（検索「ドストエーフスキイの会」からアクセス可）の〈亀山訳『カラマーゾフの兄弟Ｉ』「検証」「点検」その後〉をご覧いただきたい。

このような信じ難い初歩的誤訳がどのようにして生じたのか？　ロシア語の講師としてテレビで名を売り、東京外国語大学の学長にまでなった人物の仕事とすればあまりにお粗末過ぎる。推測されるのは、光文社プロジェクトチームのおそらくロシア語の知識のないリライターが、先行訳を土台に書き換えたテクストを、校閲段階で見落としたのではないかと好意的に解釈するほかはない。しかしこの先、見ていくように、文体の特徴や指向性に鈍感であり、国語の常識的な知識からはずれ、自分の無茶な解釈を独創らしく押し出すために、文章の歪曲、改ざんまで恐れ気もなくやってのける事例から判断すると、問題はもっと根本的なところにあるのではないかと疑われてくる。

(2)　国語力、歴史的知識に疑問符が付く見当違いな訳語、事実誤認

⑥ S 「この発案、すなわち長老制度は、理論的なものではなく、今ではすでに千年におよぶ実際の

経験から設けられたものだ」（原訳・五一）

K〈この公案、すなわち長老制度は、なんらかの理論によって構築されたものではなく、東方正教会での千年にわたる実践の場において生みだされたものである。〉（七〇）

Изобретение это, то есть старчество, - не теоретическое, а выведено на Востоке из практики, в наше время уже тысячелетней.（二六）

「公案」なる訳が当てられている〈изобретение〉は「工夫」、制度上の「工夫」、「発明」であって、禅の公案や公文書の下書とは何の関係もない、国語力の疑われる誤訳である。

⑦S もちろんまったく偶然に、町のことならおよそ何でも知っている親友ラキーチンにきいたからだが」（原訳・一九一）

K〈ちなみにこの最後のところは、まったくの偶然から町の生き字引である友人のラキーチンに聞いた話だったが、〉（二七〇）

О последнем обстоятельстве Алеша узнал, и уже конечно совсем случайно, от своего друга Ракитина, которому решительно всё в их городишке было известно, и（九五）

ラキーチンは町のことは何でも知っている情報通と書かれているのであって、「町の生き字引」では意味が通らない。

⑧S「もう数年前、例の十二月革命（訳注・一八五一年十二月二日、ルイ・ナポレオンの行った革命）の直後のことですが、」（原訳・一二四）

K〈いまから数年前、パリでのことです。例の二月革命からまもない時期に〉（一七四）

В Париже, уже несколько лет тому, вскоре после декабрьского переворота, (六二)

原文は「十二月革命」。原訳にはわざわざ括弧で訳注まで付けてある。

⑨
S あるとき、この県の新知事がこの町を視察に立ち寄ったことがあったが、知事はリザヴェータを見て、やさしい心をいたく傷つけられ、報告のとおりそれが《神がかり行者》であると理解はしたものの、やはり、うら若い娘が肌着一枚でさまよい歩いているのは良俗を乱すものだから、今後はこんなことがないようにと、注意を与えた。しかし、知事が去ってしまうと、リザヴェータは今までどおり放っておかれた。（原訳・一八二）

K〈あるとき、こんなことがあった。わたしたちの県の新知事が、この町の視察に立ち寄ったさい、リザヴェータを見てひどく良心を傷つけられた。報告を受け、なるほどその女が「神がかり」であることはわかったが、それでも若い女が肌着一枚でふらふらしていては町の風紀が乱れる、今後はこういうことがないようにと訓令を出した。しかし、知事が去ってしまうと、リザヴェータは今までどおりに放っておかれた。〉（二五八）

Раз случилось, что новый губернатор нашей губернии, обозревая наездом наш городок, очень обижен был в своих лучших чувствах, увидав Лизавету, и хотя понял, что это «юродивая», как и доложили ему, но все-таки поставил на вид, что молодая девка, скитающаяся в одной рубашке, нарушает благоприличие, а потому чтобы сего впредь не было. Но губернатор уехал, а Лизавету оставили как была. (九〇)

新任知事が傷つけられたのは〈感情・気持ち〉であって、〈良心〉ではない。訓令＝上級官庁が下級官庁に対して、法令の解釈または事務方針に関して下す命令であって、この場合まったく不適切な訳語である。

(3) 発話の指向性を取り違えた訳

⑩ S 「いくらかの財産を持っているから、成年に達したら独立できる、という信念」（米川訳・一四）

「自分にはとにかくある程度の財産があるのだから、成年に達したら自立できるだろう、と確信して」（原訳・二二―二三）

K 〈第一に、このドミートリーは、フョードル・カラマーゾフの三人息子のうち一人だけいくらか財産をもっていたので、成人したあかつきには独り立ちをするという、たしかな信念をもって成長していった。〉（二七）

Во-первых, этот Дмитрий Федорович был один только из трех сыновей Федора Павловича, который рос в убеждении, что он всё же имеет некоторое состояние и когда достигнет совершенных лет, то будет независим.（一一）

これは語り手の三人称的な文体のなかに、主人公（ドミトリー）の意識が映し出されている自由間接話法のスタイルで、ドストエフスキーにきわめて特徴的なものである。「自分には」母親からの財産があるという意識はドミトリーの思い込みに過ぎず、現実には父親のフョードルが横取りしていたという事実が、父親との争いの一因ともなって、物語は展開する。亀山訳では、ドミトリーの財産保有が確定の事実のように訳されていて、この文体の特徴は殺されている。

⑪
[S]「あるいはまた、フョードルなどという男は本当は意地の悪い道化以外の何物でもないのに、心に甘く媚びる想像力に説き伏せられて、あの人は居候の地位に甘んじてこそいるものの、やはり、よりよい明日をめざすこの過渡的な時代のもっとも勇敢な、嘲笑的な人間の一人なのだと、ほんの一瞬にせよ、思いこんだのかもしれなかった。」（原訳・一七）

[K]〈彼女（＝アデライーダ）にしてみれば、たぶん女性の自立を宣言し、社会的な制約や、親戚、家族の横暴に反旗をひるがえしたかったのだろう。そこで彼女は、たとえ一瞬にせよ、たんに居候の身にすぎないフョードルが、よりよい未来へ向かう過渡の時代に生きるこのうえなく勇敢でシニカルな男性のひとりであるという、おめでたい空想のとりこになった（そのじつ、彼は腹黒い道化でしかなかったが）〉（一七）

Ей, может быть, захотелось заявить женскую самостоятельность, пойти против общественных условий, против деспотизма своего родства и семейства, а услужливая фантазия убедила ее, положим, на один только миг, что Федор Павлович, несмотря на свой чин приживальщика, все-таки один из смелейших и насмешливейших людей той, переходной ко всему лучшему, эпохи, тогда как он был только злой шут, и больше ничего（八）

例⑩と同じように、フョードルの「居候」云々はアデライーダの意識を映している叙述であって、亀山訳のように、語り手によるフョードルの特徴づけではない。これでは女性解放の思想にかぶれて、ひどい男と結婚した女の思いこみが浮かび上がってこない。

『悪霊』から

⑫ S「奥さん、あなたはこれまでお苦しみになったことがありますか?」「つまり、あなたがおっしゃりたいのは、あなたがだれかに苦しめられたことがあるとか、またはいま苦しめられているとか、そういうふうなことなんでしょう?」(米川訳九・一六九)

K〈「奥さまは、これまで苦しみを受けたことがおありですか?」「あなたはたんにこうおっしゃりたいだけでしょう、つまり、わたしがだれのためにくるしんできたか、でなければ、現にくるしんでいるのか」〉(十一・四二〇)

-Вы просто хотите сказать, что от кого-нибудь страдали или страдаете. (一〇巻一三九)

これはレビャートキンがワルワーラ夫人に問いかける場面で、夫人は相手の質問の動機を読んで、鸚鵡返しに、相手自身の問題として投げ返しているのである。亀山訳ではまったく意味が通じない。

(4)テクスト歪曲

⑬ 序文「作者より」の六段落を一七段落に大胆に改ざん。読み易くなるのは確かであるが、原作の持つ息吹きが殺されるのは間違いない。

⑭ コーリャのせりふ

「人類全体のために死ねたらな、って願ってますけどね」(亀山訳第五巻四二頁)

（«Я желал бы умереть за всё человечество»）（一五・一九〇）

に対して、アリョーシャがそれを受けて言うのは、

「コーリャ君は先ほどこう叫びましたね、『すべての人達のために苦しみたいって』……」（拙訳）

（«Вот как давеча Коля воскликнул: «Хочу пострадать за всех людей»）（同・一九五）

ここでアリョーシャはコーリャのセリフをそのまま繰り返すのではなく、相手の気持ちを別の言葉に言い換えてのべているのに対して、亀山はそれ無視して、アリョーシャのセリフを、こう訳している。

「コーリャ君は『人類全体のために死ねたら』と叫びましたが……」（亀山訳第五巻五八頁）

なぜこういう乱暴な改ざんがなされたのであろうか？　憶測にすぎないとはいえ、亀山が別著『続編を空想する』（光文社新書）でコーリャを皇帝暗殺者に、またアリョーシャをその使嗾者に仕立てるための伏線として、意図的におこなったのではなかろうか？　この個所の指摘と疑問は最初に北九州の読者によって提起されたのであるが、私も否定しがたいと思う。

⑮S「僕が知っているのは一つだけです」なおもほとんどささやくように、アリョーシャは言った。「お父さんを殺したのは、あなたじゃありません」（原訳・一八〇）

S「ぼくが知っているのはただひとつ」と、あいかわらず、ほとんどささやくように、アリョーシャは言った。「お父さんを殺したのはあなたではない」（拙訳）

K〈「ぼくが知っているのはひとつ」と、アリョーシャは、あいかわらずほとんどささやくような声で言った。「父を殺したのはあなたじゃないってことだけです」〉（第四巻二五八）

Я одно только знаю, - всё так же почти шепотом проговорил Алеша, Убил отца *не ты.*（一五・四〇）

以上の標準訳[S]と亀山訳[K]を比較して、まず注意をうながしておきたいのは、標準訳[S]では原文の斜体（*«не ты»*）「あなたではない」に傍点がふられ、意味が強調されているのに対し、亀山訳[K]ではその強調のニュアンスを意識的に無視し、逆に曖昧な、まるで反対の「あなたである」のニュアンスに導こうとする意図的な操作を試みようとしていることである。

「解題」（第五巻二七九―二八三頁）、「奇妙な語順」と題する章で、亀山はもって回った意味ありげな調子で次のような長広舌を弄して、自分の偽装工作を正当化しようとする。

亀山いわく――

「また、文体上の複雑なしかけが、人間精神の奥深くまで照らしだす例もある。次に引用するのは、『カラマーゾフの兄弟』全体の中心に位置し、物語の流れに決定的な転換をみちびき出す言葉である。

「父殺し」の犯人を挙げろ、と問いつめるイワンに対して、アリョーシャは次のように応える。

「ぼくが知っているのは、ひとつ（……）父を殺したのは、あなたじゃないってことだけです」（第11編258ページ）

“I only know one thing…… Whoever murdered father, it was not you.”

部分を取り上げればとくに問題はないように見えるが、後半の「父を殺したのは、あなたじゃないってことだけです」のロシア語は、リズムとイントネーションが最大限に威力を発揮するセリフである。

Я одно только знаю, …… всё так же почти шепотом проговорил Алеша, Убил отца не ты.（二七九―二八〇）

亀山のこの発言が不可解なのは、彼は原文と英訳を引用しながら、先に私が注意を喚起した（«не ты»「あなたではない」）のイタリックを完全に無視しているのである。おそらく故意に無視したうえで、白々しく「リズムとイントネーション」を云々している。いったいイタリックはイントネーションの重要なポイントではないというのか？

しかも亀山は殊更らしく英訳を引用しているが、これが誰の訳か出典を明示していない。ちなみにガーネット訳でのこの個所は、ロシア語原文通りにイタリックで書かれている。

“I only know one thing,” Alyosha went on, still almost in a whisper, “*it wasn't you* killed father.”

次に続く亀山の口舌は、ロシア語の専門家の目から見れば、口から出まかせとしかいいようがない妄言である。

「この語順のもつ異様さはさまざまな研究者の関心をひいているが、意味だけくんで単純に言い換えるならば「あなたは父を殺しませんでした」となるだろう。ロシア語は、語順は基本的に全部自由なので、あとはニュアンスの違いによってどう変わるかということになる、

語順の異様さとは、父親を殺したという厳然たる事実が最初に提示されているにもかかわらず、その主語（つまり犯人の名前）が、最後まで留保されている感じに現れている。」（二八〇）

第一に「ロシア語は、語順は基本的に全部自由」というようなことはありえない。一般に英語などと比較してロシア語語順の「自由度」をいうことはあるが、この場合のような主語の倒置は、文末にくる主語が強調されていると理解するのがロシア語習得者の常識である。しかもイタリック表記（亀山はこれを意図的に消している）で示されている以上、二重に主語が（そしてこの場合それに付随した否定詞が）強調されているのである。それなのになぜ、「その主語が、最後まで留保されている」などというのか？

次に続く口舌はもはや噴飯ものである。

〈兄弟同士の信頼関係のなかで、あたりまえの「事実」をめぐってのどこか思わせぶりな言い方は、かなり違和感を与え、端的にいって、居心地がわるい。ここには父を殺したのは「あなたかもしれない」「あなたである」と言っているのと同じくらいの意味が、その曖昧さのなかに隠されているということだ〉（二八〇）

自分の見当違いの推論に無理矢理に引き込むために、一般読者のロシア語不案内につけこんで、アリョーシャの定言命令といっていいほどのきっぱりとした言葉「あなたではない」をわざわざ裏返して、曖昧さをしのび込ませる——これは『悪霊』の少女マトリョーシャ解釈で、母親に折檻される少女の泣き声に、マゾヒスト感覚を押し付けて、高校生レベルの読者に自説を信じ込ませようとしたのと同じ悪質な手口で、明らかな詐術である。その上塗りともいえる、見当違いな解釈と驚くべき誤訳が大手を振って登場する。

⑯S　原訳「あなたじゃない、という今の言葉を、僕は一生をかけて言ったんですよ。いいですか、一生をかけて」（二八二）

K　〈「〈あなたじゃない〉って言葉、ぼくはあなたが死ぬまで信じつづけます！　いいですか、死ぬまで、ですよ」〉（二八一）

亀山いわく――

「さらに、アリョーシャの次の言葉にも注目したい。居心地が悪いという以上に、やはり壮絶としか言いようがないセリフである。

「〈あなたじゃない〉って言葉、ぼくはあなたが死ぬまで信じつづけます！　いいですか、死ぬまで、ですよ」（二八一）

ここに引用されているアリョーシャのセリフのロシア語原文はどうなのか？

«Я тебе на всю жизнь это слово сказал: *не ты!* Слышишь, на всю жизнь»

〈あなたではない！〉ということをぼくは命をかけて（あるいは、一生をかけて）いったのですよ。いいですか命をかけて（あるいは、一生をかけて）（拙訳）

原文は「あなたではない」（*не ты!*）はイタリックとエクスクラメーションマークで強調されていることに留意。さらにガーネットの英訳にも目を向けておこう。

I tell you once and for all, it's not you. You hear, once for all!

ガーネット訳では下線部はイタリックになっていないし、感嘆符もついていないが、“once and for all” の重みはそれを補っているといえよう。

原文に沿った訳と比較して亀山訳を読む時、これは信じ難い、あきれたでたらめ訳だとしかいいようがないだろう。なぜなら「ぼくはあなたが死ぬまで信じつづけます！」という訳は、どう転んでもありえないからである。

前記引用傍線部《На всю жизнь》（ナ　フシュ　ジイズニ）（命をかけて、一生をかけて）は、アリョーシャが《*не ты!*》（ネ　トウィ）（あなたではない）という自分の言葉にかけた絶対的な確信を強調するフレーズであって（ガーネット訳、“once and for all”）、亀山訳のように、「あなたが死ぬまで」という訳はどこを押しても出てくるはずがない。なぜ亀山はこのような見え透いた誤訳をやるのか？　まずはイタリックとエクスクラメーションマークで強調された《*не ты!*》（ネ　トウィ）（あなたではない）の意味を無視することによって、アリョーシャから寄せられたイワンに対する絶対的な信頼の意味を取り除き、反対に曖昧さを押し付け、いわく「こうなれば、アリョーシャの言葉はもはや、「殺したのはあなたです」といっているのと等しい重みを担うものとなる」と、自分の見当違いの解釈の方向へ無理やりに舵を切りたいがためにほかならない。

さらには、亀山いわく――

「オウム返しのアリョーシャの精神性からすれば、**Убил отца не ты** という奇妙なせりふは、逆に神が、この語順で言えと《命令》していることになるのだ」（二八二）

と、亀山は自分ででっち上げた解釈のでたらめさを、意味ありげに神に由来するとまで妄言するのである。

大審問官の章　キリスト

イワンがアリョーシャに物語る叙事詩「大審問官」に登場するキリストが終始一貫、「イエス・キリスト」の呼称ではなく、「彼」（он・he）で登場していることに注目した亀山は、ソ連時代の無神論的な文化統制下で出された版のすべてが「彼」（он・he）と小文字で記されていて、本来は大文字の「彼」（Он・He）であることを知らなかったが故に、次のような珍説を展開する。もし彼がソ連の文化統制と無縁であったイギリスのガーネット訳を参照していたらとっくに、そのことに気づいていたはずだ。キリスト教文化の世界では大文字の「彼」（Он・He）、「なんじ」（Ты・Thou）がイエスを指すのは常識であろう。

亀山・「イワン＝ドストエフスキーがとる一つの奇妙な手法について、ふれなくてはならない。つまり、「大審問官」では、いちどとしてイエス・キリストの固有名詞が用いられていないということだ。もちろん「彼」がイエスであるとすることは可能でも、そう訳すと、じつはミスを犯すことになる。なぜなら、これはあくまでイワンによって作られた物語詩であって、イワンがあえて、「彼」をイエスとして同定しなかったことこそが重要なのである。キリストと書けばキリストに限定されるが。「彼」と呼ぶことにより、ある別人格的なものを付与することができる。いや、その「彼」は、キリストのいわゆる僭称者ですらあるかもしれない」（五巻三〇七―三〇八）

以下参考資料の一例を紹介する。英訳は一九一二年版のガーネット訳で、ロシア語原文は現在までのところ、ソ連時代からの改訂新版はまだ出ていないためインターネットから正教会版とされるものを拾った。現在ネット検索で出て来るテクストは、ソ連時代版と本来の表記に戻した版の両方がある。（引用文の下線・傍線は引用者）

He came softly, unobserved, and yet, strange to say, everyone recognised Him. That might be one of the best passages in the poem. I mean, why they recognised Him. The people are irresistibly drawn to Him, they flock about Him, follow Him. He moves silently in their midst with a gentle smile of infinite（ガーネット訳）

Он появился тихо, незаметно, и вот все — странно это — узнают Его. Это могло бы быть одним из лучших мест поэмы,— то есть, почему именно узнают Его. Народ непобедимою силой стремится к Нему, окружает Его, нарастает кругом Него, следует за Ним（正教会版）

キリストは気づかれぬようにそっと姿を現したのだが、ふしぎなことに、だれもが正体を見破ってしまう。《……》民衆は抑えきれぬ力でキリストの方に殺到し、取りかこみ《……》キリストは限りない同情の静かな微笑をうかべて《……》（原訳・四七八―四七九）

彼はしずかに、人に気づかれないように姿を現したが、不思議なことに人々はすぐに正体に気づいてしまうのさ。《……》民衆はもう抑えきれず、彼のほうに殺到し、ぐるりと彼を取りまき《……》彼は、限りない憐れみに満ちた微笑をしずかに浮かべ《……》（亀山訳・二五七）

以上紹介したのはおびただしい誤訳、疑わしい訳のごくわずかなサンプルにすぎない。二〇〇七年十二月二十四日と二〇〇八年二月二十日に、「検証」、「一読者の点検」という形でホームページで私達が指摘した誤訳、不適切訳、文章改ざんの個所は、第一冊四三一頁中、九二ヵ所であったが、そのうち三八ヵ所の訂正を、光文社はその直後の増刷二〇刷（二〇〇八年一月三十日）と二二刷（二〇〇八年三月十五日）で、何食わぬ顔でおこなった。それ以前の増刷でも、光文社は北九州の読者の編集部への直接の指摘により、七ヵ所の訂正をおこなっていた。他の商品ならば、当然、リコール運動が起きても不思議ではない現象である。

以上、見てきたようなわずかの事例からも、この訳がいかに杜撰《ずさん》な仕事であるか、その実態を理解していただけるだろう。まずいえるのは、これはロシア語専門家の魂をこめた良心的な仕事ではないということである。本来、プロとしての専門意識のある人ならば、このような仕事はしないはずだ。ドストエフスキーの翻訳者としても研究者としても無定見な人物を、マスコミに露出させて偶像化し、あたかも翻訳者が原作者を超えるかのようなイメージを作り出して、無知な読者に大量に売り込む。これが出版社のとった戦略ではなかったか。圧倒的な宣伝とマスメディア対策によって、誤訳批判をものともせず、仕立てあげたアイドルに革新者を気どらせる。慶応のサテライトでの次のような亀山の発言はその様子を物語っている。

慶応MCC「夕学五十講」楽屋blog （二〇〇八年八月三日）

「音楽のようにドストエフスキーを体験する亀山郁夫さん」

『カラマーゾフの兄弟』翻訳にあたって心がけたのは、「映画をみるように、音楽を聴くように『カラマーゾフの兄弟』を体験してもらうこと」だったそうです。《……》

『カラマーゾフの兄弟』の原文は、破壊的な文体で書かれており、逐語訳では現代人には難解で読むことができないそうです。それに対して亀山先生は「アルマーニを羽織ったドストエフスキー」に生まれ変わらせようと思ったとのこと。音楽のように翻訳をするというリズム重視の訳は、誤訳を生む可能性を内包します。亀山先生は、訳にあたって第五稿まで目を通したそうですが、五稿では原文を一切見なかったそうです。その結果、誤訳問題が週刊誌上を賑わす事態を招いたと反省をされていました。（現在は、全ての訳を再チェックし、当初の翻訳思想を活かしつつ、あきらかな誤訳部分は修正したとのこと）

無責任な評価

こうした出版社、翻訳者のプロジェクトに迎合して、この怪しげな翻訳に賛辞を捧げる一群の知識人がいることを見過ごすわけにはいかない。

私の手許の資料によれば、例えば佐藤優いわく、「亀山訳は、読書界で、「読みやすい」ということばかりが評価されているようですが、語法や文法上も実に丁寧で正確なのです。これまでの有名な先行訳のおかしい部分はきちんと訳し直している」（亀山・佐藤共著『ロシア 闇と魂の国家』文春

新書、三八頁）

また池澤夏樹いわく、「本編の精密な読みと（翻訳は最も緻密な読みである）、作者の思想ならびに性格に関する理解、当時の社会状況についての厖大な知識、それを駆使して、時に大胆に飛躍し、絵図が描かれる」（亀山著『カラマーゾフの兄弟――続編を空想する』の書評、「毎日新聞」「今週の本棚」）

私が具体例をあげて批判してきた前記のような実態を、この二人が少しでも実際に知っていたならば、このような絵空事の無責任な賛辞が出てくるはずがない。池澤が言うように「厖大な知識」があるのなら、キリスト＝僭称者説など出るはずがない。

私はこの論文のためにネットサーフィンをしていて、最近、驚くべき、衝撃的な事実を知った。私は迂闊にも「東大教師が新入生にすすめる一〇〇冊」というものがあって、亀山訳『カラマーゾフの兄弟』が高位にランクインされているとは知らなかったのである。二〇〇六―二〇〇七年版では実に第一位ということである。その後も年度ははっきりしないが、四位、六位あたりにつけているらしい（このサイトはキーワードを適当に検索にかけると出てくる）。

そこにさる東大の先生とおぼしき人物の次のような注目すべき言葉が掲げられている。

〈新潮文庫の帯のレビューを提供した縁もあるので、新潮文庫を推したいところだが……ごめんなさい、光文社古典新訳文庫の亀山郁夫訳『カラマーゾフ』をオススメする、しかも強力に。なぜなら、抜群に読みやすくなっているから。「読みやすいカラマーゾフって、あり？」驚く方もいらっしゃるかもしれない。別に昔のが難解だったといいたいわけではない。「いま」の「わたし」のコトバで再構成された「カラマーゾフ」が、とてつもなく入りやすくなっている！　これは事件だ！

と叫びたくなる。

「場違いな会合」での大爆発シーンで比較してみよう。「どうして、こんな男が生きているんだ！」のところを読み比べる。既読の方はニヤリとしてね〉

この先生が誰であるか、ネットでの知識しかない私にはわからない。とりあえず、仮にX先生としておこう。一応気になるのは、米川、原訳と比較して、この人が亀山訳を推奨する理由に挙げている一場面の言葉だ。

これはドミトリーの遠縁にあたるミューソフという人物が、カラマーゾフ親子の争いの的となっているグルーシェンカを貶めて言う呼び名をめぐってのことで、原語は《тварь》。「動物」「生き物」が元の意味で、蔑称で「畜生」「ろくでなし」、女性を侮辱する一般的意味ではせいぜい「売女《ばいた》」程度の意味である。亀山訳は「淫売」と訳していて、それを評価する理由を、この先生は次のようにのべる。

〈ポイントはグルーシェンカを指している言葉。亀山訳で「淫売」呼ばわりされるのはたまったものじゃないが、雰囲気的にはこれがピッタリだろう。一方で、原訳の「牝犬」は一番好き。米川訳の「じごく」は、観音様の御開帳をホーフツとさせる〉

きわめて軽い乗りで、下世話な逃げ口上まで添えてX先生が解説して見せるこの訳語の程度は、私達がすでに見てきた誤訳の重大さから見れば取るに足りないことで、むしろより本質的な問題から目をそらさせるものである。グルーシェンカはサムソーノフという地主の囲い者ではあっても、「淫売」ではない。「雰囲気的にはこれがピッタリだろう」というのは見当違い。彼女は肉体美で男性の関心をそそりはするが、性を商売にしているわけではないし、《тварь》が「淫売」を意味するわけではない。この先生はさらに次のように軽い調子でのべて、亀山訳を学生に推奨する。〈亀山訳が読みやすく見えるのは、口語が現代の言葉になっているから、だけではない。句読点を増やすことで、主述の見通しをよくしたり、名前をバッサリ切り取って文字密度を薄くすることで、追いやすくなっている〉

〈東大教師は、岩波文庫や新潮文庫を読んできて、「これだ！　新入生はコレを読め！」と推している。もし光文社新訳文庫版を読んだら、力いっぱい言うに違いない。わたしも唱和して力説しよう。「未読の方こそ幸せもの。カラマーゾフは小説のラスボスだが、新訳なら、いま倒せる！」ってね。ただし、訳はやさしいけれど、中身は一緒、あらゆる苦悩が詰まっている。一緒にのたうちまわろう、「大審問官」で〉

要するに、これまで岩波文庫（米川訳、江川訳）や新潮文庫（原訳）の先行訳を学生に推薦してきた東大の他の教師に、この特殊なX先生は、これからは光文社版亀山訳を推薦せよと言っているのである。これは大変異様な、放置できない発言ではないだろうか。私達がすでに見てきたような初歩的誤訳、テクスト歪曲満載の粗雑な訳をもっともらしく薦められた東大の学生や先生たちは声を上げて怒るべきではないだろうか。

光文社は二〇〇八年九月十八日締切で、中高校生相手の「新古典文庫感想文コンクール」を朝日学生新聞社の後援で実施した。課題図書の目玉の一つは亀山訳『カラマーゾフの兄弟』であった。そこで三人の審査委員の一人として、主導的な役割を演じていたのが東大教授・沼野充義という人であった。この人が先の一〇〇冊の本の推薦文を書いた人であるかどうかわからない。しかし亀山の仕事がマスコミにクローズアップされるのには、この人の功績抜きではありえなかったのではないかと私は見ている。彼は書評家として鳴らし、マスコミで使い回しされている稀有の存在であるが、光文社が亀山をアイドルとして売り出すうえで、この人の陰の役割は欠かせなかったであろう。『悪霊』のスタヴローギンにとってのピョートル・ヴェルホヴェンスキーを思わせる存在である。

亀山郁夫は『カラマーゾフの兄弟』の翻訳で二〇〇七年度の読売文学賞特別賞、「謎とき『悪霊』」（新潮選書）では二〇一二年度の読売文学賞研究・翻訳賞を受けているが、この陰に、マスコミでのロシア文学関係鑑定人の役割を一手に引き受け、出版社の意向を体現して発言、行動するこの人の姿が見え隠れするのである。彼自身審査にかかわったと思われる読売の賞の対象となった「謎とき『悪霊』」を評して、彼はこう絶賛する。

「亀山氏の研究の特色は、文献の博捜、執拗とも言えるほど細部にこだわったテキストの読みと、慎重な研究者がその前で立ち止まるような一線を踏み越える偶像破壊的なヴィジョンの結びつきであって、この『悪霊』論もその結果、原作そのものに張り合えるくらいの魅力的な、独自の価値を持つ著作になっている」（毎日新聞「今週の本棚」二〇一二年九月十六日）

これはまったく、読者をペテンに掛ける無責任な評価というしかない。スタヴローギンが十代の無垢の少女を凌辱する場面をサド・マゾの関係に見立てて扇情的に解釈して独自の解釈を誇示するなど、この著書は、『カラマーゾフの兄弟』の解釈同様、重要な個所でのテクスト歪曲、捏造が目立ち、その珍説は国際的な研究者の世界での評価にとうてい耐えうるものではない（詳しくは本書第1章「商品としてのドストエフスキー」一五頁参照）。

東京外語大学長とか東大教授といった、世間から一目置かれる肩書の人物が、一般大衆の目を欺きながら、出版社やマスコミの商魂と結託し、実益と虚名を売る、その目的で偶像化される人物とそれを演出する策士の役割分担と協働――これこそドストエフスキーが『悪霊』で描いたスタヴローギンとピョートルの分身関係を連想させずにはいない。

世間から信頼されるべきプロを名乗る人物が実益や虚名のために素人の消費者や読者を欺いてミスリードする現象が、この十数年目につくようになった。耐震偽装、食品偽装、ＴＶのやらせ番組、朝日新聞の「慰安婦問題」「吉田調書」の記事などである。

朝日新聞への投書

私はこうした現象を前にして、朝日新聞に幾度か投稿し、その扱い方を批判し、警告してきた。最初に投稿したのは「私の視点」欄で（二〇〇八年五月八日付）で「このように、何のことわりもなく、なし崩しに大量の訂正を増刷で重ねていく出版社のやり方は、商業道徳上、許されることだろうか。読者への背信行為ではないのか。私はいわば同業者として、非を訳者にだけ着せるのは気が進まない。問いたいのは出版社のマスメディア戦略の陰に潜む、無責任な商業主義である。疑う人は、増刷訂正にあたって、私達の指摘がいかにこだわりも無く受け入れられているか、「ドストエーフスキイの会」のホームページ隣接の「管理人 T. Kinoshita」のページで確認していただければ幸いである」と主張したが、不採用にされた（本書第9章資料⑤、四八五頁参照）。これは「週刊新潮」（五月二十二日号）でとりあげられる一週間前のことである（週刊誌のこの記事も右記ページで見ることができる）。

その後六月十五日付の「朝日新聞」の文化欄に近藤康太郎という記者の署名で、「ロシア文学ブーム再来」という記事が出た。その記事に、「ブームの背景にあるのは、圧倒的に読みやすくなった訳文だろう」とほめあげており、亀山訳『カラマーゾフの兄弟』のベストセラー現象をその象徴としてあげていた。私は七月一日の日付で、近藤記者に抗議文を郵送した。（資料⑭、六一一頁参照）

その後まもなく、夏休みの直前、光文社主催、「古典新訳文庫」読書感想文コンクールが、朝日学生新聞社後援でおこなわれるという大々的な記事が朝日に出た。その課題図書の目玉は亀山訳『カラマーゾフの兄弟』と野崎歓訳スタンダールの『赤と黒』で、二つとも誤訳問題のスキャンダルの渦中にあった。私は朝日学生新聞社宛に抗議警告文を送った。（同資料⑮、六一五頁参照）

これらの私の投書に対して、朝日新聞からは「私の視点」欄からの不採用の通知以外には何らの返事もない。その後、朝日新聞は「慰安婦問題」「吉田調書」の事件を犯し、厳しく自己検証を迫られることになった。そこで大々的に「信頼回復・再生チーム」を立ち上げ、一般からの意見を募った。私は二〇一四年十一月八日付で意見を送った。（同資料⑯、六一九頁参照）

以上のような実態から見ても、亀山誤訳の問題は、社会的責任をかなぐり棄てて、古典文学の翻訳を利潤追求の目的で意図的に利用した出版社とそれに便乗した疑わしい翻訳家のペテン師的な事業で、かつて日本にはなかった文化的退廃の現象といえよう。その実態を覆い隠すために、出版社は資本力の限りをつくして、ＮＨＫを含む主要メディアを抱きこみ、亀山を偶像化して、記者や一部の取り巻きの評論家や作家を動員して無責任な賛辞を書かせ、未熟な読者をターゲットに売り込む戦略を展開してきたのではなかったか。亀山郁夫を権威づけるために、光文社は外務省をも抱きこみ、ロシア文化の普及の功績ということで、二〇〇八年にはプーシキン賞というロシア政府の勲章まで、授与させる離れ業までやってのけたのだった。私は現在のロシアの主要なドストエフスキー研究者のほとんどと交流があるが、誰一人この経緯を知っているものはなく、完全に政治的なものであったといえる。こうした現象は、ロシア文学界自体が、研究者の層が薄く、アカデミックな伝統が欠如している弱点が生み出したものともいえよう。

おそらく英米、独、仏の外国文学の学会では、人文学研究の伝統が根付いており、研究者の層も厚く、このような杜撰な仕事をした人物が学長となったり、出版社の代理人となって暗躍する人物が学会の会長になったりすることはありえないのではないか。というのも、二〇〇八年の時期に、ロシア文学研究者の団体である「日本ロシア文学会」に対しておこなった私たちの申し入れについての対応は実に失望させられるものだったからである。

私は大阪府大の萩原俊治氏と連名で、学会の理事、各種委員の役員六〇名に宛てて、二〇〇八年三月十五日付で、書簡を送り、秋の全国大会で、亀山訳をめぐって公開討論会を開くよう要請した。しかしこの提案は五月の理事会で却下され、議事録の公開の申し入れも無視された。翌年にまたワークショップ開催を提案したが、これも拒否された。要するに理事会はマスコミの後光を背負った亀山、沼野の圧力を跳ね返すことができず、もめ事となるのをただ恐れたのである。陰ではおかしいと思い、批判しながら、トラブルを恐れて口をつぐみ、ただ流されていく、その結果、怪しい人物たちのモンスター化はますます進行し、肥大化していった。研究機関と団体にまで影響を強めた彼らのもとで、若手研究者は萎縮せざるをえなくなっている。

ロシア文学の翻訳、研究の伝統は二葉亭四迷に始まる。彼は革新的な言文一致の文体で、ツルゲーネフの「あいびき」を訳し、日本最初の翻訳論ともいうべき「余が翻訳の標準」というエッセイを残した。それを読むと、原文の「音調」を生かすために、「コンマ、ピリオドの一つをも濫りに棄てず、原文にコンマが三つ、ピリオドが一つあれば、訳文にも亦ピリオドが一つコンマが三つという風にして、原文の調子を移さうとした」とし、かならずしもうまくはいかなかったが、「文学に対する尊敬の念が強かったので」、「一字一句と雖も、大切にせなければならぬ」という信念はすてなかった、とのべている。この態度は、読者サービスをうたって、段落を勝手に増やしたり、恣意的な解釈のために原文を捏造したりする行為の対極にある。ドストエフスキーの翻訳だけをとっても、二葉亭以降の世代の翻訳者たち、米川正夫、中村白葉、原久一郎、小沼文彦、さらに世代が下って原卓也、江川卓、木村浩といった人たちの翻訳の仕事は、概して職人的な良心をもっておこなわれ、翻訳者が原作者を僭称して、勝手に原文を歪曲するようなことはしていない。

ドストエフスキー研究に関していえば、一九三〇年代から四〇年代にかけてのロシア文学畑のドストエフスキー論は、翻訳者の作品解説という形で、モチューーリスキーの浩瀚《こうかん》な『評伝』(一九四二年)を下敷きにした論やペレベルゼフ、ロガチェフスキーなどソ連の社会学派といわれる評論家の論文の紹介が主で、スターリン時代の社会主義リアリズムの公式理論に基づくエルミーロフの著書ドストエフスキー論は、一九五六年に翻訳されて話題を呼んだものの、あまりのイデオロギー性ゆえに、日本では影響をあたえなかった。ロシアで長年、日陰にあったフォルマリズムの流れを汲むヴィノグラードフやシクロフスキー、バフチン、コマローヴィチ、スカフティーモフといった本格的な研究者の仕事が、一九六〇年代以降ようやく日本の若手研究者にも知られるようになる。

一九五〇年代から六〇年代にかけて、研究者の育成を目的とした博士課程は早稲田の露文科だけにあった。ドストエフスキー研究でいえば、米川正夫教授の研究室で、東京外語から来た漆原隆子が最初の院生としていた。彼女はモスクワに一年間留学し、図書館に通って、多くの研究書を読み、詳しい研究史を書いた。そして各論を加えて、一九七二年に『ドストエフスキー　長篇作家としての方法と様式』（思潮社）という著書を出版した（彼女は一九七三年に夭折した）。私はこれがおそらく日本の研究者が出した最初の本格的なドストエフスキー論ではなかったかと思う。

そのころ早稲田には、ドストエフスキー研究者として新谷敬三郎助教授がいた。この人はバフチン『ドストエフスキの詩学の諸問題』（新谷訳改題『ドストエフスキイ論　創作方法の諸問題』冬樹社、一九六八年）の最初の翻訳者として知られるが、マルクス主義的文学観が支配的であったロシア文学者の間で、早くからロシア・フォルマリストの仕事に関心を寄せていて、後輩の私をふくめて、若手研究者たちに影響をあたえた。私は新谷氏とともに、一九六九年に「ドストエーフスキイの会」を発足させ、今に続く研究者と一般読者の相互交流のクリエイティブな場を発足させた。

こうした動きのなかから、ロシアや欧米のドストエフスキー研究者との交流も進み、一九七一年以来三年毎に欧米、ロシアで開催されて、すでに一五回を数え、二〇一六年にはスペインのグラナダで、第一六回を迎える国際ドストエフスキー・シンポジウムに、日本の研究者も少数ながら若手も含めて積極的に参加してきているのである。二〇〇〇年には私が主導して、学術振興会や国際交流基金の助成金を受けて、千葉大で国際研究集会を開き、欧米露の研究者二六名（うち、ロシアから一六名）が参加した。日本側参加者は一四名だった。（本書第8章「ドストエーフスキイの会とIDSとの関係の歴史を振り返る」四一五頁参照）

ひところＮＨＫなどが、「日本のドストエフスキー研究の第一人者」などと宣伝した亀山郁夫や世界のドストエフスキー研究の事情通のような発言をしている沼野充義はまったくこれらの動向に関与したことがなく、こうした世界の研究者の会議には一度も顔を出したことはないのである。

研究者としての資質が疑われる亀山郁夫が教育研究機関の代表、東京外語大学長として、文部科学省「学術研究推進部会・人文学及社会科学の振興に関する委員会（第九回）」で発言している議事録がネットで公開されているので、少し長い引用になるが、最後に紹介しよう。ネット検索は、この表題で簡単に出てくる。

学術研究推進部会・人文学及び社会科学の振興に関する委員会（第九回）　議事録

1．日時　平成二十年二月十五日（金曜日）十六時～十八時

2．場所　文部科学省　三Ｆ一特別会議

3．出席者

（委員）伊井主査、立本主査代理、井上孝美委員、上野委員、中西委員、西山委員、家委員、伊丹委員、猪口委員、今田委員、岩崎委員、小林委員、深川委員、藤崎委員

（外部有識者）亀山　郁夫　東京外国語大学長

（事務局）徳永研究振興局長、藤木大臣官房審議官（研究振興局担当）、伊藤振興企画課長、森学術機関課長、松永研究調整官、袖山学術研究助成課企画室長、戸渡政策課長、

江崎科学技術・学術政策局企画官、後藤主任学術調査官、
門岡学術企画室長、高橋人文社会専門官　他関係官

以上のようなメンバーの出席の場で、亀山郁夫は「グローバル化時代における《文学》の再発見と教養教育」というテーマで三〇—四〇分ほどの報告のあと、質疑応答で雄弁に語っているが、ベストセラーで名を売った『カラマーゾフの兄弟』の翻訳者として、次のような注目すべき発言をしている。

〈『カラマーゾフの兄弟』には、たしかに世界文学の最高峰というレッテルが貼られてきましたが、それ以上の何ものでもなかった。『カラマーゾフの兄弟』が「父親殺し」という極めて根源的な、現代に通じる、通底する、テーマを扱っているらしいという情報がそこにつけ加わるまでに何十年とかかってきたわけです。つまり、ドストエフスキー作『カラマーゾフの兄弟』というタイトルは知っています。そこからさらに、何十万人の人が、『カラマーゾフの兄弟』は「父親殺し」を扱っていますということを知るまでには何十年かかっているんですね。いや、かかってきた。しかし、インターネットの時代に入って、第二段階での情報が付加されるまでに時間がかからなかった。もしインターネットがなかったら、ここまでは広がらなかったと思います。次に、第三段階の情報がそこに加わった。もう一つのモメント、『カラマーゾフの兄弟』がミステリーである、という情報です。これもインターネットによって加速的に広まっていった。一九九〇年代の前半までは、いかにすぐれた翻訳があっても、『カラマーゾフの兄弟』というのは

本屋で並んでいる文庫本の一冊にすぎなかった。本屋さんに入って、文庫コーナーの前にたち、『カラマーゾフの兄弟』を前にしても、それが「父親殺し」を扱った「ミステリー」でもあるという連想は全く働いていないということです。今はおそらく本を買う人以外の何十万人という人が、『カラマーゾフの兄弟』は父親殺しを扱っている、ミステリーだということを知っている可能性があるんですね。それが大事なんです。将来的には、おそらく何十年たてば、読む人はもっともっと増えていくだろうと想像されることで、現在の『カラマーゾフ』の現象は、想像以上の効果が将来的に生まれるだろう、と予想しています〉

ドストエフスキーについて心得のある一般読者や研究者は、このような発言を読んで、正直、どう思うだろうか。『カラマーゾフの兄弟』が「父親殺し」の小説だと一般読者が知るまで、何十年とかかり、ネットの時代の今にいたって広まったとはどういうことか。フロイトが「ドストエフスキーと父親殺し」という論文を発表したのが一九二八年で、弟子のノイフェルトの著述とともに、広く知られ、日本でも翻訳されて、小林秀雄はジイドやカーなどと共に、こうした精神分析の手法はドストエフスキーの正しい理解に導かないと厳しく批判した（本書第2章「小林秀雄とその同時代人のドストエフスキー観」七七頁参照）。研究者や評論家の間でも抑制されてきた俗流フロイト主義的解釈を、今更のように持ち出して『ドストエフスキー　父親殺しの文学』（ＮＨＫブックス、二〇〇四年）を書いたのが亀山であり、彼はここで自分の本を宣伝しているにすぎないのである。小説がミステリー（推理小説）だと気づいたというのも噴飯もので、古典としての深い内容を持ち、多面的に読み込まれてきた作品を、初心の読者大衆をターゲットにして、エンターテインメントに単純化して売り込もうとする出版社の魂胆を、もっともらしく粉飾、正当化する言辞であるとしか受けとれない。そういう立場であれば、作品の構造や作者の視点といった創作方法（ポエチカ）にかかわる現代のドストエフスキー研究の主流の方法は邪魔になるはずである。そこで彼は次のようなもっともらしい意見を開陳する。

〈そもそも、私は、いわゆる精緻な学とでもいいましょうか、ロシア文学で言うならば、例えばロシア・フォルマリズムという方法があり、その後、ミハイル・バフチンという傑出した文芸学者の理論の援用しつつ、作品のテクスト分析を行うというアプローチが主流を占めるようになって、決定的に疎外感をもつにいたったのです。これだと、作品の構造上の特質はわかっても、ぜったいにそれ以上のことはわからない。柔軟な思考、人間的な思考を殺してしまうとまで感じました。私自身は、そういった研究スタイルに全く関心がもてず、自分がテクストと向かい合ったときに感じる何か、そして、その感じる何かの向こう側に見えてくる何か普遍的なもの、を言語化するという方向性をめざしました。既存の方法論に依拠した論文なり、本では、読者は獲得できないと本能的に感じたためです〉

そこで亀山は「古くからある「文学」という概念の祖型ともいうべきもの」「それを失くしては永久に読者と通じ合えない臍の緒のようなもの」に戻ることにしたといい、「文学という概念の根本にあるものとは何か」、それは「人間の多様性の解明」であるとして、こう続ける。

〈わたしの考える文学研究とは、重層的かつ派生的な複合体として存在するテクストから、新たな読みの可能性を引き出すことであり、当該のテクストのうちに隠された文脈と世界のモデルを発見し、それを限りなく更新していく営みを示す。その媒介者となる最大の要因は、いうまでもなく「研究者個人の精緻な読解力」、つまり、外国語ですからテクストが読めるということです ね、と同時に、作者の意図を読めるということは、テクストが読めるということとは実は言葉のレベルで読めるということとは変わりない。「イマジネーションと人間そのものへの洞察力の三つに他ならない」。そして、いわばそこでつかみとられた何か、それを表現する「言語表現そのものが、論理的な厳密さを礎としつつ、文体上の輝き、工夫、魅力に満ちあふれていることがのぞましい。こうして研究者は、人間と人間間、および人間社会の隠された多様性、多元性の発見をとおして、それぞれが与えられた存在のありかたと運命への認識を深めることになる」。

これが私の基本的な文学観です〉

自分の独創的な立場をうち出すのであれば、真面目な研究者ならば、過去、現在の研究の歴史を踏まえて、その批判的検討の上に、おこなうはずである。ところがこの論者はそのような研究史には背を向け、もっぱらテクストに向かうことを唱え、精密な読解を謳うのであるが、その実態はどうであったか。すでに私たちが、詳しく検討し、見てきた通りである。作品の構造についても、叙述のスタイルについても、無知、無関心であるがゆえの、とんでもない誤訳の数々を積み上げているのである。「人間の多様性の解明」どころか、俗流フロイト主義的な安易な「父親殺し」「皇帝暗殺」の概念が『カラマーゾフの兄弟』では安易に適用され、『悪霊』では少女凌辱のエピソードの解釈に、サド・マゾの概念が扇情的に応用されていた。

学術経験者を装って、ロシア文学の教育・研究機関の代表として、文部科学省の委員会で発言するこの人物の仕事の実態はといえば、目を覆うばかりであった。その実態を一般読者に見えなくさせているのは、出版社の物量をかけた宣伝作戦であり、ロシア文学界を代表するかのような黒幕的な代理人の暗躍であり、取り巻き的な評論家や作家の無責任な賛辞であった。

世間から信頼されるべきプロを名乗る人物が利益や虚名のために素人の消費者や読者を欺いてミスリードする現象が、二〇〇〇年代に入って社会問題としてにわかに目につくようになった。耐震偽装、食品偽装、ＴＶのやらせ番組、朝日新聞の「慰安婦問題」「吉田調書」の記事などである。亀山現象もこの時代風潮と無関係ではないように私は思う。プロがプロとしての職業的良心を失って、その場限りの利益や虚名に身をゆだね、歴史を恐れない愚挙に走っているのではないか。そして重ねていえば、この亀山現象は、日本のマスメディアや出版界独特の村社会的な現象であって、国際的な研究者の場では、まったく通用しないのである。

第8章　国際的交流の場から

一、ドストエーフスキイの会と「国際ドストエフスキー協会」（ＩＤＳ）との関係の歴史を振り返る

この欄では従来、学会報告として、「国際ドストエフスキー協会」（ＩＤＳ）やロシアの最近の学会の様子などが紹介されてきたが、今回は今年（二〇一〇年）六月十三―二十日に、イタリアのナポリで開催される「国際ドストエフスキー協会」（ＩＤＳ）主催の第一四回国際ドストエフスキー・シンポジウムにちなんで、この学会の成り立ち、そして、私達の「ドストエーフスキイの会」との関係の歴史を振り返ってみることにする。

三年毎に開かれるこの学会は、ドストエフスキー生誕一五〇周年にあたる一九七一年九月に、作家が晩年、療養に訪れていたゆかりの温泉地、ドイツのバッド・エムスで発足した。母体は北米ドストエフスキー協会」（ＮＤＳ）で、ジョージ・ワシントン大学のネージン・ナトフ（ナデジダ・ナトワ）教授が事務局長として中心になって立ち上げたものである。初代会長はスウェーデンのニールソン教授で、エムスでの第一回シンポジウムには、欧米一四ヵ国の学者、研究者が参加、一九七四年の第二回はオーストリアのウォルフガングで一五ヵ国からの参加者で開かれている。

日本の「ドストエーフスキイの会」がＩＤＳとコンタクトをとり始めたのは一九七五年の初め頃

で、こちらの問い合わせに対し、先方の資料、会報に添えられて、事務局長のナトフ教授から書信があり、日本の会の活動紹介と、この数年間に、日本で公刊された主要なドストエフスキー研究の文献リストを送ってくれとの要請があった。

これに応えて急遽、故・新谷敬三郎先生を中心に文献目録を作成し、冷牟田幸子さんに英訳の労を煩わせて、七五年九月中旬に送った。これらの資料、文献目録は六六年のＩＤＳの機関誌に掲載されることになるが、その時の返信で、七七年夏にデンマークのコペンハーゲンで第三回国際シンポが開催されるにあたり、日本からも参加を希望する旨の招請があった。またプログラム委員長であるイェール大学のＲ・ジャクソン教授からは、日本の会の事務局責任者である私への私信があり、日本から送られた会報の論題を日本語学者に訳してもらったところ、「ドストエフスキーと日本人」、「ドストエフスキーとアインシュタイン」、「ドストエフスキーの児童観」、「ドストエフスキーの神」、「スタブローギンの悪の現代性」など興味深いテーマが見られる、七七年八月のコペンハーゲンへはぜひ代表を送って欲しいとのべられていた。

六六年のＩＤＳの機関誌には、本会より送った会の紹介と、一九七〇―七四年の日本における研究・批評の文献目録が掲載され、ナトフ事務局長による日本のドストエーフスキイの会との連絡の経緯をのべた一文が掲げられていて、「ＩＤＳ会誌の本号において、ＩＤＳとＮＡＤＳ（北米ドストエフスキー協会）は日本のドストエーフスキイの会を新しい仲間として歓迎する。彼等との今後の協力関係の成功を期待する」と記されていた。

ちなみにＩＤＳの活動目的と性格は次のように定められていた。

①世界各国のドストエフスキー研究者に全体的な討論の場を用意すること。

②各国のドストエフスキー研究者が相互に情報、知見、研究経験を交換し、友好協力関係を築くのをたすけること。
③研究者が外国を訪問する際に、その国の仲間と会える機会をつくること。
④ドストエフスキーの生活、作品に関する特定の諸問題を討論するための国際的な大会、会議、シンポジウムを組織すること。
⑤会の報告書を刊行すること、およびドストエフスキーに関する著書の発刊、再刊を助けること。

会員については次のように定められていた。
①正会員＝大学、研究機関のスタッフ・メンバーもしくはドストエフスキー研究の在野の研究者で、少なくとも一編は著書もしくは論文の発表経歴を持つ者。
②名誉会員＝教育・文化活動に従事する人で、特に選ばれた人。
③準会員＝ドストエフスキー研究に携わってはいるが、これまでのところ発表経歴のない者。

七七年のコペンハーゲンの第三回国際シンポジウムには、招請に応える形で、井桁貞義氏が参加した。井桁氏はその頃大学院生で会運営の中心メンバーであり、日本の「ドストエーフスキイの会」の代表を歓迎するとのＩＤＳニールソン会長の言葉で迎えられた若き感性の高揚感の伝わる文章を、「国際ドストエーフスキイ学会より帰って」と題して、第四七回例会報告をもとに、「ドストエーフスキイの会会報四九号」（一九七八年一月）（「場」Ⅱ、一八八―一八九頁）に載せている。

一九八〇年の第四回国際シンポジウムはイタリアのベルガモ大学で開催され、これには本会から井桁氏と私・木下が参加し、現地で、フランスで在外研究中であった九州大学の清水孝純氏が合流した。この会議については私と井桁氏がドストエーフスキイの会第六〇回例会（一九八〇年九月）で報告し、その要旨を「ドストエーフスキイとアファナシエフ」（井桁）、「アルプス・ドストエーフスキイの裾野――ベルガモ」（木下）と題して「会報六五号」（一九八〇年十二月）（「場」Ⅲ、一一〇―一一三頁）に載せている。

八三年の第五回シンポジウムはフランスのノルマンディ地方の古い城館で開かれ、井桁氏が単身で参加した。その様子は会報八〇号（一九八三年十一月）（「場」Ⅳ、二四―二五頁）に報告されている。

八六年の第六回シンポジウムはイギリスのノッチンガム大学で開かれ、これには私・木下が参加して報告し、望月哲男氏がオブザーバーで参加した。その模様を私は会報九六号（一九八六年九月）（「場」Ⅲ、一五四―一五五頁）に書いている。

八九年の第七回シンポジウムはユーゴスラヴィアのリュブリアナ大学で開かれ、高橋誠一郎氏が単身、参加した。その様子を高橋氏は第一〇〇回例会（一九八九年九月）で報告し、会報一一一号（一九八九年十二月）（「場」Ⅳ、二七三―二七五頁）に書いている。

一九九二年の第八回シンポジウムはノルウェーのオスロ大学で開かれ、高橋誠一郎氏と私・木下が参加した。その様子を高橋氏が「ドストエーフスキイ広場」三号（一九九三年）に書いている。

一九九五年の第九回シンポジウムはオーストリアのザルツブルグに近い、ガミングという山間の地の修道院で開かれた。これには日本から七名が参加した（安藤厚、金沢美知子、木下豊房、郡伸也、望月哲男、小田島太郎、高橋誠一郎）。この会議で、私個人にとっては思いがけないハプニングがあった。それは理事会の指名で、私が七名いる副会長の一人に選ばれたことである。その理由として思い当たるのは、第三回会議より、日本から毎回誰かが参加してきた歴史があり、ここにきて一挙に七名の参加に増え、国籍別では目立つ集団になったことによる。また他の副会長の顔ぶれ、フランス、ノルウェー、イギリスなど、開催実績のある国の顔ぶれから見て、日本での国際シンポジウム開催への期待の暗示とも私は受けとった。

次いで九八年の第一〇回シンポジウムはアメリカ、ニューヨークのコロンビア大学で開かれ、日本からはこれまで最多の九名が参加した（安藤厚、池田和彦、糸川紘一、金沢美知子、木下豊房、清水孝純、鈴木淳一、萩原俊治、望月哲男）。私はこの会議での総会に向けて、二〇〇一年の第一一回国際シンポジウムを日本の千葉大学で開催するよう提案した。ほかにノミネートしていたのは、ドイツのバーデン・バーデンとハンガリーのブダペストであった。

私の提案は、現実問題として、「ドストエーフスキイの会」や日本の参加者（任意）の間で相談して決められるような性質のものではなく、もっぱら私一存での構想と計画によるものだった。これは私が千葉大学を二〇〇二年に定年退職する四年前のことで、その当時、千葉大学では成田空港からの地の利もあり、また設備の整った会議場（会館）も出来て、国際交流基金や日本学術振興会の助成金を受けての国際会議が度々開かれるようになり、大学側にも会計処理のノウハウと態勢が出来ていた。そうした状況で、もし学術振興会の国際会議助成金と国際交流基金の援助を当てにできるならば、国際シンポの実現は可能と私は判断したのである。ただ申請から確定まで一年ちょっとしかなく、二年前に確約することは無理であった。しかし、ＩＤＳ総会での次回候補地決定には、二年後の確実性を見込んでのことでなければならず、留保条件付の提案には、弱点があった。

ブダペストも財政的な裏づけでは弱いと見られ、第一一回国際シンポジウムの開催地はバーデン・バーデンと決定した。これにはＩＤＳの会長がマルコム・ジョーンズ・ノッチンガム大学教授（イギリス）に代わって、Ｈ・Ｊ・ゲーリック・ハイデルベルグ大学教授（ドイツ）が選出されたことも関係していただろう。

いずれにせよ、立候補したということで、これまで専らお客さんで通してきた日本側も一応、面子をたてることはできたと私は思ったが、実現不可能を見込んでの見え透いたポーズと見られたくはなかった。それで私は二〇〇二年四月の千葉大学定年退職の前に、二〇〇〇年のミレニアムを記念して、国際研究集会を実現すべく、企画に着手した。まず学術振興会の国際会議助成の過去のデータを調べることから始めたが、自然科学系が圧倒的で、社会科学系がわずかにあるものの、文学は皆無だった。私としては一か八か、やってみるしかない心境だったし、学術振興会の方で万が一申請が採用されれば、国際交流基金からの助成の可能性もあると踏んでいた。それが何と幸いなことに、目論見が当たったのである！

このようにして二〇〇〇年八月二十二日―二十五日の「二十一世紀人類の課題とドストエフスキー」という国際ドストエフスキー研究集会（ドストエーフスキイの会、千葉大学大学院社会文化科学研究科、千葉大学文学部共催）の道が開かれた。これには目的や理念もさることながら、国際会議開催を支援する大学の態勢の信頼度が大きかったと思われるし、会議施設やアクセスの利便さも評価されたからだと思う。

例年になく暑い夏、ロシア人参加者の表現によれば、「バーニャ」（ロシア式蒸し風呂）の中にいるような外気温の続く猛暑の日々、冷房の効いた千葉大学の「けやき会館」を会場に、会議は開かれた。

外国からの参加者は総数二七名。その内訳：

ロシア一六名（V・トゥニマーノフ、V・ヴェトロフスカヤ、L・サラースキナ、V・ザハーロフ、V・ヴォルギン、T・カサートキナ、K・ステパニャン、V・スヴィテールスキイ、I・エサウーロフ、N・アシンバーエワ、B・チホミーロフ、N・チェルノーヴァ、V・ドゥートキン、V・ヴィクトロヴィチ、N・ジヴォルーポワ、P・フォーキン）、

ハンガリー二名（A・コヴァチ、G・キライ）、

ポーランド二名（A・ラザーリ、H・W・ハラツィンスカ）、

以下各国一名

モルドヴァ（R・クレイマン）　アメリカ（N・ナトフ）　ドイツ（H・J・ゲーリック）

イギリス（R・ピース）　ノルウェー（E・エゲベルグ）

オーストラリア（B・クリスタ）　ルーマニア（A・コバチ）

日本側参加者一五名：清水孝純、井桁貞義、金沢美知子、高橋誠一郎、国松夏紀、萩原俊治、佐々木照央、御子柴道夫、佐藤裕二、越野剛、糸川紘一、加藤純子、桜井厚二、木下豊房、V・ジダーノフ（札幌大）

ロシア人研究者が比較的多いのは、経済的事情を考慮して、その多くに旅費、滞在宿泊費を日本側負担にしたこと、他の国からの参加者は航空運賃自己負担、滞在宿泊費のみを日本側負担にしたという事情が反映している。ノミネートしていたイタリア、フランスの研究者は直前にキャンセルとなったが、日本はやはり遠いとのイメージを消しがたかったようである。

八月二十二日の開会式ではＩＤＳ名誉会長ネージン・ナトフ氏、ＩＤＳ会長Ｈ・Ｊ・ゲーリック氏の挨拶を受け、基調講演を、ロシア科学アカデミー・世界文学研究所のＶ・トゥニマーノフ、Ｖ・ヴェトロフスカヤ氏がおこなった。その翌日から三日間にわたって、二つのセッションに分かれて、熱心な報告、討論がおこなわれた。そのプログラムの詳細は、インターネットの次のＵＲＬで見ることができる。http://www.ne.jp/asahi/dost/jds/dost008.htm

八月二十四日の午後には浅草見物、隅田川下りのエクスカーションを催し、新橋の居酒屋で参加者の懇親を深めた。八月二十六日には「ドストエーフスキイの会」の単独主催で、早稲田大学文学部で国際研究集会記念講演会を開き、清水孝純、Ｈ・Ｊ・ゲーリック氏、Ｌ・サラースキナ氏に講演してもらった。そのプログラムも前記ＵＲＬの最後に出ている。この日、講演会終了後、早稲田の居酒屋で、本会会員と外国人参加者との交流会が開かれ、大いに盛り上がった。

このようにして二〇〇〇年の千葉大学での国際ドストエフスキー研究集会は、ＩＤＳとの連携のもとに、独自のプログラムとして、国際的に認知されたのであった。日本でのこの国際研究集会がもたらした好ましい影響の端的な現れは、大学院レベルの若い研究者がこの会議をきっかけに、臆することなくロシアをはじめとする国際学会に参加し、また温かく迎えられ、指導をも受けるようになったことであろう。

二〇〇一年十月四―八日にはドイツのバーデン・バーデンで、第一一回国際シンポジウムが開催された。ここは十九世紀のロシアの貴族、知識人たちにはゆかりの保養地で、ドストエフスキーがルーレットの虜になった賭博場のあるクアハウスがいまでも街の中心に位置している。この学会には日本から、清水孝純、望月哲男、糸川紘一、越野剛（北大院生）、及川陽子（同）、私が参加し、東大院生の小林銀河さんはオブザーバーで参加した。この会議の模様を小林さんが「広場」一一号で報告している。

二〇〇四年のスイス・ジュネーブでの第一二回シンポジウムには、日本から安藤厚、清水孝純、鈴木淳一、Ｖ・ジダーノフ（札幌大）、及川陽子、加藤純子、越野剛、小林銀河の各氏が報告し、かつて毎日新聞のベテラン文芸記者で、かつて例会でも報告されたことのある脇地炯氏がオブザーバーとして参加している。この学会の様子は加藤純子さんが「広場」一四号に書いている。

二〇〇七年のハンガリー・ブダペストでの第一三回シンポジウムには、小林銀河、木寺律子、私・木下の三名が参加、その様子を小林さんが「広場」一七号に書いている。

そして今年二〇一〇年六月、イタリアのナポリでの第一四回シンポジウムを迎えることになる。今回日本からの参加の見込みは、清水孝純、望月哲男、私の三人になりそうである。従来、会費納入と学会参加は連動しておらず、会費未納入でも参加できる可能性がないわけではなかったのだが、前回、ブダペストでの総会で、シンポジウム参加資格者への前もっての会費納入の原則が確認され、それに基づいて、二〇〇九年六月三十日で、ノミネートが締め切られた。

メインテーマは「ドストエフスキー――哲学的思考、作家の目」で、ノミネートされている報告者は一二三名。六月十四日開会式で、セッションは十八日まで。十九日はエクスカーションとされている。

以上、私たちのドストエーフスキイの会を中心とした、日本の研究者と世界の研究者との交流の歴史を一通り概観してきた。そこには実に三五年の歴史がある。ところでここに奇妙な事実に気づかされる。日本の出版界、ジャーナリズムでクローズアップされてきた人々、ただ翻訳者にとどまるのではなく、ドストエフスキー論を書いて話題になった故人の江川卓氏や、中村健之介氏、今をときめく亀山郁夫氏や、彼等の仕事を世界に通用するなどと持ち上げている沼野充義氏といった人たちは、ＩＤＳを中心としたこのような国際的なドストエフスキー研究の動向には関心を示さず、会議にも一度も参加したことはないのである。一方、彼等が種本としたイギリスのＲ・ピース教授（江川の去勢派スメルジャコフをめぐる解釈など）やロシアのＢ・チホミーロフ氏（亀山著『罪と罰ノート』）などは、ＩＤＳの中心的な研究者である。こうした事情をどう解釈したらよいのだろうか。これはローカルな日本のジャーナリズムの、村的な「ドストエフスキー現象」とでもいうべきだろうか。

この「謎とき」は皆さんにおまかせする。

初出

「ドストエーフスキイ広場」一九号、二〇一〇年「報告・第一四回ドストエフスキー・シンポジウム（二〇一〇・六・一三―一九、イタリア・ナポリ）にちなんで」

二、第一五回国際ドストエフスキー・シンポジウム　参加記
（二〇一三年七月八―十四日　モスクワ）

一九七一年九月、まだ東側、西側という概念で、ソ連・東欧諸国とアメリカ・西欧諸国の陣営が分断されていた時代に、北米ドストエフスキー協会（ＮＡＤＳ）のイニシアチブにより、「国際ドストエフスキー学会」（ＩＤＳ）が結成され、第一回国際ドストエフスキー・シンポジウムがドイツのバッド・エムスで開かれた。それから四三年目、数えて一五回目のシンポジウムがようやく作家の母国・生誕の地モスクワで開催される運びとなった。会期は二〇一三年七月八―十四日、会場はタガンカ劇場近くの「ソルジェニーツィン記念・在外ロシア会館」。

ソ連時代の一九六三年にバフチンのドストエフスキー論が再刊され、一九七二年に科学アカデミー版三〇巻全集刊行がスタートを切った時期、いまだ公式イデオロギーの社会主義リアリズム論が表層を覆っていたとはいえ、底流には確実に学術的な文学研究の伝統を踏まえたドストエフスキー研究の台頭があった。西側の研究者たちはこの動きに呼応し、連帯する形で、七〇―八〇年代にかけてヴォルフガング（オーストリア）、コペンハーゲン（デンマーク）、ベルガモ（イタリア）、

ノルマンジー（フランス）、ノッチンガム（イギリス）でシンポジウムを継続的に組織し、ソ連からの研究者をゲストとして、招聘していた。しかし経済的な自立性を奪われ、官僚のコントロール下にあった当時のロシアの研究者は、外貨の持ち出しはおろか、出発間際まで自分を含めて誰が参加できるかわからないという閉鎖的な状況に苦しんでいた。

思い出されるのは、一九八六年のノッチンガムのシンポジウムの際に、私がペテルブルグ、モスクワ経由でイギリスに向かった時のこと、著名なドストエフスキー研究者でアカデミー版「全集」編集の指導者であったフリードレンデル氏とはからずも同道することになって、目撃する破目になった氏の置かれた状況である。モスクワのアカデミーホテルで出発当日に会った時から、ソ連から自分の外に誰が行くのかわからないと不安がっていた氏はモスクワの空港でのチェックインの最終段階にいたっても誰も現れないことから、ようやく、行けるのは自分ひとりだとわかったのだった。しかも当てにしていたロンドン空港での関係者の出迎えもなく、また支給された外貨に見合う宿探しも闇雲の状態で、すでにご老体であったフリードレンデル氏はロンドンでの一泊、翌日のバス旅の手配と、安旅行に経験を積んだ若い私の行動力に頼らざるをえなくなった。はからずも道中での心細い彼のお手伝いができて、私は大いに感謝された覚えがある。

一九九一年十二月二十五日にゴルバチョフ退陣。ソ連が崩壊した後の一九九二年にノルウェー・オスロで第八回シンポジウムが開かれた。この時を境に状況は一転し、トゥニマーノフ、サラースキナ、ヴォルギン、ザハーロフ、ドゥートキンといった、その後のシンポジウムの常連となり、二〇〇〇年の千葉大国際研究集会にもそろって来日した研究者たちが、鎖から解き放たれたように、参加するようになった。曾孫のドミトリー・ドストエフスキーが現れたのもこの時であった。

ただロシアの研究者たちは、体制崩壊に伴って、出入国の自由とは引き換えに、経済的な裏付けは失い、旅費、宿泊滞在費は主催者（ＩＤＳ）を通じての、西側スポンサーや基金の支援に頼らざるをえなかった。支援者としてアメリカのヘッジファンドのジョージ・ソロスの名前がロシア人研究者の間で取沙汰されていたのもこの頃である。西側の研究者たちは、作家本国の中堅研究者たちの参加によって、シンポジウムが活性化したことを歓迎した。一九九五年のガミング（オーストリア）、九八年のニューヨークと、ロシアからの参加者数はかつてなく増えた。ロシア・ドストエフスキー協会も結成され、初代会長にモスクワ大学のイーゴリ・ヴォルギン氏が就いた。

問題は一九九八年のニューヨークでの総会で次期開催地を決める際に起きた。ヴォルギン氏は二〇〇一年の次期開催地としてモスクワを提案したのである。この提案は国内の仲間の研究者の合意をえたものではなく、彼の独断だったらしい。ヴォルギン氏は政治力、行動力のあるジャーナリスト肌の研究者で、当時の政界の大物、ルシコフ・モスクワ市長にも近く、政治経済の混乱期に、政治力を生かして資金調達も可能と考えたのではないかと思われる。ことごとに「予測不可能」という言葉が発せられていた当時のロシアの地道で地味な研究者たちにとっては、あまりに唐突な提案であったらしく、総会の場で、仲間から口々に反対や疑問の声が発せられた。ヴォルギン氏は大いに面目をつぶされたわけである。

この時の本命は新会長に選ばれたドイツのゲーリック氏の地元バーデン・バーデンであったが、ほかに、副会長のキライ氏のブダペストと日本の私の千葉が立候補した。ブダペストはやはり社会主義体制崩壊後の混乱で、財政基盤の見通しが危ぶまれたし、千葉の場合、ヴォルギン氏に劣らない私の独断専行の提案ではあったが、当時すでに大学の施設や事務方の支援体制、成田国際空港からの地の利など勘案して、文部省管轄の日本学術振興会の国際会議助成金と国際交流基金の援助が得られれば可能だと私は確信をもっていたのである。ただし国際会議助成金の場合、施行のせいぜい一年半前ぐらいにしか、採否は判明せず、三年後の確たる見通しは無理だった。なぜ無理を承知で私が提案したかについては、「広場」一九号（二〇一〇年）に日本からの参加者の歴史に触れて書いた。（本書第8章一）

要するに、ロシアからの参加者が増えたのと同じ一九九五年（オーストリア・ガミング）と一九九八年（ニューヨーク）の時、日本からの参加が七名、九名と急増し、ガミングの時、理由もわからず、私は複数いる副会長の一人にされてしまったのであった。IDSの場合、副会長の肩書が名誉職であるわけがなく、他の副会長の実績から推して、これは日本での開催企画を期待するサインと私には受けとれた。大勢参加するようになった日本の研究者の面子のために、この時私はあえてドン・キホーテ的な行動に出たのであった。

ニューヨークの後の次期開催地はバーデン・バーデンと決まった。そのあと、駄目もとで私が試みた国際会議助成金の申請が幸運にも採用され、二〇〇〇年ミレニアムのIDSシンポジウム番外編として、小規模ながら国際研究集会が千葉大で開催された。IDS新会長のゲーリック氏やIDS創設者のナトフ氏（アメリカ）も参加して、オーソライズしてくれたことの詳細は、「広場」一九号の拙文（同前）にゆずる。[1]

ところでニューヨークの後、ロシア人研究者の間では、ヴォルギン氏との対立が深まり、彼は欠席裁判で、ロシア・ドストエフスキー協会会長の座を追われる。彼は同じくジャーナリスト肌のサラースキナ氏とも、仕事の評価をめぐって対立し、氏は著名な文化人たちを呼びかけ人とする自前のドストエフスキー・フォンドを設立して、独自の活動を始める。テーマをドストエフスキーに限定しないロシア文化の国際会議をこれまでにモスクワで何回か開いて、手腕を発揮している。

二〇〇〇年の千葉の会議の時、ロシアから一六名の研究者が参加したなかで、国際交流基金から大方には航空券、宿泊費を保証したが、裕福と見たヴォルギン氏には他の外国人参加者同様に、宿泊費のみ保証、航空券は自前という条件で招待した。研究者の間の対立を聞いていた私は、ヴォルギン氏の参加を危ぶんだが、彼は深夜にファックスを送ってきて、参加を申し込んだ。後日聞いたところによると、千葉で彼等の間でかなりの激論があったらしい。そして成田からの帰国の機内で和解した、日本はわれらを和解させてくれたという話を、別のロシア人研究者から聞かされた。おそらくこのあたりから、今回のモスクワ・シンポジウムにつながる芽が出てきたのではないか、と私は見ている。

ニューヨークのシンポジウムから一五年、バーデン・バーデン、ジュネーブ、ブダペスト、ナポリを経て、二〇一三年のモスクワ開催に至るわけだが、ナポリでの総会の際、モスクワかペテルブルグか、あるいは両方にまたがって開催するかも議論になった。結局、モスクワに集約され、今回、ペテルブルグの研究者たちも、外国人研究者同様に、ゲストのような趣で参加していた。モスクワ・シンポジウムはサラースキナ、ヴォルギン、ザハーロフのトロイカの協力態勢で準備されたのではないかと推測される。会場が「ソルジェニーツィン記念・在外ロシア会館」ということは、サラースキナの線を置いて考えられない。彼女はドストエフスキーのほかにソルジェニーツィンに関するすぐれた仕事を多くしていて、ソルジェニーツィン国際会議の中心的な組織者である。二〇〇八年十二月の国際会議に私は招待されて、「ソルジェニーツィンの語りのスタイルとドストエフスキーのポエチカ（詩学）」という報告をした[2]（本書第6章一参照）。この時の会場はロシア国立図書館（旧称レーニン図書館）裏手のパシュコフ館で、今回のシンポジウムではレセプション会場に使われた。あの時のソルジェニーツィン夫人ナターリヤさんの話で、夫がソビエト体制により祖国を追われたロシア人のために、生活費もふくめて援助を惜しまなかったと聞いていた私は、その活動の拠点としての「在外ロシア人会館」を感慨深く眺めた。

このところの国際シンポジウムの定型となっているスタイル――旅費、宿泊費は参加者負担、会議中の昼食、エクスカーションなどのプログラム、レセプションは主催者負担というのがモスクワでも踏襲された。こうした費用の調達には、サラースキナ、ヴォルギン、ザハーロフのトロイカの協力があったと思われる。

ザハーロフ氏は本拠地がペテルブルグより北のペトロパヴロフスクで、大学の出版局からスキャナー技術を活用した雑誌掲載版の新たな「ドストエフスキー全集」の刊行を主導して評価されている研究者である。そしていま彼は同時にモスクワで、研究者支援の学術フォンドの副所長の要職にもあるらしい。その彼が今回、ＩＤＳ新会長に選ばれた。

一九八〇年以来の私のような古参の参加者の目で見て、今回痛感したのは、明らかな時代の推移と世代の交代である。一九七一年のＩＤＳ創立メンバーの中心的存在であったアメリカのナトフ女史、テラス氏、イタリアのカウチシヴィリ女史、ハンガリーのキライ氏はすでに亡く、やはり創設当時からの有力メンバーであった、イギリスのディアーン・トンプソン夫人とピース氏は、シンポジウムの前後に相次いで亡くなった。二人の名前と報告テーゼはプログラムにも記載されていて、前者はすでに黒枠づけであったが、後者は欠席で、訃報を知らされたのはごく最近、昨年十二月のことであった。前回のナポリ・シンポのあと、ほかに他界したのがギューラ・シチェンニイコフ（ロシアの研究者を結集した『ドストエフスキー・便覧事典』の編集者で、信望厚い八十歳近い長老格の研究者）とナターリヤ・ジヴォルーポワである。ナターリヤ・ジヴォルーポワはニージニイ・ノヴゴロド言語大学の研究者で、私にとっては、一九九三年五月にスターラヤ・ルッサで出会って以来、研究者としての交流にとどまらず、大学間交流、家族ぐるみの付き合いと、多面的な友情関係のパートナーだった。彼女は二〇一二年二月に六十歳そこそこで、ガンで急逝した。誰からも親しまれ愛された女性で、チェーホフ研究者でもあった彼女には親しかった日本人研究者として、木村敦夫氏、中本信幸氏がいる。

モスクワの会議では四日目の総会の場で、左記三人の追悼がおこなわれた。シチェンニイコフ氏については、夫人でやはり研究者のリュドミーラ・シチェンニイコワ、トンプソン夫人については、ＩＤＳ会長のデボラ・マルテンセン、ナターリヤ・ジヴォルーポワについては、ニージニイ・ノヴゴロド国立大学での彼女の先輩で、コロムナ教育大学のウラジーミル・ヴィクトロヴィチがスピーチした。ヴィクトロヴィチは二〇〇〇年の千葉での国際会議の際、木村敦夫氏が撮影してくれたＣＤアルバム（これを私は今回、かっての千葉の参加者たちに、思い出の品として、ダビングしてプレゼントした）からの、東京の街角でのナターシャのスナップ写真をスライドで写しながら彼女の人柄や業績を語った。

今回の国際会議のプログラムのうち、ハイライトというべきものは、六日目のダラヴォーエへの一日旅行だった。このプログラムを主催し、陣頭指揮をしたのがヴィクトロヴィチだった。ダラヴォーエは父親ミハイル・ドストエフスキーの領地で、作家のフョードルが十歳から十五歳の多感な少年期にロシアの自然と親しんだ唯一の場所であり、モスクワから一六〇キロほどのザライスク市から、一二キロほど行った村である。ヴィクトロヴィチの勤めるコロムナ教育大学はもう少しモスクワ寄りのコロムナ市にあり、彼はドストエフスキー研究者として、ザライスクの郷土博物館と協力しながら、ドストエフスキー家の領地屋敷の復元プランの作成作業に当たっている。領地ではフョードルが十一歳の頃（一八三二年）に一度火事で屋敷は焼け、父親が一八三九年に亡くなった後は弟や妹の所有に移り、作家が少年時代に過ごした屋敷は様変わりしてしまった。ヴィクトロヴィチは学生を動員して、現在は消滅して空地となっている土地の地層調査から始めて、発掘品から時代と状況の特定をおこない、フョードルの少年時代の屋敷のプランの復元を目指している。

　この屋敷の復元プランといえば、もう一人独自に実現を夢見ている人物がいる。それはタチャーナ・ビリュコワという人で、亀山郁夫の『ドストエフスキー父殺しの文学』の冒頭部分に、ダラヴォーエを訪れた著者の案内役として出てくる女性である。彼女はソ連時代に版画芸術家として、ドストエフスキーをはじめロシア文学を題材に数多くの作品を残したコンスタンチノフ氏（一九一〇―一九九七）の妻で、ソ連崩壊直後の一九九二年の夏、私はロシア思想史研究家の御子柴道夫、下里俊行と三人で、初めてザライスク‐ダラヴォーエを訪れた時に会っている。この時、コンスタンチノフ氏の肝いりで、思わぬ歓待を受けたことを、私は短いエッセイで書いた。[2] その時、すでに八十歳を越していた芸術家の妻が三十歳ぐらいの若い女性で、十歳ぐらいの娘が一人いるのに驚いた。夫の死後、タチャーナは旧姓ビリュコワに戻り、いまドストエフスキー家の屋敷の復元プランに情熱を傾けているのである。ところが彼女の描く復元プランは、地質学的な調査までおこなって科学的な復元を目指すヴィクトロヴィチとは大きく違っていて、彼はビリュコワの熱意は買いながらも、その性急なアマチュアリズムを厳しく批判している。

このことがわかったのは、ダラヴォーエで私を待ち構えてプレゼントしてくれたタチャーナの美麗本『ダラヴォーエ-ドストエフスキー家の領地、復元　歴史的再現』と、ヴィクトロヴィチが訪問者全員にプレゼントしてくれた『ダラヴォーエ夏季研究集会――二〇一一年八月二十六―二十八日、学術会議資料』を読んでのことであった。ヴィクトロヴィチは後者の論集でビリュコワの著書を書評していて、彼女の復元プランを批判しているのである。

ビリュコワの著書を読むと、彼女はコロムナの生まれで、郷土愛、しかも「ロシア地主領地文化」とでもいうべきユートピア的世界にあこがれを持っているらしい。作家フョードルにかかわるダラヴォーエは少年時代、一八三二年から三六年、ないし三九年（父の死）までで、その後は妹のヴェーラ・イワノヴナの所有になり、増改築がなされたので、元型は変形している。ヴィクトロヴィチはあくまで作家フョードルの少年期の領地屋敷の復元を目指すのに対し、ビリュコワはその枠にこだわらず、妹ヴェーラの所有の時代をもふくめて、プーシキンの系譜に連なる十九世紀ロシアの貴族の巣としての領地にダラヴォーエを位置づけたいという思いにうながされているらしい。ビリュコワは自著を二冊持参してきて、一冊を私に、一冊を亀山郁夫氏に渡して欲しいと頼んだ。ただ私はこのところのいきさつからして、この依頼は望月哲男氏に託した。

私は二〇〇六年八月の第一回ダラヴォーエ夏季研究集会に参加して、一四年ぶりにビリュコワと再会したのもその時であったが、その時撮った写真を私は会ホームページに公開していて、現地の情景はいまもほとんど変わらない[3]。

二〇〇六年の集会の時、開発業者から環境を守るべき緊急課題として論議されていた保護地域指定が実現されて、環境の保全が保証されるようになったことは喜ばしい。ほかに、道路が舗装され、バスでも現地に乗り入れられるようになって便利になった反面、モノガロヴォの高台のバス停から、かつて下って行った時のあの鄙びた田舎道の趣が失われたのは惜しい。当日はホームページの二〇〇六年のアルバムのような静かな環境ではなかった。草地では音楽が鳴り響き、ロシア民族衣装での地元の女性たちの舞踊があり、ドストエフスキー兄弟がインデアン遊びをしたとされる場所には、それらしい趣向がこらされていたり、要所要所にはヴィクトロヴィチのコロムナ教育大学の学生が配置されていて、案内を買って出るなど、なかなか賑やかであった。草地の乾草を小袋に詰めたお土産が参加者たちにプレゼントされた。

この一日旅行での私にとっての収穫は、夕方、モスクワへの帰途、ザライスクの「預言者ヨハネ大聖堂」で母親マリアの棺に対面したことである。父親の墓の所在については、ロシアのソ連時代では無神論の影響で、また西側では俗流フロイト主義的な「父殺し」のイメージで、ほとんど顧みられなかったといってよい。一九九〇年代後半からロシア正教の復興もあり、ソ連時代に荒廃させられ、消滅させられていた隣村モノガロヴォの「聖霊寺院」に父親の仮の墓が建てられた。二〇〇六年研究集会の時、その墓前で祈禱式もおこなわれた。私がその話をドストエーフスキイの会でした後で、会員の熊谷さんから、母親の墓はどうなっているのかと質問された。その頃、『カラマーゾフの兄弟』のアリョーシャが僧院に入ったきっかけは母親の墓探しであったというディテールに彼の指摘で気づかされていて、この質問はゆるがせにできないと、私は思った。年譜で調べて、モスクワのラザレエフ墓地に埋葬されたという事実だけは確認できたが、それ以上のことはわからなかった。

ネット検索の資料によると、このラザレエフ墓地はスターリン時代の一九三四年から三七年にかけて、平坦化され、ブルドーザーをかけて消滅させられた。現在はモスクワ第三環状道路の下になっているらしい。ザライスク大聖堂の棺の傍らの説明を読んでわかったことは、モスクワの墓地閉鎖後、母親の遺骸は棺とともにモスクワ大学人類学研究所・博物館に移管され、最近までそこに保存されていた。現在、一時的にこの大聖堂に移されているのであって、近い将来、夫ミハイルの正式の墓が建立され次第、その傍らに埋葬される予定とのことである。

さて本題とでもいうべき、シンポジウム自体の内容であるが、七月八日の全体会議のほか、七月九—十二日までは午前、午後を通じて、四つの時間帯で、三つのセクションに分かれ、各セクション三本ずつの発表がおこなわれた。報告は合計で一三〇本前後であったろうか（参加者登録は一四二）。

今回のシンポジウムの表題は、「ドストエフスキーとジャーナリズム」であったが、直接にこれにかかわる報告は必ずしも多くはなかった。例えばザハーロフの論題「ドストエフスキーの規範（кодекс）——作家の創作理念としてのジャーナリズム」のような、作家の創作のジャーナリズム的要素、あるいは、雑誌編集者としての、または『作家の日記』など時評的記事・論文の作者としての、論争者としてのドストエフスキーに触れる報告もあったが、多くは作品論に属する個別テーマ、比較文学的テーマだった。これはシンポジウム参加の呼びかけでも許容されているので、逸脱した現象とはいえない。この学会では多くのスペクトルが求められているのである。

「ドストエフスキーとジャーナリズム」というテーマでは、現代のジャーナリズムとドストエフスキーとの関係も想定され、私自身の報告はそのようなものであったが、もう一本、イタリアの研究者ステファノ・アロエの「大審問官と〈ベルルスコーニ時代〉のイタリアの政治倫理の生命」という興味深い報告があった。元大統領でいまも話題のつきないベルルスコーニは、ジャーナリズムで敵味方の両陣営からイワンの大審問官の現代版と目され、「奇跡、秘密、権威」でもって民衆の「弱者の自由」（左翼陣営の）の重みを除去してやった政治家と評されていて、イタリアではこの政治家をめぐって、現代の政治倫理の問題が議論の的となっているとのことである。彼は一九八〇年、実業家でテレビ局のオーナーに成りたてのころ、イタリア語訳で出たドストエフスキーの創作ノートに興味深い序文を書いていて、そこでドストエフスキーの現代的意義を強調し、共感を寄せているとのことである。その後、このロシアの作家を引用しての目だった発言はないものの、この序文の思想が政治家ベルルスコーニと無関係ではないというのである。

私自身は「過去数十年のポストモダニズムの動向におけるドストエフスキー作家像の解釈の問題」という題目でエントリイして報告したが、実際の内容は、「広場」二二号（二〇一三年）に書いた「商品としてのドストエフスキー」の前半「評言の歴史」を除いた後半、すなわち近年のロシアと日本のジャーナリズムを舞台とした俗流フロイト主義者による恣意的なテクスト解釈の批判だった。私のテクストは、二〇分の枠内では報告できなかった分も付け加えて、目下、ロシアで編集中の「ドストエフスキーとジャーナリズム」と題するＩＤＳ編集シリーズ第四号で遠からず公刊される予定である。（本書は二〇一四年六月現在、既刊―筆者）

日本からの参加者はほかに、清水孝純、望月哲男、木寺律子の三人で、清水さんは「話題からフィクションへ――『作家の日記』における自殺のポエティクス」、望月さんは「ドストエフスキーにおけるジェスイット主義・イメージ、フィクション、典拠」、木寺さんは「『作家の日記』のコンテクストにおける『おとなしい女』と『おかしな人間の夢』という題目で報告した。七月十二日にはセクションでの報告終了後、「円卓会議」のスタイルで、「ドストエフスキー研究の現代的傾向」と題して、各国の参加者が任意で数分ずつ報告した。私は商業主義的な安手のドストエフスキー論が市場で喧伝される一方、質の高い地道な研究は日陰に置かれている日本の事情を手短に報告した。

次回、二〇一六年の国際シンポジウムの開催地はスペインのグラナダと決まった。日本のジャーナリズム村での「ドストエフスキー・ブーム」とは裏腹に、国際的な研究場への日本参加者が減少しているのが気がかりである。清水さんも私も高齢者で、グラナダへの参加すらもおぼつかない。これからは若い堅実なドストエフスキー研究者の奮起を望むばかりである。

註

1　二〇〇〇年千葉大での「国際ドストエフスキー・研究集会」のプログラムは、本会ホームページの「活動の記録」から見ることができる。http://www.ne.jp/asahi/dost/jds/dost008.htm

2　エッセイ「天国への旅」（初出「江古田文学」一九九三年一月）―『ドストエフスキー・その対話的世界』成文社、二〇〇二年

3　表紙のメニューから入れる。http://www.ne.jp/asahi/dost/jds/dost014.htm.htm

初出　「ドストエーフスキイ広場」二三号、二〇一四年

三、フリードレンデル生誕一〇〇年記念国際会議に参加して（二〇一五年六月二十二―二十四日　サンクト・ペテルブルク）

二〇一五年六月二十二―二十四日の日程で、Ｇ・Ｍ・フリードレンデル生誕一〇〇年記念国際会議が、ペテルブルグのロシア科学アカデミー・ロシア文学研究所（プーシキンスキー・ドーム）で開かれた。フリードレンデルといえば、従来、ドストエフスキー作品のロシア語原典として、翻訳や論文に広く利用されているアカデミー版三〇巻全集（一九七二―九〇）の企画・編集の陣頭指揮をとってきた重鎮である。一九九五年、ソ連社会のインフラの崩壊期に、自宅のシャワーの熱湯を浴びるという不慮の事故で、八十歳で亡くなった。このような学者の生誕一〇〇年記念学会とあれば、本来なら、ロシア国内外の研究者が大勢集まって、盛り上がるはずのものであっただろう。私はそう期待していた。

私はこの数年、老齢からくる複合的な潜在病に脅かされ、とりわけ脊柱管狭窄症の手術後も残る脚の神経障害で歩行困難に悩まされているので、招待状を受けとりながらも、まずは旅行自体が躊躇された。しかし他方、二〇一二～一三年と相次いで急逝した親友のイリヤ、エーラ・フォニャコフ夫妻の最後の様子を尋ね、墓参りしたい、一四年に大腸がんで大手術をしたドミトリー・ドストエフスキーを見舞いたい、親しかった故人のドストエフスキー研究者、ウラジーミル・トゥニマーノフの夫人で、再会を心待ちにしていてくれるタマーラさんに会いたいなど、つのる気持ちの高まりもあった。フリードレンデルについては、会議のプログラムで語っておきたい思い出話もあった。折角なら、五月末のスターラヤ・ルッサの研究集会への参加もかけて、一ヵ月の旅行を企画したいところであったが、脚の障害を考えて、六月十五—二十八日の日程で、最も移動の少ないプランで、旅行を決断した。

参加申し込みの後、出発直前に送られてきた予稿プログラムを見て驚いた。三日間の日程で、発表者数に制限があるとはいえ、外国からの参加者は数人、またロシア各地からの研究者の数も少なく、主として、所内の内輪の研究者の名前で占められていた。実際、実力のある研究者のグループだけに、外部の人間よりも、所内の研究者に発表の機会を優先するという、それなりの理由があったことかもしれない。また通常、この種の会議では定番の、バンケット（交流パーティ）が予定されていないのも気になった。

舞台裏を覗かせられる一幕もあった。ペテルブルグ博物館の副館長ボリス・チホミーロフには他の用件もあって、私が会議に参加することは、早めに知らせていた。そこへ彼からのメールが来て、いわく、自分も会議への参加を申し込んだが、先方は受理するかどうかでもめているらしい、あなたにプログラムが届いたら知らせてほしい、自分がノミネートされているかどうかを日本経由で情報を得るというのも一興だと、皮肉を書いていた。

この奇妙な話の裏の事情を推測するとこうである。科学アカデミーロシア文学研究所は、従来の三〇巻全集の改訂増補第二版の刊行を二〇一三年から開始した。第二巻、第三巻が二〇一四年に刊行された。今度のフリードレンデル生誕一〇〇年記念国際会議は、実はこの新版全集のプレゼンテーションの場でもあったのだ。チホミーロフの論題は、この新版全集の評価であった。これが、新版全集編集グループの古参の研究者の一部から敬遠されようとしたらしい。

これにはまたいわくがあって、私の記憶を遡れば、一九九五年夏、オーストリアのガミングでの第九回国際シンポジウムの時期、ペトロザヴォーツク大学のウラジーミル・ザハーロフが、ドストエフスキー作品のテクストの初出雑誌版を、スキャナーの技術を使って再現し、新しい全集をキャノン版と銘打って、独力でグループを指導して刊行開始しようとしていた頃だった。ロシア文学研究所のフリードレンデルやトゥニマーノフにはザハーロフの企画が定本アカデミー版三〇巻全集の権威を揺るがすものと思えたらしく、両者の間に険悪な空気が流れていることは、門外漢の私にも感じとれた。その後しばらくの間、ザハーロフのグループとロシア文学研究所のトゥニマーノフのグループに何となく折り合いの悪さが感じられる局面を私は何度か見受けた。ザハーロフの挑戦的な企画が軌道に乗り、実績に基づく信頼と権威が高まるにつれ、フリードレンデル、トゥニマーノフ亡きあとのロシア文学研究所ドストエフスキー・グループの危機感が高まっていったのではないかと推測される。

そこで三〇巻全集の改訂増補版の企画となるわけであるが、この企画が持ち上がった頃、チホミーロフらは、ロシアのドストエフスキー研究者の総力を結集して企画を充実させるべきだと主張していた。しかしアカデミックな研究所の意地というか面子というか、古参のメンバーを中心とする編集グループは、独自の道を選んだらしい。現在ロシアには、「国際ドストエフスキー協会」（ＩＤＳ）と連携して、「ロシア・ドストエフスキー協会」があり、チホミーロフやザハーロフ、サラースキナ、カサートキナ、ステパニャンその他の主要な研究者が結集し、「ドストエフスキーと世界文化」というアリマナフ（年誌）を刊行、活発に活動している。ロシア文学研究所の三〇巻全集の改訂増補版が、これとは一線を画する形で企画されたらしいことは、第三巻まで出ている新版の編集スタッフの顔ぶれからもうかがわれる。

そこで、新版評価を論題としたチホミーロフの会議参加申し込みに対して、「批判的な発言者は要らない」という古参編集スタッフのアレルギーが、波乱を起こすことになったようだ。しかし、会議開催直前に受けとったプログラムでは最終的にチホミーロフの参加は許されることになって、彼は最終日（六月二十四日）に、「新アカデミー版ドストエフスキー全集のプラスとマイナス」という論題で発言した。この新版の評価には、もう少し時間を要するというのが、彼の結論である。

外国からの参加者にはＩＤＳの最長老であるアメリカのルイス・ジャクソン氏がノミネートされていて、私は再会を楽しみにしていたが、健康上の理由で欠席であった。他にフランス、エストニア、ハンガリーの研究者数人の参加があった。私は「ドストエフスキーのポエチカにおける作者の問題――『おとなしい女』、『カラマーゾフの兄弟』の場合」という論題で報告した（本書第3章三「仮の作者と真正の作者」がそれである）。

私は報告のなかで、小林秀雄やジイド、バフチンの言及を踏まえて、フロイト主義とドストエフスキーは無関係であることをのべたが、これに対して、「サド侯爵とドストエフスキーの目で見たロシアの未来」という論題で、パリから参加したストローエフ氏が、「サド侯爵とドストエフスキーの違いは何か」という質問を向けてきた。私は「地下室の意識」の解明とその克服の課題であろうと答え、質問者も賛意を示してくれた。モスクワから参加したカレン・ステパニャンが私の報告に興味を持ってくれて、彼がモスクワで責任編集をしている「ドストエフスキーと世界文化」の近刊号に私のテクストを載せてくれることになった。

六月二十四日の午前、会議の最後に、フリードレンデル氏の思い出を語るプログラムがあり、私は三人の発言者の一人として登壇した。ソ連時代の末期、知識人がまだ厳しい官僚統制のもとに置かれていた一九八六年に、イギリス・ノッチンガム大学での第六回国際シンポジウムに、ただ一人ロシアから参加したフリードレンデル氏に私ははからずも同行し、モスクワから二人旅をした時の思い出を語った。

あの時ペテルブルグ―モスクワ経由でノッチンガムに向かった私は、モスクワの科学アカデミーのホテルから空港へ彼とタクシーに同乗した。出発直前になっても科学アカデミーの事務担当者からは何の情報もあたえられなかった彼は、モスクワ空港でチェックインの後まで同僚が現れるのを待っていた。ロンドンの空港でも彼が当てにしていた出迎えはなかった。要するに、ロシアからの参加を許可されたのは自分ひとりであるという孤独な事実を、彼はこの時知ったのである。そして大いに困惑していた。ソ連時代のこの当時、国内の研究者が単独で外国に出るということ自体、異例な出来事であったのではないかと、推測される。私にはその時の、フリードレンデル氏の思い惑った様子が印象深く記憶に残っている。

すでにロンドン一人旅の経験者であった私は、迷わず彼と一緒にバスでヴィクトリア駅へ直行し、旅行案内所で駅近くの小さい清潔なB&Bを探して、同宿することになった。フリードレンデル氏はアカデミーから支給された外貨で心配はなかったようで、二人で小さなイタリアンレストランで夕食をすませ、そのあと二階建ての観光バスで市内見物し、翌朝、バスでノッチンガムへ向かった。

この思い出を語るプログラムの背景に、在りし日のフリードレンデル氏の写真がスライドで映し出されて花を添えてくれた。その写真は金沢美知子さんの提供によるものだった。娘さんの金沢友緒さんは現在、ロシア文学研究所（プーシキンスキー・ドーム）に留学中であるが、私は出発前に、何か軽いものでお届けするものがあれば、と金沢さんにメールした。そこで金沢さんから送られてきたのは荷物ではなく、メールでの写真だった。それは一九九五年、ガミング（オーストリア）の国際シンポジウムの時のアルバムで、そこにはパーティで乾杯するフリードレンデル氏の写真をはじめ、今は亡きヴィクター・テラス氏やロバート・ベルナップ氏の懐かしい姿があった。その時、母に連れられて参加した小学生か中学生の頃の友緒さんの姿もあった。

ペテルブルグの宿で、メールと写真をタブレットで受信した私は、このアルバムを追悼プログラムの際、スライドで映写することを会議の前日、主催者に提案し、大いに歓迎された。このスライドのおかげで、追悼プログラムはがらりと雰囲気が変わった。何かに導かれるようにしてこのアルバムを送ってくださった金沢美知子さんに、主催者になりかわってお礼をいいたい。

追悼プログラムの後の午後、フィンランド方面への街道筋にあるゼレノゴールスクの墓地に埋葬されたG・M・フリードレンデル氏の墓に詣でた。研究所専用のバスが仕立てられたが、新版全集編集スタッフの古参のメンバーを中心とする研究所のロシア人七、八人と日本人五名（私たち夫婦と金沢友緒さん、斉須直人君とその友人）と若い中国人夫婦二人という顔ぶれで、いささかさびしい感じは否めなかった。

六月二十六日に作家の曾孫ドミトリー・ドストエフスキーを訪問した。彼は家族を別荘（ダーチャ）に残して、私に会うために一人で自宅に帰ってきてくれていた。彼の健康状態についていえば、一昨年末に大腸がんが見つかり、一・五メートルを切除したとのことである。見かけは元気そうであったが、歩行困難を訴えていた。私達は同病相哀れむ感じで、気力を失わないで生きることを誓いあい、息子のアリョーシャが渡し船の船長をしているラドガ湖のワルラム修道院を今度は一緒に訪ねようと約束した。

この日、ドミトリー訪問の後、博物館のナターリヤ・シュワルツに案内されて、トゥニマーノフ夫人タマーラさんを車で途中拾い、市内のヴォルコフ墓地へ向かった。ボリス・チホミーロフが少し遅れて電車でやってきた。

私と同年輩であったウラジーミル・トゥニマーノフは二〇〇六年五月に亡くなり、この墓地に眠っているのである。二〇〇七年八月に訪れた時にはまだ出来ていなかった墓碑もタマーラさんの手で作られていた。ロシア正教を受け入れなかった彼は、ルーテル派の墓地に葬られた。墓碑も正教徒のそれとは違って、質素で瀟洒なものであった。

ウラジーミル・トゥニマーノフとともに、同年輩で共通の友人であったフォニャコフ夫妻の墓には、六月二一日に詣でていた。それはフノードンンデルの墓地に近いコマローヴォ墓地で、ソ連時代の作家同盟の保養地で、現在も営業している保養施設に隣接している。有名な女流詩人アンナ・アフマートワや中世ロシア文学の権威ですぐれたドストエフスキー論も書いているドミトリー・リハチョフの墓があるのもこの墓地である。

トゥニマーノフ夫妻、フォニャコフ夫妻の共通の親友である評論家のルバーシキンがこの保養地でタマーラさんと私たち夫婦を待っていてくれた。白樺や樅の混在する静かな林の中で、故人夫妻も質素な墓に眠っていた。リハチョフの墓がすぐ近くにあった。ソ連時代に育った私と同じ世代の知識人には、どうやら宗教色は薄い感じである。

私が詩人イリヤ・フォニャコフと知り合ったのは一九六九年で、彼がユネスコの奨学金で、たぶん「作家同盟」から推薦されて、半年間日本に滞在していた時で、ロシア文学者の木村浩さんに紹介されて、ドストエーフスキイの会の第六回例会で話してもらうことになったのがきっかけであった。会の事務責任者として私は彼と折衝し、それ以来、家族ぐるみの終生の長い付き合いとなった。

その頃は例会ごとに四頁の会報を私が編集していたが、七号の「事務局だより」に書いた思い出の記録を最後に紹介する。

〈昨年（一九六六年）最後の例会―第六回例会は十二月十日、東京厚生年金会館で開かれ、滞日中のソ連詩人I・フォニャコフ氏の話を江川卓氏の通訳で聴きました。フォニャコフ氏は現在シベリアのノボシビルスク在住ですが、レニングラード（現サンクト・ペテルブルグ）市内、それもドストエーフスキイが点々と居を変えたあたりに生まれ、育ち、レニングラード大学文学部を卒業した人で、母堂が文学研究家であり、レニングラードに設けられるドストエーフスキイ博物館の設立準備委員であるという関係もあって、ドストエーフスキイには特別の愛着を持っている人です。

氏はドストエーフスキイ文学の大きな要素をなしている町の雰囲気や作家が暮した場所の沿革、雰囲気などを詩人的な感覚でほうふつとさせるように語ってくれました。ドストエーフスキイが学んだ工兵学校（工兵城）の由来、新進作家時代に住んでいた界隈の特徴、フォンタンカあたりのたたずまいなど印象に残る話でした。また江川卓氏の達意の通訳は、氏自身の豊かな知識を駆使しての適宜な解説とあいまって、聴衆をすっかり魅了しました。レニングラードとドストエーフスキイの話は、いわばフォニャコフ氏の第一部で、この方が時間的にも長くなり、後半は一時間足らずでしたが、報告要旨に収録したような話でした。ドストエーフスキイ文学の革新性を言語素材との関係で評価するフォニャコフ氏の見解をもう少し突っ込んで聞きたい思いでしたが、残念ながら時間がありませんでした。最後に氏には、自作の詩二編を朗読してもらいました。

氏には心ばかりの記念品を進呈しました。氏は六ヵ月の日本滞在を終えて、十二月十五日に帰国されました。通訳してくださった江川卓氏にあらためて厚くお礼を申しのべたいと思います）

（会報復刻版『場―ドストエーフスキイの会の記録Ⅰ　一九六九―一九七三』三八頁）

初出　「ドストエーフスキイ広場」二五号、二〇一六年

四、二十一世紀人類の課題とドストエフスキー
――千葉大学国際研究集会（二〇〇〇年八月二十二―二十五日）

さる八月二十二日から二十五日（二〇〇〇年）までの四日間、「二十一世紀人類の課題とドストエフスキー」と題する国際ドストエフスキー研究集会が千葉大学けやき会館で開催され、外国人研究者二七人、日本人研究者一三人が発表をおこなった。

これは一九六九年より活動を続けているドストエーフスキイの会と千葉大学大学院社会文化科学研究科および千葉大学文学部の共催によるもので、日本学術振興会と国際交流基金の財政的援助を受けて実現したものである。外国人参加者の内訳は、ロシア一六、ポーランド・ハンガリー各二、モルドヴァ、ルーマニア、ドイツ、イギリス、オーストラリア、アメリカ、ノルウェー各一で、在日ロシア人二人も参加した。

八月二十二日開会の後の基調講演では、ドストエフスキー文学の芸術性と倫理性をめぐって、ロシア文学研究の本拠地ともいうべきロシア科学アカデミー・ロシア文学研究所のV・トゥニマーノフ教授「〃地下室〃と〃生ける生〃」、V・ヴェトロフスカヤ教授「バフチンの理論とドストエフスキーの倫理的教え」の講演が日本語通訳付きでおこなわれた。

開けて二十三日から二十五日の二日半、「民族意識と全人類性」、「カリスマと大衆意識」、「分身現象」、「他者性の問題」、「二十一世紀人類再生の道」と題するセッションが開かれ、並行して、芸術方法、哲学的思索、日本における需要などのセッションも開かれた。

二十六日には場所を東京・早稲田大学文学部に移して、国際交流基金援助による公開講演会が催され、九州大学名誉教授・清水孝純氏「ドストエフスキー、その終末観と再生──あるユートピア伝説の現代性」、国際ドストエフスキー学会会長、ハイデルベルグ大学のゲーリック教授「ドストエフスキーとハイデガー、終末論的小説家と終末論的哲学者」、文芸評論家サラースキナ氏「ドストエフスキーの終末論ー地獄の克服」の講演がおこなわれた。

今日、私たちが直面する深刻な諸問題、民族の神を掲げての紛争、マインドコントロールによる犯罪、分身現象と自己確認のための殺人、家族崩壊にまつわる他者性の問題など、ドストエフスキーの文学を読み解くことで示唆される問題は多い。

ともすれば終末論に捕らわれがちな私たちに復活・再生の道を問いかけるのもドストエフスキーであって、それはいかにして「己を愛するごとく汝の隣人をあいする」ことが可能かという難問につきる。会議での議論の焦点はこの難問をめぐるドストエフスキーの倫理的、芸術的眼差しであった。

（聖教新聞　二〇〇〇年九月十七日付）

この千葉大学国際研究集会の詳細なプログラムは以下のインターネットのサイトでご覧いただきたい。http://www.ne.jp/asahi/dost/jds/dost008.htm

五、ドミトリー・ドストエフスキー氏来日講演会（二〇〇四年十一月二十七日　東京芸術劇場）

挨拶の言葉

ドミトリー・ドストエフスキーさんと日本の関係については、昔、新聞（「サンケイ新聞」一九八一年二月七日付、「北海道新聞」一九八六年三月二十七日付）に報じられた記事があり、お手元に資料として配布されているようですから、それを読んでいただければわかりますが、補足的に少しお話ししたいと思います。

もう二十三年前のことですが、一九八一年の正月、突然ドミトリーさんの母親タチヤーナ・ドストエフスカヤさんから、私の家に一通の手紙が舞い込みました。それによると、自分は孫アンドレイの妻だけれど、三十五歳になる自分の息子で、作家の曾孫にあたるドミトリーがこうがん腫瘍にかかった。これは癌で、医者によると、いまのところ特効薬は日本のブレオマイシンしかない、何とか至急入手できないだろうか、という内容でした。

私が頼られたについては、医者の話を聞いたタチヤーナさんが、ペテルブルグのドストエフスキー博物館に駆けこみ、私の知人であった館員の人から私のアドレスを知り、神だのみのつもりで、手紙を寄こされたのでした。そのころ、ドストエフスキーの子孫は一九六八年に死去した孫のアンドレイで絶えたという説が流布していましたので、私は大変、驚きました。その手紙を受けた私はいろんな方のご協力を受けて、一週間くらいで薬を入手し、一〇日後くらいには薬を届けることができました。ドミトリーさんの話によると、その薬を持って医者のところへ行ったら、医者はまったく信じられないと目を疑った。医者がどうして手に入ったのかと聞くので、自分は世界中に有名なロシアの作家ドストエフスキーの子孫である、だから可能だったのだと答えたといっています。その薬によってドミトリーさんは治療を受け、おそらくそのかいがあって、彼はこうして今日ここに来てくれているわけです。

薬の入手を可能にしてくださったのは、当時、東京医科歯科大学教授の横川正之先生でしたが、それについては、患者の診察もせずに薬を処方するのは法律に触れるという問題、しかも、ブレオマイシンが高価で、一クール一六万円ほどするということで、決して容易な話ではありませんでした。横川先生は一計を案じて、ソ連の研究機関に試験薬として提供するという名目で、製薬会社の日本化薬に話をつけてくだいました。こうがん腫瘍は若い男性に特有の癌で、転移が早いので早く手を打たなければならないと横川先生は心配され、副作用などの詳しい資料もつけて、こちらの希望をかなえてくださったのです。

そのように親身になって薬を提供してくださった横川先生、そして、当時、日ソ貿易に携わっていて、私の頼みを受けて、薬を緊急にロシアへ運ぶ手立てをしてくれた山科正年という大学時代の親友——このお二人は残念なことに、すでに故人であります。ドミトリーさんがここに健在であるにつけ、この二人は親切をつくすことにより、彼に命を分け与えてくれたのだという感慨に私はとらわれるのであります。

あの時、横川先生に話をつないでくれたのは、その頃高校の教師をしていたわたしの妻の教え子で、東京医科歯科大学で、衛生検査技師をしておりました堀江さんという女性です。こうした人たちのおかげで、ドミトリーさんは命を救われたわけですが、いまのべましたように、何分、表ざたに出来ない事情がありましたので、私一人が恩人扱いされる印象もその後ありましたが、裏では実は多くの人々のお力添えがあったわけです。もう時効だと思われますので、今日はじめて、公にします。あの当時、私は、いきさつを毎日新聞夕刊（一九八二年三月三十一日付）に書きましたが[1]、ブレオマイシンという薬の名前は出したものの、製薬会社の名前は伏せています。一昨日、十一月二十五日、東京での行動のまず初めに九段にある日本化薬本社を訪問して、遅ればせながらお礼の挨拶をしてきた次第です。ドミトリーさんにはもっと早く日本に来てもらって、関係者に挨拶してもらいたいと私はかねがね思っていたのですが、すでに二十三年も経ち、肝心のお二人はすでに故人ということになり、誠に残念であります。

一昨日、早稲田で、井桁貞義先生の講義の時間を利用してドミトリーさんに話をしてもらい、大成功でした。一般の人も参加して大盛況で、学生達も感激していました。そこでは、ドストエフスキーの子孫としてのゲン（遺伝子）をどのような場合に感じるか、ということを話題にして、ドミトリーさんはいろんな例を挙げて話しました。

私もそのことで、一つ文学的な感想のようなものをお話ししたいと思います。彼が一〇年ほど前にロシアの代表的な週刊誌「アガニョーク」（「灯」）にインタヴューを受けて語った記事があります。この記事のことは関西で交流会を開いてくださる片山ふえさんから、つい先日、サイトのアドレスを教えられて、読んだばかりです。

ドミトリーさんはたぶん、病気の前の時期、三十歳代の初めの頃と思われますが、ペテルブルグの路面電車の運転手をしていました。彼にはペテルブルグの中心街を通って、全市を横断するお気に入りの路線があって、そこを運転して通るのがとても楽しみだったというのです。ペテルブルグの住居の一階は半地下になっているので、二階の窓がちょうど、電車の運転台からの視線の位置にきて、室内のシャンデリアや装飾の様子がよく見える。どの家の内部がどうであるか、線路のアプローチによって、どの角度からどのように見えてくるかを覚えていて、そこにさしかかると挨拶をしながら通るのが楽しみだったというのです。

これを読んだ時、私はすぐに『白夜』の主人公の青年「私」を思いだしました。街をぶらつきながら、いつも見慣れた建物や通行人と無言の挨拶をする主人公の姿です。これはとりもなおさず、若き作家ドストエフスキーの姿でもありました。街中を歩きながら、出会う人々の表情を読みとって、そこから空想の羽根をのばし、一編の小説を編み出していく。事物や自分の世界とのこのような関わりかたはドストエフスキーの特徴であり、ドミトリーさんは自分の体験を無意識に語っていたと思われますが、私には曽祖父のゲン（遺伝子）と無関係ではないような気がしたのです。

早稲田では広範にわたって話題が繰り広げられましたが、ここでは話題を三つばかりに絞って、話してもらうことにしました。一つはソ連時代、ドストエフスキーの子孫、孫にあたる父親のアンドレイ、そして、その従兄弟にあたる人がソ連当局から受けた弾圧、理由もなく刑務所にぶちこまれたこと、また当時、ドストエフスキーの名前は禁句で、父親が、子孫であることをなるべく表ざたにしたがらない家庭的な雰囲気のなかで過ごしていたことなどの話。

もう一つは早稲田での質問アンケートでは遠慮があるのか、出ていなかったのですが、ドストエフスキーの癲癇は一体、何であったのかという問題。ドストエフスキーの天才は癲癇のしからしめるところであったという考え方が定説のようになっていて、それを前提に書かれるドストエフスキー論がいまでも絶えないわけです。ロシアでは一〇年ほど前から、精神病理学専門家からドストエフスキーは真性の癲癇ではなかったという説が出て、専門誌にも載り、ドストエフスキーの学会でも発表されています。その論文を私達の会誌「広場」次号に翻訳して紹介しようと思っていますが、[2]曽祖父の「癲癇」を曾孫の立場からどう考えるか、ドミトリーさんに話してもらいます。

三つめは、ルーレット賭博の問題。曽祖父の賭博熱は何だったのか、そしてその遺伝子を自分は受けついでいるのかどうかということについて、話してもらいます。以上三つの話題を中心にしながら、時間がありましたら、あらかじめアンケートで出してもらっている事項について、さらに時間がありましたら、会場からの質問に答えてもらうという形で進めていきたいと思います。

註

1　この「毎日新聞」夕刊(一九八二年三月三十一日付)の記事は、拙著『ドストエフスキー・その対話的世界』成文社、二〇〇二年、三一〇―三一四頁

2　L・I・モイセエヴァ、L・I・ニキーチナ、小林銀河訳「ドストエフスキーの「癲癇説」の誤り」

ドストエーフスキイ広場　一四号、二〇〇五年

初出　「ドストエーフスキイ広場」一四号、二〇〇五年

第９章　亀山現象批判に関する資料

①亀山郁夫氏の『悪霊』の少女マトリョーシャ解釈に疑義を呈す
――『悪霊』神になりたかった男

（ネット公開二〇〇六・一・三）

亀山郁夫氏の著書『「悪霊」神になりたかった男』（みすず書房、二〇〇五年）が、近来の話題作であることは間違いないだろう。私の記憶する限りでも、朝日新聞で二回にわたって（文芸欄と読書欄で）とりあげられているし、本会の会員の間でも話題になり、議論の的となっている。私も遅まきながら、先日、書店で買って読んでみた。まず、本造りのテクニックに感心した。仮想現実の「理想の教室」という設定で、予備知識のない読者、高校生にでも面白く読ませるという仕掛けである。「第一線の研究者・専門家が講師」というふれこみのシリーズであるから、その点で、NHKテレビのロシア語講師として名を知られる東京外国語大学教授、スターリン時代の芸術家の悲劇を描いた著書で、大佛賞を受賞、NHKブックスで、二〇〇四年にはドストエフスキーに関する上下巻の大著を刊行した亀山氏の右に出る者は、いまのロシア文学界にもまずいないであろう。

その亀山氏が、「スタヴローギンの告白」に新しい解釈を打ち出した、とりわけ少女マトリョーシャの存在について、氏いうところの、「これまで私が見たどの研究書に文献にも述べられることのなかった新しい真実」（一〇二）を解明したというのだから、話題にならないはずがない。その「真相」に「私はひっくりかえりそうになった」と朝日の文芸欄の筆者がのべていたのもいつわらざる感想であったろう。

それほど、衝撃的な解釈とは何か？　私の関心もそこに集中せざるをえなかった。問題はマトリョーシャが母親に折檻される場面で、「マトリョーシャは鞭打ちにも声をあげなかったが、打たれるたびになにか奇妙な声をあげて泣いていた。それからまる一時間まるまる大声で泣きじゃくるのだった」という一節の翻訳とその解釈にかかわる（当該書一三九頁）。亀山氏はこのゴシック体で強調している訳語をもとに、十四歳の少女（最終版は十二歳とされているのにかかわらず亀山氏は校正版の十四歳を採用し、「危険な年齢」として意図的に強調する）のマトリョーシャがマゾヒスト的な快感をおぼえていたと、衝撃的な解釈を提起しているのである。

ところで、亀山氏が前記訳文をゴシック体で強調し、ロシア語原文のその個所をイタリックにしながら（一三九頁）、そのことを断っていないのは、作為と見なさざるをえない。実はロシア語原文そのものには強調のイタリックはないし、次に見るように、他の日本語訳にも強調は見られない。なお、亀山氏はこの個所の訳に関し、自分の訳と英語訳の二つのバージョンを対比しているが、日本語の先行訳については何故か、ひと言も触れていない。

ロシア語原文を参照する前に、日本語の先行訳では、この個所がどうなっているか見ることにしよう。なお傍線は引用者（木下）による。

河出書房新社版・米川訳
「マトリョーシャは折檻では泣かなかった。おそらく余が傍にいたからだろう。けれど、一打ちごと何か奇妙なしゃくり声を立てた。それからあとでまる一時間も、烈しくしゃくり泣き続けた」
新潮社版・江川　卓訳
「マトリョーシャは打たれても声をあげなかった。おそらく、私がその場に居合わせたからだろう。しかし、打たれるたびに何か奇妙なふうに泣きじゃくり、それからたっぷり一時間あまりも泣きじゃくりつづけていた」
筑摩書房版・小沼訳
「マトリョーシャは打たれても声を上げなかった。おそらく私がそこにいたからに相違ない。だが打たれるたびになんだか奇妙なすすり泣くような声をもらすのだった。そのあとでまる一時間ものあいだ、はげしくしゃくりあげるようにして、泣いていた」
先行訳のなかで、癖のない自然な訳と思われるのは、米川訳と江川訳で、共に、「しゃくり声」、「しゃくり泣き」、「泣きじゃくり」にアクセントが置かれている。この個所で、二回重ねて使われている「泣きじゃくり」の訳（前出、先行訳、傍線部）に該当するロシア語は、всхлипывать で、この言葉にはあいまいな解釈をゆるさない厳密な意味がある。
私たち、ロシア文学研究者が昔から共通に使い、このような微妙な個所に訳を付ける場合に、通常、神経質なくらい参照してきた三種類のロシア語辞典、ダーリ、ウシャコフ、科学アカデミー版四巻辞典で、この言葉の語義がどのように説明されているかを見てみよう。

ВСХЛИПЫВАТЬ

ダーリ

рыдать как-бы задыхаясь; плакать без рыданий, не голосом, но прерывая дыхание икотой

(息を詰まらせるかのようにして泣く、泣き声を立てないで、声もなく、しゃっくりで息を切らせながら泣く)

ウシャコフ

Тихо плакать, прерывисто дыша

(息を切らしながら、ひっそりと泣く)

科学アカデミー版

Судорожно вдыхать, втягивать воздух при плаче

(泣く際に、痙攣的に空気を吸い込み、引き入れる)

ちなみに、всхлипывать の語幹をなす名詞 всхлип の意味は「泣く時に吐き出される音」

(「声」でないことに注意!)

さて、このロシア語に対応する日本語訳「泣きじゃくる」は広辞苑によると、「しゃくりあげて泣く」で、「しゃくりあぐ」とは、「声を引き入れるようにして泣く」こと。なお、「しゃくり」は「横隔膜の不時の収縮によって、空気が急に吸いこまれる時に発する特殊の音声。さくり、しゃっくり」

これらロシアの代表的な辞書、そして広辞苑から見えてくることは、亀山氏の「新解釈」にとってキーワードとなる語の訳と解釈は、意図的でたいへん疑わしいということである。

ここで、あらためて、亀山氏が自分の「新解釈」の決め手としている個所のロシア語原文とそれに付した彼の訳文をもう一度見てみよう。原文のイタリックと訳文のゴシックは訳者（亀山）による。

Матрёша от розог не кричала, но как-то странно *всхлипывала* при каждом ударе. И потом очень всхлипывала целый час.

マトリョーシャは鞭打ちにも声をあげなかったが、**打たれるたびになにか奇妙な声をあげて泣い**ていた。それからまる一時間まるまる大声で泣きじゃくるのだった。

ロシア語テクストの原文の表記とは異なるイタリック体の単語が、今、問題にした動詞であるが、亀山氏はその語義に反して、また先行訳と比較しても、マトリョーシャにしきりに「声」をあげさせ、「マゾヒスト的快感」を感じさせたがっていることがわかる。後段の「大声でなきじゃくる」とは不可能だし、前段の「なにか奇妙な声をあげて泣いていた」の個所は、正確には、「何か奇妙なふうに泣きじゃくっていた」であって、確かにこの動詞が**странно**（奇妙な）という副詞に修飾されていて、何かのニュアンスを付け加える余地があるとはいえ、語義からいって、泣きじゃくりかたの異様さを示すもので、声をあげるどころか、声にならない音、呼吸器の音か、引きつけか、もしくは震えの様子を示す可能性のほうが強い。亀山訳が正当化されるためには、原文にも何か声の存在を明示する表現がなければならないが、ここにはそれはない。ここに読みとれるのは、泣くのにも、まともに声が出ないくらい打ちのめされ、ひたすら、しゃくりあげるだけの哀れな少女の姿である。しかもその後、まる一時間も激しく泣きじゃくる（しゃくり泣きする）マトリョーシャがマゾヒスト的快感にひたっていて、それを感じさせる声を発していたとは、とうてい考えられない。ちなみに、『地下室の手記』で、歯痛に快感を覚える男が発するのはстоны（呻き）であって、「しゃくりあげ」ではない。

こう見てくると、亀山氏には自分の「新解釈」を成り立たせるために、少女に出ない声を無理に出させなければならない何らかの理由があったと見るべきだろう。亀山氏は、「アンナ夫人は、折檻のさなか「なにか奇妙な声をあげて」泣くマトリョーシャの「なにか」に気づいていた。その声色に」と書き、「スタヴローギンには聞こえない何かを、ドストエフスキーは聴きとっている。呻き声の下に隠されているなにか、別世界から聞こえてくる何かを」と書いている。少女の声にならない「しゃくりあげ」に「声色」を聴き、「呻き声」を聴くとは土台、無理な話である。ましてそこにマゾヒスト的快楽の感覚を感じとろうとしているのは、ドストエフスキーでもアンナ夫人でもなく、亀山氏以外には誰もいないだろう、日本語の先行訳の読者でも、よほどのことでもない限り難しい。としてみれば、読者は氏の次のような奇妙な自我自讃を何と読みとるべきだろうか。

〈これは、「告白」全体、いや、『悪霊』全体、そしてドストエフスキー全体の読みを変えてしまいかねない「発見」です。私はいろんな文献にあたりましたが、誰一人そのことに気づいている人はいません。かりにこれが誤読だとしても、「世界的な誤読だよ」って褒めてくれる人がいるかもしれないとひそかに期待しているのです（笑い）〉（一四一頁）

ここまで読まされると、亀山氏はかなりの確信犯ではないかとさえ私には思えてくるのである。ここで問題にしてきた引用個所（亀山著、「資料⑭、一三八頁」）の直前に、「ロシア語原文のほうはあまり気にしないでください」とさりげなく断りが入れてあるのも、あるいは意図的な暗示であったかもしれない。
「理想の教室」ではロシア語の知識は必要としないのかもしれないが、プロの詐術が深刻な社会問題化している昨今、素人もうっかり専門家を信用していると、とんでもないことになりかねない。いずれにせよ、この問題の個所が亀山氏の意図的な誤訳であるとすれば、氏の「新解釈」なるものの耐震構造は一挙に崩壊する、と私は心配している。

〈ネットへのアクセスは「管理人T.Kinoshita」で検索。以下同様〉

② 亀山郁夫訳『カラマーゾフの兄弟』を検証する
——新訳はスタンダードたりうるか？

（ネット公開　二〇〇七・一二・二四）

まず冒頭に断っておくが。この検証の公開には、会の運営委員の間にも危惧する意見があることから、私はドストエーフスキイの会の代表としてではなく、ロシア文学研究者としての専門的な立場からの個人的責任で行うもので、会の運営委員会の意思とは無関係である。この検証公開によって起きる問題の一切の責任は私個人に帰せられるものである。

この検証作業をおこなったのは、古くからの会員で、四十代後半の商社マンＮ・Ｎ氏（本人の希望により、名を伏す）である。大学でロシア語・ロシア文学を専攻し、卒業後、ロシア関係の商社勤めのかたわら、ロシア人のチューターを相手に、『カラマーゾフの兄弟』、『罪と罰』を音読で読破したという経験の持ち主で、並のロシア語教師をしのぐプロのロシア語使いである。

Ｎ・Ｎ氏と私の連絡がついたのは、会誌「広場」次号のエッセイを依頼したのがきっかけだった。私はといえば、亀山氏の『悪霊』のマトリョーシャ解釈以来、彼の語学感覚には疑念をもっていたので、「読みやすい」、「わかりやすい」という評判でのブームはただうさん臭いものにしか見えなかった。それにしても、インターネットのニュースにとり上げられ、NHKのETV特集で報じられ、週刊誌の特集記事となり、毎日出版文化賞特別賞を授与され、ジャーナリズムを主導する書評家たちや人気作家たちに褒めちぎられ、さらにはインターネットのニュースでロシアにまで報じられるといった現象には、ただ驚くばかりで、「これは何か違う」という思いがつのっていくばかりだった。

N・N氏は電話で、亀山訳にはとても我慢できない誤訳が多いと語った。まだ手元に訳本がなく、確認しようのない私に、N・N氏はロシア語原文と、亀山訳とコメントをつけた検証のテクストをメールで送りはじめた。私はN・N氏の検証作業にだんだんに引きこまれていった。私はN・N氏の読みの鋭さに感心すると同時に、亀山訳に唖然とした。これはロシア語の分かる者同士の意見交換にすまさないで、一般読者にも判断をあおぐ手だてを講じるべきだと考えた。そこでN・N氏のコメントと並行して、問題個所を先行訳三種（米川正夫、原卓也、江川卓）の当該個所と対比する形をとることにした。

検証作業のために、私も亀山訳第一冊を購入し、N・N氏から問題個所のページと行の指摘を受けて、ロシア語原文と突合せて問題点を確認した。その上で、私が亀山訳の打ち込みを引き継ぎ、私の手元にある米川、原訳と対比、入力する作業をおこなった。江川訳の入力はN・N氏がおこなった。

誰もが気がつくのは、先行訳が、表現の違いはあれ、原文に忠実で、語学的にほとんど一致している個所で、亀山訳に限っての誤訳が目につくということである。また作品の文脈から生じる解釈にあいまいさ、不正確さが見られることである。この原因はどう解釈したらよいのであろうか？

訳者の語学力に起因するのか、それとも、もともと出版社の集団的なプロジェクトで、読みやすさをねらうあまりのリライト作業の結果、専門的な立場からの最終的なチェックが効かなかったことによるのか、推測の限りではない。

マスコミでの亀山訳の持ち上げられかたからすれば、先行訳をもしのぐ決定訳のような印象すらあたえられかねない。この新訳は、読書会で、また学生の書く論文の引用で、スタンダードたりうるであろうか？　亀山訳に魅せられ、愛読した読者にこそ、この検証作業を捧げたい。かならずや先行訳を参照し、できるなら、ロシア語原文と照合していただきたいものである。

この検証作業は現在までのところ、亀山訳（上）第一分冊までに止まる。

しかし一巻のみに限っても、およそすべてを網羅したものではなく、実際の誤訳はこれよりも更に多いはずである。

ともあれ、検証済みのこの範囲でも、この新訳がどのような性格のものか、かなりの程度、推測できるであろう。

なお、対比した先行訳の出典は米川正夫訳＝河出書房新社版全集第一二巻、原卓也訳＝新潮社版全集第一五巻、江川亘訳＝集英社版世界文学全集第四五巻で、引用末尾の括弧内の数字は頁を示す。

③読者による新訳『カラマーゾフの兄弟』の点検

（ネット公開　二〇〇八・二・二〇）

目　次

公開にあたっての序文

私とＮ・Ｎ氏が「検証」を公開したのは、昨年（二〇〇七年）一二月二十四日のことだった。間もなく、年が明けての一月二日付で、森井氏から長文の手紙が届いた。そこには、「検証」を見て、「我が意を得たりと、胸のつかえがおりる思いがし、非礼を顧みず一筆差し上げることにしました」と書かれていた。日本語だけが頼りの一読者として、亀山訳の不適切な個所に疑問を感じ、光文社の編集者直々に問題個所を指摘するなど、私たちの「検証」公開に先立つ、森井氏の孤軍奮闘の幾月かがあったのである。その詳しいいきさつは森井氏の「前書き」で読んでいただきたい。

森井氏はすでに誤訳とおぼしき不適切な個所のリストを作成しており、そこには「検証」と一部重なりながらも、そのほか私達が見逃した数々の重要な個所が指摘してあった。それらは当然ながら、ロシア語の専門的立場から検討に値するものと思われた。そこでN・N氏の賛同と協力を得て、「一読者による点検」の作成を開始したのである。

ロシア語の知識がなくとも、先行訳をすでに深く読み込んでいる読者ならば（あるいは森井氏ならずとも）気づくであろう疑問点を氏が指摘し、参考に先行訳の当該個所を対置、N・N氏がそれにロシア語の専門的知識を駆使してコメントするという形で作業を進めた。

この作業によって亀山訳の断面がさらに浮き彫りになったように思われる。それは、単純な誤訳にとどまらない日本語表現の問題である。さらにはドストエフスキー特有の文体の改ざん、さらにはテクストそのものの改ざんにつながる疑いである。これについては、私は別稿で論評したい。「検証」公開の際と同じように、この「点検」も私の個人的責任において公開するものであることを明言しておく。ドストエフスキーを愛する者たちの「開かれた場」としての発足以来のドストエーフスキイの会の精神に、「検証」も「点検」も背くものではなく、むしろその意味を高めるものと確信するからである。

亀山郁夫氏の「踏み越え」（преступление）
――『カラマーゾフの兄弟』テクスト改ざんと歪曲の疑い

文学研究や翻訳にとって、どのようなテクストを選ぶかということは、ゆるがせに出来ない問題である。古来、「原典批判」、「テクスト・クリテーク」、「テクストローギヤ（ロシア語）」という基礎的な人文科学のジャンルが重視されてきたのも、故なしとしない。翻訳者は使用したテクストを明記するのが、常識であり、亀山氏もその例外ではない。

彼が自分の翻訳の底本として挙げているのは、科学アカデミー三〇巻全集中の一四―一五巻（一九七六年）とインターネット検索による、トマシェフスキー、ハラバーエフ編集の一八八一年版であって、後者については「随時、左記のテクストも参照した」と付記されている。

ところで、すでに公開された「検証」、そして今回公開する森井友人氏とN・N氏による「点検」で明らかになったおびただしい誤訳、不適切訳に付随して、亀山氏による幾つかのテクスト改ざん、文体歪曲の疑いが浮かび上がってきたことを、私は指摘せざるをえない。

テクスト改ざんの疑い

その見過ごすことの出来ない事例の一つが、森井氏の発見による、エピローグの一場面、すなわち、アリョーシャがコーリャのせりふを受けて、自分の言葉でその意味を言い換える個所である。（この指摘はインターネット・サイト「ドストエフ好きーのページ」の一月八日付の掲示板〈総合ボード〉

において、議論の流れの中で森井氏によってはじめてなされたものであり、第一分冊の範囲に限定した氏の「点検」には含まれていない）

コーリャのせりふ：

「人類全体のために死ねたらな、って願ってますけどね」（亀山訳第五巻、四二頁）

«Я желал бы умереть за всё человечество»

に対して、アリョーシャがそれを受けて言うのは、

「コーリャ君は先ほどこう叫びましたね、『すべての人達のために苦しみたいって』……」

（拙訳、傍線—引用者、以下同様）

«Вот как давеча Коля воскликнул: «Хочу пострадать за всех людей»

この部分について亀山氏はこう訳している。

「コーリャ君は『人類全体のために死ねたら』と叫びましたが……」（同五八頁）

この亀山訳傍線部に相当するテクスト（『人類全体のために死ねたら』）は前記の底本のどこにも見出すことはできない。なぜこういう明白な改ざんがなされたのであろうか？　憶測にすぎないとはいえ、亀山氏が別著『続編を空想する』（光文社新書）でコーリャを皇帝暗殺者に、またアリョーシャをその使嗾者に仕立てるための伏線として、意図的におこなったのではなかろうか？　この疑いは森井氏の提起によるが、私も否定しがたいと思う。

そもそも亀山氏によるこの種のテクスト偽造は、みすず書房刊の「理想の教室」と称する高校生向けのシリーズ「『悪霊』神になりたかった男」ですでに経験ずみものだった。スタヴローギンに陵辱され母親に鞭打たれる少女マトリョーシャの年齢を、十二歳から十四歳に偽造し（筆者註・こ

の傍線個所は撤回する。草稿には作者の雑誌初校版と再校版があって、前者では十四歳、後者では十二歳と記されていることに後で気づいたからである）、この少女にマゾヒスチックな快感を押し付ける亀山流の手のこんだテクスト解釈の歪曲は、原語を理解できない、しかも若い読者を相手にしているだけに、吐き気を催させられる程のものだった。この問題については、当サイトの表紙のメニュー「亀山郁夫氏『悪霊』のマトリョーシャ解釈をめぐる議論」をクリックして、私、および冷牟田幸子氏の批判を読んでいただきたい。

　こうした前歴を持つ人物であれば、驚くにあたらない偽造ともいえるが、百歩譲って、深い魂胆はなく、ただコーリャのせりふを日本の読者にわかりやすいように、作者に代わって言い換えてやったのだと弁明しても、通る筋合いの問題ではないだろう。一見たわいのない読者サービスのような言葉の入れ換えを亀山氏は他でもやっている。これは「検証」でとりあげた例であるが、ゾシマ長老が庵室でドミトリーに叩頭した謎の振る舞いを、ラキーチンがアリョーシャに対して「あの夢のようなこと«сон»」はなんの意味だと問いかける言葉を、「あの予言«пророчество»」と言い換えているのである（亀山訳二〇四頁）。後段の叙述でそれが予言的な行為であることが説明されているにしても、テクストの勝手な改ざんが許されるわけはない。他にも、意味不明な訳に原文にはない傍点をふる——「三人が額をごつんとやった」（同二〇八頁）といった事例も見られる。テクストに対するこのような無原則的な安易な態度——偽造、改造がどのような結果をもたらすかを訳者、編集者は真剣に考えたのだろうか？

　現代の世界のドストエフスキー研究のレベルを踏まえた者ならば、ドストエフスキーの文体が複雑な構造を持っていることを知っている。作者の言葉、語り手の言葉、人物の言葉がそれぞれ独立し、多声楽的（ポリフォニー的）、対話的な構成によって作品が息づいていることを知っている。亀山訳のように、アリョーシャの言葉を改変することは、アリョーシャの発話の立場を歪曲することにほかならない。森井氏が前出のネットの掲示板で、「アリョーシャがコーリャの台詞を言い換えて引用しているのなら、そこには、それなりの意味があるはずです（アリョーシャにとっても、また、作者にとっても）」と記しているのは、正しい。ラキーチンや民衆がゾシマ長老の振る舞いの謎を「夢のようなこと」と表現しているのには文化的背景があることを、亀山氏も底本としているアカデミー版全集の注には書かれている。

「この（あの）夢は何を意味する？ «что сей сон значит?»」は、一八六〇年代から七〇年代にかけて大変に流行したフレーズで、風刺作家のサルトゥイコフ＝シチェードリンの好きな言葉でもあったらしい。『悪霊』でも（第一編五―二）民衆の一人がセミョーン長者に夢占いを聞く場面に、同じフレーズが見られ、いまに町じゅうの信心深い連中が「あの夢は何だ？」と騒ぎだすとラキーチンがいうのも、こうした背景があるからである。流行語に敏感なラキーチンがこうしたフレーズを口にし、世間離れしたアリョーシャが「何の夢さ」と問い返すところにも、彼らの性格の特徴づけがうかがえるだろう。

ちなみに、このフレーズのルーツはプーシキンの民話詩「求婚者」（一八二五）にあると注記されていて、気乗りしない縁談を親達によってとり決められた商人の娘が自分の悪夢を語り、父親が「おまえのその夢は何を告げる」という場面に由来するらしい。このような背景を念頭におくならば、それを安易に「予言」と別の言葉に置き換えて訳すのは、自分で勝手にテクストをでっちあげることに等しい。

また次のような見逃せない歪曲もある。それは「点検」（新訳一二九頁）にかかわる個所で、幼児を失って涙にくれる農婦に、ゾシマ長老が聖書の句を引いて慰める場面で、長老は聖書の原句を自分の言葉に直して（というのは、あえて原句からはずれる形で）発話しているのに対して、あろうことか亀山氏はそれを聖書の原句に勝手に戻して訳し、結果的にゾシマの言葉を殺してしまっている。この点については、「点検」のなかで、森井氏とN・N氏によって詳細な検討が加えられているので、読んでいただきたい。

文体歪曲の疑い

このような訳者の恣意的、主観的な態度に由来して、発話者の言葉を殺す例のほかに、発話者の言葉の指向性をとらえそこなった結果の見当違い、あるいは滑稽な訳が散見される。その端的な一例をあげるならば、小説冒頭「著者より」の一文である。その文法上の問題点は「点検」（新訳一三頁）を見ていただくとして、私が指摘したいのは、「著者より」の言葉の指向性が正しくとらえられていないため、読者への語りかけの部分がそれ自体として、訳に的確に反映されず、どっちつかずの曖昧さを残していることである（「読者のみなさんは……自分で決めることになる」〔亀山訳〕、正しくは「読者のみなさんは……自分で決めてくれるだろう」《читатель сам уже определит》）。

その一方で、三人称的に客体化した対象「彼等」《им》（「批評家たち」、というのは「公平な判断を誤らぬため、最後まで読み通そうとする親切な読者」とか、彼らの「律儀さ」、「誠実さ」といった皮肉な修飾語から見ても、検閲関係者をも暗示しているかもしれない相手）に、亀山訳は「みなさん」という二人称の訳語を当てる見当ちがいを起こしている（「ごくごく正当な口実をみなさんに提供しておく」

〔亀山訳〕。原テクストに従えば、ここは三人称で、「正当な口実を彼らに《им》あたえておく」）である。

発話者の置かれた状況とその言葉の指向性に対するこのような鈍感さによって生み出されたちぐはぐなやりとりが、「点検」（新訳二〇三頁）でとりあげたラキーチンとアリョーシャの会話の場面である。アリョーシャは路上で誰かを待ち受けているラキーチンの姿を認める。「誰かを待ち受けている様子だった」はアリョーシャの視線である。そこで彼は自然の流れで、「ぼくを待っていたんじゃないの？　《Не меня ли ждешь?》」と問いかける。それに対して相手は「正にきみをさ《Именно тебя》」と答える。アリョーシャの視線に寄り添いながら叙述されるこの場面で、亀山氏はアリョーシャの問いかけを、「ぼくを待ってたんじゃないよね」と訳し、相手には「いや、きみさ」と、テクストでは読みとれないとんちんかんな応答をさせている。

発話者である主人公の状況や性格を無視したもう一つの例をあげよう。第三編　三「熱い心の告白――詩」の章で、ドミトリーがアリョーシャに語るせりふ、激情家で芝居がかったせりふをはくドミトリーの性格を反映したおおげさな言葉――「魂の襞という襞、肋骨さえもかけておまえを渇望し、待ち焦がれていた《алкал и жаждал всеми изгибами души и даже ребрами》」を、亀山訳（二七六頁）は「それこそ藁をもつかむ思いでおまえを求め、おまえを渇望していた」と、平板な、そこに何ら発話主体の性格を反映しない、つまらない文体に貶めているのである。

ドストエフスキーの創作に特徴的な人物の独立した声を殺すこのような無神経な仕事ぶりは、次のような面でも現れている。語り手が人物の声を独立したものとして、間接話法ながらも伝えている部分を、語り手の中立的な、単なる客観的な情報に改変してしまい、人物の性格（思いこみ、意識）の伝達を損なっているケースである。

これは「検証」（新訳二七頁）にかかわる個所である。ドミトリーは自分が「いくらか財産を持っており、成人したら独立できるという信念をもって育った（«рос в убеждении, что он всё же имеет некоторое состояние и когда достигнет совершенных лет, то будет независим»）」という、主人公の信念にかかわる個所が、亀山訳によると「いくらか財産をもっていたので、成人したあかつきには独り立ちをするという、たしかな信念をもって成長していった」という風に、「信念」にかかる傍線（いずれも引用者）の部分が、あたかも確定的な事実であるかのような意味に改変されてしまっている。実はドミトリーは「いくらか財産を持っており、成人したら独立できるという信念」、つまり思い込みを持っていたにすぎなくて、事実はフョードルに横取りされており、それが父親との争いの主たる原因を成していたのである。

もう一つの同様の例をあげよう。

「点検」（新訳一九頁）で、アデライーダのフョードルに対する思いこみにかかわる個所である。アデライーダの意識―「フョードル・パーヴロヴィチはその居候という身分にもかかわらず（«убедила《……》что Федор Павлович, несмотря на свой чин приживальщика, »）」が、亀山訳では「たんに居候の身にすぎないフョードルが」という風に、フョードルの中立的、客観的な規定づけに改変されている。大体、「フョードル・パーヴロヴィチ」という名前＋父称の用法自体が、日本語では「フョードルさん」という程度の、二人称的な呼称であって、彼女の意識を伝える鍵語であることに注目するならば、亀山訳のようなことはありえない。これはテクスト改ざんに近い文体歪曲というべきである。

このような文体歪曲に伴う誤訳がその他にも数多く見られる（逆接―順接の問題など）のも、複数の立場からの発話が交差するドストエフスキーの文体、すなわちそれぞれの主体の発話の指向性を的確に見極めきれていないからである。これはドストエフスキー作品の翻訳者の資格としては致命的なことである。

亀山氏は自分の翻訳の底本としてあげた原文のほかに、明らかに自分流のテクストを作ってしまっている。読みやすいという幻想を生み出しているのは、この自分流のテクストと戯れているからである。

日本のロシア文学翻訳の歴史は二葉亭四迷の身を削るような苦労からはじまった。「原文にコンマが三つ、ピリオドが一つあれば、訳文にも亦ピリオドが一つコンマが三つという風にして、原文の調子を移さうとした」というのは二葉亭の言葉であるが、原文と真剣に向かい合うという姿勢は一貫して先人翻訳者たちが受け継いできた伝統であったはずである。亀山氏がいかに苦労話を語ってみても、その残された結果が裏切っている。

彼の偽装に幻惑されて、理由もなく彼を偶像に仕立てあげ、読者を欺く行為に手を貸しているメディア、ジャーナリズム、書評家、作家たちの社会的責任は大きい。

④亀山訳『カラマーゾフの兄弟Ⅰ』「検証」「点検」その後

（ネット公開　二〇〇八・四・二九）

「検証」（二〇〇七年十二月二十四日）、「点検」（二〇〇八年二月二十日）を公開して以来、掲示板その他で話題になったものの、肝心の出版当事者にどのような影響をあたえているかは、うかつにも追跡しないできた。「点検」の森井友人氏から、増刷二二刷（三月十五日刊）で「点検」指摘個所一〇ヵ所が訂正されているとの報告を受けたのが四月十三日。確認のために私も、新たに一冊を買い求め、まず「検証」にかかわる個所を比較照合してみた。その訂正ぶりに私は一驚し、目を疑った。かくも悪びれずに、素直に指摘が受け入れられているとは信じがたかった。以下にその一覧を紹介する次第である。

私たち（「検証」Ｎ・Ｎ氏、「点検」森井氏）が明らかな誤訳、もしくは不適切訳として指摘したのは、「検証」七五ヵ所、「点検」四八ヵ所で、そのうち六ヵ所の重複を差し引くと、一一七ヵ所となる。そのうち「検証」の指摘を受けて訂正されたと見られる個所が二八ヵ所、「点検」の指摘によると見られる個所が一七ヵ所、合計四五ヵ所である。対象とされた第一部の正味頁数は四二二頁。

この訂正量を多いと見るか少ないと見るか、訂正の仕方を私たちの指摘との関連で適正と見るかどうか、増刷の形でこのような大幅な訂正がおこなわれることが、出版界の常識にかなっているのかどうかは、識者、読者の判断にまかせたい。

私は現物との比較を、二二刷を買うまで怠っていたため、「検証」個所の訂正は二二刷で行われたと思っていた。ところが、そのほとんどは一月三十日刊の二〇刷でおこなわれていたことが、森井氏の指摘でわかった。そういえば、「点検」前書きの「付記」で、森井氏によって、その事実を報告されており、「検証」指摘にかかわる訂正二六ヵ所と森井氏自身が編集部に直接に指摘して、訂正された個所七ヵ所がすでに挙げられていたのである。

「点検」のアップロード直後に技術的な問題が発生して（Mozilla で正常にダウンロード出来ないなど、現在もまだ完全には解決出来ていないようである）、注意がそがれたために、私は不覚にもこの訂正の重大さを見逃していた。それで遅ればせながら、急遽、比較対照リストを作成して、関心を持つ方々に報告する次第である。

なお、亀山訳五分冊のうち、私たちはこれまで第一分冊（正味四二二頁）を対象にしたにすぎない。しかも、第一分冊に限っても、私たちの指摘に該当して訂正された個所以外にまだ手が付けられていない個所が数多くある。さらに最近、女性会員のKさんから、第二分冊、第四分冊にかかわる質問二点が私に寄せられた。彼女は原卓也訳との比較で疑問を感じたのである。私は個人的に回答して納得してもらったが、第二分冊以降のサンプル的な問題として、「点検」の最後に、付録として、紹介しておく。

森井氏の「点検」にかかわる訂正個所（二〇刷五ヵ所、二二刷一二ヵ所）の比較対照リストはファイル書式の都合で、別ページにした。

右の《「点検」その後》をクリックしてジャンプしていただきたい。

⑤亀山郁夫訳『カラマーゾフの兄弟』ブームの問題
――朝日新聞「私の視点」（二〇〇八年五月八日）投稿原稿【不採用】

（ネット公開　二〇〇八・七・五）

一昨年来、光文社古典新訳文庫、亀山郁夫訳『カラマーゾフの兄弟』がブームとなり、話題になったことは記憶に新しい。売れ行きは好調らしく、三月十五日には二二版を重ねている。先行訳と比べて読みやすいというのが、ブームの引き金だったらしいが、その翻訳の質については、まともな検証もおこなわれないまま、マスメディアの話題となり、関係する書評家、作家、文化人から賛辞が寄せられて、亀山氏はあっという間に、わが国ドストエフスキー研究の「第一人者」（ＮＨＫ　ＥＴＶ特集評）となってしまった。公共放送であるＮＨＫの扱いが彼の評価を一気に高め、売り上げに貢献したことは間違いない。その一方、亀山訳の質を問う声が、「ドストエーフスキイの会」会員のなかから出てきた。大学でロシア語を専攻し、商社勤務のかたわら原文で『カラマーゾフの兄弟』を精読したＮ・Ｎ氏から、全五冊中の第一冊（正味四二二頁）に限ってではあるが、誤訳、不適切訳と思われる七五ヵ所のリストとコメントが送られてきた。これを「検証」と題して、会のホームページに公開したのが、昨年十二月二十四日。早速、北九州の一読者（森井氏）から反応があり、ロシア語の知識は無いながら、先行訳との対比と、長年、文学に親しんできた言葉の勘から、疑問とする四八ヵ所の指摘が来た。これをN・N氏による原文との照合、解説を付けて、「一読者の点検」と題して、今年二月二十日に、ホームページで公開した。ここで問題なのは、訳者の誤訳、不適切訳、文章改ざんもさることながら、私達の指摘を受けての出版社の対処の仕方である。「検証」での七五ヵ所の指摘のうち、明らかにこれを受けて出版社は、二六ヵ所の訂正を、増刷二〇刷（一月三十日）でおこない、さらに二ヵ所の訂正を二一刷（三月十五日）でおこなっている。また「一読者の点検」での四八ヵ所（「検証」との重複を省き四二ヵ所）の指摘のうち、一二ヵ所の訂正を、二二刷でおこなっている。しかも森井氏は私達が「検証」を始める以前に、直接に光文社に指摘し、七ヵ所を訂正させていた。このように、何のことわりもなく、なし崩しに大量の訂正を増刷で重ねていく出版社のやり方は、商業道徳上、許されることだろうか。読者への背信行為ではないのか。私はいわば同業者として、非を訳者にだけ着せるのは気が進まない。問いたいのは出版社のマスメディア戦略の陰に潜む、無責任な商業主義である。疑う人は、増刷訂正にあたって、私達の指摘がいかにこだわりも無く受け入れられているか、「ドストエーフスキイの会」のホームページで確認していただければ幸いである。http://www.ne.jp/asahi/dost/jds/

⑥亀山問題の現在

——木下和郎氏のブログ「連絡船」に寄せて

（ネット公開　二〇〇八・八・二〇）

誤訳問題を引きずりながらも、マスメディアの後ろ盾を受けて、亀山郁夫氏のブレークぶりは止まるところを知らないようである。

二〇〇八年八月四日付の〈慶応ＭＣＣ「夕学五十講」楽屋 blog〉を見ると、〈慶応丸の内シティキャンパス定例講演会「夕学五十講」〉担当者によって、亀山氏の講演内容が紹介されている。そこで亀山氏は一〇〇万部近い販売を豪語しながら、『カラマーゾフの兄弟』の翻訳の手の内を語っているのである。(http://www.keiomcc.net/sekigaku-blog/2008/08/post_258.html)

いわく、翻訳にあたって、「映画を見るように、音楽を聴くように『カラマーゾフの兄弟』を体験してもらうこと」に心がけたというのである。講座担当者が伝えるところによれば、「音楽のように翻訳するというリズム重視の訳は、誤訳を生む可能性を内包します。亀山先生は、訳にあたって第五稿まで目を通したそうですが、五稿では原文を一切見なかったそうです。その結果、誤訳問題が週刊誌上を賑わす事態を招いたと反省されていました。（現在は、全ての訳を再チェックし、当初の翻訳思想を活かしつつ、あきらかな誤訳部分は修正したとのこと）」とのことである。

東京外国語大学学長にしてロシア文学専門家という権威をまとった亀山先生の、このような煙にまくごときご高説に感心した聴衆もいたかもしれないが、このブログを読む限りでも、うさん臭い匂いが立ち昇ってくる。

ブログにいわく、「『カラマーゾフの兄弟』の原文は、破壊的な文体で書かれており、逐語訳では現代人には難解で読むことができないそうです。それに対して亀山先生は「アルマーニを羽織ったドストエフスキー」に生まれ変わらせようと思ったとのこと」

これはもうベートーヴェンをイージーリスニングの曲に仕立てて、これが原曲のエッセンスだというようなものではないか。原曲に対して編曲、翻訳に対して翻案、「超訳」といったジャンルがある。亀山氏はどうして正直に、自分の訳は「超訳」あるいは「創作訳」だといわないのか。それだと一般の読者へアピールするには限度があり、光文社の経営戦略からいえば、利益追求のためにはブランド名を利用して、これこそが本物だと偽装し宣伝するほうが、得策だからではないのか。

「『カラマーゾフの兄弟』の原文は、破壊的な文体で書かれており」などと、亀山氏はわけのわからないことをいっているが、ご本人の「訳文」こそ、原文を破壊しているのではないか。佐藤優のような、ご追従の人物が現れて、いわく、「亀山訳は、読書界で、「読みやすい」ということばかりが評価されているようですが、語法や文法上も実に丁寧で正確なのです。これまでの有名な先行訳のおかしい部分はきちんと訳し直している」（文春新書『ロシア　闇と魂の国家』三八頁）などと、ロシア語を知らない読者を欺くことをいうので、マスコミもたぶらかされているのである。

その証拠に、私達が「検証」、「点検」でとりあげ、「その後」で指摘しているように（本書四八頁参照：http://www.ne.jp/asahi/dost/jds/dost125.htm）、第一分冊全四二三頁に限っても、私達が指摘した誤訳一一七ヵ所のうちわずか四五ヵ所が、三月十五日の二三刷までの段階でこっそり訂正されているに過ぎず、なおあとの分冊は手付かずのまま残されている。第二分冊以降の分を含めるならば、さらに何百という誤訳が想定される。従って、「慶応講座」のブログで、「現在は、全ての訳を再チェックし、当初の翻訳思想を活かしつつ、あきらかな誤訳部分は修正したとのこと」というのは、明らかに嘘である。（もし仮に、本当だと言うのなら、その一覧を見せてもらいたいものだし、これまでの読者のためにも正誤表を公表する義務があるのではないか）

亀山訳で問題なのは、おびただしい誤訳のほかに、意図的なテクストの改ざん、すりかえがおこなわれていることである。

その一端を私は「テクスト改ざんと歪曲の疑い」と題して前に、一文を発表した（本書第９章資料①、http://www.ne.jp/asahi/dost/jds/dost120e.htm）

亀山氏の詐術に対する私の怒りは彼による『悪霊』のマトリョーシャ解釈に端を発するが（本書第９章資料①：http://www.ne.jp/asahi/dost/jds/dost118a.htm）、ここにまた一つ、間違ったテクスト解釈とそれに基づく不適切な訳文に対する告発の声が誠実な一般の読者から出てきた。

（参照：http://d.hatena.ne.jp/kinoshitakazuo/20080713）

このブログの主・木下和郎氏（偶然にも私と同姓で、まぎらわしいので、以下「和郎氏」と呼ばせていただく）は、書店勤務の方で、『カラマーゾフの兄弟』を原卓也訳で熟読してきた人である。氏はアリョーシャがイワンに告げる、犯人は「あなたではない」という対話の場面に見られる亀山訳の不自然さに違和感をもった。その詳しい経緯は和郎氏のブログで見ていただくことにして、ロシア語の知識を借りずに、和郎氏が原訳との対比で不自然に感じたポイントを、私はロシア語を専門とする立場から、まず、コメントしておきたい。

亀山訳―「ぼくが知っているのはひとつ」と、アリョーシャは、あいかわらずほとんどささやくような声で言った。「父を殺したのはあなたじゃないってことだけです」（第四巻二五八）

原文―Я одно только знаю, — всё так же почти шепотом проговорил Алеша, Убил отца *не ты*.

拙訳―「ぼくが知っているのはただひとつ」と、あいかわらず、ほとんどささやくように、アリョーシャは言った。「お父さんを殺したのはあなたではない」

原訳―「僕が知っているのは一つだけです」なおもほとんどささやくように、アリョーシャは言った。「お父さんを殺したのは、あなたじゃありません」

まず誰の目にも明らかなのは、原文（斜体・イタリック）に基づく拙訳と原訳に共通した、傍点による「あなたではない」の強調が、亀山訳では、後述のようにおそらく意図的に無視されていることである。これは一見、些細なことのように見えるかもしれないが、和郎氏が亀山氏の「解題」を読んで見事に見抜いているように、ここにはロシア語の専門家を装って、原文に不案内な読者をあざむくあざとい仕掛けがほどこされている。

亀山訳「検証」で、N・N氏がいみじくものべている言葉「些細なことながら、このようなニュアンスの違いの積み重ねによって読者は、少しずつ、しかし確実に原典から遠ざけられて行く」に共感しつつ、和郎氏が洞察力を働かせたのは、正しかった。

「解題」（第五巻二七九—二八三頁）、「奇妙な語順」と題する章で、亀山氏はもって回った意味ありげな調子で次のような長広舌を弄しているが、これはありえない屁理屈としかいいようがない。

〈「また、文体上の複雑なしかけが、人間精神の奥深くまで照らしだす例もある。次に引用するのは、『カラマーゾフの兄弟』全体の中心に位置し、物語の流れに決定的な転換をみちびき出す言葉である。

「父殺し」の犯人を挙げろ、と問いつめるイワンに対して、アリョーシャは次のように応える。

「ぼくが知っているのは、ひとつ《……》父を殺したのは、あなたじゃないってことだけです」（第11編258ページ）

"I only know one thing... Whoever murdered father, it was not you."

部分を取り上げればとくに問題はないように見えるが、後半の「父を殺したのは、あなたじゃないってことだけです」のロシア語は、リズムとイントネーションが最大限に威力を発揮するセリフである。

「**Я одно только знаю, ... Убил отца не ты.**」（二七九—二八〇）〉

このあとまだ続く亀山氏の長広舌の引用を続ける前に、読者に注意を喚起したいのは、私が先にこの個所の原文を示した時、指摘したように、**Убил отца**（ウビール　アッツア、お父さんを殺したのは）*не ты.*（ネ　トウィ、あなたではない）のフレーズで、「あなたではない」の個所が斜体（イタリック）で強調されていることである。亀山氏は「解題」のこの原文の引用においても、この斜体をおそらく故意に無視したうえで、白々しく「リズムとイントネーション」を云々している。いったい斜体はイントーネーションの重要なポイントではないというのか？

次に続く口舌は、ロシア語の専門家の目から見れば、口から出まかせとしかいいようがないでたらめである。

〈Я одно только знаю, ...Убил отца не ты.

この語順のもつ異様さはさまざまな研究者の関心をひいているが、意味だけくんで単純に言い換えるならば「あなたは父を殺しませんでした」となるだろう。ロシア語は、語順は基本的に全部自由なので、あとはニュアンスの違いによってどう変わるかということになる、

語順の異様さとは、父親を殺したという厳然たる事実が最初に提示されているにもかかわらず、その主語（つまり犯人の名前）が、最後まで留保されている感じに現れている。〉（二八〇）

第一に「ロシア語は、語順は基本的に全部自由」というようなことはありえない。一般に英語などと比較してロシア語語順の「自由度」をいうことはあるが、この場合のような主語の倒置は、文末にくる主語が強調されていると理解するのがロシア語習得者の常識である。しかも斜体表記で示されている以上、二重に主語が（そしてこの場合それに付随した否定詞が）強調されているのである。それなのになぜ、「その主語が、最後まで留保されている」などというのか？

次に続く口舌はもはや噴飯ものである。

〈「兄弟同士の信頼関係のなかで、あたりまえの「事実」をめぐってのどこか思わせぶりな言い方は、かなり違和感を与え、端的にいって、居心地がわるい。ここには父を殺したのは「あなたかもしれない」「あなたである」と言っているのと同じくらいの意味が、その曖昧さのなかに隠されているということだ」（二八〇）〉

自分の見当違いの推論に引き込むために、一般読者のロシア語不案内につけこんで、アリョーシャの定言命令といっていいほどのきっぱりとした言葉をわざわざ裏返して、曖昧さをしのび込ませる――これは『悪霊』の少女マトリョーシャ解釈で、母親に折檻される少女の泣き声に、マゾヒスト感覚を押し付けて、高校生レベルの読者に自説を信じ込ませようとしたのと同じ悪質な手口で、明らかな詐術である。その上塗りともいえる、見当違いな解釈と驚くべき誤訳が大手を振って登場する。

〈「さらに、アリョーシャの次の言葉にも注目したい。居心地が悪いという以上に、やはり壮絶とした言いようだないセリフである。

「〈あなたじゃない〉って言葉、ぼくはあなたが死ぬまで信じつづけます！　いいですか、死ぬまで、ですよ」（二八一）〉

ここに引用されているアリョーシャのセリフのロシア語原文はどうなのか？

原文――«Я тебе на всю жизнь это слово сказал: *не ты!* Слышишь, на всю жизнь»

拙訳―〈あなたではない！〉ということをぼくは命をかけて（あるいは、一生をかけて）いったのですよ。いいですか命をかけて（あるいは、一生をかけて）

原訳―「あなたじゃない、という今の言葉を、僕は一生をかけて言ったんですよ。いいですか、一生をかけて」

原文に沿った訳と比較して亀山訳を読む時、これは「居心地が悪いという以上に、やはり壮絶としか言いようがない」誤訳、いや、信じ難いあきれた誤訳だとしかいいようがないだろう。なぜなら「ぼくはあなたが死ぬまで信じつづけます！」という訳は、どう転んでもありえないからである。

前記引用傍線部《на всю жизнь》（ナ　フシュ　ジイズニ）（命をかけて、一生をかけて）は、アリョーシャが《*не ты!*》（ネ　トゥイ）（あなたではない）という自分の言葉にかけた責任、覚悟を強調するフレーズであって、亀山訳のように、「あなたが死ぬまで」という訳はどこを押しても出てくるはずがない。なぜ亀山氏はこのような見え透いた誤訳をやるのか？　それはアリョーシャの言葉からイワンにとっての絶対的な意味を取り除き、反対に曖昧さを押し付け、いわく「こうなれば、アリョーシャの言葉はもはや、「殺したのはあなたです」といっているのと等しい重みを担うものとなる」と、自分の見当違いの解釈の方向へ無理やりに舵を切りたいがためにほかならない。さらには、「オウム返しのアリョーシャの精神性からすれば、**Убил отца не ты** という奇妙なせりふは、逆に神が、この語順で言えと《命令》していることになるのだ」（二八二）と、亀山氏は自分ででっち上げた言葉の曖昧さを神に由来するとまで放言するのである。

こうした前提に立って行われる亀山氏のイワン解釈はとうていまともなものとはいえない。そのあたりの見当違いの解釈は、和郎氏がブログで丁寧に指摘している通りである。和郎氏がロシア語には不案内ながら、原訳との対比で、疑念をいだいている他の個所を見てみよう。和郎氏が問題にするのは、亀山訳に見られる「切迫感のなさ」である。いま問題にした「あなたじゃない」の個所の前後に、次のような叙述がある。

亀山訳―「じゃあ、おまえはいったいだれが殺したっていうんだね？」、どこか冷やかな口ぶりで彼はたずねた。その問いの調子には、何となく傲慢なひびきが聞きとれるようだった。（第四巻二五七）

ロシア語原文― -Кто же убийца, по вашему, - как-то холодно по-видимому спросил он, и какая-то даже высокомерная нотка прозвучала в тоне вопроса

拙訳―「おまえの考えでは、誰が犯人なのだ」と、彼は何か冷たい様子を見せてたずねた。その問いかけには、何か傲慢とさえいえる調子が響いていた。

原訳―「じゃ、だれが犯人だ。お前の考えだと」なにか明らかに冷たく彼はたずねた。その質問の口調にはどこか傲慢なひびきさえあった。

さらにもう一つの個所。

亀山訳―とはいえその口ぶり（アリョーシャの）には、もうわれを忘れ、自分の意思というより、何か逆らえない命令にしたがっているような趣が感じられた。（第四巻二五八）

ロシア語原文― Но говорил он уже как бы вне себя, как бы не своей волей, повинуясь какому-то непреодолимому велению

拙訳―しかし彼はもはやわれを忘れ、自分の意思ではなく、何か打ち勝ちがたい命令に従うかのような口調でいった

原訳―だが彼はもはや、さながら自分の意思ではなく、何かさからうことのできぬ命令に従うかのように、われを忘れて話していた。

和郎氏が問題とする、亀山訳に見られる「切迫感のなさ」では、主として、傍線部の言い回しにかかわる。「傲慢なひびきが聞きとれるようだった」、「命令にしたがっているような趣が感じられた」。これらのニュアンスめいた訳語は、原文に照らしても明らかに余分の夾雑《きょうざつ》物であって、ある意味で訳者のスタンスを露見させてもいる。つまり、ドストエフスキーのテクストにはありえない、別個の第三者の視点をもぐりこませているのである。翻訳者の立場をわきまえず、テクストを勝手に改ざんしたり、歪曲したり、余分のニュアンスを付け加えたりして、ロシア語原文が分からない読者に対して、作者ドストエフスキーを僭称する役どころを演じる亀山氏のポジションが、はからずもここに露呈しているというべきであろう。

和郎氏が疑問を呈している他の亀山訳語について、簡単にコメントしておきたい。

亀山訳―「『あなたじゃない』だと！　あなたじゃないとは、どういうことだ？」イワンは、呆然としてたずねた。（第四巻二五八）

原訳―「《あなたじゃない》！　あなたじゃないとは、どういうことだ？」イワンは愕然とした。

傍線部の原語は столб（ストルブ、柱）を語幹とする остолбенел（アストルブェネール）で、文字通りの意味は「棒立ちになった」である。米川訳はこの訳語を採用している。和郎氏の指摘の通り、亀山訳の切迫感のなさは否めない。

亀山訳―「いつ、おれがそんなことを言った？……おれはモスクワにいたんだぞ　……いつ。言ったんだ？」イワンは、すっかり途方にくれて口ごもった。（第四巻二五八）

原訳―いつ俺は言った？……俺はモスクワに行ってたんだぞ……いつ俺がそんなことを言った？」すっかり度を失って、イワンがつぶやいた。

下線部の原語は потеряно（パテーリャノ）で、「見失う」という意味から来た単語であるから、「度を失って」、文脈によっては「途方にくれて」でも間違いではない。ちなみに米川訳は「茫然として」。ただここでは、ショックの強さを表現するニュアンスからいえば、和郎氏が疑問を感じたように、原訳「度を失って」に対して亀山訳「途方にくれて」のインパクトの弱さは否めない。

「父を殺したのは」（亀山訳）、「お父さんを殺したのは」（原訳）の違いについて、和郎氏が、亀山訳は「父殺し」のテーマにつなげるために、「父さん」から「父」に切り替えたのではないかと推測しているが、その直前までアリョーシャには「父さんを殺したのは兄さん（＝ミーチャ）じゃありませんから」（二五七）と、「父さん」と呼ばせており、ここで急に「父を殺した」に切り替えるのは、日本語として不自然。和郎氏の指摘どおり、確かに亀山訳の思惑が透けて見えるというべきだろう。

これら周辺の訳語のデリケートなニュアンスを含めて、「お父さんを殺したのはあなたではない」というアリョーシャの立言に対するイワンの反応を和郎氏は注意深く問題にしていて、テクストに沿ってイワンのそれまでの長い思想的、内面的葛藤をたどってきた読者としては、亀山訳の曖昧さに、当然、決定的な疑問を抱かざるをえないだろう。テクストからは読みとり不可能な曖昧さをあえてアリョーシャの言葉に捏造して、アリョーシャのこの言葉の暗示によってはじめて「イワンにとっては、悪魔との戦いが最大の課題としてのしかかり、彼の存在を根源から揺るがすような発見へと、彼自身を導いていく」、「イワンはこの瞬間、自分が犯人かもしれないとの根源的な認識の入り口に立つ」（二八二）などと、テクストの流れとはかけ離れた場当たり的な説を振り回す亀山氏に我慢ならないのは、ひとり和郎氏だけではないだろう。

和郎氏がキルケゴールの「死にいたる病」を引用して、イワンの「不幸な意識」の構造を説明しているのは、正しいし、国際的なドストエフスキー研究者の場で発表しても評価に耐えうる視点である。

ちなみに、ＮＨＫに「わが国ドストエフスキー研究の第一人者」（ＥＴＶ特集）と持ち上げられた亀山氏、マスコミで亀山現象の仕掛け人を務める沼野充義氏は私の知る限り、国際的なドストエフスキー研究の場にはおそらく一度も顔を出したことのない人たちである。国際ドストエフスキー学会（ＩＤＳ）(http://www.dostoevsky.org/) 主催の国際シンポジウムは、一九七一年にスタートして以来、三年目ごとに開かれて、昨年七月には、ブダペストで第一三回を迎えた。二〇〇〇年八月には、ＩＤＳの支援のもと、私が主催して千葉大学国際ドストエフスキー研究集会「二十一世紀人類の課題とドストエフスキー　二十一世紀人類の課題とドストエフスキー」を開催した。（http://www.ne.jp/asahi/dost/jds/dost008.htm 参照）

また本国ロシアでは、毎年、旧居ペテルブルグの博物館では作家生誕日十一月十一日を中心に、また別荘スターラヤ・ルッサの博物館では五月の末に、また不定期には少年時代の思い出の地ザライスクｰダラヴォーエで、ロシア内外の研究者が大勢集まって、研究集会が開かれている。これらの国際学会、ロシアの学会には、日本からも大学院クラスの若手研究者も含めて、すでに二〇名以上は参加し、日本の研究者のレベルは国際的にも評価されている。ところが不思議なことに、亀山氏も沼野氏もこのような場には無縁の人である。

もしドストエフスキー研究者として、世界の研究者の目を意識する国際的なセンスがあるならば、マトリョーシャ・マゾヒスト説やアリョーシャの定言（「あなたじゃない」）の曖昧説、またイワンの「大審問官」のキリスト僭称者説など、恥ずかしくて持ち出せるわけがない。

こうした人たちがマスコミで持ち上げられ、出版社の投機的思惑に奉仕するためにドストエフスキーを利用するという、昨今の日本の現象はまことに異様というほかはない。事情を知らない新しい読者に誤訳の宝庫を何十万と売りまくって、これがドストエフスキーだという間違ったイメージを振りまき、さらには光文社古典新訳文庫の「感想文コンクール」という名目で、朝日学生新聞社の後援をもとりつけて、青少年にまで、触手を伸ばそうとする出版社の策略はもはや破廉恥というほかはない。そこにはロシア文学者の沼野充義氏が審査委員として名を連ねているのである。

和郎氏は「あなたじゃない」にまつわる亀山誤読のひどさを明らかにした後の結論としてこうのべている。

「めちゃくちゃです。こんなひとが『カラマーゾフの兄弟』を訳したんですよ。個々の誤訳がどうとかいう以前の問題でしょう。そもそも亀山郁夫には『カラマーゾフの兄弟』が全然読めていませんね。『カラマーゾフの兄弟』に限らず、彼にはどんな文学作品をも読み解く力がないと私は思いますね。彼には、それぞれの登場人物も理解できていませんから、当然、彼らの関係もわかっていません。彼らが何をやりとりしているのかもわかっていません。そんなひとが訳したら、どういうことになるでしょうか？」（八月七日の記述、http://d.hatena.ne.jp/kinoshitakazuo/20080807）

このような亀山評価は、実は「検証」、「点検」の公表を進める段階で、N・N氏と私が、そして森井友人氏が、オフレコで盛んに口にしあっていた見解であった。また私と同じロシア文学者、ドストエフスキー研究者であって、とりわけ亀山マトリョーシャ解釈に厳しい批判を投げかけている大阪府立大学教授・萩原俊治氏から聞かれるものでもあった。これはロシア語が読めるか読めないかにかかわらず、原文あるいは良心的な先行訳に忠実な読者ならば、誰もが到達する結論であろう。

もう一点、和郎氏の炯眼が見抜いた、亀山解題のいい加減さを、これはもう私のコメント抜きで、和郎氏の言葉を引用して紹介しよう。

〈その彼が、「謎の訪問客」との出会いによって修道院への道を志すとき、……

（亀山郁夫「解題」第五巻三一四頁）

「その彼」というのはゾシマなんですが、彼が修道院への道を踏み出したのは、「謎の訪問客」に出会う以前なんですよ。「謎の訪問客」は、決闘を放棄して、軍籍を離れ、修道僧になろうとしている奇妙な人物ゾシマの評判を聞きつけてやって来たひとたちのひとりなんです。それなのに、なぜ亀山郁夫は「その彼が、「謎の訪問客」との出会いによって修道院への道を志す」なんて書くんでしょうか？　もうこれが理解できない。めちゃくちゃです。あまりに杜撰です。雑に過ぎる。わざとやっているのか？　それとも、彼は本当にこの小説を訳したのか？　でなければ、「解題」を誰かべつの無能な人物に代筆させているのか？　最悪なのが、小説を訳した人物と「解題」を書いた人物とが同一である場合です。最悪なのか？　最悪なんだろうなあ。――とまあ、こういうことです。〉

「連絡船」の木下和郎氏のこのような鋭い告発、先行する「一読者の点検」の森井友人氏の鋭い指摘（http://www.ne.jp/asahi/dost/jds/dost120a.htm）といった一般のまじめな読者からこのような反応が出ている反面、ロシア文学を専門とする研究者の反応はどうだろうか。「検証」をおこなったロシア語を得意とする商社マンのN・N氏、商社マンの経歴を持つ翻訳家で著述家の長瀬隆氏を別として、ロシア文学界ではっきりと批判の声を上げているのは、萩原俊治氏と私だけである。実は萩原氏と私は三月十五日付で、日本ロシア文学会の理事、各種委員の役員六〇名に宛てて、今年（二〇〇八年）秋の全国大会で、亀山氏の仕事をめぐる公開討論会を企画するように申し入れた。しかし五月末の理事会で、この要請は却下された。議事録の公開を要求したが、無回答のままである（二〇〇九年にはワークショップを提案したが、これも無視された）。

実は現在の日本ロシア文学会会長の井桁貞義氏、副会長の安藤厚氏はともにドストエフスキー研究者で、国際的にも評価される仕事をしている人である。光文社の同じ古典新訳文庫でトルストイの翻訳を出している望月哲男氏も本来はドストエフスキー研究者で、国際的にも知られた人である。亀山、沼野氏とは違って、いずれも国際会議、ロシアの学会の参加経験を持ち、国際的なセンスの持ち主である。学会のリーダーであるこれらの人たちが沈黙しているのは残念というほかはない。とはいえ、私とても、N・N氏や森井友人氏のような、学界外の熱心な愛読者の後押しと促しがなかったら、亀山現象に苦々しく思いながらも沈黙していたかもしれない。研究者の社会的責任といったら大げさだが、ロシア語を解しない良心的な読者の目にも、亀山氏の仕事の疑わしさがクローズアップされる以上、ロシア語を職業とする研究者は問題の所在を明らかにする義務があるのではなかろうか。聞くところによると、光文社は同じ文庫で、十月には亀山訳の『罪と罰』を売り出し、NHKはラジオの第2放送で、亀山氏のドストエフスキー講義をオンエアーするとのことである。このような止まることを知らない彼の無責任な暴走振りを、ただ傍観していてよいわけはない。

日本近代の外国文学移入の歴史のなかでも、ロシア文学はその影響力の大きさにもかかわらず、英米、仏、独文学と比較しても、大学等の教職の口が極端に少なく、研究者の層も薄かった。ロシア文学の翻訳者といえば、一世代前までは出版界で職人的な仕事をして、一家を成しながら、四十歳代を過ぎて教職に就く人がほとんどだった。

それに比べて、亀山郁夫といった人たちはどうか？　翻訳者としての実力を地道に鍛えられることもなく、大学のブランド名を商売に利用することをねらったジャーナリズムの甘言に乗せられて、実力にそぐわない仕事をしているのではないか。芸能人を売り出すのと同じ感覚で、マスメディアを利用して偶像をつくりあげ、大々的な宣伝に打って出て、ベストセラーを狙う戦略――ここには本来の良心的な編集の機能が低下し、営業サイドの主導権でなりふり構わずに売り上げ本位の実益に走る、出版界やジャーナリズムのいちじるしい質の低下という由々しい問題が伏在しているのではないのか。教養主義の克服というスローガンのもとに、日本の出版文化はひどい状況に陥っているのではないのか。その象徴的な光景が亀山現象と思われてならない。

⑦亀山訳『カラマーゾフの兄弟Ｉ』「検証」「点検」補遺

（ネット公開　二〇〇九・五・五）

私は最近、ロシア語原文（アカデミー版No.14）を再読する機会があって、先に公開したＮ・Ｎ氏の「検証」、森井氏の「点検」では漏れていた新たな誤訳一二ヵ所に気づいた。いずれも初学者か大学生レベルの、「どうしてこうなるの」という首を傾げたくなる誤訳ばかりである。五月三日付の「毎日新聞」読書欄では「東京外大出版会」が刊行を開始し、その第一弾に「ロシア文学の第一人者として知られる同大・亀山郁夫学長」がドストエフスキー論を出したと、報じているが、私たちが具体的に指摘してきたような誤訳の山に埋もれた仕事に出版文化特別賞を与え、いまなお「ロシア文学の第一人者」などと持ち上げる「毎日」の文芸記者のほめ言葉は、真実を知る読者には、ほとんど皮肉か冗談としか聞こえないであろう。公器を利用しての読者をあざむく行為というほかはない。

亀山訳二九―まさにこうした事情こそがのちの悲劇を生み、その悲劇を叙述することが、わたしのこの導入的な意味を持つ第一部の主題ないし、より正しくは骨格をなしているのである。

原　文 — Вот это-то обстоятельство и привело к катастрофе, изложение которой и составляет предмет моего первого вступительного романа или, лучше сказать, его внешнюю сторону.

コメント—まず「外的な側面」〈внешнюю сторону〉を「骨格」と訳すのは間違いであろう。Предмет は一義的には「対象」「出来事」であって、「主題」〈сюжет〉の意味からは遠い。「小説の外面」、「題材」は適訳。

原卓也訳—「その悲劇の描出がまた、わたしの第一の導入部的な小説の題材、より正しく言うなら、小説の外面となってもいるのである」（二四）

亀山訳三三—彼女が死んだとき、アレクセイはまだ数え四歳でしかなかったが、不思議なことに彼はその後、一生、むろん夢をとおして母親の顔を覚えていたという話をわたしは知っている。

原文—Когда она померла, мальчик Алексей был по четвертому году, и хоть странно это, но я знаю, что он мать запомнил потом на всю жизнь, - как сквозь сон разумеется.

コメント—まず「むろん夢をとおして母親の顔を覚えていた」という表現が文脈を踏まえていない不自然な日本語であり、様態を示す「……のように」（как）を訳しきれていない明らかな誤訳。文脈は「数えの四歳ではあったが、母親の顔を覚えていた。むろん夢の中でのように」である。

原訳―「実に不思議なことではあるが、彼がそのあと一生、もちろん、夢の中のようにぼんやりとにせよ、母親をおぼえていたのを、わたしは知っている」（二六）

亀山訳三八―聞くところによると、それらの記事はいつもたいそう面白く、読者の好奇心をそそるような書き方がなされていたので、新聞はたちまちのうちに売り切れたらしい。

原文―Статейки эти, говорят, были так всегда любопытно и пикантно составлены, что быстро пошли в ход, и уже в этом одном……

コメント―正しくは「記事が早速、使われるようになった」で、「新聞がたちまちのうちに売り切れたらしい」というテクストは原文のどこにも存在しない、完全なでっちあげ。

原訳―「なんでもこの記事はいつもおもしろく、興味をそそるように書かれていたため、すぐに採用されるようになったという」（三〇）

亀山訳七〇―この公案、すなわち長老制度は、なんらかの理論によって構築されたものではなく、東方正教会での千年にわたる実践の場において生みだされたものである。

原　文　―　Изобретение это, то есть старчество, - не теоретическое, а выведено на Востоке из практики, в наше время уже тысячелетней.

コメント―「公案」なる訳が当てられている〈изобретение〉は「工夫」、制度上の「工夫」、「発明」であって、禅の公案や公文書の下書とは何の関係もない、はなはだ見当違いの誤訳である。

原訳―「この発案、すなわち長老制度は……」（五一）を間違って剽窃したものではないのか？

亀山訳一七四―いまから数年前、パリでのことです。例の二月革命からまもない時期に

原文― В Париже, уже несколько лет тому, вскоре после декабрьского переворота,

コメント―原文は「十二月革命」。原訳にはわざわざ「一八五一年十二月二日、ルイ・ナポレオンの行った革命」という訳注まで付けてある。（一一四）。

亀山訳二二七―彼は自分がしでかした嫌がらせをねたに、一同にはらいせがしてやりたくなった。《……》「たしかに彼はわたしに何も悪いことはしなかった。でもかわりにこちらから、とてつもない恥知らずな嫌がらせをひとつしてさしあげたのです、で、それをすると、たちまちわたしはそのことで彼が憎らしくなったんです。

原　文　― Ему захотелось всем отомстить за собственные пакости. 《……》 «А вот за что: он, правда, мне ничего не сделал, но за то я сделал ему одну бессовестнейшую пакость, и только что сделал, тотчас же за то и возненавидел его»

コメント―「嫌がらせ」と訳されている пакости は「忌まわしいこと」「汚らわしいこと」「下劣

なこと」といった意味で、「嫌がらせ」という相手を前提とした意味は希薄である。自分の道化ぶりを徹底させるために、醜悪の行為に走って、それに対する相手の反応、嫌悪に対して復讐するという、道化的破廉恥（シニシズム）の屈折した心理を表現したもの。初手から相手にからむ「嫌がらせ」という訳は不適切。

原訳―「彼は自分自身のいやがらせに対する腹癒せを、みんなにしてやりたくなった」（一六二）で適切とはいえない。米川訳「彼は自分自身の卑しい行為にたいして、すべてのひとに報復しようという気になったのである」（九九）のほうが、正しい。

亀山訳二五九―（リザベータは）さすがに冬になると毎日やってきたが、ただしそれも夜遅くのことで、寝場所と言えば玄関とか牛小屋だった。

原文―по зимам приходила и каждый день, но только лишь на ночь, и ночует либо в сенях, либо **в коровнике.**

コメント―原文には「夜遅く」という表現はない。「夜にそなえて、寝るためだけに」といった程度の意味である。

原訳―「冬になれば毎日くることもあったが、それとて夜寝るときだけで」（一八三）

亀山訳二六三―リザベータは、その夜、カラマーゾフ家の塀も勢いよくはい登り、身重のからだに害がおよぶのも承知で飛び降りたのである。

原　文 ― (Лизавета) забралась как-нибудь и на забор Федора Павловича, а с него, хоть и со вредом себе, соскочила в сад , несмотря на свое положение.

コメント―「勢いよく」とはありえない訳である。как-нибудь は「どうにかこうにか」、「なんとかして」であり、身重の女の動作ではない。滑稽きわまりない、いい加減な誤訳としかいいようがない。

原訳―「リザベータは、フョードルの塀になんとか這いあがり」(一八六)

亀山訳二七〇―ちなみにこの最後のところは、まったくの偶然から町の生き字引である友人のラキーチンに聞いた話だったが、

原　文 ― О последнем обстоятельстве Алеша узнал, и уже конечно совсем случайно, от своего друга Ракитина, которому решительно всё в их городишке было известно, и

コメント―ラキーチンは町のことはなんでも知っている情報通と書かれているのであって、「町の生き字引」では意味が通らない。不適切な訳というより誤訳である。

原訳―「もちろんまったく偶然に、町のことならおよそ何でも知っている親友ラキーチンにきいたからだが」(一九一)

亀山訳三六九―ほら、おまえの聖像だ、《……》おまえはこれを奇跡の泉みたいに考えているようだが、おれはいまおまえの目のまえでこれに唾を吐きかけてやる
原文―-вот твой образ《……》Смотри же, ты его за чудотворный считаешь, а я вот сейчас на него при тебе плюну
コメント―「奇跡の泉」と意訳（?）する必然性があるのか？　無意味な空想がもたらした誤訳である。直前の「聖像 образ」を受けて「奇跡の聖像」と訳すのが自然である。
原訳―「ほら、見ろ、お前の聖像だぞ、《……》お前はこれを奇跡の聖像と思いこんでいるらしいが、俺が今お前の目の前でこいつに唾をひっかけてやる（二六〇）

亀山訳三八六―アリョーシャがカテリーナの家に入ったときは、すでに七時を過ぎていてあたりは夕闇が迫っていた。
原文―Было уже семь часов и смеркалось, когда Алеша пошел к Катерине Ивановне,
コメント―これは大学生でもやらない誤訳である。「アリョーシャが出かけた пошел」を到着（「入った」）と訳すのは初学者でもやらないミス。
原訳―「カテリーナのところへアリョーシャが向かったときは。すでに七時で、暗くなりかけていた」（二七三）

亀山訳四二八――わたし、あなたを心の友って決めたんです。あなたと一緒になって、年をとって、一生をともに終えると。

原文――Я вас избрала сердцем моим, чтобы с вами соединиться, в старости кончить вместе нашу жизнь.

コメント――これも大学生でもやりそうにない誤訳である。「私は自分の心であなたを選んだ」であって、「あなたを心の友って決めた」は見当ちがいもはなはだしい。

原訳――「あなたと結ばれ、年を取ったらいっしょに人生を終えるため、あたしの心があなたを選んだのです」(三〇三)

⑧森井友人氏の論文掲載にあたって

（ネット公開　二〇〇九・八・八）

森井友人氏は本サイトの「一読者の点検」で亀山訳『カラマーゾフの兄弟』の批判をおこなった人である。先行訳との比較から亀山訳の問題を鋭く抉り出した、誠実で熱心な一般のドストエフスキー愛読者である。今回は亀山新訳『罪と罰』（光文社文庫）と並行して出された『「罪と罰」ノート』（平凡社新書）の内容に疑問を抱き、この本が多くの誤読、間違った解説に満ちていることを炙り出した。

森井氏から久しぶりに私にメールが届いた先月、七月末に、折しも私は首を傾げながら同書を読み了えんとするところだった。私の疑念を裏打ちするように、森井氏が丹念に疑問個所を拾い出していることがわかったので、早速、このサイトで一般読者に訴えることに決め、確認作業にとりかかった。

一読して、亀山が自分の解説の多くを、江川卓の『謎とき』を下敷きにしながら、現ペテルブルグ博物館副館長のボリス・チホミーロフの注釈書に依拠していることがわかった。この本は幸い著者からの贈呈で私の手許にあったので、森井氏の質問を受けながら、当該個所を早速、チェックしていった、その結果、江川説とチホミーロフ説が、整合性もないままに妄想に任せて恣意的に取り込まれて、はなはだしい矛盾、混乱をきたしながら、編集者のチェックもないままに活字化されたのが、亀山郁夫著『「罪と罰」ノート』（平凡社新書）であることが判明した。その実態がどのようなものか、具体的な例証は森井氏の上掲論文を読んでいただければわかる。

私達が先に、亀山『カラマーゾフの兄弟』訳「検証」「点検」で究明したような、誤訳にあふれた無責任な光文社の翻訳、さらには、今回のような責任ある編集者ならば容易に気づくはずの矛盾した論調、間違った情報が詰め込まれた解説書が、チェックのないままに平凡社や文藝春秋といった有名出版社から相次いで垂れ流されることに、正直にいって、危機感を覚えるのである。

①『「罪と罰」ノート』（平凡社新書）、②『ドストエフスキー　共苦する力』（東京外国語大学出版会）についてはアマゾン・レビューにもつい最近、批判が出た。また二〇〇七年刊の③『ドストエフスキー――謎とちから』（文春新書）の批判的レビューも、遅まきながら掲載されているので、ご一読いただきたい。

私自身はロシア文学研究者として、この亀山現象によって、日本ロシア文学会はその存在理由が試されていると思う。おそらく研究者の層が厚い英、米、独、仏文学界などでは容易に起こりえない現象であろうかと思う。ロシア文学は研究機関としての大学に市民権を得てから歴史も層も浅い。その反面、昔からジャーナリズムでは翻訳がもてはやされてきた。戦前戦後を通じて、職業的なロシア文学者の唯一の生活の糧は出版界での翻訳であった。いまや、生活の苦労もなく育ち、世代間のギャップをぬって、いつの間にか大学の研究機関を牛耳るモンスター的な人物達が、節操もなくジャーナリズムやマスメディアに身を売り、専門家の仮面をかぶりながら無責任な言説で、一般読者をたぶらかそうとしている――というのが亀山現象の本質ではないかと、私は見ている。

しかし、日本で、本当にドストエフスキーを愛する読者は、良心的な先行訳やすぐれた文学者のエッセイ、研究の歴史を享受することができ、場当たり的にドストエフスキーを商品として消費するかのごとき亀山現象の潮流には、いずれ、アレルギーを起こし、その本質を見破るにちがいない。その先駆的人物が、森井友人氏のような存在である。

私はすでに七十歳を超えた老骨の身である。私が心配するのは、すでに学会の権威として祭り上げられつつある亀山郁夫、その露払い役を務める取り巻きたちによって、早晩、日本ロシア文学会は牛耳られるようになり、若いロシア文学研究者が窒息させられかねない時期が訪れはしないかということである。若い研究者には、いまこそ批判精神に目覚めよ、と訴えたい。

⑨亀山現象の物語る状況
――「ドストエフスキーの文学はすでに終わっている」とすれば

（ネット公開　二〇〇九・一一・六）

この小論は日大芸術学部教授・清水正氏の編集する「ドストエフスキー曼荼羅」三号（年内刊行予定）のために書かれたものである。副題にある「ドストエフスキーの文学はすでに終わっている」というフレーズは、清水氏から提示された選択課題にこだわった結果で、深い理由はない。

（二〇〇九年十一月六日）

「ドストエフスキーの文学はすでに終わっている」といえるとすれば、それはドストエフスキーを商品として消費しつくそうと企図する者の言葉でしょう。実際、この国で、この数年、出版不況のなかで、ブランドを利用して金儲けを企む投機の対象とされたのが『カラマーゾフの兄弟』であり、メディアを利用して演出されたのが亀山現象でした。ミリオンセラーを喧伝する亀山郁夫訳の実態がどのようなものであったか、私が管理するインターネットのサイト「管理人T.Kinoshitaのページ」にアクセスしてもらえれば、そこに出ている数々の資料から、判断していただけるはずです。http://www.ne.jp/asahi/dost/jds/dost125.htm

亀山訳『カラマーゾフの兄弟』自体、目に余る初歩的な誤訳、意図的なテクスト歪曲や改ざんが多く、とうてい真面目な仕事とは思えず、利益追求のために、大衆的な読みやすさをねらった光文社営業編集サイドの無責任な組織的なプロジェクトとしか考えられないのです。私のサイトで公開している亀山訳の「検証」「点検」は刊行訳全五巻のうち、第一巻に限っての作業で、ロシア語に堪能な商社マンN・N氏、先行訳で丁寧に読んできた一般読者の森井氏によるものです。この作業によって、四二二頁中、実に一二三ヵ所の誤訳が明らかになりました。その後、私は「検証補遺」の形で新たに一二ヵ所の誤訳を発見しましたが、そのなかには笑いごとにしては、あまりにもひどい事例がありました。

妊娠した身重のスメルジャシチャヤがフョードル・カラマーゾフの家の塀をよじ登って、屋敷内にしのびこむのに、「リザベータは、その夜、カラマーゾフ家の塀も勢いよくはい登り、身重のからだに害がおよぶのも承知で飛び降りたのである。」(二六三頁)という訳がほどこされているのです。傍線個所は«как-нибудь»(「どうにかこうにか」、「やっとのことで」)が語義であって、「やっとのことよじ登って」が正しい訳です。これが常識というもので、ロシア語の文字が読めて、辞書を引くことが出来る人ならば誰にでも分かる誤訳です。とはいえ、「身重な女に勢いよく塀をはい登らせる」ごとき無茶が亀山郁夫の仕事には余りにも目につきます。

数え上げたらきりがないこの種の誤訳、テクスト歪曲、根拠のない主観的な解説によって、ドストエフスキーのテクストは見事に殺され、死んだ状態に置かれるのです。こうした事実に目をつぶり、黙認する人達にとっては、間違いなく「ドストエフスキーの文学は終わっている」のです。亀山の誤訳の問題はすでに前記のサイトで多くの資料を公開しているので、そちらに譲ることにして、彼がその後、相次いで発表している『カラマーゾフの兄弟』の解説、『続編を空想する』（光文社）、『ドストエフスキー――謎とちから』（文春新書）、『「罪と罰」ノート』（平凡社新書）、『ドストエフスキー　共苦する力』（東京外大出版会）を読んでいて、気がついたこと、そして亀山のドストエフスキー解釈スタイルのルーツについて、考えてみることにしましょう。

『カラマーゾフの兄弟』解題において、フロイト的な「父親殺し」―「皇帝暗殺」を主軸に主題を解説して見せた亀山は、イワンの大審問官伝説のキリスト僭称者説を持ち出しましたが、その理由はキリストが「キリスト」という固有名では一度も登場せず、もっぱら「彼」という代名詞で登場して、大審問官へのキスにより、大審問官の支配する世界への承認をあたえたからというのでした（『ロシア　闇と魂の国家』九七頁、『カラマーゾフの兄弟』解題、三〇八頁）。翻訳の底本として現在一般的なソ連時代に公刊されたアカデミー版三〇巻全集（亀山もこれを底本としてあげている）では、確かにキリストは小文字の「彼」で書かれていて、まぎらわしいのですが（ソ連時代の無神論政策に基づく一種の検閲の影響）、現在、スキャナー技術を駆使して、小説発表当時の雑誌掲載版で全集を刊行中のザハーロフ版では「彼」は大文字で表記されています。また英訳版その他欧文の翻訳ではガーネット版も含め、昔から一貫して大文字で書かれていて、キリスト教文化圏の常識として、大文字の「彼」がキリストであることに疑う余地はありえないのです。亀山は初歩的なテクストの確認の労も怠って、思いつきをあちこちでしゃべり散らし、宗教にかかわることを、謎解き、絵解きの小道具として安易に興味本位に仕立てています。それは「大審問官」の章のキリストにかかわる個所だけに限りません。
私は亀山の他の著書三点、『ドストエフスキー――謎とちから』（文春新書）、『「罪と罰」ノート』（平凡新書）、『ドストエフスキー　共苦する力』（東京外大出版会）について、最近、インターネットの書籍販売「アマゾン」のレビューに次のような批評を書きました。

信憑性の疑われる本――『謎とちから』（文春新書）　二〇〇九年八月三日

レビューにしては、いささか時期を逸したうらみがあるが、ごく最近、本書を一読して驚嘆し、黙っておれなくなった。なかでも異端派、分離派信徒の「去勢派」について、じつにでたらめな解説がなされているのである。まず明らかな嘘は、ドストエフスキーの初期作品『女主人』のカテリーナが「去勢派」であり（九五頁）、『悪霊』革命家ピョートルは「政府転覆のために去勢派の利用を考えていた」（九〇―九一頁）、「ロシア国内に暴動を起こそうと企てている革命家のピョートルが、郡内にいる去勢派の宗徒たちを利用しようとしている事実である」（一八四頁）という記述である。

まずロシア正教会で熱心に祈るカテリーナが分離派信徒であるわけがないし、そうした説明は小説のどこにもない。『悪霊』での去勢派についての言及は二回、いずれもピョートルの言で、郡内に去勢派の信徒がいるというのと、去勢派の教祖伝説よりも巧みに、スタヴローギンを自分たちの偶像に仕立ててみせるという断片的なせりふにすぎない。

性的タブーと抱き合わせに「去勢派」をテロリストに仕立て上げる著者の妄想は、「堕落した父」＝アメリカと「去勢派」＝イスラムの戦い、というはなはだ穏当ならざる類推まで導き出すこ

とになる。（九〇頁）

『白痴』のロゴージン家が先祖代々「去勢派」だとすれば、生殖能力のない父親の子「ロゴージン」はだれの子だということになるのか？」（一五一頁）と大真面目な議論を著者は展開するのだが、テクストをきちんと読めば、ロゴージン家には祖父の代から「去勢派信徒」が間借りしていたこと、父親は「去勢派」に共感を持ってはいたが、信徒ではなく、正教会に通っていたと書かれているのである。

同じようにテクストにはない著者の妄想の産物がスメルジャコフの父親＝グリゴーリー説である。テクストではグリゴーリーは「鞭身派」に興味を持ち、教えに耳を傾けていたが、その宗派に入る気はなかったと、わざわざ書かれているのである。にもかかわらず、著者はわずかに曖昧に書かれている一節を勝手に解釈して、「旺盛な性欲をもてあました」グリゴーリーが「鞭身派」の集会に出席して、乱交の儀式でスメルジャシチャヤを妊娠させた。その子がスメルジャコフである（二二七頁）との突飛な空想を展開するのである。このようにテクストからはずれたアナーキーな読み方は、ドストエフスキーの小説を「性（フロイト主義）と暴力（父親殺し、皇帝暗殺、テロリズム）」の大衆的な興味本位の文脈に焼き直そうとする意図的な戦略かとさえ思えてくるのである。

「あとがき」で、ドストエフスキーと異端派の関係の論考は「きわめて数が少なく、故江川卓による世界的な仕事『謎とき』シリーズ（新潮社）にその記述があるのみで、ロシア内外の研究がようやく彼のレベルにおいついて来たというのが、実情である」などと、著者は書いているが、これも真っ赤な嘘である。まじめな研究者ならば知る人ぞ知る、スメルジャコフの「去勢派」その他の説明で、江川卓がイギリスの研究者 Richard Peace の “Dostoevsky - an examination of major novels”

（一九七一年）を踏襲しているにすぎないこと、ラスコーリニコフやミコールカと分離派の関係も一九七〇年代のアリトマンなどソ連の研究者の説に依拠していること――そうした事実を著者が知らないとすれば、大変、不勉強である。

このように多くの点で信憑性が疑われる本が、有名出版社から出、取り巻きの文学者や評論家によって読者大衆に宣伝されるという現象こそ、黙示録的な世相であると、嘆かざるをえない。

間違い、不正確な情報が多い――『「罪と罰」ノート』（平凡社新書）

二〇〇九年七月三十一日

本書、冒頭部に掲載されている『罪と罰』の舞台、センナヤ広場付近の地図には重大な誤りがある。ソーニャの家は見当違いの場所にあるし、ラスコーリニコフの家の位置も、その角地の位置関係も正しくない。再三訪れている私は確言できる。この間違いは江川卓『謎とき「罪と罰」』（新潮選書）に発し、亀山新訳、本書と継承されて、多くの読者を惑わすことになるだろう。案内図としては役にたたない。

次に叙述に見逃せない不正確さ、重大な間違いが散見される。スペースの関係でその二、三にとどめる。一〇七頁に、〈ザメートフの原型であるバカービンとリザベータが「できていた」事実〉云々の叙述があるが、これは完全な間違いで、創作ノートで「バカービン」として構想されていた人物はラスコーリニコフを往診する医者のゾシーモフのことである。これに気づかない著者は三田誠広との対談「ドストエフスキー『罪と罰』のもう一つの可能性」（週刊読書人、二〇〇九年七月二十四日号）で、バカービン＝ザメートフ説を得々と語るのである。そのほか、物語進行の時間、日程に関しても江川説とロシア研究者の説をごっちゃに取り入れているために、途中で日付が飛ぶなど、混乱が見られる。

またロシア文化史にかかわる次のような叙述も問題である。一一九頁『罪と罰』はペテルブルグ対分離派の構図をとっている。そもそもペテルブルグの建設にあたっては、分離派の人々を強制労働にあたらせ、多くの犠牲者を生んだ」。ピョートル一世の強権政策による首都建設において、分離派教徒が殊更に犠牲にされたという印象を与える記述ははなはだ疑わしい。

一二六頁〈ミコールカは分離派のなかでも「無僧派」と呼ばれる過激な宗派に属していた〉。「無僧派」にはそれこそ無数のセクトがあるが、一般に政治的な意味では過激ではない。「鞭身派」、「去勢派」を念頭に置いて、倫理的な意味で過激（禁欲↓乱交、去勢）というのなら、ミコールカの属していた「逃亡派」（政府権力への服従を拒否して、森に隠棲したり、放浪して回る一派）がどのような意味で「過激なのか」、説明抜きの、思わせぶりな、不正確な情報である。この本の内臓する問題、欠陥を詳しく知りたい人は次のＵＲＬにアクセスすることをお薦めする。

http://www.ne.jp/asahi/dost/jds/dost133.htm

成熟した読者の評価に耐えうるか？――『ドストエフスキー　共苦する力』（東京外大出版会）

二〇〇九年八月十四日

本書の著者である東京外大学長亀山郁夫氏は、平成二十年二月十五日の文部科学省の学術研究推進部会で、委員や役人を前に、学長裁量経費で、大学出版会を立ち上げたとのべている。国立大が独立法人となり、国民の税金を資に、こうしたことも可能になったのであろう。その企画実現のトップを切ってデビューしたのが、本書である。大学出版会の刊行物という以上、商業出版では採算がとれないような高度の学術性、専門性をそなえたものか、仮に大衆的な啓蒙性を目的にするにしても、質的に高いものを期待したくなる。本書でいうならば、日本の成熟したドストエフスキー読者の評価に耐えうるものであるかどうかということである。しかしこの点では残念ながら疑問符を付けざるをえない。

基本的な論旨はすでに既刊書（『カラマーゾフの兄弟』訳の解説、『ドストエフスキー――謎とちから』、『「罪と罰」ノート』）に書かれたものの繰り返しであり、江川卓の『謎とき』に主として依拠しながら、ロシアの研究者たちの注釈や解釈を取り入れているが、肝心の著者独自のオリジナルな解釈となると、テクストを誠実に踏まえるというよりも、主観的な空想、妄想に支配されている。たとえば、ラスコーリニコフへの母親の手紙は彼の「前途に明るい未来が開かれていることを暗示しています」「妹とルージンの結婚式をめでたくすますことができれば、彼にとって金銭的な不安もなくなります」（六七頁）という記述、これは「母の手紙は彼を苦しめた」という小説のテクストに始まる主人公の意識ののたうつような長いモノローグとどのように関係するのか？　母親の手紙によって「神は、救済の手を差し伸べた」（同）などと、わけの分からない解釈がどこから生まれてくるのか？　このようにテクストに対して無神経な態度をとりながら、「私のドストエフスキー理解は一貫している。それは、書かれたテクストを絶対化しない、テクストには二重構造があるという信念である」（二六一頁）などと述べるのである。

『謎とちから』（文春新書）のレビューで私が批判した「去勢派」についての恣意的な解釈は本書でも引き継がれているが、研究者の立場で指摘しておかなければならないのは、ラスコーリニコフの出身地がＲ県（リャザン県）であることについて、江川卓が突き止めたと（七三頁）していることである。一九七〇年代にソ連の研究者がすでに指摘していて、日本ではそれを受け売りしただけのことにすぎない。

題名の「共苦する力」の「共苦」はロシア語の「サストラダーニエ」を直訳で借用したものと思われるが、ある意味でドストエフスキー文学の本質的な理念にかかわるこの用語を著者はただのお飾りとして利用しただけで、なんらテクストの深い読みに裏づけられたものではない

亀山は以上の三著で、分離派教徒のモチーフに特別の関心を寄せ、これをドストエフスキー作品解釈の梃子として、強引に利用しようといています。そしてその先駆者として、江川卓を祭りあげようとするのです。

亀山郁夫の手法を問題にしているうちに、そのルーツがどうやら江川卓の『謎とき』シリーズ（新潮社）にあるのではないかという気がしてきました。あたかもテクストの謎を解くという名目で、実は論者の恣意的な解釈をもぐりこませ、これが作者の隠された意図だ、謎かけだと読者に思いこませる手法をはじめたのは江川卓で、亀山郁夫はその拙劣な模倣者、亜流であるということです。

江川卓は『謎とき「罪と罰」』（新潮選書）で、天才ドストエフスキーが仕掛けた謎を解くとしながら、その「謎」の多くはドストエフスキーの「意識的な創作行為ではなく、なかば無意識の創作的直感、さらには単なる偶然でしかなくて」（一三頁）とのべています。そして「謎」を仕掛けた

のは「作者を越える存在」であり、その「超越的存在」が、ラスコーリニコフが犯行前の瀬踏みで老婆の家を訪ねる場面で、「敷居をまたがせ」、「プレストゥピーチ（踏み越え、犯行）」という言葉を「語り手にささやいた」（二五頁）としています。江川の手品が始まるのはここからです。

テクストを忠実に見れば、瀬踏みでの老婆訪問の場面でのラスコーリニコフの行動は、「敷居（名詞）を＋経て（前置詞）、暗い玄関へ入った」（«переступил через порог в ……»）であって、意味の重点は「敷居」ではなく、入り込んだ先です。この同じ表現用法は、ソーニャが父親の事故を聞きつけて自宅に駆けつけた時の場面、スヴィドリガイロフがラスコーリニコフの部屋を訪れた場面でも使われています。英訳では〈The young man stepped into the dark entry,〉（ガーネット）です。注意すべきは、これは「語り手」の叙述の言葉にすぎないということです。

他方、「犯行」を意味する「踏み越え」の場合は、переступил ＋目的語（例えば закон「法律」）で、英訳では〈transgress the law,〉です。ここで注目すべきは、переступил ＋目的語（「踏み越え」）で表現されるのは、すべてラスコーリニコフの意識を反映した言葉であるということです。ポルフィーリイも使いますが、これはラスコーリニコフの論文の主旨を反復する言葉です。一ヵ所だけ、文字通り「敷居（直接目的）を越える（переступил порог）」という表現がありますが、これは犯行後ラスコーリニコフがラズミーヒンを訪ねた時の後悔の言葉で「ラズミーヒンの敷居を越えたことの忌々しさだけからも、息が詰まりそうになった」という表現で、ここでは「敷居」は主人公の意識にかかわる抽象的なニュアンスが与えられています。

ドストエフスキーの創作を読み解くにあたっては、形象にならない一次的作者（舞台裏の姿を隠した作者）と二次的作者（語り手）と作中人物（主人公）の声の位置づけを慎重におこなう必要があります。一次的作者は時と状況に応じて、二次的作者（語り手）やさまざまな登場人物に変身して出没します。この見方はバフチンやリハチョフをはじめとするロシアの研究者、そして世界の研究者が大方、共有する視点です。これがドストエフスキーのポエチカ（詩学）といわれるものです。

作品での「踏み越え（переступить）」という言葉の運用に関していえば、語り手の叙述の言葉か、主人公の意識の言葉かのいずれかでしかなくて、一次的作者の言葉ではありません。ラスコーリニコフがソーニャに「お前も踏み越えたのだ、一緒に行こうよ」と迫った時のソーニャの怪訝な反応の奥にこそ、隠れた作者の姿は垣間見えているというべきでしょう。

こうしたドストエフスキーのポエチカ（詩学）を考慮することなく、江川卓は語り手の叙述の言葉と、主人公の意識の言葉のずれにだけ注目して、「日常の身体行動をリアルに記録する作者と、そこにひそかなからくりを仕掛けるもう一人の作者。そのどちらが真の作者であるかは明らかにされない」とし、「分身関係にあるらしいこの二人の作者を見定めようとするうちに」、背後に幻視されるものがあって、これが作者を越える「超越的存在」だと、推論するのです（二五頁）。これによって何が可能になるかといえば、真の作者（一次的作者＝ドストエフスキー）の排除と論者のすり替えです。

江川流でいくと、作者を越える「超越的存在」を措定した時点で、一次的作者の存在は追放され、成り替わって、論者が居座ることになります。その先は、論者は作者を僭称し、あるいは神の采配すらも騙りながら、思いつきであれ、妄想であれ、好き勝手な説を展開できることになります。

『謎とき「罪と罰」』の書き出しを、江川は「ナスーシチヌイ」（緊急の、差し迫った、日々の）という言葉の語義解釈から開始しました。この形容詞は聖書起源の「文語的な非日常語」であって、ラスコーリニコフが「幼児体験、無意識のお祈りの世界も振り捨てようとしている」ことを暗示する作者の仕掛けであるかのようにのべられています。しかし、この言葉自体、幾分、文語的とはいえ、現代でも、例えばＴＶのアナウンサーの口からも聞かれるのであって、ロシア人の識者の意見を聞いても、それほど大げさな勿体ぶった単語ではありません。読者はまずこうしたいわくありげな解説を聴かされながら、「敷居をまたぐ」、「踏み越え」の微妙な仕掛けについての先のような講釈によって暗示をかけられるのです。

次にくるのが万年暦、教会暦を持ち出しての『貧しき人々』のジェーヴシキンとワルワーラの「キス」の話であり、ワルワーラとブイコフのポクロフ祭（十一月一日）での「まじわり」の講釈です。ロシアの教会暦や民間伝承の故事についての江川卓の博学ぶりには一目置くとしても、作者に成り替って、いや「作者を越える存在」に成り変わっての独演ぶりには、冷静な読者なら警戒心を抱くのが当然でしょう。世間の冷たい目を過剰に意識しているジェーヴシキンであればこそ、カーテンがワルワーラの窓辺の花に引っかかっているのを、相手の微笑みの挨拶と勘違いして有頂天になり、ついでに教会での何時かの挨拶のキス（江川説のように復活祭のキスとは書かれていません）が喜ばしく思い出されたというだけの話でしょう。文脈ではそう読むのが自然であって、江川説は日常の挨拶での身体的接触の文化的違いを考慮しない、妄想に近い深読みというべきです。ワルワーラとブイコフの「まじわり」の件も、注釈としてはありうるかもしれませんが、テクスト解釈の本論に据えられるべきものではありません。

しかしロシア語やロシアの故事に不案内な読者は、巧みに著者によって暗示をかけられ、第二章「６６６の秘密」以降、論者のペースに引き込まれていきます。江川卓の「卓見」ともいうべき「６６６の秘密」について、ロシアを代表する研究者ザハーロフに見解を求めたところ、否定的でした。一次的な作者の存在を追放して、僭称者の立場に居座るのでもなければ発言不可能な見解は、ロシアや欧米の正統な研究者には通じないのです。江川卓はロシアの研究者やイギリスの研究者ピースの著書などを大いに利用して、自分の論の本体に仕立てあげていますが、ほとんどが注釈の応用であって、原著では注釈がテクスト本体のバランスを歪めるような偏った書き方はされていませんせん。あくまで作品のポエチカ（詩学）に留意したうえでの論述です。それが研究者の節度であり、流儀というものです。

その昔、一九九三年の「江古田文学」冬号に、「『天国の彼方』への旅」という短いエッセイを私は書きました。ドストエフスキーの少年時代の思い出の地、ダラヴォーエを初めて訪れた時のことを書いた紀行ですが、実はここに私は江川批判をしのばせていたのです。

ダラヴォーエ村の近くのザライスク市はラスコーリニコフの故郷と想定されますが、江川卓はザライスクの地名の語義解釈で、ザ（向こう側）＋ライ（天国）＋スク（地名特有の語尾）＝「天国の彼方」と解釈して、ラスコーリニコフは「天国の彼方」からペテルブルグの「地獄」へ落ちてきた「堕天使」だとのべているのです。ところが私が現地に行って知ったのは、ザライスクは十三世紀に遡るモンゴール軍のロシア襲撃の突破口になった土地で、歴史的な悲劇にちなんだ地名だということでした。モンゴールのバツ汗のもとに父リャザン大公の名代として派遣された息子フョードル公は、バツ汗に土地を荒さない交換条件としておまえの妻を差し出せと要求されます。それを拒否したフョードル公はその場で殺害されますが、夫の訃報を聞かされた妃は宮殿の高窓から幼子ともども地面に「ひと思いに」（ザラス）身を投げて命を絶ちます。その悲劇の夫妻と幼子の葬られた教会のニコライ聖像が「ザラスカヤ」と呼ばれ、地名の源となったのです。この話は日本でも翻訳されているロシア文学史に有名な「バツのリャザン襲撃の物語」（筑摩叢書『ロシア中世物語集』中村喜和編訳、一九七〇年所収）に詳しく書かれていることです。江川卓がこのことを知らなかったとすれば、ロシア文学者としてうかつであり、語りの「超越的存在」に依拠するからには、このようなまことしやかな叙述は軽率のそしりをまぬがれません。

ちなみに亀山郁夫は『「罪と罰」ノート』で、〈ザライスクの語源は「ひと思いに」である〉（一二七頁）とだけただし書きをつけていますが、こうした歴史的な背景は無視して、ラスコーリニコフと同郷とされる「分離派」ミコールカの過激性に結びつけようとする魂胆が透けて見えます。そして、私がアマゾンレビューでふれたように。〈ミコールカは、分離派のなかでも「無僧派」と呼ばれる過激な宗派に属していた〉（一二六頁）などと、筋の通らぬことを書くのです。

亀山郁夫は江川卓によって開かれた「大道」を進んだだけかもしれません。しかし翻訳者としては誠実であった江川とは異なり、亀山は翻訳者としてすでにアナーキーであり、「テクストには二重構造がある」などといって、強引に作者の立場すら僭称しようとしています。そのようにして作者は殺され、文学は死んだ状態で読者に突きつけられるのです。

しかしドストエフスキー文学は文字通り、「復活」の文学です。解釈によって、繰り返しそのよみがえりを体験するにちがいありません。読者は誠実な訳とテクスト解釈によって、繰り返しそのよみがえりを体験するにちがいありません。

⑩ 亀山訳引用の落とし穴

（ネット公開　二〇一〇・四・三）

二〇〇七年末に、亀山訳『カラマーゾフの兄弟』の誤訳をめぐって、会員のＮ・Ｎ氏がロシア語テクストに基づいた検証をおこない、私は賛同して、「亀山郁夫訳『カラマーゾフの兄弟』を検証する」を自分の管理するサイトに掲載した。http://www.ne.jp/asahi/dost/jds/dost125.htm

その際、私は「新訳はスタンダードたりうるか？」という副題をつけた。これは亀山訳が大衆化するとともに、この誤訳の多い訳を引用する記事や論文がやがて大手を振って現れる可能性を危惧したからだった。

その徴候が身近に感じられるにいたって、私は急遽、思いにかられてこの一文を書くことにした。問題が露呈したのは、本会の運営委員、福井勝也氏のエッセイ（読書会の機関紙「読書会通信」一一七号一八頁）で引用されている評論家・佐藤優の文章においてである。福井氏によると、佐藤は文芸誌「文學界」に連載中の「ドストエフスキーの預言」というエッセイで、ゾシマ長老の説話の次のような一節を含むかなり長い文章を亀山訳から引用し、それに対する自分のコメントを付けているのである。

「兄弟たちよ、人々の罪を恐れてはいけない。罪のある人間を愛しなさい。なぜならそれは神の愛の似姿であり、この地上における愛の究極だからだ。神が創られたすべてのものを愛しなさい。〈以下省略〉」（亀山訳二巻四五一頁）

この個所で佐藤優はこうコメントする。

「ここでゾシマは、罪ある人間を〈神の愛の似姿〉としている。これは神学的に間違っている。確かに人間は〈神の似姿〉である。しかし、神は罪を有していない。従って、罪まで含めた人間を神の似姿とすることは、罪の責任を神に帰すことになる」云々。ここで佐藤はあたかもゾシマ長老の考え方を訂正する役回りを演じているかのようであるが、実は亀山訳の不正確さを踏まえての佐藤の解釈そのものが見当はずれなのである。ロシア語原文を見てみよう。（拙訳は、亀山訳の文脈での、ポイントの個所を傍線で示す）

原文――«Братья, не бойтесь греха людей, любите человека и во грехе его, ибо сие уже подобие божественной любви и есть верх любви на земле. Любите всё создание божие,《……》»（一四・二八九）

拙訳――兄弟たちよ、人々の罪を恐れてはいけない。罪ある人間を愛しなさい。なぜならそれはもはや神の愛に似た行為であって、地上における愛の極致であるからだ。神が創られたすべてのものを愛しなさい。

亀山は「罪ある人間を愛しなさい」を受けての「神の愛に似た行為」（«подобие божественной любви»）を「神の愛の似姿」と訳したことによって、佐藤の見当違いの解釈の原因を作った。早とちりした佐藤は原文を確かめることもなく、前文を受ける「それは」（«сие»）を「罪ある人間」ととらえ、「神の似姿」に重ね合わせた。まともにロシア語を読める者ならば誰にも明白であることであるが、「それは」（«сие»）は文法的に中性形で、「罪ある人間を愛すること」という「行為」を受けているのであって、男性形である「人間」（«человек»）を受けるはずがないのである。

ちなみに先行訳は、「罪ある人間を愛すること」を受けて。「なぜなれば、これはすでに神の愛に近いもの」（米川訳）、「なぜならそのことはすでに神の愛に近く」（原訳）、「なぜと言うて、それこそが神の愛に近い愛で」（池田健太郎訳）、「なぜならば、これはすでに神の愛に近いもので」（小沼訳）、「なぜなら、それこそが神の愛に近い形であり」（江川訳）となっていて、亀山のようなまぎらわしい誤訳をしているものは一つもない。ついでにインターネットで簡単にアクセスできる英訳（ガーネット訳）の当該個所も紹介しておく。

〈Brothers, have no fear of men's sin. Love a man even in his sin, for *that is the semblance of Divine Love* and is the highest love on earth. Love all God's creation,〉（イタリック—引用者）

佐藤優に文春新書『ロシア　闇と魂の国家』で、〈亀山訳は、読書界で、「読みやすい」ということばかり評価されているようですが、語法や文法上も実に丁寧で正確なのです。これまでの有名な先行訳のおかしい部分はきちんと訳し直している〉（三八頁）と褒め上げている。これは一体どういうことなのか？　テクストをまともに確かめもしない人間が誤訳満載の翻訳者を褒め上げる——ジャーナリズムによって無責任に偶像に祭り上げられた二人が演じるこうした姿はまさに道化芝居か、無知な読者を欺くデマゴギーではないのか？

私が懸念する問題はここでさらに新たな転回の様相を見せる。福井勝也氏は前述のエッセイで、佐藤の識見を高く評価したうえで（曰く、「その視線の確かさとキリスト教神学への深い見識とが相まって、これまでのドストエフスキー論を塗り替える鋭い切り口に溢れている」）、佐藤優による間違ったゾシマ長老の言葉の解釈、すなわち「罪ある人間」＝「神の似姿」を採り入れて、ゾシマの思想にキリスト教からすれば異端の自然宗教的な要素を見出そうとする。そして福井氏は佐藤の所説を受けて、〈今回自分はここでのイワンとゾシマ長老との類縁性の根拠として自然宗教的な「神」存在を見つけだすことができると感じた〉とのべるのである。誤訳に発する誤解釈が誤解釈を産み、自己増殖してテクストから離れたあらぬ方向にドストエフスキー論が展開する兆しがすでにこんなところに現れている。

もっとも、福井氏の問題意識にあるゾシマとイワンの宗教的な自然感覚の有り様については、別の角度とアプローチで論じられなければならない重要な問題ではある。大岡昇平の『野火』をめぐっての福井氏の問題提起、「原始的、自然宗教的な神」と「ドストエフスキイと共に日本に輸入された文学的な神」の関係も興味深いものである。しかしこれらはいずれも別の手続きと方法で論じられなければならない性格のものであろう。

亀山誤訳問題に対する私の警戒は、本会の発起人の立場とも無関係ではない。会案内の文書に、例会では「専門家、非専門家の区別はなく、自分なりにドストエーフスキイを深く読み込んでいる報告者が得意のテーマで報告し」とあるが、これはつまり本会の発足の前提として、原文を読めない読者にも信頼できる翻訳の全集が、作品から創作ノートにいたるまで、米川正夫訳を始めとして、一九七〇年代に日本で定着しはじめたこと意味していた。無論、翻訳は絶対的に誤訳を免れることは不可能であるが、ロシア語のテクストは読めなくても、複数の翻訳を対比すれば、おのずと正否が読み取れる状況を私たちは享受できるようになったのである。私のサイトで、詳細に亀山誤訳を告発している森井友人氏の仕事などはその例である。

本会の成立の精神に照らして、例会報告や「広場」論文の引用にあたっては、亀山訳には細心の注意を払う必要があると思う。必ず良心的な先行訳との照合がなさるべきだし、原文を読める研究者もチェックの労を惜しまないであろう。

初出　「ドストエーフスキイ広場」一九号、エッセイ欄、二〇一〇年

⑪ 亀山郁夫訳『悪霊1』を検証する

（ネット公開　二〇一〇・一〇・四）

亀山郁夫訳『カラマーゾフの兄弟』の翻訳の実態が、ミリオンセラーのうたい文句にもかかわらず、いかに多くの誤訳や文体改ざんを満載したものであるかを、五分冊のうちの第一冊に限ってにせよ、私たちはかなり詳しく「検証」、または「点検」し、このサイトで公開してきた。その後もマスコミ、マスメディアに度々登場し、ドストエフスキー翻訳・研究の第一人者のイメージを一般読者に広めてきた亀山氏の新訳『悪霊』の力量、実態はどのようなものか、『カラマーゾフの兄弟』検証時の出遅れを反省して、私は今回は早々と「検証」の試みに着手した。

さすがに批判の目を気にしてか、『悪霊』では『カラマーゾフの兄弟』の時のような、恣意的な行変えやテクストを離れた目に余る改ざんはいくらか影をひそめている。とはいえ、それは程度の問題、量の問題にすぎなくて、同じ性質の誤訳、改ざんの構造を引きずっていることには違いがなく、問題の本質は変わらない。

先ずはじめに、問題の特徴を分類するために、幾つかの例で示す。例文の最後の括弧内数字は、後半の「検証」リストの番号に対応している。

一、ロシア語の読解力がある者ならば、犯さないような初歩的な誤訳

○テクストではスタヴローギンに耳を嚙まれた老人が、そのショックのために、「発作のようなものを起こした」と一回体の動作（完了体）で書かれているのに、亀山訳では、老人の身にその後、「何かしら発作のようなものが起こるようになった」と、反復性の動作（不完了体）に受け取れるように訳されている（⑮の項）

○足の悪いマリヤ・レビャードキナが教会に現れる場面で、「彼女の足がもう少し遅かったら」中に入れてもらえなかったろうと、動作の意味で訳すべきところを、亀山訳では「彼女がもうすこしでも遅れていたら」中に入れてもらえなかったろうと、遅刻の意味に取り違えている。これではマリヤが足を引きずっている情景が浮かばない。（㊵）

○レビャードキンがワルワーラ夫人に対して、「奥さまはこれまで苦しんだことがありますかと問いかけると、夫人がその質問の裏を読んで、あなたが言いたいのは、「あなた自身が誰かのために苦しんだとか、苦しんでいる」ということでしょうと問い返す。このくだりが亀山訳だと、「わたしが（つまり夫人が）だれのためにくるしんできたか、でなければ現にくるしんでいるか」を聞きたいのですか、ということになる。これはまるっきり主語を取り違えた訳で、「苦しんだ」「苦しんでいる」の動詞の語尾（二人称）を見れば初学者でも間違えようのない誤訳である。（㊸）

このようなきわめて初歩的な、信じ難い誤訳を目にすると、これはロシア語の知識のない人間が

訳した（?）あるいは、先行訳を土台にリライトしたとしか考えられない。光文社亀山翻訳工房の無責任な集団的仕業ではないのかと勘ぐりたくもなるのである。

二、自分の好みで構文を書き換えたり、訳文、訳語に過度の主観的ニュアンスを交える

その幾つかの例‥

○小説冒頭の数行からして、この手の恣意的な構文改ざんが行われている。語り手の私は、ステパン氏の身の上話から説き明かすにあたって、「自分の力不足で、いささか遠回りして話を始めなければならない」と、読者をいざなうための控え目の挨拶言葉の調子で「自分の力不足で」（副詞句）とのべているのに対し、亀山訳は、この副詞句のフレーズを勝手に切り離して、独立した文に仕立てて、係り受けを不明瞭にし、論旨からいっても、文体上から見てもはなはだバランスの壊れた訳文にしてしまっている。（「検証」①の項）

○「非常に驚いた」「ひどくびっくりした」程度の表現に「腰が抜けるほど驚いた」といった過剰なニュアンスをつけ加えている。（②、㊴などの項）

○ステパン氏の「人生に変化が生じた真の原因は」という語り手の中立的な表現を、「彼が人生の道を誤ったほんとうの原因は」と主観的な評価を交えて訳している。（③の項）

○ステパン氏が「夢」を気にするようになった、の「夢」を「夜見る夢」と勝手に語句をつけ足して訳している。午睡の習慣のあるロシア人にとって、夢は夜だけに見るとはかぎらない。（⑳の項）

○マリヤ・レビャートキナのシャートフに対するごく一般的な呼びかけ「ねえ、あんた」を「大好きよ」と訳している。(㊳の項)

○また作中人物カルマジーノフ(ツルゲーネフがモデルとされる)の作品に関連して、テクストでは「イギリスの海岸で遭難した」と記述されているのに、これを「ドーバー海峡あたりで遭難した」と勝手に改ざんして訳している。(㉕の項)

翻訳者の特権と勘違いしたこの種の、訳語の主観的な色づけ、歪曲、改ざんは亀山訳の一般的な特徴といってよい。これに類した例は、この「検証」と同時に公開する森井友人氏の「アマゾン・レビュー原稿」でも取りあげられているので、ご一覧いただきたい。

三、前後の文脈を考慮しない見当違いの訳

○語り手がのべるステパン氏の人物像で、亀山訳に「そういう彼も根は良心的といってもよい人物で(つまりときどきそうなるのだが)」というくだりがあるが、「根は良心的」と「つまりときどきそうなる」という叙述には論理的整合性がない。ちなみにテクストには「根は」と訳せる語はない。(⑤の項)

○パーベル・ガガーノフという紳士に関して、彼の口癖「自分は他人に鼻面を取って引き廻させはしない(他人にだまされはしないの意)」の語義通りの意味に悪乗りして、スタヴローギンが公衆の面前で、この紳士の鼻面をつまんで引きまわすスキャンダルのエピソードはよく知られてい

るが、亀山訳ではこのガガーノフのセリフを、「いいや、わしをだまそうったってそうはさせませんよ。洟《はな》もひっかけるもんですか」とすることによって、この紳士のセリフとスタヴローギンのスキャンダル行為の照応関係が見えなくなっている。これは小説のさわりにかかわる見当違いもはなはだしい訳であり、「洟《はな》もひっかけるもんですか」は「洟《はな》」と「鼻」を引っかけるつもりでつけ足したのかもしれないが、まったく意味をなさない。（⑭の項）

四、読み易さをねらって、と思われる構文、文体崩し

いかにも読み流しに便利なように、ドストエフスキーの重層的、立体的な文章の構造を崩して、平面的に置き並べ、それを辻褄の合うように再構成しようとして、破綻し、論旨の重心を見失っている例。

○ロシア人の国民性のレベルを説明するのに、ドイツ語学校に在籍するロシア人がドイツ人教師に仕置きを受けながら教育される喩えを使ってのステパン氏のセリフの重層的な長い構文を崩して、亀山訳には喩えを羅列し、結果的にはこれだ喩えなのか、ドイツ語学校の実態についてのくだくだしい解説なのか、文意の核心がすんなりとは読みとりにくいものになっている。（⑫の項）

○同時通訳式に頭から訳し下ろしをすることによって、全体の構造を見失い、語の間違った係り具合を放置しているケースも多い。（⑱、㉚、㊾の項）

その典型的な実例

亀山訳―「イギリスのある高名な家族を追い出したんですよ、つまり、文字通り、教会から」

これは正しくは「教会から、文字通り追い出した」である。(⑱の項)

亀山訳―「リプーチン、あなたはあまりに知りすぎている、ここにきたのだって、その類のくだらん話を……それに輪をかけて悪い話を伝えるためでしょう!」

試訳―「リプーチン、きみがやってきた唯一のねらいは、その種の何かいまわしい話……あるいはもっとひどい話をするためだってことを、自分自身よくよく承知してのことなんだろう!」(㉚の項)

この類の亀山訳がいかに杜撰なものであるか一目瞭然であろう。

五、あまりに違和感を感じさせる表記

○パッサージュ(通廊式のマーケット)を「勧工場」と訳し、「パッサージュ」とルビを振っているが、新訳ならば、いまさら古めかしい「勧工場」はないだろう。その一方で、「古物市場」を「リサイクル市場」と訳す感覚は場当たり的なものを感じさせる。(⑪の項)

またピョートル・ヴェルホヴェンスキーが「誰かから個人的な重大な依頼を受けて」という個所を、「だれかに個人的ながら重大なミッションを託され」と訳し、リーザが出版の「経験がまったくないので」協力を必要としているというくだりを、彼女には「ノウハウがまるっきりない

こともあって」と訳すなど、亀山訳のカタカナ表記の使用には、時代背景から見ても、無定見ぶりが感じられる。（㉞の項）

以上、特徴的な例を拾ってみた。そのほかの誤訳、不適切訳については、以下の「検証」を通覧していただきたい。私がこの「検証」でとりあげた問題個所は全三分冊のうちの一冊で全体の何分の一かにすぎない。私自身今後もリストを補充する可能性があるし、また同憂の士による別稿の形で公開することもありうることを予告しておく。

ロシア語原文はアカデミー版三〇巻全集第一〇巻からの引用、亀山訳は光文社古典新訳文庫、米川訳は河出書房新社全集第九巻、小沼訳は筑摩書房全集第八巻、江川訳は新潮文庫からの引用で、各引用文前後の数字は引用元のページを示す。

なお亀山訳の最後尾「読書ガイド」で、〈シベリアでの十年間の苦難を経て、転向の書とされる『地下室の手記』を書いた後は、みずから主宰する雑誌をよりどころに、「土壌主義」と呼ばれる右翼的なイデオロギーを公にし、ロシア国内の革命運動に対してつねに厳しい態度をとってきた〉（五〇二頁）とのべられているが、これは粗雑な、間違った記述である。まず「土壌主義（ポーチヴェニチェストヴォ）」を一概に「右翼的なイデオロギー」ということはできない。確かにシベリアから帰還後、ドストエフスキーはネクラーソフ、サルトゥイコフ＝シチェードリンの「現代人」誌一派やチェルヌイシェフスキーなど、より左翼的な陣営とは論争関係にあったが、カトコフなどの保守派とも同調せず、その中間者的立場ゆえに、カトコフ一派から背後を刺される形で、みずからの雑誌「ヴレーミヤ（時代）」の発禁処分に追いやられたのである。一八六〇年代のドストエフスキーの思想的立場を「ガイド」のように単純化することは、読者を正しいドストエフスキー理解に導かない。

また「転向の書とされる『地下室の手記』」という暗示的ないい方も問題で、このネーミングは昭和九年に日本で、『悲劇の哲学』と題して翻訳された、レオ・シェストフの『地下室の手記』論を含む一冊が当時の左翼知識人の転向に深い影響をあたえたことと関連している。「転向」という言葉自体、日本的な「表現」であって、『地下室の手記』をも含めて、複雑な語りの構造を持つドストエフスキーの作品の解釈に安易に関係づけられる概念ではない。

検証リスト

第1章「序に代えて」

①

テクスト—Приступая к описанию недавних и столь странных событий, происшедших в нашем, до сих пор ничем отличавшемся городе, я принужден, по неумению моему, начать несколько издалека, а именно некоторыми биографическими подробностями о талантливом и многочтимом Степане Трофимовиче Верховенском. Пусти эти подробности послужат лишь введением к предлагаемой хронике, а самая история, которую я намерен описывать, еще впереди.（一〇・七）

亀山訳――〈今日まで何ひとつきわだったところのないわたしたちの町で、最近たてつづけに起こった奇怪きわまりない事件を書きしるすにあたり、わたしはいくらか遠回りを覚悟して、まず手はじめに、尊敬する才能豊かなステパン・トロフィーモヴィチ・ヴェルホヴェンスキー氏の経歴にまつわる細かい話をいくつか紹介することから始めなくてはならない。なにぶんこのわたしに文才が欠けているためである。といってもこれらの細かい話は、このクロニクルの前置きをはたすだけのもので、わたしがもくろんでいる物語の本編は、そこから先の話ということになる。〉（一三）

コメント――小説巻頭、数行にして、早くも誤訳、恣意訳の疑惑濃厚である。原文下線付のフレーズは、副詞句「能力がないために」、「力不足で」の意で、「いくらか遠回りして始めなければならない」に係っている。きわめて論理的に曖昧さのない修飾関係であるのにもかかわらず、亀山はこれを意図的にか、無神経にか無視し、文脈を壊している。つまり、この副詞句が切り離されて、別立ての文に仕立てられているために、どの語句に係っているかが曖昧であるばかりか、その後に続く文章の流れを阻害する夾雑物と化している。単純な誤訳を超えて、確信犯的な文体いじり、文体破壊である。

米川訳――奇怪な出来事の叙述にとりかかるに当たって、凡手の悲しさで、少し遠廻しに話を始めなければならぬ。つまり、スチェパン・トロフィーモヴィチ・ヴェルホーヴェンスキイという、立派な才能もあれば、世間から尊敬も受けている人の、やや詳しい身の上話から始めようというのである。この身の上話、一編の物語の序言がわりのようなもので、わたしの伝えようと思っている本当の事件は、ずっとさきのほうにあるのだ。（七）

小沼訳―きわめて奇怪な事件の叙述に取りかかるに当たって、その方面の能力に欠けた私は、それとはいささか縁遠い、つまり才能に恵まれた最も尊敬すべきスチェパン・トロフィーモヴィッチ・ヴェルホーヴェンスキーの詳細な経歴の一部を紹介することから、はじめなければならない。この詳細な記述には本題の記録の序論の役を勤めさせるだけであって、私が叙述しようと思っている当の物語は、まだずっと先のことなのである。（九）

江川訳―最近、相次いで起こったまことに奇怪なる事件の叙述に手を染めるにあたり、私は、おのが非才のいたすところとはいえ、いささか迂遠なところから、すなわち、才能ゆたかにして最も尊敬すべきステパン・トロフィーモヴィッチ・ヴェルホーヴェンスキー氏の一代記にかかわる若干のディテールからして、稿を起こすことを余儀なくされている。とはいえこのディテールは、本題の物語のほんの前置きをなすにすぎないのであって、私が記述しようとするできごとそのものは、追ってまた展開されることになるのである。（七）

②

テクスト― Я только теперь, на днях, узнал, к величайшему удивлению, но зато уже в совершенной достоверности, что Степан Трофимович проживал между нами, в нашей губернии, ……（八）

亀山訳―〈つい先だっても、人づてに話を聞いて腰が抜けるほど驚いたことがある。これはきわめ

て信頼できる筋からの話だが、ヴェルホヴェンスキー氏がわたしたちの県のこの町に住みついた理由〉（二六）

コメント―原文は「非常に」、「大いに」と最上級の形容詞が使われているとはいえ、「腰が抜けるほど」とは書かれていない。いたずらに誇張したこのような訳語に訳者の主観が入りこんで、テクストの歪曲にまでいたる危険性が感じられる。「驚いた」内容はそれほど大げさなものではない。

米川訳―わたしは今度はじめてつい二、三日前、こういう話を聞いて非常にびっくりした。（八）

小沼訳―……ということを知って、ひどくびっくりしたものであるが、その代わりこれは十分に信頼すべき事実なのであった。（一〇）

江川訳―それが絶対確実な筋からの話であるだけに、大いに驚き入った次第である。（一〇）

③

テクスト― А если говорить всю правду, то настоящей причиной перемены карьеры было еще прежнее и снова возобновившееся деликатнейшее предложение ему от Варвары Петровны Ставрогиной, ……（一〇）

亀山訳―〈彼が人生の道を誤ったほんとうの原因は、陸軍中将夫人でたいへんな金持ちだったワルワーラ夫人から、すでに以前にも持ちかけられ、その後また持ち出された、しごくデリケートな提案にあった〉（二三）

コメント―原文では「変化をもたらした」、「変化を来した」であって、「道を誤った」、「狂わせた」

といった価値評価はここにはない。江川訳も不適切訳。

米川訳―彼の社会生活に変化を来たした真の原因は（一一）

小沼訳―彼の経歴に変化をもたらした真の原因は（一三）

江川訳―彼の人生のコースを狂わせた真の原因は（一五）

④

テクスト―Исследований не оказалось; но зато оказалось возможным простоять всю остальную жизнь, более двадцать лет, так сказать, «воплощенной укоризной» пред отчизной, по выражению народного поэта: （一一）

亀山訳―〈民衆詩人ネクラーソフのひそみにならえば、いわば「血肉と化した非難」として祖国の前に立ちつづけることができた。〉（二六）

コメント―「血肉と化した非難」とは、たとえ詩句だとしても、何ともこなれの悪い、洗練されていない日本語である。まだしも「非難の権化」、「非難の化身」、あるいは「叱責の権化」（米川）あるいは、意味をとれば「憎まれ役のご意見番」（小沼）のほうがましである。

また「国民詩人」あるいは「民衆詩人」が「ネクラーソフ」だとはテクストでは明記してはない。小説そのもの、語り手もフィクショナルなものであり、材源として仮に歴史上の実在の人物がイメージされているとしても、それは注で処理さるべきものであろう。テクスト改ざんの第一歩である。

米川訳―国民詩人（ネクラーソフをさす）の表現をかりると、『叱責の権化』として、祖国の前に立

ちつづけ得たのである。（一二）

小沼訳―国民詩人の表現を借りれば、いわゆる「憎まれ役のご意見番」として祖国の前に……（一四）

江川訳―国民詩人の表現を借りるなら、いわば《生ける良心》として、彼は祖国の前に……（一八）

⑤

テクスト―Замечу лишь, что это был человек даже совестливый (то есть иногда), потому часто грустил.（一二）

亀山訳―〈そういう彼も根は良心的といってもよい人物で（つまりときどきそうなるのだが）〉（二八）

コメント―「根は良心的」と「（つまりときどきそうなるのだが）」はどう論理的に整合するのか？「根は」はテクストにはない余分の言葉である

米川訳―彼は良心の働きの強い人であったから（もっとも、これはときどき起ることなので）（一二・一三）

小沼訳―彼はどちらかと言えば良心的な人物のほうだったので（と言ってもいつでもというわけではなかった）（一四）

江川訳―彼はどちらかというと良心的な人物で（つまり、時によってということだが）（一九）

⑥

テクスト―В средине самой возвышенной скорби он вдруг зачинал смеяться самым просто-

народнейшим образом（一二）
亀山訳―〈やぶから棒におそろしく庶民的な高笑いをはじめることがあったからである〉（二八）
コメント―テクストの直訳は「ごく素朴で、このうえなく庶民的な笑い」で、「きわめて庶民的な開けっ広げな笑い」といった程度の意味、「高笑い」というあまりにフィジカルに強調されたイメージには違和感がある。小沼、江川訳も同断。
米川訳―きわめて高潔な悲哀に沈んでいるかと思うと、ひょっこり出しぬけに、朴訥な農民でなければ聞かれないような開けっ拡げな笑い声を立てる（一三）
小沼訳―たとえばきわめて高尚な悲嘆に打ち沈んでいる最中に、だしぬけに、それこそ無学文盲の百姓のように大きな声で笑い出したりするのだ。（一五）
江川訳―たとえば、しごく高尚な憂愁に沈んでいる最中、だしぬけに、思いきり俗っぽい平民的な高笑いをはじめたりするし、（一九）

⑦

テクスト―Я ужаснулся и умолял не послать письма.Нельзя…… честнее…… долг……я умру, если не признаюсь ей во всем, во всем!（一三）
亀山訳―〈わたしは思わずおぞけだって、どうかその手紙を出さないでほしいと懇願した。「だめです……もっと誠実に……義務なんですから……なにもかも洗いざらい告白しないと、〉（三一）
コメント―原文の честнее の訳は先行訳すべてを含めて、問題があるように私には思われる。これは恐らく、挿入句《честно говоря》の比較級《честнее говоря》の言いよどみからくる略で、「より正直に、本当のことをいうと」で次の「義務」に係っている。「もっと正直にいうと、これは義務なんだ」と読みとるべきであろう。それでないと、この単語は文脈に収まらない。

米川訳―わたしはぎょっとして、その手紙を出さないように懇願した。「いけない……公明正大にやらなくちゃ……義務だ……なにもかも……すっかり奥さんにうち明けてしまわないくらいなら、《……》」（一四）

小沼訳―「いや、それはいけない……もっと正直にならなければ……それが私の義務なんだ《……》（一六）

江川訳―「だめなんですよ……誠実な……義務として《……》（一二）

⑧

テクスト―И до того бывало, мучился, что заболевал своими припадками холеры. Эти особенные с ним припадки, （一六）

亀山訳―〈時によると煩悶が高じて、コレラまがいの下痢を起こすことがあった。持病ともいえるこの下痢は、〉（三三）

コメント―下痢はコレラの主たる症状の一つであろうが、原語は「発作」で、先行訳はこの訳をとっている。

米川訳―ついには持ち前の擬似コレラめいた発作を起こすほど煩悶する。（一五）

小沼訳―持病の急性胃腸炎の発作を起こすほど、悩み苦しむことがよくあった。（一六）

江川訳―時には、煩悶のあまり、擬似コレラめいた持病の発作があるくらいだった。（一二三）

⑨

テクスト―Варвара Петровна, вследствие женского устройства натуры своей, непременно хотела подразумевать в них секрет. Она принялась было сама читать газеты и журналы, заграничные запрещенные издания и даже начавшиеся тогда прокламации (всё это ей доставлялось)（二一〇）

亀山訳―〈ワルワーラ夫人は、女性たる自分の気質からして、それらの理念にどうしても秘密をかぎとらずにはいられなかった。そこで彼女は、新聞や雑誌、外国で出ている出版物、当時出はじめていたアジ文（そういった類のものすべてを入手していたのだ）まで手にとって読んでみた〉（四六）

コメント―下線部の単語は「禁止された出版物」の意で、発禁本、禁制本のこと。これはワルワーラ夫人の好奇心ぶりを示す重要な一語。米川訳、亀山訳はこの意味を落としている。

米川訳―彼女は新聞雑誌を初め、外国の出版物や、当時もう出はじめていた檄文（二一〇）

小沼訳―そこで彼女は新聞や雑誌や、外国の秘密出版物や、当時そろそろ出はじめていた檄文の類にまで、（二二）

江川訳―彼女は新聞雑誌や、国外で出される禁制出版物や、当時ぼつぼつ出はじめていた檄文にいたるまで（三四）

⑩

テクスト――Степан Трофимович проник даже в самый высший их круг, тогда, откуда управляли движением. До управляющих было до невероятности высоко, но его они встретили радушно, хотя, конечно, никто из них ничего о нем не знал и не слыхал кроме того, что он «представляет идею»（二一）

亀山訳――〈その連中は、高嶺の花といってもよいほどかけ離れた存在だったが、ヴェルホヴェンスキー氏を快く迎えてくれた〉（四九）

コメント――革命運動のリーダー達との距離をピラミッド的な上下の感覚で、「信じがたいほど高い所」と語り手が叙述しているのであって、「高嶺の花」といったステパン氏の主観的な羨望のニュアンスは、原文では読みとれない。むしろ革命家たちがピラミッドの高みからステパン氏をあしらっている様子が語られているのである。

米川訳――こういう支配者の階級は、ちょっと信じかねるくらい高いところにあったが、それでも彼らは愛想よく氏を迎えた（二一）

小沼訳――こうした指導者たちに会うのはちょっと信じられないほどたいへんな難事であったが、それでも彼らは愛想よく彼を迎え入れてくれた。（二三）

江川訳――この指導者たちは雲の上ほどにもかけ離れた存在だったが、それでもステパン氏は快く迎えられた。（三七）

⑪

テクスト— о каком-то скандале в Пассаже（二二）

и вы вдруг встречаете ее уже на толкучем,（二四）

亀山訳—〈勧工場《パッサージュ》で起こった暴動スキャンダル」〉（五二）

〈そのうちリサイクル市場のどこか隅っこでいきなり出っくわすはめになる〉（五七）

コメント—訳者の言語感覚のちぐはぐさを示す一例。「パッサージュ」＝アーケード式のマーケットを意味する明治・大正時代の古めかしい用語「勧工場」を使う反面、リサイクルという概念もなかった時代の「古物市」を「リサイクル市場」と訳すのは、いかがなものか。「勧工場」にルビをふるくらいなら、「パッサージュ」とカタカナ表記のほうがまだましであろう。

米川訳—勧工場で見苦しい騒ぎが始まったという噂（二二）

古道具市の泥の中へ（二四）

小沼訳—マーケットでまたスキャンダルめいたことが起こった話とか（二四）

古物市に並べられ（二六）

江川訳—勧工場《パッサージュ》でのスキャンダル（三九）

古物市の隅っこか何かに（四三）

⑫

テクスト— -- Друзья мои, -- учил он нас, -- наша национальность, если и в самом деле «зародилась», как они там теперь уверяют в газетах, -- то сидит еще в школе, в немецкой какой-нибудь петершуле, за немецкой книжкой и твердит свой вечный немецкий урок, а немец-учитель ставит ее на колени, когда понадобится（三二）

亀山訳――〈「いいですか、きみたち」と彼は教えさとすように言った。「ロシアの国民性なんてものは、じっさいいま新聞でさかんに書きたてられているとおり、それが本当に誕生したとしても、まだ小学校の段階にとどまっていましてね、そこらのドイツ式ペテルシューレじゃ、ドイツ語の教科書を前に、お定まりのドイツ語の文章を丸暗記させ、ドイツ人の教師なんか、必要とあれば生徒をひざまずかせることまでする。〉（八一）

コメント――ここはロシアの国民性のレベルを、ドイツ語学校でドイツ語をドイツ人教師にたたきこまれているロシア人の喩えで、のべたものだが、亀山訳で読む限り、それが喩え話として完結せず、ドイツ語学校についての無意味な饒舌で終わっている。安易な文体崩しの結果、比喩を比喩として完結させることができず、込み入った文脈を日本語に移しきれていない。

米川訳――「諸君よ」と彼はわたしたちに説いて聞かせた。「わが国民性なんてものは、かりにいま新聞などで喧しくいっているとおり、本当に生まれ出たものといっても、まだやっと小学校時代だよ、ドイツ学を基礎としたペテルシューレあたりで、ドイツ語の本をかかえながら、一生懸命に、いつも変わりないドイツ語の学科を暗記しているといったところさ。そして、ドイツ人教師は必要な場合、罰として膝をつかすこともあるんだよ。（三五）

小沼訳――われわれのナショナリズムなんてものは《……》ドイツ語の学科を一生懸命に暗記してい

るといったところなんだよ。ドイツ人の教師は、もしその必要があれば、罰としてひざまずかせることだってできるんだ。（三七）

江川訳―ロシアの国民精神なんぞ、《……》万年変わらぬドイツ語の宿題を暗誦させられている、で、何かといえばドイツ人教師に罰としてひざまずかせられている図です。（六三）

⑬

テクスト―Обыкновенно, проговорив подобный монолог (а с ним это часто случилось), Шатов схватывал свой картуз и бросился к дверям, в полной уверенности, что уже теперь всё кончено и что он совершенно и навеки порвал свои дружеские отношение к Степану Трофимовичу. Но тот всегда успевал остановить его вовремя（三四）

亀山訳―〈ふつうなら〉、これに類したひとり語りを終えると（しばしば生じたことである）、シャートフは帽子をつかんで勢いよくドア口のほうに向かっていったものだが、そのときの彼は、これでヴェルホヴェンスキー氏との友情に満ちた関係も完全に、永久に断ち切ったと言う自信に満ちあふれていた。ところがヴェルホヴェンスキー氏は、いつもどおりほどよいところでうまく彼を引きとめた（八七）

コメント―「ひとり語り」は「ひとり芝居」と同じ意味あいの演技のスタイルを示すもので、他者との関係性を示す「モノローグ」「独白」とは本質的に違う。

この場面はシャートフとステパンの関係のいつも繰り返されるパターンをのべたものだが、亀山訳は、いつもは〈ふつうなら〉こうこうだが、今回は〈そのときの彼〉はこうこうだと特定化して、意味を取り違えている。〈そのときの彼〉という語は原文にはない。先行訳と比較してもその間違いは明白である。

米川訳―たいていいつもこんなふうの独白をいった後で（彼はよくこんなことをやった）、シャートフはいきなり粗末な帽子を引っつかむと、そのまま戸口を目ざして飛び出したものである。彼はもう万事了した、自分とスチェパン氏との交遊は、これで永久に終わりを告げたのだと、固く信じきっていた。しかしこちらはいつも機敏に彼を引きとめた。（三七）

小沼訳―いつもたいてい、このようなモノローグをしゃべり終わると、（彼にはこんなことはしょっちゅうだった）、シャートフは学生帽子を引っかんで、戸口のほうへ駆け出すのであった。もうこれでなにもかも終わってしまった。自分のスチェパン・トロフィーモヴィチに対する友好的な関係を、これで完全にしかも永久に断ち切ってしまったのだと、彼は信じて疑わなかったのである。だが相手はいつもその前にうまく彼を引きとめるのであった。（三九）

江川訳―たいていの場合、こうした独白をぶち終ると（彼にはよくあることだったが）、シャートフは自分の縁なし帽を引っつかんで、勢いはげしく戸口のほうへ向かったものだ。それは、もうすべては終わった、ステパン氏との友人づきあいも、これで永遠に断ち切られた、と信じきっているふうであった。だが、ステパン氏はいつも、よい潮時をつかんで彼を思いとどまらせるのだった。（六八）

第2章　「ハリー王子。縁談」

⑭

テクスト——Павел Павлович Гаганов, человек пожилой и даже заслуженный, взял невинную привычку ко всякому слову с азартом приговаривать: «Нет-с, меня не проведут за нос!»（三八）

亀山訳——〈この町のクラブの最古参の一人に、ピョートル・パーヴロヴィチ・ガガーノフという、かなり年輩でそれなりに功績もある人物がいたが、この人物は何かにつけ、ついかっとなっては「いいや、わしをだまそうったってそうはさせませんよ。洟《はな》もひっかけるもんですか」と口にする罪のない癖があった〉（一〇一）

コメント——これはまったくの不適切訳である。いずれの先行訳にも見られるように、原文の語義は「鼻をつかんで引き廻させるものか」で、ここを押さえないと、次に続く場面、スタヴローギンがガガーノフの鼻をつかんで引きまわす場面との照応関係が明らかにならない。

なおこの「鼻をつまんで引き廻す」のフレーズには「だます」「ペテンにかける」の口語的な意味があり、ガガーノフ本人の口癖の意味は「おれをだませるもんか」であったであろう。しかしここでは「鼻をつかんで引き廻させはしない」という語義がポイントとなっている。「洟《はな》もひっかけるもんですか」は訳のわからない迷訳。

ちなみにガガーノフの名前であるが、小沼訳だけがパーヴェルで、他の訳はすべてピョートルとなっている。アカデミー版第一〇巻（三八頁）では**Павел**（パーヴェル）で、そのほかの、例えば一九五七年に出た一〇巻選集第七巻（四八頁）やネット検索で見ることが出来る一九二〇年—三〇年代に出たトマシェフスキー、ハラバーエフ編集一三巻では Петр（ピョートル）となっている。どちらが正しいか今、即断はできない。小沼訳がアカデミー版に従ったことだけは確かであろう。

米川訳—ピョートル・パーヴロヴィチ・ガガーノフという、もう相当の年齢で、なかなか功労のある人があったが、二こと目には『いや、どうしてどうして、わしの鼻面を取って引き廻すことなんかできるものじゃない！』と、むきになっていい添える罪のない癖を持っていた。（四三）

小沼訳—パーヴェル・パーヴロヴィチ・ガガーノフという、もうかなり年輩の、しかも相当の功労さえもある人物がいた。この人にはふたこと目には「いいや、わたしの鼻面を取って引きまわそうったって、そりゃだめですよ！」とむきになってつけ加える罪のない習慣があった。（四五）

江川訳—この町のクラブの最古参のメンバーの一人に、ピョートル・パーヴロヴィチ・ガガーノフという、もうかなり年輩で、なかなかに功労もある人物がいたが、この人は何かというとすぐむきになって、「どういたしまして、わしの鼻面をつかんで引きまわすなんてできることじゃない！」と言いそえる罪のない癖をもっていた。（七九）

⑮

テクスト—Весь этот смертный страх продолжался с полную минуту, и со стариком после того приключился какой-то припадок（四三）

亀山訳―〈この、まる一分近くつづいた死の恐怖のせいで、その後の老人の身には発作のようなものが起こるようになった〉（一一五）

コメント―「起こるようになった」とその後の反復を意味する訳語は誤訳である。「何かの発作が起こった（完了体）」と一回の事実を示している。江川訳も曖昧。

米川訳―この死ぬような恐ろしい思いがものの一分間もつづいたので、老人はその後なにかの発作を起こしたほどである。（四八）

小沼訳―このいまにも死にそうな恐怖はたっぷり一分間もつづいた。それで老人にはそのおかげでなにか発作のようなものが起こったほどであった。（五一）

江川訳―この死の恐怖はたっぷり一分間もつづいたので、老人はその後何かの発作を起こすようになったほどである。（九〇）

⑯

テクスト―Решение было резкое, но наш мягкий начальник до того рассердился, что решился взять на себя ответственность даже пред самой Варварой Петровной.（四三）

亀山訳―〈この処置はきびしいものだったが、われらが心優しき知事もこの件にはすっかり腹を立て、ワルワーラ夫人に対する非難まで自分ひとりが背負い込む気になった〉（一一五）

コメント―「知事」と訳している〈начальник〉は長官。「非難」は誤訳で、正しくは「責任」。

米川訳―もの柔らかなわが長官も、すっかり腹を立ててしまって、いっさいの責任、――ヴァルヴァーラ夫人に対する責任すらも、一身に引き受けようと決心したのである。（四八）

小沼訳―しかしさすがに気のやさしいわれわれの長官もこれにはすっかり腹を立ててしまって、当のワルワーラ・ペトローヴナに対する責任すらも、全部自分で引き受けようと決心したのである。（五一）

江川訳―さすがに柔和なわが長官もすっかり腹を立ててしまって、ワルワーラ夫人に対しても自分がいっさいの責任を負う気になっていた。（九〇）

⑰

テクスト―Но теперь отмечу, ради курьеза, что из всех впечатлений его, за всё время , проведенное им в нашем городе,（四五）

亀山訳―〈さしあたりひとつ、後学のために紹介しておけば、この町で過ごした期間中〉（一一〇）

コメント―〈ради курьеза〉の意は「お笑い草に」、「お慰めに」で、亀山訳はずれている。

米川訳―いまただ珍しい話として、ちょっとこれだけのことをいっておこう。（五〇）

小沼訳―しかしひとつのお笑い草として、ここでちょっとご紹介しておくが、（五三）

江川訳―ここで一つ、お笑いぐさまでに披露しておくと、（九五）

⑱

テクスト―Я вот прочел, что какой-то дьячок в одной из наших заграничных церквей《……》-выгнал, то есть выгнал буквально, из церкви одно замечательное английское семейство（四八）

亀山訳―〈わたしはこんな話を読んだことがあるんですよ。外国のあるロシア教会に勤める寺男が、《……》イギリスのある高名な家族を追い出したんですよ、つまり、文字通り、教会から Les dames charmantes（魅力的なご婦人がたをです）、大斎期の礼拝がはじまる直前にね〉（一二八―一二九）

コメント―亀山訳には同時通訳式に頭から訳する杜撰な訳文がほかにも見られるが、その一例で、結果として単語の係り具合を間違えている。「文字どおり追いだした」とすべきところを、「文字通り、教会から」と見当違いの訳になっている。

米川訳―わたしはこんな話を本で読んだことがあります。在外のさるロシヤの教会で一人の小役僧が、《……》ある立派な英国人の家族を、四旬斎の勤行の始まるちょっと前に、教会から追い出してしまったのです。《……》本当に《……》追い出してしまったのです。（五三―五四）

小沼訳―私はこんな話を読んだことがあるんですがね。なんでも外国にあるわが国の教会の一つで下働きの会堂番の男かなにかが、《……》ある立派な英国人の家族を《……》四旬節の礼拝がはじまるすぐ前に、教会から追い出した、つまりその文字通り追い出してしまったというのですよ。（五六）

江川訳―ぼくはこんな話を読みましたよ。わが在外教会に勤める寺男か何かがですね。《……》あるイギリスの名家の人たちを、《……》いよいよ大斎期の勤行が始まろうというときになって、教会からたたき出した。いや、文字どおりたたき出してしまったんです。（一〇一）

⑲

テクスト―По крайней мере вы бы записывали и запоминали такие слова, в случае разговора……（五一）

亀山訳―〈せめてあなたぐらい、そういう言葉を、会話のやりとりでは、そう、そういう言葉をメモして、誰かとお話しするときにお使いになるといいわ……〉（一三九―一四〇）

コメント―「そう言う言葉を」が二度繰り返されているが、これはテクストにはない混乱した訳である。「せめてあなたぐらい」ではなく、「あなたはせめて、そういう言葉をメモして、会話の時のために、覚えておくとよいでしょう」である。「メモして覚えておくこと」に勧めの重点があるので、亀山訳では脱落している。「使うように」は付随的な表現である。

米川訳―とにかく、あなたは話の時の用意に、そんな言葉を書き留めて、覚えていたらいいでしょう。（五八）

小沼訳―まあいずれにしてもそうしたことばを書き抜いて、よく覚えておいたらいいでしょう。ほら、会話のときにすぐ使えるようにね。（六一）

江川訳―ともかくあなたはそんな言葉を書き抜いて、覚えておかれるといいわ。会話のときつかうように……（一一〇）

⑳

テクスト―Он всё что-то предчувствовал, боялся чего-то, неожиданного, неминуемого; стал пуглив; стал большое внимание обращать на сны.（五二）

亀山訳―〈つねに何かを予感し、唐突になにか避けがたいことが起こるのではないかとびくびくしていた。臆病になっていたのだろう。夜見る夢をひどく気にするようになった。〉（一四四）
コメント―「夜見る夢」という記述はない。単に「夢」であって、昼寝の夢であってもかまわないはずである。白夜で夜眠れないロシア人には午睡は生活習慣といってもよい。このような余分な、あるいは過剰な意味をつけ加えてテクストを歪曲するのが、訳者の悪い癖である。
米川訳―《……》そして妙に臆病になり、ひどく夢を気にし始めた。（六〇）
小沼訳―彼は臆病になった。そして夢を非常に気にするようになった。（六二）
江川訳―すっかり臆病になり、夢をひどく気にするようになった。（一一三）

㉑

テクスト―Стой, молчи. Во-первых, есть разница в летах, большая очень; но ведь ты лучше всех знаешь, какой это вздор. Ты рассудительна, и в твоей жизни не должно быть ошибок. (五六)
亀山訳―〈待って、何も言うんじゃないの。まず第一にだね、年齢の差っていう問題があるんだ。でもおまえは、ほかのだれよりもそれがどんなにばか臭いことか、わかっているはずだよ。おまえは思慮深い子だし、一生過ちなんておかすもんですか。〉（一五五）
コメント―年齢の差を問題にするのは「くだらない」、「つまらない」、「意味がない」ではあっても「ばか臭い」とはいわないのではなかろうか。ダーシャとのやりとりでは、全体としてワルワーラ夫人がいかにも高圧的な粗野な感じの女性に仕立てあげられている。「過ちなんておかすもんですか」ではなく、テクストは「おまえの人生に過ちなんてあるはずがない」である。

米川訳―まず第一、年の違いだがね、これがたいへん大きいのさ。けれどそんなことくらいなんでもないってことは、だれよりもお前が一番よく承知しておいでのはずだね。お前は分別のある女だから、お前の生涯に間違いのあろう道理がないよ。（六四）

小沼訳―まず第一に、年の違いだがね。これがひどく大きいんだよ。けれどそんなものは意味がないってことは、お前が誰よりも知っておいでだろうよ。お前はなかなか思慮深い娘だからね。お前の生涯に間違いなんかあるはずはありませんよ。（六七）

江川訳―まず第一に、年のちがいだけどね、これがたいへん大きいのさ。でも、そんなことに意味のないことは、だれよりもおまえがいちばんよく承知しておいでだろう。おまえは分別のある子だから、一生まちがいのあろうはずがない。（一二三）

㉒

テクスト― Это хоть и правда, что я непременно теперь тебя вздумала замуж выдать, но это не по необходимости, а потому только, что мне так придумалось, и за одного только Степана Трофимовича. Не будь Степана Трофимовича, я бы и не подумала тебя сейчас выдавать, хоть тебе уже и двадцать лет……（五七）

亀山訳―〈どうしてもおまえをお嫁にやりたいって思ったのはほんとうだけど、でも、そうするのが必要ってわけじゃないんだよ、たんにそんなことを思いついたからでね。相手だってヴェルホヴェンスキー先生ひとりなわけだし、先生がいなかったら、いますぐおまえをお嫁にや

ろうなんて考えもしませんでしたよ〉（一五九）

コメント—亀山訳ではワルワーラ夫人のせりふの核心部分が明快に伝わらない。夫人がダーシャに結婚話を勧めるのも、相手が誰でもというのではなく、「相手がステパン氏にかぎっての話」というわけで、先行訳はすべてそこをきちんと押さえている。

米川訳—そりゃまったく、わたしは今ぜひともお前を嫁にやろうと考えついたけど、何もけっして必要があってのことじゃない。ただそう思い立ったからというだけの話で、それも相手はスチェパン・トロフィーモヴィチにかぎるんです。もしスチェパン・トロフィーモヴィチという人がなかったら、わたしは今すぐお前を嫁にやろうなどと、考えつきはしなかったでしょうよ。（六六）

小沼訳—そりゃたしかに、わたしはいまどうしてもお前を嫁にやろうと思いついたには相違ないけれど、それはなにもその必要があるからではなく、ただふっとそんな気になっただけのことで、相手もスチェパン・トロフィーモヴィチに限るんですよ。スチェパン・トロフィーモヴィチという人がいなかったら、なにもわたしだっていますぐお前を嫁にやろうなんてことは考えなかったでしょうよ。（六九）

江川訳—そりゃわたしがどうしてもおまえを嫁にやろうと考えたのはほんとうだけど、これは何もそれが必要だからというんじゃなくって、そう思いついたからというだけで、それも相手はステパンさんにかぎるんだからね。ステパンさんがいなければ、おまえを嫁にやろうなんて、思いつきもしなかったでしょうよ。（一二六）

㉓

テクスト――Он писал теперь с юга России, где находился по чьему-то частному, но важному поручению и об чем-то там хлопотал.（六三―六四）

亀山訳―〈彼はいま、ロシアの南部から手紙を書いてよこしていた。手紙では、だれかに個人的ながら重大なミッションを託され、何ごとかしきりに奔走しているとのことだった〉（一七九）

コメント―ピョートル・ヴェルホヴェンスキーにかかわる「個人的ながら、重要な依頼」の「依頼」を「ミッション」と訳す言語感覚はいかがなものか。「リサイクル市場」と同じように、時代の感覚を取り違えた恣意的な訳語である。

米川訳―だれかの私用ではあるが、だいぶ重大な任務を帯びて出かけたので、なにかしきりに奔走しているのであった。（七四）

小沼訳―彼がそこへ出かけたのは誰かに頼まれて個人的な、だが重要な任務を果たすためで、なにかの問題でしきりに奔走しているようであった。（七六）

江川訳―ある人物から個人的な、しかし重要な用件を依頼されたからだそうで、何かしきりと奔走しているとのことだった。（一四二）

第3章　他人の不始末

㉔

テクスト――а я убежден, что ему не только уже известно всё со всеми подробностями о *нашем* положении, но что он и ещё что-нибудь сверх того знает,（六八）

亀山訳—〈ぼくは、こう確信してるんですよ。リプーチンはもう何もかも知っているとね、ぼくたちが置かれている状態について、ありとあらゆる細部にいたるまで知りつくしている、そればかりか、ほかにまだいろんなことを知っていると、〉（一九六）

コメント—原文では斜体で強調されている個所（右下線部）を無視。このようなミスは『カラマーゾフの兄弟』訳の幾つかの重要な個所でも見られた傾向である。先行訳はすべて傍点で表示している。

米川訳—あの男は今のわれわれの状況を、細大洩らさず知っているばかりではなく、（八〇）

小沼訳—あの男にはわれわれの立場がもう一から十まで、それこそ微細な点までわかっているばかりではなく、（八三）

江川訳—あの男にはもうぼくらの状況が微細なところまですっかりわかっているだけじゃない。（一五五）

㉕

テクスト—Он описывал гибель одного парохода где-то у английского берега, чему сам был свидетелем, и видел, как спасали погибающих и вытаскивали утопленников.（七〇）

亀山訳—〈どこやらドーバー海峡あたりで遭難した汽船の様子を描いたもので、彼自身がその目撃者となり、遭難者が救助され、溺死者が引き上げられるさまを目にしたというのだった。〉（二〇〇）

コメント―「ドーバー海峡」なる訳の原語は「イギリスの海岸・沿岸」であり、先行訳もすべてそう訳している。亀山訳の原テクストと思われるアカデミー版第一〇巻の注釈によると、材源の一つとして一八三八年五月に起きた汽船「ニコライ一世号」の遭難事件が背景にあって、後にツルゲーネフが「船火事」という作品に書いたことをあげている。しかしこれはツルゲーネフの晩年一八八三年の作品で、米川訳の括弧内注のように、これを材源とするには、時代的な齟齬がある。いずれにせよ、ロシア語版全集注にも、場所を「ドーバー海峡」と特定した記述はない。

それはともかく、カルマジーノフというフィクショナルな人物の作品を紹介するにあたり、語り手は「イギリスの海岸」と記しているのであるから、これを「ドーバー海峡」と改変するのは、訳者による恣意的な改ざんというほかはない。

米川訳―彼の一文（「船火事」ツルゲーネフ）を読んだことがある。それはどこかイギリスの海岸で、一艘の船が沈没した模様を書いたもので、《……》（八二）

小沼訳―それはどこかイギリスの海岸あたりで起こった、ある船の遭難の模様を書いたもので、《……》（八四）

江川訳―この文章は、どこやらイギリスの沿岸で一艘の汽船が難破した様子を書いたもので、《……》（一五八）

㉖

テクスト―Он вдруг уронил крошечный сак, который держал в своей левой руке《……》впрочем не знаю, что это было, но знаю только, что я, кажется, бросился его поднимать. （七一）

亀山訳―〈彼はふと、左手に持っていた小さな袋を落とした《……》かといってそれが何であるのか、わたしにはわからなかった。わかっていたのはたんに、どうやらわたしがそれを急いで拾いあげようとしたらしいことである。〉（二〇四）

コメント―〈бросился〉は「突進した」の意で、「それを拾いあげようとしてとびだした」が正しい訳。情景のイメージが違ってくる。語り手が初対面の有名作家カルマジーノフに対してとった卑屈な態度の回想場面。

米川訳―わたしがそいつを飛んで行って、拾おうとしたのだけは確かである。（八四）

小沼訳―知っているのはただ、どうやら私が、飛んで行ってそれを拾い上げようとしたらしいことだけである。（八六）

江川訳―忘れようもないのは、それを拾おうとして、私が思わず夢中でとびだしたということなのである。（一六一）

㉗

テクスト― А главное, сынка вашего знают, многоуважаемого Петра Степановича; очень коротко-с; и поручение от них и имеют. Вот только что пожаловали.

-- О поручении вы прибавили, --резко заметил гость, -- поручения совсем не было, а Верховенского я, вправде, знаю. （七四）

亀山訳―〈「いや、それよりもなによりも、あなたの息子さんをご存知です。ピョートル・ヴェルホヴェンスキーさんのことですよ。とっても身近なおつきあい、とかで。伝言をお持ちだそうです。まだ到着なさったばかりでしてね。」

「伝言のことをいうのは、おせっかいがすぎます」と、客はとがった口調で言った。「伝言などありませんが、ヴェルホヴェンスキー君のことはたしかに存じあげています。」〉（二一四）

コメント―原文の〈прибавили〉は「つけ足し」「作り話」の意であって、伝言があったことを前提としたような、「おせっかい」とはちがう。

米川訳―「ことづけというのはきみのつけたりですよ」と客はぶち切るようにいった。「ことづけなんかありゃしません。しかしヴェルホーヴェンスキイ君は実際知っています」（八七）

小沼訳―「ことづけなんていうのはあなたが勝手に付け足したことです」とぶっきら棒に客は言った。「ことづけなんかぜんぜんありゃしませんよ。しかしヴェルホーヴェンスキーなら、知っていることは事実です」（八九）

江川訳―「伝言のこと、きみのつけ足しですね」客はきびしく口をはさんだ。「伝言は何もありませんでしたが、ヴェルホーヴェンスキー君、知っているのは事実です」（一六九）

㉘

テクスト― --Я...... давно уже не видал Петрушу...... Вы за границей встретились? – пробормотал кое-как Степан Трофимович гостью.

-- И здесь и за границей.（七五）

亀山訳―〈「息子のペトルーシャとは……もうずいぶん長いこと顔を合わせてないんです……で、

あなたは、外国でお会いに？」ヴェルホヴェンスキー氏は、どうにかこれだけつぶやくことができた。

「ここと、外国です」〉（二一五）

コメント—И……и……は……も……も　の意で「ここでも、外国でも」と文型通り訳すのが自然であって、亀山訳はことさらに片言めいている。

米川訳—「ええ、ここでも、外国《あちら》でも」（八九）

小沼訳—「こちらでも外国でも」（九〇）

江川訳—「こちらでも、外国でも」（一七〇）

㉙

テクスト—Инженер нахмурился, покраснел, вскинул плечами и пошел было из комнаты（七九）

亀山訳—〈技師は眉をひそめ、顔を赤らめると、肩をすくめて部屋から出ていこうとした。〉（二三〇）

コメント—〈вскинул плечами〉は「肩を持ち上げる」「肩をそびやかす」の意で、「肩をすくめる」は完全な誤訳。技師キリーロフがリプーチンにたいして怒っている場面。

米川訳—技師はちょっと眉をひそめ、赤い顔をして、ひょいと肩を突き上げるような恰好をして、部屋を出ようとした。（九四）

小沼訳—技師は額に八の字を寄せ、顔を赤らめると、肩をそびやかして部屋から出て行こうとした。（九六）

江川訳─技師は眉を寄せ、顔を赤らめると、両肩をひょいとそびやかして、部屋から出ていこうとした。（一八一）

㉚

テクスト─ -- Липутин, вы слишком хорошо знаете, что только затем и пришел, чтобы сообщить какую-нибудь мерзость в этом роде и …… еще что-нибудь хуже!（八〇）

亀山訳─〈「リプーチン、あなたはあまりに知りすぎている、ここにきたのだって、その類のくだらん話を……それに輪をかけて悪い話を伝えるためでしょう！」〉（二三二）

コメント─構文のポイントを無視することによって、まったくまとまりのない、意味のとれない訳文となっている。

試訳─「リプーチン、きみがやってきた唯一のねらいは、その種の何かいまわしい話……あるいはもっとひどい話をするためだってことを、自分自身よくよく承知してのことなんだろう！」

米川訳─「リプーチン君、きみは自分で知りすぎるくらい知ってるだろうが、きみは何かそんなふうな穢らわしい話がしたいばっかりに、わざわざここへやって来たのだ。」（九五）

小沼訳─「リプーチン、君がここへやって来たのは、なにかそういった種類の汚らわしい話か……あるいはなにかもっとひどい話をするためにすぎないということを、君は知りすぎるくらいよく知っているはずだ」（九六）

江川訳─「リプーチン、きみは知りすぎるぐらいに知っているはずだがね、きみがここへ来たのは、なにかそんなふうな汚らわしい話が……いや、もっとひどい話がしたかったからだけな

んだ」（一八二—一八三）

㉛

テクスト—Я только и ждал этого слова. Наконец-то это заветное, скрытое от меня слово было произнесено после целой недели виляний и ужимок. Я решительно вышел из себя.（八六）

亀山訳—〈「ぼくはね、結婚するわけにはいかないんです。『他人の不始末』とね！」ひたすら待ちかねていたひとことだった。まる一週間、ごまかしと渋い顔につきあわされたあとでようやく、この聖なる、わたしにひたかくしにしていたそのひとことが発せられた。わたしは完全にわれを忘れていた。〉（二五〇）

コメント—「聖なる」と訳されている〈заветное〉は、ステパン氏の立場からの文脈からいっても「秘められた」の意味であって、亀山訳は見当ちがいである。

米川訳—わたしは実にこの一言を期待していたのである。長い間わたしに隠していた秘密の一言は、一週間のごまかしと弥縫の後、ついにかれの口から発しられた。わたしはすっかり憤慨してしまった。（一〇二）

小沼訳—私はただこのことばを待っていたのである。私にひたかくしにかくされていた、この秘められた一言が、一週間にわたるごまかしとしかめつらの連続のあとで、ついに彼の口から出されたのだ。私は腹を立てて完全にわれを忘れてしまった。（一〇四）

江川訳—私はこの一言を待っていたのだった。私からかくしおおされてきたこの秘密の一言が、まる一週間逃げをはり、ごまかしとおしたあげくに、とうとう口にされたのである。私は断然

かっとなった。（一九七）

㉜

テクスト―А помните, как вы мне описывали, как из Европы в Америку бедных эмигрантов перевозят? И всё-то неправда, я потом всё узнала, как перевозят,（八七）

亀山訳―〈貧しい貧民たちがヨーロッパからアメリカに送られていったときのお話も、でもあれってみんな嘘だったんですね。あとでわたし、じっさいに送られていく様子をこの目ですべて確かめたんですもの。〉（二五四）

コメント―貧民たちがアメリカに「送られていったとき」は「送られていくとき」と、歴史的現在形（ロシア語では文字通り現在形）で訳すのが、より正しい。さらに問題なのは、小沼訳以外はリーザが移民輸送の様子を目で見て確かめたように訳していること。テクストからは、「あとですっかり分かった」ということ以上の意味は読みとれない。

米川訳―だけど、あれはみんな嘘でしたわ。あたしその後、ほんとうの輸送の模様を見ましたもの。（一〇四）

小沼訳―でも、あれはみんな嘘でしたわ。だってあたしはあとで、どんなふうに輸送されるかすっかりたしかめてみたんですもの。（一〇五）

江川訳―でも、あれはみんな嘘でしたわ、わたしはそのあと、どうやって運ばれるものか、ちゃんと見ましたもの。（二〇一）

テクスト㉝— Заметьте эту раздражительную фразу в конце о формальности, Бедная, бедная, друг всей моей жизни! Признаюсь, это *внезапное* решение судьбы меня точно придавило（九七）

亀山訳—〈「どうです、さいごのところの、この形式的なやりかたっていう、いらだたしそうな文句。ぼくはね、ぼくの一生の友がほんとうにかわいそうで、白状すると、この運命の宣告のおかげで、もうおしつぶされてしまったにひとしいんです。」〉（三八八）

コメント—亀山訳では「運命の宣告」に係る斜体の強調部分「突然の」の訳語が欠落。なお先行訳ではすべて、これに相当する訳語に傍点を振っている。
また「ぼくはね」に始まるくだりが、「一生の友がかわいそうで」と「おしつぶされた」に二重に係るため、すんなりとは読みとり難い。後段では「ぼくはこの突然の運命の宣告のおかげで」と、主語を補うべきであろう。

米川訳—「このしまいに書いてある形式的云々の、いらいらした文句に注意してくれたまえ、気の毒だ。本当に気の毒な人だ、わたしの生涯を通じてたった一人の友だちなんだがなあ！ しかし、まったくのところ、わたしの運命はこの思いがけない決定のために、まるで圧しひしがれてしまったようなものだ」（一一七）

小沼訳—「この終わりのほうに書いてある形式がどうしたとかいう、妙にいらだたしい文句に注意してくれたまえ。気の毒な人だ、可哀そうな人だ、一生を通じての唯一の友達なのになあ！ しかし正直なところ、思いがけない決定のおかげで、私の運命はまるで圧しつぶされてし

まったも同然だ……」（二一八）

江川訳―「最後のところの形式うんぬんのいらいらした文句に注意してくれたまえ。かわいそうな、かわいそうな、ぼくの生涯の友！　白状するとね、ぼくは運命のこのとつぜんの宣告に、それこそ押しひしがれんばかりだったんですよ……」（二二七）

第4章　「足の悪い女」

㉞

テクスト―Всё состояло в том, что Лизавета Николаевна давно уже задумала издание одной полезной, по его мнению, книги, но по совершенной неопытности нуждалась в сотрудничестве.

亀山訳―〈要するにリザベータはかなり以前、彼女の意見によるとある有益な本の出版を思いついたのだが、ノウハウがまるきりないこともあって、協力者を必要としていたのである。〉（二〇三）

コメント―出版については「まったくの未経験であるため協力を必要とした」と訳せばすむところを、「ノウハウがまるきりないこともあって」などとわざわざカタカナ言葉を持ち出すのはいかがなものか。（三〇六）

米川訳―リザヴェータはもうとうから、彼女の意見によると非常に有益な、ある書物の出版を思いついていたが、まるでそのほうの経験がないので、協力者を必要とするというのであった。

（一二四）

小沼訳―リザヴェータ・ニコラーイェヴナはもうだいぶ以前から、彼女の意見によると、ある有益な書籍の出版を思いついたのであるが、そのほうの経験がまるっきりないので、協力者を必要としているというわけだった。（一二五）

江川訳―かねがねリザベータがある有益な（というのは彼女の意見だが）書物の出版を思いついたところ、そのほうの経験がまるでないので、協力者を必要としていると言うことだった。（二四一）

㉟

テクスト―Может ли солнце рассердиться на инфузорию, если та сочинит ему из капли воды, где их множество, если в микроскоп?（一〇六）

亀山訳―〈はたして、太陽が滴虫類に腹を立てるなどということがありましょうか？　たとえそれが、顕微鏡で見るなら滴虫が数かぎりなくいるところで、太陽のために水滴によって詩を作ったとしても、であります。〉（三一六）

コメント―太陽をリーザに比し、滴虫類を自分に比したレビャートキンのリーザへのふざけたプロポーズの手紙で、「滴虫類が太陽に詩を捧げたとしても、太陽は気を悪くするだろうか」、というのが趣意である。「太陽のために水滴によって詩を作ったとしても」の主語「滴虫類が」は亀山訳では判断しづらく、その文意は汲みとりにくい。「顕微鏡で見るなら滴虫が数かぎりなくいる水滴から、滴虫類が太陽に捧げる詩を作ったとしても」の意で、「太陽のために」

という訳語もまだるっこしい。

米川訳—たとえ滴虫類が水滴をもて何物かを作り出したればとて、太陽がこれに対して怒りを発するごときことこれあるべきや（もし顕微鏡をもて見れば、一滴の水中にも、無数の滴虫類を見出し得るものにこれあり候）」（一二八）

小沼訳—「たとえ滴虫類が、もし顕微鏡で見るならば無数の滴虫類が泳いでいる水滴を並べて、太陽のために詩をつくったとしても、はたして太陽が彼らに怒りをぶちまけるなどということがありえましょうか？」（一二九）

江川訳—もし一個の滴虫類が、顕微鏡もて見れば無数の滴虫類のひしめく一滴の水のなかより、太陽に讃歌を捧げたとするならば、はたして太陽はこれを怒るでありましょうや？」（二四九）

㊱

テクスト— Не презирайте предложения. Письмо от инфузории разуметь в стихах.（一〇六）

亀山訳—〈どうか小生の提案をないがしろになさいませんように。滴虫類からの手紙、詩として理解していただきたく。〉（三二七）

コメント—〈предложение〉はここでは「申し込み」、もっと分りやすく言えば「プロポーズ」の意味である。「提案」ではレビャートキンの手紙の意図が伝わらない。

米川訳—希くば、小生が申込みを一笑に付したもうことなかれ、詩もてしたためしたる方を、滴虫類の手紙と思召し下さるべく候。（一二八）

小沼訳—どうか小生の申し込みを無視なさらぬよう。滴虫類の手紙の趣旨は手紙によってご理解あ

らんことを。（一二九）

江川訳―この申し出を無視されることなきよう。滴虫類の真意は詩のうちにお汲みとりくだされたし。（二五〇）

㊲

テクスト―но мне было жалко, жалко, - вот и всё! Секреты ее стали для меня вдруг чем-то священным, и если бы даже мне стали открыть их теперь, то я бы, кажется, заткнул уши и не захотел слушать ничего больше.（一〇九）

亀山訳―〈しかし、わたしは、彼女がかわいそうでならなかった。それだけのことなのだ！　わたしにとって彼女の秘密は、ふいに何か神がかったものとなり、今それを打ちあけられたとしても、わたしは耳に栓をし、何ひとつその先の話を聞こうとはしなかったろう。〉（三二六―三二七）

コメント―ここで語り手の「私」は彼女（リーザ）に同情し、身を寄せる視点でのべているのであって、だから彼女の秘密が「神聖なもの」に映るのである。「神がかったもの」という訳は、その文意をとらえていない。亀山訳だとわけのわからないものゆえに耳に栓をしたいということ、ネガティブな意味にとれる。先行訳も含めて「それだけのことなのだ！」という個所は、「かわいそうで、かわいそうでならなかった――そのひと言につきた！」といった同情心のきわみを表現しているのである。

米川訳―しかし、とにかくかわいそうだ、まったくかわいそうだ、――それだけのことなのだ！

すると、急に彼女の秘密が神聖犯すべからざるものに思えてきた。（一三二）
小沼訳―しかし私には彼女が気の毒だった。気の毒でならなかった――ただそれだけのことなのである！　すると彼女の秘密が私にとっては、急になにか神聖なもののように思われてきた。（一三三）
江川訳―ただ、私は気の毒で、気の毒でならなかった、それだけのことなのだ！　彼女の秘密はふいに私にとって何か神聖なものとなり、《……》（二五七―二五八）

㊳
テクスト―Ох, Шатушка, дорогой ты мой, что ты никогда меня ни о чем спросишь?（一一八）
亀山訳―〈ああ、シャーさん、シャーさん、大好きよ、あんた、どうして何もたずねてくれないのよ？〉（三五五）
コメント―シャートフという姓を愛称形よばわりした「シャートゥシカ」であるから、「シャーさん」と訳すのは一理あるとしても、〈дорогой ты мой〉（ごく一般的な親密な呼びかけ、英語の《my dear》に相当）は「ねえ、あんた」「ねえ、君」「ねえ、お前さん」など、イントネーションによって、アイロニカルなニュアンスから、文字通り親密感の表現まで、幅の広い意味合いをもった呼びかけの常套句。語義どおり「大事な人」と訳してみても、かならずしもおさまりのいい言葉ではない。江川訳の「大好きな人」は行き過ぎの感があるが、これを「大好きよ」と訳すのはさらにおかしい。江川訳の「大好きな人」の孫引きならぬ孫訳の結果か？
米川訳―おお、シャートゥシカ、わたしの大事なシャートゥシカ、どうしてお前さんはちっともわ

たしにきかないの？（一四三）

小沼訳—おお、シャートゥシカ、シャートゥシカ、わたしの大事なシャートゥシカ。あんたは一度だって、なんにもわたしにきいたことがないのね？（一四四）

江川訳—ああ、シャートゥシカ、シャートゥシカ、大好きな人、どうしてあんたは、わたしになんにもたずねちゃくれないの？（二八〇）

㊴

テクスト—Началось с того, что 〈……〉Кстати, костюм его отличался на этот раз необыкновенною изысканностью （一一〇）

亀山訳—〈そもそものはじまりが妙で、《……》ちなみに、彼がこの日身につけていた服は、異様とも思えるほどの凝りようだった。〉（三六四）

コメント—「妙で」といった評価のニュアンスはない。衣装の凝りようを修飾する形容詞も「いつにない」「普段ではない」程度の意味で、「異様とも思えるほど」といった思わせぶりな強調はない。

米川訳—まずこの日の幕開きとして、《……》ついでにいっておくが、この日の彼のいでたちは、すっきりと垢抜けがしていた。（一四六—一四七）

小沼訳—まずそれはこんなふうにしてはじまった。

ついでに言っておくが、この日の彼の服装は珍しく凝りに凝ったものであった。（一四七）

江川訳—事のはじまりはまず《……》

ついでに言っておくと、この日の彼の服装はきわだって瀟洒なものであった。（二八八）

㊵

テクスト— Если бы она еще капельку промедлила, то ее бы, может быть, и не пропустили в собор…… （一二二）

亀山訳—〈もしも彼女がもう少しでも遅れていたら、教会内には通してもらえなかったろう……〉（三七〇）

コメント—「彼女の足がもう少し遅かったら」の意味で、時間的に「遅れていたら」の意味はない。イメージが喚起される情景が異なる。マリヤは足を引きずっているのである。

米川訳—もし彼女がいまちょっとぐずぐずしていたら、とても中へ入れてもらえなかったろう……（一四九）

小沼訳—もし彼女がそれ以上ほんのすこしでもぐずぐずしていたら、彼女は、おそらく、会堂の中へ入れてもらえなかったに相違ない……（一四九）

江川訳—もし彼女がもうちょっとぐずぐずしていたら、おそらく教会堂への入れてもらえなかっただろう……（二九二）

㊶

テクスト―Карету не откладывать（一二七）

亀山訳―〈「馬車はそのまま待たせておいて」〉（三八二）

コメント―「馬を馬車から切り離さないで」の意味。「待たせておく」、の意味ではない。ワルワーラ夫人の下男への采配の情景を読者のイメージに喚起するもので、亀山訳ではその小説的ディテールの味が失われる。江川訳も曖昧。

米川訳―「馬はまだ車から放さないでおおき」（一五四）

小沼訳―「馬車には馬をそのままつけておいて」（一五五）

江川訳―「馬車はそのままにして」（三〇三）

㊷

テクスト―Последний визит был со стороны Варвары Петровны, которая и уехала «от Дроздихи» обиженная и смущенная（一二九）

亀山訳―〈最後に訪問したのはワルワーラ夫人のほうだが、〈雌ツグミ〉の家を出た彼女はもう腹立ちがおさまらず、困惑しきっていた。〉（三九〇）

コメント―〈雌ツグミ〉という訳語でドロズドワという姓の語源を持ち込んだのは訳者独りよがりの記述であり、一般読者には理解できないだろう。これはドロズドワ夫人のことで、米川訳、小沼訳にもあるように、ワルワーラ夫人による蔑称である。

米川訳―最後に訪問したのはワルワーラ夫人のほうであったが、夫人はそのとき当惑げな立腹の様子で、「ドロズジーハ」（ドロズドヴァを侮辱した呼び方）のもとを立ち去った。（一五七）

小沼訳―最後に訪問したのはワルワーラ・ペトローヴナのほうであったが、「ドロズディーハ」（ドロズドーヴァの軽蔑した呼び方）の家を出たときには、彼女はすっかり腹を立ててむしゃくしゃしていた。（一五八）

江川訳―最後に訪ねていったのはワルワーラ夫人のほうだったが、彼女は「ドロズドワ後家婆さん」のところから、気分を害し、当惑顔で引揚げてきた。（三〇九）

㊸

テクスト― --Страдали вы, сударыня, в жизни?

--Вы просто хотите сказать, что от кого-нибудь страдали или страдаете.（一三九）

亀山訳―〈「奥さまは、これまで苦しみを受けたことがおありですか？」

「あなたはたんにこうおっしゃりたいだけでしょう、つまり、わたしがだれのためにくるしんできたか、でなければ、現にくるしんでいるのか」〉（四二〇）

コメント―ロシア語がきちんと読める人間ならばありえない誤訳である。「苦しんできたか、あるいは苦しんでいるか」の語句の主語は「あなた」（二人称）であることは、動詞の語尾を見れば間違いようがなく、ワルワーラ夫人は自分のことではなく、相手の立場でいっているのである。つまり、夫人は相手レビャートキンの質問の裏を読んで、相手の立場の文脈で、「あなたが誰のために苦しんでいるか」をいいたいのだろうと問い返しているのである。

米川訳――「奥さん、あなたはこれまでお苦しみになったことがありますか？」

「つまり、あなたがおっしゃりたいのは、あなたがだれかに苦しめられたことがあるとか、またはいま苦しめられているとか、そういうふうなことなんでしょう？」（一六九）

小沼訳――「あなたは、奥さん、いままでにお苦しみになったことがおありですか？」

「簡単に申しますと、あなたがおっしゃりたいのは誰かに苦しめられたとか、現に苦しんでいるとかいうことなのでしょう」（一七〇）

江川訳――「奥さん、あなたはこれまでに苦しまれたことがおありですか？」

「つまりあなたは、ご自分がだれかのために苦しんできた、でなければ、いまも苦しんでいるとおっしゃりたいんでしょう」（三三三）

㊹

テクスト――Это был молодой человек лет двадцати семи или около 《……》 как будто с первого взгляда сутуловатый и мешковатый, но, однако ж, совсем не сутуловатый и даже развязный.（一四三）

亀山訳――〈その青年は年のころ二十七前後で、《……》一見したところ、猫背ぎみでずんぐりとした感じがあったのだが、それでもじっさいには、猫背に固有の陰気さはまるきりなく、むしろくだけた感じのする男だった。〉（四三一）

コメント――「猫背に固有の陰気さ」とはどこにも書かれてない。「猫背の人」に「陰気さ」が固有なものとはいえないだろう。強いていえば「前かがみの、内にこもる感じ」程度の意味であろう。

米川訳―これは年の頃、二十七かそこいらの若者で、《……》ちょっと見には、ずんぐりむっくりして不恰好のようだが、けっしてずんぐりむっくりどころでなく、かえってとりなしは捌けたほうである。（一七四）

小沼訳―それは年は二十七か、あるいはその前後、《……》一見したところちょっと猫背で風采があがらないように見える。だが、その実、決して猫背でもなんでもなく、態度もむしろくだけていると言ったほうがいいくらいである。（一七四―一七五）

江川訳―それは年の頃二十七、ないしそれ前後の、《……》ちょっと見たところ猫背でずんぐりした感じだったが、実際には猫背の気むずかし屋どころか、むしろさばけた男だった。（三四二）

㊺

テクスト― Надобно вам узнать, maman, что Петр Степанович – всеобщий примиритель; это его роль, болезнь, конек, и я особенно рекомендую его вам с этой точки. Догадываюсь, о чем он вам тут настрочил. Он именно строчит, когда, когда рассказывает; в голове у него канцелярия.（一五六）

亀山訳―〈母さん、ピョートル君はどこに行っても、調停役を引き受けてくれるんですよ。それが彼の役回りだし、弱みだし、得意とするところなんです。で、この点では彼を推薦しますよ。彼があなたたちに何を吹きこんだか、だいたいの察しはつきます。彼が話をするとき

は、いつもかならず吹き込んでいますからね。彼の頭んなかは、事務所になっていまして。〉（四七〇）

コメント――「弱み」と訳している単語は「病気」で、「病みつき」というほどの意味である。「吹き込む」という訳は適切ではない。「鉄砲を連射するように話す」のイメージで、「しゃべりまくる」、「まくしたてる」が適訳である。亀山訳は江川訳を踏襲。

米川訳――この人はどこへ行っても調停者の役廻りなんです。これがこの人の病気で、そして得手なんです。ぼくはとくにこの点でこの人を推薦しますよ。この人がここでどんなことをしゃべりまくったか、たいてい見当がつきます。いや、この人が何かの話をするのはまったくしゃべりまくるんですからね。この人の頭の中は、まるで事務所かなんぞのようになってるんですよ。（一九〇）

小沼訳――ピョートル・ステパーノヴィチは――どこへ行っても調停者で通っているんですよ。これが彼の役割で、病気でもあれば、道楽でもあるわけなんです。ですからこの点で特に彼を推薦して置きます。彼がここでみんなにどんなことをまくしたてたか、大体見当がつきます。まったく話をするというよりも、まくしたてるんですからね。彼の頭の中は事務所みたいになっているんですよ。（一九〇―一九一）

江川訳――ピョートル君はどこへ行っても、調停者の役まわりなんですよ。これが彼の病気でもあり、十八番でもあるんで、とくにこの見地から彼を推薦したいですね。ここで彼があなた方に何を吹きこんだかは、おおよそ見当がつくな。彼は話をするとなると、かならず何か吹き込んでいる。この男の頭の中は事務所になっていましてね。（三七三―三七四）

㊻

テクスト―Она раскраснелась. Контраст с ее недавним мрачным видом был чрезвычайный. Пока Николай Всеволодович разговаривал с Варварой Петровной, она раза два поманила к себе Маврикия Николаевича, будто желая ему что-то шепнуть;（一五六）

亀山訳―〈彼女の顔は真っ赤だった。ついさっきまでの陰気な表情と比べて、その差異は異常ともいえるものだった。スタヴローギンがワルワーラ夫人と言葉を交わしているあいだ、リーザは何か耳打ちしようと、二度ばかりマヴリーキーに体をよせた。〉（四七二）

コメント―「身体をよせた」は完全な誤訳。「招きよせた」が正しい訳。

米川訳―彼女は何やら耳打ちでもしたいらしいふうで、二度までもマヴリーキイを招き寄せた。（二九〇）

小沼訳―彼女は二度ばかりマヴリーキー・ニコラーイェヴィッチを手招きして、なにか耳打ちでもしたいような様子を示した。（一九一）

江川訳―彼女は何か耳打ちでもしたい様子で、二度ほどマヴリーキーを招き寄せた。（三七五）

㊼

テクスト―Часа два с лишком, -- ответил Nicolas, пристально к ней присматриваясь. Замечу, что он был необыкновенно сдержан и вежлив, но, откинув вежливость, имел совершенно равнодушный вид, даже вялый.（一五七）

亀山訳—〈「二時間あまり前です」リーザの目をじっと見つめながら、〈ニコラス〉は答えた。ここでひとこと注意しておくと、彼はいつになく控え目で慇懃だったが、その慇懃さをのぞけばまったく無関心で、憂鬱そうな表情をしていた。〉（四七三）

コメント—「のぞけば」というより、「振り捨てると」、「かなぐり捨てると」(откинув)で、スタヴローギンの仮面的な表情の動きを端的に示す表現である。江川訳が適訳。

米川訳—ついでにいっておくが、彼はなみなみならず慇懃で控え目だったけれども、その慇懃さという点をのけてしまうと、まるで気のないだらけた顔になるのであった。（一九一）

小沼訳—ついでに言っておくが、彼の態度はおそろしく控え目でていねいであった。だが、そのていねいな点を除くと、彼はまったく関心のなさそうな、ものうげと言ってもいいほどの顔つきをしているのだった。（一九二）

江川訳—断っておくと、彼はいつになく控え目で丁重だったが、いまはその丁重さをかなぐり捨てて、まるで無関心な、むしろぐったりしたような顔つきをしていた。（三七六）

㊽

テクスト—Эти «грехи»-с – эти «чужие грехи» -- это, наверно, какие-нибудь, наши собственные грехи и, об заклад бьюсь, самые невиннейшие, но из-за которых вдруг нам вздумалось поднять ужасную историю с благородным оттенком – именно ради благородного оттенка и подняли. Тут, видите ли , что-нибудь по счетной части у нас прихрамывает – надо же. наконец, признаться. Мы, знаете, в карточки очень повадливы..... а впрочем это лишнее,

《……》Варвара Петровна, он меня напугал, и я действительно приготовился отчасти «спасти» его. Мне, наконец, и самому совестно. Что я, с ножом к горлу, что ли, лежу к нему? Кредитор неумолимый я, что ли?

Он что-то пишет тут о приданом……（一六二）

亀山訳―〈この『不始末』、この『他人の不始末』とかいうのは、きっと何か親父自身のちょっとした不始末のことなんでしょうし、賭けてもかまいませんが、ごくごく無邪気な不始末でしょう。でもその不始末のせいで、親父はふとある恐ろしい事件を引き起こすことを思いたった。高潔なニュアンスを帯びた事件で、ほかでもない、その高潔なニュアンスのためにこそ起こしたと言ってもいいくらいだ。しかも、いいですか、親父は何やら支払いの面で穴をあけたわけでしてね。そろそろ白状しなくちゃならないところですよ。うちの親父は、そう、カードに目がありませんから……いや、こいつはよけいな話でした。《……》ですがワルワーラさん、ほんとう言って、親父には驚かされましたよ。で、ぼくとしてはまあ親父を『救い出して』やるのもいいかって気になったわけです。そりゃぼくとしたってやっぱり恥ずかしいですよ。なんです、このぼくが親父の喉もとにナイフを突き立てるとでもいうんですか、親父のところに忍びこむとでも？　そんなあこぎな債権者だっていうんですか、このぼくが？　そういや、親父は手紙のなかで、何か持参金のことも書いていましたっけ……〉（四八三）

コメント―小沼訳を除いて、亀山訳を含む他の訳は、「他人の不始末・罪業」をステパンの「無邪気な」あるいは「つまらない」「他人の不始末・罪業」というふうに第三者的に叙述しているが、テクストではピョートルは一貫してнаши（われわれ）と一人称複数（下線部注意！）で、このくだりをのべていて、自分と父親との間に、トランプの勝ち負けをめぐる貸し借りの関係があって、そのトラブルが「他人の不始末・罪業」の隠された原因であるかのように説明しているのである。これがピョートルの作り話かどうかは別として、ここのピョートルのおしゃべりのくだりは、自分も加担しているという意味合いを踏まえなければ、「自分が容赦のない債権者だろうか？」云々も理解できない。この点で米川、江川訳にも問題あり。唯一、「他人の不始末・罪業」を「われわれの身内のなにかつまらない罪のこと」とした小沼訳は正しい。

米川訳――この『罪業』はですな――この『他人の罪業』というやつは、大方なにか詰まらない先生自身の罪業なんでしょうよ。ぼく、賭けでもしますが、ごく無邪気な罪業なんですよ。そいつを枷に使って、高尚なるニュアンスを帯びた恐ろしい騒ぎを持ち上げる気に、ふいとなったに相違ありません、――しかもただその高潔なる陰影のためのみにおっ始めたのです。ご承知でもありましょうが、ぼくらはちょっと金銭問題でゆき悩んでることがあるのです、――これはどうしても白状しなけりゃなりません。先生はご承知のとおり、カルタにはごく慎みの悪いほうで……しかい、これは余計なことですね。《……》けれど、実際のところ、奥さん、ぼくはすっかり親父に嚇しつけられましてね。ほんとうに親父を『救う』気になったんですが、これじゃぼく自身のほうできまりが悪くなりますよ。いったい、ぼくが親父の喉もとへ、短刀でもつきつけようとしてるんでしょうか？　そんなにぼくが没義道な債権者に見えるでしょうか？　親父は持参金がどうとか書いているのですが……（一九五）

小沼訳──この『罪』というのはですね──この『他人の罪』というのはですね──これは、おそらく、われわれの身内のなにかつまらない罪のことにちがいありませんよ。なんなら賭けをしてもようござんすがね、それもきわめて罪のないものに相違ありません。ところがそれを種にして、不意に高尚なニュアンスのある恐ろしい話をでっちあげる気になったものと見えます──高尚なニュアンスだけがお目当てででっちあげたものなんですよ。実はですね、僕たちのあいだに金銭問題でちょっとしたいざこざがあるんですよ──これはいずれにしても白状しておかなければなりませんがね。僕たちは、ご存知のようにカード勝負には目がないほうでしてね。もっともこれは余計なことですね。《……》僕はこの人にすっかりおどかされてしまったのです。それで僕はこの人を『救い出して』やってもいいような気になってしまったのです。いまとなると、自分でも気恥ずかしいくらいですよ。この僕がそんな情け容赦もない債権者だとでも言うのでしょうか？　この人はこの手紙に持参金がどうとかしたと書いているのですがね……（一九六）

江川訳──この『不始末』うんぬんは、この『他人の不始末』うんぬんはね、おおかた、親父自身の何かつまらない不始末、それも、賭けたっていいですが、およそ無邪気きわまる不始末なんでしょうが、それを種に親父のやつは、ふいに何か高潔な色合いを帯びたとてつもない大事件を引起したくなった、いや、その高潔な色合いのためにこそ引起したというところでしょう。そこへもってきて、いや、もうそろそろ白状しなければいけないが、親父は金銭面で少々窮屈になっていましてね。ご存知でしょうが、どうもトランプに弱いところがあって……いや、これはよけいなことでした、《……》ワルワーラさん、親父にはほんとうにびっくりさせられて、ぼくは本気で親父の《救出》に手をかすつもりになっていたんですよ。いや、ぼくとしても、お恥ずかしい次第なんです。いったいぼくが、親父の喉もとに短刀でもつきつけようとしているんですかね？　ぼくはそんなに阿漕な債権者でしょうか？　親父は何か持参金のことも書いていましたっけ……（三八四）

㊾

テクスト―Николая Всеволодовича я изучал всё последнее время и, по особым обстоятельствам, знаю о нем теперь, когда пишу это, очень много фактов.（一六五）

亀山訳―〈わたしはこのところずっとニコライ・スタヴローギンを研究し、ある特別の事情もあってこれを書きしるしている今は、彼についてじつにたくさんの事実を知っている。〉（四九二）

コメント―「特別の事情もあって」は正しくは「知っている」に係るのであるが、訳文では「書きしるしている」にかかるように読みとれる。読点の打ち忘れではないかと、善意に推測もできるが、亀山訳ではこの類の、文脈上の係り具合についての、正確さに欠ける例がめずらしくない。安易な構文崩し、文体崩しの傾向と無関係ではない。

米川訳―私は最近絶え間なくニコライの人物を研究していたから、今これを書くに当たっても、いろいろな特別の事情でずいぶんたくさんの事実を知ることができた。（一九九）

小沼訳―私はこのところずっとニコライ・フセーヴォロドヴィッチのことを研究しつづけてきたので、さまざまな特殊の事情で、これを書いているいまでは、彼について非常に多くの事実を知っている。（二〇〇）

江川訳―私は最近ずっとニコライ・スタヴローギンを研究していたし、また特別の事情で、これを書いているいまは、彼について実にたくさんの事実を知っている（三九一）

⑫ 亀山郁夫訳『悪霊２』「スタヴローギンの告白」における重大な誤訳

（ネット公開　二〇一一・四・三〇）

亀山訳『悪霊２』が二〇一一年四月二十日付で出版された。この原稿をアップする四月末現在、私はまだ全体を検証するには至っていない（いや、『カラマーゾフの兄弟』から『悪霊』へと、亀山訳の欠陥のパターンを通覧してきた現在、引き続き「検証」作業を続けることの虚しさを感じる。願わくば、一般読者には、メディアによって作られた亀山神話から早く目を覚ましてもらいたいものである）。

ただこの巻に収録されており、この巻の目玉ともいえるスタヴコーギンの告白の章「チーホンのもとで」の翻訳に、黙過できない重大な誤訳があることを、とりあえず報告しておきたい。この告白の章は、周知のように、二〇一〇年四月増刊「現代思想」にすでに掲載された。それに目を通した時、幾つかの問題点に気づき、チェックしておいた。そのテクストでも、前出資料『悪霊１』の検証（本書第９章資料⑪）ですでに私が指摘したような、ごく基本的な文法的誤訳、場違いなカタカナ語の運用、訳語への余分なニュアンスの付加などが目についた。あれから一年以上経ってこのたび刊行された決定訳『悪霊２』で、それらはどのように訂正されたのか、されなかったのかが、まず私の注目するところであった。

　亀山訳のこの巻は一つのセールスポイントとして、アカデミー版「スタヴローギンの告白」初訳をうたっている。これは何を意味するか？　「告白」のテクストにはドストエフスキーが出版者カトコフの雑誌「ロシア報知」に印刷を予定していていた「校正刷」版と作家死後、アンナ夫人が作成した「筆写」版があって、しかも出版者の意向によって未発表に終わった「校正刷」版には、作者自身の手による削除や訂正が入り組んだ形で残されていた。日本語の先行訳者たち（米川、小沼、江川）は一九二二年刊の「校正刷」版を原本としながら、米川訳は削除の個所を省略した形で、小沼、江川訳は注で復元するという形で公刊してきた。

　ところがアカデミー版三〇巻全集第一一巻（一九七四年）では、「校正刷」を主体としながら、作者による削除個所も復元して一本化した形でのテクストが掲載された。その結果、日本語先行訳（小沼、江川）では注として巻末で処理されていた個所が、アカデミー版では、テクスト上、同じ平面に地続きで、表に出てきてしまった。したがって、このテクストを原文とした亀山訳がアカデミー版「スタヴローギンの告白」初訳とうたうのも、形式上は間違いではない。しかしこうした複雑な経緯と入り組んだ構成のテクストを翻訳するからには、万全の注意が必要であったはずである。私が重大な誤訳としてとりあげる個所は、まさにこの微妙な問題にかかわる。まず亀山訳の問題個所を見てみよう。

「私は目の前に見た（ああ、現《うつつ》にではない！　もしも、もしもそれがほんものの幻であったなら！）、私は、げっそりと痩せこけたマトリョーシャを見たのだ。熱に浮かされたような目をし、私の部屋の敷居に立っていたあのときと寸部違《たが》わない、顎をしゃくりながら、私に向ってあの小さなこぶしを振りあげた、あのマトリョーシャを。私にとって、あれほど苦しいことは一度もなかった！　私を脅しながら、（何によって？　あれで私に何ができたというのだ？）むろん自分だけを責めさいなんだ、まだ分別もできていない、無力で、十歳の生きもののみじめな絶望！　一度として、まだ私の身にそのようなことが生じたことはなかった。私は身じろぎもせず、時を忘れ、夜ふけまで座っていた。それが良心の呵責、ないしは悔悟と呼ばれるものなのだろうか？　私にはわからないし、今なお答えようにも答えられない。《私にとっては、ことによると、あのしぐさそのものの思い出は、今にいたってもなお、さほど厭《いと》わしいものではないのかもしれない。もしかしたら、あの思い出は、今も何か、私の情欲にとって心地よいあるものを含んでいるのかもしれない。いや――たったひとつ、そのしぐさだけが耐えられないのだ。》（この二重線部に該当する語句は原文にはなく捏造である――木下）いや、私が耐えがたいのは、ただあの姿だけ、まさにあの敷居、まさにあの瞬間、それ以前でもそれ以後でもない、振りあげられた、私を脅しつけるあの小さなこぶし、あのときの彼女の姿ひとつだけ。あのときの一瞬のみ、あの顎のしゃくりかた。それが私には耐えられないのだ。」

（亀山訳『悪霊』2、五七九―五八〇）

問題なのは、前掲、引用文中の《》の個所である。小沼訳、江川訳では共に、巻末に注の形で以下のように訳され、「校正刷」版では削除されていることを明記している。

小沼訳――〈「ひょっとすると、この自分の行為についての思い出が、いまにいたるまでそれほどいまわしものではなかったのかもしれない。ことによると、この思い出はその中に現在でも、私の情欲にとってなにかこころよいものを含んでいるのかもしれないのだ」の一文が校正で削られている。〉（筑摩書房全集八『悪霊』注　七〇二頁）

江川訳―注65〈「私にとっては、ことによると、あの行為そのものについての思い出はいまもってなお嫌悪感のないものであるかもしれないのだ。ことによると、この思い出は、いまもなお、私の情欲にとってある種の快感めいたものを宿しているかもしれないのだ」抹消〉（新潮文庫『悪霊』下　注　七二四頁）

傍線部分の単語の訳語が亀山訳と小沼、江川訳では著しく異なっていることに、読者は気づくであろう。原文は самый《サームイ》 поступок《パストウーポク》（行為、振る舞いそのもの）で、このくだりはスタヴローギンが少女の「しぐさ」を思い出しているのではなく、自分の行為を振り返っていると解釈するのが自然である。これはスタヴローギンの地下室人的な意識を物語るもので、これより前の「告白」の個所で、すでにこう述べていることに照応する。

「私の人生でたまに生じた、途方もなく恥辱的な、際限もなく恥辱的で、卑劣でとくに滑稽な状態は、いつも度はずれた怒りとともに、えもいわれぬ快感を私のなかにかき立ててきた」（亀山訳五五四頁）ついでに、この訳で、「途方もなく恥辱的な」、「際限もなく恥辱的で」の訳語は重複しており、あまりにずさんな校正ミスである。

マトリョーシャのイメージによってスタヴローギンが苦しめられる叙述の流れの中に、もともと「校正刷」で抹消された個所がアカデミー版では地続き挿入されてきたとはいえ、самый поступок

（行為そのもの）を、マトリョーシャの「しぐさ」と訳すのは、あまりに軽率な誤訳、もしかしたら意図的な誤訳ではないかとすら疑われるのである。

そもそも亀山訳で「しぐさ」の訳語が出てくるのは、マトリョーシャが自分で命を絶つ前に、こぶしでスタヴローギンを脅しつけるような「身振り」（江川訳）「動作」（小沼、米川訳）をする場面であって、原文は движение《ドヴィジェーニエ》（動き）と記されている。か弱い少女のこのような身振り、動き（движение）を「行為」（поступок）の意味に当てはめて拡大解釈するのは、明らかに牽強付会である。私は念のために、友人であるモスクワのドストエフスキー研究者パーヴェル・フォーキン氏に、ロシア人の感覚でどうなのか、メールで質問してみた。その答えでは、もちろん、スタヴローギンの「行為」以外の意味には読みとれないということであった。

こうなると、『カラマーゾフの兄弟』の「検証」、「点検」以来、私たちが散々問題にしてきた、訳者の語学力へのあらためての疑問と同時に、彼の主観的な思い込みによる、意図的なテクスト改ざんの疑いが起きてくる。亀山は「現代思想」での解説では、作者ドストエフスキーの性的嗜好（「少女陵辱」、「足フェチシズム」など）についてあれこれ言及し、スタヴローギンにその反映を見ている。私が亀山批判のスタートを切るきっかけとなった彼による少女マトリョーシャ解釈（本書第９章資料①参照）以来、亀山はサド・マゾの観点に固執し続け、サディスト・スタヴローギンにとっての哀れな少女マトリョーシャの煽情性をクローズアップしないではおれないのが本音ではないのか。

翻訳者でありながら、原文を読めない読者に対して、原作者を僭称しかねない振る舞いを亀山がしてきているのを、私たちは『カラマーゾフの兄弟』訳で見て知っている。

コーリャのせりふ―「人類全体のために死ねたらな、って願ってますけどね」を受けたアリョーシャのせりふ（「コーリャ君は先ほどこう叫びましたね、『すべての人達のために苦しみたいって』」）を「コーリャ君は『人類全体のために死ねたら』と叫びましたが……」と意図的に改ざんしたのはその前例である。詳しくは、次のURLおよび本書第9章資料③を参照されたい。

http://www.ne.jp/asahi/dost/jds/dost120e.htm

今回の場合、前記の亀山訳の引用文中（五九九頁）、二重傍線の個所は原文にはない、まさに捏造されたフレーズなのである。こういう作為をしてまで自分の思いこみによる誤読に原文を従属させて、不案内な読者をリードしようとするところに、亀山のテクストに対するアナーキズムが感じられてならない。〈後日記＝ここで問題とした翻訳『悪霊 2』（二〇一一・四・二〇）から十ヵ月後（二〇一二・二・二〇）に出た『悪霊 別巻「スタヴローギンの告白」異稿』では、「しぐさ」が「行為」にこっそり変更されている。こちらのサイト（公開二〇一一・四・三〇）での指摘を受けてのことではないかと疑われる。ただし捏造句の個所は残り、「しぐさ」が「姿」に変更されているだけである〉

そのほかに気づいた問題の個所を一、二挙げておく。

曖昧で不正確な訳

亀山訳――――地面を見つめ、深いもの思いにふけりながら通りを歩きだしたが、ほんの一瞬顔を

あげ、ふいに何かはっきりしないながら、強い不安にかられたような様子を見せた――（2・五二七）

原文―«По улице шел, смотря в землю, в глубокой задумчивости и лишь мгновениями подымая голову, вдруг выказывал иногда какое-то неопределенное, но сильное беспокойство»（一一・五）

試訳――地面を見つめ、深いもの思いにふけりながら通りを歩いていったが、時たま、ほんの瞬間、頭をあげては、ふいに何かしらはっきりしないながら強い不安な様子を見せるのだった――

コメント―亀山訳では主人公が通りを歩きながらの、「時々」の反復行為のイメージを伝えきっていない。動詞＝不完了体、完了体の基本的な読み取りが出来ていないせいである。先行訳では米川訳を例示するが、小沼、江川訳とてもこのポイントに曖昧さはない。

米川訳――彼は深いもの思いに沈んだ様子で、地面ばかり見つめながら往来を歩いて行った。ただときおり、瞬間的に顔を上げて、急に漠とした、とはいえ、烈しい不安のさまを示すばかりであった――（九・四四三）

違和感のある訳語

亀山訳――「四年前にこの修道院に来た覚えなどありませんけど」スタヴローギンは、何かしら荒々しいほどの調子で言いかえした。「ぼくがここに来たのは、ほんとうに小さいころでしてね。あなたはまだ影も形もありませんでしたよ」――（2・五三三）

原　文　――- «Я не был в здешнем монастыре четыре года назад» - даже как-то грубо возразил Николай Всеволодович, - «Я был здесь только маленьким, когда вас еще тут совсем не было» - (一一・七)

コメント――チーホンに対してスタヴローギンが初対面でいうせりふ。下線の部分は、「あなたはまだここにはいらっしゃいませんでした」（存在の否定―否定性格）の意味であるが、否定を強調する совсем にこだわるとするなら、「あなたのお姿はまったくありませんでしたよ」程度の意味。

「影も形もありませんでしたよ」というのはオーバーで、不必要なニュアンスをつけくわえている。

亀山訳――「わたしが言っているのは、ピュアな心の持ち主のことではありません。ピュアな心の持ち主であれば、おぞけ立って、わが身をせめることでしょう。でも、彼らが人目につくことはありません」――（2・五九三）

原　文　――- «《……》 Я не про чистые души говорю: те ужаснутся и себя обвинят, но они незаметны будут.《……》» (一一・二六)

コメント――このカタカナ表記の単語は「清い」「純粋な」の意味で、「純粋な精神の持ち主」（小沼訳）、「心の清い人」（江川訳）が自然である。チーホン僧正のような隠遁者で古色をおびた人物に、こうしたカタカナ語を使わせる必然性がどこにあるのか？　ちなみに、文庫版では訂正されているが、「現代思想」掲載のテクストでは、スタヴローギンによる「告白」の公表を懸念するチーホンのせりふに、「キャリア」という言葉が次のように使われていた。――「あなたがもし、この文書を公にされるなら、あなたの運命は台なしになります……たとえば、キャリアという点から見て、それに……ほかのすべての点から見て」――「キャリアですって？」スタヴローギンは不快そうに顔をしかめた。――ロシア語ではкарьера（カリエーラ、出世、昇進）で、英語のcareer（経歴）と同じ語源であるが、このカタカナ語を僧正にはかせるのはあまりに軽薄と気づいたのか、文庫版では「あなたの将来」という訳語に訂正されている。そのほか、不必要に余分のニュアンスをつけくわえた訳語や、文脈にしっくりこない訳語が散見されるが、見解の違いという強弁を許す余地もあるので、大目に見て、この際、省略する。

⑬「謎とき『悪霊』」アマゾンレヴュー

（ネット公開　二〇一二・一〇・七）

ロシア文化史に多少とも通じている者ならば、ロシア暦（ユリウス暦）と現行暦（グレゴリオ暦）に十九世紀で十二日のずれがあることは初歩的な知識というべきである。ところが本書では二回にわたって、そのずれは二日であると誤情報が記されている（二三四、二九六頁）。ご丁寧にこの二つの暦の違いについて、啓蒙的な説明まで加えてのことである（二九九頁）。

「貴重な記録」として長さを厭わずと断って引用された分離派に関するデータ（八二―八三頁）の原典が、巻末の主要文献リストにも明示されず、読者には確認する手がかりもない。ちなみに、同じ選書の江川卓「謎とき」シリーズでも、参考文献の明示の曖昧さは研究者の間で問題にされてきた。これらの問題を指摘するのは揚げ足とりのつもりではない。著者の頭のなかはどうであれ、ここには本造りにおける編集者の責任が存在するのではないか。こうした初歩的な間違い、不備すらもチェックできないほど、いまや編集者の知的レベルは低下し、粗製乱造本の営業マン化しているのではないか。光文社版の『カラマーゾフの兄弟』訳でも、先行訳との比較の基本的なチェックを怠って、信じがたい誤訳が活字化されたのも、最終的には編集者の責任といってよい。ここには亀山本に共通する大手出版社のお粗末な本造りが露呈していると思われる。

次に本書内容にふれる。創作ノートの解説と同時代人のモデル問題等の諸説が縷々書き並べられるなかで、江川「謎とき」に習って、一般読者には目新しく思われるフォークロアや聖書の故事がモザイク的にちりばめられている。本書の目玉はつまるところ、スタヴローギンの告白とその人物像の解説であろう。著者が一貫しているのは、スタヴローギン＝サディスト、少女マトリョーシャ＝マゾヒスト説を保持するフロイディストであること。フロイト的なドストエフスキー理解は、日本では小林秀雄以来あまり通用しなかったが、それを新発見のように持ち出してきたのが亀山氏で、フロイト的解釈はロシア本国の研究者の間でも受け入れられていない。

ドストエフスキー自身、明らかにスタヴローギン像に連なるクレオパトラ像（プーシキンの作品「エジプトの夜」の女主人公の解釈をめぐって、スタヴローギンの描写の場合と同様に、「モスクワ報知」誌のカトコフと対立した（「『ロシア報知』への答え」〈一八六一年〉参照））――そのクレオパトラ像の解釈において、「情欲の極度の表現」にこだわる視点を、「マルキ・ド・サド的なもの、好色的なもの」に偏った「見当違い」と厳しく批判し、「社会的な土台が揺らいで」、「絶望」「倦怠」の中で「肉体的放縦」に陥る人間の実存的状況にこそ焦点を当てている。ドストエフスキーは亀山氏が極めて重要視している「ロシア報知」編集者リュビーモフ宛の手紙で、スタヴローギンは一つのロシアの社会的なタイプで、無為に苦しみ、郷土との精神的つながり、信仰をなくし、退屈のあまりに淫蕩に身を持ち崩しながら、そこからの更生をはかるべく「苦難にみちた痙攣的努力をしている人間」と性格づけている。ところが亀山氏は作者の手紙のこの個所には目を向けず、その数行手前の「ひどく猥褻なところは削除し、短くした」という語句に飛びつき、ドストエフスキーが批判した「情欲の極度の表現」に執着する。そしてこの削除の個所がどこで、その分量は如何ほどかまで、細々と推量し、これまで誰も思いついたことのない「スタヴローギンの告白」の「草稿版」の存在可能性にまで言及するのである。サド・マゾの性的場面に執着しない限り、このような妄想はありえない。サド・マゾの性的嗜好にとどまる限り、ドストエフスキーが発見した「地下室人的意識」の重要な意味は理解できず、私が『悪霊　別巻』のレヴューで指摘した――スタヴローギン自身の反省「行為」（поступок）をマトリョーシャの「しぐさ」と誤訳し（『悪霊』２）、その後『別巻』で「行為」に訂正した――ことの重大な意味も理解出来ていないに違いない。これはドストエフスキー理解者としては致命的なことだと思う。

「あとがき」によると新潮選書編集部から著者に本書執筆の口がかかったのは五年ほど前だそうだが、二〇〇八年五月には、「週刊新潮」に亀山訳『カラマーゾフの兄弟』の誤訳問題が表に出た。その後、この数年、読者へお薦めする新潮文庫一〇〇冊のリストから、どういうわけか原卓也訳『カラマーゾフの兄弟』が、光文社亀山訳に遠慮するかのように、消えた。誤訳問題の検証過程で、既存訳で最も信頼できるのは原訳というのが、私たち検証者の一致した意見だった。この問題に本書執筆の約束が関わっているのかどうかは知らない。しかし読者として「悪貨が良貨を駆逐する」印象は否めない。新潮社には原訳『カラマーゾフの兄弟』の一〇〇冊リスト復帰を望む。

⑭ 朝日新聞記者宛

（信書　二〇〇八・七・一）

近藤康太郎　様

私は朝日新聞の読者で、六月十五日付のあなたの文化面、署名記事「ロシア文学ブーム再来」を読みました。ちょっと気になるところがありますので、思い切って、手紙をさしあげます。あなたの記事中、「ブームの背景にあるのは、圧倒的に読みやすくなった訳文だろう」とあり、亀山訳『カラマーゾフの兄弟』のベストセラー現象をその象徴としてあげてありますが、亀山訳をめぐって、おびただしい誤訳、テクスト歪曲、改ざんが、ロシア語の専門家の間で問題になっていることを、あなたはご存知ないのでしょうか？　いや、承知の上で、光文社のメディア戦略に乗せられて、あの記事を書かれたのでしょうか？

ご承知でなかったとしたら、同封します「週刊新潮」（五月二十二日号）の記事のコピー、そして、私が五月八日に朝日新聞「私の視点」にメールで投稿した記事（没との返事を最近もらいました）のコピーにぜひ、目を通していただくようにお願いします。

そのうえで、ぜひ「ドストエーフスキイの会」のホームページ（http://www.ne.jp/asahi/dost/jds/）にアクセスしていただいて、「管理人 T.Kinoshita のページ」から、亀山訳の「検証」、「一読者の点検」、そして私のコメントを、丁寧に読んでいただくようお願いします。「読みやすい」というううたい文句の裏に、どのような重大な問題が隠されているか、三〇年にわたって大学で学生にロシア語を教え、ドストエフスキー研究を専門としてきた私のような者は、とうてい黙視することはできません。

「ロシア文学ブーム再来」が本物であれば大いに歓迎ですが、これが出版社のキャンペーンであれば論外です。同じ光文社古典新訳文庫のスタンダール『赤と黒』でも亀山『カラマーゾフ』と同じ問題が起きています。これも「管理人 T.Kinoshita のページ」からご覧になれます。「読みやすさ」をねらった営利主導の、勝手な訳文解釈、改変が無責任におこなわれている形跡があります。これに気づかずに光文社のメディア戦略に乗せられて、不良商品の売り上げに奉仕するような記事を書くことはつつしんでいただきたいと思います。

最後に自己紹介しますが、私は二〇〇二年に定年退官するまで、千葉大学教養部、文学部で三〇年間ロシア語、ロシア文学を教えていました。一九六九年に「ドストエーフスキイの会」の発足以来、会の運営を主導し、現在「ドストエーフスキイの会」の代表者です。また国際的なドストエフスキー研究者の唯一の団体である International Dostoevsky Society（ＩＤＳ）の副会長の一人です。この団体のＨＰからのコピーをご確認のため同封します。

なお余分かもしれませんが、日本のジャーナリズムでドストエフスキーブームを演出している亀山郁夫氏も沼野充義氏も、三年目毎に開かれ、すでに一三回を数えるこの世界の研究者の団体の国際シンポジウムには、一度として参加したことはなく、またロシアで度々開かれているドストエフスキー研究発表会にも、私が知る限り、一度も参加した形跡がないことを、お伝えしておきます。

また「週刊新潮」に記事が出て以来、会のＨＰにすでに数千名のアクセスがあり、次第に亀山訳の正体が世間に知られつつあることを申しそえます。

⑮朝日学生新聞社宛

（信書　二〇〇八・七・二一）

朝日学生新聞社御中

光文社主催、「古典新訳文庫」読書感想文コンクールを貴社が後援され、問い合わせ先として、積極的にかかわっておられることにつき、コンクール課題図書の目玉ともされている亀山訳『カラマーゾフの兄弟』とスタンダール『赤と黒』（駒井稔氏の挨拶にあるように）が誤訳をめぐって社会問題になっている以上、黙視することが出来ず、一筆させていただきます。

はじめに自己紹介させていただきますが、私は二〇〇二年に定年退職するまで、過去三〇年間、千葉大学教養部、文学部でロシア語を教え、ロシア文学を講じてきました。専門はドストエフスキーで、一九六九年二月にはドストエーフスキイの会を立ち上げ、現在、この会の代表を務めています。また、一九九五年から、世界のドストエフスキー研究者の唯一の団体International Dostoevsky Society（ＩＤＳ）の副会長の一人でもあります。以下のサイトをご参照ください。http://www.dostoevsky.org/English/people.html

二〇〇〇年には千葉大学で、国際ドストエフスキー集会も主催しました。

ところで、亀山訳が毎日出版文化賞特別賞を授与され、NHKでもとり上げられてもてはやされているにもかかわらず、通常では考えられないおびただしい誤訳を内蔵し、テクストの改ざんもなされている事実を知り、昨年十二月末より、「ドストエーフスキイの会」のHPで明らかにしてきました、その実態は以下のURLで確認できます。http://www.ne.jp/asahi/dost/jds/dost125.htm

最近になって、光文社が『カラマーゾフの兄弟』と並んで売り物にしているスタンダール『赤と黒』でも、同じ現象が起きていることを知りました。こうした現象が起きるのは、亀山や野崎といった翻訳者の能力、責任の範囲にとどまらず、出版社サイドの責任が大きいことを、いまや私達は痛感しています。

光文社と駒井氏は古典を売り物として商業的利益に奉仕させるために、「読みやすい訳」をうたい文句に、メディア戦略をはりめぐらせ、相当無理な手段をとっておられることは確かです。しかし、このようなことでは専門家の目、幾種類もある良心的な先行訳を味読した一般読者の眼力はごまかせぬものです。最近流行りの食品偽装を類推するのは不謹慎かもしれませんが、そう思わせるものがあります。

出会う読者、まして中高、大学生には、免疫はないのです。

すぐれた世界の古典を良心的な訳で青少年に読ませるのが、教育者の責任であり、「朝日学生新聞社」とて、その使命を共有しておられるはずのものでしょう。

「わかりやすい新訳」で評判をとり、何万部と売込んだ後、二〇刷、二二刷の増刷で、批判者の指摘個所を取り込んで、第一冊に限っても四〇ヵ所以上、こっそり訂正し、それ以前に買った読者に対しては何食わぬ顔をしているという商法がはたして商業道徳上、健全なものでしょうか。訂正は私達の指摘の一部に過ぎません。まだおびただしい誤訳を内臓したまま青少年への課題図書とするのは、健全な読書力の育成とはおよそほど遠いものです。

こうした実情を知りつつ、貴社が光文社の企画を後援されるとすれば、何をかいわんやで、いずれ、貴社も責任を問われる時期がくるでしょう。

念のためお断りしておきますが、私が問題としているのは亀山訳『カラマーゾフの兄弟』に限ってであり、『赤と黒』についてはその筋の専門家の批判があると思いますが、それ以外の課題図書にかかわるものではありません。社会的にも信頼の度が大きい貴社として、賢明に対処されるものと期待します。

なお、コンクールの審査員に沼野充義氏が名を連ね、ロシア文学の専門家として責任があるわけですが、残念ながら、沼野氏は亀山訳がジャーナリズムでもてはやされる現象の露払い役を一貫して務めており、同じ学界の専門家としての目から見ても責任ある振る舞いをしているとはいえません。沼野氏が良心的な審判者、批評家の役を果たしていないことは明らかです。

事態を端的に理解していただくために、五月八日に朝日新聞「私の視点」に投稿して、不採用になった短い原稿を添付しますので、ご一読いただければ有難いです。

木下豊房

⑯ 朝日新聞社 teigen 宛

朝日新聞社「信頼回復・再生チーム」御中（メール発信　二〇一四・一一・八）

まず皆さまの、信頼回復のための必死のご努力に敬意を表します。

〈省略・自己紹介〉

今回貴紙をめぐって発生した「慰安婦問題」「吉田調書」の件、端的にいって、その根底にはジャーナリストの深刻なモラルの退廃があると、私は見ています。具体的にいえば、記事を書く記者が事実、真実について「裏を取る」ことなく、話題性に飛びついて、自分を売り込む好機とばかりに、事件をでっちあげ、読者の好奇心をあおって、読者を欺く結果にいたる。そしてより深刻なのは、周囲でそれに気づく、あるいは信憑性を懸念している仲間が、声を上げず、見て見ぬふりを続けることです。

この現象は、貴紙の今回の問題に限ったことではありません。恐らく広くジャーナリズム、メディアの世界、そして司法の世界にすら広がっている現象といえるでしょう。

朝日新聞の一読者として、私がこの現象について、私の分野で体験し、苦々しく思っていることを、以下、聴いていただければ幸いです。
〈省略・自分の仕事の紹介〉
ところで、ご記憶かと思いますが、二〇〇六年に光文社「古典新訳文庫」シリーズ発刊第一弾として、亀山郁夫訳『カラマーゾフの兄弟』が刊行され、古典文学訳でかつて見られないようなベストセラーとして、マスコミでセンセーショナルに取り上げられました。
その数年前に、スターリン時代のソビエトの芸術家の運命についての著書で、朝日の大佛賞の特別賞の栄誉にあずかった亀山氏は、その余勢をかって、突然、ドストエフスキーの翻訳に乗り出してきたのです。そしてたちまち、読み易さを売り物に、ミリオンセラーの翻訳者として、マスコミ、メディアの偶像に祭り上げられました。毎日新聞は出版文化特別賞を贈りました。
この翻訳が話題になって半年以上も経った頃、私達の「ドストエーフスキイの会」の会員で、ロシア語の達者な人から、原文と照らして亀山訳がいかにひどいかの情報があり、その人に促されて、私も検証を始めました。私達はこのまま放置できないと考えて、検証の結果を、私が管理する「ドストエーフスキイの会」のホームページに二〇〇七年十二月二十四日に公開しました。これがURLです。http://www.ne.jp/asahi/dost/jds/dost117a.htm
二〇〇八年五月二十二日号の「週刊新潮」にこの問題をめぐる記事が出ました。http://www.ne.jp/asahi/dost/jds/dost126.htm
こういう経緯の後、朝日新聞の読者であった私は、二〇〇八年五月八日に「私の視点」欄に一文を投稿しましたが、不採用の通知をいただきました。私はこれをホームページに掲載しました。http://www.ne.jp/asahi/dost/jds/dost127.htm

それから間もなく六月十二日に、朝日の文芸欄に近藤康太郎記者が亀山訳を手放しで持ち上げる記事を書きました。その後、光文社主催「古典新訳文庫」読書コンクールの課題図書の目玉として亀山訳『カラマーゾフの兄弟』が挙げられ、朝日学生新聞社が後援者として積極的にかかわっているることがわかりました。私は近藤記者と朝日学生新聞社宛に、手紙を書きました。添付をご覧ください。

「信頼回復・再生チーム」のみなさんが、私のこの煩雑な内容の手紙と資料にきちんと目を通していただけるか危惧しますが、私のような研究者のこうした度重なる実証的な指摘に対して、朝日の側からは、何の返事もいただいておりません。要するに、朝日はこの問題では、読者に真実、事実を知らせるよりも、無批判に出版業者、営業の意向を優先し、事実上、業者の宣伝媒体といて機能しているにすぎないのです。こうして亀山氏はマスコミ、メディアによってモンスターに仕立て上げられ、東京外語大学長にまつりあげられ、定年退職後の現在は名古屋外語大の学長というわけです。そしてこの数か月前の朝日の夕刊の文化欄の記事で驚いたのは、亀山氏が今度は「新カラマーゾフの兄弟」という創作を河出の「文芸」に書き始めたというニュースです。はたしてこれが文化欄のニュースに価するでしょうか。これは単なる亀山氏の宣伝に過ぎません。こうした記事を書き、掲載する記者とデスクの見識を疑います。

もう一度繰り返しますが、「慰安婦問題」「吉田調書」も、亀山氏を無批判に担ぎまわるのも根っこは同じで、読者に真実、事実を報道するという責任を忘れて、別の魂胆、意図、あるいは利害に動かされて、たとえ傍らから疑念や批判を突き付けられても、裏を取ること、検証を怠り、不都合な真実を無視するという姿勢です。問題は、批判精神をもって、真実事実に忠実であるべきジャーナリストのモラルが問われているのです。

朝日新聞購読年数、数十年
木下豊房

朝日新聞社「信頼回復・再生チーム」御中（メール発信　二〇一四・一一・一六）

先日、亀山訳『カラマーゾフの兄弟』の翻訳の貴紙およびマスコミの扱いを例に引いて、ジャーナリストのモラルの退廃を深刻な問題として指摘した者です。

今日十一月十六日の貴紙の記事「信頼・再生委が第三回会合」を読ませていただきました。「外部から誤りを指摘された際の対応のあり方や記事のチェック態勢」の改革、社外委員からの指摘「吉田調書報道は例外的な問題ではない」、「主張先行型の報道からの脱却」、「従業員一人ひとりの反省」の必要などは、すべてモラルの問題であり、まさに私の言いたかったポイントです。記事の多くが記者の署名記事であることからも、まず上層部が襟を正して、社員教育をしっかりやっていただきたいと思います。

先ごろも、若手の記者らしい人の署名記事で、津田沼丸善の店員に語らせる形で、亀山訳『カラマーゾフの兄弟』が読み易いよい訳なので、この長編小説を読むのを楽しみにしているといった趣旨の記事を読書欄に書いていましたが、すでにお伝えしたような経緯で、朝日には問題情報を度々発信してきた私からすれば、何と臆面もないことだと、あきれました。

出版業者に買収されての宣伝記事ではないかと疑ってもみたくなる現象です。確かに吉田調書だけの例外的問題ではなく、亀山現象に至っては、朝日だけの問題でもなく、毎日やＮＨＫなどの問題でもあります。まずこの機会に貴紙において、報道のモラルの問題を徹底的に剔抉していただいて、読者からの信頼において業界のリーダー的な地位を回復していただきたいと思います。

木下　豊房

初出一覧（論文以外の、エッセイ、資料の初出は、掲載頁の冒頭、または末尾に記載）

第1章　作家像を問う
商品としてのドストエフスキー
「ドストエーフスキイ広場」二〇一三年二二号

第2章　作家のリアリズムの特質
一、小林秀雄とその同時代人のドストエフスキー観
「ドストエーフスキイ広場」二〇一五年二四号
二、「最高の意味でのリアリズム」とは何か
「江古田文学」二〇〇七年六六号

第3章　作品における作者の位置
一、小説『弱い心』の秘密
「ドストエーフスキイ広場」二〇〇五年一四号
二、スメルジャコフの素顔、もしくはアリョーシャ・カラマーゾフの咎について
「ドストエーフスキイ広場」二〇一一年二〇号

三、仮の作者と真正の作者　未発表

第4章　追憶の意味と宗教的思索

一、「思い出は人間を救う」

「ドストエーフスキイ広場」二〇〇七年一六号

二、ドストエフスキーの宗教的感性と思索

世界文学会会誌「世界文学」二〇一一年一一四号

（初出表題）「ドストエフスキーの宗教的意識」

第5章　再読『カラマーゾフの兄弟』

「世界文学」二〇〇九年一一〇号

第6章　比較文学的論考

一、ソルジェニーツィンの語りのスタイルとドストエフスキーのポエチカ（詩学）

「ドストエーフスキイ広場」二〇〇九年一八号

二、椎名麟三とドストエフスキー

「ドストエーフスキイ広場」二〇〇三年一二号

三、武田泰淳とドストエフスキー

「ドストエーフスキイ広場」二〇〇六年一五号

四、漱石の『こゝろ』を読む、の問題
「江古田文学」二〇〇三年五二号

第7章　ドストエフスキー文学翻訳の過去と現在
「世界文学」二〇一五年一二二号（掲載論文に加筆）

あとがきに代えて
――プロの裏切り、この悪夢はいつまで続くのか――

私は本書第7章でこう書いた。

「亀山郁夫訳『カラマーゾフの兄弟』第一巻が出たのが二〇〇六年九月で、それ以来この九年間、ドストエフスキー文学の翻訳に関しては、私は何か悪夢を見せつけられているような気がしている」(三七五頁)

こう記したのは昨年四月であるが、この悪夢は今年、二〇一六年に入って、さらに増幅する気配を見せている。

『カラマーゾフの兄弟』の誤訳、テクスト歪曲、恣意的な解釈をものともせず、「読みやすさ」を売り物にする出版社の戦略に無批判に乗っかって、出版市場を席巻した人物は、その余沢にあずかりたい他の大手の商業出版からも、大衆迎合の低レベルのドストエフスキー本をこの数年間に数冊出したあげくに、こんどは、『カラマーゾフの兄弟』の原作者と競合するかのような『新カラマーゾフの兄弟』の作者としてデヴューした。通常ならば、このようなリメイクの場合、モチーフとして原作名を挙げながら、別の題名を付けるのが常識というものであろう。

ドストエーフスキイの会の先頃の一月例会で、早稲田の大学院生のTさんが、モスクワ芸術座の演出家ボゴモーロフの舞台「カラマーゾフ家の人々」と題する破天荒なリメイクの芝居を紹介してくれたが、副題に、「ドストエフスキーの小説をテーマとした演出家K・ボゴモーロフのファンタジー」という断りがあるとのことである。このように、原作との一定の距離を明示するのがリメイクの基本的な作法というものであろう。

ところが、日本のこちらのリメイク本の宣伝文句（朝日新聞、二〇一五・一二・五）はどうか。

「発売即重版　あのミリオンセラーの翻訳者がドストエフスキーの未完の傑作を完結させた！」

「ドストエフスキーが憑依している」（辻原登）

「これは文学的事件だ」（東浩紀）、「常人の業ではない」（沼野充義）

「すべての読書人に勧める」（佐藤優）

これではあたかもドストエフスキーに成り代わって書いたかのような宣伝である。ここに透けてみえるのは、ドストエフスキーの名を騙り、正体不明の本を無知な読者に売り込もうとする魂胆以外の何ものでもない。

痩せ馬が百姓たちに鞭を打たれながら乗りまわされる悪夢を見たのはラスコーリニコフであるが、私達が見せつけられている悪夢は、出版不況のなかで利潤追求に必死の出版社が、モンスターに育てあげた人物の虚名を乗りまわして、未熟な読者をターゲットに売り上げを計ろうとする図であり、それに迎合して、余沢にあずかりたい作家、評論家、書評家と称するとり巻き連の乱舞である。

しかもその本を出したのが、米川正夫訳全集をはじめ、ドストエフスキー関連本では信頼を置けると思われてきた老舗の出版社であるだけに、目を疑うのである。私は米川正夫先生の早稲田の大学院での最後の教え子であり、先生没後の米川哲夫氏を中心とする愛蔵版ドストエーフスキイ全集の編集の時は編集に協力した。この出版社の編集者とは頻繁な付き合いがあった。またドストエフスキー夫人アンナ・スニートキナの速記録の日記の翻訳書をこの出版社から出すにあたっては、編集者が著者に対していかに厳正であり、チェックをゆるがせにしない存在であるかを教えられた。

本書収録の第9章資料⑬「謎とき『悪霊』アマゾンレヴュー」に書いた別の有名出版社の例であるが、研究・啓蒙書もどきの本で、ロシア暦（ユリウス暦）とグレゴリオ暦の違いの誤った説明を一度ならず、繰り返し読まされるとなると、白紙の読者ならこの間違った情報を事実として鵜呑みにせざるをえないだろう。このようなことは、（著者の責任は論外として）編集者のチェックさえ利いていれば、絶対にありえなかったはずである。しかも、さらに重大なテクスト歪曲、誤解釈をはらむこの本が、堂々と「読売文学賞」を受賞するという出版界の事情は、驚きというより茶番としかいいようがない。いずれの出版社にも、真の編集者、プロといえる編集者はいなくなり、営業マンが場当たり的に編集業務に当たっているのではないか。ここには明らかに老舗出版社の質の劣化が見られる。

これに輪をかけて重大なのは、朝日、毎日などの大手新聞の文芸記者が、公正な報道機関のプロとはいえない無責任な記事を書き、こうした劣化した出版界の事情の正体隠しに貢献していることである。

ちなみに、二〇〇七年十二月の段階で、「ドストエーフスキイの会」のニュースレター八五号に、私は次のような記事を書いた。

〈今年、私たちドストエフスキー読者の目を引いた現象といえば、亀山郁夫氏訳『カラマーゾフの兄弟』にまつわるメディアの動きでしょう。出版不況のなかでの起死回生の一打として、亀山訳が登場し、読者にも「読みやすい」、「分かりやすい」と歓迎されて売り上げの部数をのばし、あたかもドストエフスキーブームの再来のような観を呈しました。ただドストエフスキー全体ではなく、亀山現象が突出しているだけに、奇異な印象が残ります。マスコミによって「わが国ドストエフスキー研究の第一人者」と呼ばれるにいたった亀山氏のカラマーゾフ訳は、先行訳に代わって、スタンダードたりえるでしょうか。この点、誰もが無関心ではおれないでしょう。ここに会員でプロのロシア語使いであるN・N氏が検証を開始しました。私も彼の作業に共鳴し、ロシア語レベルでの検討だけではなく、該当個所を先行（米川、原、江川）訳と対比して、ロシア語を解さない一般読者にも分かるように工夫しました。私は研究者としての自分の責任において、N・N氏のこの検証作業（現在はまだ第一分冊にとどまる）を会のホームページに公開することにしました。興味ある方は覗いてみてください〉

私には最初から、この奇異な現象がマスメディアによって作られた、意図的、政治的のものであるという予感が強くあった。通常、誤訳だらけの欠陥翻訳ならば、自然に淘汰されて姿を消していくはずのものである。ところが今度の場合、私達がぼう大な実例を挙げて「検証」「点検」をインターネットで公開し、そのことが二〇〇八年五月には「週刊新潮」に取りあげられて、亀山訳に疑問符がつくかと思われたにもかかわらず、私たちの批判は黙殺される形で事態は進行し、亀山のモンスター化・偶像化は一段と進行した。本書に収録されているドキュメントを読んでいただければ、その推移がわかるはずである。

社会の公器である大新聞で、記事を書くにあたって証拠をとらず、広告主の出版社やその代理人的な特定のロシア文学者の意向、意見を鵜呑みにして、無批判な迎合的な宣伝役をつとめる――これがこれまで読者が見せつけられてきた朝日や毎日、その他の新聞文芸記者の姿にほかならない。彼らが裏をとるための材料は、インターネットの私たちのページ、その他を開けばいくらでもあったはずだし、私達の指摘が正しいかどうか、確認しようはいくらでもあったはずである。しかし彼らは「不都合な真実」には目を向けようとはせず、それを確認しようとはしなかった。本書第9章の資料⑭「朝日新聞記者宛」と⑮「朝日学生新聞社宛」で、私はそうした事実を指摘している。

二〇一四年になって、周知のように、「慰安婦問題」、福島原発の「吉田調書問題」で、朝日新聞は世論の批判の矢面に立たされ、外部識者を中心とする「信頼回復・再生チーム」なるものを発足させて、反省、点検作業をはじめた。亀山誤訳問題に対する朝日の報道姿勢も、本質的に共通するという視点で、私はメールでの提言の窓口（teigen）に意見を送った。第9章の⑯がそれである。もとより、私のこの指摘に対しての朝日の側からの返事はない。

そして、二〇一五年十二月十七日の朝刊「文化・文芸欄」に、「新カラマーゾフの兄弟」について、柏崎歓という記者が、大きな宣伝記事まがいのインタヴュー記事を書く。「信頼回復・再生チーム」なるものの打ち出した反省の原則に立つならば、まずは亀山の翻訳の実態をデータに基づいてフォローすべきはずであろう。そのためには私達の指摘は役に立ったはずだ。しかし記者は一切を無視し、不都合な真実には目をむけず、読者を欺く記事を仕立てあげた。「亀山さんが手がけて二〇〇七年に完結した新訳は累計一〇〇万部を超え、今も増刷を重ねる」と、何事も問題はなかったかのような記事を書いている。

そもそもその語学能力や作品解釈能力でも疑問符のつく翻訳者が、世界的な古典の大作家に成り代わって書いたかのようなふれこみのあやしげな小説を、読者の批評にゆだねる前から大げさに宣伝する、これが社会の公器と称する報道機関に許されることなのだろうか。

おりしも、二〇一五年十二月十八日の朝刊朝日一七面「耕論」の「月間安心新聞」欄に、千葉大学教授で、朝日の客員論説委員の肩書を持つ神里達博氏が「プロの裏切り　プライドと教養の復権を」という注目すべき論説を書いている。

二〇一五年を振り返って、「プロのモラル」に関わる事件が多かったという書き出しで、旭化成建材の杭工事データの偽装、東洋ゴムの免震ゴム性能偽装、血清療法研究所の不正、東芝の不正会計などの事例を挙げられているが、私の目からすれば、プロが素人を欺く現象は、二〇〇五年の耐震設計偽装事件（姉歯事件）あたりから顕著になっている。姉歯事件が明るみに出たのは十一月であるが、この年の六月に、亀山郁夫は、『悪霊』の少女マトリョーシャとスタヴローギンの関係について、ロシア語の専門家を装って、言語的にも文学的にも、読者に間違ったメッセージをあたえるセンセーショナルな解釈を打ち出した（シリーズ〈理想の教室〉『「悪霊」神になりたかった男』みすず書房、二〇〇五年）。私の亀山郁夫批判は、実にこの時から始まったのである。本書第9章資料①参照。私はこの批判文の最後にこう記した。

〈「理想の教室」ではロシア語の知識は必要としないのかもしれないが、プロの詐術が深刻な社会問題化している昨今、素人もうっかり専門家を信用していると、とんでもないことになりかねない。

いずれにせよ、この問題の個所が亀山氏の意図的な誤訳であるとすれば、氏の「新解釈」なるものの耐震構造は一挙に崩壊する、と私は心配している〉（四六五頁）

亀山はこの本のなかで、自分の手法をこう高言していた。

「テクストというのは、いったん作家の手を離れたが最後、必ずしも書き手の言いなりにならなくてはならない道理はないのです。独立した自由な生き物になるのです。そして、かりにこれが誤読だとしても、私はこの誤読を大きな誇りとし、できるだけ多くのドストエフスキーファンに吹聴したいと思います。何しろ、真理は一つだけなんてことは文学では絶対にありえませんからね。数学や物理学の世界とはちがうのです」（一四四頁）

誤読を正面切って正当化するこの疑わしい手法が、「読みやすさ、わかりやすさ」を売り物に、エンタメ性を強調する一方で、先行訳の難解性をことさらに強調して、新訳なる『カラマーゾフの兄弟』を売り出そうとした光文社の嗜好、戦略に見事にマッチしたことは間違いない。そこで彼らがミリオンセラーとして売り出した仕事の実態はといえば、本書の第7章「ドストエフスキー文学翻訳の過去と現在」の分析で、私が具体的な事例を挙げて論証した通りである。

私達がいくらその仕事の無責任でアナーキーな実態を指摘したとしても、出版社の資本に護られ、マスメディアにガードされ、ますますモンスター化していく人物の虚像化をとどめるすべはない。

東京外大のロシア語教師であり、ＮＨＫのＴＶロシア語講師を肩書に新訳を売り出した人物、さらに出版社の代理人として、マスコミでこの翻訳を持ち上げるロシア語・文学畑の東大教授、「精緻な訳」、「深い読み」などと持ち上げる取り巻きの評論家、小説家連――これらの人物たちは、一般の読者から見ればプロにほかならない。また、朝日などの大新聞の記者が書くものも、一般の読者は公正な報道にたずさわるプロの仕事として、購読料を払って読んでいるのである。

先ほどの神里氏の論説にもどるならば、一連の事例を挙げた後、こう記されている。

「これらに共通するのは、なんらかの専門性をもって社会に対して仕事を請け負っていた者が、主として経済的利益を増やすために、信頼に背く行為を行っていた、という点である。私たちはこのような『プロの裏切り』に対して、どう対処すべきなのか」

その対処法の一つとして、論者は「同業者の相互チェック」を挙げている。「品質を保証する職能共同体による自治」である。言い換えれば、伝統的な職人の倫理の世界である。しかしこの職人の倫理の世界もいまや後景へ退いて、深刻なのは「多数の専門家」なるものが運営する大衆社会が出現した。神里氏はオルテガを引いて、「大衆社会の出現とは、誰もが専門家となり、しかし自分の専門以外には関心を持たない、『慢心した坊ちゃん』の集まりになることだと看破した」とのべている。

私は神里氏の論述を読みながら、亀山問題をめぐる日本ロシア文学会の対応に、そのアナロジーを思い浮かべないではおれなかった。二〇〇八年五月、私と萩原俊治氏（当時・大阪府大教授）は連名で、日本ロシア文学会に全国大会での公開討論会を申し入れ、会長ほか理事、各種委員宛六〇名ほどに、次のような手紙を郵送して訴えた。

《要望》

二〇〇八年度総会において、亀山郁夫氏のドストエフスキーをめぐる仕事について公開討論会を開催されるよう、理事会で検討されることを要望します。

《理由》

周知のように、亀山郁夫氏の『カラマーゾフの兄弟』の翻訳を中心とする一連の仕事は、一昨年来マスメディアの脚光を浴び、外国古典文学の扱いとしては、突出した話題を提供しています。ドストエフスキーの代表作が広く読まれる現象自体は慶賀すべきことではありますが、亀山新訳のいまやキャッチフレーズともいうべき「読みやすい」ということにともなう新訳の実態はどのようなものであるか、いささか遅ればせながら、私たちロシア文学研究者も真剣に目を向けるべき時期だろうと思われます。

同業者としては、仲間の翻訳のあら探しを進んでやる気はしないものですが、すでに、一般の読者からも、批判的な反響が、具体的に誤訳、文体改変、テクスト改竄の指摘として出てきており、研究者としても、座視できないところから、背中を押されるようにして、愛読者・研究者の団体である「ドストエーフスキイの会」のホームページに隣接する「管理人T.kinositaのページ」で、亀山訳の第一冊に限ってですが、詳細な「検証」、「点検」を公表しました。

亀山氏の仕事でもう一つ問題なのは、『「悪霊」神になりたかった男』（みすず書房）における少女マトリョーシャ解釈の問題です。これは「理想の教室」というシリーズのひとつとして書かれたもので、主に高校生などロシア語の分からない読者に向けてのドストエフスキー入門書です。それだけに亀山氏のテクスト偽造によって打ち出された新解釈なるものの社会的影響は、研究者として無視できないものがあります。亀山氏のこの解釈については、私達はすでにそれぞれ、研究者の立場で批判的見解を発表しました。

在野の翻訳者、文筆家として静かに仕事を公刊されたのなら、さほど問題視するには及ばないでしょうが、新聞社の出版文化特別賞を授与され、ジャーナリズムで「精緻な読み」(池澤夏樹)、「ドストエフスキー研究の第一人者」(ＮＨＫ　ＥＴＶ特集)などと喧伝され、教育・研究機関の長(東京外大学長)であり、学会をも代表する一存在である以上、亀山氏の仕事の意味、その社会的責任は、あらためて学会の場で問い直されるべきであろうかと思います。ご検討の参考資料として以下を掲げておきます。

「ドストエーフスキイの会」ホームページ(http://www.ne.jp/asahi/dost/jds/)に隣接する「管理人T.kinosita のページ」掲載の亀山氏訳をめぐる「検証」「点検」、「少女マトリョーシャ解釈に疑義を呈す」(木下豊房)、さらに「ロシア語翻訳研究室」(http://9118.teacup.com/ifujii1/bbs?OF=30&BD=10&CH=5)掲載、萩原俊治の幾つかの論評のうち、二〇〇八年二月一日付「亀山郁夫のスタヴローギン論」。

これに対する回答は却下であった。議事録の公開の申し入れも無視された。次の年度に申し入れたワークショップも受け付けられなかった。職能共同体であるロシア語の専門家集団が完全に目と口を閉ざしたのである。ドストエフスキー研究者であった当時の会長、副会長の責任は重いと思うが、ほかの理事や委員は、専門外として自分の殻に閉じこもったにちがいない。

この問題のポイントは、学会員の共通の基盤であるロシア語教師の立場に照らして、このような誤訳、誤解釈の多い翻訳がミリオンセラーとして市場に流通するのを黙視していて、教え子たちに顔向けできるのかという一点にあったはずである。おそらく、この職能共同体は、もめごとは好ましくないという消極的な理由から、プロの責任を放棄したのである。その後まもなく、亀山ブームを先導した東大教授が学会会長の座についた。大学を定年退職して、現役を退いていた私は直ちに退会届を出した。機能不全に陥った学会には何の魅力も感じなかったのである。

神里論説がこうした流れに抗する方法として提案するのは、昔の職人やプロが持っていた「プライド」と失われた「教養」である。すなわち、〈「目先の利益」や「大人の事情」よりも、自らの仕事に対する誇りを優先させることができるか、そして自分の専門以外の事柄に対する判断力の基礎となる「生きた教養」を再構築できるか、ではないか〉

これはまさに至言というべきである。「読みやすさ、わかりやすさ」を売り物にする亀山訳『カラマーゾフの兄弟』の背景には、当時、終局を迎えた国立大教養部解体との並行を唱える「反教養主義」があった。従来の思想的な読解、文学研究的な読解は難解で大衆の興味を遠ざけるものとし、ドストエフスキー研究の歴史上ではとっくにカビの生えた俗流フロイト主義のサドマゾ理論を、いまさら新しいもののようにもちだしてきたのだった。第7章で紹介した、文部科学省の委員会での「外部有識者」なる亀山の長口舌はそれを物語っている（四〇六―四一〇頁）。

先行訳についての敬意も、受容史についての知識もなく、独善的に独自性をとなえる無教養ぶりを、何か革新的なことのように見せかけ、出版社もまたそれを利用し、初心の読者層をターゲットとした売り上げ優先の戦略に利用したのである。

このようなプロの欺瞞を見破る努力をするのではなく、広告主である出版社の意向に沿って、真実の報道とはいえない宣伝まがいの記事を書く大新聞の文芸記者の欺瞞が、真相、実態を読者にはますます見えなくさせている。そこにはまたコーラスのように、出版社、マスメディアの意向に迎合する特定の東大教授や評論家、小説家などの声がかぶさり、ペテンのテクニックを一段と複雑で巧妙なものにしている。

ただしこうした欺瞞は特殊部落的な現象であることに注意をとめておきたい。経済的利益に結びついたキャンペーン的要素がない限り、世界のドストエフスキー研究の動向などには、マスメディアは関心をもたないのである。亀山が自分の著書のなかで参考文献に挙げているロシアや欧米の代表的な研究者たちが、揃って来日した二〇〇〇年八月のミレニアムの千葉大学国際研究集会には、主催者である私の広報不足があったにしても、マスコミはほとんど関心を示さなかった。事後に「聖教新聞」の依頼で書いた小さな記事が残っているばかりである（第8章四）。

国内のマスメディアに声が届かない無力感にとらわれた私は、外国の研究者たちに、日本の状況を知ってもらうことを始めた。二〇一一年十一月二十二―二十四日に北京で開催された「二十一世紀文化のコンテクストにおけるドストエフスキー、伝統と現代性」と題する国際会議で、「差し迫った問題――日本市場におけるドストエフスキー作家像の歪曲」という題名でロシア語での報告をおこなった。二〇一三年七月八―十四日にモスクワで開かれた第一五回国際ドストエフスキー・シンポジウム「ドストエフスキーとジャーナリズム」では、「ポスト・モダニズム理論の潮流のもとでの過去数十年におけるドストエフスキー作家像解釈の問題」と題して報告した。これらの報告の内容は本書の所収論文第1章に反映されている。

その後、両テクストともに論集に収められた。中国語訳は二〇一四年に北京大学出版社から出版された『ドストエフスキー・現代の国際的研究』に収められ、モスクワでの報告は、二〇一三年刊国際ドストエフスキー協会編集の論集Ⅳ『ドストエフスキーとジャーナリズム』(«Достоевский и журнализм» под ред. В.Захарова, К. Степаняна, Б.Тихомирова, Dostoevsky Monographs. Vol. IV. A Series of the International Dostoevsky Society, 2013. Спб.) に、「『現代的欺瞞』の一つ――日本とロシアに共通する現象」と改題してロシア語で収録されている。

ところで奇異というか、さもありなんと見るか、『悪霊』の少女マトリョーシャ解釈について、「これまで私が見たどの研究書にも文献にも述べられることのなかった新しい真実なのです」(『悪霊』神になりたかった男」一〇二頁)と独創的な解釈を売り物にし、また『カラマーゾフの兄弟』の続編なるものを商品化するこの人物は、私が知る限り、こうした国際的な研究者の場で、自分の仕事の意義を問うたことは一度もない。プロの研究者の世界ではとうてい通用しない独善的な解釈を展開し、ロシア語のわからない読者を欺いているために、これまでこういう場所には出てこれなかったのではなかろうか。

第7章の前半「ドストエフスキー文学翻訳の過去」の話題で触れている日本近代文学研究の長老・佐藤泰正氏が昨、二〇一五年十一月三十日に九十八歳で忽然と亡くなられた。私は新聞の片隅の訃報欄で知った。同年六月三十日刊行で、『文学の力とは何か――漱石・透谷・賢治ほかにふれつつ』という八七六頁の大著を翰林書房より出され、私は恵贈されていた。著書をいただく少し前、突然、先生から電話がかかってきた。とくに用件あってのことではなく、自分も百歳に近くなったがまだ元気で、車椅子で助けを借りながらも、大学院の学生の指導に出かけていると、張りのある歯切れのよい口調で話されていて、半病人状態の私が励まされる始末だった。

一九九五年に『ドストエフスキーを読む』という佐藤先生編集の論集（梅光女学院大学公開講座論集第三六集）に「ドストエフスキー文学の魅力――言葉なき対話について――」というエッセイを寄稿させてもらって以来のお付き合いであったのだが、もっぱら電話だけで、まだお会いしたことは一度もなかったのである。この時、先生の声を聞きながら、一度お目にかかりたいと強く思った。しかしその願いもかなわず、先生は逝ってしまわれた。

最後の著作となった佐藤先生の前掲書に、「作家・作品の急所をどう読むか」（二〇〇九年）と題する講演エッセイが収められていて、先生は、亀山郁夫と佐藤優が対談本『ロシア　闇と魂の国家』（文春新書）の中で、キリストの大審問官に対する「無言の接吻」は相手の正しさを認めた「励ましの接吻」であると説明していることの不自然さを指摘し、「読むってなんですか。そんなふうに読んでいいんですか」（八五八頁）と厳しく問いかけておられる。そして、相手の「痛み」を受けとめたうえでの「問いかけ」「抱きとめ」に「ドストエフスキイの描こうとした最後のキリストの理想像が現れている」のではないかと自分の解釈を提示したうえで、〈文学に通じたちゃんとした人達が「もっとやれやれという許しだ、励ましの接吻だ」と言われたんじゃ困るんじゃないでしょうか、そんな薄っぺらなもんじゃないんじゃないでしょうか。誰かがもっと大っぴらに問題にしてくれてもいいと思います〉（八五九頁）と問い詰めておられる。

十六歳の時ドストエフスキーに出会って八二年、このロシア作家によって文学への眼が開かれ、終生その作品を愛読しながら日本文学研究の道を一筋に歩いてこられた佐藤泰正先生のドストエフスキー読みには並々ならぬ深さがある。

「東京外国語大の学長ですぐれた学者」（亀山）、「いろんな評論書いている」「すごく優秀な人」（佐藤優）と相手を持ち上げながら、「しかしこの二人の対談の本を読んで私は唖然としたことがあるから、これだけは文学を読むということで言いたい」（八五六頁）と切り込まれる佐藤先生には「プロの裏切り」がまざまざと見えていたに違いない。

佐藤先生が生前、親交を重ねられた吉本隆明が、辞世に間近い時期に、『カラマーゾフの兄弟』の訳者・亀山のことを、「ドストエフスキーがなぜこの作品を描いたか、この作品でなにをしようとしたのかもぜんぜん読めていない。それは解説を見るとよくわかります。ようするにおもしろおかしくやっているだけだといえます」（本書七〇―七二頁）と指摘していることを思い合わせると、真のプロの批評家と文学研究者の眼力はまぎれもなくその正体を鋭く見抜いていたにちがいない。

最後に、

マスコミ、出版界批判を多くふくむ、あるいは出版社によっては敬遠しかねない内容の本書の出版を快く引き受けていただいた鳥影社社長の百瀬精一氏、またご紹介いただいた森和朗氏（日大芸術学部非常勤講師時代の同僚で、ドストエーフスキイの会の会員）に厚くお礼を申しあげたい。

またパッチワーク的に引用文が多く、それだけに表記がばらばらで、執筆時期、初出もさまざま、まったく統一性に欠ける原稿を社内校正でまとめていただいた鳥影社編集部の多大なご苦労に、心から感謝したい。

なお本書の装幀は私の長女の手になるものであるが、彼女はグラフィックデザイナーとして、土曜美術社出版刊行の詩集の装幀を多く手がけ、好評をいただいている。

表紙の原画はモスクワのドストエフスキー博物館の主任研究員で、ロシア文学史の研究者としても幅の広い編集、出版活動を精力的に展開している若き友人パーベル・フォーキン氏の手になる写真で、博物館の庭にある流刑囚ドストエフスキーの像（メルクーロフ作）のシルエットである。使用を快く承諾していただいたことに感謝する。

また裏表紙の絵はペテルブルグの裏路地を歩く作家の姿であるが、これはたまたま私のファイルにあった写真で、チモフェーエワの回想（六三―六六頁）に見られる作家のイメージを彷彿とさせるものがあり、私は大変気に入っていて、使わせてもらうことにした。

この絵の写真の裏には「曾孫へ、作者より　一九七一年十一月九日」と記され、「A・オルロフ」との署名がある。記憶をたどると、おそらく一九八〇年代の初め頃、曾孫のドミトリー・ドストエフスキーから私にプレゼントされたものらしい。早速、ドミトリーにメールで問い合わせると、一九七一年のペテルブルグ・ドストエフスキー博物館の開館記念日に、画家アレクサンドル・ウラジーミロヴィチ・オルロフからもらった写真だという返事であった。ただこの画家の消息はいますぐにはわからない。必要なら探してみるが、版権には問題ないだろうということであった。画家の消息については博物館関係者を通じても調べてもらっているが、いまのところ不明である。

二〇一六年五月二十日

〈著者紹介〉

木下　豊房（きのした　とよふさ）

1936年、長崎市生まれ。早稲田大学第一文学部卒、
同大学院文学研究科博士課程（「露文学」）単位取得・満期退学
千葉大学名誉教授
1995年より国際ドストエフスキー協会（ＩＤＳ）副会長
ドストエーフスキイの会代表（1969年の会発足以来、活動を主導し現在にいたる）
著書：
『近代日本文学とドストエフスキー ― 夢と自意識のドラマ』 成文社(1993)
『ドストエフスキーその対話的世界』 成文社(2002)
ロシア語論文集：
«Антропология и поэтика творчества Ф.М.Достоевского» (Санкт-Петербург, 2005)
(『ドストエフスキーの創作の人間学と詩学』 サンクト・ペテルブルグ、2005)
編著：
安藤厚共編『論集・ドストエフスキーと現代 』多賀出版 (2001)
千葉大学国際研究集会報告論集（ロシア語）
«21 век глазами Достоевского ― перспективы человечества» (Москва, 2002)
(『ドストエフスキーの眼で見た21世紀—人類の将来』 モスクワ、2002)
翻訳：
アンナ・ドストエーフスカヤ『ドストエーフスキイ夫人　アンナの日記』
河出書房新社 (1979)
Я.Э.ゴロソフケル『ドストエフスキーとカント ―「カラマーゾフの兄弟」を読む』
みすず書房 (1988)
トルストイ『人生論』（「人生の名著」12 所収）大和書房（1968）

ドストエフスキーの
作家像

定価（本体3800円+税）

乱丁・落丁はお取り替えします。

2016年8月13日初版第1刷印刷
2016年8月19日初版第1刷発行
著　者　木下豊房
発行者　百瀬精一
発行所　鳥影社 (www.choeisha.com)
〒160-0023 東京都新宿区西新宿3-5-12トーカン新宿7F
電話 03(5948)6470, FAX 03(5948)6471
〒392-0012 長野県諏訪市四賀229-1(本社・編集室)
電話 050(3532)0474, FAX 0266(58)6771
印刷・製本　モリモト印刷・高地製本

ISBN978-4-86265-562-2 C0098